Tributo a Joaquim Barradas de Carvalho

CONSELHO EDITORIAL
Ana Paula Torres Megiani
Eunice Ostrensky
Haroldo Ceravolo Sereza
Joana Monteleone
Maria Luiza Ferreira de Oliveira
Ruy Braga

Tributo a Joaquim Barradas de Carvalho

José Jobson de Andrade Arruda • Vera Lucia Amaral Ferlini
(Organizadores)

Copyright© 2017 José Jobson de Andrade Arruda e Vera Lucia Amaral Ferlini

Como esse foi um livro de cooperação entre pesquisadores brasileiros e portugueses, os artigos seguem a grafia corrente em cada um dos países.

Publishers: Joana Monteleone/Haroldo Ceravolo Sereza
Edição: Joana Monteleone
Editora assistente: Danielly de Jesus Teles
Projeto gráfico e diagramação: Ana Lígia Martins
Capa: João Paulo Putini
Revisão: Alexandra Colontini
Assistente de produção: Jean Ricardo Freitas

CIP-BRASIL. CATALOGAÇÃO-NA-FONTE
SINDICATO NACIONAL DOS EDITORES DE LIVROS, RJ

T743

Tributo a Joaquim Barradas de Carvalho
organização José Jobson de Andrade Arruda , Vera Lucia Amaral Ferlini. - 1. ed.
São Paulo : Alameda, 2017.
476 p. : il. ; 23 cm.

Inclui bibliografia
ISBN: 978-85-793-9441-6

1. Carvalho, Joaquim Barradas de. 2. Intelectuais - Portugal - Biografia. I. Arruda, José Jobson de Andrade. II. Ferlini, Vera Lucia Amaral.

17-38936   CDD: 869.8
                     CDU: 821.134.3(81)-8

ALAMEDA CASA EDITORIAL
Rua Treze de Maio, 353 – Bela Vista
CEP 01327-000 – São Paulo – SP
Tel. (11) 3012-2403
www.alamedaeditorial.com.br

SUMÁRIO

APRESENTAÇÃO

UMA HOMENAGEM TARDIA?   11
JOSÉ JOBSON DE ANDRADE ARRUDA

PARTE 1 – SOBRE O HOMENAGEADO

DEPOIMENTO   17
ALBERTO ARONS DE CARVALHO

UM DEPOIMENTO   23
MARIO SOARES

O MEU AMIGO JOAQUIM   27
JOSÉ TENGARRINHA

UM RARO PERFIL: BARRADAS   31
FERNANDO NOVAIS

UM MISSIONÁRIO DOS NOVOS TEMPOS: 41
LISBOA, PARIS, SÃO PAULO
JOSÉ JOBSON DE ANDRADE ARRUDA

A HISTÓRIA SECRETA   61
JOSÉ JOBSON DE ANDRADE ARRUDA

AGRURAS DO MESTRE RETORNADO   71
JOSÉ JOBSON DE ANDRADE ARRUDA
& VERA LÚCIA AMARAL FERLINI

UM MESTRE   77
REGINA HELOISA ROMANO CASARI

RECORDAÇÕES *Joaquim Quitério*	83
O CONTO DO LIVRO FUJÃO *Maria Lúcia Perrone Passos*	87

Parte 2 – Em torno de seus temas

A PRODUÇÃO CIENTÍFICA DE JOAQUIM BARRADAS DE CARVALHO *Vera Lúcia Amaral Ferlini*	93
A PROPÓSITO DA EMERGÊNCIA DOS ALGARISMOS ÁRABES EM PORTUGAL EM JOAQUIM BARRADAS DE CARVALHO *António Marques de Almeida*	103
REVISITANDO ALGUNS TEMAS: REFLEXÕES SOBRE A HISTÓRIA, TEORIA E METODOLOGIA *Francisco J. Calazans Falcon*	111
DA HISTÓRIA DAS IDEIAS À HISTÓRIA DA CULTURA *Maria Beatriz Nizza da Silva*	121
ALÉM DAS PALAVRAS: O NOVO MUNDO E O CONCEITO DE PARAÍSO *Maria do Rosário Pimentel*	135
A DIVULGAÇÃO DA HISTÓRIA EM ALEXANDRE HERCULANO *Sérgio Campos Matos*	151
A COIMBRA UNIVERSITÁRIA DA GERAÇÃO DE 70 *Amadeu Carvalho Homem*	169
COLLECTIVE IDENTITIES IN THE EARLY PORTUGUESE OVERSEAS EXPANSION IN AFRICA: CONCEPTS AND EXPRESSIONS *Ivana Elbl*	179

Parte 3 – Oferendas

A CONFRARIA DE SANTA CRUZ, DE TOMAR (1470) *Manuel Sílvio Alves Conde*	205
OS "FORAIS NOVOS": UMA REFORMA FALHADA? *Luís Miguel Duarte*	217
NOBREZA, RIVALIDADE E CLIENTELISMO NA PRIMEIRA METADE DO SÉCULO 16. ALGUMAS REFLEXÕES *Mafalda Soares da Cunha*	233
PODER: REDES DE PODER NO PORTUGAL MODERNO. SÉCULOS XV E XVIII *Maria do Rosário Themudo Barata*	253

DOM QUIXOTE: CAVALEIRO DO IDEAL OU A ÉTICA DA CONVICÇÃO *João Medina*	263
O DILEMA DE D. PEDRO *José Tengarrinha*	277
DO ANTIGO REGIME AO ESTADO LIBERAL (1807-1842) *Miriam Halpern Pereira*	293
A PROPRIEDADE COMUNITÁRIA EM PORTUGAL: FRAGMENTOS DE UMA HISTÓRIA DE LONGA DURAÇÃO *Margarida Sobral Neto*	317
OS MOVEMENTOS MIGRATORIOS NO LONGO PRAZO: CARBALLO, 1877-1981 *Alberte Martínez López*	331
CONJUNTURA ECONÔMICA E RECURSOS DO ESTADO EM PORTUGAL: UMA ANÁLISE SECULAR *Nuno Valério*	357
A INDÚSTRIA ALIMENTAR PORTUGUESA NOS PRINCÍPIOS DO SÉCULO XX *Maria Eugénia Mata*	371
O MODERNISMO PORTUGUÊS NA FORMAÇÃO DO ESTADO NOVO DE SALAZAR: ANTONIO FERRO E A SEMANA DE ARTE MODERNA DE SÃO PAULO *Luís Reis Torgal*	395
DIREITOS DE TERCEIRA GERAÇÃO: A INFORMAÇÃO VERAZ COMO UM DIREITO FUNDAMENTAL *Celso Almuiña Fernández*	423
UNIDADE E DIVERSIDADE – OLHARES DIVERGENTES: A HISTÓRIA DA HISTÓRIA DO BRASIL E A HISTÓRIA DE SÃO PAULO *Raquel Glezer*	457

Apresentação

UMA HOMENAGEM TARDIA?

José Jobson de Andrade Arruda

Seria de todo desejável que o preito a personalidades eméritas da historiografia fosse prestado ainda em vida, para que pudesse ser de fato usufruída pelo homenageado. Este procedimento tem sido praticado pela comunidade de historiadores portugueses em relação aos pares considerados dignos de serem por ela distinguidos. Não significando, com esta outorga, que se julgue finda sua trajetória intelectual e acadêmica. Sinaliza apenas que ele atingiu, segundo os padrões de avaliação vigentes na comunidade naquele momento, um estágio elevado em sua trajetória de vida que justificam plenamente a celebração. Ou seja, não tem o gosto fúnebre das celebrações biográficas no senso que lhes emprestou Michel de Certeau, uma espécie de morte simbólica do homenageado, ritualizada no instante mesmo em que a láurea se consumou.

Em Portugal, são vários os exemplos deste tipo de prática acadêmica e científica. Os repertórios produzidos consolidados em edições, muitas delas primorosas, não contêm somente reminiscências, depoimentos, testemunhos ou elogios àquele que se quer homenagear. Não se constitui, destarte, em puro ato vassálico. Uma *hommage*. E sim num tipo de consagração, um prêmio na forma de reconhecimento, admiração, respeito, prestado não somente à pessoa em si, mas, sobretudo, pelo que ela representa, por sua expressividade intelectual fundamentada na produção científica legitimada pela receptividade auferida no meio científico e acadêmico em que milita, fonte legítima de seu prestígio. Razão pela qual as edições combinam os textos ofertados ao homenageado, atinentes às temáticas por ele desenvolvidas, com as contribuições sobre as áreas de interesse dos próprios ofertantes. Dado o caráter da publicação, esses dossiês distinguem-se por seu caráter diversificado e reflexivo, resultando numa espécie de balanço historiográfico singular em áreas específicas da produção histórica. São exemplos deste tipo de produção historiográfica, somente para elencar os mais recentes, as publicações que consolidaram os preitos a Jorge Borges de Macedo, Luís de Oliveira Ramos, António Borges Coelho, Joaquim Veríssimo Serrão, Luis Adão da Fonseca, António Marques de Almeida, Joaquim Romero Magalhães, Fátima Sequeira Dias e, a mais recente, a dedicada a António Dias Farinha, em dois alentados volumes de quase duas mil páginas, organizadas pelo historiador Francisco Domingos Contente et alii. Entre nós, infelizmente, práticas assemelhadas são incomuns, o que faz do livro de homenagem ao Professor Francisco Calazans Falcon, organizado por Maria Emilia Prado e Oswaldo Munteal, uma raridade.

Na minha percepção, o principal motivo pelo qual Joaquim Barradas de Carvalho não tenha ainda figurado no rol dos dossiês produzidos em Portugal, explica-se por seu passamento prematuro, não pela significação objetiva de sua obra. O segundo motivo refere-se ao ambiente acadêmico dominante na comunidade de historiadores portugueses naquele momento, de corte excessivamente conservador, para dizer o mínimo. Avessos, na sua maioria, às interpretações mais progressistas, identificadas com a linhagem marxiana de interpretação historiográfica, mesmo daquelas ventiladas pela produção da Escola dos Annales, como era o caso de Barradas, quanto à sua militância política no Partido Comunista, da qual jamais se afastou, mesmo após o término do salazarismo. Este contexto fez de Barradas um estranho no ninho quando de seu retorno a Portugal e elucida, de certa forma, os obstáculos por ele defrontados para reintegrar-se ao sistema universitário português e progredir na carreira acadêmica, fatos que nele produziram um sentimento de frustração e desencantamento.

O insigne historiador, reconhecido por seus pares na Sorbonne, viveu apenas 60 anos, entre 1920 e 1980. Não mais do que 6 anos entre sua chegada à Portugal no bojo da Revolução dos Cravos, em 1974, e seu falecimento. O mesmo número de anos que separam sua chegada ao Brasil, em 1964, e o retorno para a França, em 1970. Percurso que demonstra ser sua carreira acadêmica, propriamente dita, dividida entre o Brasil e Portugal, pois, na França fora, acima de tudo, pesquisador do CNRS domiciliado na Sorbonne.

Em vida, não temos notícia de que uma homenagem do porte das referidas algures lhe tenha sido prestada. Identificamos dois eventos, contudo, que merecem referência. O primeiro empreendido por Victor Gonçalves que lhe fez um breve necrológio, sob o título: *Joaquim Barradas de Carvalho: para a história de um Historiador*, publicado pela revista Clio, Centro de História da Universidade de Lisboa, saído em meados de 1980, isto é, alguns meses após sua morte. O segundo, este sim um dossiê bem mais consistente, foi publicado pela revista *História & Crítica*, em junho-julho de 1982, cuja matéria central era a mesa redonda realizada no Instituto Fernão Lopes da Faculdade de Letras de Lisboa, em 18 de março de 1982, intitulada *Balanço da obra do Professor Joaquim Barradas de Carvalho e perspectivas para a História da Cultura portuguesa no século XVI*, da qual participaram Luis de Albuquerque, Fernando António Baptista Pereira, José Baginha e Luis Filipe Barreto, completado por resenhas e depoimentos sobre o homenageado.

Depois disto, fez-se em Portugal um profundo silêncio, somente quebrado deste lado do Atlântico por algumas manifestações singelas, mas simbólicas. A denominação Sala Joaquim Barradas de Carvalho, outorgada a uma das salas do Departamento de História da Faculdade de Filosofia, é uma delas, tocante na sua simplicidade, mas elevada em sua significação por reconhecer o lugar do Professor Barradas entre os mestres ilustres que frequentaram aquele espaço acadêmico. E, mais recentemente, pelo texto escrito por mim e intitulado *Joaquim Barradas de Carvalho: o itinerário de um missionário dos novos tempos (Lisboa, Paris, São Paulo)*, na obra coletiva *A missão portuguesa: rotas entrecruzadas*, organizada por Fernando Lemos e Rui Moreira Leite e publicada pelas Editoras Unesp-Edusc, em 2003.

Mas Joaquim Barradas de Carvalho não poderia passar sem uma homenagem à altura de sua grandeza, especialmente no Brasil onde, em poucos anos, fez uma enorme diferença, um marco na história do Departamento. Esta é a razão de termos preferido a denominação tributo à homenagem para o título do livro que, infelizmente, somente agora podemos disponibilizar a comunidade de historiadores brasileiros e portugueses. Porque este é exatamente o sentimento que nos envolve: o de sermos devedores. Somos, como ex-alunos do Professor Barradas, uma geração tributária de sua obra e ideias; sobretudo da sua generosidade. Não basta, contudo, que seja este o sentimento da geração que o curtiu, que teve o privilégio de usufruir de sua convivência. É preciso que as novas gerações tenham uma noção, por mais limitada que seja, da magnitude da figura humana que ele representou; do intelectual de primeira linhagem que sempre foi; do militante incansável de todos os momentos de sua existência. Esta obra de homenagem procura recuperar o encanto mágico daqueles momentos inesquecíveis, em que fomos agraciados por um mestre na mais sublime significação do termo.

Contatados por carta e outros meios eletrônicos, nossa solicitação aos historiadores brasileiros e portugueses com vinculações ao homenageado foi prontamente atendida. Pena que a publicação deste livro, finalizado em 2006, tenha sido adiada por uma década. O texto em tela reparte-se por três agrupamentos principais. No primeiro, reúnem-se os escritos sobre o homenageado, na forma de depoimentos, entrevistas, rememorações. No segundo, congregamos todas as contribuições oferecidas que tocassem, direta ou indiretamente, os temas versados pelo homenageado. No terceiro, obedecendo a uma ordem de incidência temporal, agrupamos as ofertas, isto é, artigos que abordam temas preferenciais em suas próprias investigações.

Agradecemos a todos que colaboraram para que esta obra fosse produzida. Especialmente a participação no delineamento do escopo da mesma por meus amigos diletos, os historiadores António Marques de Almeida e José Manuel Tengarrinha; a disponibilidade para levantar materiais originais e para conferir informações por parte do filho do homenageado, Alberto Arons de Carvalho; o inestimável apoio do congressista e constitucionalista António de Almeida Santos, um príncipe da democracia portuguesa. No Brasil, o suporte da inteligência e memória privilegiada de Maria Arminda do Nascimento Arruda e, sobretudo, do profundo conhecimento que, sobre Barradas, tinha e tem Fernando Novais, seu melhor amigo no Brasil. No quesito editorial, foi estratégico o suporte oferecido pela Cátedra Jaime Cortesão, viabilizado pela Presidente da Comissão Gestora, a Professora Vera Lucia Amaral Ferlini, que conosco divide a responsabilidade pela organização desta obra e facultou a finalização deste empreendimento acadêmico, científico e cultural, mas, acima de tudo, sentimental e afetivo.

José Jobson de Andrade Arruda
São Paulo, 8 de outubro de 2016

Parte 1

SOBRE O HOMENAGEADO

DEPOIMENTO

Alberto Arons de Carvalho

Até há pouco tempo, nunca percebi como soubera a PIDE que, em 1971, durante o meu 2.º ano na Faculdade de Direito de Lisboa, eu e um colega e amigo estávamos a escrever um livro sobre a liberdade de imprensa em vários países, desde a França ao Brasil, dos regimes do leste europeu até Portugal.

Na época, desconfiei de escuta telefónica – eu tinha já alguma ligação ao grupo socialista de Mário Soares e alguma actividade estudantil – ou da denúncia de um qualquer funcionário da Faculdade, onde era notório que a polícia recrutava colaboradores.

Ingenuamente, não me passava pela cabeça que era eu que me denunciava a mim próprio nas cartas que escrevia para o meu pai, exilado em São Paulo. De facto, se sabia que o meu pai recebia as cartas, então isso significava, na minha inocência, que as cartas não eram interceptadas.

Afinal, eram fotocopiadas e reenviadas, o que induzia os correspondentes a pensar que poderiam continuar a escrever matéria confidencial em próximas missivas. Por isso, nesta carta, que descobri no arquivo da PIDE quando colaborava na preparação desta edição, eu chego a fazer prognósticos sobre como saberia a polícia política da preparação daquele livro. Como devem ter rido da minha ingenuidade os agentes da PIDE que interceptaram esta carta...

No entanto, esta carta reflecte algum orgulho da parte do jovem filho de um combatente antifascista de longa data. Trinta e cinco anos depois de a ter escrito, é para mim claro que, ao descrever minuciosamente o interrogatório da polícia, eu sabia que isso constituiria motivo de orgulho para o meu pai. O filho de 21 anos que contava aquelas peripécias já não era o miúdo que na escola só se preocupava com futebol, mas sim o jovem adulto que tentava seguir as suas pisadas, aprendera o essencial do seu combate cívico e ansiava por mostrar que o seu exemplo de combatente antifascista, como os de outros portugueses da sua geração, era compreendido e admirado.

CARTA DE ALBERTO ARONS BRAGA DE CARVALHO[1*]

Alberto Arons Braga de Carvalho
Trav. Légua da Póvoa, 5-6.º D
Lisboa – 1 / Portugal

5-5-71

Querido Papá,

Quando mais precisava de sossego para começar a estudar é que começavam as complicações por causa do livro. Recebi uma contrafé da PIDE para ir "prestar declarações". À segunda tentativa (na 1.ª passaram-me outra contrafé para lá ir três dias depois) começaram por me perguntar qual o motivo a que eu atribuía o facto de ali estar.

Disse que não sabia. Insistiram (fui interrogado por um adjunto do inspector Mortágua, chamado Cirurgião) e admiti a hipótese de a causa estar relacionada com a minha situação de estudante.

Respondeu o sujeito que não e perante o meu silêncio perguntou-me: "O senhor… não costuma escrever livros?"

Fiz uma cara muito espantada e, confirmando, "despejei" os aspectos jurídico-inofensivos do livro, a influência de alguns professores da faculdade nele etc..

O interrogatório durou cerca de meia-hora findo o qual assinei um auto de declaração em que confirmava ser eu autor dum livro intitulado "Da liberdade de imprensa…" (eles precisavam que se chamava "A imprensa em Portugal") editado pela editora Meridiano.

---

1 *Transcrição da carta remetida por Alberto Arons de Carvalho para seu pai, em 5 de mio de 1971, cujo manuscrito se encontra no Arquivo de PIDE.

Não faço ainda hoje a mínima ideia de como terá a Pide sabido da existência do livro. Telefonemas entre eu e o amigo meu que está comigo a escrevê-lo, denúncia na faculdade de que muito estranhava o meu relativo afastamento?

Depois de sair da Pide pensei que não havia mais hipóteses de o livro sair. No dia seguinte, a Pide foi à Editora "buscar exemplares ou fascículos". Surgiu nessa altura a ideia de se escrever ao Marcello o que fizemos. A par disso falámos com o Miguel Galvão Telles, que foi assistente dele na Faculdade. Prometeu-nos falar com o Marcello na casa.

Dir-nos-ia depois que o Marcelo lera já a carta e a parte do livro que lhe entregáramos (França e uma pequena parte da análise dos regimes socialistas) que achava até bem feita... e que soubera que a acusação contra nós era muito vaga.

A Pide por esses dias iria mais duas vezes à Editora mas depois, e até hoje, tudo voltou à normalidade.

Assim, parece-nos que o livro (com 480-500 páginas!) estará à venda em princípios de junho, precisamente na altura em que começará na Assembleia Nacional a discussão da proposta de revisão constitucional e da lei de imprensa!

Com isto tudo (que atrasou as revisões das provas do livro) é muito má a minha situação quanto a estudos. Faltei a um exame semestral e para os finais ainda não comecei a estudar.

Entretanto, continuam presos vários colegas meus, acusados de pertencer ao Partido Comunista. Alguns deles têm sido torturados.

Tem-se falado nestes últimos dias num assalto ao Forte de Elvas com o intuito (conseguido) de soltar presos.

No 1.º de Maio, não houve nenhuma manifestação em Lisboa apesar de estarem marcadas duas: Cidade Universitária ao meio-dia e Campo de Santana às 18! Porém, houve uma manifestação no Porto (vários feridos e presos) e, segundo consta, outra no Barreiro e em Vila Franca de Xiva.

Na madrugada de 1 para 2, rebentou uma bomba debaixo dum automóvel à porta de casa do Paulo Cunha. É voz corrente que ele não vale a bomba pelo que a intenção é um mistério. Algum aluno aflito com os exames?

Saudades e beijos para todos do

Alberto Arons Braga de Carvalho

CARTA DE ALBERTO ARONS DE CARVALHO E ANTÓNIO MANUEL MONTEIRO CARDOSO AO MINISTRO MARCELLO CAETANO[2**]

Excelentíssimo Senhor Professor Doutor Marcello Caetano
Excelência,

Os abaixo assinados, Alberto Arons Braga de Carvalho e António Manuel Monteiro Cardoso, vêm respeitosamente apresentar à superior consideração de Vossa Excelência o seguinte caso:

Alunos do 2.º ano da Faculdade de Direito de Lisboa, decidimos, no ano lectivo transacto, e depois de sugestão feira pelo professor titular da cadeira, Doutor Diogo Freitas do Amaral, elaborar um estudo sobre o regime jurídico da imprensa.

Contando de início com os úteis conselhos do Doutor Diogo Freitas do Amaral e do Doutor Augusto Athaíde Soares de Albergaria, então seu professor assistente, esse estudo acabou por abranger um âmbito muito superior ao que de início nos propuséramos executar, contendo agora, mais de um ano volvido, nomeadamente uma visão histórica de direito comparado e uma análise de toda a legislação portuguesa sobre o assunto desde a Monarquia Constitucional.

Transcendendo o fim imediato para que tinha sido elaborado – uma mera exposição em aula prática – decidimos então, a conselho de pessoas amigas e com a pronta aceitação de uma editora de Lisboa, imprimir em livro o referido resultado.

A responsabilidade incrente à publicação determinou uma maior e mais cuidadosa investigação, que se prolongou pelas férias de Verão de 1970 até o presente momento. Como é fácil deduzir, este estudo, conjugado com os trabalhos escolares do 3.º ano que neste momento frequentamos, originou um esforço suplementar que inclusive coloca em risco o bom aproveitamento escolar que sempre tivemos.

Ocupado com os sempre morosos e complexos trabalhos de revisão, foi o primeiro signatário desta carta surpreendido com uma notificação da Direcção-Geral de Segurança para comparecer na respectiva sede.

Aí, foi-lhe pedido para confirmar se era ou não autor deste livro e que indicasse o nome da editora e da tipografia onde seria impresso. Do decorrer da conversa pôde-se

---

2   **Transcrição da carta remetida por Alberto Arons de Carvalho e António Manuel Monteiro Cardoso ao Doutor Marcello Caetano, localizada no Arquivo da PIDE.

facilmente concluir da possibilidade de virem a ser levantados entraves à elaboração e distribuição do livro.

Esta atitude, salvo o devido respeito, não se justifica, tanto mais que, no decorrer da conversa, tivemos ocasião de verificar que os serviços competentes da Direcção-Geral da Segurança desconheciam as características, o alcance e o conteúdo da obra em questão.

De facto, como é aliás dito no próprio prefácio, renunciou-se a um juízo político dos regimes legais que estudamos, situando-nos sempre numa perspectiva estritamente jurídica.

O livro ontem, por outro lado, dados de inegável interesse geral, como sejam uma compilação, até hoje nunca publicada, da totalidade das leis sobre imprensa em Portugal desde 1910. Igualmente se analisa a lei espanhola de imprensa de 1966, a grega de 1967, a lei brasileira da informação do mesmo ano, o regime em vigor na França, as leis dos Estados da República Federal da Alemanha, aspectos importantes do regime da imprensa nos países socialistas.

Contém ainda o livro uma análise de toda a legislação de imprensa desde 1910 e do projecto e da proposta de lei de imprensa presentes à Assembleia Nacional.

Solicitamos assim a intervenção de Vossa Excelência no sentido de evitar eventuais entraves, que reputamos injustificados, à impressão e distribuição deste estudo.

Para que Vossa Excelência melhor possa avaliar da natureza do trabalho, entregamos juntamente fotocópias de provas de uma parte já impressa, sendo nossa intenção enviar o restante com a brevidade possível.

Subscrevemo-nos muito atenciosamente.

Alberto Arons Braga de Carvalho
Trav. Légua da Povoa, 5-6.º D
Lisboa – 1

António Manuel Monteiro Cardoso
Trav. Conde da Ribeira, 14-1.º D
Lisboa – 3

UM DEPOIMENTO

Mário Soares

Fui amigo de Joaquim Barradas de Carvalho desde os tempos da Universidade, na velha Faculdade de Letras de Lisboa. Tornámo-nos, com o andar dos anos, amigos íntimos: praticamente irmãos. Nessa época, que tem a ver com os anos difíceis da grande guerra, éramos não só companheiros de todos os dias, como camaradas de ideal. Acreditávamos nos "amanhãs que cantam", na Revolução e na Justiça de um mundo novo para o dia seguinte.

Mais velho do que eu cinco ou seis anos, Joaquim Barradas de Carvalho licenciou-se antes de mim e, militante do Partido Comunista, passou à clandestinidade, onde ficou uns anos.

Quando voltamos a encontrar-nos, eu tinha já responsabilidades políticas no MUD Juvenil e na Candidatura do General Norton de Mattos a Presidente da República e ele tornara-se historiador e decidira-se por uma carreira académica. Foi para França e enfileirou na equipe dos *Annales* e fez-se discípulo de Lucien Febvre, o insigne historiador francês que conheci, em Paris, apresentado precisamente pelo Barradas.

Joaquim Barradas de Carvalho doutorou-se brilhantemente, anos depois, na Sorbonne, com uma tese monumental e de profunda erudição sobre Duarte Pacheco Pereira e o Esmeraldo de Situ Orbis. É curioso notar que os seus primeiros trabalhos históricos são sobre o século XIX, com a publicação do livro, ainda hoje actual, "As Ideias

Políticas e Sociais de Alexandre Herculano" e, depois da passagem por Paris, abandonou esse "território" e fixou-se sobre a História dos Descobrimentos.

Passou então uns anos, de 1864 a 1969, no Brasil como professor da Faculdade de Filosofia, Letras e Ciências Humanas da Universidade de São Paulo. Foi esse um tempo fausto para Barradas. Não só porque se tornou um professor imensamente respeitado e prestigiado, tanto junto dos estudantes como dos professores, como conviveu com personalidades extremamente interessantes da Oposição brasileira à ditadura e arranjou inúmeros e bons amigos. Transformou-se, assim, num grande entusiasta do Brasil e num apóstolo do luso-brasileirismo, tendo por laço o Atlântico, muitos anos antes de José Saramago ter publicado a "Jangada de Pedra".

Contudo, a ditadura brasileira endureceu. Barradas de Carvalho volta a França, para prosseguir os seus trabalhos académicos, em 1969. Foi então que os nossos caminhos se voltaram a cruzar, depois do meu exílio em França, expulso de Portugal pelo Governo ditatorial de Marcelo Caetano em 1970. Praticamente encontrávamo-nos todos os dias e, com outros companheiros de exílio e com amigos brasileiros como Darcy Ribeiro e Celso Cunha, entre outros, tínhamos longas discussões político-literárias e sobre o futuro dos nossos dois Países. Barradas continuava fiel ao comunismo da sua juventude e eu tornara-me, entretanto, secretário geral do PS, que se fundara formalmente no Congresso na clandestinidade em Bad Munstereifel, perto de Bonne, na Alemanha Federal.

Mas a nossa discordância de ideias não alterou em nada a nossa fraternal amizade. Eu, europeísta, com a vontade de que, no futuro, o Portugal democrático se integrasse na então CEE; e ele, partidário do atlantismo do sul, com uma ligação privilegiada ao Brasil e com as nossas colónias, que ambos percebíamos que se iam necessariamente tornar independentes, uma vez derrubada a ditadura. Objectivo pelo qual ambos lutávamos, com todas as nossas forças.

Com a Revolução dos Cravos ambos voltámos a Lisboa; eu, primeiro; Barradas de Carvalho depois, visto que tinha uma casa própria, nos arredores de Paris e compromissos académicos difíceis de interromper. A Revolução afastou-nos um pouco, sobretudo no chamado Verão Quente, na época da grande confrontação socialista-comunista. Era tempo de acção revolucionária, não de debates teóricos. Mas a nossa amizade – e confiança recíproca – manteve-se sempre idêntica. Barradas, sempre fiel ao Partido Comunista, não concordava, no seu íntimo, com a via radical que tomou a Revolução. Chamava-lhe *"une fuite vers la lune»*...

Filho de um grande latifundiário alentejano – e de uma família de latifundiários alentejanos, da zona de Galveias (Portalegre), o <u>Quim</u>, como era tratado em família, ou o "Barreirinhas", como eu e os amigos mais íntimos o tratávamos, entendeu doar as suas terras para a Reforma Agrária e ficou, de um dia para o outro, pobre, só com os escassos rendimentos de professor da Faculdade de Letras de Lisboa.

Barradas de Carvalho foi um homem de grande coerência, humildade e de uma simpatia e afabilidade excepcionais, que lhe criaram inúmeros amigos de ambos os lados do Atlântico. De formação humanista, comunista e sergiana, de um rigoroso racionalismo crítico, foi um homem que sempre se bateu pelos direitos cívicos e políticos e um intelectual interveniente que sempre defendeu as boas Causas. Visitei-o, pela última vez, no hospital onde se sujeitara a uma intervenção grave. Sempre sereno, sorridente e optimista. Mas sem dúvida um pouco amargurado pelo caminho que as coisas tomavam em Portugal, na Europa e no Mundo. Tão diferente do que idealizara na nossa juventude e, depois, nas nossas conspirações – discussões, no exílio, em Paris…

Lisboa 19 de Setembro de 2005

O meu amigo Joaquim

José Tengarrinha[1]

O mais frequente era que, desde o primeiro contacto, se criasse com ele uma empatia que gerava uma rede de afectos tão larga como muito raramente vi com qualquer outra pessoa. A sua inteligência viva, mas serena, a sua vastíssima cultura, a sua afabilidade e cordialidade naturais, a sua exemplar lealdade, o sentido amplo da sua solidariedade humana a par de uma personalidade tolerante mas firme tornava-o alguém fora do comum de que não se esquecia. Com o Joaquim nós sabíamos sempre com o que podíamos contar, se necessário, um apoio pessoal ou científico, para que estava sempre disponível e que ele oferecia numa atitude de permanente generosidade aberta e desinteressada.

Foi essa generosidade e essa coerente entrega às suas convicções que, numa altura em que o Partido Comunista Português era a única força que se opunha ao fascismo, aceitou militar nele e até com tarefas da maior responsabilidade e perigo no aparelho clandestino. Só o seu profundo sentido do dever de combater um regime infamante o levou a abandonar uma promissora carreira académica que se traduzia já em obras que ainda hoje são de referência, a família, os amigos e a mergulhar numa vida clandestina que, a cada momento, era ameaçada pela prisão, pela tortura, porventura até pela morte, como a outros sucedera. Tanto mais que, perante carências do aparelho organizativo,

---

[1] Faculdade de Letras da Universidade de Lisboa.

aceitou encarregar-se da mais perigosa de todas as tarefas – a responsabilidade de uma tipografia clandestina do PCP.

Tudo isto é tão surpreendente como se víssemos um peixe a nadar fora de água. Porque esse, verdadeiramente, não era o seu meio. Não por falta de identificação política com a tarefa, que ele cumpria com respeitosa humildade, mas porque as suas características pessoais eram as mais avessas às rigorosas exigências de uma vida clandestina, além disso cumprindo a mais perigosa das funções. Era-lhe exigida uma vigilância constante, sem um momento de quebra, permanentemente atento a qualquer sinal que pudesse indiciar perigo de ofensiva da polícia política. Ele tinha consciência disso, mas era-lhe impossível contrariar a sua entranhada natureza. O Joaquim era das pessoas mais distraídas que eu conheci, com uma candura e ingenuidade que até despertava ternura. Era ele próprio, divertindo-se de si, que contava aos amigos o rol infindável de histórias das suas distracções, algumas delas dignas de antologia como aquela em que, viajando de comboio de Paris para Estrasburgo, depois de uma série de peripécias, foi parar à Bélgica.

Além disso, o isolamento da vida clandestina não se coadunava com a sua ânsia permanente de comunicação de ideias. Confrontar posições, reflectir sobre caminhos novos, inovar as ideias sem barreiras era-lhe impossível não só porque não tinha interlocutores como porque a rígida disciplina ideológica do PCP o impedia de voar livremente. Mas, mesmo assim, tentou vencer esses condicionamentos.

Contou-me o Prof. Jorge Borges de Macedo que na sua casa de Campo de Ourique (Lisboa) era procurado frequentemente pelo Joaquim para discutir animadamente as questões da História de interesse comum. Eram, pelo que me contaram, sessões muito estimulantes, que prosseguiam às vezes noite fora. É claro que este era um atentado grave às mais elementares regras conspirativas

da vida clandestina. Mas a sua distracção ia ao ponto de esquecer-se de ocultar os sinais da tarefa a que se dedicava. Contou-me ainda o Prof. Borges de Macedo que num desses dias reparou que as pontas dos dedos e as unhas do Joaquim estavam sujas de tinta de impressão. Disse-lhe então, com bonomia: "Joaquim, fiquei agora a saber que estás a trabalhar numa tipografia clandestina. Comigo não há problema, mas olha qualquer outro poderá denunciar-te".

Algum tempo depois, quando a polícia política rondava a tipografia, conseguiu escapar-se, salvando o material tipográfico. Saiu então clandestinamente para Paris onde iniciou uma actividade historiográfica intensa, produzindo trabalhos notáveis que alcançaram grande notoriedade nos meios científicos, como o clássico "A introdução do algarismo árabe na Península". Era, finalmente, a sua consagração como historiador.

UM RARO PERFIL: BARRADAS[1,2]

Fernando Antônio Novais[3]

José Jobson de Andrade Arruda: Fernando, nós gostaríamos de saber como e de que forma você travou o primeiro conhecimento com Barradas e sua obra?

Fernando Antonio Novais: Quando eu estava me preparando para esta entrevista, verifiquei meus arquivos antigos e achei algumas fichas datadas de 1959 que me deixaram muito emocionado porque relembravam meu primeiro contato com Barradas e sua obra. Foi uma conferência que ele fez em 31 de agosto de 1959, na Faculdade de Filosofia, Ciências e Letras, na rua Maria Antônia, no salão Nobre. Falaram em seguida a Margarida e o Luís de Matos. Eles estavam vindo da Bahia, onde tinham ido participar do famoso Colóquio de Estudos Luso-Brasileiros, uma série, que primeiro teve lugar em Washington e a seguir em São Paulo, na data do Quarto Centenário. Depois da palestra, participamos dos debates estimulados pela fala do Barradas: o Sérgio Buarque; o Prof. França; o Maurício Tragtemberg; eu disse alguma coisa. Depois da sua fala, fui apresentado ao Prof. Barradas e à Prof.ª Margarida pelo Prof. França. Lembro-me perfeitamente deste dia. Ele falou como tinha sido o colóquio da Bahia e que tinha gostado muito. A Margarida falou mais sobre a cidade de Salvador; o Barradas falou que tinha gostado muito da educação das pessoas, pois ele era um homem muito educado, mas não percebeu muito aquela paisagem. Eu costumava dizer para o Barradas que, em qualquer lugar em que ele estivesse, ele estaria vivendo numa certa região de Paris; qualquer lugar do mundo era sempre Paris, para Barradas.

Ele falou ainda mais que o colóquio era oficial e tinha uma bancada grande de professores de Portugal. Isso se passava em 1959, no auge do salazarismo. Eu me lembro que ele disse: "Fizemos-lhes a vida dura". Era mais ou menos o mesmo número de portugueses vindos de Lisboa, da Universidade; vários vieram da França, dos Estados Unidos, muitos exilados. E o Barradas repetia: "nós fizemos a vida amarga para eles". Sua fala foi sobre a formação da mentalidade quantitativa. Logo depois, eu li o trabalho que foi publicado na nossa *Revista de História*, sobre a introdução dos algarismos arábicos em Portugal.

JJAA: Fernando, depois desse primeiro encontro, em 1959, até a vinda dele, em 1964, houve algum outro?

FAN: Não houve. Ele só teve contato com os brasileiros que foram à França, como lá eu não fui nesse período, não tivemos qualquer contato, nem mesmo correspondência ou telefone. Mas travei um diálogo intelectual por meio dos artigos aqui publicados, especialmente o já citado sobre os algarismos arábicos, e um outro artigo dele sobre mentalidade, um artigo mais geral, do qual eu tinha separatas de uma revista portuguesa. O Prof. França apoiava muito o Barradas e achava original seus escritos, sobretudo porque ele fazia História da Cultura e baseava-se nos métodos quantitativos. Dizia o Prof. França: "Ele lê uma crônica, fica contando palavras", e com isto faz uma História da Cultura muito original.

JJAA: Isso significa que você tomou parte nas negociações que envolveram a vinda do Prof. Barradas para a USP, em 1964?

FAN: Não, não tomei parte. Nesse momento, eu estava saindo da Faculdade de Economia e entrando na Faculdade de Filosofia, em 1960. Além do mais, na Cátedra havia toda uma hierarquia e eu não participava desse tipo de negociação. Eu era o neófito ali, era o assistente recém-chegado.

JJAA: Mas então quem tomou a iniciativa para a vinda do Barradas?

FAN: Foi o Prof. França, que já conhecia o Barradas por sua ligação com o grupo dos *Annales*; a partir de contatos com o Frédéric Mauro. Não era somente o Prof. França, o Prof. Eurípedes também apoiava. O Prof. Barradas veio convidado pela Faculdade. Naquela época, creio que ainda se mantinha um desentendimento do Prof. França com o Departamento de História, que depois foi superado. Mas o Prof. França nunca deixou de se comunicar com a Faculdade e resolver seus problemas. De forma que quem iniciou as negociações foi o Prof. França, com o aval do Eurípedes que, na época, era Diretor da Faculdade.

JJAA: Ele foi bem recebido no Departamento de História. O clima era favorável; havia resistência por parte dos professores, levando-se em conta o ambiente no ano de 1964, o ano em que ele chega, um ano muito emblemático, não é verdade?

FAN: Ele chegou alguns dias antes do golpe. O golpe foi em 31 de março e ele chegou no começo de março. Não houve, que eu saiba, nunca houve coisa alguma contra ele no Departamento, onde ele foi muito bem recebido. Eu creio que houve problemas depois, mas foi fora do Departamento. Logo no primeiro mês, saiu um artigo no jornal *O Estado de S. Paulo*, um Editorial diretamente contra o Barradas. Foi em abril. Ele ainda estava na *Tudor House*. O *Estadão*, naquela época, mantinham sempre redatores portugueses por que achava que eram os únicos que dominavam o vernáculo. Alguns escreviam mesmo os editorais. Durante muitos anos, quem redigia o editorial de política internacional era um amigo do Barradas, o Miguel Urbano Rodrigues, que era comunista exilado no Brasil e escrevia diariamente contra o comunismo expressando a opinião do jornal, o que deve ter perturbado muito a sua mente. Nessa mesma linhagem, um outro jornalista português chamado Santana, escreveu uma coluna inteira contra o Barradas, dizendo que exatamente na hora em que o Brasil começava a sanear os comunistas, a Faculdade de Filosofia contratava comunistas de Portugal, e isso era o cúmulo. O Barradas ficou muito atrapalhado na época. Ficou passado mesmo. Lembro-me de reuniões em que o Prof. França e o Prof. Eurípedes procuravam convencer o Barradas a ficar.

Ele se integrou muito no Brasil, mas não foi de imediato, pois a imagem que ele fazia do Brasil era a imagem de São Paulo que os franceses construíram. Os franceses que fizeram parte da missão francesa em São Paulo diziam que o jornal *O Estado de S. Paulo* era uma espécie de "dono" da Universidade de São Paulo. Nos anos 1930, coisas da Universidade eram discutidas no jornal *O Estado de S. Paulo*. O Barradas achava que os editoriais expressavam a opinião do jornal e, portanto, da Universidade. O Prof. França e o Prof. Eurípedes insistiam que isso não era nada, era apenas a opinião de um jornalista, até o Barradas se convencer. Essa foi a resistência mais séria ocorrida.

JJAA: Fernando, o Barradas chegou ao Brasil num momento em que se privilegiava a História Econômica, de fundamentação marxista, havendo mesmo uma identificação entre essas duas coisas. Nesse contexto, havia lugar para a História da Cultura no

Departamento de História, mesmo que fosse realizada por um historiador identificado com o marxismo, como era o caso do Barradas?

FAN: Essa é uma pergunta que não dá para responder rapidamente. É complicado. Vamos por partes. Dizer que a História Econômica era predominante é sustentável na Europa, nos Estados Unidos nem tanto, e no Brasil, certamente, não. Mas, não se pode dizer que isso vai definir o Departamento de História. A História Econômica, no Departamento de História, necessariamente não se pode dizer que tivesse uma certa inspiração marxista, nem que fosse dominante. Havia, sim, uma história da cultura, cujo nome forte era o próprio Prof. França, mais ligado ao primeiro momento dos *Annales*, o momento de Febvre; mas a Faculdade recebe, neste momento, o impacto da segunda fase, a de Braudel, que vai da Guerra até o fim dos anos 1970, período em que o diálogo com as Ciências Sociais continua, mas é o momento em que a Economia predomina e as grandes coleções em História Econômica surgem. O Barradas fazia parte do núcleo dos *Annales* e não havia nenhum problema, pois ele era um historiador identificado com o Marxismo, comunista partidário, filiado a um partido dos mais ortodoxo, mais que o partido comunista francês. O Prof. França nunca notou nada de marxista nele, o que é sintomático.

JJAA: Qual a importância do Barradas, depois de sua chegada, para o ensino, para a pesquisa, sobretudo na cadeira de História Ibérica, para a qual ele veio?

FAN: Fundamental, porque, logo depois de criada esta disciplina ficou muito importante com a vinda do Barradas. Havia muita rivalidade em Portugal sobre esse assunto. Mesmo a oposição portuguesa e espanhola, ambas perseguidas por regimes de direita, não conseguiam superar, no plano acadêmico, essa rivalidade. Os portugueses sabiam tudo o que se passava em Paris, mas nada da Espanha. O Barradas achava que quando fosse ampliar o setor de História Ibérica na USP, seria importante ter alguém para falar sobre a História da Espanha, pois ele próprio dizia nada entender dessa história. A disciplina criada na USP depois apareceu em outras universidades. O Prof. França era um grande defensor da criação de uma cadeira de História Ibérica.

JJAA: O Prof. Barradas mantinha um círculo intenso de relações sociais desde sua chegada ao Brasil, uma espécie de sociabilidade acadêmica, mas também política, que tinha por base operacional sua própria casa. Você frequentou esse círculo íntimo?

FAN: O Barradas e a Margarida eram pessoas com enorme capacidade de relacionamento. Neste sentido, tinham um certo carisma. Era uma característica que não tinha nada a ver com partido. Por outro lado, vindo de fora, de Paris, ele chegava ao Departamento como uma pessoa que pairava acima os conflitos internos. O prof. Astrogildo, por exemplo, brigou com o prof. Eurípedes e acabou por tirar sua cadeira, de História da América, do Departamento. O Barradas era muito afável, vinha de Paris e não tinha nada a ver com as brigas das pessoas. Por isso, ele polarizava todas as facções, pessoas de vários grupos. Sua casa, localizada nas imediações da Cidade Universitária, facilitava as reuniões. O Barradas, além do ordenado de professor catedrático, recebia "bolsa" remetida pelo seu pai, de Portugal, significando, portanto, um duplo salário. E era um grande anfitrião. As pessoas que aí se reuniam participavam de discussões e estudos.

JJAA: O Barradas chegou em março de 1964; no final deste mesmo ano, você partiu para Portugal, para fazer estudos concernentes ao seu doutoramento. Houve alguma experiência lá que tivesse alguma relação com o que Barradas fazia no Brasil?

FAN: Ele me fez um mapa completo de Portugal, no plano da *intelligentsia*. Ele conhecia tão bem Lisboa, que localizava pessoas geograficamente e me indicou várias delas, inclusive vários colegas de classe: Mário Soares (tinha feito Direito, mas fez História depois), Margarida, Borges de Macedo, Joel Serrão, Godinho (professor de Barradas).

Barradas deu-me um exemplar de sua tese de mestrado sobre *Alexandre Herculano* e um livro da Editora Dom Quixote sobre a *Introdução à História das Técnicas*. Indicou, também, Fernando Piteira Santos, outro de seus colegas, que escreveu um trabalho sobre a Revolução do Porto de 1820, antes de ser expulso de Portugal.

Ele me disse para ir à Academia das Ciências e ver as coleções dos Manuscritos, que eu nem sabia que existia. Quando ele foi aluno do Godinho, a Faculdade era no prédio da Academia. Ele conhecia muito bem essa documentação.

JJAA: Você trabalhou com as Balanças sozinho ou com o Tengarrinha?

FAN: Neste setor da pesquisa, o das Balanças de Comércio, encontrávamo-nos na Biblioteca do Instituto Nacional de Estatística; o período em que ele trabalhava era posterior ao da minha pesquisa. Isto foi no começo de 1965, e logo ficamos muito amigos. Eu cheguei a Lisboa no natal de 1964. Em 2 de janeiro de 1965, na casa de Joel Serrão, conheci o Tengarrinha. "Às vezes ele some porque é um militante do Partido Comunista", disse-me Joel. Às vezes a gente se encontrava no Instituto de Estatística para pesquisar nas Balanças. Ele ia de manhã. Eu ia à tarde. Ele deixava bilhetes para mim no meio das Balanças.

JJAA: Fernando, aqui no Brasil, Barradas certamente não se desligou dos grandes intelectuais, os grandes historiadores com quem conviveu na França. Quais eram estas convivências? Nas conversas que mantinha com você, fazia referência a alguém em particular, a um tema?

FAN: Ele tinha, pode-se dizer, dois tipos de interesses. Até podemos dizer três. Um era o grupo dos *Annales*. Falava muito no Braudel, seu amigo pessoal. Falava muito também de Febvre. O outro tema era a ligação da História do Brasil e de Portugal e, por último, a História da Cultura. No grupo dos *Annales*, a inspiração era Lucien Febvre. Mas fazia parte do grupo o Mauro, não por causa da História da Cultura, mas por causa do Brasil. Também fazia parte do grupo o Bourdon, Delumeau, um que morreu logo depois e do qual falava muito era Guy de Beaujouan. Até inventamos umas modinhas para arreliar: "E o Guy de Bourjouan que não parava de falar. E *pás!* la vem o *Révah*". Esse é o núcleo. Também Battailon se incluía. Havia alguns outros que eram mais da esfera política. Por exemplo, com relação à Revolução Francesa, que o ligava a Albert Soboul. Ele cruzava com este pessoal da política e gente da oposição portuguesa.

Eu discutia com o Barradas. Ele dizia que aqui tínhamos influência dos franceses, mas, no fundo, era muito maior a influência americana, alemã. Eu dizia: não discordamos com relação à historiografia francesa. É uma historiografia de ponta no mundo. O problema é que você acha que ela é única que existe. Ele ficava resmungando mas depois ele ia ler as coisas. Ele usava muito a expressão "não joga", como os franceses, dizem *çà ne marche pas*. Então, se lia um americano ou um inglês a respeito destes assuntos de história da cultura, logo dizia: "isto não joga". Se não batia com o Guy de Beaujouan, a coisa complicava...

JJAA: Fernando, as concepções teóricas que vieram com o Barradas de alguma forma foram afetadas, mesmo que minimamente, por sua estada no Brasil, que foi de seis anos?

FAN: Agora vou aproveitar para falar mais um pouco do marxismo. A pergunta, como foi feita, eu acho que sim. Foram afetadas; não modificadas. O Barradas era muito teimoso e não estava muito a fim de mudar seu ponto de vista. Ele dava muita importância à experiência brasileira. Vivia reclamando que nós criávamos caso nas discussões sobre marxismo. Mas se pôs a ler certas coisas por causa disso. Sempre repetia "não joga". Mas foi afetado porque ficou preocupado. O Barradas era um historiador do grupo dos *Annales*, da *École Pratique des Hautes Études Rue de Varennes*, naquele tempo não era ainda *Maison de Science de L'Homme*. Ele era típico da escola, sem tirar nem pôr. E era do Partido Comunista. Ele não via nenhuma diferença entre o marxismo e a ciência. Ele estava fazendo ciência. Imagine naquela época em que se fazia seminário sobre dialética, empirismo. Eu dizia: "Barradas, não é assim". Ele respondia: "Você fica com essa coisa dos alemães na cabeça". Mas ia ler. Foi ler o Althusser. Ele lia o Foucault. Foi ler o Goldmann.

Eu diria que afetou, não mudou. É uma coisa engraçada. O Barradas pode ser um exemplo para pensar as relações culturais. O perfil da cultura brasileira, coisa em que eu venho mexendo atualmente. A presença maior do marxismo no Terceiro mundo, especialmente na América Latina. Também é diferente na Europa. Os marxistas na Inglaterra são majoritariamente os historiadores; na França, filósofos; nos Estados Unidos, economistas. É típico do Partido Comunista francês, bem como do português, essa postura em relação aos intelectuais. O Partido Comunista francês não tinha muito problema com o fato de um professor não ser marxista, desde que ele cumprisse as tarefas e não ter pretensões a assumir posições de mando. Soboul, por exemplo, que gostava de dizer que era um historiador marxista e não um marxista historiador; dizia-me que nunca sofreu pressão partidária nas suas análises da Revolução; mas notava que seus trabalhos não eram muito utilizados na União Soviética, por exemplo. Observação desse tipo li, mais recentemente, na autobiografia de Eric Hobsbawm. Barradas, por outro lado, era um caso extremo: tratava-se de um típico historiador dos *Annales*, que fazia História da Cultura com esse paradigma e que, ao mesmo tempo, era um militante igualmente típico do Partido Comunista. As duas atividades ficavam como que separadas. Essa postura do Partido Comunista em relação aos intelectuais era impensável na América Latina. Daí nossas disputas com o Barradas. Eu acho que isto afetou o Barradas, ou seja, as discussões entre marxismo e história. Ele hauriu no Althusser, no Goldmann, a formulação de muitas coisas, que surgem nas introduções teóricas dos textos que ele escreveu depois. Por outro lado, foi aqui que o Barradas adquiriu outro interesse que ele não adquiriria lá. Um interesse pelas questões do terceiro mundo, da América Latina que até o levou, no fim da carreira, a discutir se Portugal deveria se voltar para a Europa ou para o Atlântico. Essa é uma problemática que não havia na França. Neste sentido, sua estada no Brasil afetou suas posições.

JJAN: Então, Fernando, você acha que, de alguma maneira, este afetamento, se é que podemos usar esta expressão, entra um pouco nesta fórmula que ele insistentemente repetia: "Da História do sensível ao inteligível"?

FAN: Essa é a maneira pela qual ele expressava o Goldmann, que leu muito; sobretudo o que vira em *Ciências Humanas e Filosofia*, em que o Goldmann fala do Weber, do Marx, do Durkheim, e discute o critério para criar elementos de sistematização globais e universalizantes, como é possível ver um a partir do outro. Como é possível analisar o Marx a partir do Weber e, sobretudo, Weber a partir de Marx. Desse ponto de vista, a dialética marxista é a única que consegue dar inteligibilidade à totalidade das coisas. A inteligibilidade do todo, quando não é atingida, fica no nível da sensibilidade. Essa é a formulação barradiana.

Um dia, fizemos uma brincadeira com ele. O Carlos Guilherme tinha chegado da Livraria Francesa, no centro da cidade, e foi logo dizendo ao Barradas que vira um livro do Goldmann, publicado pela Gallimard, mas que não tivera dinheiro para comprar e que se chamava *La passage de le sensible a le inteligible dans les sciences humaine*. O Barradas correu imediatamente para o carro para ir comprar o livro. O Carlos o segurou dizendo que era tarde, a Livraria já estaria fechada e que, afinal, havia inventado tudo, o que deixou o Barradas perturbado.

JJAA: Dentre os trabalhos do Barradas, qual a principal contribuição aos estudos sobre literatura de viagem da época dos descobrimentos? Qual seria a especificidade de Barradas, sua grande contribuição?

FAN: Eu acho que o importante do Barradas é a literatura de viagens da época dos descobrimentos. A partir de um texto fundamental, claro, dessa época, desse contexto, que é o *Esmeraldo de situ orbis*, ele iluminou a literatura de viagens e, ao iluminar a literatura de viagens, deu uma nova visão da renascença em Portugal. Essa eu acho que é uma contribuição definitiva. Eu não posso dizer que li tudo, mas li o que há de mais importante sobre a renascença em Portugal depois do Barradas, como é o caso do Silva Dias, e outros mais recentes. Mesmo os que o não acompanham inteiramente, reconhecem que o Barradas não só valoriza, mas explicita a literatura de viagem em sua importância. Ela existe somente em Portugal e na Espanha. Se você tomar uma história da literatura francesa, mesmo a mais recente, não tem um capítulo sobre a literatura de viagens no século 16, mas tem na espanhola, na portuguesa, desde o século 19. O que é importante, que há em Portugal e nos outros não, é esta pré-história do racionalismo moderno. É em torno deste eixo que ele monta esta história. É por isso que o livro dele se chama *A la recherche de la spécificité de la Renaissance portugaise*. Isso é uma coisa que o tempo não vai mudar. Vai consolidar. É um ponto estabelecido.

JJAA: Poder-se-ia dizer, Fernando, que estas concepções permanecem de pé?

FAN: Eu não conheço nenhum trabalho que tenha mudado isto. Pode haver autores que ficam falando de outras coisas da renascença portuguesa. Há quem diga que Portugal tem esta especificidade, sim, mas que isso não foi importante no conjunto. Até pode-se pensar que o Barradas tenha exagerado a importância desse racionalismo na renascença portuguesa. Como todo sujeito ligado a seu tema, ele era um obsessivo. Uma vez, eu me lembro do Barradas muito entusiasmado citando o texto do frade do Santo Ofício, incumbido de dar o *nihil obstat* para a publicação dos Lusíadas, quando se refere às Ciências Humanas; isto siderava o Barradas. Mas observei, meio a contragosto, que, no texto do inquisidor, "ciências humanas" contrapunha-se "às divinas". A contragosto, porque estava sendo um desmancha-prazeres. Isto mostra como ele era obsessivo com o tema. Mas de qualquer maneira, esta concepção eu acho que permanece.

JJAA: Para concluirmos, há algum fato do seu relacionamento com o Barradas que tenha vivido ou simplesmente sabido, que valeria a pena lembrar nesta homenagem que fazemos ao Professor Barradas?

FAN: Há tantas coisas, que teria que escolher. Vou dar alguns exemplos. Essa coisa da obsessão dele, de citar, por exemplo, o *nihil obstat* do Santo Ofício para mostrar como era avançado o frade. Nessa linha, por exemplo, lembro-me de uma vez ter falado ao Barradas como é que ele conseguia ficar tantos anos trabalhando num texto só. Ele respondeu candidamente que, pensando na posteridade, você deve fazer a edição crítica de um grande clássico, porque daí para a frente, dificilmente alguém vai fazer outra edição crítica, pois, praticamente, cada palavra merecia uma citação. Enquanto o *Esmeraldo* for citado, eu serei citado. Então, está assegurada a posteridade. Ele me aconselhava a fazer isso. Eu cheguei a procurar um texto para fazer o mesmo, mas ele conseguiu mais do que isto, porque o seu livro sobre a renascença portuguesa permanece de pé, mesmo que ele não tivesse feito a edição crítica do *Esmeraldo*. E a sua edição crítica do *Esmeraldo* é definitiva.

JJAA: Fernando, as coisas mais afetivas eu sei que são as mais complicadas. Mas que sensação tem quando afirmamos que o Barradas, e isso eu ouvi dele próprio, considerava-o o melhor amigo por ele cultivado no Brasil?

FAN: Eu vou responder da seguinte maneira. É a mesma emoção que senti quando a Dona Maria Amélia, viúva do Sérgio Buarque, disse-me, mais de uma vez, que o Sérgio dizia para ela que a coisa que ele mais sentia na Universidade é que eu não tinha sido assistente dele. A primeira vez, eu falei: "Amélia, você está brincando!". "Não, ele falou várias vezes isso". "Então você deveria ter me dito isso antes, para eu pôr num quadro".

JJAA: Pôr num quadro? Pôr no currículo!

FAN: "Eu nunca soube disso. Por que você não me contou antes?". Eu pensei que ele falasse isso para você também, disse Amélia. Eu nunca tinha ouvido falar disso. Fico perplexo. Mas acho muito bom. A emoção que sinto ao saber deste sentimento do Barradas é exatamente a mesma.

UM MISSIONÁRIO DOS NOVOS TEMPOS: LISBOA, PARIS, SÃO PAULO

José Jobson de Andrade Arruda[1]

"Os fados, têm-me sido, até o momento, fundamentalmente adversos...
mas, certas realizações, não podem ser simples e cômodas"
Joaquim Barradas de Carvalho, *As Fontes...* São Paulo, 1968

Vi-o pela primeira vez. Ao longe, em meio ao corredor. Corria o ano de 1964, era agosto, desde março o país vivia sob o tacão dos militares. Iniciava-se o segundo semestre do curso de História da USP, no departamento ainda instalado numa das asas do prédio velho da Reitoria. Trajava paletó *pied-de-coq*, que lhe dava um ar esportivo e jovial. Afinal, tinha somente 44 anos, a idade dourada dos intelectuais. Fumava *gauloises* exibindo, entre as tragadas ligeiras, um amplo sorriso que se abria em sua face de tom acobreado: um sorriso meigo, acolhedor, convidativo, que o ocupava por inteiro. Então era ele. O novo professor, que passaria a reger as disciplinas de História da Civilização Ibérica e História da Cultura Portuguesa, cuja presença fora anunciada ainda no primeiro semestre. Um professor português aclimado aos ares de Paris, pesquisador do CNRS, que gerava uma expectativa inusitada entre os alunos do segundo ano, apesar da tradição uspeana em acolher missões estrangeiras.

---

[1] Professor Senior do Departamento de História da USP e Professor Titular de História Moderna do Instituto de Economia da UNICAMP.

Joaquim Barradas de Carvalho era o novo missionário, estrangeiro, mas não tanto. Vinha de Paris, mas falava português. Um alívio para aqueles que, como eu, fruto de uma nova geração que se habilitara na língua inglesa, eram obrigados a ler livros e documentos em francês por força da tradição historiográfica francesa instalada na USP, desde a sua fundação. Se temores havia, dissiparam-se imediatamente ao primeiro contato. Um ser tão sorridente e afável não poderia ser duro com seus discípulos; impressão inicial, que seu curso viria a comprovar inteiramente. Versando sobre a cultura portuguesa, especialmente focado no século 19, apoiava-se em seu livro *As ideias políticas e sociais de Alexandre Herculano*, obra de juventude, trabalho terminal da graduação em História na Universidade de Lisboa, finalizado em 1946, quando o autor tinha apenas 26 anos de idade. Trabalho precoce, mas considerado por seus críticos como uma de suas melhores obras.[2]

O século 19 português era um universo muito distante para mim e, creio, também para meus colegas. Não fazia parte dos temas usuais sobre a História de Portugal aos quais estávamos habituados: os descobrimentos, a colonização, a vinda da família real, o movimento da independência e a abdicação. Nada além, a não ser uma breve incursão na época contemporânea quando, engastada nas análises sobre os totalitarismos, adentrava-se superficialmente no regime salazarista. O século 19, especialmente a proposta de abordagem cultural do curso, centrado na visão de Portugal construída pelos intérpretes do oitocentos, parecia-nos longínquo e exótico, pois tudo isto ocorria em plenos anos 60, quando se vivia sob o império da história econômica e social, de matriz marxista. No fundo, era um curso de feição historiográfica, pouco usual naquela época, pois era uma espécie de território privado dos cursos de metodologia e teoria da história.

Se o curso era de história da cultura, o professor Joaquim Barradas de Carvalho revelou, prontamente, sua intimidade com a história econômica. Ainda estudante, publicara um pequeno estudo sobre a história das técnicas e da economia.[3] Esta trajetória considerava quase natural, pois dizia ser mais fácil iniciar-se pela história econômica "mais dis-

---

2 Apresentada à Faculdade de Letras da Universidade de Lisboa em 1946, como tese de licenciatura em História, foi publicada em 1949, com alterações introduzidas neste ínterim. CARVALHO, Joaquim Barradas. As ideias políticas e sociais de Alexandre Herculano, Lisboa, 1949, segunda edição corrigida e aumentada Seara Nova, Lisboa, 1971.

3 Cf. CARVALHO, Joaquim Barradas. As Invenções Técnicas e a História Econômica. Empresa Contemporânea Edições, Coleção Testemunhos, Lisboa, 1943. Sob o título: "Um livro 'Desconhecido' de Joaquim Barradas de Carvalho", Francisco Domingues Contente, aprecia criticamente o texto. Revista História e Crítica, nº 9, junho/julho, 1982, p. 79-82.

ponível ao primeiro olhar, deixa-se penetrar mais facilmente", passando-se a seguir para a história da cultura, mais tortuosa e complexa, "exigia erudição e estilo", não se entregando facilmente ao sonho de decifração do investigador. O estilo Barradas anunciava-se. Era direto, correto, perspícuo, jamais constrangedor. Encontrava sempre a palavra justa para transformar um desempenho limitado em estímulo. Assumia seu papel de preceptor, um ritual de iniciação, pelo qual aprendizes eram encaminhados ao ofício de historiador e, portanto, erros cometidos eram entendidos como etapas cumpridas no processo de aprendizagem. Fiz um trabalho de curso sobre o texto de António Sérgio, *O Reino Cadaveroso*, com muitas impropriedades de linguagem, gralhas que, segundo ele, poderiam ser eliminadas por uma limpeza do texto, pois seu conteúdo era bom. Exortou-me a reescrevê-lo, atribuindo-me nota nove, por certo imerecida. Ele passava a imagem de odiar a hipótese de ter que reprovar seus alunos. Neles confiava até o último momento. Somente os reprovava se nada fizessem, absolutamente nada, para sua consumação.

Sur l'introduction et la diffusion des chiffres arabes au Portugal, foi um dos textos mais comentados e discutidos em seu curso,[4] sendo também um dos que mais atraíram minha atenção. Realizava um enlace entre a história econômica – em sua forma mais recente e extremada, a história quantitativa – e a história da cultura, igualmente em sua franja mais sofisticada, o da história das mentalidades. A aproximação entre estes dois pólos do conhecimento, aparentemente tão distantes e incompatíveis, aguçaram meu interesse pela história econômica em sua vertente quantitativa, pois, por via da "matematização do real", buscava-se atingir os labirintos ocultos da mentalidade científica, descortinando-se o universo da precisão, que invadia o mundo do mais ou menos, rumo à laicização e racionalização, engendradas no âmago do mundo burguês.[5]

Visão ampla e sensibilidade eram marcas de sua personalidade. Para ele, o historiador era um ponto de encontro, um meio termo entre a erudição e o ensaísmo, a sua

---

4   Publicado em Bulletin des Études Portugaises et de l'Institut Français au Portugal, Lisboa, Nouvelle Série, Tome XX, p. 110-181, 1958. A tradução portuguesa foi elaborada por Maria Regina Simões de Paula em Interfacies, IBICE/UNESP, Assis, nº 91-92, 1982.

5   A relação entre a forma cursiva dos algarismos e o despontar da mentalidade burguesa, já fora estabelecida no artigo: "A mentalidade, o tempo e os grupos sociais (Um exemplo português da época dos descobrimentos: Gomes Eanes de Zurara e Valentim Fernandes)", na *Revista de História*, nº 15, São Paulo, 1953, tendo sido este seu primeiro artigo dentre os muitos que se seguiriam neste periódico. Este mesmo artigo foi publicado também em *Annales (Economies-Sociétés-Civilisations)*, Paris, nº 4, 1953.

mediação criadora. Revelou-se, para todos nós, seus alunos, por seu comportamento pessoal, o professor que de mais longe veio e o que mais próximo se tornou. Acostumados ao distanciamento imposto pelos professores brasileiros, herança do *status* atribuído à figura dos professores da Universidade de São Paulo, em geral egressos de estratos superiores da sociedade, causou-nos grande impacto a sua atitude de aproximação, de abertura de diálogo e, sobretudo a oferta de oportunidades. Fui convidado, junto com outros colegas, a almoçar com o professor e sua esposa, a também historiadora Margarida Barradas de Carvalho, na Tudor House, ainda hoje localizada no mesmo endereço na Joaquim Eugênio de Lima, próximo da Avenida Paulista, uma espécie de residencial onde se hospedavam inúmeros professores visitantes. Independentemente do motivo do convite, o simples convite em si, foi uma espécie de dignificação. Tive, pela primeira vez, uma agradável sensação de conforto, de agasalhamento social, embalado pelo olhar reconfortante de Barradas e o acolhimento refinado de sua mulher. Foi o primeiro momento, em minha vida de estudante de origem humilde, que tive a sensação de que havia uma chance; a segunda deu-se dois anos após, quando, ao finalizar o curso de graduação, o professor Eduardo d'Oliveira França convidou-me para ser seu assistente na Cadeira de História Moderna da USP, suprema distinção. Houve, naquele almoço singelo, um momento de elevação, quando nosso anfitrião convidou-nos para compor um grupo de estudo sobre a literatura de viagem da Época dos Descobrimentos, muito particularmente, sobre os documentos relativos ao descobrimento do Brasil.[6]

O seminário desdobrou-se em seções semanais que tiveram continuidade nos anos seguintes. Conduzia-o com enorme segurança, total disponibilidade para com seus aprendizes e absoluta discrição ao apontar possíveis equívocos, preferindo sempre a ironia fina que, não raro, voltava contra si próprio. Generoso, aceitava sempre, e com expressão indulgente, as minhas desculpas pelas ausências forçadas pelos já numerosos compromissos de trabalho, motivo de justa reserva por parte dos demais membros do grupo. As reuniões de trabalho realizavam-se no Centro de Estudos Portugueses, no centro da cidade, na rua Frederico Steidel, onde poderiam ser encontradas numerosas obras indispensáveis ao bom andamento do seminário, obras estas que chegaram ao Brasil na

---

6   Faziam parte do grupo Ana Maria de Almeida Camargo, Arnaldo Daraya Contier, Genésia Cocato, Kátia Maria Abud, Miyoko Makino, Raquel Glezer. Posteriormente, alunos de outras turmas foram sendo agregados ao grupo inicial.

oportunidade da comemoração do IV Centenário da Cidade de São Paulo.⁷ Mas nunca terminavam sem uma passagem, quase obrigatória, pelos bares da Galeria Metrópole, ou da Fasano, na Avenida Paulista. Este talvez tenha sido um dos primeiros projetos na área de História a contar com o apoio da FAPESP, sem dúvida uma experiência coletiva pioneira no campo da iniciação científica.⁸ Por certo, estas iniciativas tinham a ver com sua avaliação sobre a relação entre a juventude paulista e a História, pois se confessava "surpreendido pelo menosprezo pela História", o que se explicaria pela identificação entre História e tradição, e o fato de "a tradição aparecer confundida com algo que se assemelha a um peso morto".⁹ Sua ação tinha, portanto, um caráter propedêutico, o de incutir na juventude o gosto pela História.

Era profundo conhecedor do tema que nos propusera, pois a ele dedicara, parafraseando Fernand Braudel, "muito além de sua mocidade". Sinteticamente resumido no título *L'historiographie portugaise contemporaine et la littérature de voyage à l'époque des grandes découvertes*,¹⁰ por ele entendida como "a placa giratória" da História de Portugal, cuja relevância descobriu ao estudar a obra de Alexandre Herculano, no século 19, acabando por surpreendê-la definitivamente em Duarte Pacheco Pereira, no século 16, e que foi para ele uma travessia inescapável que o levaria de volta ao encontro do tempo presente, o *perpetuum mobile* de sua existência, a busca de si mesmo por via da história da cultura lusitana.¹¹

---

7   Cf. Instituto de Alta Cultura, *Exposição de Livros Portugueses*, 4.º Centenário da Fundação de São Paulo, São Paulo, 1954.

8   Devo algumas destas informações a Raquel Glezer que, tendo se iniciado com o grupo em 1964, manteve-se até o fim.

9   Barradas considerava que a juventude brasileira tinha pressa, precisava queimar etapas, por isso, "a Economia, a Sociologia, surgem-lhe como ramos do conhecimento bem mais operacionais do que a História, as Ciências Históricas. A História surge-lhe como uma peça de museu, uma velharia de que há sobretudo que nos libertarmos". CARVALHO, Joaquim Barradas, "Conhecimento, história, realidade. Por uma nova história do pensamento (A propósito da reedição de *La Méditerranée...* de Fernand Braudel)". Revista de História, v. XLII, nº 86, ano XXII, abr.-jun., 1971, São Paulo, p. 434-435.

10 Publicado em *Ibérida*, Revista de Filologia, nº 4, Rio de Janeiro, 1961.

11 Em provas realizadas na Universidade de Paris-Sorbonne, entre 1960 e 1961, Barradas obteve seu Doutoramento em Estudos Ibéricos (3.º cicle), com a tese: "Esmeraldo de *situ orbis* de Duarte Pacheco Pereira (Édition critique et commentée)", 1225 páginas, publicada pela

A fase brasileira de sua existência revela-se extremamente produtiva. Dos onze verbetes que escreveu para o *Dicionário de História de Portugal*, dirigido por seu amigo Joel Serrão,[12] apenas um foi publicado antes de sua vinda para o Brasil. Beneficiou-se de sua estada entre nós, da mesma forma como antes já se beneficiara Fernand Braudel. Aqui, Barradas encontrou uma Revista de periodicidade rigorosa, comandada pelo professor Eurípides Simões de Paula, ao mesmo tempo disponível e carente de matéria de alta qualidade. Foram 32 artigos em sete anos; oito deles referentes às fontes de Duarte Pacheco Pereira.[13] Treze outros artigos fazem parte do projeto "O Descobrimento do Brasil através dos textos – Edições críticas e comentadas".[14] Para gáudio de sua equipe, foram também publicados os artigos assinados por seus estudantes que viram, pela primeira vez, seus nomes estampados no rol dos articulistas de uma das revistas mais respeitadas no país.[15] A grande maioria dos textos publicados comporia, cinco anos após a sua partida do Brasil, em 1970, a base de seu Doutoramento de Estado defendido na Sorbonne, em

---

Faculté des Lettres et Sciences Humaines, PUF, Paris, 1962. Editado em 1991 pela Fundação Calouste Gulbenkian, Lisboa.

12 Cf. SERRÃO, Joel (Org). *Dicionário de História de Portugal*, Iniciativas Editoriais, 4 volumes, Lisboa, 1965-1971.

13 CARVALHO, Joaquim Barradas de. "As fontes de Duarte Pacheco Pereira no 'Esmeraldo de *situ orbis*'". Revista de História, São Paulo, nº 62, 63, 64, 65, 65, 66, 66, 66, 67, 1965-1967, consolidados num único volume da Coleção da Revista de História, São Paulo, XXX, 1968.

14 CARVALHO, Joaquim Barradas de. "O descobrimento do Brasil através dos textos (Edições críticas e comentadas)". Revista de História, São Paulo, nº 65, 71, 73, 74, 76, 77, 78, 80, 81, 82, 85, 88, 91, 1966-1972. v. II, XXXIX da *Revista de História*, São Paulo, 1971.

15 Quatro membros do grupo tiveram seus textos publicados individualmente: CAMARGO, Ana Maria de Almeida. "O descobrimento do Brasil através dos textos (edições críticas e comentadas). I – A 'carta' de Pero Vaz de Caminha". Revista de História, São Paulo, nº 66, 1966, p. 437-494; CONTIER, Arnaldo. "A 'carta' de Pero Vaz de Caminha. 2 – Pero Vaz de Caminha". *Revista de História*, São Paulo, nº 66, 1966, p. 437-494; CONTIER, Arnaldo. A 'carta' de Pero Vaz de Caminha. 3 – "O manuscrito edições e traduções", Idem, nº 67, 1966, pp 209-214; GLEZER, Raquel, "Documentos complementares. 1 – Borrão original da primeira fôlha de instruções de Vasco da Gama para a viagem de Pedro Álvares Cabral", *Idem*, nº 68, 1966, p. 481-488; MAKINO, Miyoko, "A 'Relação do Piloto Anônimo', 1 – O problema da autoria. 2 – Edições", *Idem*, nº 69, 1967, p. 179-186. Todos os participantes do seminário: Kátia Maria ABUD, Maria Lígia MANTOVANI, Miyoko MAKINO, Nilza BRANCO, Nilza LEMOS, Genésia COCATO, Arnaldo CONTIER, Ana Maria de Almeida CAMARGO, Raquel GLEZER e Jobson de Andrade ARRUDA, assinam coletivamente o artigo: "O descobrimento do Brasil através dos

1975, que tinha por título um verdadeiro enunciado.[16] Não lhe faltou tempo, nem ânimo, para escrever resenhas, prefaciar livros, apresentar comunicações em congressos e, até mesmo, produzir artigos para a *Revista História Viva*, órgão do grêmio estudantil do Departamento de História.

Quando o professor Eduardo d'Oliveira França, em nome da cadeira de História Moderna e Contemporânea, decidiu convidar-me para compor aquele que era um dos mais prestigiosos grupos de historiadores do Departamento, tenho certeza de que muito contou a participação no seminário de pesquisa organizado por Barradas, amigo pessoal de dois professores estratégicos no grupo: Fernando Antônio Novais e Carlos Guilherme Mota. Pouco mais de dois anos transcorrera desde nosso primeiro contato e eu já havia passado da condição de aluno a de colega, estreitando-se nossa convivência profissional e pessoal. Sua casa, numa das alamedas arborizadas do bairro do Butantã, próxima da *Casa do Bandeirante*, era ponto de encontro e de passagem obrigatória de brasileiros, portugueses e todos os estrangeiros identificados com a causa democrática e a repulsa ao regime ditatorial, de lá e de cá. Em 1968, a temperatura política elevou-se e o espaço para exilados políticos estreitou-se, sobretudo para membros do Partido Comunista Português, praticamente exilados entre nós. O garrote vil da repressão militar arrochou-se, levando à cassação de professores, entre eles Florestan Fernandes, amigo pessoal de Barradas. Mesmo assim, sua casa, como já fora outrora a casa de seus pais no Alentejo, era um território livre, um refúgio, para os desafetos do regime, um consulado da resistência anti-salazarista no Brasil, que tinha em Margarida, uma diligente e refinada anfitriã, sempre acolhedora e afável, em meio ao constante vai e vem.

Barradas apreciava uma boa discussão. Alimentava-se de seus interlocutores, colegas de Departamento: Eurípides Simões de Paula, o responsável mais próximo pela sua vinda a São Paulo, Fernando Antônio Novais, Carlos Guilherme Mota, István Jancsó,

---

textos (Edições críticas e comentadas). I – A 'Carta' de Pero Vaz de Caminha", *Ibidem*, n° 73, 168, p. 185-219.

16 "A la recherche de la spécificité de la renaissance portugaise – L'Esmeraldo de situ orbis', de Duarte Pacheco Pereira, et la littérature portugaise de voyages à l'époque des grandes découvertes – (Contribution à l'étude des origines de la pensée moderne), 1405 páginas, Paris IV, Sorbonne, 1975. Editado pela Fundação Calouste Gulbenkian, Centre Culturel Portugais, Paris, 2 v. Um subproduto desta tese foi a publicação de *La traduction espagnole du "De Situ Orbis" de Pomponius Mela par Maître Joan Faras et les notes marginales de Duarte Pacheco Pereira*, Junta de Investigações Científicas do Ultramar, Lisboa, 1974.

Boris Fausto, Sérgio Buarque de Holanda, Eduardo d'Oliveira França, que o conhecera quando de sua estada em Coimbra e ele fizera o primeiro convite para que viesse ao Brasil. Colegas da Faculdade de Filosofia, Ciências e Letras: Florestan Fernandes, Fernando Henrique Cardoso, Octávio Ianni, José Artur Giannotti, Bento Prado Júnior, Maurício Tragtenberg. Exilados portugueses, tais como Miguel Urbano Rodrigues e Vitor Ramos, ilustre professor de literatura francesa de nossa Universidade e amigo dileto do casal Barradas. Notáveis professores visitantes, como Joel Serrão, Oscar Lopes, Frédéric Mauro, Jacques Godechot e seu grande amigo Albert Soboul. Além, é claro, dos muitos alunos que por sua casa circulavam.

Ao ascender à confraria dos professores universitários da USP, recebi para um almoço Albert Soboul e Marie Louise. Para nós, Maria Arminda e eu, foi um momento especial. Estávamos diante de figuras reverenciadas na historiografia: Barradas e Soboul discutiam sobre a utilização da linguística quantitativa na História, a propósito dos trabalhos de Régine Robin, cujo livro clássico somente seria publicado em 1973. Barradas afirmava que o procedimento trazia vantagens, desde que adequadamente mobilizado; Soboul, sempre veemente, contestava, em termos desabridos. Afinal, Barradas tinha porque defender o método quantitativo aplicado às humanidades, instrumental por ele mesmo utilizado em seu artigo sobre a introdução dos algarismos arábicos. Debate que parecia não ter sofrido qualquer interrupção quando, em Paris, no ano de 1975, Soboul, que nos convidara para jantar, continuava a argumentar contra Régine Robin, como se Barradas estivesse presente, afirmando que "nada do que eu já não soubesse me foi acrescentado em páginas e páginas de quantificação inútil". Findo o almoço, depois de muito cuscuz, regado a muito vinho, fomos em comitiva: Fernando Novais e Horieta, Barradas e Margarida, Carlos Guilherme e Gigi, rumo à USP para a célebre conferência de Soboul sobre *Histoire vue d'en haut, histoire vue d'en bas*.

A discussão entre Barradas e Soboul espicaçou minha curiosidade em torno das possibilidades da história quantitativa, pois as restrições apresentadas no plano da história da cultura pareciam inexistir no campo da história econômica. Pelo contrário, o território da quantificação expandia-se no final dos anos sessenta, expansão esta que as visitas frequentes de Frédéric Mauro só faziam intensificar. Ao optar por um estudo sobre o desempenho econômico do império luso-brasileiro, a partir das Balanças de Comércio, estava, sem o saber, herdando uma parcela do trabalho intelectual de Barradas. Fernando Novais passou-me os resumos finais das tabelas constantes das Balanças elaboradas pelo contador Maurício José Teixeira de Moraes, anotações feitas em Lisboa durante o ano de 1965, no Instituto Nacional de Estatística, com sua letrinha miúda e nervosa. A origem destes fichamentos, vim a saber posteriormente, era o próprio Barradas que, tendo se iniciado pela história econômica, almejava realizar um estudo de conjunto da economia do Império Português centrado nas referidas Balanças. Porém, ao decidir-se pela clandestinidade, em 1948, passou seus fichamentos para Joel Serrão que, mais tarde, repassou-os para José Tengarrinha e Fernando Novais, de quem me tornei herdeiro. Tengarrinha e Novais revezavam-se na cópia dos documentos, trabalhando um pela manhã, outro à tarde, informando-se sobre os pontos de interrupção através de bilhetes, que guardam até hoje. Aprofundei a análise quantitativa das balanças ultrapassando os quadros gerais que, generosamente, havia recebido, procedendo à microfilmagem de todos os exemplares existentes em Portugal, no período de meu interesse. O desprendimento de Barradas que beneficiara sucessivamente Joel Serrão, Fernando Novais e José Tengarrinha alcançou-me; ele que trocara a segurança da pesquisa pela atividade perigosa de impressor numas das tipografias do Partido Comunista, onde se imprimia o *Avante* e outros materiais de propaganda contra o regime salazarista. Mesmo aí, no isolamento da clandestinidade, sua paixão pela História falava mais alto. Visitava às escondidas Jorge Borges de Macedo – que havia sido expulso do Partido Comunista –, em cuja residência chegava com as unhas sujas de tinta e de quem recebia o alerta: "de mim não temas, mas tuas unhas dizem o que fazes, elas podem te denunciar".[17]

Se fumar *gauloises* era um velho hábito ("mas não trago", sempre dizia), o vício brasileiro era o *whisky Drurys*, uma de suas perdições. Ajudava a enfrentar as incertezas, as ameaças constantes que pairavam sobre a família Barradas desde os primeiros dias de sua chegada no Brasil. Mal desembarcara, em março de 1964, explodia o golpe militar. Um editorial anticomunista do jornal *O Estado de S. Paulo* saudou-o negativamente. Foram obrigados a permanecer na Tudor House até novembro, à espera de que o contrato de professor visitante percorresse todos os escaninhos burocráticos da USP, cada vez mais morosos e reticentes em virtude do endurecimento do regime. A permanência no Brasil só foi possível graças às remessas periódicas de dinheiro providenciadas por seu pai, Manuel Teles Barradas de Carvalho, um aristocrata de posses, esclarecido e cultor das letras. Em novembro, o regime militar passava por uma relativa acomodação e o contrato saiu, permitindo-lhe transferir-se da Tudor House para a rua Hilário Magro, nas

---

17 Devo estas informações a José Tengarrinha, que as ouviu do próprio Jorge Borges de Macedo.

cercanias da USP. Mas o céu era de brigadeiros, turvo. A resistência ao regime cresceu, transitando das passeatas à luta armada, resultando no AI-5 de 1968. A família Barradas completava, então, cinco anos de Brasil. Margarida Barradas de Carvalho assumira aulas na cadeira de Historiografia e Teoria da História, na Pontifícia Universidade Católica, ocupando o lugar deixado por István Jancsó, que decidira largar a USP e a PUC, mudando-se para a Bahia. Firmava-se como professora e historiadora, ela que escrevera um dos melhores textos existentes sobre a Carta de Pero Vaz de Caminha,[18] qualificado como brilhante por Fernando Novais, por situar a carta "no centro da problemática cultural do Renascimento, e Caminha como lídima expressão do humanismo cristão".[19]

Na França, Fernand Braudel temia por seu discípulo e amigo. Diligenciava para levá-lo de volta. Um telegrama, recebido efusivamente por Barradas, e aos prantos por Margarida, assegurava o posto de *attaché de recherche* (posteriormente *chargé*) junto ao CNRS. A casa foi desmontada, parte do conteúdo vendido. Regressam à Tudor House, onde tudo começara, antes da partida definitiva para a França. Barradas retornava a Paris, seu berço intelectual, ao convívio de velhos amigos: Fernand Braudel, I. S. Révah, Guy Beaujouan, Jean Delumeau, Marcel Bataillon, Robert Ricard, Georges Le Gentil, Michel Mollat, Albert Silbert e Albert Soboul. Dentre todos, Barradas distingue o convívio diuturno com Leon Bourdon, que com ele compartilhava entusiasticamente as descobertas realizadas em suas pesquisas, a quem reconhece, no prefácio às fontes de Duarte Pacheco Pereira, publicado no Brasil, em 1978, "eterna dívida científica e humana". Conserva, em seu íntimo, traços fortes da herança *sergiana* e do grupo *Seara Nova*, a partir dos quais, talvez tenha feito a leitura dos textos dos mestres fundadores dos *Annales*.[20] É óbvio que, dada a penetração da historiografia francesa em Portugal, o contato com as ideias geradas pelo grupo foram assimiladas por Barradas muito antes de chegar à França, veiculadas que foram por Vitorino Magalhães Godinho em sua obra *A crise da História e suas novas diretrizes*. Mas sua atração se explica, sobretudo, pela consciência da necessidade

---

18 Cf. CARVALHO, Margarida Barradas de. "L'idéologie religieuse dans la Carta de Pero Vaz de Caminha". *Bulletin des Études Portugaises*, Lisboa, XXII, 1960.

19 NOVAIS, Fernando A. "A 'Certidão de Nascimento ou de Batismo' do Brasil". In: GRUPIONI, Luis Donizete B. (Org.). *A Carta de Pero Vaz de Caminha*. São Paulo: Dorea Books and Arts, 2000. p. 91-105.

20 Cf. BARRETO, Luis Filipe. "Mesa redonda: Balanço da Obra do professor Joaquim Barradas de Carvalho e Perspectivas para a História da Cultura Portuguesa no Século XVI". *História & Crítica*, Lisboa, nº 9, jun./jul., p. 20, 1982.

de buscar as configurações mentais de uma época, que ele denominava "estrutura mental", um conceito intermediário entre infra e superestrutura, solidificado depois de ter escrito a obra sobre Alexandre Herculano.[21] Isto talvez explique sua obsessão por Lucien Febvre, cujo clássico, *Le problème de l'incroyance au XVIe siècle*, tornou-se a referência primacial e seu instrumento basilar para romper o bloqueio do marxismo no plano da história cultural,[22] produzindo uma síntese renovadora e heterodoxa, contrastando com seu forte sentido de militância.

Mas os horizontes da História estreitavam-se. A França já não era a mesma que deixara depois do movimento estudantil de maio de 1968. O bloco hegemônico, solidamente estabelecido em torno de Braudel, começara a romper-se. Desde 1971, com o manifesto em prol da *Nouvelle Histoire*, e, mais concretamente, com a publicação de *Faire de l'Histoire*, em 1974, implodiam os paradigmas da primeira geração dos *Annales*, anunciando novos problemas, objetos e abordagens. Neste espaço de dispersão, de fragmentação do objeto, revalorizava-se a história das mentalidades e, por via de consequência, o Doutorado de Estado defendido por Barradas na Sorbonne, que lançava luzes sobre a mentalidade da época dos descobrimentos portugueses filtrada pela lente da literatura de viagens, com roupagens modernas pela incorporação das técnicas da linguística quantitativa, mas sem abdicar da ancoragem nos paradigmas marxistas amenizados pela leitura sistemática de Lucien Febvre. A síntese oportuna foi calorosamente acolhida pela velha geração. Uma das raras teses agraciadas pelo júri com a distinção *très honorable* e *les felicitations du jury*, tendo por relator Michel Mallat.[23]

A defesa memorável coroava um projeto de vida. Cinco anos haviam se passado desde a partida do Brasil, onde retornou por mais duas vezes, uma delas para proferir conferências na UNAERP, em Ribeirão Preto, em 1973. Mas era em Portugal que, de fato, o tempo da história se acelerava. A política de distensão da guerra fria reaproximava norte-americanos e soviéticos, o regime salazarista perdia o suporte do bloco ocidental e

---

21 Cf. PEREIRA, Fernando António Baptista. *Idem, ibidem*, p. 20-21.

22 Da convergência entre António Sérgio, Jaime Cortesão, Lucien Febvre e Fernand Braudel, resulta "um materialismo impregnado de infiltrações do humanismo seareiro passado pela malha metodológica da nova história francesa (buscando) superar os limites impostos pelas visões mecanicistas então dominantes". GUERREIRO, Luis Ramalhosa, "Joaquim Barradas de Carvalho, a nostalgia do diálogo e do consenso". *História & Crítica*, Lisboa, nº 9, jun./jul., p. 12, 1982.

23 A banca examinadora era constituída pelos professores Jean Glénisson, Jean Delumeau, Frédéric Mauro, Michel Mollat e Pierre Chaunu.

passava a incomodar, no quadro renovado das relações internacionais. A guerra colonial expunha as mazelas do regime, acelerava a agonia do salazarismo. Apesar de longamente desejado, não se esperava que o desenlace fosse tão rápido, com a súbita adesão dos capitães ao movimento em curso. Os acontecimentos precipitavam-se e, quando de nossa viagem a Paris, em 1975, Barradas já lá não estava, pois retornara o mais rápido possível a Portugal logo após o colapso do regime, no célebre 25 de abril. Foi a amabilíssima Margarida que nos recebeu para um jantar *veau et vin*. Em fevereiro de 1976, em pleno rescaldo revolucionário, em meio ao caos dos retornados, reencontramos Barradas, num de seus restaurantes habituais no Bairro Alto.

Vi-o novamente. O mesmo sorriso cativante e um presente nas mãos. Um pequeno livro, *Rumos de Portugal: a Europa ou o Atlântico?*. O destino de Portugal na era pós-salazarista era, agora, sua principal inquietação, tanto que o livro ficou pronto em meados de abril, pouco antes do dia 25. Partilhado, o texto foi, a seguir, publicado pelo jornal O *Estado de S. Paulo*, no *Suplemento Literário*, em cinco números consecutivos a partir de 4 de agosto de 1974. Na introdução, Barradas anuncia seu projeto de escrever quatro ou cinco pequenos volumes sob o título *Para uma explicação de Portugal*, projeto concebido entre 1964 e 1969, no Brasil, ao conscientizar-se de que "a melhor maneira de conhecer Portugal é ir ao Brasil", uma espécie de contraponto à frase de Fernando Novais que, desde sua estada em Portugal, em 1965, repetia incansavelmente: "para compreender o Brasil é preciso conhecer Portugal". Propunha, em decorrência, a criação de uma autêntica Comunidade Luso-Brasileira, base para uma futura Comunidade Luso-Afro-Brasileira, onde todos se "reencontrariam na mais genuína individualidade linguística e civilizacional", condição *sine qua non* para que Portugal voltasse "a ser ele próprio".[24] A identidade de Portugal firmava-se, agora, em relação à sua alteridade, o Brasil. O sonho de Barradas não encontraria, porém, terreno fértil para enraizar-se. No *post-mortem* do Império, o pêndulo moveu-se rumo norte e Portugal mergulhou na União Europeia. Mas ele revelou-se premonitório, pois a modernização daí resultante criou as bases materiais indispensáveis para que o sonho do império renascesse, noutro patamar. Portugal está de volta ao Brasil com seus investimentos maciços, desalojando antigos investidores como França, Alemanha, Itália, colocando-se atrás apenas dos Estados Unidos e da Espanha. Brandindo seu cabedal cultural, linguístico e histórico, apresenta-se como a

---

24 CARVALHO, Joaquim Barradas de. *Rumos de Portugal. A Europa ou o Atlântico?*. Lisboa: Livros Horizonte, julho de 1974.

ponte inescapável entre a União Europeia e o Mercosul, realizando, tardiamente, a miragem romântica de Barradas.[25]

Sua euforia ao ver-nos, em breve se eclipsou, seu semblante anuviou-se, ensimesmado; fixava o olhar num ponto distante no horizonte. Seus olhos marejaram quando perguntou por todos. A dedicatória no livro ofertado traduzia seu estado d'alma: "Para o Jobson e para a Maria Arminda, com um abraço bem amigo, e as saudades de São Paulo". Mas sua tristeza não era somente saudades do Brasil. Era um desencanto. A desilusão de quem tudo fez para que Portugal reencontrasse a sua rota, e quando tudo acontece, vê-se que a gratidão não é a qualidade predileta dos homens, muito menos das instituições. Primogênito de uma rica família, de tudo despojou-se por suas convicções. Abriu mão de seu patrimônio, acreditando que os bens culturais, por justo mérito adquiridos, seriam um tesouro inatacável e, acima de tudo, respeitado.

Não foi bem assim. Sentiu-se enjeitado pela Faculdade de Letras, onde se formara, que teimava em não reconhecer a absoluta equivalência dos seus títulos obtidos na França, com todos os méritos. Quando foi aceito, apesar do parecer favorável da comissão universitária incumbida da avaliação, foi apenas "equiparado" a professor Catedrático, mas não reconhecido como tal. Foi um duro golpe a certeza de "ter sido alvo de uma ingratidão imerecida".[26] Isto se passava em meio a todas as formas possíveis de arrivismos e oportunismos, que um momento pós-revolucionário possibilita; adesistas de última hora que, no derradeiro suspiro do falecido regime, se descobriram marxistas e de esquerda. No florescer dos novos mandarinatos na seara do poder universitário, jamais lhes seguiu o exemplo, advogando em causa própria ou de seus discípulos. Padeceu, pelo contrário, longas jornadas de trabalho, de "doze a dezoito horas", os seminários com

---

25 Cf. ARRUDA, José Jobson de Andrade. "Portugal e Brasil: Passado e Futuro na Era da Globalização", texto apresentado à *I Jornada de Relações Internacionais da Universidade Lusíada*, Porto, 1998.

26 "Ele que tinha um doutoramento de Estado francês e outro ainda, de III Ciclo, ao nível dos nossos, e um diploma da École des Hautes Études, notável obra publicada, longa experiência de investigador no quadro do CNRS e de professor da Universidade de São Paulo, onde esteve alguns anos e deixou saudades". FRANÇA, José Augusto. "Em memória de Joaquim Barradas de Carvalho, sem falar no historiador". *CLIO*, Revista do Centro de História da Universidade de Lisboa, v. 2, 1980, p. 147. Note-se que José Augusto França foi um dos membros da comissão encarregada da avaliação de seus títulos, com a finalidade de equipará-lo à condição de catedrático da Universidade de Lisboa.

setenta ou mais participantes,²⁷ além dos deslocamentos para dar aulas na Madeira. Para um devoto que se dedicara de corpo e alma à causa da redemocratização, foi o mesmo que adentrar o incógnito desarmado. Por seus compromissos éticos e de militância, sequer poderia resignar, abandonar o barco e regressar ao paraíso, para sempre perdido. Homem político, de corpo inteiro. Seus compromissos, assumidos na juventude, valeram por toda a vida. De suas concepções fazia parte a tolerância, a aceitação da diferença, "prezava o culto das liberdades reais e também formais, a irreverência criativa e o espírito de dúvida que dissuadem sempre a instalação do conformismo".²⁸ Esta postura traduzia-se na coerência rara entre os princípios apregoados e sua inserção no mundo, o que explica sua enorme facilidade para acolher os outros e o gradiente positivo de sociabilidade, que se instalava à sua volta. Jamais excluía alguém que se aproximasse necessitando do suporte de seus conhecimentos, mesmo que isto significasse alimentar um concorrente potencial.²⁹ Honestidade pessoal e intelectual nele se confundiam. Jamais falava do que não sabia, apoiando-se sempre em sólido aparato conceitual, mobilizando os instrumentos adequados às investigações propostas, numa moldura amplificada pela erudição. Um exemplo para seus ex-alunos, futuros professores e pesquisadores, que falam de sua "personalidade invulgarmente generosa, sábia e intuitiva, dotada de uma dimensão humana inultrapassável, de um fascínio cativante e profundo", nos quais, além de incutir o gosto pela literatura de viagens, conformou ainda a "postura cívica e ideológica".³⁰

---

27 GONÇALVES, Victor. "Joaquim Barradas de Carvalho: para a história de um historiador". CLIO, Revista do Centro de História da Universidade de Lisboa, v. 2, 1980, p. 142.

28 GUERREIRO, Luis Ramalhosa, artigo citado, p. 13.

29 "Barradas de Carvalho não enfileirava nesse jogo de 'reserva' para futuros que nunca chegam, e com palavras amigas e decerto imerecidas, entusiasmou-me sempre a prosseguir, sem receio que lhe invadisse os 'domínios'". ALBUQUERQUE, Luís de. "Joaquim Barradas de Carvalho". História & Crítica, Lisboa nº 9, jun./jul., p. 6, 1982.

30 PINTO, João Rocha. A Viagem. Memória e Espaço. A Literatura Portuguesa de Viagens. Os primitivos relatos de viagem ao Índico 1497-1550. Livraria Sá de Costa Editora, Lisboa, 1989, p. 18. Este livro dedicado a Barradas contém expressiva epígrafe: "Lembro e choro a perda do meu Amado Mestre Muito Querido Amigo, Prof. Doutor Joaquim Barradas de Carvalho, o Homem e o Cidadão que, fiel ao meu ideário de inspiração gramsciana – vencer sem trair –, escolheu morrer, vitimado pelo 'obscurantismo anti-salazarista' que entre nós se instalou depois de 25 de Abril de 1974. O seu desaparecimento – a eliminação do referente – foi o alívio de muitos que, ao contrário dele, não ousaram, nem ousarão jamais, viver e pensar,

Se a eleição de seus temas preferidos delineia uma forte componente ideológica, o tratamento a eles dispensado alicerçava-se em procedimentos científicos irrefutáveis. Seu marxismo era aberto, oxigenado pela noção *braudeliana* das temporalidades e da psicologia histórica de Lucien Febvre: a sua conhecida formulação sobre a estrutura mental. Este conceito contempla a autonomia dos mais variados componentes da realidade, recusando os esquematismos que privilegiam o processo evolutivo em detrimento das dinâmicas específicas, prodigalizadas pelo incessante movimento da História. Preferia os recortes temporais que comportassem visões de longo curso, a exemplo das questões relacionadas com a formação cultural, seu substrato social, a história das ciências e das mentalidades, um cardápio de vanguarda, considerando-se as clivagens havidas no discurso historiográfico, no decurso dos anos 70. A aventura cultural portuguesa, simbolizada nos descobrimentos e expressa em roteiros, tratados científicos, livros de astronomia, comporta a apreensão da passagem da mera empiria ao procedimento científico. Ressemantizações e intercorrências numerais quantificadas, configuram as mentalidades coletivas que saltam de obras singulares, caso de *Esmeraldo de situ orbis*, revelando os pontos de inflexão, sintomáticos do nascimento das ciências modernas, experimental e matematizada.[31] Este ponto é extremamente sensível, acolhido com reservas por alguns especialistas na temática. Ponderam que a noção de "experiência" não apresenta, em todos os textos, o mesmo sentido; aceitam a existência de uma pré-história de matematização do real, mas consideram que sua amplitude é muito maior do que transparece em suas interpretações; acatam a afirmação segundo a qual técnicos e práticos foram os reais introdutores da mentalidade quantitativa.[32] Reconhecem, contudo, que Barradas foi um dos grandes mestres desse campo do conhecimento, a história da cultura portuguesa nos séculos 15 e 16, na qual a literatura de viagens confunde-se com a própria literatura científica ligada aos Descobrimentos, representando, nas palavras do próprio Barradas, "o que de mais original produziu até hoje a Cultura Portuguesa".[33]

---

essas supremas transgressões…! Para ele vai, devotadamente, tudo o que de bom existir neste trabalho".

31 Cf. GUERREIRO, Luis Ramalhosa, *op. cit.*, p. 13.
32 Cf. ALBUQUERQUE, Luis. "Mesa Redonda: Balanço da obra do Professor Joaquim Barradas de Carvalho e perspectivas para a História da Cultura Portuguesa no século XVI", *op. cit.*, p. 26.
33 Cf. CARVALHO, Joaquim Barradas. Prefácio à 2.ª Edição de *As Ideias Políticas e Sociais de Alexandre Herculano*, Lisboa, Seara Nova, 1971.

Afora sua copiosa produção sobre a literatura de viagens, merece especial atenção o livro publicado em 1972, dois anos após o seu retorno do Brasil e três antes da defesa do Doutorado de Estado, por significar um reposicionamento frente ao marxismo, o abandono de seus divulgadores, especialmente Plekanov, que o havia guiado nos primeiros passos, e o retorno aos escritos do próprio Marx, sobretudo, sua correspondência ativa. Trata-se de *Da História-Crónica à História Ciência*, considerada pelo próprio autor como uma espécie de introdução ao conjunto de livros que fariam parte do projeto *Para Uma Explicação de Portugal*, mas que talvez não seja um de seus livros mais felizes.[34] De maior interesse é o livro *O Obscurantismo Salazarista*,[35] que reúne artigos publicados, entre 1964 e 1970, em sua quase totalidade no jornal *Portugal Democrático*, em São Paulo. Seus desencontros e vicissitudes levaram-no a pensar um livro sobre o clima pós-revolucionário, uma espécie de contraponto ao obscurantismo salazarista, e que deveria chamar-se *O Obscurantismo Anti-salazarista*,[36] uma demonstração inequívoca de seu desencanto com os desdobramentos da Revolução, mas que nunca chegou a publicar. Quando de sua morte, em 1980, encontravam-se no prelo três textos, todos eles pensados no quadro do projeto *Para Uma Explicação de Portugal*.[37] Deixou ainda trabalhos em preparação,

---

34 CARVALHO, Joaquim Barradas. *Da História-Crónica à História-Ciência*. Lisboa: Livros Horizonte, 1972; 2.ª edição, 1976; 3.ª edição, 1979. É neste livro, pensado e escrito na sua quase totalidade em São Paulo, que Barradas oferece a todos os seus amigos brasileiros "estes versos de Camões":
>Nesta esperança só te vou seguindo
>Que ou tu nam sofrerás o peso della,
>Ou na virtude de teu gesto lindo,
>Lhe mudarás a triste e dura estrella.
>E se se lhe mudar, nam vás fugindo,
>Que Amor te ferirá, gentil donzella,
>E tu me esperarás, se Amor te fere,
>E se me esperas, não há mais que espere.
>(Luis de Camões, Os Lusíadas, canto nono, 81.)

35 CARVALHO, Joaquim Barradas. *O Obscurantismo Salazarista*. Lisboa: Edições 'Seara Nova', 1974.

36 Referências de Margarida Barradas de Carvalho, Lisboa, 26 de março de 2000.

37 Fazem parte deste projeto livros que se encontravam no prelo quando da morte de Barradas: *O Renascimento Português (Em busca de especificidade)*, Lisboa, Imprensa Nacional – Casa da Moeda, 1980; *Portugal e as origens do pensamento moderno*, Lisboa, Livros Horizonte, 1981; *Estudos Históricos*, Livros Horizonte, inédito.

somente esboçados em suas anotações gerais, figurando nesta relação os textos dedicados a *Oliveira Martins* e o *Renascimento Português na Historiografia Contemporânea*[38].

A fase brasileira foi, para Joaquim Barradas de Carvalho, a mais prolífera. Talvez, a mais feliz. O retorno a Portugal, depois da estada vitoriosa em Paris, foi um mar de decepções que lhe encheram o coração de mágoa. Disposto a lutar pelo reconhecimento de seus títulos e sua equiparação formal à condição de professor catedrático da Universidade de Lisboa, não aceitou o convite feito pelo matemático Rui Luís Gomes, exilado como ele, mas que se tornara Reitor da Universidade do Porto, para assumir a condição de catedrático, sem a exigência absurda de fazer novamente o doutoramento, convite extensivo à sua esposa, que passaria a ser sua assistente. Recusou-se, igualmente, a permanecer como pesquisador do CNRS, apesar da insistência de seus colegas franceses que, numa última tentativa para retê-lo, ainda mantiveram o pagamento de seus salários durante todo o ano de 1975, sem que Barradas lá fosse, mantendo seu lugar em aberto durante o ano de 1976, prova inquestionável de seu desempenho naquela instituição de pesquisa. O reconhecimento de seus pares franceses continuou após a sua morte, pois Pierre Chaunu foi o responsável por um contrato de quatro anos oferecido à Margarida Barradas de Carvalho, para que desenvolvesse um projeto individual de pesquisa junto ao CNRS.

A recusa de Barradas em retornar ao CNRS em Paris, ou mesmo transladar-se ao Porto, explica-se por seu forte sentido de cidadania, a convicção de que era seu dever lutar pelo reconhecimento de seus direitos, assim como jamais esmorecera na batalha pelos direitos civis de sua gente. Mais do que arrependimento pelas opções perdidas, carregava um sentimento de perda, de vazio. A punição imerecida do grande professor e pesquisador, granjeado de São Paulo a Paris, e que se via obrigado a cumprir extenso programa de aulas, intercaladas por janelas, apanágio de principiantes. Nestes intervalos forçados, jantava no Restaurante Borges próximo da Universidade, onde convivia com colegas de infortúnio, antigos militantes e professores, a exemplo de Antonio Borges Coelho. Mostrava-se um homem absolutamente desencantado com tudo, ferido por dentro.[39] Quebrara-se o encanto, já nada valia a pena. Enquanto isso, em São Paulo, na USP, seus alunos, colegas e amigos prestavam-lhe uma singela homenagem, dando o seu

---

38 Cf. "Curriculum Vitae de Joaquim Barradas de Carvalho". *História & Crítica*, nº 9, jun.-jul., p. 14-18, 1982.

39 Devo estas referências ao professor António Marques de Almeida.

nome a uma de suas principais salas de aula, onde ele exercera o seu talento, iniciativa oportuna e sensível de Carlos Guilherme Mota.

Qual o significado da aventura tropical de Joaquim Barradas de Carvalho? A relação entre presente e passado é uma linha de força que atravessa a sua obra, não apenas o fruto de uma "entranhada mitologia nacional" como querem alguns.[40] Nos países jovens como o Brasil, olha-se menos para o passado, escasso e fugidio, preferindo-se cultivar com força as promessas do futuro. Mas Portugal carrega o peso da história, do excesso de história, da qual não pode desvencilhar-se, obrigando-se a viver como "uma ilha simbólica", que, ao voltar-se para o passado, deseja "saber se ainda terá futuro".[41] O olhar de Barradas fixou-se, primeiramente, no século 19, o século da literatura portuguesa, perscrutando a história "inteligível", mas operando no plano do "sensível". Daí foi arremessado ao século 16, o século da literatura de viagem, pela qual se expressava a cultura portuguesa e realizava-se a História.[42] A língua portuguesa demarcava um território específico, oferecendo-se como via de transporte para conteúdos científicos ou poéticos. Entender a língua como território em si, independentemente da forma política que sobre este território se aloja, é projetar a língua à sua dimensão universal, descolando-a de sua identificação imediata ao espaço de uma determinada nação.[43] Neste contexto, o correspondente político mais elástico e apropriado é o Império, um plural étnico e cultural que se sedimenta via código linguístico hegemônico, via língua, via palavra. Das cinzas do império real nasceria um império onírico, fundamentado nos laços seculares de comunidades transcontinentais, multiétnicas e pluriculturais, o sonho antecipado da Lusofonia, de ancoragem lusitana. Mas a cultura portuguesa tem na recusa, mais do que na aceitação, sua forma atávica de identificação, apregoando sua diversidade, seu descolamento da cultura matriz que opõe resistências ao sonho de comunidade pensada por Barradas e intentada pela Lusofonia. A mesma língua com dois diferentes discursos, tradução literal da diferenciação cultural

---

40 Nessa direção avança BARRETO, Luis Filipe. "Mesa Redonda...", *op. cit.*, p. 39.

41 LOURENÇO, Eduardo. *Mitologia da Saudade*. Companhia das Letras, São Paulo, 1999, p. 94.

42 "Há uma osmose entre o verbo activo de um povo navegante, comerciante, guerreiro, colonizador, imperialista dessa época, e o seu eco, realista ou metafórico na obra literária". LOURENÇO, Eduardo. *A Nau de Ícaro seguido de Imagem e Miragem da Lusofonia*. Lisboa: Gradiva, 1999. p. 86.

43 "É neste sentido, e unicamente neste sentido – longe das identificações narcisistas dos nacionalismos culturais –, que uma língua é, como pensava Pessoa, *"a nossa verdadeira pátria"*. *Idem, Ibidem*, p. 132.

crescente em que os herdeiros recusam a hegemonia ancestral, escudados no gigantismo de suas proporções.

Joaquim Barradas de Carvalho reencontrou-se no Brasil a tal ponto que passou a assinar-se "um luso-brasileiro". Mas, ao fazê-lo, teria lugar em Portugal? Sua plena identificação com as coisas do Brasil não o tornaria, paradoxalmente, um exilado em seu próprio país, cumprindo a tragédia do desterro perpétuo? Afinal, Brasil e Portugal não passam uma sensação de estranhamento, apesar do repositório linguístico comum? Estranhamento este de que nos fala Fernando Novais ao lembrar-nos de que "temos a sensação recíproca de que não somos entendidos, ou que dizemos coisas diferentes, embora falando a mesma coisa".[44] O paladino da regeneração histórica de Portugal, cruzado da batalha anti-salazarista, singrou o Atlântico em viagem peregrina à busca de si mesmo, no confronto inescapável com sua alteridade mais explícita, procurando em si, perscrutando nos outros, sinais alentadores, indicativos de uma trajetória que reenlaçasse o mundo dos portugueses e o de sua criação, a redenção utópica para os impasses que a história a ambos reservara, quimérico projeto que somente um incorrigível romântico, dos últimos do século 20, poderia sonhar.

---

44 Cf. NOVAIS, Fernando Antônio. "Orelha" do livro *Historiografia Luso-Brasileira Contemporânea* de José Jobson Arruda e José Manuel Tengarrinha, Bauru, EDUSC, 1999.

A HISTÓRIA SECRETA DE BARRADAS

José Jobson de Andrade Arruda[1,2]

Com apenas 22 anos de idade, em 1942, Joaquim Barradas de Carvalho assina a ficha de adesão ao Partido Comunista Português, incumbindo-se da logística, extremamente complexa e perigosa de organizar a distribuição do jornal *Avante*, impresso nas tipografias clandestinas do partido. Mas foi somente em 13 de agosto de 1952, dez anos após, que a PIDE (Polícia Internacional e de Defesa do Estado) registrou em seus boletins de ocorrência a primeira informação sobre seu caráter e desempenho político, afirmando que "moral e politicamente nada se apurou em seu desabono", ressalvando, apenas, em anotação datada de 2 de setembro do mesmo ano, que Barradas "assinou as listas do MUD em 1945",[3] fato revelador da capacidade dos militantes do partido em desenvolver sigilosamente suas atividades, bem como de uma relativa inépcia do aparelho repressor, que se revela menos competente do que, *a priori*, se poderia imaginar.

---

1 Professor Titular USP/ UNICAMP/ USC.
2 Este artigo somente se tornou possível graças aos esforços de Alberto Arons de Carvalho, filho de Joaquim Barradas de Carvalho, que fez o levantamento da documentação no Arquivo Nacional da Torre do Tombo, a quem muito agradecemos. No Arquivo da PIDE/DGS foram localizadas quatro pastas em nome de Joaquim Barradas de Carvalho: SC Bol 103756 UI 8033; SC GT 344 UI 1405; SC CJ (2) 79 UI 6958; Delegação do Porto 27749 UI 3883.
3 Boletim de Informação nº 103756, p. 579. O MUD era o Movimento de Unidade Democrática que aglutinava as forças de oposição ao regime, de composição extremamente heterogênea.

Duas cartas localizadas por Alberto Arons de Carvalho nas pastas da PIDE/DGS em seu nome e em nome de sua mãe, Ruth Arons de Carvalho, revelam, de um lado, os métodos escusos para se obter informações e, de outro, o fato de que Joaquim Barradas de Carvalho encontrava-se em plena atividade política em março de 1947, tanto que sua correspondência, por ser visada, era remetida para sua mãe que, depois, repassava-a para Ruth Arons de Carvalho. Estas cartas foram apreendidas pela PIDE junto a Jorge Borges de Macedo.[4]

Entre seu primeiro casamento com Ruth Arons, em 1945, e o segundo, em 1951, com Maria Margarida Cambon Brandão Barradas, atraiu com menor intensidade o olhar dos órgãos de informação, por ter se deslocado para Paris, onde passou a frequentar a elite da intelectualidade francesa, especialmente a dos historiadores, dando, quem sabe, aos órgãos de segurança, a falsa impressão de que passara a privilegiar sua carreira acadêmica, secundarizando a militância política. Talvez por isso, os registros da Seção Central somente voltem a anotar suas ações políticas em 1957, quando sua movimentação passa a merecer maiores cuidados. Em atenção ao ofício do Diretor da PIDE, datado de 5 de agosto de 1957, solicitando informações urgentes sobre o indigitado, a Seção Central informou que ele "foi um dos signatários de um documento no qual, durante a campanha eleitoral de outubro de 1957, alguns oposicionistas se manifestaram contra todas as formas de censura", e mais, que este documento fora, depois, publicado na França, no folheto *Nouvelle du Portugal*, no qual se afirmava como intróito: "Os intelectuais portugueses tomam parte no combate pela democracia e por uma cultura nacional progressista". Continuamente, têm eles feito prova do seu descontentamento contra o regime salazarista e sua política reacionária e obscurantista.[5]

Os agentes da PIDE estenderam a investigação à sua companheira, surgindo neste mesmo ano de 1957 o primeiro e único registro que sobre ela consta no dossiê depositado no Arquivo da Torre do Tombo. Identifica-a como engenheira (sic), nascida em 24 de dezembro de 1920, na freguesia de Santos-o-Velho, Lisboa, filha de Carlos Brandão e de

---

4   Carta de Alberto Arons Braga de Carvalho para Joaquim Barradas de Carvalho, datada de 5 de maio de 1971, localizada pelo próprio missivista no Arquivo da Torre do Tombo, no Arquivo da PIDE, que será reproduzida e comentada por Alberto Arons de Carvalho neste livro.

5   Secção Central, 1376-CI (2), p. 385. A campanha eleitoral de outubro de 1957 culminou com as eleições de 1958, em que concorreram o Almirante Américo Tomás, indicado por Salazar, o general Humberto Delgado, de centro-esquerda, e o advogado Arlindo Vicente, pela extrema esquerda.

Tomásia Fortunata Margarida Cambon Brandão que, "tal como seu marido, subscreveu o documento no qual, durante a campanha eleitoral de outubro de 1957, alguns oposicionistas se manifestaram contra todas as formas de censura" e que, além disso, "já anteriormente se encontrava referenciada como desafeta ao atual regime e, posteriormente, têm-lhe sido assinalados contatos com diversos elementos conhecidos como oposicionistas e comunistas".[6]

Rarefeitas até então, as anotações sobre às atividades políticas de Barradas avolumam-se nos anos seguintes, demonstrando, a um só tempo, a efetiva intensificação de suas ações e o aguçamento do interesse por ele despertado no aparelho repressor. Em novembro de 1958, informa que Barradas "assinou, juntamente com outros indivíduos conhecidos como desafetos, um documento no qual protestava contra as medidas de segurança a que estava sujeito Álvaro Cunhal, secretário-geral do chamado 'Partido Comunista Português'".[7] Essa manifestação pública revela também que Barradas superara a fase clandestina, simbolizada na organização das tipografias, assumindo uma posição mais explícita de enfrentamento ao regime, atitude que envolvia, certamente, uma dose razoável de risco.

Talvez seja esse o motivo do retorno de Barradas a Paris, entre 1958 e 1959; um auto-exílio temporário, que foi de perto acompanhado pelos agentes dos órgãos de vigilância. "Esteve em Paris preparando a tese para seu doutoramento em História, tendo sido notados os seus frequentes contatos com elementos destacados do 'Partido Comunista Francês'",[8] ou, "com membros do Partido Comunista Português", de acordo com a Seção Central,[9] onde continuaria a "desenvolver a sua atividade antinacional".[10]

A desenvoltura com que Barradas circulava nas hostes inimigas do regime salazarista é um claro sintoma da resistência crescente. De fato, os anos 60 marcam o início de uma ação mais agressiva contra Barradas e, ao mesmo tempo, atitudes mais temerárias de sua parte, como revelam os fatos assinalados em sua ficha policial, que registra os "contatos do referenciado com elementos do DRIL", em março de 1960; e o fato de ter assinado, em novembro do mesmo ano, "uma exposição de conhecidos oposicionistas, dirigida à

---

6   Idem, p. 386.
7   Idem, p. 385.
8   Idem, p. 389.
9   Idem, p. 386.
10 DGS, p. 154.

Sua Excelência o Presidente da República, na qual se solicitava: 1.º) Que fosse autorizado um congresso democrata; 2.º) Que fosse autorizada a publicação de um semanário da oposição; 3.º) Que fosse promulgada uma ampla anistia para todos os presos políticos.[11]

Corajosa, portanto, a decisão de Barradas de retornar a Portugal em 1961, tornando pública sua vontade de reintegrar-se à vida acadêmica, ao se apresentar como "concorrente ao lugar de encarregado de curso da Faculdade de Letras da Universidade do Porto", iniciativa essa que levaria o Secretário-Geral da Presidência do Conselho de Ministros a solicitar informações pormenorizadas sobre Barradas à PIDE que, atendendo à solicitação, remete ao Secretário-Geral sua folha corrida com todas as anotações registradas desde 1957, até os eventos de 1960.[12] Sua documentação foi interceptada pela PIDE e a inscrição no concurso cancelada, pondo fim ao sonho de voltar para ficar e combater o regime na trincheira da academia. Margarida, que ao retornar a Lisboa afirmara "Paris acabou", teve que rever seus planos de fixar-se de vez em Portugal.

Possivelmente, esta frustração esteja na base da motivação que levou Barradas a envolver-se, mesmo que indiretamente, no frustrado assalto ao quartel de Beja, numa clara e alucinada opção pela violência, ao ver esgotada a via pacífica que a vida acadêmica lhe propiciaria. O assalto ao quartel de Beja foi um levante militar liderado pelo capitão Varela Gomes, ocorrido em 1.º de janeiro de 1962, prontamente debelado, mas que custou a morte do Subsecretário de Estado do Exército, Jaime Filipe da Fonseca. Retornar clandestinamente à França, e dessa feita sem esperança de voltar a Portugal, a não ser com a queda do regime, foi a alternativa que lhe restou, antes que uma ordem de captura lhe fosse aplicada.

Em Paris, seu ritmo de vida voltou ao normal: pesquisa para a elaboração de seu doutorado em estudos ibéricos na Universidade de Paris-Sorbonne; agressiva militância política, devidamente registrada pela PIDE: "em maio de 1962, com outros portugueses residentes em Paris referenciados como oposicionistas e comunistas, em panfleto dirigido à Sua Excelência o Presidente da República, sob o título 'Solidariedade aos Estudantes Portugueses', pediam a cessação de toda espécie de repressão ao movimento estudantil".[13] Interessante notar que uma das citações sobre Barradas, datada de 12 de janeiro de 1962,

---

11   PIDE, 2.ª divisão S.R., p. 576. DRIL é a sigla que identifica os trabalhadores intelectuais do Partido Comunista, no caso, a Direção Regional dos Intelectuais de Lisboa.

12   PIDE, 769, SR, p. 575.

13   DGS, p. 154.

afirmava que ele "não oferece garantias de cooperar na realização dos fins superiores do Estado",[14] forma barroca para avaliar ações que, de fato, buscavam subverter o regime salazarista, amenidade curiosa que contrasta com a iniciativa da Direção dos Serviços de Identificação do Ministérios da Justiça ao interrogar a PIDE, em 27 de agosto de 1962, se contra Barradas "ainda subsistia a ordem de captura ou se a mesma se encontrava anulada" (12). A PIDE responde, em 7 de setembro do mesmo ano, que "ainda se mantém o pedido de captura do nacional Joaquim Manuel Godinho Braga Barradas de Carvalho" (13). Ato contínuo, a Seção Central, Centro de Informação, remeteu à 1ª. Seção ordem para que fosse publicado o pedido de captura, em 2 de outubro, expedindo-se no dia seguinte a ordem de serviço nº 276, que dizia: "Interessa à PIDE a captura desse indivíduo residente à rua Douanier Rousseau, XIVº, nº 6, Paris" (14).

A ordem de prisão transfigura os horizontes de Barradas. Nem mesmo Paris se lhe afigurava seguro. Agentes da PIDE estavam em todos os lugares. Apesar de dar continuidade às suas pesquisas sobre a cultura renascentista portuguesa, de contar com o apoio decidido de Fernand Braudel, precisava de algo mais seguro do que a simples condição de bolsista de agências ou instituições de fomento à pesquisa. Tudo isto explica por que, alguns meses após a ordem de captura, ele já se encontrava no Brasil, a convite do Departamento de História da Universidade de São Paulo, chamado extremamente honroso e que lhe caíra do céu. O evento não escapou aos registros da polícia política: "Em 1964, passa para o Brasil onde lhe são assinaladas atividades no jornal comunista 'Portugal Democrático' e 'Unidade Democrática Portuguesa'".[15] Os tentáculos da PIDE se alongavam até o Brasil. Até mesmo cartazes que anunciavam conferências de Barradas eram arquivados, a exemplo do convite do Centro Democrático Español para que os interessados fossem ouvir Barradas falar sobre o tema "Portugal e a União Ibérica".[16] Fossem eles agentes enrustidos ou simplesmente simpatizantes brasileiros e portugueses do regime salazarista, o certo é que as informações continuavam a chegar ao autoritário governo português.

O acompanhamento das atividades políticas de Barradas no Brasil foi ainda mais facilitado por um acontecimento trágico. Sua chegada ao Brasil, em março de 1964, coincide com o golpe militar que instalaria um regime repressivo no país à semelhança de

---

14 PIDE, Boletim de Informação nº 10357, p. 579.

15 DGS, p. 152.

16 DGS, p. 154.

Portugal, prevendo-se o interesse comum na troca de informações entre os órgãos siameses dos regimes repressivos, a PIDE e o DOPS (Departamento de Ordem Política e Social). É de supor-se que os pedidos de informação emanados do Ministério dos Negócios Estrangeiros ao Diretor da PIDE, sobre as atividades de portugueses residentes no Brasil, fossem repassadas ao DOPS, a exemplo desta solicitação do Diretor Geral ao Diretor da Polícia: "Muito agradeceria a V. Ex.ª as informações que possam constar nessa Diretoria sobre as pessoas, atualmente residentes em São Paulo (Brasil), a seguir indicadas: Prof. Joaquim Barradas de Carvalho e Esposa; Prof. Manuel Joaquim Godinho e Prof. Vitor Ramos".[17] A suposição, contudo, esmoreceu diante das primeiras pesquisas realizadas no Arquivo Público do Estado de São Paulo, onde se encontra depositada a documentação do DOPS, cujo cadastro nada registra sobre os nomes referidos, o que não impede, porém, que o aprofundamento da investigação no próprio corpo da documentação traga informações sobre Barradas e seus companheiros.[18]

Nesse passo, a documentação registra um fato insólito, ocorrido em 1965, momento em que Barradas se encontrava efetivamente no Brasil. Em 1.º de março desse ano, o quartel de Setúbal autoriza o Tenente Miliciano de Infantaria, Joaquim Manuel Godinho Braga Barradas de Carvalho, a ausentar-se para a França, "por espaço não superior a noventa dias",[19] fato imediatamente detectado pela PIDE, que, em documento datado de 12 de março quando, em ofício endereçado ao Ministro do Exército, estranha o fato de que "Aquele indivíduo que se tem revelado inimigo da Pátria, colaborando com organizações subversivas que visam a derrubar o Governo por meios anticonstitucionais, residente no estrangeiro desde 1959, altura em que se fixou em Paris e, presentemente, encontra-se em São Paulo, Brasil, para onde seguiu nos primeiros meses do ano findo e para onde lhe foi agora enviado aquele Título de Licença".[20] A única explicação plausível é a que, tendo saído clandestinamente de Portugal e, provavelmente, com documentos falsos, Barradas pretendia legalizá-los mesmo estando no Brasil. Neste caso, seria preciso solicitar um atestado de licença ao Distrito de Recrutamento e Mobilização, serviço eminentemente burocrático, pertencente ao

---

17   PIDE, p. 391.

18   O levantamento preliminar junto ao cadastro do DOPS, já informatizado, foi realizado pela equipe liderada pela Prof.ª Maria Luiza Tucci Carneiro, a quem agradecemos a informação.

19   Título de Licença, Quartel de Setúbal, 1.º de março de 1965.

20   PIDE, p. 337.

Ministério da Defesa e que, evidentemente, agia sem consultar a PIDE. O documento era necessário porque todos os estudantes e diplomados pelas Universidades eram incorporados às forças armadas como oficiais milicianos, sendo promovidos ao posto de tenente quando cumpriam o tempo de serviço militar obrigatório e passavam à disponibilidade, isto é, passavam à reserva, podendo, dependendo das necessidades, ser incorporados ao serviço ativo. Isto explicaria por que, mesmo estando no Brasil, e até mesmo tendo ordem de prisão decretada e reconfirmada, o documento tivesse sido remetido ao Brasil, para espanto e indignação do serviço de segurança.

A fase do poder autoritário instalado no Brasil, entre 1964 e 1968, pode ser considerada amena em relação ao período posterior, que marca o endurecimento do regime. Isto explica porque, apesar de vigiado, Barradas não era cerceado em sua liberdade de manifestação pública, fosse em suas aulas, conferências, por via da mídia escrita ou falada. A PIDE, porém, continuava a acompanhar minuciosamente seus passos. "O epigrafado (Barradas) escreveu um panfleto intitulado 'As Forças de Oposição em Portugal', datado de São Paulo, 5 de outubro de 1965, no qual, a propósito da passagem do 55.º aniversário da proclamação da República, se apela para as forças políticas do País, para que se mantenham unidas até à vitória sobre o salazarismo".[21] Em emissão radiofônica de 15 de maio de 1966, a Rádio *Voz da Liberdade* refere-se à eleição de Barradas como "Presidente da Assembleia Geral da Oposição Portuguesa no Brasil"; em 13 de maio, trata da carta remetida pela oposição portuguesa no Brasil à Organização das Nações Unidas, denunciando a "intensificação da repressão em Portugal"; e, em 2 de junho, fala sobre o "documento enviado ao Presidente do Conselho de Segurança pelos democratas portugueses, assinado pelo epigrafado (Barradas)".[22]

Sem repressão efetiva no Brasil, as denúncias aos organismos internacionais sobre os desmandos do regime salazarista se avolumam. Restava à PIDE arrolar os inimigos do Estado identificando nomes e instituições que, em carta datada de agosto de 1967, dirigiram-se ao Lorde Bertrand Russel, Presidente do Tribunal Internacional de Crimes de Guerra, pedindo o "julgamento de Salazar como criminoso de guerra", tendo sido apontados os nomes do auditor Augusto Aragão, do oficial do exército Francisco Oliveira Pio, dos jornalistas Francisco Vidal e Miguel Urbano Rodrigues e dos professores Ruy Luiz Gomes, José Morgado, Vitor Ramos e Joaquim Barradas de Carvalho, cujo nome foi

---

21 Torre do Tombo, 7749.

22 PIDE, p. 344.

sublinhado no documento. Complementarmente, indicavam-se os organismos Centro Republicano Português, Unidade Democrática Portuguesa, além dos jornais *Portugal Democrático*, dos *Democratas Portugueses* no Rio de Janeiro e dos Democratas *Portugueses do Recife*,[23] como instrumentos dos opositores ao regime português.

A Guerra Colonial na África, iniciada em 1961, contribuía de modo decisivo para a debilitação do regime salazarista, ao mesmo tempo em que oferecia farta munição aos resistentes portugueses no Brasil. Em 1968, Barradas "dirigiu à ONU uma carta pedindo que Portugal fosse condenado pela sua política ultramarina e que lhe fossem aplicadas sanções";... "dirigiu mensagem à 'FRELIMO' por ocasião da morte de Eduardo Mondlane transcrita no jornal 'Portugal Democrático', de cuja comissão de redação fazia parte".[24] Em atitude registrada pela Rádio *Voz da Liberdade*, subscreveu mensagem de protesto remetida ao Parlamento Brasileiro e ao Embaixador de Portugal no Brasil, "contra a deportação do Sr. Mário Soares para São Tomé e Príncipe",[25] medida extrema que apontava para a radicalização que caracterizaria o fim do regime salazarista.

A última anotação constante do dossiê Barradas, alojado na Torre do Tombo, faz o retrato final do subversivo Barradas, um retrato muito distante do eufemístico perfil delineado pelo agente António Alcarva, em 1962, segundo o qual ele "não oferecia garantias de cooperar na realização dos fins superiores do Estado". Em despacho do Ministro do Interior, datado de 1969, em que, na hierarquia da periculosidade se lhe atribui a letra B, é desta forma descrito: "Indivíduo comprometido em atividades graves, injuriosas e ofensivas ao Poder Público, nomeadamente quanto à guerra no Ultramar, que deve ser sujeito a averiguações mais completas e que poderá continuar em liberdade, até decisão ulterior que se faça apresentar ao Tribunal, ou fique sujeito à vigilância policial".[26]

Recomendação genérica e que, de fato, representava uma amenidade em relação a disposições anteriores muito mais severas, como a ordem de captura emitida em 1962. Em 4 de fevereiro de 1970, Joaquim Barradas de Carvalho e Margarida Barradas de Carvalho deixavam o Brasil de volta à França, o eterno refúgio.

Apesar do estado agônico do regime, o sistema repressivo continuava a operar, mantendo a vigilância sobre a família Barradas de Carvalho. Estendia-se, agora a seu

---

23   PIDE, p. 11.

24   DGS, p. 154.

25   PIDE, p. 346.

26   DGS, p. 154.

filho com Ruth Arons de Carvalho, Alberto Arons de Carvalho, então aluno do segundo ano da Faculdade de Direito de Lisboa, cujas correspondências com seu pai e com o Presidente do Conselho de Ministros, Marcello Caetano, foram localizadas no arquivo da PIDE/DGS disponibilizados na Torre do Tombo, provando que a interceptação de correspondência era prática rotineira. Na carta a seu pai, datada de 5 de maio de 1971, relata os constrangimentos que vinha sofrendo por ter sido intimado a depor na sede da DGS. No interrogatório ficou claro que o motivo era um livro que estava elaborando em parceria de seu colega, António Manuel Monteiro Cardoso, sobre o regime jurídico da imprensa portuguesa, em perspectiva histórica, desde a Monarquia Constitucional, em 1910, até o projeto de lei em discussão na Assembleia Nacional, naquele momento, tanto que, no dia seguinte ao interrogatório, a PIDE foi à Editora à busca de exemplares já prontos ou dos fascículos em preparação. Temeroso de que a publicação pudesse ser proibida, Alberto e seu parceiro dirigiram uma missiva a Marcello Caetano relatando o acontecimento, informando que a iniciativa surgiu de uma atividade acadêmica que teve o apoio de seus professores e que, efetivamente, em sua elaboração "renunciou-se a um juízo político dos regimes legais... situando-se sempre numa perspectiva estritamente jurídica",[27] argumentação esta acompanhada de uma fotocópia dos originais para avaliação do Presidente do Conselho de Ministros, cuja proteção se invocava com a finalidade de facultar a edição e distribuição da obra.

Estávamos, contudo, a menos de três anos da Revolução dos Cravos, em abril de 1974, que transformariam estes eventos em poeira da história, fragmentos que, reunidos, comporiam o cenário trágico de quatro décadas de história que a memória, por ínvios caminhos registrada, não permite calar.

---

27 Carta escrita por Alberto Arons de Carvalho e António Manuel Monteiro Cardoso a Marcello Caetano após 5 de maio de 1971 e localizada no Arquivo da PIDE.

AGRURAS DO MESTRE RETORNADO

José Jobson de Andrade Arruda[1]
Vera Lúcia Amaral Ferlini[2]

Os testemunhos colhidos entre seus amigos mais próximos e confidentes são unânimes em afirmar a profunda mágoa sentida por Joaquim Barradas de Carvalho com todos os problemas que envolveram seu retorno à vida acadêmica em Portugal no pós-25 de Abril. Militante de primeira hora no movimento que culminou na Revolução dos Cravos; intelectual prestigiado e reconhecido pela academia francesa; festejado por seus alunos pelo modo civilizado de relacionamento e competência científica indiscutível, deparou-se com obstáculos burocráticos intransponíveis que culminaram na recusa à sua incorporação plena como Professor Catedrático da Universidade de Lisboa, pretensão legítima, amparada por sua trajetória, atestada por seus pares franceses, defendida por parecer circunstanciado de Comissão de Especialistas portugueses, pleiteada pelo Diretório Acadêmico, sustentada pelos órgãos colegiados da Faculdade de Letras. O título de *Equiparado a Professor Catedrático* que lhe foi outorgado colocava-o em grau de inferioridade aos catedráticos legítimos, injustiça tanto maior quanto se considera que pleitos semelhantes aos seus foram acolhidos na mesma Universidade de Lisboa.

---

[1] Professor Senior do Departamento de História da USP e Professor Titular de História Moderna do Instituto de Economia da UNICAMP.
[2] Professora do Departamento de História da USP; Diretora da Cátedra Jaime Cortesão.

Convivi com Barradas em fevereiro de 1976, em Lisboa, quando alimentava ainda esperanças de que seu pedido seria atendido. Confidências de professores amigos falavam de seu absoluto desencantamento nos inícios de 1980, quando sua solicitação foi recusada pelo Ministério da Educação e Ciência. Não há dúvidas, portanto, quanto à importância desta decisão nos circunstanciamentos que envolveram sua morte meses após, em meados de 1980: um coração magoado; ferido pelo não-reconhecimento de sua sólida trajetória intelectual.

Recuperar os meandros deste processo de busca pelo reconhecimento de sua qualidade científica e intelectual – que ocuparam os anos que mediam entre seu retorno a Portugal, em maio de 1974, e sua morte, em 18 de julho de 1980 –, significa recuperar uma história até aqui nebulosa, envolta em explicações contraditórias; dar voz às personagens nela envolvidas e repor, por via da micro-história, uma dimensão aparentemente incomum da grande história das Revoluções que, não raro, traga seus filhos diletos.

A pesquisa documental que tornou possível a reconstrução desta pequena/grande história foi realizada por António Marques de Almeida nos arquivos da Faculdade de Letras da Universidade de Lisboa. Recolha ampla e minuciosa sem a qual este texto não poderia ter sido composto; trabalho afetivo, sobretudo, por ter ele compartilhado as agruras do mestre retornado na condição de colega e professor do curso de História e, *pour cause*, da partilha do tempo ocioso nas "janelas" fabricadas nos horários urdidos pela Instituição.[3]

Informalmente, podemos afirmar que o processo em pauta teve início ainda no ano de 1974, no mês de novembro, quando atestados, certificando a qualidade científica de sua obra, os méritos acadêmicos de sua atividade, foram passados por três grandes mestres da academia francesa com quem Barradas havia convivido intensamente: Frédéric Mauro, Léon Bourdon e Jean Delumeau.[4]

Somente três anos mais tarde é que o processo dá sinais de se mover. Uma manifestação do corpo discente dirigida ao Conselho Científico da Faculdade exalta os méritos científicos e acadêmicos de Barradas, reprisando argumentos contidos nos atestados passados pelos intelectuais franceses, destacando o desempenho de um mestre inteiramente

---

3 Todos os documentos a seguir fazem parte do dossiê JOAQUIM BARRADAS DE CARVALHO existente no Arquivo da Universidade de Lisboa.

4 Não foi localizado o Atestado passado por Jean Delumeau, provavelmente deslocado do processo.

devotado às funções pedagógicas, cuja atuação tinha evidentes reflexos na convivência que apurava a fecundidade do saber, um mestre que, segundo os próprios estudantes, sabia "fazer escola na escola". O documento exortava o Conselho Científico a dar ao Departamento de História e, especialmente ao Professor Joaquim Barradas de Carvalho, o provimento de uma vaga de Professor Catedrático por convite, como já se fizera em situação congênere em outro Departamento da mesma Universidade.[5]

Inquestionavelmente, a peça fundamental do processo foi o parecer da Comissão de História, elaborado por seu Presidente, o Professor Vitorino Magalhães Godinho, e unanimemente aprovado pelos demais membros, em 25 de fevereiro de 1977,[6] encaminhado e aprovado pelo Conselho Científico que o remeteu às instâncias superiores, leia-se, à Direção-Geral do Ensino Superior, órgão do Ministério da Educação e Investigação Científica, a quem cabia acolher ou não o parecer exarado pela Comissão de História.

O parecer começa por invocar o direito que, pressupõe-se, estejam implícitos no Doutoramento de Estado obtido na França, desde que alcançados em Universidade de prestígio, sob júri composto por especialistas renomados, qual seja, o de ingressar na categoria de *Professor Extraordinário*, e não de simples *equiparado* e, até mesmo, se o currículo assim o justificar, entrar diretamente na categoria de Professor Catedrático. Ato contínuo, repassa a trajetória acadêmica de Barradas na França, onde obtivera com a máxima distinção dois Doutoramentos de 3.º Ciclo; o Doutoramento de Estado, na prestigiosa Sorbonne, e o Diploma da Escola Prática de Altos Estudos, títulos estes que justificam plenamente "a equiparação a Catedrático, e até mesmo como Catedrático" e, se assim não fosse, "conviria abrir rapidamente concurso para que pudesse efetuar-se".[7]

Se, do ponto de vista formal, Barradas estava plenamente legitimado a exercer o posto que pleiteava, seu desempenho docente e sua capacidade de investigação adensavam ainda mais sua qualificação. O Relatório destaca o fato de ter exercido a função de *Charge de Recherche* do *Centre National de La Recherche Scientifique* e o exercício do cargo

---

5   Proposta do Grupo de História remetida ao Conselho Científico da Faculdade de Letras com reunião aprazada para 4 de janeiro de 1977.

6   A Comissão em tela era constituída por cinco membros, iminentes historiadores; dentre eles se incluíam, além de seu Presidente, já citado, os professores António de Oliveira Marques, José Augusto França, Luis de Matos e José António Ferreira de Afares.

7   Relatório da Comissão de História, em 25 de fevereiro de 1977.

de Professor Titular contratado pela Faculdade de Filosofia, Ciências e Letras da USP, pelo período de seis anos, entre 1964 e 1970.

A avaliação dos trabalhos publicados, resultantes de suas atividades de pesquisa, se faz pela sua repartição em três agrupamentos principais, descartadas as repetições recorrentes. Destaca *As Ideias Políticas e Sociais de Alexandre Herculano*, livro de juventude, publicado em 1949, considerado, ao lado do texto de António José Saraiva, *Herculano e o Liberalismo em Portugal*, publicado no mesmo ano, "o melhor estudo do liberalismo e das questões ideológicas e culturais ligadas à instauração do liberalismo e sua evolução ulterior", texto curto, mas um dos que mais enriquecem sua bibliografia. Em segundo plano, avalia a edição crítica de *Esmeraldo de situ orbis*, imponente conjunto de estudos sobre Duarte Pacheco Pereira, que desemboca na análise das características específicas do Renascimento em Portugal e do Humanismo no meio português, trabalhos de profunda erudição que equacionavam numerosos problemas até então em aberto, que o autor enredou em problemática mais ampla, essencial à compreensão da evolução das mentalidades no contexto dos Descobrimentos, com especial destaque para a compreensão da mentalidade quantitativa, por meio da introdução dos algarismos arábicos, ferramenta de análise destacada por Lucien Febvre como fundamental à pesquisa histórica.

Mas o relatório não contém apenas elogios. Não se trata de um laudatório sem lastro. As restrições apresentadas demonstram a competência e a independência da Comissão de História. Explicitamente, lamenta "que o Autor tenha cedido com frequência à facilidade da repetição e nem sempre tenha sabido alargar o tema aos amplos horizontes a quem convidam as fulgurantes sugestões de Lucien Fevbre", deixando de atentar para "as 'novas novidades' de que falava Garcia Resende". Restrições mais severas surgem na avaliação da terceira vertente, representada pelos livros *Da História Crónica à História Ciência*, de 1972, e *Portugal – Rumo ao Atlântico*, de 1974, considerados ensaios mais teóricos ou doutrinários, sem a qualidade das referências anteriores, sem a originalidade criadora que se poderia esperar do autor.[8]

A conclusão final do parecer da Comissão de especialistas, liderada por Vitorino Magalhães Godinho, precisa ser igualmente avaliada. Se ela propõe preliminarmente que "seja feita a nomeação de Joaquim Barradas de Carvalho na categoria de Catedrático de História", abre, na formulação seguinte, a possibilidade para que os órgãos burocráticos não o fizessem, ao afirmar que "no caso de superiormente se entender que esta não é

---

8   O título correto é *Rumos de Portugal. A Europa ou o Atlântico?*.

de se fazer (isto é, a simples nomeação), que seja mantida a sua equiparação na categoria e que se abra concurso para nela poder ingressar", alternativa esta que acaba sendo acolhida pelo Conselho Científico, em 20 de setembro de 1977, ao homologar a opção *"Equiparado a Professor Catedrático"*.

Em 18 de dezembro deste mesmo ano, o interessado manifestou-se através de carta de próprio punho dirigida ao Conselho Científico em que, depois de elencar seus títulos acadêmicos, assim se expressa: "tendo conhecimento de vagas de Professores Catedráticos no quadro da Faculdade de Letras da Universidade de Lisboa, requer ao Conselho Científico a entrada numa das referidas vagas".[9]

Apesar de o parecer oferecido pela Comissão de Historiadores ter sido incisivo no sentido de sustentar o pleito de Joaquim Barradas de Carvalho, deixara em aberto opções que a burocracia governamental poderia mobilizar para procrastinar ou, simplesmente, denegar seu pedido. Equivale dizer, o uso político que a avaliação científica poderia propiciar não foi pressentida pela Comissão de Historiadores, que operam segundo a máxima da objetividade e da presunção de neutralidade científica. Tal armadilha a que podem estar sujeitos os intelectuais foi intuída pelo corpo estudantil que, em nota dirigida ao Conselho Científico, denuncia "o cerco ao Professor do Curso de História Joaquim Barradas de Carvalho", pois "está à espera que saia o estatuto da carreira docente para obrigar este docente a fazer concurso", mesmo havendo vagas para Professor Catedrático, o que, na opinião dos manifestantes, será certamente interpretado como uma atribuição da Faculdade de Letras para "um saneamento à esquerda", identificando-a com objetivos governamentais.[10]

O posicionamento do Conselho Diretivo foi firme e incisivo, mas tardio. Somente em novembro do ano seguinte, em 1979, é que seu Presidente dirigiu-se oficialmente ao Secretário de Estado do Ensino Superior, respaldando os pleitos de Barradas. Primeiro, solicitando que, em virtude de seus graus acadêmicos, fosse equiparado à agregação, condição *sine qua non* para o acesso à Cátedra; segundo, que o "período que se seguiu ao seu afastamento arbitrário – por motivos políticos – de um concurso para ingresso na Faculdade de Letras do Porto, fosse considerado tempo de serviço", manifestando sua

---

9   Ofício dirigido ao Presidente do Conselho Científico. Lisboa, 19 de dezembro de 1977.
10 Nota do DAE sobre o "Caso" Joaquim Barradas de Carvalho, emitida pela Direção da Associação dos Estudantes da Faculdade de Letras, com 22 signatários, em 25 de julho de 1978.

estranheza pela demora da resposta, sobretudo tratando-se de personalidade de méritos indiscutíveis, que a Escola estava interessada em receber em seus quadros."[11]

A resposta tardou alguns meses. Em fevereiro de 1980, a chefe da Divisão de Pessoal da Direção-Geral do Ensino Superior pôs fim ao sonho de Barradas. As duas solicitações foram secamente recusadas: "O pedido de equiparação ao título de professor agregado formulado pelo requerente deve ser indeferido por falta de fundamento legal"; "o tempo em que o requerente esteve afastado da Universidade Portuguesa por motivos políticos só pode ser considerado tempo de serviço efetivo, designadamente, para efeito de aposentação depois de proferida decisão de reintegração em processo cuja instrução era da competência da Comissão para Reintegração dos servidores de Estado que se encontra, atualmente, extinta".[12]

Tudo isto significa que, sem o reconhecimento da agregação, seria impossível competir para Professor Catedrático, mesmo que a vaga fosse aberta; que Barradas deveria defender sua tese de doutoramento em Portugal, de nada adiantando a pletora de títulos franceses, condição para prestar o concurso de agregação e que, no limite, teria que se conformar com o título de *Equiparado a Professor Catedrático*. Significava ainda mais, que um impasse kafkiano abria-se diante dele, pois somente após sua reintegração um pedido de contagem de tempo poderia ser solicitado a uma Comissão que, entretanto, havia sido extinta!

Este desenlace já se pré-anunciava por todas as dificuldades que, a cada passo, foram se interpondo no transcorrer do processo. De toda evidência, os velhos revolucionários incomodavam os novos governantes. A batalha insidiosa enfrentada por Barradas não era explícita. Plena de interditos, de armadilhas, de meias-verdades, tornaram-se para ele insuportável: germinaram a descrença; agravaram a doença; anteciparam a morte silenciosa que o colheu meses após, um exemplo trágico de como as revoluções podem tragar seus filhos.

Os ínvios caminhos perfilhados por este mestre retornado desvelam os enleios entre singular e plural, de como os percursos individuais podem ser sintomas dos movimentos de conjunto, em suma, de como os destinos dos homens enredam-se nos movimentos coletivos, momentos em que se tornam, efetivamente, História.

---

11   Ofício datado de 9 de novembro de 1979.

12   Ofício assinado por Maria Celeste Patrocínio, dirigido ao Presidente do Conselho Científico da Faculdade de Letras da Universidade de Lisboa, em 29 de fevereiro de 1980.

UM MESTRE

Regina Heloísa Romano Casari

A sala ficava no fim do corredor, a última do segundo andar do prédio da História. Era assim que chamávamos aquele prédio em concreto armado, construído nos anos sessenta para abrigar, no campus universitário, um dos cursos antes situados na rua Maria Antonia. Uma sala pequena, com um janelão de vidro fixo, de alto a baixo, com uma mesa que percorria o espaço de um extremo ao outro.

Ali eram realizadas, uma vez por semana, as reuniões do grupo de pesquisa do professor Joaquim Barradas de Carvalho.

Voltemos no tempo. Voltemos ao ano em que Barradas chegou ao Brasil. 1964. Veio para lecionar História Ibérica, na Universidade de São Paulo, deixando a França, onde ensinava em Paris, na Sorbonne. Já aportou aqui com um certo renome: eram ele e Margarida, sua mulher, intelectuais de peso, exilados do regime salarista, que tentavam uma nova experiência no Brasil, um país aparentemente num momento de grandes mudanças.

Quando falo intelectuais de peso, não significo de forma alguma, intelectuais sisudos. Barradas e Margarida riam, riam muito. Gostavam da noite e encontraram, aqui, um campo extenso para praticar esse lado descontraído. Eram pessoas alegres. Especialmente Barradas, que achava, até quando convivi com ele, muita graça na vida. Margarida também era uma mulher expansiva, plena de alegria, mas a minha convivência com ela foi menor. Lembro-me de ter ido à casa deles no bairro do Butantã, quando tinham acabado de ver Zorba, o grego (Zorbá, le grec, como ela dizia), e ela cantava e ensaiava alguns passos da música do filme, na sala, na nossa frente, sem o menor constrangimento.

Barradas, todos os dias, terno azul marinho, tomava o ônibus ou aceitava caronas de outros professores – ele não dirigia e não tinha automóvel – e ia para o prédio da História, primeiramente onde mais tarde se instalou a Reitoria e depois para o prédio definitivo, aquele em que a sala do segundo andar foi destinada às alunas pesquisadoras. Cigarro entre os dedos amarelados, dava longas tragadas, e em uma das mãos carregava uma pasta de couro com o material que utilizava em sala de aula. Estavam ali os textos do Esmeraldo de Situ Orbis, sobre os quais escreveu enquanto esteve no Brasil e que distribuía para seus alunos sempre com a mesma dedicatória: "Para fulano, com admiração do Joaquim Barradas de Carvalho"

O golpe de 64, desfechado logo que Barradas chegou ao Brasil e que não se fizera sentir tão imediatamente, começava a mostrar que, à medida que os Atos Institucionais eram publicados, aprofundava o fosso entre a democracia e ditadura que se instalaria a seguir. O Brasil não era mais o mesmo. Já havia algo no ar que se concretizaria depois de 1968.

Barradas seguiu em frente, apesar do golpe, com o seu curso de História Ibérica. E já havia arregimentado a primeira turma de alunas pesquisadoras, da qual faziam parte, das que eu me recordo, Ana Maria de Almeida Camargo, Kátia Abud e Raquel Glezer. O assunto era a Carta de Caminha.

No ano seguinte cursei História Ibérica. Era matéria do currículo do segundo ano do curso e fui muito bem na prova final. Eu e Kunio Suzuki fizemos provas consideradas excelentes por Barradas. Eram provas "redondas" como ele dizia então. Ele leu as nossas provas em outras classes e eu só fiquei sabendo disso depois, através de outros colegas.

Logo veio o convite para participar de seu grupo de pesquisa. Fiquei lisonjeadíssima. Aceitei na hora. Não sei se Kunio aceitou. Não me lembro. Já lá se vão quarenta anos e a memória, traiçoeira como é, cheia de meandros e propensa a privilegiar apenas momentos de grandes alegrias em nossas vidas, deixa a dúvida. Fica-me uma vaga impressão de que sim, de que ele fazia parte do grupo, aluno brilhante que era. Só sei que Barradas tinha enorme admiração por aquele nissei calado, que apenas sorria, falava pouco, mas escrevia maravilhosamente bem. E ordenava as ideias de forma clara, com pensamentos profundos e encadeados. Uma "cabeça francesa", como dizia Barradas então.

Era nas provas que Kunio se mostrava. E na de História Ibérica não fez por menos. Eu me lembro de conversas de Barradas e Kunio, mas como Barradas era muito acessível, e gostava de conversar com os alunos, fica difícil afirmar, com certeza, se isso era suficiente para confirmar Kunio como membro daquele grupo.

Barradas tinha grande admiração pelos bons alunos e dizia sempre que só devia contestar – e aquele era um tempo de grandes contestações, os anos 60 na Universidade de São Paulo – quem se empenhasse, quem conhecesse, quem procurasse saber.

Mas, ao mesmo tempo, valorizava sempre qualquer esforço do aluno, por menor que fosse. Ali, naquele grupo de pesquisa, percebia-se isso. Havia os aplicados, havia os mais brilhantes, havia também aqueles que, digamos, enganavam um pouquinho e os que se esforçavam bastante com um rendimento menor. Barradas percebia tudo, não criticava, valorizava todo e qualquer esforço. E assim a pesquisa caminhava.

Quando passei a fazer parte do grupo, aluna fumante que era, procurei imitá-lo. Afinal, ele era alguém que tinha vivido em Paris – e Paris era tão distante para nós naquela época –, convivido com intelectuais franceses, com os existencialistas e com aquele grupo dark do qual fazia parte Juliette Grecco. Ele jamais sugeriu, nem de leve, qualquer coisa nesse sentido. Apenas uma vez nos contou que vira, em um café, em Paris, Simone de Beauvoir, Sartre e Juliette Grecco conversando. Bastou isso para a minha cabeça juvenil viajar, embarcar na fantasia. Achava-me uma beatnik de extrema esquerda, – quanta contradição! – fumava muito, dava longas tragadas nos cigarros consumidos um após o outro. Puro exibicionismo de uma jovem insegura diante de um professor a quem respeitava.

As reuniões eram feitas no final das aulas, uma vez a cada sete dias. Levávamos nossos materiais, aquilo que durante a semana havíamos pesquisado e procurávamos discutir um pouco. A cada pessoa coube uma parte e Barradas escutava a todos com a máxima paciência, sugeria mudanças ou aceitava sugestões, sempre dentro do mesmo tema: A Carta de Caminha.

Para mim ficou o levantamento da biografia dos poucos tripulantes nomeados na Carta. Com minha pasta marroquina de couro verde, com apliques dourados, parti para uma travessa do Largo do Arouche, uma ruazinha estreita, onde ficava o Instituto de Estudos Portugueses, um prédio espremido entre dois outros. Subia-se por uma escada escura e lá em cima estava a biblioteca. Escura. Cheia de livros cheirando a mofo.

Ainda me lembro da minha alegria ao encontrar os primeiros nomes buscados. Era como se fosse a descoberta do século. Nada tão importante quanto aqueles nomes, simples tripulantes, nomeados por Caminha, mas que eu traria à luz com minha pesquisa, tornando-os célebres. Devaneios de uma jovem envaidecida pelo convite de um professor que, vindo da França, falava de assuntos, de autores, que parte dos professores da faculdade nem sequer mencionava.

Barradas nos colocou em contato com autores desconhecidos para mim até então, como Lucien Goldmann e Pierre Vilar. Desconhecidos, não. Não mencionados por outros professores. Talvez por alguns. Mas Barradas, recém-chegado da França, trazia a efervescência da École Pratique des Hautes Études, da Sorbonne e, tanto nas aulas de História Ibérica, quanto nos seminários que fazíamos com ele sobre as pesquisas a serem realizadas, esses e outros (Marc Bloch, Lucien Febvre) autores surgiam para complementar a discussão.

Faço aqui uma digressão, para ser justa: Marc Bloch, Lucien Febvre, e outros tão importantes quanto, já haviam sido trabalhados conosco pelo professor Yves Bruand e Emília Viotti da Costa, na Cadeira de Metodologia da História.

As aulas de História Ibérica falavam do período de mudança, das expansões ultramarinas do final da Idade Média, início da Idade Moderna. Duarte Pacheco Pereira era o que interessava a Barradas. E sobre esse navegador português, que esteve em costas brasileiras antes do "descobrimento" Barradas passou anos escrevendo e pesquisando. Ele mesmo dizia que não era necessário trabalhar a história contemporânea para aprender a fazer história. Para nós, naquele momento revolucionário, isso parecia uma heresia. Para nós, fazer história teria de ser fazer a história do Brasil contemporâneo.

Para Barradas a pesquisa era um trabalho de paciência, de busca, de reflexão a fim de realizar os relacionamentos e entendimentos do momento sobre o qual estávamos trabalhando. A Carta de Caminha, um instrumento que explicaria um contexto mais amplo, serviria para nos guiar nos primeiros passos da pesquisa.

Como pano de fundo o ambiente na Universidade de São Paulo se agravava. A partir dos anos 66, 67, o peso da ditadura começou a ser mais notado. Discutia-se a situação que a cada dia ficava mais tensa e, principalmente, em relação aos professores de esquerda, que passaram a ser mais controlados em seus atos. Não deixaram de dar aulas. Mas havia uma sombra que os ameaçava sem que eles soubessem se esse era um perigo real ou se aquela onda passaria deixando-os em paz.

Para nós, alunos, essa nuvem carregada também já se prenunciava no horizonte. As discussões políticas eram cada vez mais constantes, as dissensões entre os diversos grupos de esquerda apareciam mais e isso se refletia nas salas de aula, sem ainda se pronunciar com a força que teria depois de 1968.

Terminei meu curso de História em 1967 e fui fazer pós-graduação com Emília Viotti da Costa, na época a pessoa mais conceituada do curso porque, além de ser uma professora brilhante, envolvente, no auge de sua carreira, ser escolhida por ela era um privilégio. Além disso tudo, ela ainda trabalhava com História do Brasil. Lembro-me que o nosso tema era o movimento operário no Brasil, início do século XX. Nada mais empolgante para jovens revolucionárias naquela época.

A pesquisa com o Professor Barradas foi abandonada. Não havia mais tempo nem interesse naquele momento de tanta efervescência.

Em 1968, decretação do AI-5 derrubou por terra todas as ilusões. Nada do que pensávamos pôde ser concretizado, nosso projeto revolucionário desmoronou, a Universidade foi varrida por uma onda de aposentadorias, na qual as melhores cabeças, ou quase todas as melhores rolaram. A maioria dos professores aposentados, moços, com muito tempo ainda pela frente para produzir, partiram para o exterior. Foi o caso de Emília Viotti. Nós, as suas orientandas, perdemos a nossa oriendadora, que foi para os Estados Unidos e por lá esteve até recentemente na Universidade de Yale. Só há alguns anos atrás voltou ao Brasil para receber o título de professora emérita pela Universidade de São Paulo.

Joaquim Barradas de Carvalho ainda ficou na Universidade de São Paulo até o começo dos anos 70, sempre pressionado pela Polícia Federal. Era a época em que a ditadura militar no Brasil se tornava cada vez mais tenebrosa. Ele foi muito perseguido e penso que só não teve um fim mais trágico por ser estrangeiro.

Antes que algo lhe acontecesse e à sua família, resolveu voltar à Paris. Lá viveu uns anos, chegou a voltar a Portugal depois da Revolução dos Cravos.

Uma noite, já casada e morando no interior de São Paulo, estava em minha casa e recebo um telefonema de minha grande amiga, aquela com quem convivi durante os anos de faculdade, uma quase irmã. Ela me dizia que Barradas sofrera um derrame. Estava internado, em coma. Dez dias depois essa mesma amiga me ligou para me comunicar a sua morte.

Naquele momento fui tomada por um vazio, eu não consegui expressar nem entender o que estava sentindo. Sabia que era uma dor. Sabia que tinha perdido uma pessoa valiosa, talvez um pai que, lá atrás, tivesse aberto uma senda nova, inexplorada, porque, nos dois anos que convivi com ele, tinha me fortalecido interiormente, tinha crescido, tinha adquirido a certeza de que aquilo que havia aprendido com ele era para sempre.

Barradas me deu muito do que aprendi na faculdade. Espero que, com esse pequeno artigo, eu possa devolver às pessoas que conviveram ou não com ele, um mínimo do que recebi.

RECORDAÇÕES

Joaquim Quitério

Seria presunção dizer que fui amigo de Barradas de Carvalho. Tive o enorme privilégio de conviver com ele, na cidade de São Paulo, desde 1962 até ao momento do seu regresso a Portugal, mas a sua dimensão intelectual e as suas qualidades humanas criaram em mim um sentimento de respeito tão denso que não permitia a sensação de reciprocidade que a amizade implica. Não foi por culpa sua, porque eram característicos, na sua maneira de ser, o tom amistoso e o modo atento com que conversava com qualquer pessoa.

O convívio que referi restringe-se na verdade à participação comum nas tarefas relacionadas com a edição do *Portugal Democrático* e nos actos promovidos pelo Centro Republicano Português. Creio que, a par da actividade académica, a participação activa no movimento de contestação do regime político então vigente em Portugal era uma causa maior. A invejável cultura política que possuía, a lucidez de pensamento e o senso crítico tornavam imprescindível a sua participação nas tarefas de maior responsabilidade, como a assunção de posições perante factos políticos complexos, a discussão dos conteúdos do jornal e a definição de orientações editoriais. Porém, depois de impressa a edição de cada mês do *Portugal Democrático*, era uma presença assídua nas tarefas manuais, que solicitava – dizia – porque eram um momento de repouso mental. Com os companheiros habituais, colocava cintas nos jornais, ajudava a imprimir endereços e na formação de lotes que, na mesma noite, transitariam do velho edifício da rua Conselheiro Furtado para a estação de correios do Anhangabaú. Não me recordo de o ter visto a transportar pacotes de jornais e a colar selos na estação de correios, mas ficaria espantado se alguém me garantisse que ele nunca o tinha feito.

Modéstia, simplicidade, autenticidade, eram em Barradas de Carvalho coisas tão naturais e constantes que, a uns, confundiam e a outros causavam admiração pelo equilíbrio que mantinham com a aguda vivacidade de espírito e a agilidade mental que lhe eram conhecidas. Quando, uma vez, lhe furtaram o carro enquanto jantava num restaurante com amigos, e estes o levaram a uma esquadra para apresentar queixa, não tinha os documentos do carro, não sabia o número de matrícula, talvez nem a cor do carro. O agente policial, incrédulo, interpela-o: "Mas, ó senhor Joaquim, afinal..." Se, na altura, sentiu alguma desconformidade, não foi certamente pela forma da interpelação mas pelo facto de uma das acompanhantes ter mencionado o seu estatuto social e reclamado outra forma de tratamento.

Como militante do Partido Comunista Português, era um elemento importante, não só pela sua dedicação e pelas suas qualificações intelectuais. Era um elemento de ligação e diálogo com a parte da intelectualidade brasileira que "vivia" a luta da oposição portuguesa contra a ditadura salazarista com o mesmo sentido de fraternidade com que nós acompanhávamos e sentíamos todos os acontecimentos que iam marcando a vida política do Brasil, sem, no entanto, nos imiscuirmos nas questões ou actividades que lhe eram específicas – era uma regra de ouro! Eram tempos conturbados: os dois anos finais do governo de João Goulart, a instalação da ditadura militar e o que se seguiu...

A única coisa que em Barradas de Carvalho mudava com as circunstâncias era o seu sorriso, suave e bondoso nos momentos bons, amargo ou ausente em momentos de adversidade.

Desempenhava o mesmo papel nas relações com núcleos de emigração portuguesa em outros países, especialmente com intelectuais exilados na França, e nas relações com as figuras proeminentes da Acção Socialista, embrião do actual Partido Socialista. As divergências ideológicas não o impediam de manter uma amizade verdadeira e uma relação política leal com os seus amigos que seguiram rumos diferentes.

Barradas de Carvalho desenvolvia uma acção política empenhada e servia exemplarmente os objectivos do seu partido nas formas e pelos meios adequados às condições da sua vida profissional. Mas sempre tive a impressão de que servia, acima de tudo, valores éticos, em relação aos quais a política tinha um valor instrumental e, nesse sentido, devia ser usada de modo correcto e justo. Não me lembro de jamais o ouvir defender, no âmbito das discussões desenroladas no seio do Partido, uma ideia que se apoiasse, mesmo que apenas implicitamente, no argumento da conveniência.

Fiquei com essa ideia – que nunca mais se dissipou – pouco tempo depois de o conhecer, numa noite em que nos encontrámos numa cervejaria situada em esquina da Avenida Paulista. Fiz-lhe o relato de uma série de factos de que fora testemunha em Moçambique, e de outros que ouvira de fontes fidedignas. Ouviu-me atentamente, com o semblante triste, e no fim perguntou porque é que eu não escrevia sobre isso para publicar em algum lugar. Mas ficou claro para mim, pelo modo como perguntou, que não estava em causa, para ele, o eventual interesse político que pudesse ter a divulgação desses factos. Era, antes, a necessidade de que se soubesse cá fora que se passavam coisas como aquelas no interior daquele território colonial.

Vem muito a propósito referir a estima pessoal e o apreço intelectual que manifestava por alguns dos seus então jovens colegas no Departamento de História da USP, quando falava neles. Nesses momentos pressentia-se, nele, uma ponta de vaidade mal disfarçada. Não sei se era vaidade ou outra coisa que se pudesse confundir com isso. Fosse o que fosse, era comovente.

O Conto do Livro Fujão

Maria Lúcia Perrone Passos

A Margarida e Joaquim Barradas de Carvalho

Então, aconteceu-me aquela desgraça de precisar demais ler um livro fujão.

Toda pessoa leitora, mais cedo ou mais tarde, passa por uma aventura destas: correr atrás de um livro que parece correr da gente, quando tudo o que desejamos é afundar em suas páginas, morrer aquela mortezinha gostosa de algumas poucas horas roubadas à angústia da sobrevivência. Sorvendo letra sobre letra num suicídio prazeroso, até o momento em que o livro chega ao fim e somos forçados a ressuscitar, emergir para os dias nossos de cada pão.

A história começa quase sempre com a recomendação de uma pessoa admirável, que nos aconselha a leitura do tal livro absoluto. Foi o meu caso. Professor visitante na Universidade de São Paulo, Joaquim Barradas de Carvalho, meu orientador de Mestrado em História Ibérica, recomendou-me que começasse minhas leituras por aquele que logo iria revelar-se o mais fujão de todos os livros da história e da literatura portuguesas!

Livro pequeno, edição não recente, mas, tampouco, antiga, de escritor conhecido – António José Saraiva – sobre Fernão Lopes, o cronista do final da Idade Média e, para mim, mais do que uma paixão, já quase um vício.

O professor desculpou-se por não me emprestar o seu próprio exemplar. Alma generosa que espalhava livros, ideias e afeto entre amigos e alunos, não encontrou o livrinho no lugar da estante onde costumava ficar. Com certeza andava emprestado.

Da entrevista com o mestre, direto para a biblioteca da Universidade. Aquele livro já passara por lá mas desaparecera, evaporara, vejam só! Nenhum exemplar tinha ficado para contar a história.

A mesma inglória busca nas livrarias. Na Biblioteca Municipal meu coração disparou quando encontrei a ficha do fujão. Escrito o pedido com letra de carta de amor, sentei-me à espera do objeto do meu desejo – até que um funcionário devolveu a requisição ao tampo lustroso da mesa. E o sádico seguiu em frente, alheio à rejeitada criatura que decifrava os garranchos: *não localizado*.

O livrinho não gostava de mim, escondia-se, aninhava-se em outras mãos a quem elegera para contar seus segredos, para divertir, para comover. Bem feito, eu merecia, quem, além de mim, poderia interessar-se em estudar a obra do velho cronista medieval?

Com tanto por escrever sobre o Brasil, para que inventar de estudar a história alheia? Que curiosidades, que anseios me empurravam para o lado de lá do Atlântico e para tempos tão recuados? Melhor escolher um herói nacional; por que não Tiradentes? Ouro Preto também era linda e ficava mais perto que Lisboa. Mas como esquecer os versos do Camões: *da resolução que tens tomada, não tornes por detrás pois é fraqueza desistir da cousa começada?* Tinham que ser de um português.

Os versos terríveis de Camões, outros de Mário de Sá Carneiro – *um pouco mais de sol eu era brasa...* os afluentes da margem direita do rio Amazonas, as marcas de fumo em corda, de tabaco, que meu pai vendia pelo Brasil afora, que bizarro acervo de informações arquivadas na minha memória e que voltavam sem ser chamadas – *Javari Jutaí Juruá, Tefé Coari Purus, Madeira Tapajós Xingu; Bandeirantes Atlas Atleta, Poço Fundo Goiano Tietê, Rio das Pedras Colonial Tupi e Lírio*, e ainda o início de uma oração: *Vinde ó Espírito Santo, enchei os corações de Vossos fiéis e neles acendei o fogo de Vosso amor.* Por que misteriosas razões escolhera eu tão desemparelhadas palavras?

Camões venceu. Ataquei o Fernão Lopes por outra borda, qualquer hora o livrinho haveria de aparecer. Lidas e relidas as crônicas, esgotada a bibliografia, levei um projeto de trabalho para aprovação do mestre Barradas. Como sempre, ele me encorajou. Mas já no portão de sua casa, nas despedidas, lembrou-se de me perguntar: — E o Saraiva? Já leu? — Só falta esse, professor. — Acho que deve ler!

Chegaram as férias. Raspei a poupança e embarquei num vôo da TAP. Livraria Portugal, Bertrand, Sá da Costa, as maiores e as melhores de Lisboa, na época: — A menina nos há de perdoar, tínhamos alguns exemplares, mas o último partiu na semana passada, está tudo esgotado. Aconselho-a a correr os alfarrabistas!

Corria eu os alfarrabistas, corria o fujão na minha frente:

— O último foi-se embora ontem!... e aquele vendedor não escondia o prazer que sentia com a minha decepção, há sádicos por toda parte.

— Esteve cá um senhor brasileiro, arrematou para os netos os dois que restavam, é um apaixonado do Fernão Lopes. Muito simpático, o senhor brasileiro, vive no Acre, tem lá negócios. Deixou-me até um cartão com a morada, caso lhe interesse...

— Não, já não temos um único exemplar, se lhe der jeito torne a nos procurar em agosto. Saio de férias e trago-lhe o livro, que tenho bem guardado na casa de Trás-os-Montes; faço questão de emprestar-lho!

Receio ter sido rude, partindo sem me despedir. A última tentativa foi na Biblioteca Nacional, onde me informaram que todos os livros daquele setor tinham ido para a desinfecção: isto, agora, só para daqui a quinze dias.

O livrinho que fosse plantar batatas. Verdade que ainda poderia pôr um anúncio nos jornais, mas não o fiz. Já havia lido dezenas de livros e de ensaios, não era possível que justo aquele escondesse informações assim tão importantes.

Quanto a mim, fui aos fados. Fui a Sintra, comer queijadas na *Piriquita*. Fui à Serra do Gerês e às ilhas Berlengas. Fui a Sortelha e a Marialva, a Marvão, esqueci-me do livrinho. Que não gostava de mim, só poderia ser esta a explicação para um livro escapulir, derreter, diluir-se sem deixar pista, nem umas páginas soltas ao vento, nem algumas poucas frases de despedida, nem cinco letrinhas de *adeus*.

Voltei para o Brasil e fui almoçar em casa dos meus pais. Contei à minha mãe do meu amor não correspondido por um livro que eu só conhecia na minha imaginação. Então, ela se levantou e dirigiu-se à velha estante que nos acompanhava desde os tempos de infância. De uma gavetinha tirou a chave com que abriu a porta de vidro bisoté. E após afastar para um lado a *Madame Bovary*, e, para outro, *O primo Basílio*, retirou da prateleira e estendeu-me com um sorriso o livro que eu tanto procurava.

Esta história poderia acabar por aqui, mas não acaba. A caminho de casa, ataquei o fujão ainda no táxi. Rua Estados Unidos, a longa João Moura que nasce grã-fina e secreta e acaba alegre e popular. À medida que eu lia o Saraiva, ia meu rosto esquentando, as mãos ficaram geladas. Todas as minhas ideias estavam lá – a genialidade de Fernão Lopes, superior a todos os demais cronistas de seu tempo, o povo como personagem, a descrição cinematográfica dos acontecimentos, a sensibilidade para com o padecer da *arraia miúda*, o humor e a perspicácia com que o cronista traça o perfil psicológico dos personagens, tudo estava lá. Nove meses de gestação de uma criança que já tinha sido parida.

Auto-estima zero. Todo o tempo livre lendo romance, vendo novela, rasgando papel. Final de novembro, o Professor Barradas ao telefone:

— Ó, Maria Lúcia, por que você desapareceu do meu seminário?

Contei o ocorrido, pedi desculpas e o professor compreendeu:

— Venha conversar comigo, não esteja assim desanimada! Nenhum escritor esgota a obra de um gênio. Mas neste momento tenho aqui um problema. Devo entregar na secretaria as notas do semestre e como você tem faltado às aulas, já não sei o que é que devo fazer.

— O senhor fique à vontade para dar a nota que achar que eu mereço.

Breve silêncio do outro lado da linha.

— Veja bem, Maria Lúcia. Não lhe vou dar a nota máxima porque não seria correto. Mas vou dar uma boa nota – não pelo que fez, mas pelo que sei que há de fazer!

Parte 2

EM TORNO DE SEUS TEMAS

A PRODUÇÃO CIENTÍFICA DE JOAQUIM BARRADAS DE CARVALHO

Vera Lúcia Amaral Ferlini[1]

Este artigo delineia as principais vertentes da produção científica de Joaquim Barradas de Carvalho, em abordagem preliminar, para apontar as linhas mestras de sua obra. Trata-se de primeira sistematização que permitirá, posteriormente, fazer-se uma análise verticalizada, inserida nos paradigmas da moderna historiografia, isto é, trabalhar a produção das obras históricas em termos dialógicos, de diálogo cerrado entre o autor, o meio e a obra moderna, expressão da velha dialética.[2]

A vasta obra do autor reparte-se por três eixos principais, não necessariamente com a mesma densidade: reflexões sobre a literatura de viagem; reflexões sobre o pensamento liberal em Portugal e ensaios de reflexão sobre a História. Nesta análise, o critério adotado foi a inclusão de todos os títulos públicos referidos, sem excluir as repetições; porquanto, acabam por ser significativas na medida em que falam da penetração do autor, de sua receptividade pela comunidade de leitores

Inquestionavelmente, a principal contribuição do autor se concentra no investigação do horizonte cultural português na época do Renascimento, parte integrante do

---

[1] Professora Titular de História Ibérica; Professora do Departamento de História da Faculdade de Filosofia, Letras e Ciências Humanas da Universidade de São Paulo; Diretora da Cátedra Jaime Cortesão.

[2] Neste sentido, ver ARRUDA, José Jobson de Andrade, "História ou Historiografia? Ciência ou Arte?". In: ARÓSTEGUI, Julio. A Pesquisa Histórica: teoria e método. Bauru: EDUSC, 2006. p. I-VII.

processo de decodificação das origens do pensamento moderno, marcada pela revolução científica e filosófica, uma mutação na mentalidade que transita dos suportes qualitativos aos quantitativos, expressa nos conceitos de experiência e matematização do real, em suma, a variável utensilagem aritmética posta ao lado da *outillage mantel* de Lucien Febvre, sua referência maior. A penetração da mentalidade qualitativa em Portugal mensura-se a partir da utilização crescente dos algarismos arábicos em detrimento das formas cursivas ou românicas de expressão da numerologia que, como seria de se esperar, realiza-se com mais brevidade e intensidade nos escritos de cientistas, técnicos de navegação, práticos, ao contrário dos textos redigidos por cronistas, trovadores, literatos, sendo Duarte Pacheco Pereira, com seu imponente *Esmeraldo de situ orbi (1505-1508)*, a expressão máxima da nova mentalidade e da obra produzida por Barradas.

Na mesma linhagem de estudos enquadra-se *Literatura Portuguesa de Viagens na Época dos Descobrimentos*, obra que, segundo formulação do próprio autor, não continha uma

> "filosofia sistemática, coisa que, certamente, seguramente, não passou sequer pela cabeça de seus autores, (mas) apresentam, no entanto, traços que nos levam a pensar no quadro de uma história profunda, subterrânea, inconsciente do pensamento, numa como que pré-história do pensamento moderno".[3]

Dessa profícua vertente são os seguintes livros e artigos:
1. *A la recherche de la spécificité de la Renaissance portugaise -L '«Esmeraldo de situ orbis» de Duarte Pacheco Pereira et la littérature por- tugaise de voyages à l'époque des grandes découvertes (Contribution à l'étude des origines de la pensée moderne)*, Paris: Fondation Calouste Gulbenkian: Centre Culturel Portugais, 1983- (Originalmente Tese de Doutoramento de Estado pela Faculdade de Letras e Ciências Humanas da Universidade de Paris. IV-Sorbonne. 1975).

2.*Esmera/do de situ orbis» de Duarte Pacheco (Edition critique et commentée)* Lisboa: Fundação Calouste Gulbenkian, 1991 (originalmente Tese de Doutoramento de 3.º Ciclo em Estudos Ibéricos pela Faculdade de Letras e Ciências Humanas da Universidade de Paris -Sorbonne, 1961).

3. *La traduction espagnole du «De Situ Orbis» de Pomponius Meia par Maître Joan Faras et les notes marginales de Duarte Pacheco Pereira*, Ed. «Junta de Investigações Científicas do

---

3   Cf. CARVALHO, Joaquim Barradas, A literatura portuguesa de viagens (séculos XV, XVI e XVII), **Revista de História**, São Paulo, v. XL, nº 81, p. 73, jan./mar. 1970.

Ultramar», Lisboa. 1974 (250 p.).(Tese apresentada em 1970, à Escola Prática de Altos Estudos da Universidade de Paris -Sorbonne).

4. *As fontes de Duarte Pacheco Percira no «Esmeraldo de situ orbis»*, Colecção da «Revista de História», São Paulo, 1968 (180 p.).-2.ª ed., Imprensa Nacional, Lisboa. O livro reuniu artigos, publicados entre 1964 e 1966, na Revista de História:

> A decifração de um enigma: o título «Esmeraldo de situ orbis». in *Revista de História*. Nº 58, São Paulo, 1964.
>
> As Edições e as Traduções do «Esmeraldo de situ orbis». in *Revista de História*. Nº 59, São Paulo,1964.
>
> O «Esmeraldo de situ orbis» de Duarte Pacheco Pereira na História da Cultura. in *Revista de História*. Nº 60, São Paulo, 1964.
>
> As Edições e as Traduções da «Crónica dos feitos da Guiné». **Revista de História** Nº 61, São Paulo, 1965.
>
> As fontes de Duarte Pacheco Pereira no «Esmeraldo de situ orbis». I. in **Revista de História**. Nº 62, São Paulo, 1965.
>
> As fontes de Duarte Pacheco Pereira no «Esmeraldo de situ orbis». II. in **Revista de História** ória. Nº 63, São Paulo, 1965.
>
> As fontes de Duarte Pacheco Pereira no «Esmeraldo de situ orbis», III, in *Revista de História*, Nº 64, São Paulo, 1965.
>
> As fontes de Duarte Pacheco Pereira no «Esmeraldo de situ orbis», IV, in *Revista de História*, Nº 65, São Paulo, 1966.
>
> As fontes de Duarte Pacheco Pereira no «Esmeraldo de situ orbis», V, in *Revista de História*, Nº 66, São Paulo, 1966.
>
> As fontes de Duarte Pacheco Pereira no «Esmeraldo de situ orbis», VI, in *Revista de História*, Nº 67, São Paulo, 1966.
>
> As fontes de Duarte Pacheco Pereira no «Esmeraldo de situ orbis», VII, in **Revista de História** Nº 68, São Paulo, 1966.
>
> As fontes de Duarte Pacheco Pereira no «Esmeraldo de situ orbis», VIII, in *Revista de História*, Nº 72, São Paulo, 1967.

5. *O Descobrimento do Brasil através dos textos (Edições críticas e comentadas)*, Volume II, Colecção da «Revista de História», São Paulo, 1971 (260 p.).

> Essa obra reunia, também, artigos publicados na *Revista de História*
> . O descobrimento do Brasil através dos textos (Edições críticas e comentadas). II. A «Carta» de Pêro Vaz de Caminha. I. A Literatura Portuguesa de Viagens da Época dos Descobrimentos, in Revista de História, Nº 65, São Paulo, 1966.
>
> . O descobrimento do Brasil através dos textos (Edições críticas e comentadas), A «Carta» de Mestre João. I. Mestre João ou Mestre João Faras. 2. Texto

diplomático da «Carta» de Mestre João a D. Manuel, in Revista de História, Nº 71, São Paulo, 1967.

. O descobrimento do Brasil através dos textos (Edições críticas e comentadas). IV. O «Esmeraldo de situ orbis» de Duarte Pacheco Pereira. 5. Edições e Traduções, in Revista de História, Nº 74, São Paulo, 1968.

. O descobrimento do Brasil através dos textos (Edições críticas e comentadas). IV. O «Esmeraldo de situ orbis» de Duarte Pacheco Pereira. 3. O titulo, in Revista de História, Nº 73, São Paulo, 1968.

. O descobrimento do Brasil através dos textos (Edições críticas e comentadas). IV. O «Esmeraldo de situ orbis» de Duarte Pacheco Pereira. 2. A data, in Revista de História, Nº 76, São Paulo, 1968.

. O descobrimento do Brasil através dos textos (Edições críticas e comentadas). IV. O «Esmeraldo de situ orbis» de Duarte Pacheco Pereira. I. Duarte Pacheco Pereira, in Revista de História, Nº 77, São Paulo, 1969.

– O descobrimento do Brasil através dos textos (Edições críticas e comentadas). IV. O «Esmeraldo de situ orbis» de Duarte Pacheco Pereira. I. Duarte Pacheco Pereira (Continuação), in Revista de História, Nº 78, São Paulo, 1969.

– O descobrimento do Brasil através dos textos (Edições críticas e comentadas). IV. O «Esmeraldo de situ orbis» de Duarte Pacheco Pereira. 4. Manuscritos, in Revista de História, Nº 80, São Paulo, 1969.

. O descobrimento do Brasil através dos textos (Edições críticas e comentadas). IV. O «Esmeraldo de situ orbis» de Duarte Pacheco Pereira. 4. Manuscritos (Continuação), in Revista de História, Nº 81, São Paulo, 1970.

– O descobrimento do Brasil através dos textos (Edições críticas e comentadas). IV. O «Esmeraldo de situ orbis» de Duarte Pacheco Pereira. 4. Manuscritos (Continuação), in Revista de História, Nº 82, São Paulo. 1970.

. O descobrimento do Brasil através dos textos (Edições críticas e comentadas). IV. O «Esmeraldo de situ orbis» de Duarte Pacheco Pereira. 4. Manuscritos (Continuação), in Revista de História, Nº 85, São Paulo, 1971.

. O descobrimento do Brasil através dos textos (Edições críticas e comentadas). IV. O «Esmeraldo de situ orbis» de Duarte Pacheco Pereira. 7. Textos diplomáticos e texto crítico, in Revista de História, Nº 88, São Paulo, 1971.

. O descobrimento do Brasil através dos textos (Edições críticas e comentadas). IV. O «Esmeraldo de situ orbis» de Duarte Pacheco Pereira. 6. Regras seguidas para o estabelecimento dos textos, in Revista de História, Nº 91. São Paulo, 1972.

(Os artigos acima citados com o titulo O descobrimento do Brasil através dos textos – Edições críticas e comentadas..., são capítulos de um estudo em 4

Volumes que seria publicado na Coleção da Revista de História da Universidade de São Paulo. Destes 4 volumes está publicado o Volume II com o titulo acima mencionado – N° 4).

6. *A mentalidade, o tempo e os grupos sociais (Um exemplo português da época dos descobrimentos: Gomes Eanes de Zurara e Valentim Fernandes)*, in Revista de História, N° 15, São Paulo, 1953.

7. *Mentalités, Temps, Groupes Sociaux (Un exemple portugais)*, in Annales (Economies-Sociétés- -Civilisations), N° 4, Paris, 1953.

8. *Estudos sobre a Cultura Portuguesa do Século XV (Volume I, Coimbra, 1949)*, in Bulletin d'Etudes Historiques, N° 1, Lisboa, 1953.

9. *Sur l'introduction et la diffusion des chiffres arabes au Portugal*, in Bulletin des Etudes Portugais..., Nouvelle Série, Tome XX, 1958.

10. *L' historiographie portugaise contemporaine et la littérature de voyages à /'époque des grandes découvertes*, in Ibérida, Revista de Filologia, N° 4, Rio de Janeiro, 1961.

11. Um inédito de Duarte Pacheco Pereira existente na Biblioteca da Ajuda, I, in Diário de Lisboa, 17 de Julho de 1961.

12. Um inédito de Duarte Pacheco Pereira existente na Biblioteca da Ajuda. I, in Diário de Lisboa. 19 de Julho de 1961.

13. Um inédito de Duarte Pacheco Pereira, in Boletim Internacional de Bibliografia Luso-Brasileira. Fundação Calouste Gulbenkian, Volume I, N° 4, Lisboa, 1961.

14. «Esmeraldo de situ orbis» de Duarte Pacheco Pereira (Edition critique et commentée), in Positions des Theses..., soutenues devant la FQ- culté en 1960 et 1961, Publications de la Fa- culté des Lettres et Sciences Humaines P.U.F., Paris, 1962.

15. A decifração de um enigma: o título «Esmeraldo de situ orbis», in Diário de Lisboa, 23 de Maio de 1963.

16. As fontes de Duarte Pacheco Pereira no «Esmeraldo de situ orbis» (Breve apontamento), Publicaciones dei Curso Hispano-Portugues de Orense, 1963.

17. A decifração de um enigma: o título «Esmeraldo de situ orbis», in Boletim Internacional de Bibliografia Luso-Brasileira, Fundação Calouste Gulbenkian, Volume IV, N° 4, 1963.

18. Artigos publicados no *Dicionário de História de Portugal* (sob a direcção de Joel Serrão), Iniciativas Editoriais, Lisboa:

Algarismo (Volume I, 1963).

Esmeraldo de situ orbis (Volume II, 1965). 33. Valentim Fernandes (Volume II, 1965). 34. Diogo Gomes (Volume II. 1965).

Mestre João ou Mestre João Faras (Volume II, 1965).

Hans Mayr (Volume II, 1965).

Tomé Lopes (Volume II. 1965).

Duarte Pacheco Pereira (Volume III, 1968). 39. Álvaro Velho (Volume IV, 1969).

Afonso Cerveira (Volume IV, 1969).

Literatura de Viagens (Volume IV, 1969).

19 Prefácio ao livro de Manuel Nunes Dias: O descobrimento do Brasil (Subsídio para o estudo da integração do Atlântico Sul), Pioneira- -Editora da Universidade de São Paulo, São Paulo,1967.

20 Duarte Pacheco Pereira um cartógrafo? O «Esmeraldo de situ orbis» um atlas?, in Revista de História, N° 70, São Paulo, 1967.

21 Notas para Uma Explicação de Portugal. 1. Introdução. 1. Sobre História e Ciências Humanas, in Seara Nova, N° 1486, Lisboa, 1969.

22 Notas para Uma Explicação de Portugal. 1. Introdução. 2. «História, Ciência do passado, Ciência do presente», in Seara Nova, N° 1488, Lisboa. 1969.

23 A Literatura Portuguesa de Viagens (Século XV. XVI e XVII), in Revista de História, N° 81, São Paulo, 1970.

24 Portugal, a Europa e o Atlântico na Historiografia Contemporânea, I, in O Estado de S. Paulo (Suplemento Literário), São Paulo, 6 de Junho de 1970.

25. Portugal, a Europa e o Atlântico na Historiografia Contemporânea, II, in O Estado de S. Paulo (Suplemento Literário), São Paulo. 13 de Junho de 1970.

26 Portugal, a Europa e o Atlântico na Obra de Alexandre Herculano, I, in Diário de Lisboa, 1 de Fevereiro de 1971.

27. Portugal, a Europa e o Atlântico na Obra de Alexandre Herculano, II, in Diário de Lisboa. 21 de Fevereiro de 1971.

28 Para um estudo sobre Rotas, Portos e Comércio no «Esmeraldo de situ orbis» de Duarte Pacheco Pereira, in Anais do V Simpósio Nacional dos Professores Universitários de História, Campinas (Brasil), 1971.

29. Colaboração em «Expansão Marítima e Colonial» na Cronologia Geral da História de Portugal, sob a direcção de Joel Senão, Iniciativas Editoriais, Lisboa, 1971.

30. La traduction espagnole du «De Situ Orbis» de Pomponius Mela par Maitre Joan Faras et les notes marginales de Duarte Pacheco Pereira, Positions dos Thêses, in Bulletin des Etudes Portugaises..., Paris, 1971.

31. Note sur Ia littérature portugaise de voyages à l'époque des grandes découvertes y compris un journal peu connu du deuxieme voyage de Vasco da Gama (1469-1969), Actes du Colloque de Strasbourg (Avril, 1970), in Tilas, Stras- bourg, 1972.

32. A pré-história e a história das palavras «descobrir> e «descobrimento» (1055-1567). (Em busca da especificidade da expansão portuguesa), in História, Publicações Projornal, Lda., N° 6, Lisboa, Abril de 1979.

33. O título «Esmeraldo de sítu orbis» -A decifração de um enigma. in História, Publicações – Projornal, Lda., Nº 7, Lisboa, Maio de 1979.

34. Para a definição de uma obra e de um autor: O «Esmeraldo de situ orbis» e Duarte Pacheco Pereira, in História, Publicações Projornal, Lda., Nº 10, Lisboa, Agosto de 1979.

35. As edições e as traduções do «Esmeraldo de situ orbis» de Duarte Pacheco Pereira, in História e Sociedade, Nº 4-5, Lisboa, Junho de 1979.

36."Sobre a introdução e a difusão dos algarismos arábicos em Portugal". In: *Inter-Facies, Escritos e Documentos*, UNESP, São José do Rio Preto, nº 91, 1982, com introdução de Eurípedes Simões de Paula e Maria Regina da Cunha Rodrigues.

****

O segundo conjunto de trabalhos produzidos por Joaquim Barradas de Carvalho é significativamente menor, em termos quantitativos, mas altamente expressivos em termos de sua contribuição ao estudo da difusão pelo pensamento liberal em Portugal, numa abordagem que privilegia, ao mesmo tempo, o campo de conhecimento abrangido pelas ideologias e pela cultura, com realce especial para as *Ideias Políticas e Sociais de Alexandre Herculano*, considerado um dos mais ricos e valiosos livros de sua ampla bibliografia, dedicado ao escritor que o próprio Barradas considerava o primeiro historiador português. Incluímos neste elenco o primeiro livro publicado por ele sobre *As Invenções Técnicas e a História Econômica* que, apesar do título, identifica-se plenamente com as questões relacionadas à cultura, em sua clivagem científica, em que se inserem as técnicas, e em sua faceta cultural, em que se inscreve a reflexão sobre a natureza da História Econômica.

Neste contexto, inserem-se as seguintes publicações:

Livros:

1. *As Ideias Políticas e Sociais de Alexandre Herculano*, Lisboa, 1949 (232 p.). Tese apresentada em 1946 à Faculdade de Letras da Universidade de Lisboa para a obtenção da Licenciatura em Ciências Histórico-Filosóficas -2.ª ed., Colecção Argumentos, Edições «Seara Nova», Lisboa, 1971 (291 p.).

2. *O Obscurantismo Salazarista*, Colecção Argumentos. Edição «Seara Nova», Lisboa. 1974 (168 p.).

3. *O Liberalismo Econômico de Alexandre Herculano*, in *Vértice*, Volume VII, Nº 69, Coimbra, 1949.

Artigos:

1. Portugal e a União Ibérica. in Revista Comentário, Rio de Janeiro, 1965.

2. A Dualidade da Civilização Ibérica (A propósito de um ensaio de Robert Ricard), in Seara Nova, Nº 1523, Lisboa, 1972.

3. Para Uma Explicação de Portugal, I, (Introdução. I. Alexandre Herculano), in Nação e Defesa (Edição do Gabinete de Estudos e Planejamento do Estado-Maior do Exército), Ano I, N° 0, Lisboa, Abril de 1976.
4. Para Uma Explicação de Portugal, II, (Antero Quental), in Nação e Defesa (Edição do Gabinete de Estudos e Planejamento do Estado- -Maior do Exército), Ano I, N° 2, Lisboa, Novembro de 1976.

****

A terceira e última vertente é mais variada e desigual. Refere-se aos trabalhos de caráter teórico e metodológico, entre eles se incluem abordagens reflexivas e críticas do melhor nível e estudos influenciados pela faceta militante que nunca abandonou Barradas, aliás, uma das dimensões mais instigantes de sua biografia. Não se poderia exigir deles a mesma profundidade alcançada pelos trabalhos anteriores, sobretudo aqueles da primeira vertente. São, no entanto, o desdobramento natural emergente dos estudos de caso que realizou e de sua atribulada vivência política como membro do Partido Comunista português. Possuem, certamente, uma forte dimensão ideológica, mas não podem ser desqualificados como obra menor pois são exatamente estes trabalhos que revelam o historiador identificado com o seu tempo, o tempo presente, que lhe punha os problemas a serem garimpados no passado, destacando-se, nesta vertente, dois estudos: *Da História-Crónica à História-Ciência* e *Rumos de Portugal. A Europa ou o Atlântico?*

O conjunto das obras que podem ser alojadas neste conjunto é:
Livros:

1. *As Invenções Técnicas e a História Económica*, Empresa Contemporânea de Edições, Colecção Testemunho, Lisboa, 1943 (72 p.).
2. *História.Crónica à História-Ciência*, Livros Horizontes, Colecção Horizonte, Lisboa, 1972 (140 p.) -2.ª ed., Lisboa, 1976- 3.ª ed.. Lisboa. 1979.
3. *Rumos de Portugal. A Europa ou o Atlántico—* (Uma perspectiva histórica), Livros Horizontes, Lisboa, 1974 (96 p.).
4.. *Estudos Históricos*. Livros Horizonte, Colecção Horizonte, no prelo (233 páginas dactilografadas). 112. O «Erudito», o «Historiador», o «Ensaísta» (Ensaio de definição), in História e Sociedade, Lisboa, no prelo.
5. As mentalidades e o Portugal contemporâneo, in História e Sociedade, Lisboa, no prelo.
6. Portugal. A Europa ou o Atlântico?, Anop, Lisboa, no prelo.
7. Portugal et Brésil (Premiers liens), Ed. da UNESCO, no prelo.

Artigos:

1. *História, Psicologia e Arte, I*, in *Gazeta de todas as Artes*, N° 86, Lisboa, 1958.
2. *História, Psicologia e Arte, II*, in *Gazeta de todas as Artes*, N° 87, Lisboa, 1958.

3. *História, Psicologia e Arte*, III, in *Gazeta de todas as Artes*, N° 91, Lisboa, 1958.
4.. *História, Psicologia e Arte*, IV, in *Gazeta de todas as Artes*, N° 92, Lisboa, 1958.
5. História (Teoria e Prática), I, in História Viva, N° 1, São Paulo, 1968.
6. História (Teoria e Prática), II. in História Viva, N° 2, São Paulo, 1968.
7. Conhecimento, História, Realidade. Por uma nova história do pensamento (A propósito da reedição de «La Méditerranée...» de Fernand Braudel), I, in Revista de História, N° 86, São Paulo, 1971.
8. Sobre o conceito de revolução epistemológica, in Seara Nova, N° 1515, Lisboa, 1972.
9. A Revolução Epistemológica em História, in Seara Nova, N° 1517, Lisboa, 1972.
10. Comentário a um «comentário crítico», in Seara Nova, N° 1520, Lisboa, 1972.
11. A Dualidade da Civilização Ibérica (A propósito de um ensaio de Robert Ricard), in Seara Nova, N° 1523, Lisboa, 1972.
12. Portugal. A Europa ou o Atlântico? – Introdução, in O Estado de S. Paulo (Suplemento Literário), São Paulo, 4 de Agosto de 1974.
13. Portugal. A Europa ou o Atlântico? – A Dualidade da Civilização Ibérica, in O Estado de S. Paulo (Suplemento Literário), São Paulo, 11 de Agosto de 1974.
14. Portugal. A Europa ou o Atlântico? – Para Uma Explicação de Portugal, I, in O Estado de S. Paulo (Suplemento Literário), São Paulo, 18 de Agosto de 1974.
15. Portugal. A Europa ou o Atlântico? – Para Uma Explicação de Portugal, II, in O Estado de S. Paulo (Suplemento Literário), São Paulo, 25 de Agosto de 1974.
16. Portugal. A Europa ou o Atlântico? – Conclusão, in O Estado de S. Paulo (Suplemento Literário), São Paulo, 1 de Setembro de 1974.
17. Origens da influência francesa na cultura portuguesa, in Portugal Hoje (Suplemento), Lisboa, 8 de Outubro de 1979.
18. Por uma nova história do pensamento, in Clio (Revista do Centro de História da Universidade de Lisboa), Volume I, 1979.

Traduções

115. Fernand Braudel, História e Sociologia, in Revista de História, N° 61, São Paulo, 1965.
116. Fernand Braudel, Aula Inaugural da Cadeira de História Moderna do Colégio de França, no dia 1 de Dezembro de 1950, in Revista de História, N° 63, São Paulo, 1965.
117. Fernand Braudel, Lucien Febre e a História, in Revista de História, N° 64, São Paulo, 1965.

****

A PROPÓSITO DA EMERGÊNCIA DOS ALGARISMOS ÁRABES EM PORTUGAL EM JOAQUIM BARRADAS DE CARVALHO

António Marques de Almeida[1]

A questão central desta abordagem à historiografia de Joaquim Barradas de Carvalho (JBC) diz respeito à sua leitura do processo da aritmetização do real na sociedade portuguesa, entre os séculos XIV e XVI. Por esta altura, o sistema de numeração de posição, ou sistema de notação árabe, o mesmo a que os aritméticos portugueses dos séculos XVI e XVII viriam a chamar de *algarismo mourisco* ou *mouro*, emergia como elemento essencial de transformação mental e social. Como em tantos outros casos da cultura portuguesa, a implantação desta inovação suscitou uma panóplia diversa de bibliografias e também desajustes e leituras diferenciadas, sendo que os textos fundamentais foram publicados em 1958 e 1961, respectivamente de JBC, "Sur l'Introduction et la Diffusion des Chifres Árabes au Portugal", saído no *Bulletin des Études Portugaises*[2], e de Luís de Albuquerque (LA), *Os Almanaques Portugueses de Madrid*, (Coimbra, Agrupamento de Estudos de Cartografia Antiga).

---

1   Universidade de Lisboa
2   Sur l'Introduction et la Diffusion des Chifres Árabes au Portugal. *Bulletin des Études Portugaises*, Lisbonne, t. XX, p. 110-151, 1958. Este estudo foi reeditado em 1981, *Portugal e as Origens do Pensamento moderno*. Lisboa: Livros Horizonte, p. 45-102. Ainda que o autor afirme que nesta versão tenha corrigido certos detalhes e acrescentado pequenas coisas, a verdade é que a nova titulação indicia a recepção de sugestões e desacordos a que o seu estudo esteve sujeito. Desta vez surge integrado numa secção designada "Para uma Pré-História

Diga-se, a propósito, que se trata de um códice (3349 da Biblioteca Nacional de Madrid) caligrafado em letra do século XIV e as datas que nele se encontram referem-se à primeira metade de trezentos. Não há uniformidade caligráfica e os fólios revelam origens diversas. Num deles encontrou Jaime Cortesão escrito o seguinte: "Nota que a terra em que foi feito este almanaque ergue-se o Sol ante uma hora e quinta que em esta cidade de Coimbra". Por isso, designou por *Almanaque de Coimbra* os oito fólios que se aparentam entre si no formato e na letra. Para melhor compreender o que se discute, esta questão designa-se por *numeração escrita* ou *cálculo escrito*, e viria a ocupar JBC até o fim dos seus dias, porquanto no decurso do tempo, viria a introduzir alguns ajustes no estudo de 1958, ainda que sempre tenha defendido o seu ponto de vista até ao fim da vida, particularmente na obra póstuma *Portugal e as Origens do Pensamento moderno*, publicada em 1981, no ano seguinte ao seu desaparecimento, onde faz o balanço final de toda a questão.

LA, para além do texto de 1961, não mais se ocupou do assunto, mas sempre manifestou desacordo com a proposta de JBC.

Verdadeiramente o que se discutia era o momento do aparecimento do *algarismo mouro* na cultura portuguesa. Trata-se de um longo processo de implantação na Europa cristã de uma técnica que viria a ter um papel essencial na leitura de um mundo em transformação. Na passagem da medievalidade à modernidade, e por toda a parte, nomeadamente nos meios mercantis dos grandes entrepostos comerciais, cuja prática social se tornava cada vez mais complexa, bem como nos meios náuticos e roteiristas, este novo instrumento de cálculo, sendo uma inovação, difundia-se como uso social. Para a lição de Labrousse seria uma *inovação tecnológica*, e seguindo de perto Marc Bloch sêlo- ia também por ser um contacto frutuoso de mentalidades.

De qualquer modo, seria sempre uma inovação de lenta implantação, porquanto, havendo notícia de ter sido utilizada na Espanha muçulmana desde o século IX, e a partir do século seguinte na Espanha cristã, só no século XVIIseria socialmente consolidada[3].

O que JBC discute é o momento do primeiro uso do *algarismo*, ou melhor: quando surgiu na escrita portuguesa tal numeração ou, melhor ainda, em que data.

---

da Matematização em Portugal" com um novo título: *Sobre a Introdução e a Difusão dos Algarismos Árabes em Portugal (1055-1566)*.

3   MARQUES DE ALMEIDA, A. A. O uso da numeração escrita e falada em fontes documentais portuguesas dos séculos XVI e XVII. *Clio*, Lisboa, v. 5, p.72, 1984.

Já para LA, ainda que a data fosse importante, a questão principal centrava-se à volta do valor operacional do *algarismo*, num tempo em que a visão abstractizante da realidade se anunciava já, e o *quadrivium* cedia passo à formação da *arte maior* ou *regla da cosa*, e se inventavam os novos utensílios necessários à leitura de um Mundo em rápida transformação.

Para JBC não havia notícia do aparecimento do *algarismo* na documentação portuguesa antes da primeira metade do século XV, o que condizia com a tradição historiográfica que Francisco Gomes Teixeira acolhera na sua *História das Matemáticas em Portugal*.

Em defesa do seu ponto de vista, JBC defendia em 1958 que tais *algarismos* apareceram pela primeira vez no *Livro da Virtuosa Bemfeitoria* do Infante D. Pedro e de Frei João Verba, escrito entre 1418 e 1433, ainda que deixasse em aberto a questão, que ele próprio colocara, sobre a verdadeira autoria da obra[4].

Acontece que, em 1961, LA deu a conhecer o seu estudo sobre o já referido Códice 3349 da Biblioteca Nacional de Madrid, designado como *Os Almanaques Portugueses de Madrid*, e nele certificou a utilização operacional da numeração árabe, referente ao ano de 1339.[5] Para LA esta é a data inquestionável, que documenta a primeira emergência do *algarismo* na escrita portuguesa, o que significa que antecipava em cerca de cem anos a leitura de JBC.

O que preocupa JBC é a fixação da primeira data do uso simples, ou a difusão, como dirá mais tarde, o que o leva a aduzir, a favor da sua tese, exuberante quantificação estatística, feita a partir das fontes literárias, de crónicas, de textos didácticos originários da corte, de textos avulsos, num tempo que vai de meados do século XI a meados do século XVI.

Foi este o universo da informação de que se serviu, excludente, como se vê, da informação proveniente de outros textos, nomeadamente da náutica e da marinharia, dos roteiristas e cartógrafos, aqueles a que, hoje, não podendo evitar o anacronismo, chamaríamos de "científicos". Assim sendo, construiu formalmente a sua argumentação em

---

4 CARVALHO, Joaquim Barradas de. *Portugal e as Origens do Pensamento Moderno*. Lisboa: Livros Horizonte, 1981. p. 82, nota 19.

5 Os Almanaques Portugueses de Madrid, Revista da Universidade de Coimbra, Coimbra, v. XXI, p. 1-151. Reedição AECA, separata II, 1961; reedição in *Para a História da Ciência em Portugal*. Lisboa: Livros Horizonte, [s.d.], p. 7-98. Reedição em *Estudos de História da Ciência Náutica*. Lisboa: IICT-CEHCA, 1994. p. 13-166.

torno do uso estatístico, tendo para o efeito organizado um numeroso e cuidado corpo de ocorrências, no fim do qual reforçava a sua proposta inicial, ou seja: não se encontram algarismos árabes na escrita portuguesa antes da *Virtuosa Bemfeitoria*.

De maneira diferente, LA surpreendeu nos *Almanaques Portugueses de Madrid* a capacidade operacional da numeração de posição, a par de retroagir, como se disse, a data proposta por JBC por mais de cerca de cem anos.

Para além, naturalmente, da fixação da data limite, o que conta no seu discurso, é o *uso* operatório da notação árabe, e do poder transformador que ela contém, e que, com o lento correr do tempo, viria a consolidar-se como *uso social*. Como se vê, o que ganha maior significado na historiografia portuguesa não é apenas marcar a data da emergência do primeiro uso de novos utensílios mentais, mas sim distinguir entre o emprego estatístico, tal como fez JBC, e surpreender a pré-implantação na tessitura social e mental da sociedade portuguesa de uma nova prática social, como acontece na leitura de LA. Esta leitura permaneceu, durante mais de vinte anos, alheia ao estudo de JBC. O que não deixa de ser um paradoxo, dado ter sido ele um dos autores que melhor estudou as estruturas mentais do Renascimento português.

Estamos, então, perante duas leituras de diferente extensão semântica. Uma preocupou-se com o emprego (ou uso como diz) estatístico, que ocupa lugar interessante na historiografia portuguesa, mas não é a que detém maior capacidade explicativa. O que em termos historiográficos é mais fecundo é o conceito de *uso*, sim, mas o *uso social*, como tratando-se de uma inovação mental.

Em 1981, JBC republica uma nova versão do estudo de 1958, como um capítulo autónomo do seu livro, póstumo, *Portugal e as Origens do Pensamento moderno*. Mas, enquanto que o estudo de 1958, publicado no *Bulletin des Études Portugaises*, se intitulava "Sur l'Introduction et la Diffusion des Chifres Árabes au Portugal", o capítulo do livro, publicado vinte e três anos depois, se intitula: "Sobre a introdução e a difusão dos algarismos árabes em Portugal (1055-1566)", e integra-se numa secção que designa de "Para uma pré-história da matematização do real".

Ainda que o Autor diga que "nesta segunda edição corrigimos certos detalhes e acrescentámos também certas coisas. Mas praticamente trata-se do mesmo estudo e do mesmo texto", a simples comparação das titulações de ambos os estudos deixa perceber que não é exactamente assim. Causam alguma estranheza os limites temporais agora usados, e que não apareciam na versão de 1958. Todavia não se trata de periodização; tão só dos limites temporais das fontes consultadas pelo autor, que vão, como se disse, de textos literários, crónicas, textos didácticos originários da corte, a documentos de arquivo para o período que vai de meados do século XI (1055) a meados do século XVI (1566).[6] E isso ficou a dever-se ao aprofundamento exaustivo da recolha da informação estatística a que o Autor se dedicou nos anos posteriores a 1958. Chegados a 1981, damos conta de uma reflexão e de um enriquecimento temático, e nota-se a atenção que JBC dispensou às críticas e sugestões que entretanto lhe foram apontadas, e que sempre, vivamente, refutou.

Ficavam para trás os reparos de 1962, de Vitorino Magalhães Godinho, para quem a utilização dos algarismos árabes era condição essencial para a elaboração das tábuas que permitiram a náutica astronómica, e chamava a atenção para o *Almanaque de Coimbra* (1306-1338) e ainda para as tábuas astronómicas trecentistas do códice da Ajuda.[7] Bem como a atitude crítica de LA, que, de facto, não voltando a escrever sobre o assunto, nunca deixou de em longas e animadas discussões lhe chamar a atenção para a importância dos *Almanaques de Madrid*. Parece-me até razoável afirmar que terão sido estas chamadas de atenção – mais até sugestões do que críticas – que provocaram o estudo aprofundado a que acima me referi.

Na sua obra *Portugal e o Pensamento Moderno* (1981), e como se tratasse de pôr um ponto final numa controvérsia que durava já há vinte anos, JBC afirma estar convencido das soluções que propõe. Coloca assim um ponto final na questão, mas mantendo intocados todos os pontos de vista dos quais havia partido. E não deixa de ser significativo, ainda que sem explicação convincente, o facto de na extensa bibliografia de que se serviu na estruturação da sua obra científica não cite a edição dos *Almanaques Portugueses de Madrid* que, em 1958, não desconhecia, não podia desconhecer, porquanto este havia sido estudado, ainda nos anos vinte, por Jaime Cortesão e Millás Vallicrosa. Por que não terá levado em linha de conta a informação contida nos *Almanaques?* Seguramente porque esta tipologia de textos não se enquadrava na matriz original da sua pesquisa.

---

6 JBC escreve: "Como estes textos cobrem um período de mais de cinco séculos, podemos pensar legitimamente em chegar a alguma conclusão". (CARVALHO, 1981, p. 53). As fontes consultadas são profusamente enunciadas nas notas de péde-página nº 12 a 18.

7 GODINHO, Vitorino Magalhães. *Duarte Leite e a Evolução dos Estudos de História dos Descobrimentos* apud DUARTE LEITE. *História dos Descobrimentos. Colectânea de Esparsos*. Lisboa: Edições Cosmos, 1962. p. 508-509. v. II.

Ou, e apenas, por procurar a data da emergência do uso do *algarismo* em Portugal feita, comprovadamente, por autores portugueses – o problema da autoria é pedra de toque na formulação conceptual. de JBC – o que o levou a desconsiderar os *Almanaques Portugueses de Madrid* até ao fim da vida, não obstante, o mais tardar nos anos setenta, tê-los estudado e concluído, a propósito de quem teriam sido os seus autores: "Não o sabemos, e parece-nos bem improvável – para não dizer mais – que se trate de um português, ou de portugueses de origem e formação". Todavia, quando mais tarde alarga a sua pesquisa – sempre estatística – à literatura de viagens, ainda, e como sempre, no domínio da autoria, reconhece a importância da passagem por Portugal de Abraão Zacuto e os ganhos de informação nova que trouxe o seu *Almanach Perpetuum* à cultura portuguesa dos Descobrimentos, não só por se tratar de uma obra impressa em Portugal, mas por haver notícia de ter sido uma obra muito lida. Mas, convictamente, conclui: "não a devemos levar em linha de conta para o estudo da introdução e da difusão dos algarismos árabes em Portugal".[8]

Aqui está, no meu entender, o pecado original da tese de JBC. Ao reduzir o âmbito da sua pesquisa a uma matriz específica de textos e à formulação estatística da informação recolhida em textos de autores portugueses, emalhou-se nas suas próprias redes. Restringiu-se. E perdido o referente de *uso* como sendo o *uso social*, isto é, implantado numa sociedade e consolidado pela aceitação generalizada que dele se faz, o que historicamente aconteceu com o *algarismo mourisco*, fragilizou a capacidade explicativa do conceito de *uso*.

Não há nenhum demérito no estudo de 1958 que despertou, merecidamente, muito interesse na historiografia europeia8. E, sem dúvida, trouxe novas perspectivas a uma temática até então pouco estudada. JBC tinha consciência da importância do seu estudo e da inovação que ele representava no panorama historiográfico português. De tal modo assim era que, no final, afirmou: "Todas as contas feitas, estamos convencidos que, se não resolvemos o problema da introdução dos algarismos árabes em Portugal, resolvemos,

---

8   As conclusões do estudo de JBC tiveram repercussão na historiografia europeia contemporânea. Referiram-se-lhe, entre outros, Geneviève Guitel "Un instrument de civilisation – la pénétration de la numération árabe au Portugal", logo nos *Annales*, nº 4 do Verão de 1962. Frédéric Mauro na *Revue Historique*, no número de abril- junho de 1963; Jean Delumeau cita-o no seu livro *La Civilisation de la Renaissance*,publicado em 1967. (Esta informação é dada pelo próprio JBC (CARVALHO, 1981,p. 98-102, nota 76, onde se pode encontrar notícia mais detalhada).

muito provavelmente, o da sua difusão". Nem uma coisa nem outra, o que em nada desmerece a importância do seu discurso historiográfico e o seu lugar cimeiro na historiografia portuguesa.

É que, e uma vez mais, a questão principal não é o uso referencial do *algarismo mouro*, surgido aqui e ali, mas sim o *uso social* que dele se faz como instrumento operatório e que lançaria as raízes de uma das mais fecundas transformações da protomodernidade: o *cálculo escrito*. Aquele *provavelmente*, abrindo a porta ao dubitativo, coloca-nos face ao que, no domínio deste tema, de mais importante contém, o pensamento de JBC, ou seja, a sua incompletude. A todo o momento da sua escrita sente-se que ele está refém de uma conceitualidade previamente definida, e que o colocou sempre aquém do que precisava saber. Mas é isso que torna a sua escrita fascinante e o seu discurso historiográfico verdadeiramente irrepetível na historiografia portuguesa.

Fontes

Barradas de Carvalho, Joaquim *A la recherche de la specificite de la Renaissance Portugaise*, Paris, Fondation Calouste Gulbenkian, Centre Culturel Portugais, 1983.

"A mentalidade, o tempo e os grupos sociais. (Um exemplo português da época dos Descobrimentos: Gomes Eanes de Zurara e Valentim Fernandes)" *Revista de História*, São Paulo, nº 15, 1953, p. 37/68

"Por uma nova história do Pensamento" Clio, Lisboa, Centro de História da Universidade de Lisboa, 1979, nº 1, p. 7/19. Artigo integrado em 1981, *Portugal e as Origens do Pensamento Moderno*, p. 16/44

Portugal e as origens do pensamento moderno, Lisboa, Livros Horizonte, 1981 "Sur l'Introduction et la Diffusion des Chifres Árabes au Portugal", *Bulletin des Études Portugaises*, Lisbonne, 1958, t. XX, p. 110/151.

Referências bibliográficas

ALBUQUERQUE, Luís Mendonça de *Os Almanaques Portugueses de Madrid*, Junta de Investigações do Ultramar, Coimbra, 1961.

_____. "Sobre um Manuscrito quatrocentista do "Tratado da Esfera" de Sacrobosco", Coimbra, Separata da *Revista da Faculdade de Ciências da Universidade de Coimbra*, vol. XXVIII, 1959. Idem "As navegações e as origens da mentalidade científica em Portugal" in *História da Cultura em Portugal* de António José Saraiva, Lisboa, 1953, Jornal do Foro, vol. II

GODINHO, Vitorino Magalhães. "Duarte Leite e a Evolução dos Estudos de História dos Descobrimentos", *apud* DUARTE LEITE, *História dos Descobrimentos. Colectânea de Esparsos*, Lisboa, Edições Cosmos, 1962, vol. II, p. 345/562.

POULLE, Emmanuel. *A Propos des Tables Astronomiques de Pierre d'Aragon*, Junta de Investigações do Ultramar, Coimbra, 1966.

REVISITANDO ALGUNS TEMAS: REFLEXÕES SOBRE A HISTÓRIA, TEORIA E METODOLOGIA

Francisco J. Calazans Falcon

Há mais ou menos 40 anos, Barradas de Carvalho desembarcava na USP – no Departamento de História da FFLCH, onde permaneceria até 1969, lecionando, pesquisando, mas, sobretudo, participando intensamente dos movimentos e debates típicos daqueles anos. Sua chegada quase coincide com o golpe militar de 1964 e sua permanência no Brasil foi contemporânea das incertezas, expectativas e decepções que marcaram as lutas e mobilizações de intelectuais e estudantis no tempo que transcorre entre o AI-1 (1964) e o AI-5 (1968).

A época vivenciada por Barradas foi uma das mais ricas e agitadas de nosso passado recente, sobretudo em termos intelectuais e políticos. Grandes debates marcaram então a vida universitária, inclusive os corpos docente e discente dos cursos de graduação em História, bastando aqui citar os seus diversos Simpósios e a realização do I Encontro de Introdução aos Estudos Históricos (1968).

Nos anos 60, a historiografia brasileira é um campo de forças distintas e desiguais do ponto de vista de sua presença e ação respectivas. Ao lado de uma historiografia de tipo tradicional, dominante, existem ilhas qualitativas em certos centros ou núcleos universitários voltadas para as novas concepções historiográficas inspiradas genericamente nos *Annales*. De acordo quanto à produção e ao ensino de uma história moderna e científica, essas tendências divergem sempre que se trata de explicitar a natureza desse "moderno e científico". Para uns, tratava-se de uma questão de métodos e fontes; para outros, era uma questão de teoria, isto é, da teoria marxista. À primeira tendência coube a tarefa de defender e difundir a "história quantitativa", ao passo que a segunda tendia a relativizar o quantitativo em nome do qualitativo, apoiando-se em textos de historiadores marxistas franceses e britânicos. Foi nesta época que se iniciaram entre nós os debates sobre conceitos como o de "transição" e o de "modo de produção", simultaneamente à recepção das obras de Foucault, Althusser e Balibar.

A força da historiografia oficial, tradicional como concepção da tarefa do historiador, ficou demonstrada logo após o golpe militar de 1964 através de alguns episódios como, por exemplo, a tremenda repressão então desencadeada contra os autores e exemplares impressos da "História Nova do Brasil". A resistência das formas de oposição à historiografia oficial pode ser detectada nas atividades de muitos docentes nos cursos de história das principais universidades e na produção de obras como *Brasil em Perspectiva* (1968) e de obras significativas no campo da história social.[1]

Foram aqueles anos um período de incertezas políticas e de algumas certezas e novidades no nosso cotidiano docente. Incertezas em face de uma repressão político-ideológica que ensaiava então seus primeiros passos, afiando suas garras na caçada aos "subversivos" – pessoas e livros ou revistas. Certezas que nos levavam a aprofundar no dia a dia dos cursos de História Moderna e Contemporânea as referências a autores marxistas.[2]

Pensando nessas circunstâncias tão típicas daqueles anos em que Barradas esteve entre nós, resolvemos comentar aqui o livro que escreveu então, embora apenas publicado em 1972.[3] Trata-se de um trabalho que reúne em quatro partes as principais ideias do autor a respeito da história enquanto conhecimento histórico e historiografia. Impressiona-nos nesse pequeno e tão despretensioso livro a extrema lucidez do autor que soube ali condensar as certezas de toda uma época – ou de muitos dos intelectuais de então: a crença na possibilidade de uma "história-ciência", o marxismo como pressuposto

---

[1] FALCON, Francisco J. C. "L'historiographie brésiliene contemporaine (1958-1969). In: CROUZET, F.; ROLLAND, D. Pour l'histoire du Brésil. Mélanges offerts à K. de Queirós Matoso. Paris: L'Harmatan, 2000. p. 93-108.

[2] FALCON, Francisco J. C. História e historiografia nos anos 50 e 60 do ponto de vista da cadeira de História Moderna e Contemporânea da FNFi. In: SILVA, Francisco Carlos Teixeira da et al. *História e Educação*. Rio de Janeiro: Mauad/Faperj, 2001. p.599-612.

[3] Da *História-Crônica à História-Ciência*. Lisboa. 3. ed. (1. ed. 1972). Livros Horizonte, 1979.

teórico e uma certa maneira de ler/interpretar as perspectivas historiográficas veiculadas através dos *Annales* por Lucien Febvre e Fernand Braudel. Significativamente, tal como era habitual entre nós, no final dos anos 60, tais referências parecem encontrar sua expressão mais completa nos textos de Louis Althusser, então em franca ascensão como a versão atualizada (e corrigida) das ideias de Marx. Lendo-se *Da História-Crônica à História-Ciência* temos a sensação de realizar um retorno no tempo, como se voltássemos a uma época em que podíamos ter ainda várias certezas a respeito de História, a despeito das incertezas políticas e institucionais em que vivíamos.

O livro de Barradas compreende assim quatro partes: a Primeira intitula-se "Do Sensível ao Inteligível"; a Segunda, "A Ciência e a Pré-Ciência"; a Terceira tem como título "A História Ciência Fundamental entre as Ciências Humanas", e a Quarta é simplesmente "A História". Na realidade, as duas primeiras formam uma mesma sequência argumentativa, ao passo que a terceira é o texto de uma conferência pronunciada na USP em março/abril de 1968; já a quarta, consiste de fato num pequeno ensaio historiográfico em torno de "algumas amostras representativas".

Tomemos para começar, o próprio título: da história-crônica à história-ciência. Trata-se aí de uma síntese que expressa o sentido mais profundo da obra: a ideia ou, muito mais que isto, a convicção quanto à realidade da evolução do conhecimento histórico que levou este último a passar de sua forma primitiva, meramente factual e cronológica, à forma científica atual interpretativa e explicativa. E é essa certeza em relação à natureza do conhecimento histórico enquanto ciência que perpassa o título todo e na verdade o justifica!

Mas há também os textos em epígrafe: uma citação de Niels Bohr, "apud" A. Polikarov, *Problèmes Philosophiques des Théories Physiques Modernes*, retirada do nº 54 das *Recherches Internationales à la Lumière du Marxisme*, dedicado ao tema *Sciences et Matérialisme Dialectique*; uma citação de Fernand Braudel em *História e Sociologia*, à qual Barradas acrescenta sua própria resposta aos filósofos que acusam os historiadores de nunca saberem ao certo a história que fazem (segundo Braudel); uma citação por demais conhecida de K. Marx – "A Humanidade só se põe os problemas que ela pode resolver"; e, por último, uma citação de Lucien Febvre, em *Combats pour l'histoire* – "O historiador não tem o direito de desertar".

Todas essas citações, assim separadas dos respectivos contextos, talvez percam bastante dos sentidos a ela atribuídos por seus autores em tempos e lugares muito distintos.

Para nós, todavia, isso não é o que mais importa e, sim, o fato de que Barradas as escolheu para antecederem, ou anunciarem o seu próprio texto. Deste ponto de vista elas adquirem um significado especial, pois nelas já se contêm as referências básicas do autor: a ciência moderna e o materialismo dialético, o materialismo histórico e dois dos principais historiadores da "Escola dos *Annales*" – Febvre e Braudel. Após assim agitar suas bandeiras, o Autor se permite um instante de ceticismo, citando A. Virieux-Reymond, num livro sobre epistemologia, a propósito da constatação de que muitas das grandes descobertas científicas foram realizadas por não-especialistas – afinal, questiona-se Barradas, o conhecimento das teorias admitidas paralisa ou não a imaginação criadora? É como se ele quisesse prevenir ao leitor de que seu trabalho tanto pode ser interpretado como o resultado de uma "transposição de métodos" como fruto da "imaginação criadora".

Ao longo de cada um dos capítulos que formam a Parte I (Do Sensível ao Inteligível), Barradas empenha-se em demonstrar como cada uma das principais ciências só se constitui efetivamente enquanto ciência ao fazer a passagem do pseudoconhecimento baseado nas aparências sensoriais ao verdadeiro conhecimento – racional, abstrato, inteligível. Mais interessante talvez, para nós, é o fato de o Autor construir quase todo seu texto a partir de múltiplas citações de filósofos e especialistas em história das ciências. Vale aqui notar, porém, que logo de saída estão citados K. Marx e G. Bachelard.

Tanto os capítulos desta Parte quanto aqueles que constituem a Segunda parecem obedecer a uma espécie de necessidade lógica no plano geral da exposição e do argumento que vem a ser o seu eixo: todas as ciências tiveram no curso de seu desenvolvimento uma espécie de momento histórico decisivo caracterizado pela superação das aparências da intuição sensível – bases do conhecimento típico do senso comum. Tratar-se-ia, em cada caso, de uma autêntica revolução epistemológica que assinalaria o nascimento de uma ciência moderna.

Para melhor entendermos essa argumentação de Barradas, é preciso ter sempre em vista que a distinção entre a ciência e a pré-ciência aplica-se também à História; mas é necessário também que não se esqueça de que a referência filosófica essencial é ainda e sempre a do marxismo, mas não a de um marxismo genérico e, sim, a leitura dos textos de Marx proposta por Louis Althusser. Assim, ao colocar a questão da revolução epistemológica que faz cada ciência "saltar de um estádio que tem como base uma epistemologia do sensível a um estádio que tem como base uma epistemologia do inteligível", o Autor está recorrendo a G. Bachelard – e seu conceito de "ruptura epistemológica" – na medida em que o mesmo já havia sido então apropriado por Louis Althusser.

A Segunda Parte consiste na tentativa de resumir para o leitor as concepções mais importantes de Althusser. É assim, então, que somos apresentados à revolução teórica de Marx que "abriu ao conhecimento científico o continente História". Cremos que não seria lícito discutir aqui as certezas do Barradas empolgado pela leitura do "Pour Marx" e outros textos de Althusser pois, afinal de contas, partilhávamos então de uma parcela significativa de tais certezas e tal como ele não tínhamos, não poderíamos ter, a menor ideia do que viria a ser em anos vindouros o *affair* Althusser.

Mais importante, porém, para a estrutura do livro, é a associação entre o materialismo histórico e a ciência da história, significando aí a superação da crônica ou *histoire événementielle* e das "filosofias da história" (sic). Não há mais como negar ou ocultar o fato de que a evolução/passagem da história crônica à história ciência deve ser entendida como o advento/fundação da ciência da história. Muito se poderia discutir aqui acerca da confusão entre a ideia de "ciência da História" e a de uma história científica mas essa seria já uma outra discussão.[4]

Não se pense, no entanto, que Barradas é um discípulo acrítico. Ao comentar a afirmativa de Althusser acerca da criação de uma nova ciência – a história –, ele critica o fato de não estar claro aí o tipo de "ruptura epistemológica"[5] que, na opinião do Autor, não poderia ser senão a passagem do conhecimento sensível ao inteligível. Ora, se isto está claro naqueles textos em que Althusser trata da ciência em geral, o mesmo não se poderia afirmar a respeito de suas afirmações sobre a História. O verdadeiramente decisivo, no entender de Barradas, é o entendimento da ruptura epistemológica que levou cada ciência a saltar de um estádio baseado numa epistemologia do sensível a um novo estádio baseado numa epistemologia do inteligível.[6]

---

4   Como acontece com frequência entre historiadores, Barradas não nos explica com muita clareza até que ponto, no seu modo de entender, seria necessário estabelecer-se uma distinção entre o conceito da "Ciência da História" (da "história-matéria", como escreve P. Vilar) e o da "história científica" (ou da escrita da história, ou seja, a produção do discurso histórico).

5   CARVALHO, J. Barradas de. *op. cit.* p. 52-53.

6   A oposição radical entre o sensível e o inteligível deve aqui ser vista no seu próprio tempo – o de Barradas. Outras seriam as ideias do Autor se pudesse então levar em consideração os trabalhos de Merleau-Ponty ou de Levi-Strauss.

Concluindo esta Parte, Barradas retoma a classificação das ciências de Augusto Comte, mas agora a fim de reformulá-la à luz do conceito de revolução epistemológica e, ainda, substituindo a sociologia pela história na cúpula da hierarquia dos conhecimentos – uma concepção que o autor irá justificar adiante.[7]

A III Parte – A História, ciência fundamental entre as ciências humanas.[8]

Preparado o terreno do ponto de vista teórico, inclusive os fundamentos althusserianos, é chegada a hora de discutir diretamente algumas questões associadas ao conhecimento histórico – a história-disciplina de P. Vilar. É o que fez Barradas de Carvalho na palestra proferida em 20 de marco e 3 de abril de 1968 para os alunos do 1.º ano do curso de História de FFCL da USP.

Logo ao início, a manifestação da surpresa do professor recém-chegado da Europa (1964) diante do "menosprezo pela História" em oposição à verdadeira avalanche de candidatos ao vestibular em Ciências Sociais, muito embora tal situação já estivesse bastante modificada em 1969. Ora, a razão desse "menosprezo", segundo o Autor, está no fato de que a História, as Ciências Históricas, aparecem confundidas com a "tradição" – um peso morto – do ponto de vista da juventude brasileira. E esta juventude tem pressa e vai à busca das Ciências Sociais como formas de conhecimento bem mais "operacionais" do que a História. No entanto, a preferência dada então por muitos à Sociologia do Desenvolvimento mal esconde o paradoxo de que os estudos sobre o desenvolvimento estão necessariamente penetrados de história – a começar pela própria noção de desenvolvimento. Por último, somente poderemos nos libertar da história (do passado), estudando a História, conhecendo o passado.

Impõe-se portanto, como sublinha Barradas, a variável "tempo" a todas as ciências sociais, ou seja, a "História remete a todas". Citando Engels, lembrando o título de um livro anunciado por Braudel – *A História, Ciência das Ciências do Homem* – nosso Autor invoca para a história o caráter de "ciência fundamental". Segue-se, no texto, uma rápida alusão à historiografia francesa contemporânea – dos *Annales* e da "Ecole Pratique" – como introdução necessária à apresentação de duas ideias fundamentais do ponto de

---

7   CARVALHO, J. Barradas de. *op.cit.* p. 42-43 e 56-57.
8   BRAUDEL, F. "Histoire et Sociologie". In: GURVITCH, G. (Dir.). *Traité de Sociologie*. v. I, cap. IV. Paris: 1958. Apud Barradas, J. *op.cit.* p. 68-69.

vista de Barradas – 1.ª – O desaparecimento das barreiras entre as diversas ciências humanas e entre as diversas ciências sociais – a atenuação das barreiras entre a história e essas ciências e sua progressiva historicização; 2.ª – Em decorrência deste último ponto, a história deixou de ser uma simples técnica a serviço da sociologia enquanto ciência do social e ao desenvolver a sua "vocação imperialista"[9] passou a ser, para cada ciência social ou humana, a sua dimensão retrospectiva, "do passado", ao mesmo tempo em que cada uma daquelas ciências constitui a história do presente em seu âmbito disciplinar respectivo, como, por exemplo:

. A história social não é mais do que a sociologia do passado;

. A sociologia não é mais do que a história social do presente;

. A história econômica não é mais do que a economia política, ou melhor, a ciência econômica do passado;

. A economia política, ou melhor, a ciência econômica, não é mais do que a história econômica do presente.[10]

Estas concepções de Barradas não deveriam ser avaliadas à luz de nossas ideias atuais. Por mais que nos cause uma certa espécie, a concepção retrospectiva e presentista aplicada às relações entre história e ciências sociais, convém termos em mente que tais ideias eram comuns a muitos historiadores nos anos 60 e começos dos 70. O que provavelmente pode causar uma certa surpresa aí é a adesão firme do Autor às concepções mais representativas da escola francesa dos *Annales* a partir de diversas citações de L. Febvre, F. Braudel, F. Mauro[11] e M. Bloch. Quanto a nós, relendo Barradas tantos anos depois, talvez somente nos seja dado constatar a enorme diferença entre as referências em que se baseiam as duas partes iniciais e aquelas efetivamente presentes nesta terceira. Afinal, como entender no pensamento do Autor as relações entre o marxismo – Marx/Engels e Althusser – e a historiografia francesa dos *Annales*? Esta é uma questão que está presente o tempo todo ao leitor deste livro. Na verdade, essa questão sobreviveu até os dias de hoje e já mereceu tentativas de respostas as mais variadas com afirmações que

---

9   CARVALHO, J. Barradas de. *op. cit.* p.71-72. Cf. nota 43 sobre Vitorino Magalhães Godinho e F. Mauro, historiadores que corroboram, segundo Barradas, os seus pontos de vista.

10 CARVALHO, J. Barradas de. *op. cit.* p. 75-85.

11 VILAR, Pierre. "Le Méthode Historique". In: ORQUIN, J.-C. (Ed.) *Dialectique marxiste et pensée structurale (à propos des travaux d'Althusser)*. Paris: CCES, 1968. p. 35-44.

vão da hipótese de uma contradição velada ou disfarçada à de uma verdadeira harmonia e complementaridade.

Na época em que escreveu este livro, Barradas não era uma exceção ao encarar e citar com naturalidade as principais ideias de Braudel e Althusser. Em face de antigos e poderosos adversários como o "positivismo" e o "historicismo", parecia bastante natural a Barradas e a tantos outros a associação do marxismo com a historiografia francesa da Escola dos Anais.[12]

Na Quarta Parte, o nosso autor acrescenta novos elementos capazes de levarem o leitor a compreender mais claramente sua própria concepção de História. Retoma, então, os pontos que considera fundamentais na viragem da concepção de história que chega a seu clímax no século 19: a revolução epistemológica no conhecimento da realidade histórica em consequência da substituição de uma história do sensível por uma história do inteligível.

Todavia, é talvez neste passo do seu argumento que Barradas entra em contradição com as interpretações mais aceitas acerca da historiografia da chamada "Escola Romântica Alemã" e também com as suas próprias afirmações a respeito de Alexandre Herculano. Com efeito, ao se basear unicamente em L. Febvre e outros historiadores franceses para interpretar o sentido historiográfico da obra de Ranke, ignora ou perde completamente de vista o significado metodológico da crítica rankeana e do método histórico rigoroso que então se estruturou. Ao passar uma esponja sobre a obra de Leopold Von Ranke, talvez no afã de transferir para os *Annales* os louros da verdadeira história-ciência, o nosso Autor não se dá conta do quão difícil ele tornou para nós aceitar Alexandre Herculano – um admirador de Ranke – como "o primeiro historiador português".[13]

Nesta última Parte, notamos no texto de Barradas uma certa pressa que se traduz em considerações por vezes um tanto superficial a propósito dos autores por ele escolhidos como representativos da passagem da "pré-história da grande história" à história ciência. Típico do que afirmamos é a importância que assume no discurso do Autor a perspectiva teleológica que conduz necessariamente a Marx e Engels.

Documento de época, testemunho das vivências de um professor português em São Paulo, na USP, em contato com as realidades de então do Curso de História, este

---

12 CARVALHO, J. Barradas de. *op. cit.* p.108 e 124 e segs.

13 Barradas analisa as principais ideias (históricas) de Voltaire e Condorcet, Michelet, Thierry e Guizot, Alexandre Herculano, e Marx/Engels.

livro deve ser entendido em função tanto das limitações e insuficiências que caracterizavam à época o estudo das disciplinas teórico-metodológicas de "Introdução aos Estudos Históricos", como também das condições conjunturais político-ideológicas que confeririam então ao marxismo, sobretudo o althusserianismo, uma posição-chave em amplos setores intelectuais. Barradas, ao que tudo indica, ao entrar em contacto direto com as características de um ensino de História que se lhe afiguravam tradicionais e equivocadas, preocupou-se em demonstrar a necessidade de uma nova concepção de História – moderna, científica, sintonizada com a historiografia francesa à qual devia a sua própria formação. Por outro lado, profundamente convencido da validade do marxismo, não poderia ter feito senão da maneira que o fez: colocando o materialismo histórico como fundamento de uma história científica. Mesmo a convivência com os historiadores franceses não foi suficiente, ao menos neste livro, para levá-lo a questionar a compatibilidade teórica entre Marx, Engels e Althusser e Bloch, Febvre e Braudel.

Seja como for, devemos a Barradas de Carvalho o registro, neste livro, de sua lúcida percepção das insuficiências e incertezas quer do ensino, quer da prática historiográfica, sobretudo do ponto de vista teórico, durante os anos 60 entre nós.

DA HISTÓRIA DAS IDEIAS À HISTÓRIA DA CULTURA

Maria Beatriz Nizza da Silva[1]

1 – Caminhos paralelos

Em junho de 1964, um recém-chegado Joaquim Barradas de Carvalho ofereceu-me em S.Paulo sua obra, publicada em Lisboa em 1949, *As ideias políticas e sociais de Alexandre Herculano*. Eu própria, paulistana recente, preparava então um pequeno volume para a coleção Nossos Clássicos, da Agir Editora, sobre aquele historiador oitocentista português, e o livro de Barradas apontava na mesma direção indicada por João Cruz Costa, o orientador de minha tese de doutoramento cuja pesquisa eu então iniciara. Ambos eram apologistas de uma História das Ideias eivada de pressupostos marxistas e não daquela forma anglo-saxônica cultivada desde a década de 40 pelos colaboradores do *Journal of the History of Ideas*.

Barradas de Carvalho foi acompanhando minha pesquisa sobre o publicista Silvestre Pinheiro Ferreira e percebendo que meu caminho se ia desviando paulatinamente daquela História das Ideias que ele tão bem praticara no estudo sobre Herculano. Eu era então muito jovem, dava aulas de História da Filosofia Moderna no Departamento de Filosofia da Universidade de São Paulo, e os debates sobre o estruturalismo ali reinante marcaram efetivamente minha formação. Complicando ainda mais o debate, Michel

---

[1] Universidade de São Paulo.

Foucault, antes da publicação de *Les mots et les choses*, apresentou aos filósofos de S.Paulo o seu conceito de *epistemê* e sua metodologia de uma nova história cultural, tão diferente da análise estrutural que aqueles imediatamente decretaram que Foucault era historiador e não filósofo...

Também Barradas, nessa década de 60, se ia progressivamente afastando da História das Ideias marxizante e aproximando-se de uma História das Mentalidades que viria a concretizar, em 1975, na sua tese defendida na Sorbonne. Ele passara da tradicional análise da obra do "grande homem", Alexandre Herculano, para o estudo, infinitamente mais complexo, de uma série de textos cuja autoria importava menos do que as palavras e os sentidos expressos. Descobrira a semântica quantitativa e com ela quis construir uma nova história da mentalidade portuguesa na época dos descobrimentos.

É curioso que também eu, em minha tese de livre-docência de 1973 na Universidade de São Paulo, procurei utilizar a semântica, não quantitativa mas qualitativa, em *Linguagem, cultura e sociedade no Rio de Janeiro (1808-1821)*. O paralelismo de nossas pesquisas vinha já contudo da década de 60. Minha tese de doutoramento, defendida em 1967, com a presença de Barradas de Carvalho na banca, tinha como título principal *Metodologia da História do Pensamento* e um dos subcapítulos da tese de Barradas em Paris foi: "Para uma nova História do Pensamento".

Esta nossa preocupação comum derivava de uma recusa muito explícita em aceitar aquilo que em História da Literatura, das Ciências ou das Filosofias era então muito comum: uma galeria de "heróis", de obras monumentais, de grandes descobertas. Como Barradas de Carvalho escrevia em *À la recherche de la spécificité de la Renaissance portugaise. Le Portugal et les origines de la pensée moderne*, a História do Pensamento (não fala mais em História das Ideias como na década de 40) ainda não superara "o estudo dos grandes momentos de ruptura que são as obras dos grandes homens do pensamento".

Esta sua crítica resultou de uma leitura muito antropofágica do livro de Lucien Febvre sobre Rabelais, embora reconhecesse os limites da análise do historiador francês: "Com efeito dá-nos o quadro mental no qual o ateísmo é impensável, mas sabemos que um dia os primeiros ateus vão surgir. Não nos explica como surge o novo quadro mental que permitirá o ateísmo. Como se passa de uma estrutura mental que não permite o ateísmo para outra que o permite? O livro de Lucien Febvre oferece-nos uma estática, mas não nos dá uma dinâmica".

Barradas procurou ir além do seu livro de cabeceira, tantas vezes lido, relido e comentado. Por outras palavras, buscava como se passava de uma para outra *epistemê*, como diria Foucault, ou de um para outro *paradigma*, como escreveria Thomas Kuhn. Para chegar a essa dinâmica que estava ausente do livro de Febvre, exigia uma documentação maciça e métodos estatísticos. Escrevia: "Foi-se o tempo em que a História do Pensamento se fazia com alguns volumes das obras completas de um autor". Só uma imponente massa documental permitiria apreender "a maturação anônima dos conceitos por toda uma população na sua praxis cotidiana, ou melhor, subterrânea", maturação essa que levava à ruptura, à revolução.

Verdade seja dita que a análise quantitativa a que procedeu só era viável para os séculos XV e XVI em Portugal, quando a produção textual era rarefeita. Seria impraticável, mesmo com o auxílio de computadores, para o prolífico século XVIII, por exemplo. Mas, mesmo para aqueles séculos estudados por Barradas, a análise seria muito mais complexa se, em vez de se debruçar apenas sobre textos, usasse todos os manuscritos daquela época.

Embora só tivesse tido acesso em 1983 aos dois volumes da sua obra, publicada postumamente, nossas conversas foram tão frequentes e, apesar da diferença de gerações, nossa formação tão semelhante (pois ambos tínhamos um pé na Filosofia e outro na História), que, se a morte não o tivesse levado em 1980, talvez nossas pesquisas seguissem trajetórias idênticas.

Como nos últimos anos em Portugal sua atividade foi mais de professor do que de pesquisador, sua produção estancou com aquela sólida tese defendida na Sorbonne. Em sua homenagem vou agora reconstituir meu itinerário naquele domínio de pesquisa que mais o atraía e que certamente continuaria a ser por ele percorrido.

2 – A História do Pensamento

Quando, por sugestão de Sérgio Buarque de Holanda e João Cruz Costa, escolhi em 1964 para tema de minha tese de doutoramento o pensamento de Silvestre Pinheiro Ferreira, praticamente desconhecia tudo acerca do indivíduo, a não ser que fora ministro de D.João VI depois da eclosão do movimento constitucional no Rio de Janeiro em 1821. De uma coisa tinha a certeza: não iria fazer o estudo de um grande pensador, mas sim de um autor que deixara uma série razoável de obras publicadas, desde umas *Preleções filosóficas* saídas dos prelos da recém-criada Impressão Régia do Rio a textos de Direito Constitucional publicados em Paris e em Lisboa.

Tendo vivido de 1769 a 1846, pertencia sem sombra de dúvida à elite letrada luso-brasileira, rotulado de filósofo por uns, e de publicista por outros. A primeira opção metodológica por mim feita (resultado sem dúvida dos debates travados no Departamento de Filosofia) foi a separação dos textos em duas categorias: de um lado as obras (com todo o peso que este termo adquiriu no estruturalismo), e do outro os demais escritos (cartas, ofícios, pareceres, discursos). Ainda hoje esta distinção me parece relevante, quanto mais não seja pelo tipo de público que o autor pressupõe ao escrevê-los.

Haveria assim um pensamento-ação, resposta a eventos e a relações inter-pessoais, e um pensamento-obra, mais distante da ação do indivíduo e por isso mesmo mais estruturado, argumentativo e coerente. Quanto maior for a proximidade que um autor mantém com os eventos de que foi testemunha, ou ator, tanto menor será a coerência dos enunciados, emitidos ao sabor dos acontecimentos. Assim, o historiador do pensamento-ação tem profunda consciência da relevância da datação de cada enunciado que analisa. Como escrevi em *Silvestre Pinheiro Ferreira: ideologia e teoria* (Lisboa, Sá da Costa, 1975), "há enunciados que trazem consigo a data, isto é, que só podiam ter sido proferidos num determinado momento histórico; outros, porém, pertencem a um tempo muito mais longo, que se estende por vezes a um século ou dois".

A segunda opção metodológica na análise do pensamento de um só autor, como era o caso, dizia respeito à necessidade de trabalhar simultaneamente o pensamento-ação e o pensamento-obra, e neste ponto me afastei conscientemente do estruturalismo então vigente na história dos sistemas filosóficos. Este só levava em conta as obras assumidas por seus autores. Por outro lado me circunscrevi ao domínio recortado (História do Pensamento), sem pretender fazer ao mesmo tempo história social, ou política, ou econômica.

Um terceiro ponto a salientar diz respeito à atenção ao léxico usado pelo autor, quer em relação a termos ainda hoje em circulação como "filósofo", quer em relação a expressões de época como "espíritos fortes". A tarefa do historiador do pensamento é mais de decifração dos sentidos vigentes em sociedades passadas do que de simples leitura, como se a linguagem de um autor do século XVIII ou XIX fosse dotada de total transparência.

Finalmente, importava identificar todas as camadas do pensamento-obra de Silvestre Pinheiro Ferreira, sem menosprezar nenhuma, e passando assim da análise do discurso político à problemática da teoria dos sinais e da dupla função da linguagem, bem como do papel da imaginação; aos três níveis normativos das sociedades (Ética, Direito Natural e Moral cristã); e finalmente à teoria subjacente aquilo que então constituía o campo da Economia Política.

Embora se tratasse do estudo do pensamento de um autor que produziu obras na primeira metade do século XIX, era necessário traçar os contornos da *epistemê* em que ele se inseria, visível através de uma classificação das ciências e também das artes que Silvestre Pinheiro Ferreira partilhava com outros autores. Era também preciso apontar as condições de possibilidade da produção de um discurso político distante e distinto daquilo que denominei pensamento-ação.

Concluindo, nesta fase de minha produção historiográfica, visava sobretudo a inserção de um pensamento individual numa determinada *epistemê* ou *paradigma*. As análises estruturalistas e as teses de Michel Foucault marcaram meu livro sobre Silvestre Pinheiro Ferreira com muito maior intensidade do que a metodologia da História das Ideias que aceitara no início da pesquisa.

3 – A História da Cultura

Em meu livro seguinte, *Cultura e sociedade no Rio de Janeiro (1808-1821)*, (S.Paulo, 1977), deixei de lado a análise um pouco claustrofóbica de um pensamento individual para passar ao estudo mais amplo da cultura de uma determinada sociedade num momento específico. Continuava debruçando-me sobre a cultura escrita, mas meu conceito de cultura alargara-se e experimentei a necessidade de desdobrá-lo em cultura implícita e cultura explícita, desdobramento este que Sérgio Buarque de Holanda, no prefácio à obra, aproximou de suas leituras de Otto Hintze (autor que eu desconhecia) e que Frédéric Mauro adotou ao coordenar um volume de *O império luso-brasileiro (1620-1750)*, (Lisboa, Estampa, 1991).

Na década de 70, a leitura de alguns antropólogos contribuíra não só para o alargamento do conceito de cultura, como para eu abandonar (não sei se definitivamente) o domínio da História do Pensamento que eu considerava ainda muito preso à História das Filosofias e das Ciências.

Mas, como entendia eu a cultura implícita? Nesta área domina a tradição e a oralidade, não se detectam regras nem normas verbalizadas, mas repetem-se práticas, nas quais são incluídos, por exemplo, os hábitos alimentares e as técnicas culinárias, as formas de sociabilidade relacionadas com o ato de comer e a partilha do tempo diário para os momentos das refeições, bem como objetos e gestos ligados à prática alimentar.

Quanto às práticas vestimentárias, também estudadas nesse livro, foram objeto de análise os trajos relacionados com determinadas funções ou cargos, ou com certas formas de sociabilidade; as variações no trajar de acordo com os grupos sociais e os níveis de fortuna, com especial ênfase no vestuário dos escravos e escravas; e finalmente o fenômeno moda.

A morada é simultaneamente um produto cultural e social e assim a análise seguiu várias direções: a localização dos diferentes grupos sociais no espaço urbano; o tipo de construção (térrea, de um ou dois sobrados, número de janelas e portas, disposição interna dos cômodos), levando também em conta a situação suburbana em chácaras; o sistema de objetos, necessários à vida cotidiana, ou simplesmente símbolos de prestígio social como talheres, salvas e bandejas de prata, ou ainda puramente decorativos como estampas e quadros. Com grande surpresa constatei que, mesmo na cidade que recebeu a Corte portuguesa, o estrado e a esteira se sobrepunham a cadeiras ou bancos como o lugar onde as mulheres (fosse qual fosse seu estatuto social) se sentavam nas suas atividades de fazer renda ou bordar, ou simplesmente conversar. Essa prática de sentar no chão era sem dúvida resquício de uma cultura árabe há muito assimilada na metrópole e transposta para a colônia.

Não há dúvida de que o historiador da cultura implícita também se interessa por aquilo que diverte ou distrai os membros de uma determinada sociedade. No Rio de Janeiro joanino os festejos públicos, já habituais nas cidades e vilas coloniais, se multiplicarem com a chegada da família real. Luminárias, fogos de artifício, música, se tornaram mais frequentes. Em festas sumptuosas, carros alegóricos, danças variadas (dos chinas, dos mouros, dos índios etc..) alegravam os desfiles juntamente com as máscaras. Tripúdios militares, corridas de touros, cavalhadas, encamisadas, divertiam a população que se apinhava nas ruas. Mas, além destas festas em espaço público onde todas as camadas da população tinham seu lugar, cumpria penetrar nos espaços privados e analisar as formas de diversão de pequenos grupos ou da própria Corte.

Organizavam-se bailes, banquetes, "assembleias ou partidas noturnas" nas quais as pessoas se distraíam com adivinhações, enigmas e outros jogos de salão. É de notar, à venda nos livreiros do Rio de Janeiro, toda uma produção livresca destinada a tais passatempos recreativos, além dos habituais jogos de cartas. Para dar aqui apenas um exemplo, um desses livreiros cariocas anunciava, na *Gazeta do Rio de Janeiro*, a obra *Passatempo honesto e familiar, ou quarenta e oito jogos de prendas*, "para passar divertidas as grandes noites, com diferentes sentenças adequadas para aumentar o divertimento". Voltarete, whist, bilhar, damas, gamão, eram os jogos mais apreciados nessas reuniões sociais.

A diversão urbana incluía ainda os espetáculos teatrais no recém-construído Teatro S.João, caracterizados por uma sucessão de entremezes, danças, comédias, dramas. Novidade eram também os banhos de mar, as "carreiras" na praia de Botafogo, os concertos de música instrumental, a exibição ao público de mecanismos com música e pequenas figuras que dançavam, ou representavam cenas. Para não falar das tradicionais folias do Espírito Santo durante a semana que antecedia a festa de Pentecostes, ou a queima de Judas no sábado de Aleluia.

A festa, a diversão, o lazer, são certamente temas relevantes de uma história da cultura mais abrangente do que era tradicionalmente aceito pelos historiadores na década de 70, familiarizados com uma história da cultura que se resumia à cultura escrita sem levar em conta as práticas culturais. Hoje é já comum, em relação à religião por exemplo, estudar as práticas religiosas de preferência ao discurso dogmático, mais a vivência cotidiana da religião do que a teologia dos profissionais da Igreja católica. As formas de religiosidade dos vários grupos sociais são atualmente estudadas através das irmandades, dos ritos, da posse de objetos religiosos (oratórios, bentinhos etc..), da oferta e consumo de livros de devoção, dos ex-votos oferecidos aos santos em agradecimento por uma graça em momento de perigo. Esta mudança que se observa hoje no estudo das práticas culturais religiosas não era visível na historiografia da cultura dos anos 70.

Quanto ao estudo da cultura explícita, devo dizer que foi a análise sistemática dos anúncios dos livreiros do Rio de Janeiro na gazeta local que me fez perceber a relevância da produção livresca para a compreensão do estado das ciências e das artes numa determinada sociedade, muito embora abundassem no início do século XIX obras religiosas como catecismos, novenas, livros de horas, diretórios, livrinhos de oração mental, livrinhos de Santa Bárbara, cujo preço acessível as colocava ao alcance da população alfabetizada.

Neste domínio da cultura importa em primeiro lugar atentar para a classificação das ciências então vigente, a fim de não transpor de uma forma anacrônica nossa classificação atual para o passado. A história da cultura científica não se preocupa mais apenas com a prefiguração das ciências hoje existentes, nem com os momentos geniais de criação científica. Leva a sério todas as áreas denominadas ciências na época em estudo, mesmo que elas hoje não existam mais. Detém-se nos momentos de glosa, de divulgação, de repetição didática.

Nas primeiras décadas do século XIX observa-se a ausência de fronteiras nítidas entre as ciências e as artes, muito embora deparemos por vezes com a distinção de que as primeiras se regem por *princípios* e as segundas por *regras*. As artes, por sua vez, distinguiam-se em Belas Artes e Artes Mecânicas. As primeiras englobavam aquilo que hoje denominamos literatura: Retórica, Poesia, Drama, História, Prosa romanesca (romances, contos e novelas). Estas categorias se aplicavam também aquela produção livresca que denominei, neste meu livro, "ciclo napoleônico", ou seja, os folhetos publicados entre 1808 e 1815, na metrópole como na colônia, e que satirizavam e atacavam o "terrível corso", seus generais, sua família e, finalmente, os franceses em geral. Lúcia M. Bastos P. Neves estudou recentemente estes folhetos em *As representações napoleônicas em Portugal: imaginário e política (c.1808-1810)*, tese de professora titular na Universidade do Estado do Rio de Janeiro.

Nesta primeira fase em que me dediquei à História da Cultura, na década de 70, não só procurei alargar o conceito de cultura a práticas culturais até então esquecidas pelos historiadores (alimentação, trajo, moradia, religiosidade etc..), como também descobrir todas as camadas constitutivas da cultura escrita, sem estabelecer entre elas uma hierarquia nem afirmar a supremacia de umas em relação às outras. Para esta atitude não valorativa muito contribuiu o desabrochar de uma nova área de pesquisa: a História do Livro e da Leitura. Datam dessa década os meus primeiros trabalhos numa área hoje tão desenvolvida. As minhas perguntas eram: Que livros estavam à disposição dos leitores no mercado carioca durante o período joanino? Quem subscrevia as obras publicadas na Impressão Régia do Rio de Janeiro? Enquanto os anúncios da *Gazeta do Rio de Janeiro* nos davam acesso à oferta livresca, as listas de subscritores apensas a algumas obras saídas dos prelos cariocas retratavam um público comprador que muito possivelmente era também um público leitor, como mostrei num artigo publicado em São Paulo, na *Revista de História*, em 1973, "Livro e sociedade no Rio de Janeiro (1808-1821)".

4 – Semelhanças e diferenças culturais

Meus estudos sobre o casamento, a família e as mulheres na sociedade colonial interromperam, na década de 80 e início da de 90, minhas análises de História da Cultura, mas a elas regressei recentemente, aprofundando as pesquisas sobre livros e leituras, sobre as instituições culturais, sobre a cultura oral reproduzida parcialmente na documentação inquisitorial que nestes últimos anos pude ler mais demoradamente em Lisboa.

E um novo livro surgiu: *A cultura luso-brasileira. Da reforma da Universidade à independência do Brasil* (Lisboa, Estampa, 1999). O que pretendia eu mostrar? Fundamentalmente que o nacionalismo historiográfico, herdado do século XIX, obliterara um fato: a elite culta da metrópole e da colônia, sobretudo depois da reforma pombalina da Universidade de Coimbra e da criação da Academia Real das Ciências de Lisboa, não só transitava facilmente de um para outro lado do Atlântico como praticamente recebia a mesma formação e fazia as mesmas leituras. O conceito de *nação* era então inexistente; só vigorava o de *pátria* enquanto local de naturalidade.

A própria política da Coroa portuguesa contribuiu para essa homogeneidade cultural. Ao contrário das colônias espanholas na América, o Brasil não teve universidade nem imprensa. Esta só surgiu em 1808, quando as circunstâncias europeias assim o exigiram; aquela teve de esperar pois só uma Academia Médico-Cirúrgica foi criada no período joanino. Consequentemente, naturais do Brasil e reinóis estudaram na mesma universidade e leram os mesmos compêndios universitários. No que se refere à leitura, a única diferença assinalável entre uns e outros seria de ordem quantitativa, na medida em que menos livros chegaram à colônia do que aqueles que eram publicados em Lisboa ou no Porto. As bibliotecas coloniais eram seletivas e profissionais, constituindo instrumentos de trabalho para magistrados, médicos, cirurgiões, militares, eclesiásticos. Não eram espaços de lazer nem serviam para proporcionar distração nos momentos de ócio.

Tem havido a preocupação de quantificar a presença de estudantes naturais do Brasil na Universidade de Coimbra, de verificar suas capitanias de origem e de analisar os cursos por que optaram. Mas ninguém até hoje apresentou números sobre aqueles que iniciaram sua carreira profissional na metrópole ou mesmo por lá ficaram toda a vida. Chegou também o momento de tentar desvendar a vida estudantil, sobretudo a convivência resultante de uma moradia conjunta, em grupos de estudantes provenientes das mais variadas regiões. Do ponto de vista cultural, essa sociabilidade contribuía para a difusão de ideias e de práticas, algumas delas mal vistas pela Inquisição de Coimbra, como não assistir à missa ou comer carne em dias de jejum. A suspeita de libertinagem e de heresia recaía frequentemente sobre essas repúblicas de estudantes, onde conviviam reinóis, ilhéus e coloniais, como mostra o processo de Antônio de Morais Silva.

Além desta sociabilidade universitária há que ressaltar ainda o fato de os novos bacharéis naturais do Brasil iniciarem suas carreiras profissionais na metrópole, sobretudo os magistrados, mas também os "filósofos", ou seja os naturalistas, como Alexandre Rodrigues Ferreira e José Bonifácio de Andrada e Silva, e os médicos como Francisco de Melo Franco. A mobilidade geográfica desta elite bacharelada ajudou à homogeneidade cultural, tanto mais que os reinóis também permaneciam longos anos no Brasil, ocupando os cargos para que tinham sido designados.

Uma outra instituição contribuiu para essa homogeneidade cultural: a Academia Real das Ciências de Lisboa, que acolheu memórias e estudos dos seus correspondentes na colônia, ou daqueles coloniais que residiam no Reino. Muitos desses trabalhos acadêmicos foram publicados pela Academia que soube criar veículos de divulgação para suas três classes: Ciências da Observação, Ciências do Cálculo e Belas Letras. O grupo de acadêmicos naturalistas e médicos foi sem dúvida o mais prolífico e nele desempenharam papel importante os naturais do Brasil. Quando, em 1815, esta instituição passou a ter uma única publicação para todas as classes, a *História e Memórias*, eram 14 os sócios correspondentes no Brasil: 7 no Rio de Janeiro (então sede da Corte), 3 na Bahia, e 1 em cada uma das seguintes capitanias: S.Paulo, Mato Grosso, Ceará e Pernambuco.

A presença da Corte no Rio de Janeiro teve como consequência não só a duplicação das instituições administrativas como também a das instituições culturais, o que fortaleceu a homogeneidade científica. Surgiram a Academia Militar, a Academia dos Guarda-Marinhas, a Academia Médico-Cirúrgica e a Biblioteca Pública, sobre a qual apareceu recentemente um interessante estudo coordenado por Lília Moritz Schwarcz, *A longa viagem da Biblioteca dos reis*, e publicado em 2002.

Mais ainda do que no Reino, o saber tecno-científico dos engenheiros militares foi frequentemente posto em prática no Brasil pós-pombalino com a criação de novas vilas e povoações na Amazônia, em Mato Grosso, no Piauí e em S.Paulo. A urbanização das cidades muito deveu a esses profissionais, pois a atividade dos arquitetos dependia mais dos mecenas da primeira nobreza, ou mesmo dos negociantes endinheirados de Lisboa, que os contratavam para a construção de seus palácios e palacetes. O saber médico também desempenhou um papel mais relevante na colônia na resolução de problemas de saúde pública, sobretudo em relação aos escravos com a imposição da quarentena e depois com a vacinação obrigatória, com a criação dos Hospitais Militares, com a discussão das sepulturas nas igrejas. Assim não é possível estudar a cultura colonial sem levar em conta e sem aprofundar a participação destes dois grupos de profissionais.

Neste meu último livro sobre temas culturais prestei mais atenção do que em trabalhos anteriores à formação do clero secular, às formas de religiosidade popular e ao mesmo tempo, através da documentação inquisitorial, à irreligiosidade que transparecia nas conversas em âmbito privado, ou mesmo em espaços públicos como as boticas. Recuperei assim uma cultura oral de caráter libertino à qual não teria acesso sem os interrogatórios do Santo Ofício em Lisboa. Através da mesma documentação, cheguei à divulgação dos ideais maçônicos entre os coloniais e à sua iniciação em lojas de Lisboa, como foi o caso do mineiro Joaquim José Vieira Couto, irmão do conhecido naturalista José Vieira Couto.

Aprofundei a questão do comércio de livros, feito a partir de Lisboa e Porto, através da análise das listas de obras enviadas pelos livreiros às autoridades censórias do Reino antes de seu embarque para a colônia. Por outro lado, a mesma documentação da censura existente na Torre do Tombo serviu para conhecer o conteúdo das bibliotecas particulares que transitavam com seus proprietários de um para outro lado do Atlântico, chegando assim muito mais rapidamente a conclusões que só o estudo aturado de grande massa de inventários post-mortem possibilitaria.

Com a chegada da Corte, o número de mercadores de livros aumentou no Rio de Janeiro, e mesmo em Salvador, e a publicação de gazetas nas duas principais cidades brasileiras deu a conhecer não só a produção das tipografias locais como as obras importadas que se encontravam à venda, com a indicação de seus preços e formato, permitindo assim chegar a conclusões quanto ao caráter vendável de tais obras.

Não deixei de lado como no livro anterior a cultura política, em primeiro lugar a da ilustração e depois aquela que possibilitou o movimento constitucional. Os ministros ilustrados acentuavam a necessidade de uma coleta de informações através da elaboração de vários tipos de "mapas": dos habitantes e das suas ocupações, da importação e exportação, das produções de cada capitania, dos preços correntes dos gêneros etc.. A política ilustrada era racional, procurava tomar as decisões corretas assentes em conhecimentos variados. Se tomarmos D.Rodrigo de Sousa Coutinho como expoente dessa cultura política, vemos que defendia, nas instruções ao nomeado governador da Paraíba, a adoção de "princípios luminosos de administração" que conduzissem ao aumento das culturas e do comércio e para isso havia que "naturalizar no Brasil" todos os produtos que se extraíam de outros países. Foi a racionalização da produção que o levou a defender "a reciprocidade entre a metrópole manufatureira e a colônia agricultosa".

Enquanto no Brasil se procedia a uma coleta intensiva de informações por iniciativa de ministros ilustrados como D.Rodrigo de Sousa Coutinho, em Portugal procurava-se divulgar, por meio de traduções e de edições de textos técnico-científicos, o saber necessário aquelas áreas responsáveis pela riqueza das nações: agricultura, manufaturas, mineração. Essa atividade editorial, desenvolvida principalmente pela Tipografia Calcográfica e Literária do Arco do Cego, dirigida pelo naturalista fr. José Mariano da Conceição Veloso e com muitos colaboradores coloniais, repercutiu no Brasil pois exemplares dessas obras foram enviados aos governadores para sua divulgação, e mesmo distribuição gratuita em alguns casos, nas respetivas capitanias.

A cultura política da ilustração não visava a abolição do Antigo Regime; pelo contrário, procurava aperfeiçoá-lo mediante uma racionalização administrativa, resultado de um maior conhecimento das ciências e das artes por parte dos funcionários régios. Já a cultura política do constitucionalismo monárquico assentava nos conceitos de Constituição, de separação de poderes e de representação, e exigia todo um aparato conceptual que importava discutir e divulgar tanto em Portugal quanto no Brasil. Nessa discussão e divulgação participaram novos periódicos, bem diferentes das tradicionais gazetas, e folhetos de poucas páginas mas repletos de definições, alguns mesmo adotando a forma didática de "catecismos políticos". Não se tratava de grossos tratados de doutrinas políticas, pois estas se tornavam desnecessárias quando já havia várias Constituições em vigor: além da inglesa, a mais antiga, a dos Estados Unidos, a de Cádiz de 1812 e a francesa de 1814. Importava apenas discutir as diferenças entre os vários modelos constitucionais e optar por um deles. À cientificidade da política ilustrada sucedia agora o pragmatismo político do novo constitucionalismo.

Conclusão

História das Ideias, História do Pensamento, História das Mentalidades, História Intelectual, Arqueologia do Saber, constituem domínios da pesquisa histórica que se diferenciam da História da Cultura na medida em que este termo cultura adquire um significado mais amplo do que simplesmente a cultura escrita, procurando incorporar práticas transmitidas pela tradição oral. Foi nesta acepção que utilizei a expressão em meus trabalhos mais recentes.

Os historiadores anglo-saxões utilizam de preferência as expressões História das Ideias e História Intelectual, embora nos últimos anos se tenham consolidado os *Cultural Studies* que se aproximam mais do que entendo por História da Cultura. Os historiadores franceses preferem usar História do Pensamento, História das Mentalidades ou, depois de Michel Foucault, Arqueologia do Saber. Joaquim Barradas de Carvalho, talvez por se dar conta da ambiguidade do termo *mentalidade*, usava na década de 70 preferencialmente a expressão História do Pensamento.

E eu fazia o mesmo nessa época, embora começasse já a incorporar o conceito antropológico de cultura. É certo que este conceito é definido diferentemente pelos antropólogos desde Tylor até Lévi-Strauss, mas todos eles enfatizaram o fato de os membros de uma sociedade, seja ela qual for, herdarem das gerações que os precederam um conjunto de práticas, de fórmulas, de regras, que orientam sua conduta nessa sociedade, e a isso eu chamei *cultura implícita*. O conceito de cultura deve ser suficientemente amplo para incluir, além das ciências, das artes e das filosofias, as técnicas culinárias, as práticas vestimentárias, as formas de moradia, os tipos de lazer, as atitudes religiosas, as regras de conduta, os sistemas de parentesco e de casamento.

Joaquim Barradas de Carvalho procurava uma *especificidade* da cultura portuguesa renascentista, aquilo que a distinguia de suas contemporâneas. Eu me debrucei sobretudo sobre a cultura da colônia na segunda metade do século XVIII e primeiras décadas do XIX, e sem duvida me interroguei sobre as mutações sofridas pela cultura portuguesa em solo americano. O problema teórico era o mesmo: o que são culturas distintas e o que são variantes de uma mesma cultura?

Clyde Kluckhohn indicou um caminho em *Culture and Behavior*: seguir o critério dos linguistas na distinção entre *língua* e *dialeto*. Assim, quando as pessoas de dois grupos, apesar de variações perceptíveis em aspectos do seu estilo de vida, partilham contudo pressupostos básicos em número suficiente para permitir a comunicação, no sentido lato deste termo, então as suas culturas são apenas variantes de uma única cultura.

Não há dúvida de que a cultura da colônia é uma variante da cultura da metrópole, tal como esta era uma variante da cultura europeia. Oposição de culturas, ou seja, intradutibilidade de culturas, observava-se apenas em relação às culturas indígenas e africanas e daí o esforço colonial para as dominar, eliminando-as.

Para Barradas de Carvalho no seu estudo sobre o renascimento português estas questões não se colocavam, mas a sua obsessão, digamos assim, era descobrir o que de diferente havia no pensamento português dessa época que o distinguisse do pensamento europeu contemporâneo. Questão difícil à qual consagrou mais de uma década de sua vida e para a resolução da qual era dotado das melhores qualidades de um pesquisador: curiosidade, paciência, imaginação e inteligência argumentativa. É com saudade que recordo o entusiasmo com que expunha sua tese, entusiasmo contagiante que nos levava a desejar passar pela mesma experiência.

ALÉM DAS PALAVRAS: O NOVO MUNDO E O CONCEITO DE PARAÍSO

Maria do Rosário Pimentel[1]

A minha aproximação à obra de Barradas de Carvalho começou em Coimbra quando, ainda aluna do curso de História da Faculdade de Letras, li *Da História-Crônica à História-Ciência*. Outros dos seus livros se seguiram; mas, suspensa das suas palavra fiquei quando, mais tarde, li e reli por diversas vezes o artigo *Por uma nova História do Pensamento*, atraída pela complexidade dos processos mentais. Mergulhei nesse mar profundo e consolidei sensibilidades que hoje orientam o meu olhar, na procura do sentido e da explicação possível dos fatos históricos. Diz-nos Barradas que "os homens são o que podem ser, pensam o que podem pensar, são livres na medida do século, podemos mesmo dizer que fazem a sua própria história, mas não esqueçamos: na medida do século, ou, se quiserem, nas condições dadas e herdadas do passado". Nesse sentido, realça a importância do estudo da utensilagem mental das diferentes épocas e evidencia a «história dos conceitos, ou mesmo a pré-história dos conceitos-chave, dos conceitos-base, que estão na raiz das filosofias ou dos sistemas de ideias». Isto é, uma história do pensamento "profunda, subterrânea, inconsciente, anônima" em

---

[1] Faculdade de Ciências Sociais e Humanas, Universidade Nova de Lisboa.

que os conceitos são as personagens. "Os Galileus não são livres. A vaga subterrânea é tão forte que os obriga, às vezes, até a serem heróis e mártires...".[2]

E estas palavras de Barradas de Carvalho rasgaram caminhos à nossa intuição, na aprendizagem de um mundo incógnito, que vai sendo construído, no rasto do tempo.

Com que sonha o Homem?

Que ansiedades o movem no percurso da História?

A felicidade, como contraponto de um quotidiano, talvez seja aqui uma palavra plena de sentido. E a ideia de paraíso, não sendo um patrimônio exclusivo do mundo ocidental, tem sido um lugar constante de referência à felicidade. Tanto está presente nas expressões cristãs como nas pagãs, terrenas ou além-túmulo, nos mitos e utopias, nas histórias sobre estados ideais e deliciosas moradas descritas em textos e representações pictóricas. Constitui uma ambição comum a todos os povos, seja qual for a sua cultura ou grau de civilização e acicata a imaginação de qualquer um, no constante desafio de atualização e construção de imagens adaptadas a novas circunstâncias.

Na sua primeira acepção, o vocábulo paraíso significa jardim; local privilegiado que reflete um mundo organizado em contacto com uma natureza exuberante e diversificada, real ou fictícia, plena de beleza, onde existem equilíbrio, bem-estar e paz; o apelo aos sentidos é uma constante, sendo tudo preenchido de cor, prazer, sabor e perfume. Os elementos água e árvore surgem mencionados de modo significativo, simbolizando fonte de vida e de alimento corporal e espiritual; as pedras e metais preciosos, muito em destaque, transmitem não tanto a riqueza material como um valor moral. Nesta terra fértil, o homem vive em harmonia com a natureza, numa felicidade perpétua, sem tristeza, nem medos, nem doença, nem velhice ou morte; implícita está também a ideia de imutabilidade e de longevidade associada, por sua vez, à ideia de perfeição, convergindo todos estes elementos para a noção de maravilha por vezes aliada a uma dimensão fantástica, conotada com ideias religiosas.

Na cultura ocidental, a noção de paraíso condensa em si a herança dos mitos da Antiguidade Clássica e das crenças judaico-cristãs. Os mitos da Idade do Ouro, da Atlântida, das Ilhas Afortunadas e as descrições de lugares ideais, como no caso dos

---

2 CARVALHO, Joaquim Barradas de. *Portugal e as origens do pensamento moderno*. Lisboa: Livros Horizonte, 1981. p. 27-30.

Campos Elísios, irão influenciar traços definidores de posteriores mundos paradisíacos.³ Deverão igualmente ser lembradas as fabulosas descrições de jardins, presentes nas antigas culturas orientais, cujos célebres jardins suspensos da Babilônia são o exemplo mais significativo. Na epopeia de Gilgamesh, de que existem versões desde o segundo milênio a. C., o jardim dos deuses era um desses lugares de ímpar beleza: dos arbustos pendiam folhas espessas de lápis-lazúli e havia "o fruto da cornalina com a vinha pendente"; em vez de "espinhos e cardos havia hematita e pedras raras, ágata e pérolas do mar". Tudo se situava numa montanha de cedros, à beira-mar, junto à embocadura dos rios. O jardim dos deuses "era suave de ver".⁴

No texto bíblico, encontramos a visão paradisíaca nas referências ao jardim do Éden, à Terra Prometida e ao Paraíso. O jardim do Éden, situado na terra, simboliza o mundo idílico que o homem perdeu com a desobediência à vontade divina. Era um jardim exuberante onde existia toda a espécie de árvores agradáveis à vista e saborosas ao paladar e entre elas a árvore da sabedoria, isto é, a árvore do conhecimento do bem e do mal.⁵ Profusamente irrigado por quatro braços de um rio, dos quais derivam o Tigre e o Eufrates, ali estavam presentes todas as espécies animais bem como os metais preciosos, em especial o ouro. Quanto à Terra Prometida, recompensa destinada por Deus ao povo eleito, localizava-se também na terra, na Palestina, e era um lugar bom e espaçoso abundante em leite e mel. O Paraíso, pelo contrário, surge situado na esfera do além, apenas ao alcance dos bem-aventurados, após a morte. Distinguia-se pela luminosidade e pelas construções em metais nobres e pedras preciosas; a cidade era de ouro puro e a muralha de jaspe assentava em pedras preciosas de toda a espécie: safiras, rubis, topázios, esmeraldas; possuía doze portas e cada uma constituída por uma só pérola. A árvore da vida, que dava frutos doze vezes por ano, encontrava-se no jardim celeste, irrigado por um rio límpido como cristal. Era a morada de Deus e nada ali entrava de impuro, nem nunca a noite caía.⁶

---

3   PIMENTEL Maria do Rosário; SANTOS, Maria do Rosário Laureano. O paraíso e o conceito de representação, apresentado nos II Encontros Interdisciplinares e da F.C.S.H. – O conceito de representação. Lisboa, 1996. (no prelo).

4   Epopeia de Gilgamesh. Trad. de Pedro Tamen. Lisboa: Edições António Ramos, 1977. p.75.

5   *Gênesis*, 2, 8-15. A "árvore do conhecimento do bem e do mal", que encerra a condição da imortalidade e a que se liga a desobediência humana, é um elemento específico das descrições bíblicas.

6   *Êxodo*, 3, 7-9. *Apocalipse* 21, 22.

Em qualquer dos casos referidos, a noção de paraíso liga-se a um lugar afortunado que podia ser alcançado na vida ou na morte, na terra ou no além, mas apenas acessível àqueles que são capazes de o merecer, ultrapassando o caminho das provações. Nestas descrições, que posteriormente se reúnem por vezes numa só, o texto religioso cruza com o imaginário pagão, na gênese da noção de paraíso nas suas formas judaico-cristãs. Todavia, o conjunto de referentes ao conceito de paraíso, que vai tomar formas específicas consoante as épocas e os autores, nem sempre é utilizado de um modo explícito; cabe ao leitor reconhecer através da sua representação a noção de paraíso que lhe está subjacente.

Nas sociedades europeias, o mito da existência do paraíso terreal atuou de forma vincada no imaginário coletivo, tendo adquirido grande popularidade até à Época Moderna. Posteriormente, a noção de paraíso primordial localizado na terra diluiu-se; mas o sonho permaneceu, operante no inconsciente de amplos sectores da população, na nostalgia de um paraíso perdido mas não esquecido, talvez ainda recuperável, na dimensão de um tempo cíclico ou de um tempo escatológico. A cartografia medieval ao registrá-lo, durante séculos, nas representações do mundo, contribuiu para alimentar o mito. A convicção de que subsistia ainda, apesar de inacessível, veio aumentar a pretensão de que era possível chegar até às regiões afortunadas que lhe estavam próximas, as quais podiam ser alcançadas por homens audazes. Eram terras abençoadas que beneficiavam da mesma influência prodigiosa, de igual riqueza, beleza e doçura. A expectativa perpassa ao longo da história das grandes viagens de descobrimento, estimulando a imaginação dos povos, ora com o desejo de partir, ora deixando a nu receios e limitações da vontade humana, dado que o paraíso se localizava além de terras e mares cheios de perigos, quase inultrapassáveis. Segundo a literatura que o definia, ficava situado em lugares estratégicos que o preservavam do resto do mundo, numa ilha ou num lugar a grande altitude, onde nem nuvem, nem vento, nem tempestade podiam chegar, resguardado por uma barreira de fogo ou por um mar imenso de água ou areia, só podendo ser contemplado pelos justos e virtuosos.

Até ao século XV, a maior parte das cartas geográficas colocam-no a Oriente; num Oriente confuso que, à medida que o conhecimento geográfico foi progredindo, se afastou cada vez mais, até desaparecer. Mas os geógrafos não eram unânimes quanto à sua localização. Inúmeras ilhas fantásticas de felicidade mítica surgem também assinaladas em pleno oceano Atlântico, envoltas em lendas diversas. Uma dessas ilhas, cuja existência remonta a antiga mitologia céltica com o nome de Hy Brysail, é conhecida pelos nomes de

Brazil ou Bracil – espécie de Atlântida, primeiro emersa e depois submersa pelas águas.[7] Aqui reside uma possível explicação para o nome do território hoje conhecido por Brasil, que tanto pode ter origem na árvore tintureira que a expedição de Cabral aí encontrou, como na designação desse lugar mítico que significa "ilha encantada" e que aparece escrita sob diversas formas – Brazi, Brazil, Brazir, Bracil ou Brazill – até meados do século XVI. Curiosamente, Pêro Vaz de Caminha, imaginando estar na "ilha de Vera Cruz", redige no dia 1 de Maio de 1500, a primeira notícia sobre a *terra brasilis*.

Também Cristóvão Colombo, no decurso das suas viagens, acreditava estar a navegar nesse mítico universo insular. No regresso da sua segunda viagem, anuncia ao papa ter encontrado as riquíssimas terras do país de Ofir: "essa ilha – escreve – é a mesma que Tarsis ou Cethia ou Ophir ou Phaz ou Cipangu, e chamamos-lhe l'Espagnole".[8] Ao realizar a sua terceira viagem, quando desembarcou na foz do rio Orenoco, na América do Sul, convenceu-se de que estaria muito próximo do paraíso terrestre de tal modo se conjugavam ali, sob o seu olhar, as características paradisíacas apresentadas por "todos os santos e bons teólogos". Colombo navegava em busca do grande Oriente e acreditava que o paraíso terreal se localizava nessa parte do mundo, segundo as informações que colhera nas obras de Pierre d'Ailly e de Brunetto Latini. Posteriormente, teve de se persuadir de que afinal não tinha chegado às Índias, mas mostrou-se convicto de ter alcançado as imediações do paraíso: "estou intimamente convencido de que é lá que se encontra o paraíso terrestre".[9] Seria talvez, como salienta Daniel J. Boorstin, a única explicação racional capaz de conciliar a sua fé cristã com a geografia ptolemaica, com a existência da vasta fonte de água doce que era o rio Orenoco, com a identificação asiática da ilha de Cuba e a certeza de uma passagem para o oceano Índico.[10]

Os primeiros viajantes para o Novo Mundo seguem assim a tradição da mítica busca, empreendida pelos seus fantásticos predecessores medievais: por Santo Amaro ou, sobretudo, por São Brandão, o santo irlandês do século VI, cognominado o Navegador, que, convencido de que a terra da promissão se deveria encontrar perdida no Atlântico,

---

7 CORTESÃO, Jaime. *Obras Completas*. vol. XXIV. Lisboa: Livros Horizonte. p. 297-298. PEREIRA, Armando da Câmara, *Ciência e mito nos descobrimentos (ensaio iconológico sobre cosmografia e cartografia)*. Açores: Secretaria Regional da Educação e Cultura, [s.d.]. p.87-88.

8 Cit. in DELUMEAU, Jean. *Uma história do paraíso*. Lisboa: Terramar, 1992. p.130.

9 *Idem*, p.70.

10 BOORSTIN, Daniel J. *Os descobridores*. Lisboa: Gradiva, 1994. p. 228.

foi o primeiro a navegar rumo a Ocidente para chegar ao mítico lugar, tradicionalmente colocado a Oriente. A ilha de São Brandão, caracterizada por inultrapassável fertilidade, conservou-se na representação cartográfica e exerceu a sua influência na mentalidade da época das grandes viagens oceânicas.

Dentro destes horizontes mentais, procuraram os descobridores interpretar as novidades que, arroladas aos sentidos, diante de si tinham. Viagens e progressos do conhecimento foram, a pouco e pouco, dando ao "mundo a forma que o mundo tem"; mas as imagens paradisíacas, os mitos estabelecidos eram ainda uma referência importante. Apesar de muitas das ideias feitas serem sistematicamente destruídas pela observação e pela experiência, a atitude perante o que de novo se ia descobrindo, parece ser, em pleno século XVI, profundamente ambígua; o século guardava numerosos produtos de fantasia que desempenharam uma influência considerável sobre os espíritos, determinando a apropriação cultural das informações recebidas.

Carregado de diversidade e inovação, o Novo Mundo surgiu no universo europeu, desafiando certezas estabelecidas e apelando à imaginação. Algumas das categorias mais vulgares na Europa para classificar os habitantes desse mundo eram, inclusive, inaplicáveis a homens que nada tinham de monstruoso e cuja ausência de pelos tornava difícil a sua identificação com os homens selvagens da tradição medieval; nem sequer eram negros ou mouros, os grupos mais conhecidos dos europeus. Nestas circunstâncias, era natural que estes procurassem decifrar aquela confusa realidade, tendo como referência o paraíso ou a idade de ouro da Antiguidade Clássica. Seriam os índios, agora descobertos, aqueles homens felizes, últimos descendentes de uma primeira humanidade que, ocultos do olhar de todos os outros, ainda conservariam o viver simples dos primórdios?

A descoberta da América e da entidade humana brasileira, que mais do que qualquer outra se encontrava num estádio primitivo de civilização, deu novo alento a desejos antigos. E o velho mito do encontro com uma humanidade ainda em estado puro, que os grandes vultos do saber tradicional, como Santo Isidoro de Sevilha ou S. Tomás de Aquino localizavam nas paragens orientais, foi sendo, progressivamente, transferido para o Brasil. A novidade parecia vir ao encontro de ansiedades sentidas no seio do Velho Mundo, onde a insatisfação vivida pela instabilidade política, social e religiosa encontrou expressão no desejo de um retorno a um mundo melhor. Neste contexto, a nostalgia do Éden, o regresso a uma mítica idade do ouro, ou a uma combinação sonhada destes dois mundos, tornaram-se extraordinárias forças atuantes; e o recém-descoberto continente transformou-se em terreno fértil onde o europeu projetou as suas angústias, interpretando a nova terra segundo os seus anseios.

Perante a adversidade do quotidiano, era natural que aí fossem procurados indícios de que ainda era possível estabelecer uma sociedade não corrompida pelos vícios europeus. A ânsia orientou olhares e expôs os relatos de viajantes e colonos às mais diversas interpretações. O humanista italiano Pedro Mártir, um dos primeiros divulgadores de uma América feita de ideais, refere já os índios como um povo que vivia sem pesos nem medidas e sem "o pestilento dinheiro, semente de tantos males". A tradição clássica surge como referência inevitável, mas acompanhada de uma advertência do autor onde se vislumbra uma noção renascentista de história: "Se não tivéssemos medo da verdade, diríamos que parecem mover-se num "mundo de ouro" do qual os antigos escritores tanto falam: onde os homens viviam simples e inocentemente, sem a obrigação de leis, sem zangas ou calúnias, bastando-lhes satisfazer a natureza, sem receios devidos ao conhecimento de coisas que estão para acontecer".[11] Os mitos antigos pareciam vir reforçar a interpretação da realidade.

Inocência, fertilidade, abundância, tranquilidade, harmonia, qualidades que se mostravam tão inacessíveis na Europa, eram ansiosamente procuradas no quadro descritivo desse mundo feito de promessa. O regime comunitário, a ausência de estado, de propriedade, de hierarquia social, a religião natural e a liberdade moral são alguns dos traços frequentemente invocados a propósito dos índios e que irão ser transpostos para as discussões filosóficas que lavravam numa Europa de contestações sociais e crises de consciência. Mais ou menos idealizada, a América irrompe na dinâmica do pensamento ocidental como um desafio à sua própria transformação. Em curso, estava também o processo de invenção do mundo americano. As imagens daí resultantes são fundamentais para a compreensão dessa interação feita de transformações entre um novo mundo disponível para ser preenchido pelo imaginário e um velho mundo onde não só a desilusão e o cansaço institucional se faziam sentir, mas também necessitava de ajustamentos mentais para incorporar a novidade. Nesse jogo de apreciações, confrontos e comparações, interesses e intenções edificaram-se e reconverteram-se conceitos entre a óptica política, religiosa e literária.

Mas seria de fato o Novo Mundo inocente e próspero?

---

11   Cit. in ELLIOTT, J. H. *O Velho Mundo e o Novo (1492-1650)*. Lisboa: Editorial Querco, 1970. p.39.

Não era fácil contornar o peso da tradição nem do imaginário e Cristóvão Colombo não foi o único a sentir esse deslumbramento junto às terras americanas encontradas além do mar Atlântico, o grande guardião do espaço. Pêro Vaz de Caminha e Américo Vespúcio, a quem se devem dois dos primeiros documentos sobre o Brasil,[12] também se serviram de tópicos da literatura paradisíaca para noticiar o Novo Mundo. Caminha, na *Carta de Achamento*, apesar de não fazer referência ao paraíso terreal, exibe algumas características descritivas que estabelecem um elo com a visão do paraíso primordial da Bíblia: ar saudável, águas abundantes, terra fértil, clima ameno e muito agradável, abundância e beleza da vegetação, opulência do mantimento. Caminha junta a esta descrição aquela que faz dos indígenas que, sendo "gente bestial", não conhecedores nem de lei nem de religião, são simples, bons e de uma inocência tal que "a de Adão não seria mais quanta em vergonha".[13]

Por sua vez, Américo Vespúcio, na carta vulgarmente conhecida por *Mundus Novus*, dirigida a Lourenço de Médicis, caracteriza o Brasil como "terra amena, coberta de árvores em número infinito e altíssimas, que não perdem as folhas, espalham odores suaves e aromáticos, estão carregadas de frutos saborosos e bons para a saúde do corpo; os campos de erva densa estão repletos de flores maravilhosas que espalham um perfume delicioso; a imensa multidão dos pássaros de espécies variadas, com as suas plumagens, as cores e os cantos desafiam toda a descrição". E acrescenta: "Pensava comigo estar junto do Paraíso terrestre".[14]

Quanto aos habitantes que encontra ao longo da viagem, Vespúcio classifica-os, de uma forma geral, de inocentes, bondosos, corteses, hospitaleiros, qualidades que permitiram aos europeus uma convivência mais próxima durante vários dias. Salienta ainda que viviam num regime comunitário, sem rei nem império, ignorando a propriedade, a moeda e o comércio; gozavam de uma liberdade moral completa, não tinham religião e a sua idade alcançava, em média, cento e cinquenta anos. O ar, temperado e são, não transmitia

---

12 A *Relação do Piloto Anônimo* é contemporânea da Carta; faz uma descrição dos índios idêntica à de Caminha, mas mais reduzida. Ao contrário da *Carta*, teve logo honras de publicação ao ser integrada em 1507 na coleção de viagens publicada por Montalboldo e, em 1550, nas *Navegações e Viagens* de Ramúsio.

13 Carta de Pêro Vaz de Caminha. In: *O reconhecimento do Brasil*. Lisboa: Publicações Alfa, 1989. p.25.

14 Cit. in DELUMEAU, Jean. ob. cit. p.135. Esta carta foi amplamente divulgada em várias línguas.

contágio e quando, por acaso, alguém adoecia, era logo tratado com raízes de certas plantas.[15] O seu discurso registra, no entanto, pela primeira vez, uma nota negativa: denuncia a antropofagia dos índios, descrevendo alguns pormenores dessa prática " tão bestial e desumana" que, sob os olhos da tripulação, vitimou alguns companheiros. Mas, não obstante este aspecto chocante, os ingredientes edênicos vão surgindo de tal forma ao longo do texto que são suficientes para reproduzir uma imagem deslumbrante daquele mundo e humanidade. Independentemente das dúvidas sobre a autenticidade dos textos de Vespúcio, pode imaginar-se a repercussão destas afirmações em certos círculos culturais europeus, sobretudo quando já existiam condições para as aceitar como tal.

A imagem do índio brasileiro que, apesar de ser "gente bestial", como refere Caminha, transmite simplicidade, inocência, bondade e sociabilidade, rapidamente se dissipou com um maior contacto. As primeiras descrições surgem no turbilhão das novidades e do espanto e existe sobretudo a preocupação de expor a singularidade dos povos e dos costumes; a leitura é imediata, superficial e parcelar, de acordo com os aspectos que ressaltam dessa aproximação inicial. Um conhecimento mais profundo conduziu à dúvida que a experiência e as amargas dificuldades do quotidiano ditavam. Em destaque, surgem então traços que, nada tendo de paradisíaco, são até considerados diabólicos; frequentes passam a ser as alusões à crueldade, aos instintos bélicos, à antropofagia e a outros costumes abomináveis na perspectiva europeia.

Inversamente à caracterização do meio geográfico, onde são mais frequentes os índices edênicos, a apreciação e qualificação do homem foram fortemente marcadas pelo confronto de civilizações e choque de culturas. Não há dúvida que a chegada de Cabral ao território brasileiro indiciou significativas alterações nos quadros mentais dos europeus, mas estas não se verificaram logo nos primeiros contactos e a noção de alteridade só mais tarde viria a aparecer. O próprio meio e recursos naturais não ofereciam aos europeus uma existência fácil e de enriquecimento rápido; sob a ilusão de uma exuberância espontânea, exigiam esforço e perseverança a quem ali quisesse organizar qualquer forma de econômica e pressupunham a colaboração do elemento indígena. Tudo ajudou à construção de imagens da terra; e o Novo Mundo surge, em simultâneo, inocente e acolhedor, mas não menos adverso e perigoso. Consoante os autores, o teor das descrições

---

15 Cartas de Américo Vespúcio a Pedro Soderini. In: *Coleção de Notícias para a História e Geografia das nações ultramarinas*. A. R. C. T. II. Lisboa, 1812. p. 144-148.

vai mudando, por entre testemunhos favoráveis ou opiniões negativas e os traços paradisíacos cruzam com o recorte infernal nas imagens que vão sendo dadas.

Na literatura portuguesa sobre o Brasil, o tema da inocência alterna com o da bestialidade logo desde o início do descobrimento e povoação. Um dos aspectos mais destacados é a aparente disponibilidade encontrada no ameríndio para aceitar a pregação do Evangelho e se converter ao cristianismo. Caminha e seus companheiros já tinham deixado no ar a ideia de uma certa facilidade da missão apostólica ao mencionar o índio como gente simples e boa pelo que previa a possibilidade de uma conversão rápida. A ideia corre também nas Índias Ocidentais espanholas onde o dominicano Las Casas apresenta os índios como "tábuas rasas" nas quais a fé podia ser facilmente inscrita. Em 1549, dando cumprimento à sua missão apostólica, o primeiro grupo de jesuítas chega ao Brasil com a esperança de o transformar na terra dos seus empreendimentos. Padre Manuel da Nóbrega, que dirige a missão, comunga daquele entusiasmo e expressa que todos os índios demonstravam grande vontade em se converterem. A ilusão, porém, durou pouco tempo; ao contrário do que pensavam viajantes e missionários, num primeiro momento, as garantias religiosas eram ali pouco certas. Bastante receptivos às novidades, os índios dificilmente perdiam os seus hábitos ancestrais; em 1556, o desânimo já era evidente nas palavras de Nóbrega: "são tão bestiais, que não lhes entra no coração cousa de Deus". E acaba por confessar que os jesuítas, que tinham ido para o Brasil convencidos de que os iriam converter a todos numa hora, constatam que "não podem converter um único em um ano, por sua rudeza e bestialidade". Fato que não punha em causa a sua missão; pelo contrário, se esses selvagens eram tão "bestiais" enquanto os europeus tão "políticos e avisados", isso dependia unicamente das condições em que tinham sido criados[16]. O que transformava o seu magistério na ação civilizadora da natureza dos índios.

Os jesuítas, ao tentarem integrar do índio num quadro tipicamente europeu, ocuparam-se dele como homem capaz de um comportamento moral e deixaram muitas e interessantes observações a seu respeito. Salientaram-lhes a valentia, a generosidade, o sentido de família, o desapego aos bens materiais que foi um dos fatores que mais impressionou o europeu e deu azo a várias interpretações. Estas qualidades, todavia, não foram suficientes para atenuar a dimensão de seus "bestiais costumes" como a antropofagia, a poligamia, a feitiçaria e a crendice. Defeitos que se opunham à religião católica e

---

16 "Diálogo sobre a conversão do gentio". In: NÓBREGA, Manuel da. *Cartas do Brasil e mais escritos*. Coimbra: Atlântida, 1955. p. 219-221.

faziam da conversão uma campanha contínua, ainda mais valorizada pelas dificuldades do ministério.

Os padres insistem, de um modo geral, na imagem do ameríndio como um selvagem com hábitos próximos da animalidade por oposição à civilidade e à felicidade dos cristãos; mas as suas observações revelam já um nível de conhecimento da realidade mais aprofundado que lhes permite, por vezes, estabelecer paralelismos e destrinçar conceitos. O padre José de Anchieta, segundo provincial da Companhia de Jesus no Brasil, não deixa de anotar a antropofagia e a crueldade com que matavam os adversários, salientando, a propósito, que "naturalmente são inclinados a matar, mas não são cruéis" e " se de alguma crueldade usam, ainda que raramente, é com exemplo de Portugueses e Franceses".[17] Comentário que encerra uma forte crítica à ação europeia e coloca os índios em vantagem, relativamente a uma atitude que viria a ser considerada como um sério obstáculo à convivência. Posição idêntica tem o padre Francisco Soares ao realçar alguns traços de caráter do índio que apresenta como "gente muito amiga de fazer bem e bem inclinados". Assinala a sua boa disposição, o engenho, a valentia e ainda a grande destreza e robustez física, qualidades em que os brasis se revelavam superiores aos portugueses, chegando alguns a viver 130 anos; por entre as considerações feitas à natureza humana, a visão paradisíaca insinua-se nas suas palavras, ao descrever todo o Brasil como "um jardim fresco", onde predomina o intenso e multicor arvoredo e em que o homem participa dessa bondade natural.[18] Ainda mais favorável ao índio é a imagem apresentada pelo padre Fernão Cardim que, mesmo condenando os hábitos antropofágicos, elogia o bom caráter, a alegria, a coragem, a valentia, a liberalidade, a hospitalidade, a harmonia e o gosto com que vivem. Tudo lhe parecia natural; até a nudez, tão invocada por alguns autores para justificar a barbárie, não lhe mereceu reparos negativos, sendo antes exaltação de inocência, "pela grande honestidade e modéstia que entre si guardam".[19]

Bem diferente é o discurso do humanista Pêro de Magalhães Gândavo que, ao redigir em 1573 a *História da Província de Santa Cruz*, apresenta uma visão mais elaborada, na

---

17 ANCHIETA, José de. *Cartas, informações, fragmentos históricos e sermões (1554-1594)*. Rio de Janeiro: Civilização Brasileira, 1933. p. 329.

18 SOARES, Francisco. *Coisas Notáveis do Brasil*. Rio de Janeiro: Instituto Nacional do Livro, 1966. p. 5, 7 e 9.

19 CARDIM, Fernão. *Tratados da terra e gente do Brasil*. São Paulo: Companhia Editora Nacional, 1939. p. 147.

perspectiva da cultura renascentista, mas também mais comprometida. A obra de Gândavo constitui um entusiástico elogio das potencialidades brasileiras e apela à colonização e a exploração intensiva daquela terra "deleitosa e aprazível".[20] Da descrição do Brasil, ressalta a visão paradisíaca da natureza, verdejante e luxuriante, que tudo poderia fornecer ao homem para o seu sustento. Classifica a terra de "salutífera e livre de enfermidades" e exalta a fertilidade dos solos, a temperança dos ares, a abundância de águas, as frutas excepcionais, as pedras preciosas, a exuberância de vegetação, as aves vistosas. Tudo parecia reunir-se ali para transmitir ao europeu a ideia de que o Brasil era uma terra abençoada que tinha conservado as características do jardim do Éden. Era o eco do "cantar mítico", na expressão feliz de Malinoswki, onde ressoava a esperança de encontrar uma região de abundância, de melhor vida e felicidade. Mas Gândavo é igualmente um espírito atento à lição da experiência e ao desconhecido; e é esta mesma atitude que o faz ultrapassar a visão paradisíaca a fim de salientar também alguns aspectos adversos da natureza brasileira. O seu intuito é deixar ao leitor um conhecimento, tanto quanto possível, preciso e útil na linha orientadora da estratégia política que defende; neste contexto, os atributos da visão edênica funcionam também como um recurso literário de forte intuito pragmático, prontos a captar a atenção do leitor português e a estimular-lhe a imaginação.

Relativamente aos índios, o autor é particularmente desfavorável. Depois de os descrever fisicamente e salientar que são indivíduos "bem dispostos, rijos e de boa estatura", nada ambiciosos, corajosos, muito hábeis no manejo do arco e da flecha, esforçados e hospitaleiros, com extraordinários hábitos de higiene, logo acrescenta que são desagradecidos, desumanos, cruéis, vingativos, ingratos, desonestos, sensuais, supersticiosos e excessivamente crédulos. Destaca ainda algumas das suas práticas sociais, em particular a poligamia, a antropofagia, a crueldade com que tratam os velhos e doentes. Ao longo da obra, os aspectos negativos caldeiam-se com os traços positivos do caráter dos índios, mas o tom geral que prevalece no discurso de Gândavo é o de uma caracterização que se afasta do deslumbramento e otimismo inicial, para se centrar na depreciação das suas qualidades, na crueldade e bestialidade dos seus costumes, na ignorância e no baixo nível das suas organizações. É à imagem e semelhança da cultura europeia que o autor define a realidade humana brasileira e constantemente questiona o que é em função do que

---

20 PIMENTEL Maria do Rosário; SANTOS, Maria do Rosário Laureano. *O real no jogo de espelhos da literatura de viagens no século XVI*. Actas do Colóquio Literatura de Viagens. Narrativa, História, Mito. Lisboa: Cosmos, 1997. p.220.

deveria ser; das observações conclui que as comunidades índias se encontravam ainda num estado primitivo de desenvolvimento, mais próximas das sociedades animais do que das sociedades humanas; chega mesmo a por em causa a natureza humana do ameríndio ao colocá-lo no mesmo nível de "todos os outros animais que não participam de razão".[21]

Mas, apesar de os registros negativos serem cada vez mais frequentes, a ideia de paraíso terrestre ou de uma época dourada da humanidade vai ainda permanecer como imagem recorrente. Nos primórdios do século XVII, o autor anônimo dos *Diálogos das Grandezas do Brasil*, ao falar da ausência de ambição entre os índios, independentemente dos seus defeitos e qualidades, compara-os aos homens da idade de ouro.[22] Em meados deste mesmo século, Antonio de Leon Pinelo, na obra *El Paraíso en el Nuevo Mundo*, coloca no coração da América do Sul o paraíso terrestre com os seus quatro rios que identifica com o Amazonas, o Orenoco o Magdalena e o Rio da Prata.[23] Já na segunda metade do século, em 1663, o padre Simão de Vasconcelos, na *Crônica da Companhia de Jesus*, é mais preciso e, não obstante os traços negativos que encontra no índio, situa o paraíso no Brasil, cujas qualidades considera ultrapassarem as dos antigos jardins suspensos, dos Campos Elísios, da Atlântida e da ilha Taprobana.[24] Ainda em pleno século XVIII, Pedro Rates Hanequim, após ter vivido vinte e seis anos no Brasil, ainda se mostrava convicto de que era ali que o paraíso existia, sendo o Amazonas e o São Francisco dois dos quatro rios do Éden[25].

Muito do que se escreveu sobre o Brasil e seus habitantes acabou sendo lido e interpretado posteriormente, dentro de perspectivas culturais e ideológicas que nada tinham a ver com a realidade brasileira, mas sim com as estruturas sociais europeias. A questão da humanidade dos ameríndios foi motivo de acesas discussões ao longo da Época Moderna. Neste processo, que conduziu a uma revisão das atitudes tradicionais, a forma como esses homens foram encarados foi sendo alterada de acordo com a evolução das

---

21   GÂNDAVO, Pêro de Magalhães. História da Província de Santa Cruz. In: *O Reconhecimento do Brasil*. Lisboa: Publicações Alfa, 1989. p.105

22   BRANDÃO, Ambrósio Fernandes. *Diálogos das Grandezas do Brasil*. 2. ed.. Rio de Janeiro, 1942. p. 280.

23   DELUMEAU, Jean. ob. cit. p.191.

24   VASCONCELOS, Simão de. *Crônica da Companhia de Jesus do estado do Brasil*. Lisboa, 1865. p. CXLVII.

25   DELUMEAU, Jean. ob. cit. p.70-71.

ideias. Ao contrário do homem monstro, o homem natural servia agora as novas ideias políticas, sociais e religiosos; bastava identificar aquele homem natural com o homem edênico, livre da culpa do pecado original, para encontrar um ser puro, cujas tendências eram todas válidas e boas. Surge, por esta via, a noção de "bom selvagem", de largo alcance na cultura europeia. E apesar de este mito ter mais a ver com o europeu do que com o índio, existe uma íntima relação entre o mito do bom selvagem e os mitos da idade do ouro e o do paraíso; estes são um dos fatores que contribuíram para a formação daquele. Todavia, enquanto a concepção do bom selvagem será lançada como importante argumento na luta das ideias da época, os outros mitos não transcendem praticamente o campo literário.

Sem dificuldade se deduz como os relatos sobre o Novo Mundo poderiam ser interpretados e a que conceitos serviriam de justificação; facilmente foram tomados por alguns autores como base de uma ideologia que, aproveitando desta realidade plurifacetada apenas os aspectos mais convenientes, viriam a formar um esquema falso, apoiado em fatos concretos e verdadeiros. Assim se compreendem as contradições em que, por vezes, os autores caem e como um mesmo texto, interpretado segundo conceitos diversos, leva a conclusões diferentes.

No conjunto, a visão de inocência foi mantida pelos europeus que nunca estiveram no Brasil ou apenas tiveram com os índios um contacto ocasional; os que mantiveram um relacionamento mais próximo e prolongado, rapidamente caíram no extremo oposto. Montaigne, por exemplo, exalta com admiração a "pureza" das tribos ameríndias, "ainda bastante vizinhas da sua ingenuidade original"; mas, segundo afirma, baseia-se no que lhe diziam as suas testemunhas e não numa experiência direta com esse mundo.[26] Pelo contrário, o viajante Jean de Léry, apesar de exaltar a bondade dos índios brasileiros que, opostos à barbárie dos supostos civilizados, pareciam gozar dos benefícios da fonte da Juventude, evidencia que a natureza corrupta do homem também ali estava presente entre os nativos.[27]

Do lado português, foram menos fortes os acentos de reminiscências míticas. Neste caso, os relatos resultam, essencialmente, da experiência daqueles que mais de perto

---

26 Montaigne, *Essais*, VILLEY, Pierre. (Ed.). t. I. Paris: Puf, 1978. p. 206-207. cap. XXXI.
27 LÉRY, Jean de. *Viagem à terra do Brasil*. São Paulo: Livraria Martins Editora, 1951. p.100. A obra, impressa em 1578 teve grande êxito e ampla divulgação, exercendo influência sobre o pensamento de Montaigne e de Rousseau.

conviveram com a realidade brasileira, sendo, por isso, os seus textos mais objetivos e pragmáticos; a atitude nacional radica, sobretudo, na ação tradicional, dando mais ênfase ao processo de civilizar e cristianizar. O índio que surge retratado é um homem posterior ao pecado original em cuja natureza o bem e o mal estão presentes de igual forma, podendo ser julgado, quanto as suas qualidades e defeitos, como qualquer outro homem. Esta feição mais realista, faz dos textos portugueses uma importante fonte, histórica e etnográfica, para o estudo do relacionamento com um Outro possuidor de uma civilização própria, até aí ausente do saber europeu.

A América não era, como num primeiro momento se imaginou, um mundo idílico repleto de abundância, pureza e bondade natural. Até os mais entusiastas tiveram de aceitar, quase desde o princípio, que ali os homens também podiam ser maus e a natureza adversa. Em meados do século XVI, já não podiam ser sistematicamente ignoradas as discrepâncias entre a realidade e as imagens interpretativas que dela se faziam. Demasiados fatos conduziam a uma visão mais objetiva mas também menos otimista, quando não carregada de pessimismo. A idolatria, a antropofagia, a guerra, o insucesso dos missionários, as próprias condições ambientais eram entraves fortíssimos à concretização do sonho europeu. Por isso, a visão paradisíaca resistiu mais no mundo ocidental, entre os leitores europeus do que no Novo Mundo onde a realidade conferia outros tons ao quotidiano. Os sonhos, que continuaram a ser aí projetados, nada tinham a ver com a entidade americana; eram pertença exclusiva dos europeus que, de forma diabólica ou edênica, tanto inventaram aquele continente.

O Novo Mundo foi transformado numa terra abençoada, num país de abundância onde os europeus podiam recomeçar uma nova fase da história da humanidade. Facilmente, o mundo ideal distante no tempo foi transposto para um outro agora apenas distante no espaço e, cada vez mais, projetado em futuro próspero. E nesta relação o conceito de paraíso aparece como instrumento interpretativo daquele mundo diferente, como referência crítica às desordens europeias, como expressão de um ideal. Na Época Moderna, a própria revivescência de mitos e utopias condensa uma vincada atitude crítica que visava uma remodelação social. A própria construção do paraíso terreal no Novo Mundo, com todas as suas implicações, é já por si uma atitude revolucionária que punha em causa as fundamentações teológico-políticas baseadas na culpa, no perdão e na salvação invocadas pela Igreja. A noção de pecado original encontrava-se no centro da cultura ocidental e implicava diretamente com a do paraíso terrestre. A aproximação ou o contacto com esse mundo puro, preservado por Deus do olhar do pecador que, no lamento da culpa, constantemente o ambiciona, seria, de fato, uma mudança radical na cultural europeia. Todavia, apesar de inacessível, a sua procura era, no entanto, legítima.

A fluidez e o dinamismo das ideias ficam sempre circunscritos ao quadro que uma determinada situação histórica impõe, às mutações mentais e à invenção ideológica. A ideia de paraíso surge num desses processos, sujeita a transformações, acrescentos, desvios e deformações, mas a sua essência não desaparece ao longo da transmutação; mantém-se implícita mesmo quando já não está explícita. E é dentro dessa relação de tempos vários e diferentes que se fabrica a circunstância do momento.

Com que sonha o homem?

Com a felicidade; tenha ela a forma que tiver, no percurso da infelicidade. Sonhos, mitos e utopias são o seu protesto feito de desejo no cansaço existencial das civilizações. No cadinho da história, renovam-se ideias gastas, constroem-se rumos, novos paraísos que nos permitam, no limite da imaginação, conquistar um pouco mais de chão nesta nossa humanidade.

A DIVULGAÇÃO DA HISTÓRIA EM ALEXANDRE HERCULANO

Sérgio Campos Matos[1]

Foi Alexandre Herculano um escritor popular? Alcançaram as suas obras um público alargado, dentro dos condicionalismos do meio cultural do seu tempo? A que públicos se dirigiu? Estas questões não encontram consenso entre os leitores e intérpretes oitocentistas do historiador. Tal como, ainda hoje não há convergência entre os estudiosos no que respeita à caracterização da concepção de história herculiana e no que toca à permanência (ou evolução) do seu pensamento social e político.[2]

Em meados do século XIX, Camilo Castelo Branco considerava que Herculano não escreveu para o povo. Mais tarde, em termos diversos, Teófilo Braga (1880) e Brito Aranha (1910) viriam a subscrever a ideia.[3] Também Ramalho Ortigão (1877) pensava

---

[1] Faculdade de Letras de Lisboa

[2] Veja-se Joaquim Barradas de Carvalho, *As ideias políticas e sociais de Alexandre Herculano*. 2. ed. Lisboa, 1971 (1. ed., 1949); António José Saraiva, *Herculano e o liberalismo em Portugal*. Lisboa, 1978 (1. ed., 1949); António Borges Coelho, *Alexandre Herculano*. Lisboa, 1965; João Medina, *Herculano e a Geração de 70*. Lisboa, 1977; Vitorino Magalhães Godinho, "Alexandre Herculano, historiador", *Alexandre Herculano. Ciclo de conferências comemorativas do I centenário da sua morte 1877-1977*. Porto, 1979. p. 69-83 e Jorge Borges de Macedo, *Alexandre Herculano, polêmica e mensagem*. Lisboa, 1980.

[3] [Camilo Castelo Branco], *O clero e o Sr. Alexandre Herculano*. Lisboa, 1850. p. 11; "Herculano, Alexandre"; Teófilo Braga, *História do romantismo em Portugal*. Lisboa, 1884 (1880). P. 367-369

que a *História de Portugal* tinha sido pouco lida e sobretudo pouco estudada. Por seu lado, Serpa Pimentel (1881), autor do primeiro estudo de conjunto sobre a diversificada obra de Herculano, insistiu na sua popularidade, considerando-o o escritor "mais lido e mais popular", pelo fato de estar em sintonia e o pensar dos seus contemporâneos, com destaque para a classe média.[4]

Naturalmente, há que estabelecer uma distinção prévia entre os trabalhos de Herculano: as obras de divulgação – caso das *Lendas e narrativas*, das novelas históricas ou de alguns artigos da imprensa periódica – e as obras eruditas – de que a *História de Portugal*, permanece um paradigma na historiografia portuguesa. É certo que o imenso prestígio do escritor assentou sobretudo nas suas narrativas históricas (que viriam a ter numerosas reedições) bem como na sua imprensa periódica. [5] E que as obras eruditas tiveram várias reedições e tiragens consideráveis para a época.[6]

Em 1845, em periódicos como a *Revista Universal Lisbonense*, a *Revista Acadêmica de Coimbra* (que divulgou excertos da obra magna do historiador já nesse ano) ou *A Coalisão* (do Porto) havia grande expectativa na publicação da *História de Portugal*, que então se anunciava breve.[7] No primeiro destes periódicos, dirigido por Castilho, dizia-se que Herculano gozava "de uma reputação tão grande como sabiamente alcançada", enquanto "pai do romance histórico".[8] Em n'*A Coalisão*, informava-se que no Porto, apenas em três dias, se tinham vencido mais de duzentos exemplares do primeiro volume da

---

    e 397; Brito Aranha, "Herculano patriota e democrata", *Boletim de Segunda Classe*. Lisboa, 1910. p. 178. vol. III e J. D. Ramalho Ortigão, "Alexandre Herculano", *As Farpas*. Lisboa, s. d. [texto de 1877]. P. 16-17. vol. III.

4   António de Serpa Pimentel, *Alexandre Herculano e o seu tempo, Estudo crítico*, Lisboa, 1881, p. 18 e 32.

5   *Eurico, o Presbítero* (1844) alcançou uma 14.ª edição em 1900, *O Monge de Cister* (1848) uma 9.ª edição em 1902, *O bobo* (1878) uma 5.ª edição em 1907 e as *Lendas e narrativas* (1.ª ed. 1851), uma 3.ª edição em 1865.

6   Veja-se M.ª de Lourdes Lima dos Santos, *Intelectuais portugueses na primeira metade de Oitocentos*, Lisboa, 1988. p. 252-253.

7   "Bibliografia. História de Portugal por A. Herculano", *Revista Universal Lisbonense*. vol. V, 11-XII-1845, p. 295; "História de Portugal por A. Herculano", *Revista Acadêmica*, n° 16 p. 256, 1845 e "Coroa literária", A *Coalisão*, 16-II-1846, p. 2. Agradecemos a Carlos Coelho Maurício estas duas últimas referências.

8   Introdução da redação a Alexandre Herculano, "O mendigo", *Revista Universal Lisbonense*, vol. V, 26-IV-1845, p. 8.

obra. Mas, corresponderia este horizonte de expectativa da imprensa periódica e de um potencial público leitor a uma recepção alargada das obras eruditas do historiador?

No decênio de 1830, quando Alexandre Herculano se estreou nas letras, não existia qualquer história geral de Portugal, da autoria de um autor português, que correspondesse às exigências da moderna historiografia então introduzida na França ou na Alemanha. Não existia uma história de base documental e crítica que, para além dos sucessos ligados à Casa Real, procurasse dar a conhecer a vida da nação, de múltiplos pontos de vista: político, institucional, social, cultural.

Decerto, circulavam sínteses de autoria de estrangeiros (algumas delas em versões portuguesas) ou compêndios que não passavam de compilações de obras anteriores, de autores nacionais. Em qualquer caso, não correspondiam às necessidades da cultura liberal, em plena afirmação após o desfecho da Guerra Civil (1834) que pusera fim ao antigo regime político em Portugal.[9]

Sublinhe-se, contudo, que uma vez instaurado o liberalismo, Herculano não se voltou de imediato para a historiografia propriamente dita. Na verdade, até à redação da *História de Portugal* (vol. I, 1846), dedicou-se a uma diversificada atividade literária repartida por múltiplos gêneros: crônicas, artigos de reflexão, recensões críticas, curtas narrativas históricas ou lendárias, romances históricos e dramas. Em qualquer destes gêneros está presente a intencionalidade pedagógica que decorre da viva consciência da necessidade de difundir a cultura letrada entre os portugueses. Numa sociedade maioritariamente analfabeta, distanciada da cultura de elite e alheada do moderno espírito de cidadania, os intelectuais românticos investiam-se de uma missão social de elevado valor ético e social: formar um público ilustrado e dotado de um sentido cívico que estivesse à altura dos tempos; nacionalizar a cultura portuguesa, tornando-a acessível ao maior número. Esta é uma das grandes intenções que domina *O Panorama*, dirigido por Alexandre Herculano de 1837 a 1839.

A par da inexistência de um público alargado e culturalmente apetrechado, outro problema preocupava Herculano (e vários outros autores do seu tempo): o esquecimento

---

9   Os livros de Tibúrcio Craveiro (*Compêndio de história portuguesa*, Rio de Janeiro, 1833) e José Liberato Freire de Carvalho (*Ensaio histórico-político sobre a constituição e o governo do reino de Portugal, em que se mostra ser aquele reino, desde a sua origem, uma monarquia representativa; e que o absolutismo, a superstição e a influência da Inglaterra são as causas da sua decadência*. 2. ed. Lisboa, 1843, 1. ed. 1830) eram obras de intencionalidade quase exclusivamente doutrinária e não assentavam numa base documental.

da memória histórica e, em especial, a ignorância do passado nacional. O Abade Correia da Serra já o levantara no início do século. E Teixeira de Vasconcelos aprofundara-o num pequeno opúsculo esquecido em que, antes mesmo de Herculano, se mostrava tributário do historiador francês Augustin Theirry.[10] Mas, com o autor da *História de Portugal*, a questão assumia contornos bem mais dramáticos. Num tempo vivido como ruptura com o passado absolutista, mais do que sintoma de decadência, a ignorância da história pátria era entendida como prenúncio de dissolução da comunidade nacional.

Compreende-se, neste contexto, que Alexandre Herculano entendesse a escrita da história e a literatura nos seus diversos gêneros, como missão cívica de profundo valor social e cultural. E, assim, que exortasse os seus contemporâneos a darem a conhecer ao povo português testemunhos do passado. Por outras palavras, apelava a que se tornasse a história acessível ao cidadão comum.

Para além das diversas periodizações que têm sido propostas para o recurso biográfico e intelectual de Alexandre Herculano,[11] convirá considerar diversos momentos na sua atividade, de ponto de vista da divulgação histórica e da sua relação com o público.

1°) 1837-1845: prioridade à divulgação histórica com recurso a múltiplos gêneros, com destaque para a imprensa periódica, o conto e a novela histórica; é então que publica parcialmente n'*O Panorama: O monge de Cister...* (1841; em volume de 1848), *O bobo* (1843; em volume em 1878) e o *Eurico, o Presbítero* (1843; em volume no ano seguinte), obras que tiveram larga recepção.

2°) 1846-1859: atribui a primazia à história erudita, em duas obras de largo fôlego, assentes em extensa informação documental, mas de caráter diverso – a *História de Portugal* (1846-1853) e a *História da origem e estabelecimento da Inquisição em Portugal* (1854-1859).

3°) 1859-1877: poucos anos após as recusas de integrar o Conselho Geral de Instrução Pública e o convite de D. Pedro V para ser lente no Curso Superior de Letras, Herculano retirava-se para Vale de Lobos (1864), mas não se alheava da criação cultural e da intervenção. O prestígio e a influência que alcançara no meio cultural português traduz-se, entre outros aspectos, na multiplicação de obras de vulgarização, da autoria

---

10 VASCONCELOS, António Augusto Teixeira de. *Carta filosófica e crítica sobre o estudo da história portuguesa*. Porto: Tip. de Faria e Silva, 1840. p. 4 e 11.

11 CARVALHO, Joaquim Barradas de. Ob. cit., SARAIVA, A. José. Ob. cit., e BERNSTEIN, H. *Alexandre Herculano* (1810-1877). *Portugal's prime historian and historical novelist*. Paris: 1983.

de outros publicistas que assim difundem entre um público alargado as grandes teses históricas do historiador. Mas, por outro lado, desde 1871, jovens críticos, com destaque para Adolfo Coelho, Teófilo Braga e Oliveira Martins (sem esquecer, já no decênio de 1880, José Leite de Vasconcelos e José de Arriaga) distanciam-se de algumas dessas teses, nomeadamente no que respeita ao problema da relação entre portugueses e lusitanos e à sua teoria sobre a formação de Portugal. Por seu lado, Ramalho Ortigão, contribuía de um modo significativo para pôr em causa o estatuto de heroísmo ético e cultural, que se forjara do historiador, com destaque para a "retirada" para Vale de Lobos.[12]

Como é sabido, em múltiplos passos de sua diversificada obra, incluindo texto de ficção, Herculano legou uma interpretação de conjunto de todo o percurso histórico nacional. É certo que esses fragmentos em que, implícita ou explicitamente, se interpreta determinada tendência histórica ou se delineia o retrato de uma personalidade destacada não constituem um todo sistemático, até porque foram sendo produzidos em contextos e momentos muito diversos. Todavia, em todos esses fragmentos pode configurar-se uma visão geral do passado nacional. Essa foi a tarefa dos divulgadores que, todavia, nem sempre foram rigorosos na transmissão das ideias do Mestre.[13]

A filosofia do percurso histórico da nação, como "ser" singular, dotado de sua "índole" própria foi, num primeiro tempo, divulgada pelo próprio historiador, em diversas narrativas e artigos d'*O Panorama*. A inflexão no sentido da história científica e erudita levou-o a abandonar o propósito de divulgação, que passará a ser concretizado por diversos publicistas, muito influenciados pelos seus pontos de vista: Teixeira de Vasconcelos, I. Silveira da Mota, I. Vilhena Barbosa, Serpa Pimentel, Pinheiro Chagas e António Enes, entre outros. Todavia, na segunda fase, Herculano voltaria em alguns trabalhos seus a frisar uma intencionalidade pedagógica e ideológica: é o caso da *História da origem e estabelecimento da Inquisição em Portugal*, de assumido propósito doutrinário e polêmico, obra muito comentada mas, na verdade, pouco lida.

---

12   ORTIGÃO, J. D. Ramalho. *As Farpas*. vol. IX. Lisboa: s. d. [texto de 1873]. p. 112-113; id. "Alexandre Herculano", *As Farpas*. vol. III. Lisboa: s. d. [texto de 1877]. p. 7-18. Veja-se a este respeito, João Medina, Ob. cit. p. 45-51.

13   Exemplo disso é a avaliação que Pinheiro Chagas tece acerca da não relevância da batalha de Ourique, exagerando, de um modo extremo, a posição controversa de Herculano a esse respeito. Cf. *História de Portugal popular e ilustrada*. Vol. I. Lisboa, s. d. p. 54-55.

Se algumas teses ou atitudes de Herculano recolheram, num primeiro tempo, largo consenso – caso da tese acerca da formação de Portugal –, outras depressa geraram controvérsia – por exemplo, a tese da não identidade entre portugueses e lusitanos, as posições sobre o milagre de Ourique e as Cortes de Lamego ou a leitura crítica dos descobrimentos e da expansão ultramarina. Esta última levou-o a pronunciar-se de um modo muito parcial acerca do perfil moral e da ação política de monarcas como D. João II ou D. João III e a sugerir uma periodização de história nacional muito discutível, a ponto de a maior parte dos historiadores e divulgadores da história oitocentistas não a terem perfilhado.

Importa considerar dois tópicos relevantes, ambos no cerne do problema da divulgação histórica, no quadro de uma leitura dinâmica das posições historiográficas de Herculano: 1. A atitude perante o lendário; 2. O modo de representação das personalidades históricas.

As suas ideias a este respeito, longe de se terem mantido rigorosamente estáticas ao longo do seu percurso intelectual, estiveram sujeitas a inflexões significativas.

Quando Alexandre Herculano se estreou nas letras, dominava em Portugal uma concepção de história que a não diferenciava da Literatura e da Retórica. Coleção de retratos e exemplos morais úteis para a formação de súditos de uma sociedade de Antigo Regime, a história era tido como instrumento pedagógico ao serviço da aprendizagem de outros saberes e até de *habitus* sociais. Não como campo de conhecimento autônomo e reflexivo de uma comunidade sobre si própria, com base num legado documental que, para ser rigorosamente considerado, exige regras heurísticas e hermenêuticas bem definidas.

Questão que o preocupa, desde cedo, é a definição do lugar da tradição (assente ou não em fatos verídicos) e o lugar da história. Problema que envolve uma determinada atitude perante o lendário e um outro, mais geral, sobre o qual se pronunciaram diversos autores de novelas históricas: a relação entre ficção e história. Ora pode dizer-se que, até a publicação do primeiro volume da *História de Portugal* (1846), Herculano se interessa tanto pela verdade histórica como pela tradição verossímil (não necessariamente autêntica). Quando escreve algumas das suas narrativas lendárias para O *Panorama*, está aliás mais interessado no verossímil do que no verdadeiro. A convicção de que certas lendas da história pátria podem motivar o interesse pelo passado leva-o a escrever narrativas como "A dama pé de cabra" (1843) ou "O Bispo negro" (1839). Esta última, inspirava-se, aliás, numa fonte bem mais tardia do que o "sucesso" a que se refere: a crônica de Cristóvão Rodrigues Acenheiro. Numa nota a outra narrativa,[14] chega a firmar que os "erros e fábulas" da crônica de Acenheiro constituem "parte da poesia da história" e que o seu interesse na narrativa reside precisamente nesse caráter. E acrescenta adiante:

> Parece-nos que nesta cousa chamada hoje romance histórico há mais história do que nos graves e inteiriçados escritos dos historiadores. Dizem pessoas entendidas que mais se conhecem as cousas escocesas lendo as *Crônicas de Canongate*, de Walter Scott, do que a sua *História da Escócia*.

É esta atitude que leva Herculano a colaborar com António Feliciano de Castilho nos seus *Quadros da história de Portugal* (1838), com uma narrativa de sua lavra sobre a conquista de Silves. Importa lembrar que nesse livro, Castilho admitia não apenas a dimensão providencial do sucesso da batalha de Ourique mas também a autenticidade de uma outra tradição legendária não menos vivaz, embora mais tardia: a das supostas Cortes de Lamego.[15]

Herculano considerou a obra "a mais excelente que em seu gênero se tem publicado em Portugal" e admitiu até que daquelas Cortes se falasse como acontecimento verídico.[16] E em 1839, numa novela mais tarde reunida nas *Lendas e narrativas*, referia-se, a dado passo, entre outros textos apócrifos, aos "traslados *autênticos* das Cortes de Lamego".[17] No ano seguinte, também nas páginas d'*O Panorama*, o futuro Autor da *História de Portugal* considerava verossímil a tradição de D. Brites de Almeida, a Padeira de Aljubarrota. E, independentemente do problema da sua autenticidade, considerava que esta tradição encerrava "valor histórico", na medida em que se tratava de um símbolo da resistência

---

14 "O cronista. Viver e crer de outro tempo". *Lendas e narrativas*. vol. II. Lisboa, 1970 (texto datado de set. 1839). p. 305.

15 Veja-se Sérgio Campos Matos, *Historiografia e memória nacional no Portugal do século XIX (1846-1898)*. Lisboa, 1998. p. 87 e 253.

16 [Alexandre Herculano], "Quadros históricos do Portugal por António Feliciano de Castilho", *O Panorama*. Vol. II, 18-VIII-1838, p. 263-264.

17 Herculano referia-se ao "Juramento de Afonso Henriques sobre a aparição de Cristo", à "Carta de feudo a Claraval", às "Histórias de Laimundo e Beroso" e "mais alguns papéis de igual veracidade e importância, que, por pirraça às nossas glórias, provavelmente os castelhanos nos levaram durante a dominação dos Filipes" ["A abóbada", *Lendas e narrativas* (pref. e revisão de Vitorino Nemésio). vol. I. p. 219.].

ao domínio castelhano.[18] Em consonância com esta posição, no final da narrativa "A Abóbada", em que, a propósito da construção da sala do capítulo do mosteiro da Batalha se refere às virtualidades do tempo de D. João I, Herculano fazia intervir nos diálogos entre o monarca e Afonso Domingues "uma gorda velha, cuja tez avermelhada dava indícios de complicação sanguínea e irritável".[19] Aqui, perante um grupo de besteiros castelhanos cativos, e julgando o rei preocupado com os ex-ocupantes, em desassombrada fala, D. Brites dá mais um exemplo de determinação ante a possibilidade que se lhe afigura de novos combates contra o inimigo.[20]

Vários outros exemplos poderíamos invocar de que o jovem Herculano valorizava algumas tradições lendárias como meio de sensibilizar os seus leitores para o passado nacional. Mas importa sobretudo sublinhar que, a partir do primeiro volume da *História de Portugal* e, sobretudo, da polêmica acerca do milagre do Ourique, o historiador adotava um discurso totalmente diverso no que respeita às tradições de Ourique e das Cortes de Lamego. Tratava-se então, na sua perspectiva de contrariar toda uma tradição de história fabulosa que dominava ainda os estudos históricos em Portugal. É certo que Herculano mudava de óptica: ao ponto de vista do romancista histórico substituía-se agora o ponto de vista do historiador, com a sua preocupação de se restringir ao domínio do verdadeiro, sempre estribado em fontes fidedignas. Na leitura da sua obra magna, torna-se evidente que à afirmação de uma concepção de história crítica e científica corresponde a sua frontal oposição à história "fabulosa", isto é, à historiografia que vivia das tradições das origens, fossem elas o milagre de Ourique ou as Cortes de Lamego.

Como referimos, Ramalho Ortigão observou mais tarde, com razão, que a *História de Portugal* era uma obra pouco lida pelo público. As grandes tiragens que a obra teve, em várias edições[21] (muito superiores às tiragens da *História de Portugal* de Oliveira Martins, em 1879) significam que a obra foi um *best-seller* e permitiam avaliar o imenso prestí-

---

18 Id. "A Padeira de Aljubarrota". *Composições várias*. Lisboa, s. d. p. 137-138.

19 Id. "A Abóbada". *Lendas e narrativas* (pref. e revisão de Vitorino Nemésio). vol. I. p. 261.

20 Dirigindo-se coloquialmente a D. João I, diz a forneira: "Pareceis-me carregado de semblante. Que é isso? Temos novas voltas com os excomungados Castelhanos? Se assim é, trosquiaimos outra vez por Aljubarrota, que a pá não se quebrou nos sete que mandei de presente ao diabo, e ainda lá está para o que der e vier". (Ibid.)

21 Veja-se M.ª de Lourdes Lima dos Santos. *Intelectuais portugueses na primeira metade de Oitocentos*. Lisboa, 1985. p. 252-253.

gio que Herculano já então tinha. Mas daí não se pode concluir que tenha sido muito conhecida. Como notou Ramalho, as duas únicas questões que interessaram o público foram precisamente a atitude do historiador perante o milagre do Ourique e as Cortes de Lamego. Compreende-se que só estes temas (que o Autor afinal considerava) suscitassem controvérsia alargada.[22] Leitores formados numa cultura histórica que ainda não diferenciava o plano da verdade histórica do plano do mito, não estavam preparados para captar aquilo que havia de inovador na obra do nosso autor.

Note-se, todavia, que quando Herculano escreve a *História de Portugal* não esquece o problema da divulgação. Não se demarca ela na retórica da historiografia clássica que, em seu entender, tivera como consequência ter deixado de ser "popular"?[23] E quando reúne as suas *Lendas e narrativas*, em 1851, não estava ele bem consciente de que tal gênero constituía uma forma de "popularizar" a história?[24]

Na segunda edição desta recolha, acentua-se a distanciação do Autor em relação à novela histórica, o que mostra bem que a sua óptica tinha mudado:

> Consideramo-los e consideramo-los agora [os escritos narrativos] apenas como balizas no campo da nossa *história literária*, balizas que ainda nos parecem mais toscas atualmente; porque ao passo que a reflexão e o tempo amaduram o espírito, os defeitos de composição e de estilo cada vez se vão avolumando mais aos olhos da nossa consciência retrospectiva" [sublinhado nosso].[25]

Há alguma coisa de comum entre os dois gêneros que Herculano cultivou: novela histórica e historiografia? Sem dúvida que sim: a intencionalidade de dar a conhecer o passado pátrio. Decerto no quadro de diferentes exigências e também diversos recursos narrativos. Mas, em 1846, alguma coisa mudou para sempre na postura de Herculano perante o lendário. Como compreender esta inflexão fundamental, à qual não tem sido

---

22 Não eram, contudo, pontos de pormenor. A posição a seu respeito era sintomática no ponto de vista teórico e metodológico.

23 Id. "Introdução". *História de Portugal...* (pref. e notas críticas de José Mattoso). vol. I. Lisboa, 1980. p. 33. Herculano vai mais longe ainda, ao julgar nas suas consequências esta historiografia: inacessível ao povo por não utilizar uma linguagem compreensível por este, seria de algum modo responsável pela perda da nacionalidade em 1850.

24 Id. "Advertência da primeira edição". *Lendas e narrativas*. vol. I. p. 4.

25 Id. "Advertência da segunda edição". *Idem*. p. 7.

atribuída a devida atenção?²⁶ É preciso lembrar que, desde meados do século XVIII se vinha afirmando uma corrente crítica em relação à tradição legendária do milagre de Ourique (Verney, Schaefer) e, a partir dos finais da centúria, relativamente à das Cortes de Lamego (José Anastácio de Figueiredo, António Caetano do Amaral). As posições críticas do historiador alemão H. Schaefer (1839) no que respeita a Ourique e de Coelho da Rocha (1841) no que se refere às Cortes de Lamego (este traçando toda uma genealogia da tradição) terão certamente marcado Alexandre Herculano a este respeito.²⁷

Por último é necessário sublinhar que a mudança de atitude do historiador a este respeito coincide precisamente com o momento em que, ao iniciar a publicação do seu primeiro trabalho historiográfico de fôlego, tem em vista legitimar o seu ofício perante os escritores seus pares. De um modo muito claro, dois terrenos tendiam a diferenciar-se claramente no seu espírito: história e ficção.

Outro aspecto que se prende com as exigências da divulgação é o modo como representou as personalidades históricas. Ou, por outras palavras, o lugar dos indivíduos na economia da narrativa, trate-se de novela histórica ou de discurso historiográfico propriamente dito. A questão tem suscitado diferentes interpretações por parte dos estudiosos de Alexandre Herculano.²⁸

No século XIX, de uma maneira geral, considerava-se que o historiador centrava na vontade individual a *ratio* da história. Aponte-se como exemplo Teófilo Braga que atribuía tal posição teórica ao fato de Herculano se ter ainda formado no final do regime absolutista.²⁹ Obviamente, o argumento é insustentável, como, de um modo geral é parcial a avaliação que Teófilo faz da figura e da obra do historiador. Poderíamos ainda citar José de Arriaga e Leite de Vasconcelos no rol dos autores que, no século passado valorizaram o voluntarismo da ação individual na teoria herculiana da história.

É indiscutível que Herculano concedeu a maior relevância à ação das personalidades históricas na evolução social. Como é bem evidente o grande destaque que atribuiu ao perfil moral e às ações de certas personalidades históricas como exemplos através dos

---

26 Teófilo Braga, por exemplo, considerou de um modo diferenciado, que Herculano não tinha qualquer interesse pelas lendas da história nacional (*História do romantismo...*, p. 347-348.).

27 Sérgio Campos Matos. Ob. cit. p. 263-273.

28 Joaquim Barradas de Carvalho, *As ideias políticas e sociais...*, passim e Jorge Borges de Macedo, *Alexandre Herculano, polêmica e mensagem*. p. 27-31.

29 Teófilo Braga, ob. cit. p. 381.

quais procura restituir o caráter da época em que vivem. Lembrem-se, a título de exemplo, os relatos de D. Fernando, de D. Leonor Teles e de frei Roy Zambrana em "Arras por foro de Espanha", de Afonso Domingues, am "A abóbada", de Gonçalo Mendes de Maia, em "A morte do Lidador", ou de D. João II, em "Mestre Gil". Poderíamos ainda consideraras as personagens de ficção, coloca-a em primeiro plano na narrativa e fá-la assistir à intriga política como testemunha, ou ponto de vista sobre essa trama: lembre-se o caso do barbeiro da corte, Mestre Gil, presente em momentos decisivos da ação de D. João II contra os seus oponentes. Há contudo que sublinhar que nestas novelas históricas não há grande consistência no delinear dos caracteres e os diálogos são, não raro, pouco verossímeis (como poderia ser doutro modo, tratando-se dos primeiros passos no gênero da novela?). As personagens não têm profundidade psicológica e, habitualmente, não há qualquer sutileza no delinear do seu perfil. Multiplica-se a adjetivação, os comportamentos são, em geral, demasiado óbvios e previsíveis. D. Leonor teles, a Lucrécia Bórgia portuguesa, é-nos retratada, logo de início, como "ambiciosa, dissimulada e corrompida", dominando completamente o coração de um rei apaixonado, irresoluto, "bom, generoso e gentil".[30] É certo que há momentos de intenso dramatismo. É o caso da atitude de D. Dinis, filho de D. Inês de Castro e irmão de D. Fernando, contra o casamento deste último com D. Leonor teles ou da morte de Afonso Domingues. Mas esse *pathos* é episódico, não se mantém.

Alexandre Herculano estava bem consciente de algumas destas insuficiências das suas novelas históricas.[31] Há que não esquecer que o autor começa a escrever ainda muito jovem, aos vinte e sete anos. E que a par destas novelas, concebe também pequenas narrativas históricas que dá à luz também n'*O Panorama*, em 1837-38: os "Quadros da história portuguesa". Já Vitorino Nemésio chamou a atenção para a relevância destes textos: trata-se de curtas narrativas de intenção didática, em que se expõem episódios significativos da história nacional.[32] Estes quadros adequavam-se ao caráter da revista

---

30 Alexandre Herculano, "Arras por foro de Espanha", *Lendas e narrativas*. vol. I. p. 63 e seguintes.
31 Id. Idem "Advertência da primeira edição". Idem. vol. I. p. 2.
32 Alexandre Herculano, "Morte do Conde de Andeiro e do Bispo de Lisboa (1383)", *O Panorama*, vol. I, 1837. p. 53-54; Id., "Tomada de Ormuz (1507-1514)", Idem, vol. I. p. 130-132; Id., "Batalha de Alcácer Quibir (1578)", Idem, vol. I. p. 180-181; Id., "Motim de Lisboa (1506)", Idem, vol. II, 1838, p. 11-13; "Regência do Infante D. Pedro. Batalha de Alfarrobeira (1439 e 1449)", Idem, vol. II. P. 41-43; Id., "Conquista de Malaca (1511)", Idem,, vo.l II. P. 196-197 e p. 202-203.; Id.,

que Herculano concebera com o propósito essencial de incutir o gosto da instrução entre o povo português, de um modo acessível e agradável.³³ Neles se apresentam exemplos de comportamentos, individuais ou coletivos que encerram, implícita ou explicitamente, algum sentido moral. Nas ações das personalidades históricas e das massas populares revelam-se determinados caracteres: o Infante D. Pedro e o Conde de Avranches, paradigmas da "verdadeira amizade", em Alfarrobeira; Afonso de Albuquerque, político e estratega de extrema determinação e coragem nas conquistas de Ormuz e Malaca; D. Sebastião, com seus defeitos e virtudes, vítima da educação que lhe havia sido ministrada pelo jesuíta Luís Gonçalves da Câmara,³⁴ etc.

Mas não se trata apenas de investigar exemplos de vícios e virtudes. O propósito de síntese, de restrição ao essencial e, por outro lado, de respeito pela verdade histórica, procurando nos antigos cronistas informação fidedigna, a preocupação de situar histórica e geograficamente os acontecimentos, sem descurar, em alguns casos, a sua interpretação e explicação em termos casuais – por exemplo, na narrativa da "Batalha de Alcácer Quibir (1578)" –, anunciam já no jovem Herculano algumas das exigências dos futuros estudos a que se dedicara.

No seu conjunto, estas narrativas constituem, todavia, um gênero híbrido. Na verdade, se revelam características comuns à historiografia propriamente dita, também apresentam afinidades com a técnica do romance histórico, ou melhor, do conto de temática histórica: valorização da descrição de certos lugares, recurso ao diálogo, presença do narrador etc.. Trata-se de um gênero novo na cultura histórica portuguesa que teve, daí em diante, continuidade em Portugal.

Em qualquer destes trabalhos – novelas históricas e quadros históricos, Alexandre Herculano treinava a sua técnica narrativa que tão relevante se revelaria em parte substancial da *História de Portugal* e em toda a *História da origem e estabelecimento da Inquisição em Portugal*. Deste ponto de vista, há uma evidente continuidade e amadurecimento do processo. Mas, no que respeita à ideia acerca da função do indivíduo na

---

"Morte de D. Leonor. Duquesa de Bragança (1512)", Idem, vol. II. P. 282-284. Veja-se ainda Vitorino Nemésio, "Introdução", A. Herculano, *Lendas e narrativas*, vol. I. p. XVII.

33   [Alexandre Herculano], "Introdução", *O Panorama*, vol. I, 1837. p. 1-2.

34   Id., "Regência do Infante D. Pedro. Batalha de Alfarrobeira (1438 a 1449)", *O Panorama*, vol. II, 1838, p. 42-43; Id., "Tomada da Ormuz...", Idem, vol. II, 1838. p. 132; Id., "Conquista de Malaca...", Idem, vol II. P. 202-203; Id.,"Batalha de Alcácer Quibir...", Idem, vol. II, 1837. p 181.

história, há que assinalar um momento de reflexão teórica em que o historiador assume uma posição que não corresponde quer à sua prática anterior, quer aquilo que produziu nos seus trabalhos posteriores.

Referimo-nos às "Cartas sobre a História de Portugal" (1842), em que Alexandre Herculano enuncia um programa que em larga medida não irá cumprir pois não dispunha de bases que lho permitissem. Preocupado que estava em distanciar-se criticamente da historiografia dominante no Antigo Regime político e da sua centragem na memória da Casa Real, aí rejeitava a teoria hegeliana do indivíduo representativo (ou síntese) do todo social de que faz parte.[35] Em seu entender, a historiografia tradicional era unilateral, limitava-se a minudências, reduzia os homens a abstrações, desligados do meio social em que viviam. Mais do que isso, Herculano identificava tal tipo de história com "novela, distinta somente daquelas a que se dá tal título, pelo tedioso, árido e sem sabor da leitura que oferece".[36] Evidentemente, esta identificação entre a antiga historiografia e a literatura, por oposição a uma concepção de história-ciência (que o historiador nesse mesmo momento perfilha) envolvia uma distanciação em relação à literatura. Herculano preparava o terreno para legitimar uma nova postura, já como historiador e não como novelista. Estava, decerto, longe de supor que alguns decénios mais tarde, Teófilo Braga o acusaria precisamente do mesmo, ou seja, de escrever uma história seca e ilegível (por seu turno, a obra de Teófilo seria apreciada por Silva Cordeiro também nesse sentido). Embora não isentos nestas apreciações, quer Herculano em 1842, quer Teófilo em 1880 levantavam um problema fundamental o da acessibilidade do discurso histórico. E para a conseguir, não se podia prescindir da evocação das personalidades históricas. Como integrá-las no tecido social, no contexto político, mental e institucional foi o problema que Herculano teve que enfrentar todos os historiadores oitocentistas que quiseram

---

35 ... além de ser absurdo em tese geral resumir e representar a sociedade nos indivíduos, tal absurdo se torna mais monstruoso, quando os tomamos como medida das fases da sociedade". E adiante: "...a biografia das famílias ou dos indivíduos nunca pode caracterizar qualquer época; antes, pelo contrário, a história dos costumes, das instituições, das ideias, é que há--de caracterizar os indivíduos ainda quando quisermos estudar exclusivamente a vida destes, em vez de estudar a vida do grande indivíduo moral, chamado povo ou nação". Alexandre Herculano, "Cartas sobre a História de Portugal. Carta IV", *Opúsculos* IV, p. 220-221. Cf. também Id., "Elogio histórico [do sócio] Sebastião Xavier Botelho", *Opúsculos* V. Lisboa, s. d. (texto datado de 1841). p. 111-112.

36 Ibid.

ultrapassar a historiografia vigente. O autor da *História de Portugal* optou por separar claramente uma parte narrativa e uma parte em que examina detidamente as instituições. Torna-se evidente que o historiador não pôde cumprir as suas intenções tal como haviam sido enunciadas nas "Cartas sobre a História de Portugal": privilegiar o todo social ("busquemos a história da sociedade e deixemos por um pouco a dos indivíduos") e considerar a história de múltiplos ângulos (daí a conhecida metáfora da "coluna polígona de mármore"). Também ele teve que eleger alguns desses ângulos.

E tanto não pode prescindir de atribuir grande relevo às individualidades históricas que adaptou a ideia do herói representativo, agora em contextos e com significados diversos, primeiro na *História de Portugal...* (1846-1853) e, posteriormente, na *História da origem e estabelecimento da Inquisição* (1854-1959).

Na primeira obra, em consonância com a tese política e voluntarista acerca da formação de Portugal, só podia valorizar o papel de D. Afonso Henriques como principal artífice da independência da nacionalidade. Mas, por outro lado, estabelecia uma estreita relação entre o querer liberal e individualista, o historiador acentuava a vontade e a ação individuais, como se poderá comprovar em diversas passagens da sua obra e na correspondência com Oliveira Martins (1872). Mas deixava bem claros os limites do papel do indivíduo na história, relativamente ao pensamento a que os homens dão expressão.[37] Pelas suas qualidades morais e físicas, pela sua energia e força de vontade, em suma pelo seu valor, D. Afonso Henriques encarnou o sentimento e as ideias de uma comunidade, numa determinada conjuntura histórica. É essa luz que Herculano enaltece a sua função histórica e o considera o principal protagonista da independência

---

37 A propósito da fase final do reinado de D. Afonso Henriques e dos sucessos que nela ocorreram, comentava Herculano: "Não raro o indivíduo, embora eminente, que deu o impulso a uma sociedade ou que lhe criou uma nova situação política é por ela vencido na carreira e, em breve, se vê obrigado a abandonar as mãos, às vezes inábeis, porém mais robustas, o concluir ou continuar sua obra./ A atividade do homem é demasiado curta comparada com a extensão das suas concepções, e quando elas vão influir na existência de um povo (...) já a decadência das forças mentais e físicas obriga a afrouxar o passo àquele que pouco antes parecia arrastá-lo após si" (A. Herculano, *História de Portugal...* vol. I, p. 573). Nas cartas a Martins, Herculano marca bem o papel do indivíduo na história, no quadro de determinados condicionalismos sociais e morais (cf., sobretudo, Carta a Oliveira Martins de 25-XII-1872, *Cartas*, vol. II, p. 224-225.). Sobre o problema da relação entre ação individual e o condicionalismo social, veja-se Fernando Catroga, "Alexandre Herculano e o historicismo romântico", *História da História de Portugal sécs. XIX e XX*. Lisboa, 1996. p. 62-66.

política do Estado e da sua consolidação. Todavia, de um ponto de vista moral, avaliadas algumas das suas ações de um modo absoluto e isoladamente, elas tornam-se-lhes reprováveis.[38] O historiador adotava assim dois pontos de vista bem diversos: o ponto de vista da evolução social e da necessidade histórica e o da história-tribunal, que emite juízos sobre os homens do passado.[39]

Na obra sobre a Inquisição, intentou representar a sociedade portuguesa no século XVI de diversos ângulos, especialmente, do ponto de vista moral. Várias figuras históricas envolvidas no drama da introdução daquele tribunal são consideradas representantes da época. D. João III é visto em sintonia com o espírito que então supostamente predominava entre o povo e o clero (o fanatismo e a intolerância).[40] O monarca é, mais do que isso, tido como "padrão" do seu tempo.[41] Mas frisa bem que a introdução do Santo Ofício resultou da sua vontade.[42] Duarte da Paz (procurador dos cristãos-novos em Roma), João de Melo (inquisidor) e o Cardeal D. Henrique, entre outras personalidades, são vistos igualmente como representantes do espírito da época.[43] Todas elas são,

---

38 Na visão de Herculano, a figura de Afonso Henriques adequa-se perfeitamente às necessidades da época, às aspirações coletivas no sentido da independência. O seu caráter, que caracteriza sumariamente, baseando-se nos cronistas, correspondia, em seu entender, à índole da sociedade (cf. *Op. cit.*, vol. I, p. 405-407). O retrato do monarca e a projeção que o historiador atribui à sua personalidade subordina-se à ideia que nele encarna e nessa medida é que ela é significativa para a história. Em sintonia com aquilo que o historiador afirmava em 1841: "Os juízos individuais em história literária são tão falsos com em história social: o indivíduo que vai à frente da sua época, *não é mais que a ideia predominante dela encarnada no homem. Julguemos a ideia e teremos julgado o símbolo humano que a representa.* Se aquele que passou não a compreendeu, não o chamemos também ao tribunal da posteridade, e deixemo-lo repousar na paz do seu esquecido sepulcro" (Id., "Elogio histórico...", *Opúsculos* V, p. III; sublinhado nosso). Entre as ações "reprováveis) de D. Afonso Henriques, quando "avaliadas em si unicamente", Herculano refere-se aos seus comportamentos para com Afonso VII em 1137 e, mais tarde, com Fernando II (aquando do insucesso de Badajoz), às práticas que adotou na conquista de Santarém e às "crueldades" em relação aos muçulmanos (*História de Portugal...*, vol. I, p. 599.).

39 Como já assinalou Vitorino Magalhães Godinho, "Alexandre Herculano, historiador", *Alexandre Herculano...* p. 69-83.

40 Id., *História da origem e estabelecimento da Inquisição em Portugal*, vol. I, p. 172, 174 e 193.

41 Id., *Idem*, vol. III. p. 290.

42 Id., *Idem*, vol I. p. 166.

43 Id., *Idem*, vol. II. p. 237 e vol. III. p. 146 e 286.

no entanto, consideradas na sua individualidade, com o seu caráter próprio e os seus móbeis particulares de ação. Herculano partia de ideias gerais, exemplificadas na história de determinados indivíduos para construir uma visão de conjunto sobre Portugal do reinado de D. João III. Por meio da narrativa pormenorizada dos sucessos que levaram ao estabelecimento definitivo do Santo Ofício em Portugal e de numerosos exemplos de personalidades envolvidas, procurou reconstituir a atmosfera política e mental da época, caracterizada dentro dos seus parâmetros políticos e ideológicos. Até por isso mesmo, não podia prescindir dos indivíduos. Antes tinha que neles centrar a sua narrativa histórica, como neles tinha centrado as suas novelas. Deve pois concluir-se que nas "Cartas sobre a História de Portugal", Alexandre Herculano enunciou intenções programáticas que não estava em condições de cumprir. Em meados de Oitocentos, não só a cultura histórica portuguesa não dispunha da ferramenta conceptual e das bases documentais acessíveis, necessárias para levar a cabo essa ideia de história global na acepção romântica do historiador, como os princípios doutrinários de que era portador não estavam em consonância com tal projeto. Para além disso, a representação das personalidades históricas constituía o principal expediente no sentido de tornar legível o discurso da história. Quando elas não estão presentes (ou estão tão-só em segundo plano), como sucede em boa parte do terceiro e no quarto volume da *História de Portugal*, em que tipifica e descreve grupos sociais e instituições como os conselhos, as possibilidades de a obra se tornar acessível reduziam-se à partida. Na verdade, assente numa larga massa documental, em larga medida produto de um esforço analítico (que não esquecia a síntese, sublinhe-se), com recurso a uma linguagem arcaizante, a obra histórica foi pouco lida pelos portugueses do seu tempo. E talvez ainda seja menos lida pelos portugueses dos finais do século XX e dos princípios do XXI. Significativo, a este respeito, é que duas edições dos *Opúsculos* começadas a editar nos anos 70 e 80 do século passado[44] nunca tivessem sido concluídas, quando tanto havia a esperar delas, designadamente no que respeita a publicação de textos anônimos e esquecidos.

Se parece indiscutível que Herculano alcançou larga popularidade enquanto autor e figura cívica, também é evidente que as suas obras eruditas não alcançaram diretamente

---

44 Referimo-nos à edição da Bertrand, da responsabilidade de Joel Serrão de que saíram dois volumes [1978-83] e à edição da Ed. Presença, organizada por Jorge Custódio e José Manuel Garcia, em cujo plano inicial constavam oito volumes, dos quais só viriam à luz seis [1982-87]. Urge dar continuidade a estas edições, publicando os textos que estão em falta.

um público alargado. Sublinhe-se todavia que no decénio de 1840, ao optar claramente pelos trabalhos historiográficos em detrimento da novela histórica, de que tinha sido pioneiro em Portugal, o historiador teve bem presente um problema fundamental no seu percurso intelectual e da sua presença na sociedade portuguesa oitocentista: a divulgação cultural, com destaque para a divulgação da memória nacional. A revisão d'*O bobo*, já próximo do final da sua vida, confirma-o.

Mas a legitimação social do ofício do historiador exigia que privilegiasse a pesquisa erudita e que, ao invés da novela histórica, a escrita da história se escorasse, sempre que possível, numa base documental sólida e fidedigna. Ganhou-se no plano da historiografia, da teoria e metodologia da história, e, sobretudo do conhecimento do passado nacional. Mas não se deve esquecer que do mesmo passo que construía uma obra de referência nos estudos históricos portugueses, Herculano deixava a outros a tarefa da sua divulgação entre um público alargado, com consequências previsíveis. Uma vez que nenhum desses divulgadores era profissional da história – tratava-se sobretudo de autodidatas, destituídos de formação histórica –, a simplificação, quando não a adulteração da mensagem original do historiador ocorreram com frequência.

Em 1861, no Rio de Janeiro, a Associação Madrépora, fundada nessa cidade com o objetivo de promover a instrução de Portugal, prestava uma homenagem pública ao historiador "que tanto tem relevado aos nossos foros, as nossas grandezas passadas, e propugando pela liberdade e glória de Portugal". No Gabinete de Leitura Português do Rio inaugurava-se um retrato seu, publicava-se um "Hino a Alexandre Herculano", elegia-se o homenageado como presidente honorário desta instituição e considerava-se que nunca antes se havia prestado tal atributo a um autor vivo. Vale a pena transcrever duas estrofes do hino que era dedicado ao Autor da *História de Portugal* (então no auge do seu prestígio), da autoria de Mendes Leal:

> "Herculano diz ao mundo
> Diz, apesar dos reveses
> O que ainda são os Portugueses
> Pelo que foi Portugal
>
> coro
> Honra ao gênio, ao gênio glória!
> Seu saber e seu primor
> D'entre as páginas da história

Erguem da pátria o esplendor

Para os erros inclinando,
Austero e grave nos conta
Como o infortúnio nos afronta,
Como se ganham lauréis".[45]

Evidente é a distância entre esta retórica apologética de Herculano e do valor de Portugal e o perfil moral do homenageado ausente. Como evidente se torna a não sintonia entre a mensagem original do Autor e a sua ulterior recepção. O que seria tema para um outro trabalho: a apropriação do olhar de Herculano sobre Portugal na cultura portuguesa.[46]

---

45 "Inauguração do retrato de Alexandre Herculano no Rio de Janeiro", *Arquivo Pitoresco*, vol. IV, 1861. p. 361-364.

46 Veja-se o contributo de Carlos Coelho Maurício nesse sentido em *Herculano na balança da historiografia portuguesa*. Lisboa, 1987. (policop.).

A COIMBRA UNIVERSITÁRIA DA GERAÇÃO DE 70

Amadeu Carvalho Homem[1]

Coimbra era, no dealbar dos anos 60 do período de Oitocentos, um pequeno burgo semi-ruralizado, cuja importância decorria estritamente do monopólio consentido ao ensino superior da sua Universidade multissecular. Os benefícios modernizadores do fontismo ainda a não tinham bafejado. A grande novidade do caminho de ferro, ausente por agora das alternativas da sua acessibilidade, dava lugar a frequentes conversas nos pasmatórios da urbe, suspirando os seus habitantes pelo assentamento dos carris ferroviários que tornariam mais fáceis e cómodas as ligações ao Porto e a Lisboa. Assim sendo, era a diligência ou o trote dos equinos que traziam à cidade do Mondego os magotes de estudantes varões, filhos da burguesia possidente, aspirantes a um bacharelato que lhes garantisse o reconhecimento social e sobretudo o emprego futuro, se possível na engrenagem burocrática do funcionalismo estatal.

As diversas Faculdades não seriam frequentadas, nesta altura, por mais de dois mil estudantes. Tratava-se, contudo, de uma amostra suficientemente representativa das famílias mais abastadas do país, uma vez que a demanda de formação superior partia dos quatro cantos do território continental e insular.

A vivência citadina subordinava-se aos ditames de uma corporativização com ressaibos de medievalidade. Eram distanciadas, quando não mesmo tensas, as relações que

---

[1] Professor Agregado da Faculdade de Letras da Universidade de Coimbra.

se estabeleciam entre a Universidade e os filhos da terra, sintomaticamente apelidados de *futricas*. Por seu turno, também o convívio entre o professorado e o corpo acadêmico estudantil se revelava tenso e difícil. São frequentes as queixas dos discentes desta época, lamentando o isolamento, tido como pedante e hierático, dos professores da Universidade, com especial relevo para os catedráticos. Os *futricas* aceitavam dificilmente os privilégios e os foros universitários, numa altura em que se recebiam do estrangeiro umas quantas vagas notícias de resistência dos Povos para com os poderes opressores. A existência de uma legislação privativa, de um tribunal próprio, de um cárcere acadêmico destinado só aos relapsos que o Reitor condenava, de uma Guarda Real da Academia com funções de policiamento da população escolar, tudo isto, enfim, inculcava no residente não-universitário um notório ressentimento. A distribuição geográfica da população citadina denunciava também esta clivagem, com os contingentes universitários acantonados em torno da "colina sagrada", cujo cume era ocupado pelo Paço das Escolas, e com as massas *futricas* distribuídas pelas zonas mais baixas. Os confrontos verbais ou mesmo físicos, não sendo lugar-comum, ocorriam a espaços. Por seu turno, os estudantes hostilizavam, com idêntica intensidade, tanto a malquerença do elemento *futrica* como a férula disciplinar da jurisdição acadêmica ou a severidade excessiva e distanciada dos professores, exercida sobretudo nos atos de avaliação.

O cotidiano estudantil era regulado por um dos sinos da torre da Universidade, a *cabra*, que impunha ou sugeria aos acadêmicos a observância de horários de reclusão, consagrados, de resto, na própria normatividade disciplinar da instituição. Desempenhando as suas funções de vigilância, os *verdeais*, antecessores dos atuais archeiros, encarregavam-se de relatar ao Reitor a existência de desmandos ou contendas em que estivesse implicado algum estudante, o qual ficaria sujeito à correspondente punição disciplinar. Este tipo de sanções poderia determinar a expulsão temporária ou mesmo permanente do infrator, com ostracização da Universidade. A sorte do estudante *riscado* era tanto mais lamentável quanto poderia impedir inexoravelmente, em casos de exclusão definitiva, a obtenção do almejado bacharelato. E este, como já foi dito, funcionava como o verdadeiro "abre-te Sésamo" dos empregos públicos. O estatuto do estudante no interior do meio acadêmico obedecia a critérios de hierarquia, caucionados quer pela antiguidade de frequência da Universidade, quer pela progressão nos cursos encetados. O *caloiro* ou primeiranista sujeitava-se ao jugo das praxes, que faziam dele o sujeito passivo de esfuziantes troças, quando não até de deploráveis agressões físicas. Assim, em conformidade com a pretensa gravidade das contravenções estatuídas nas regras consuetudinárias da sociabilidade estudantil, o *caloiro* poderia ser *tosquiado* por colegas mais antigos, que lhe cortariam irregularmente o cabelo por entre chufas e dichotes. Poderia também ser intimado a tomar parte em grotescas simulações de cerimoniais acadêmicos, como os doutoramentos, sendo-lhe incumbida a defesa de teses absurdas ou de asserções puramente galhofeiras. Porém, nada ultrapassava em brutalidade e primarismo a praxe do *canelão*, que consistia em receber o *caloiro*, à Porta Férrea, com uma saraivada de pontapés nas pernas e com manipulações provocadoras da descompostura do penteado, até ser salvo pela proteção providencial que um quintanista ou um veterano lhe poderia dispensar, cobrindo-lhe a cabeça com a sua pasta.

A pilhéria, nem sempre inocente, o reiterado recurso a fórmulas verbais de piada fácil, era a face visível do humorismo boêmio, perfilhado pelo corpo acadêmico e, um pouco reflexamente, pela cidade no seu conjunto. Nem os estudantes mais adiantados se furtavam aos remoques. Assim, os terceiranistas davam pela designação de *pés-de-banco* ou de *pontes dos asnos* e os quartanistas pela de *candeeiros*. Também se impunham designações típicas para singularizar os discentes, em função do seu desempenho escolar. Os que se distinguiam pelo arrimo ao estudo, alcançando distinções e prêmios, eram conhecidos por *ursos*; os que, pelo contrário, negligenciavam os compêndios eram apelidados de *cábulas*; os que, sabendo-se medíocres ou preguiçosos, tudo faziam para mascarar a ignorância com espertezas e expedientes de circunstância, recebiam o qualificativo de *músicos*. Por outro lado, reservava-se o nome de *capacho* para o estudante que tentasse conquistar as boas-graças dos docentes com mesuras ou lisonjas forçadas.

Coimbra não proporcionava boas condições de alojamento aos estudiosos que a procuravam. Muitos deles acomodavam-se como podiam em quartos ou sobrelojas, satisfazendo arrendamentos não raramente exorbitantes, cobrados por senhorios cúpidos. E como este gênero de negócio proporcionava boas receitas, eram muitas as famílias – algumas das quais abonadas e de bons haveres – que se dispunham a receber estudantes. Para contrabalançar a exploração, tinham aparecido as *repúblicas*, designação reservada para as casas arrendadas e administradas diretamente por estudantes, habitualmente agrupados pelos vínculos da unidade e identificação de uma mesma procedência regional.

O traje estudantil era imediatamente identificável, através da longa capa negra, da batina e do gorro. No decurso dos anos sessenta estava em marcha uma surda resistência, a qual não visava protestar contra esse modo de vestir, mas pretendia atenuar o mais possível as semelhanças dos trajes acadêmicos com as vestes dos clérigos. Assim enroupada, esta mocidade exuberante e goliárdica, dando mostras de um comportamento que se perfilava nos antípodas da melancólica gravidade doutoral, fruía o bem precioso da juventude através de estúrdias convivenciais que as autoridades universitárias encaravam com indisfarçável suspicácia. Nos círculos estudantis transmitia-se, de geração em geração, a fama de alguns conhecidos botequins e tascas. As tias *Camelas* tornaram-se quase lendárias pela indulgência com que reagiam à vivacidade dos comensais, e sobretudo pela qualidade do peixe frito que serviam. Outros botequins, também com assinalável procura, eram os do *Homem do Gás*, do *Garrano* e do *Paço do Conde*. As festas populares realizadas na parte alta da cidade ou nos seus subúrbios, como as que anualmente se realizavam em Celas ou em Santo António dos Olivais, contavam sempre com a animação de muitos acadêmicos. E não era raro que essa animação, transbordando os limites da conveniente urbanidade, devido à influência de libações etílicas, degenerasse em violentos confrontos verbais e físicos. Além dos festejos propriamente citadinos, onde sempre se enxertava o elemento estudantil, assinalavam-se também folguedos típicos da academia. O termo do ano escolar, por exemplo, era celebrada através do *toque das latas*, espécie de catarse coletava que parecia funcionar como uma desforra sobre o cotidiano corrente, regido austeramente pelos toques da *cabra*. Os estudantes, em magote, percorriam então as ruas de Coimbra, provocando enorme algazarra, através do batimento ruidoso de tachos, panelas e campainhas. O ingrediente provocatório, iconoclasta, desafiador, encontrava-se presente em numerosas iniciativas estudantis. Sabemos que Antero de Quental e o seu grupo de amigos realizaram festas a Pan no Vale de Santo António, provocando um frêmito de escandalizado repúdio junto dos lentes conservadores e da opinião católica. Além de ficarem a conhecer muito bem a cidade de Coimbra, os estudantes que a ela chegavam nos princípios dos anos 60 repetiam o hábito imemorial praticado pelas sucessivas gerações acadêmicas de tempos pretéritos, devassando a pé não só os arredores, mas igualmente os lugares considerados interessantes a acessíveis. Como as deslocações de diligência tivessem de ser pagas, e sendo também escasso o dinheiro de bolso, os acadêmicos conimbricenses palmilhavam com frequência léguas de caminho, na senda de novas paisagens e impressões. Era assim que lugares tão distantes como Tentúgal, o Luso, o Buçaco, a Cruz Alta e a Figueira da Foz se increviam nos itinerários usuais, percorridos *calcante pedibus*.

Analisadas as opiniões das mentes mais clarividentes da chamada Geração de 70, acerca do conjunto das vivências hauridas em Coimbra, encontramos quase sempre testemunhos convergentes: mitificam-se e valorizam-se os tempos de "boemia dourada" e de confraternização intelectual e afetiva com a mesma convicção com que se repele e exautora a Universidade, enquanto instituição de ensino superior. Não se tratava apenas de crucificar o dogmático conservantismo universitário, que ainda exigia juramentos de fidelidade a crenças teológicas, nos atos de matrícula dos alunos. Tratava-se, sobretudo, de sublinhar com algum exagero que os conteúdos de saber haviam ficado paralisados no tempo e que as metodologias de transmissão do conhecimento se revelavam definitivamente ultrapassadas e refratárias à criatividade. O *lente*, ou seja, o professor universitário, era assim designado porque, na maior parte dos casos, se limitava a ler nas aulas, em cadência monótona, cabeceante, os seus apontamentos, colhidos em alfarrábios vetustos e sem préstimo. A chamada do aluno à lição, sobretudo na Faculdade de Direito, convertia-se num exercício de reprodução literal das palavras que o professor debitara. Continuavam a preponderar os cansados métodos da memorização jesuítica, o que contribuía para desinteressar os espíritos mais aguçados ou mais ávidos por um saber atualizado. As lições professorais reproduziam um discurso que durante gerações se conservara relativamente estático. Este discurso era então vertido por estudantes-escribas para um livro heteróclito de lições litografadas e pouco fiéis às palavras originais. Quase sempre incapazes de acompanhar o ritmo da enunciação docente, aqueles trasladadores improvisados inçavam o texto de abreviaturas sem sentido e de erros lógicos e sintáticos, que tanto poderiam derivar-se da deficiente audição como da incúria circunstancial ou da ignorância pura e simples. Além do mais, o trabalho de impressão do traslado era pouco cuidado, sendo frequentes as passagens expositivas com linhas esborratadas ou simplesmente omitidas. Viam desta forma, à luz do dia, as famosas *sebentas*, reminiscências espúrias de tempos em que não se imprimiam livros. O nome delas derivava do seu aspecto encardido, fruto do comércio seboso e infindo a que ficavam sujeitas. Como o seu préstimo real era nulo, ou pelo menos muito discutível, os estudantes não hesitavam em desfazer-se desses famigerados exemplares, vendendo-os a colegas mais atrasados, a partir do momento em que fossem realizados com êxito os exames das matérias a que respeitavam. As *sebentas*, fazendo jus ao seu nome, mais não eram do que livros imperfeitos e sujos, que os estudantes menos aplicados memorizavam ininteligentemente e que os mais cuidadosos teriam de corrigir pelos seus meios, se tal fosse possível.

Este acervo de razões, aduzido frequentemente por alguns dos mais notáveis vultos acadêmicos da chamada Geração de 70, consubstancia também o atrito de um momento de viragem histórica e de amplificação cultural. À Universidade também chegariam as lufadas de renovação crítica que, por então, percorriam a Europa transpirenaica. Porém, o processo institucional de mudança é sempre mais vagaroso do que a mutação mental nascida da curiosidade subjetiva. E é isto que torna mais compreensível o anátema que uma geração acadêmica notável não se coibiu de lançar sobre a sua *Alma Mater*.

Como era vivido o cotidiano das aulas, sobretudo nas Faculdades onde preponderavam saberes de contorno social ou humanista? Pondo de parte estudantes com pretensões a *ursos*, os demais evitavam ser chamados à lição, sobretudo quando se tratava de notórios *cábulas*. A chamada à lição era antecedida de uma consulta, na aula, por parte do professor, da lista nominal dos alunos matriculados. Era dela que, com um vagar calculista e teatralmente destinado a produzir efeitos de tensão emocional, vinha a ser selecionado o nome do que deveria papaguear a lição. Por isso, eram muitos os estudantes que *jogavam de porta*, diferindo propositadamente a entrada na sala de aula, até se certificarem que outro colega fora escolhido para tal efeito. Outros havia que, embora presentes na sala antes da chamada, *mergulhavam*, expressão que na gíria acadêmica designava o ato dos que se escondiam debaixo do banco, a fim de não serem referenciados pelo professor. Aliás, a escolha feita pelos alunos do lugar por eles ocupado habitualmente na sala das lições era desde logo indiciadora dos propósitos de cada um em relação à aprendizagem. Os estudantes mais aplicados, com pretensões a *ursos*, desejosos de alcançarem distinções e de serem reconhecidos pelos seus méritos escolares, apressavam-se a ocupar as bancadas da frente. Pelo contrário, os *cábulas*, os *mergulhadores*, os *trocistas* e os *músicos* preferiam as bancadas das últimas filas, lugar que era conhecido pela expressiva designação de *coelheira*. Na *coelheira* praticavam-se os mais insólitos processos de ocupar o tempo da lecionação, observando-se a regra áurea de não se prestar a menor atenção ao que se estava a passar. Trocavam-se bilhetinhos, conversava-se em surdina, liam-se os romances da moda e havia até quem se recreasse com o jogo das damas, em tabuleiros desenhados para o efeito nas capas das *sebentas*. Quando o aluno chamado à lição se confrontava com dificuldades de reprodução de matéria, por omissões mnésicas, culposas ou inocentes, havia quem acorresse em sua ajuda, fazendo de *ponto* e *soprando*, no todo ou em parte, o que deveria ser dito.

Não se pense, porém, que tudo se resumia, por então, à estúrdia irresponsável de uns centos de rapazes. O decênio de 60 e os tempos imediatamente posteriores assistirão a um notável florescimento de iniciativas culturais. A literatura, a filosofia, a história, a sociologia, a filologia, a etnologia e as novas concepções científico-naturais ganharam invulgar expressão, interessando apaixonadamente o meio acadêmico mais intelectualizado. A estesia poética fazia-se acompanhar de uma tal aura de prestígio que sobre os vates da época recaía o lato consenso do prestígio reconhecido e da admiração não rateada. Era com vaidade que os estudantes mais sisudos e mais sapientes viam franquear-se-lhes as páginas da revista *O Instituto,* do Instituto de Coimbra, colaborada por gente grada da cidade e por muitos professores da Universidade. Os que pretendiam iniciar-se na prosa e no verso, mas não gozavam da reputação requerida à publicação de textos n'*O Instituto,* dispunham de outras revistas, muitas das quais fundadas por grupos de acadêmicos, de tiragem modesta e de duração efêmera. Algumas destas publicações periódicas ostentaram, na direção ou redação, alguns dos nomes que o futuro haveria de realçar. O poeta João de Deus, renovador do lirismo nacional, foi um dos redatores da revista *O Acadêmico,* surgida em 1860. Em 1861 apareceram os *Ensaios Literários,* "jornal quinzenal, noticioso e literário" dirigido, nomeadamente, por Adolfo Coelho. A temática literária anunciou-se igualmente na revista *A Crisálida,* que se estamparia em 1863 e 1864 pelo empenhamento de Teófilo Braga, José Simões Dias e Duarte de Vasconcelos, cuja receita se destinou a colmatar, tanto quanto possível, as dificuldades econômicas de um estudante caído em desvalimento. A partir de 1868 começou a divulgar-se *A Folha,* "microcosmo literário" a que João Penha devotaria o melhor do seu inegável talento. Por aqui se comprova que a vida cultural de Coimbra não se esgotava dentro das paredes da Universidade e transbordava com exuberância para as fileiras da irrequieta mocidade escolar. Também o Teatro Acadêmico cumpria a sua missão de instituição dinamizadora da vida cultural estudantil. Aí se representavam as peças em voga, nas quais as personagens femininas eram desempenhadas por varões escrupulosamente travestidos, aí decorriam as recepções a figuras públicas que os estudantes julgavam dignas de homenagem e aí funcionavam as assembleias acadêmicas em momentos tidos como especialmente importantes. Era então que os participantes deliberavam agir neste ou naquele sentido, depois de acaloradas trocas de razões.

Pelo que respeita ao mundo complexo e subjetivo das opções políticas, os acadêmicos da cidade do Mondego dividiam-se – eterna dicotomia... – entre os que se reviam nas tradições conservadoras e os que aspiravam a consideráveis mutações reformistas ou até revolucionárias. O espetáculo revelado pela Europa da época impelia, pelo dramatismo que lhe era inerente, à assunção de opções claras. Com efeito, quem poderia permanecer indiferente aos esforços governamentais de Camilo Benso de Cavour a favor da unidade italiana, a que a saga da "Expedição dos Mil", chefiada por Giuseppe Garibaldi, acrescentava a nota de um romantismo vibrante, ao pretender oferecer a Sicília e Nápoles a Vítor Emanuel II, rei do Piemonte, no qual se depositavam as melhores esperanças de realização da unificação nacional? E quem não se sentiria compelido a tomar partido sobre a momentosa questão do poder temporal do Papado, que encontrava em Pio IX o defensor intransigente da territorialidade dos Estados Pontifícios, o propugnador do novo dogma da Imaculada Conceição (1854) e o fulminador, através do *Syllabus* (1864), dos conteúdos laicais e liberais que o espírito do tempo parecia reclamar? Também o destino infeliz da Polônia, jogado no tabuleiro dos apetites austríacos e russos, ecoava dramaticamente em Coimbra. Se a situação dos polacos conheceu melhorias sob o governo do czar Alexandre II, a verdade é que a resistência foi ao auge no ano de 1863, assumindo contornos de reivindicação democrática. Mas a insurreição, que gerou solidariedades morais nos meios europeus mais afetos ao nacionalismo radical, seria rispidamente sufocada em 1864, através de cruéis execuções sumárias e de deportações para a Sibéria. E, em 1868, a Polônia seria literalmente anexada pela Rússia. A sorte da Irlanda, sob a opressão de sucessivos governos britânicos, era do mesmo modo lamentada pelos espíritos mais generosos. A luta pela dignidade e pelo autonomismo que O'Connel travara até à sua morte, ocorrida em 1847, virá a converter-se num vasto mas desarticulado movimento sedicioso, promovido por associações fenianas e sociedades secretas, num tecido social profundamente corroído pela mais deprimente das misérias. O ministro britânico Gladstone ainda procurou satisfazer algumas das reclamações irlandesas. Mas a Câmara dos Lordes objetou a todas as concessões, e nem a fundação por Isaac Butt de um partido declaradamente autonomista viria a modificar a abatida realidade da Irlanda. As causas italiana, polaca e irlandesa, tão diferenciadas nos seus meios de ação e nos seus objetivos, constituíram referências cívicas e éticas de acendrada sentimentalidade para a fração mais rebelde dos universitários conimbricenses desta época.

Era este, portanto, o pano de fundo da realidade universitária que assistiu à aventura da mocidade de uma das mais ricas gerações intelectuais com que Portugal contou: a Geração de 70.

BIBLIOGRAFIA SUMÁRIA

Anthero de Quental. In Memoriam. Porto, 1896.

BASTOS, Teixeira. *A Vida do Estudante de Coimbra (Antiga e Moderna).* Coimbra, 1920.

BRAGA, Teófilo. *História da Universidade de Coimbra nas suas Relações com a Instrucção Pública Portugueza.* Lisboa, 1902. 4 v.

CARREIRO, José Bruno. *Vida de Teófilo Braga. Resumo Cronológico.* Coimbra, 1955.

CARREIRO, José Bruno. *Antero de Quental. Subsídios para a sua Biografia.* 2. ed. Ponta Delgada, 1981. 2 v.

Eça de Queiroz. In Memoriam. Lisboa, 1922.

EURICO, Pedro [pseudônimo de Pinto Osório]. *Figuras do Passado.* Lisboa, 1915.

HOMEM, Amadeu Carvalho. *A Ideia Republicana em Portugal. O Contributo de Teófilo Braga.* Coimbra, 1989.

In Memoriam do Doutor Teófilo Braga.1843-1924. Lisboa, 1934.

Memória a José Falcão. Coimbra, 1894.

MÔNICA, Maria Filomena. *Eça de Queirós.* Lisboa, 2001.

OLIVEIRA, Júlio de. *Ramalho Ortigão e Eça de Queiroz.* Porto, 1945.

PAXÊCO, Fran. *A Escola de Coimbra e a Dissolução do Romantismo. 1865-1915.* Lisboa, 1917.

PIRES, António Manuel Bettencourt Machado. *A Ideia de Decadência na Geração de 70.* Ponta Delgada, 1980.

PRATA, Manuel Alberto Carvalho. *A Academia de Coimbra.* Coimbra, 2002.

Quarenta Annos de Vida Litteraria. Lisboa, MCMII.

QUEIROZ, Eça de. *Notas Contemporâneas.* 2. ed. Porto, 1913.

SIMÕES, João Gaspar. *Vida e Obra de Eça de Queirós.* 3. ed. Amadora, 1980.

COLLECTIVE IDENTITIES IN THE EARLY PORTUGUESE OVERSEAS EXPANSION IN AFRICA: CONCEPTS AND EXPRESSIONS

Ivana Elbl[1,2]

The perceptions of collective identity, both in terms of self-definition and definition of the 'Others', represent a topic which has been very intensely debated recently.[3] In the area of overseas expansion, most coverage has been given to perceptions of native American societies.[4] Portuguese attitudes to and notions of the

---

1   Department of History, Trent University.

2   Os organizadores preferiram manter os artigos em língua estrangeira no original.

3   For some recent sociological, anthropological and psychological perspectives of self-identity and of collective identities, see for example Eli Hirsch, *The Concept of Identity* (New York, Oxford University Press, 1982) Manuel Castells, *The power of identity* (Malden: Blackwell, 1997); Peter Unger, *Identity, Consciousness, and Value* (New York: Oxford University Press, 1990); Anthony P. Cohen, *Self-consciousness*: An Alternative Anthropology of Identity (London and New York: Routledge, 1994); Craig J. Calhoun, *Critical Social Theory*: Culture, History, and the Challenge of Difference (Cambridge, Mass., and Oxford: Blackwell, 1995); Particia Yager, ed., *The Geography of Identity* (Ann Arbor: University of Michigan Press, 1996); Steve Pile and Nigel Thrift, *Mapping the Subject*: Geographies of Cultural Transformation (London and New York, Routledge, 1995); Etienne Balibar and Immanuel Wallerstein, *Race, Nation, Class*: Ambiguous Identities (Routledge, 1991).

4   For an extensive sample of approaches and themes see the Robert Forster, ed., *European and Non-European Societies, 1450-1800*. Vol. II: *The longue durée, Eurocentrism, Encounters on the Periphery of Africa and Asia* and Vol. II: *Religion, Class, Gender, Race* (Aldershot: Ashgate,

cultures and societies they encountered in what Donald Lach labelled the "Century of Discovery"[5] have been also been increasingly attracting scholarly attention.[6] The fifteenth and sixteenth-century sources which contain perceptions and definition of the religious, ethnic, political and cultural identities of the peoples the Portuguese had come into contact with play an extremely important role in the historiography of many coastal regions of Africa, Asia and South America. This is particularly true about coastal sub-Saharan Africa where the Portuguese sources constitute the bulk of written evidence. In the case of Africa, corroborating evidence, such as oral history, archeology and linguistic analysis, has mostly confirmed the ethnic, political, economic and linguistic maps which can be drawn from the Portuguese sources, allowing for distortions created by transcription of verbal information, language errors and imperfect coverage.[7] Inaccuracy of course increases when it comes to description of belief systems, social categories and

---

1997); Anthony Pagden, *European Encounters with the New World*: From Renaissance to Romanticism (New Haven: Yale University Press, 1993); Anthony Pagden, *The Fall of Natural Man*: The American Indian and the Origins of Comparative Ethnology (Cambridge: Cambridge University Press, 1982); and Anthony Padgen, ed. *Facing Each Other*: The World's Perception of Europe and Europe's Perception of the World (Aldershot: Ashgate, 1999), 2 vols. James Muldoon, *Canon Law, the Expansion of Europe and World Order* (Aldershot, Ashgate, 1998).

5   Donald Lach, *Asia in the Making of Europe*. Vol. 1: *The Century of Discovery* (Chicago: University of Chicago Press, 1965, reprint 1994).

6   See for example Ivana Elbl, Cross-Cultural Trade and Diplomacy: Portuguese Relations with West Africa, 1441-1521," *Journal of World History* 3 (1992): 165-204; P.E.H. Hair, *African Encountered*: European Contacts and Evidence, 1450-1700 (Aldershot: Ashgate, 1997); Luís Felipe Thomaz, *De Ceuta a Timor* (Lisbon: Difel, 1994. See also the following collections of essays: Amadeu Carvalho Homem, ed., *Descobrimentos, Expansão e Identidade Nacional* (Coimbra, Universidade de Coimbra, 1993); and Francisco Bethencourt and Diogo Ramada Curto, *A Memória da Nação* (Lisbon: Livraria Sá da Costa, 1991). The best study on the subject is Luís Felipe Thomaz and Jorge Santos Alves, "Da cruzada ao Quinto Império," in Bethencourt and Ramada Curto, *Memória da Nação*, 81-164.

7   See for example the various essays in P.E.H. Hair, Africa Encountered; Ivana Elbl, "*The Portuguese Trade with West Africa*", 1440-1521. PhD Thesis (Toronto, University of Toronto, 1986), chapters 1 and 2; George Brooks, *Landlords and Strangers* (Boomington: University of Indiana Press, 1993); Afredo Margarido, "La vision de l'Autre (Africain et Indien d'Amérique) dans la Renaissance Portugaise," p. 507-555 in L'Humanisme Portugaise et Europe. Actes du XXe Colloque Internationale d'Études Humanistes. Tours, 3-13 Juillet 1978 (Paris: Centre Culturel Portugais, 1984); Peter Russell, "Problemas sociolinguísticas relacionados com

other complex concepts and processes which are very likely to be influenced by the expectations, values and normative concepts of the observer, of which self-identity is the most important one.[8]

When examining the Portuguese notions of identity of the others the ideas which determined their own collective identity must always be kept in mind. The Portuguese overseas expansion began to unfold almost simultaneously with the emergence of strong national sentiment in Portugal. The Portuguese self-defined collective identity thus galvanized in the context of the overseas expansion, and inevitably influenced and was influenced by the perception of the identity of the various peoples and groups encountered. Both the Portuguese self-definition and their definition of others must therefore been seen as a process shaped by past thoughts, current ideological dictates as well as situational dynamics, and thus by both long- and short term factors.

The same consideration should be but seldom is applied to one's own effort to understand such a process. Reconstructions of past identities and identity perceptions are often heavily overlaid by modern concerns, in particular issues related to race, racism and ethnocentrism. Much effort is spent on proving that the Europeans, in this case the Portuguese, were race-conscious, ethno – or Europocentric, and christocentric.[9] There

---

os descobrimentos portugueses no Atlántico Africano," *Anais da Academia Portuguesa da História* 26 (1978): 225-250.

8   For a theoretical discussion see Roy Porter, ed., *Rewriting the Self: Histories from the Renaissance to the Present*. New York: Routledge, 1997.

9   See for example Urs Bitterli, *Cultures in Conflict: Encounters between Europeans and Non-Europeans, 1492-1800* (Stanford: Stanford University Press, 1989; Clinton M. Jean, ed. *Behind the Eurocentric Veils:* The Search for African Realities. Amherst:University of Massachusetts Press, 1991; Ali Rattansi and Sallie Westwood, eds. *Racism, Modernity and Identity*: On the Western Front. Cambridge: Cambridge University Press, 1994; Eric R. Wolf, *Europe and People without History* (Berkeley: University of California, 1982 and 1997). For a brief summary see Felipe Fernández-Armesto, "The Mental Horizon", p. 223-245 in his *Before Columbus*: Explorations and Colonization from the Mediterranean to the Atlantic, 1229-1492 (Philadephia: University of Pennsylvania Press, 1987). For alternative approaches see Anthony Disney, ed. *Historiography of Europeans in Africa and Asia, 1450-1800* (Aldershot: Ashgate, 1995). The binary approach to the relations between Europeans and non-western peoples stems for the correction of colonial attitutes which occurred in the context of decolonization movements of the 1950s, 60s and 70s. For discussion see George W. Stocking, ed. *Colonial Situations*: Essays in Contextualization of Ethnographic Knowledge (Madison: University of Wisconsin Press, 1991).

is no point in denying this or in proving at length that this indeed was the case. Cultural relativism is a modern Western construct. Most past societies and cultures were centric, in that they subscribed to certain aesthetic criteria, considered the patterns created by their culture to be the normal or correct way of life, and saw all others as either marginal to or out-of-balance with dictates of the divine or universal forces.[10] A more productive way is to examine the patterns of perception of the collective 'Self' and 'Others'; assess how and to what degree such perceptions or definitions of identity served as driving forces behind historical events; and consider the feedback effect of historical events and development on identity formulation.

In the case of the early Portuguese expansion, the available sources make such an examination considerably difficult, if only because of their scarcity and their heterogeneous nature and purpose. The key factors to be taken into consideration in the case of narrative sources is their representativeness, the status and outlook of the authors, their intellectual pretensions, and the length of time separating the source from the events described. As a general rule, narratives written by actual participants close to the events are more matter-of-fact and less ideologically loaded than those written long after the event and aiming at glorifying an event or a person, or those written by non-participants. Intellectual pretension play an important role: for example, the same author can be matter-of-factly and non-judgmental in passages dealing with contemporary affairs and make very prejudicial statements in passages which seek to prove his erudition by drawing on past scholarly authorities, whether ancient, Christian or, sometimes, Muslim.[11] Documentary sources also offer widely differing perspectives: documents aimed at legitimization of overseas claims and moral justification of such claimed employ very different concepts and language than for example diplomatic correspondence with African states and instructions to Crown employees for dealing with Africans, or documents pertaining to actual day-to day interaction.[10]

---

10   For a fascinating comparative study see Yale H. Ferguson and Richard W. Mansbach, *Polities: Authority, Identities and Change* (Columbia, s.c.: University of Columbia Press, 1995). See also A.H. Bozeman, *Politics and Culture in International Relations* (Princeton: Princeton University Press, 1960). Although the work is somewhat dated, Bozeman's insight and comparative breadth maintain its value as an essential reading.

11   See Thomaz and Santos Alves, "De cruzada ao Quinto Imperio;" and Joaquim de Carvalho, *Estudos sobre a cultura portuguesa no século XV* (Coimbra: Universidade de Coimbra, 1949), vol. I,

All too often modern historians are tempted to select passages which illustrate a particular point, frequently the same passages from the same narrative sources, in particular Gomes Eanes de Zurara's *Discovery and Conquest of Guinea*,[12] without much regard to their representativeness and context in which they occur. Yet an illustrative statement cannot be accepted as representative of the general opinion or as reflecting historical reality merely because it has been written down and survived to the present. More often than not it merely constitutes an example of the normative ideological discourse of the period and thus constitutes a significant and relevant piece of evidence but its applicability is much reduced.[13]

These caveats apply particularly strongly to the issue of race. Since racial prejudice emerged in the recent centuries as the broadest and most potent collective criterion of differentiation among human groups, the same is assumed to have applied to the past, and in particular to the period of the early Portuguese expansion. Most akin to modern racial theories was the cosmographical and geographical tradition of the ancient Western world, taught from Persia to the Mediterranean, stressing the division of the globe into climatic zones which influenced the physical and mental make-up of their inhabitants. The temperate zone of the ancient West was deemed the best suited for human habitation and produce the best humans. The climatic imperfections of the

---

12   The most important collections of published documentary evidence are *Monumenta Henricina*, 15 vols; António Brásio, ed.. *Monumenta Missionaria Africana: África Occidental*, 1st series, vols. 1-3 and 2nd series, vols. 1-4; *Monumenta Portugaliae Africana*, 3 vols; J. de Silva Marques, *Descrobrimentos Portugueses: Documentos para a Sua História*, 4 vols; A. Lobato, *A Expansão Portuguesa em Moçambique de 1498 a 1530*, 3 vols; A. Baixo, ed. *Documentos do Corpo Cronológico relativos a Marrocos (1488-1514)*; Pedro de Azevedo, ed. *Documentos das Chancelarias Reais anteriores a 1531*, 2 vols; and Martim de Albuquerque, ed.. *Orações de Obediência dos Reis de Portugal aos Sumos Pontífices* (Lisbon, 1988). For analysis of the archival evidence, see Ivana Elbl, "Archival Evidence of the Portuguese Expansion in Africa, 1440-1521," *Primary Sources & Original Works* 2 (1993): 319-357; and Lawrence McCrank, ed. *Discovery in the Archives of Spain and Portugal: Quincentenary Essays, 1492-1992*. Binghamton: Haworth Press, 1993, p. 319-357.

13   Gomes Eanes de Zurara, *Crónica dos feitos notáveis que se passaram na conquista da Guiné por mandado do Infante D. Henrique* (Lisbon: Academia Portuguesa da História, 1978); for an English translation see Charles R. Beazley and Edgar Prestage, eds. *The Chronicle of the Discovery and Conquest of Guinea, by Gomnes Eannes de Azurara*. Hakluyt Society, 1st series, nos. 95 and 100. (New York: Burt Franklin, reprint from 1896 and 1899).

frigid and torrid zones created corresponding imperfections in humans: the inhabitants of the frigid zones were large, pale and slow because of the cold; those of the torrid zone were burned black by the sun and sluggish because of the heat. Another theory, common to the Religions of the Book, tracked genealogy of all humans to the sons of Noah. Descendants of each of the three sons inherited his personal characteristic and standing with God. Eventually, each descent group populated one of the continents of the Old World. Complementary to these were the various theories which ranked peoples according to their cultural attainment. It is true that black Africans, the 'Ethiopes', were usually mentioned among the low ranking peoples but, as a rule, the grounds for denigration were cultural, not racial.[14]

The Portuguese sources repeat many of these standard concepts, mostly in passages where the authors seek to display their classical erudition, or in formal contexts where historical continuity linking the historical present with the Roman past is sought.[15] However, in the early expansion, race is seldom served as a yardstick for ranking purposes. Religion and culture are the determining factors. Unlike some medieval Arab sources, the Portuguese did not draw a link between physical appearance and mental ability. Skin colour is mentioned most often in a descriptive context: white (*branco*), dark (*preto*), black (*negro*), reddish brown (*baço*).[16] Other physical categories frequently men-

---

14   See Thomaz and Santos Alves, "De cruzada ao Quinto Imperio;" and Carvalho, *Estudos sobre a cultura portuguesa no século XV*.

15   Bernard Lewis, *Race and Slavery in the Middle East: An Historical Inquiry* (New York and Oxford: Oxford University Press, 1990), chapters 3, 6,7 8 and 13; Ivan Hannaford, *Race: A History of a Idea in the West* (Washington DC: Woodrow Wilson Press, 1996; Benjamin Braude, "The Sons of Noah and the Construction of Ethnic and Geographical Identities in the Medieval and Early Modern Periods," *William and Mary Quaterly*, 3rd Series, 15 (1997): 103-42; William McKee Evans, "From the Land of Canaan to the Land of Guinea: The Strange Odyssey of the 'Sons of Ham,'" *American Historical Review* 85 (1980): 15-43; Hans Werner Debrunner, *Presence and Prestige: Africans in Europe. A History of Africans in Europe before 1918* (Basel: Basler Afrika Bibliographien, 1979), Chapters 1 and 2; Jean Devisse and Michel Mollat, The Image of the Black in Western Art. Vol. II: From The Early Christian Era to the "Age of Discovery" (Lausanne: Office du Livre, 1979); Peter Mark, *Africans in European Eyes: The Portrayal of Black Africans in Fourteenth and Fifteenth Century Europe* (Syracuse, NY: Syracuse University Press, 1974).

16   Duarte Pacheco Pereira, a royal pilot and author of the key early sixteenth-century Portuguese description of Africa, explains the relationship between climate and skin colour: ... a zona

tioned were height, body-shape, shape of nose and mouth, and hair texture. It is a misconception that the Portuguese felt repelled by dark skin colour. The sexual appeal that Africans had both for Portuguese men and women in this period is well documented.[17] Comments which reflect aesthetic preferences involve mostly shape of the body, nose and mouth, and are expressed in such term as 'ugly', 'well-built', 'poorly proportioned', 'handsome' or 'beautiful'.

Skin colour, as a chief physical characteristic, is often employed in Portuguese sources as a descriptive umbrella term where broad denominators, in particular religious allegiance, are not applicable. The adjective *negro* (black) or the nouns *negro* (black man), *negra* (black woman), or '*os negros*' (black people), just as the term 'white', did not imply any inherent value judgment but merely conveyed a highly visible difference in appearance which served as a tool of identity distinction. Alternative umbrella terms, used as synonyms, are geographical in character: '*Ethiopes*' (Ethiopians) or '*Guineas*' (inhabitants of Guinea). Given the confusion as to which part of sub-Saharan Africa was a part of which 'Ethiopia' and what exactly constituted 'Guinea', little wonder that skin

---

de meo, que equinoçial se chama ou cinto do primeiro mouimento, pello grande ardor do sol se hasaz d'afadiguada e com todo seu tormento grandamente pouorada, por cuja causa se cree que os Ethiopios sam tam negros de color, por este circolo a elles seer propinco" (Duarte Pacheco Pereira, *Esmeraldo de Situ Orbis* (Lisbon: Sociedade de Geografia de Lisboa, 1905 (repr. 1975), liv. I, cap. I, 20-21). For an extensive study of Duarte Pacheco Pereira and his work see Joaquim Barradas de Carvalho's critical edition: *Duarte Pacheco Pereira, Esmeraldo de Situ Orbis*, ed. Joaquim Barradas de Carvalho (Lisbon: Fundação Calouste Gulbenkian, Serviço de Educação, 1991 [1992]; Joaquim Barradas de Carvalho, *À la recherche de la spécificité de la Renaissance portugaise: "L'esmeraldo de situ orbis" de Duarte Pacheco Pereira, et la littérature Portugaise de voyages à l'époque des grandes découvertes* (Paris: Fondation Calouste Gulbenkian, Centre Culturel Portugais, 1983), 2 vols; and Joaquim Barradas de Carvalho, *As fontes de Duarte Pacheco Pereira no "Esmeraldo de Situ Orbis"* (Lisbon: Imprensa Nacional – Casa Da Moeda, 1982).

17   See for example Álvaro Velho's decription of the people encountered in southern Africa during Vasco de Gama's outward voyage. In the Angra de Brás they met with 90 dark-brown men (*baços*), like those of the Bay of Santa Helena, and 200 *negros*", large and small. In the Rio de Cobre and Terra da Boa Gente, … achámos muitos homens e mulheres negros e são de grandes corpos, e um senhor entre elles (we found many black large-bodied men and women, and a lord among them." Velho, *Roteiro*, 10.

colour prevailed as the key common denominator.[18] This common denominator was employed to encompass the multitude of ethnic, linguistic and political identities which the Portuguese had encountered in Africa.

Unlike culture or religion, skin colour did not become a subject of prejudice and a source of disadvantage until relatively late in the early Portuguese expansion, in the course of the first half of the sixteenth century. This developments can be linked to several processes: the merging of cultural prejudice with skin colour, disenchantment with Africans as allies and potential converts, and above all the changing definition of Portuguese self-identity influenced by the intensifying struggle for economic and social opportunities in Portugal and its overseas holdings.[19] At the beginning of the expansion, religiously and culturally assimilated Africans were absorbed into Portuguese society with remarkable ease. At the beginning of the sixteenth century, however, a collusion of circumstances caused a gradual reversal.[20] One of these was the power-struggle for control of the island societies of the African coast, such as São Tomé in the Gulf of Guinea. This struggle pitted mulatto descendants of the first Portuguese settlers against the white newcomers from Portugal. The Crown sided with the mulattoes but proved too distant to control a situation increasingly dominated by officials of Portuguese origins.[21] Similar processes affected admissions to certain positions, offices and social distinctions.

As well, slavery began to be associated with skin colour. The Aristotle-based justification of slavery, based on racial/ethnic characteristics, has merged with the Church doctrinewhich saw slavery as a just treatment for peoples disregarding natural law.

---

18   Ivana Elbl, "Men without Wives: Sexual Arrangement in the Early Portuguese Expansion in West Africa," p. 61-86 in Desire and Discipline: Sex and Sexuality in the Premodern West, edited by Jacqueline Murray and Konrad Eisenbichler (Toronto: University of Toronto Press, 1996).

19   Pacheco Pereira, for example, in the Prologue refers to "… Guiné, que antiguamente se chamaua Ethiopia (Guinea, called by the ancients Ethiopia" and to its inhabitants as "Ethiopos: (Pacheco Pereira, Esmeraldo, n° 14), and on p. 29 he learnedly discusses the five parts of ancient Africa: Libia (Nile to Melila); Mauritania (Melila to Tangier/Tingy); Tingitanya (Tangier to Safi); Hantantica (Atlas to Ethiopia); and finally Ethiopia Inferior/Grande (liv. 1, cap. 5, 29). In the descriptive part of the treaties, he uses the term: "negros".

20   Ivana Elbl, "Prestige Considerations and the Changing Interest of the Portuguese Crown in Sub-Saharan Africa, 1441-1580." Portuguese Studies Review 10 2 (2002-3): 15-36.

21   See A. C. de C. M. Saunders, A Social History of Black Slaves and Freedmen in Portugal, 1441-1555 (Cambridge: Cambridge University Press, 1982), chapters 2, 8, 7 and 9.

Perceived racial and cultural traits were blended together, resulting in the claim that the rationality and moral fibre of non-white Portuguese was inferior to those of pure Portuguese descend. The most obvious manifestation of this process was gradual marginalization of black clergy, who were step-by-step prevented from ministering to white parishioners and from rising up the ladder of Church.[22] Simply stated, race could be used as a pretext for social stratification and serve as one of the defining elements of social identity in the Portuguese world. The irony of this situation is the well-observed fact that a socially strong black person could for all ends and purposes be considered white, skin colour notwithstanding.[23] Despite this social dynamic, however, in comparison with religious and cultural criteria race remained a relatively peripheral factor in identity definition and its weight shifted in conjunction with them.

The key determinant of identity in medieval Portugal was religion and it remained so throughout the early expansion.[24] Ethnicity and political allegiance constituted, in theory at least, subordinate levels in the hierarchy of identities. The Church taught that Christians formed a self-enclosed community separated from the rest of humanity by a spiritual gap that only conversion could overcome. By accepting baptism and consenting to follow the rules set out by the Holy Scriptures and the Church, Christians became a different breed of humans, no longer irreparably tainted by the original sin and thus eligible for salvation. The relations between Christians were supposed to be governed by rules different from those applicable to and practised by other humans.[25] The status of non-Christians was quite ambiguous. Theologians generally acknowledge that non-Christians could legitimately hold *dominium* over their lands and possession and rejected conversion by force. However, the legitimacy of non-Christians' *dominium* was predicated on their acting rationally and not transgressing against the natural law.[26] Such conditions seriously devaluated the principle of rudimentary tolerance. An irrational act,

---

22   Robert Garfield, *A History of São Tomé Island, 1470-1655: A Key to Guinea* (San Francisco: Mellen Research University Press, 1992, chapters 5 and 7.

23   Brásio, *Monumenta Missionaria Africana*, série 1, vol. 1-4, and série 2, vols. 1-3.

24   For a classical study on the subject see Charles R. Boxer, *Race Relations in the Portuguese Empire, 1415-1825* (New York: Oxford University Press, 1963).

25   Thomaz and Santos Alves, "Da Cruzada ao Quinto Império," p. 81-109.

26   Walter Ullman, *Principles of Government and Politics in the Middle Ages* (London, 1966), p. 32-33.

for example, was unwillingness to allow unhindered proselytization by Christian missionaries, an attitude that Christian's rulers could justly punished by waging war on the offending party. In other words, the Church teachings on non-Christians were sufficiently ambiguous to allow practically any interpretation, depending on the interests of the party involved. In the minds of non-specialists the legal and theological sophistry was reduced to an assumption of 'otherness' of those who were not of the same faith and therefore not subject to the same religious law. Whether this 'otherness' invited intolerance and violence depended on the prevailing set of historical circumstances or, in other words, on situational dynamics.[27]

The importance of situational dynamics is particularly apparent in the relations between Christians and Muslims. Christians considered Muslims a heretical sect which had split from the true faith to follow a false prophet, and had willfully seized lands which once had been a part of the Christian world, oppressing their inhabitants or corrupting them into apostasy and heresy. Since such errors and evils had to be corrected, once peaceful persuasion had failed Muslims and Christians were assumed to exist a permanent state of war. Muslims, while more tolerant of Christians under their rule than in the opposite case, were potentially just as belligerent: *jihad*, fought for expansion of the Muslim-controlled territory was just as meritorious as Christian wars in the service of their faith, and at time an obligatory act of faith. In late-medieval Europe a successful war or even a campaign against Muslims was one of the foolproof sources of prestige and glory for the participants.[28] Yet not every such campaign could automatically be considered a 'just-war'. A 'just war' was not supposed to be waged for a selfish motive but only to serve God and the Faith. Booty was allowed, as a reward for the labour and risk the warriors had undergone, but if they acted out of hope for booty they were not engaged in 'just war.'[29] The Papacy but increasingly also theologians and canon

---

27   Ullmann, *Principles*, p. 245-247. See also James Muldoon, *Popes, Lawyers, and Infidels* (Philadelhia: University of Pennsylvania Press, 1979).

28   For comprehensive discussion, see Norman Housley, *The Later Cruzades: From Lyons to Alcazar, 1274-1580* (Oxford, Oxford University Press, 1992); and David Nirenberg, *Communities of Violence: Persecution of Minorities in the Middle Ages* (Princeton: Princeton University Press, 1996).

29   A statement of the influential late medieval noble author, Don Juan Manuel, expresses this attitude best: "... the best way [for a noble] to save his soul, according to his estate and dignity, is to die fighting the Moors," Quoted in Housley, *The Later Cruzades*, 275.

law experts in royal service were recognized as having the authority to make the determination.[30] However, as the power and prestige of the Papacy waned, secular rulers were increasingly able to procure favourable pronouncements or disregard unfavourable ones.

The principle of confrontation was curbed by the realities of mutual coexistence and by intense rivalries among co-religionists, especially in the complex world of the Mediterranean. These realities demanded mutual accommodation, justified ideologically by favourable interpretation of theology and religious law. If followers of the opposing faith lived peacefully in their own territory, without doing any harm to their religious opponents, or if religious war should be too risky and inflict undue damage to one's own society, maintaining peace was deemed justified.[31]

The demands of the moment are well evident in the twists and turns of the Portuguese ideological attitude towards Muslims in the early overseas expansion. D. João I, the founder of the Avis dynasty, promoted the attack against the Moroccan city of Ceuta as a penitential act to expiate his sins of unavoidably spilling Christian blood in his long wars against Castile.[32] Ceuta was chosen because it presented a target which was both prestigious and militarily feasible. Although D. João called for expert opinion as to whether the attack on Ceuta constituted 'just' war, he could be reasonably sure that the experts in his service and the hard-pressed Pope (of Rome) would respond favourably, as they indeed did. D. João was assured that he "can carry out war against whichever Infidel, Moors or gentiles, who in some way defy some of the articles of the Holy Catholic Faith. By which labour you will merit great galardão of our Lord God. Any further doubts should be treated as whispering of the Evil One."[33]

---

30 See Frederick H Russell, *The Just War in the Middle Ages* (Cambridge: Cambridge University Press, 1975).

31 For discussion see J. Muldoon, *Popes, Lawyers, and Infidels* (Pennsylvania, 1979), p. 119-31. For primary sources see *Monumenta Henricina*, vol. 5 passim; and Ch.-M. de Witte, "Les bulles pontificales et l'expansion portugaise au XVe siècle." *Revue d'histoire ecclesiastique* 48 (1953): 683-718; 49 (1954): 438-61; 51 (1956): 413-53, 809-36; 53 (1958): 5-46, 443-71.

32 *Monumenta Henricina*, vol. 5, p. 261-269. For discussion see Muldoon, *Popes, Lawyers, and Infidels*, 124-8.

33 The King claimed that he was troubled by "the memory of spilling the blood of Christians, even though justly, weighs on his conscience, proper penance only to wash his hands in the blood of the Infidenl, as it is established in the Holy Scripture that a perfect satisfaction of a sin to do penance where one sinned. What other penance can he do but to kill for those

The support for the Ceuta project was quite overwhelming, because it meant an outlet for the restless elements in Portuguese society left idle after the peace in 1411, including D. João's sons eager to prove themselves in battle.³⁴ In the 1430s, when there was much reluctance concerning further involvement in North Africa, the full spectrum of opinions about the justness of unprovoked war against Muslims reappeared, each opinion serving as a cover for complex series of personal concerns. In the 1450s, the fall of Constantinople whipped up religious sentiments and made it easy for the war party led by the King Afonso V, his brother Fernando and uncle Henry the Navigator to put new life into the expansion in Morocco which resulted in the capture of four more Moroccan cities between 1458 and 1471.³⁵ In the 1480's, however, the practically minded D. João did not hesitate to ally himself with the Moroccan regional powers and propose grand alliance with the Muslim states of West Africa to forward his interests in the best spirit of 'realpolitik'.³⁶

---

men he and his actions killed as many infidel, or more if he can for the service of God and the exaltation of the Holy Catholic Faith? If he wanted to make penance through prayers and alms, it seems to him it would not result in perfect satisfaction because the penance would be unequal to the error, as the office of praying belong principally to clergymen and friars and other religious persons, and if I wanted to give these alms, these are money from my rents for which I cannot feel loss, ... It also seems to me that as a result of this feat [the conquest] I will achieve all these things because will be enough charity to seek money and supplies to govern such people as, with God's grace, I expect to take on this holy pilgrimage [levar a esta santa romaria]. Concerning prayers, it seems to me with will be enough for God to be served in a similar way when by his grace such house in which now they serve and worship (103) in the name of Mohammed, whose soul by its just deserves is burried in the depths of Hell, be staffed with clergy and religious, so that by night or day his holy name is served and worshipped?" (Gomes Eanes de Zurara, *Chronica de el-Rei D. João I* (Lisbon: Escriptorio, 1899), cap. xix, vol. 1,103-4).

34   Zurara, *Chronica de el-Rei D. João I*, cap. x, vol. 1, 59-60.
35   See Zurara, *Chronica de el-Rei D. João I*, cap. V, vol. 1, 36-8.
36   See Luís Felipe Thomaz, "Le Portugal et l'Afrique au Xve siécle: Les debuts de l'expansion. *Arquivos do Centro Cultural Português* 26 (1989): 161-256. "Man of His Time (and Peers): A New Look at Henry the Navigator," *Luso-Brazilian Review*, 28, 2 (1991): 73-89; and Ivana Elbl, "Infante D. Henrique and the Failed Conquest of Tangiers, 1437." A paper presented at the 108th Annual Meeting of the American Historical Association, San Francisco, January 6-9, 1994; Ivana Elbl, "The Way to Tangiers, 1437: Honour, Boredom, and Salvation as Motivators," A paper to be presented as a part of a multimedia panel "Tangiers, 1437: A Disaster in Multimedia" at the Annual Meeting of the Society for Spanish and Portuguese Historical Studies, Santa Fe, April 2001.

Under D. Manuel, D. João's successor, the Portuguese expansion reached the greatest momentum. It was driven once again by arguments about irreconcilable competition between Christianity and Islam. Although both Kings dreamt of transforming Portugal into a world empire, D. Manuel's concept of it was driven and justified by its religious goals: defeat of Islam and paving the way to a religiously united world.[37] In his eyes, the internecine warfare in Morocco constituted a much more prestigious project that the Portuguese activities in Africa or, for that matter in India. Although D. Manuel did not hesitate to enter into temporary alliances with Muslim rulers, he renewed the ideological commitment that watchful hostility, if not outright war, was the natural state of affairs between Christians and Muslims. As George Winius pointed out, because they were mortal enemies, the Portuguese treated Muslims with much more brutality than they would consider using against other non-Christians.[38]

Medieval Christians generally had more sympathy and tolerance for pagans than for Muslims because apostasy and heresy were considered much worse than erring simply out of ignorance. Animism, polytheism of all sorts, fetish worship were all denounced as mistaken delusions, often inspired by the devil, but were considered correctable, especially where vague belief in one Creator or ultimate deity appeared to be present. The historical memory of the relatively expeditious conversion of European pagans led to the assumption that pagans elsewhere would soon be converted once exposed to proselytization. However, failure to respond to it was condemned as devil-induced, stubborn persistence in error and as a show of willful irrationality,[39] which justified an establishment of Christian rule by force. Thus, for example, the inhabitants of the West-Central African state of Kongo, and especially its ruling elite, were readily accepted into the Portuguese world at parity after their conversion. The Christianization of this African state was celebrated in the Portuguese histories as one of the Portuguese chief

---

37   Luís Felipe Thomaz, "O Projecto Imperial Joanino. (Tentativa de interpretação global da política ultramarina de D. João II." Originally published in *Congresso Internacional Bartolomeu Dias e a sua Epoca, Porto, 1988, Actas* (Porto, 1989), vol. 1, 81-98. Republished in Luís Felipe Thomaz, *De Ceuta a Timor* (Lisbon, 1994), 149-167.

38   Luís Felipe Thomaz, "L'idée impériale manueline," In *Colloque La Découverte, le Portugal et l'Europe* (Paris, 1990), 35-103.

39   Bailey W. Diffie and George D. Winius. *Foundations of the Portuguese Empire, 1450-1580* (Minneapolis: University of Minnesota Press, 1977), 212-213.

achievements in the late fifteenth-century.[40] However, in the course of the second half of the sixteenth-century the Portuguese came to look down at the Kongolese, not for religious or racial but for cultural reasons: lack of material wealth, the obvious weakness of the government and the repeated appeals for assistance created a perception of cultural inferiority. The multiple failures to inspire conversion of rulers of other African states, or even their subjects in any numbers, contributed to growing negativity towards Africans in first half of the sixteenth century.[41] However, the need to trade and the realization that territorial conquest was not feasible, forced the religious argument into the background.[42] To maintain the ideological justification of controlling access to Africa, the Portuguese *letrados* developed a theory which portrayed trade as a peaceful form of war, arguing that contact with Christians and access to European culture would in the long run persuade the recalcitrant pagans to realize the benefits of the true faith.[43] The well-known 1484 *Oração de Obediência* delivered before Pope Innocent VIII encapsulates the doctrine of peaceful conquest and the prestige value the Portuguese Crown derived from its sub-Saharan enterprise:

> By the means of it [São Jorge da Mina] he initiated such a holy, such an assured, such a great commerce with those tribes [of Ethiopians] that the name of the Saviour, never heard in that region, not even in passing mention, now became so increasingly pronounced amongst those peoples, owing to the concourse with our men, that a wild and barbarous tribe, dedicated to lust and sloth, devoid of charity, and living like cattle, is at present beginning to shine forth in religion. Moreover, not only is Christendom enriched by the unheard-of quantity of gold and precious goods

---

40 Barros, *Da Asia. Primeira Decada*, liv. 3, cap. iii.

41 Pina, Crónica de el-Rei D. João II, cap. lvii ("Descobrimento do Regno de Manicongo, e de como foy fecto Christão"), cap. lviii ("Chegada dos Negros a sua Terra"), cap. lix ("Hida do Capitam, e Frades a El-Rei de Congo"), cap. lx ("Entrada dos Christãos na Corte d'El-Rey Moni-Congo"), cap. lxi ("Fazimento da Igreja primeira"), cap. lxii ("Como el-Rei foy fecto Christão"), cap. lxiii ("Como a Rainha foi fecta Christã"). Barros, writing much later than Pina, collapses the story into one chapter (Barros, *Da Asia. Primeira Decada*, liv. 3, cap. ix).

42 See for example many of the comments in Duarte Pacheco Pereira's *Esmeraldo de Situ Orbis*, 79-158. Brásio, *Monumenta Missionária Africana. Africa Occidental*. Vol. II (1532-1569) (Lisbon, 1963), docs. 29, 97, However, the Africans often had a similarly bad opinion of the Portuguese (see Elbl, "Cross-Cultural Trade," 186-187.

43 Elbl, "Trade and Diplomacy" and "Prestige Considerations."

brought from there, but all commerce with the Ethiopians that has been carried out by the Numidians, the Carthaginians, the Moroccans, and other tribes inimical to the Christian name has ceased, a commerce the proceeds from which, with its great weight and great quantity of gold that stemmed from the constant reconsigning of merchandise over the land routes, was wont to arm and defend all Africa against Christians.[44]

Religion and culture were closely tied together—both on intellectual and material levels.[45] Christianity grew out of the Mediterranean urban/agricultural context, just as Islam reflected the coexistence of nomad and urban civilization of the Middle East, with the corresponding assumptions about proper way of life. Both shared certain important preconceptions about the political and social authority, law, gender relations, and material culture. These similarities stemmed both from the teachings of shared religious texts and from the integrated realities of life in the Mediterranean basin and the Near and Middle East. Both elites and commoners of sedentary societies in this area shared concepts, forms of social organization and values which made it easy to associate with each other, despite the religious differences. A Christian noble had much in common with a Muslim noble from North Africa in terms of ambitions, values and notions of quality of life. The Portuguese sources were willing to concede that the material culture of Muslim cities could and often did exceed their own.[46] Despite this, they labelled the North African and Asian Muslims '*barbaros*' (barbarians) as often as they did non-Christians of sub-Saharan Africa, whose ways they found much more alien. The reason is that in medieval Europe the unflattering epithets 'barbarians' and barbarous' did not necessarily imply a cultural judgment: it summarily designated non-Christians.[47]

The material trappings valued both by Christians and Muslims included architecture, presence of luxury items and, above all, proper clothing and diet. The ideas of what

---

44 A. C. de C. M. Saunders, "The Depiction of Trade as War as a Reflection of Portuguese Ideology and Diplomatic Strategy in West Africa," *Canadian Journal of History* 17 (1982) 219-234.

45 Vasco Fernandes de Lucena, *The Obedience of the King of Portugal*, translation and comments by Francis M. Rogers (Minneapolis, 1958), 47.

46 Elbl, "Cross-Cultural Trade and Diplomacy," 195-196. For the governing principle, see Parkinson, The *Philosophy of International Relations*, 21-22. For an interesting insight, within a European context, see David I. Kertzer, *Ritual, Politics, and Power* (New Haven, 1988), 105.

47 See, for example, Pacheco Pereira, *Esmeraldo*, 16.

constituted proper architecture, clothing and diet of course differed from region to region. The Portuguese were impressed by stone architecture and walled settlements and very critical of their absence.[48] The style and quality of clothing was another favourite topic, right next to observations about the degree and gender of nudity. Food and drink was another grateful topic.[49] Dietary preferences gave rise to much prejudice. Christians criticised Muslims for rejecting pork and wine (but drinking it secretly). Muslims, in turn, criticised Christians for consuming these very same items. Similar disdain existed for the diet of hunter/gather societies. The list could go on and on.

The Portuguese tried, on a number of occasions, to share their cultural goods, both spiritual and material. Religion of course headed the list of items but stone-masonry and other expertise was offered as well.[50] Only weapons and military assistance were conditional on prior or imminent conversion. The ruler of Benin successfully secured a troop of Portuguese harquebusiers by waving the prospect of conversion before D. Manuel's eyes, only to renege on the promise once he had what he wanted.[51] The best known example of a Portuguese attempt to copy their cultural blueprint in Africa is the 1512 diplomatic mission to the state of Kongo. Apart from a full staff of priests, officials and craftsmen, the embassy carried a complete set of instructions how to arrange a hierarchy

---

48   See the use of the term by João de Barros in his *Da Asia*.

49   Pacheco Pereira claimed that European buildings and weapons were the best "... nem deuemos douidar qye de cidades, villas e fortalezas cercadas de muros; e outros sumtuosos e fermosos edificios, Europa precede Asya e [a] Africa e asy as precede de muita e melhor frota de naaos milhor aparelhadas e armadas que todalas outras partes; e nam podem neguar os Asiaticos e Africanos que toda a habastança das armas e policia d'ella com outras muitas arthelarias Europa posuy, e sobre tudo os mais excelentes leterados em todalas ciencias; que o orbe em sy tem; com outras muitas cousas de vantajem de todo ho circuyto da Redondeza; ... (Pacheco Pereira, *Esmeraldo*, liv. 1, cap. 5, 30)

50   See for example many of the comments in Duarte Pacheco Pereira's *Esmeraldo de Situ Orbis*, 79-158. Velho gives a casual description of the people encountered in the Bay of Santa Helena: "In this land there are *homens baços* (dark-brown), who eat only sea lions, whales, meat of antelopes, and roots of plants. They go covered in pelts and weath penis sheaths. Their arms are horns or antlers set in wood like olive tree. They have many dogs like those of Portugal (Velho, *Roteiro*, 6)

51   For the identity-building importance of architecture see Peter Mark, "Constructing Identity: Sixteenth and Seventeenth-Century Architecture in the Gambia-Geba Region and the Articulation of Luso-African Ethnicity," *History in Africa* 22 (1995): 307-327.

of noble titles, how to set up institutions of government, protocol and ceremonies.⁵² The domestic situation in Kongo, a disputed succession and the vested interests the eventual winner had in the Europeanization project, at least partly accounts for the remarkable success of the embassy. Still, it can be argued that the success would not have materialized if there were not some sincere interest on the Kongolese side.⁵³

Social identity, and especially social status, represented the most important aspect of cultural identity, and served as the most powerful source of affinity. 'Homens honrados', nobles and reputable warriors were easily, if sometimes erroneously, identified through their behaviour, postures and outfitting. In such situation, an almost immediate sense of familiarity and respect emerged which transcended religious if not cultural preconceptions. Thus when the exiled *bumi* of the Senegalese state of Jolof arrived in Portugal to seek assistance against his enemies, he was greeted with all the ceremony and support which any other exiled prince or high noble could expect from the Portuguese court. The sources comment on his noble deportment, skill as horseman and elegant speech, all characteristic of a good courtier. The fact that he was *'principe barbaro'* did not detract from his qualities, only added to the esteem and wonder of his hosts. Nonetheless, he and his retinue had to accept baptism and take an oath of vassalage to the king of Portugal before they were given the military assistance they came for. The assistance proved fatal because the commander of the Portuguese relief fleet did not fancy a prolonged stay in Africa and chose to escape from his predicament by murdering his protegee.⁵⁴

On a collective level, however, the Portuguese mostly concentrated on describing very basic cultural patterns: religion, language or ethnicity, political allegiance and authorities, social organization and customs, subsistence patterns and daily life. Many individual Portuguese demonstrated simple curiosity to learn *'de sua vida'* (their way of

---

52 Ryder, *Benin and the Europeans*, 28-32, 46-48.

53 Góis, C Parte I, cap. lxxvi, 164 (Kongo); Parte II, cap. X (Monomotapa); Parte III, cap. xxxvii and xxxviii (Kongo); Parte III, caps. lviii-lxii (Ethiopia); Parte IV, cap. iii (Kongo).

54 Elbl, "Cross-Cultural Trade and Diplomacy," 192-93. For a slightly different interpretation see John Thornton, "Early Kongo-Portuguese Relations: A New Interpretation," *History in Africa* 8 (1981): 183-204; See also LeRoy-Ronald Johnson, "Congolese-Portuguese Relations, 1482-1543: The First Phase of Lusitanian Expansion in Tropical Africa," PhD Dissertation, University of Michigan, 1981.

life) of those they encountered.⁵⁵ There is some evidence that they were basically ready to accept the differences as simply other ways of conducting daily life. Some of the most accurate information comes from passage when the author simply repeats information as it was received.⁵⁶ This in particular applies to identification of states, languages, ethnic groups and places. However, where more complex aspects of human life were concerned, the ideological dictates of sooner or later prevailed. The identity that the Portuguese created for those they encountered was inevitably a composite one, constructed from a hierarchy of criteria. Religion was undisputedly the top criterion, followed by various cultural considerations. Only then came concrete criteria, such as language, ethnicity and political identity.

This hierarchy of fluid components is characteristic of the construction of medieval collective identities in general. The Portuguese were Christians first. They had some sense of Europe as a spatial delimitation of the civilization they felt a part off;⁵⁷ but for most Spain was a more graspable concept with the same function.⁵⁸ The emergence of Portuguese national identity in the medieval period was a complex process. From a mod-

---

55 Pina, *Crónica de el-Rei D. João II*, cap. xxxvii ("Como Bemoim foy fecto Christão"); Barros covers the episode in much greater detail, devoting to it and its implications almost four chapters (Barros, *Da Asia. Primeira Decada*, liv. 3, caps. vi, vii, viii, xii).

56 Velho relates the story of a certain Fernão Veloso, who when with Vasco de Gama in south Africa was so much interested to visit the Africans in their homes to see how they lived and ate ("... desejava muito ir com eles a suas casas, para saber de que maneira viviam e que comiam ou que vida era a sua.") that Gama, alsoo inopportuned, let him go so that he himself woul have to subject himself to Veloso's lobbying (Velho, *Roteiro*, 6).

57 Duarte Pacheco Pereira's *Esmeraldo de Situ Orbis*, 79-158.

58 Pacheco Pereira, in a theoretical passage in his *Esmeraldo*, argues that Europe was superior to Asia and Africa since the Antiquity: "... e diz Plinio ... que por a Europa ser mais excellente de todalas outras partes, ella he +nos da o criador dos póvoos vencedores das jentes; e ho seu sitio e hasento he muito mais fermoso que todolos outros; e alguns antiguos escritores diseram que por Europa ser de tanta bondade estimáram que fose nam ha terça parte da terra, mas a metade d'ella; nem deuemos douidar qye de cidades, villas e fortalezas cercadas de muros; e outros sumtuosos e fermosos edificios, Europa precede Asya e [a] Africa e asy as precede de muita e melhor frota de naaos milhor aparelhadas e armadas que todalas outras partes; e nam podem neguar os Asiaticos e Africanos que toda a habastança das armas e policia d'ella com outras muitas arthelarias Europa posuy, e sobre tudo os mais excelentes leterados em todalas ciencias; que o orbe em sy tem; com outras muitas cousas de vantajem de todo ho circuyto da Redondeza; ... (Pacheco Pereira, *Esmeraldo*, liv. 1, cap. 5, 30)

ern point of view, Portugal in the fifteenth-century fits the category of a nation-state. The Portuguese possessed a state, a language, common culture and sense of shared past.[59] The Portuguese state existed as a recognized political unit since the twelfth century, the Portuguese language was well-defined in both written and oral and was used as the language of government since the thirteenth century. This however does not mean that at the beginning of the expansion the Portuguese self-identity was decisively consciously or explicitly formulated along these lines. As Magalhães Godinho has recently pointed out, the concept of Portuguese national identity has undergone a number of transmutations in different historical contexts, usually in the search of self-justification and legitimization.[60] In the medieval period, the designation 'Portuguese' had primarily a political connotation: it identified a natural or naturalized subject of the King of Portugal: an individual or corporation under the writ and protection of the Portuguese Crown. The term however could also simultaneously refer to an ethnic Portuguese: a speaker of the Portuguese language born or assimilated into the Portuguese culture.

Neither of these two concepts however necessarily describes Portuguese collective self-identity or provides assurance of its existence. The evidence of a 'national' feeling inmedieval Portugal is usually derived from moments of confrontation with an outside power, mostly the neighbouring Castile. Nationalist sentiments become however a major historical force in the period immediately preceding the beginning of the overseas expansion, when popular opposition to prospect of a foreign, Castilian king ruling over Portugal resulted in a long war which installed the native dynasty of Avis on the Portuguese throne. The legality of the accession of D. João I, the founder of the dynasty, was debatable: he was elected King by the representatives of the Portuguese *povo* (people) and in the face of a strong opposition of the leading noble families, on the strength of the argument that other claimants had been disqualified for one reason or another and that the throne was vacant. A legally equally shaky claim less than three centuries earlier had justified the independence of Portugal from Castile-Leon. D. João

---

59 See for example Duarte Pacheco Pereira refer to "nossa patria d'Espanha ..." (*Esmeraldo*, liv. I, cap. II, 43).

60 Claude-Gilbert Dubois, "Mythologies des origens et identité nationale," in Bethencourt and Ramada Curto, *A Memória de Nação*, 31-48. See also Simon Forde, Lesley Johnson, and Alan V Murray, eds., *Concepts of National Identity in the Middle Ages* (Leeds: University of Leeds, 1995); and C. Leon Tipton, ed. *Nationalism in the Middle Ages* (New York: Holt, Rinehart and Winston, 1972).

I, and the Avis family in general, thus had a strong need not only to nurture a sense of Portuguese national identity among their subjects in order to mobilize them against the Castilian threat, but also to use history and the concept of a national historical mission to justify the legitimacy of the dynasty.[61]

War against Muslims, the one steady motif in medieval Portuguese history, represented a mission the nobility of which could not easily be debated away, no matter what other motives underscored it. The early overseas expansion, a historical process at least in theory aimed at strengthening Christendom and weakening Islam, is thus closely interwoven with the process of defining Portuguese national identity in the corresponding time period.[62] However, the connection was not automatic. The war against the 'Infidel' served also as the legitimizing project of the chivalrous warrior nobility, and as such one which transcended political and ethnic barriers and was defined in terms of religious and social identity.[63] The distinction is clearly apparent in the works of the two prominent Portuguese fifteenth-century historians, Fernão Lopes and Gomes Eanes de Zurara. Lopes, to whom it fell to reconstruct and compose the history of the Portuguese kings up to D. João I, writes primarily from the viewpoint of Portuguese nationhood. Zurara, the historian employed by the chivalric D. Afonso V to write works celebrating individual protagonists of the early expansion, thought mostly in terms of religious and social identities. Where Lopes would use the term 'portugueses', Zurara uses 'christãos'.[64]

---

61 Vitorino Magalhães Godinho, "O naufrágio da memória nacional e a nação no horizonte de *marketing*," in Bethencourt and Ramada Curto, *A memória da nação*, 15-28.

62 See Maria Helena da Cruz Coelho, "Portugal na Época dos Descobrimentos," p. 7-21 in Amadeu Carvalho Homem, *Descobrimentos, expansão e identidade nacional* (Coimbra: University of Coimbra, 1992).

63 See for example Ana Isabel Buescu, "Um mito das origines da nacionalidade: o milagre de Ourique," Bethencourt and Ramada Curto, *A memória da nação*, 49-69.

64 For a passionate denunciation of Muslims, see Duarte Pacheco Pereira:" … a felecidade de sua jente he crerem na abusam da seyta de Mafoma, que cuidam verdadeiramente seer mesejeiro de Deos emvyado a este indocto vulguo pera a remisam de seus pecados; o qual, todolos vicios e desonestidas pera o corpo emsynou e das virtudes dalma nenhuma doutrina lhe deu, por que toda a sua principal tençam foy destruir de todo que he graue de creer e trabalhoso de hobrar, e facilmente outorgou aquellas cousas a que os viciosos e miseraueis homees soeem a ser incrinados, maiormented os d'Arabia de cuja prouinçia Mafoma foy naturalm que sempre estudam em luxuria, gulla e rapina; e por esta preversa gente ser inimigua de nossa santa fee

Interestingly, the figure most associated with the early expansion, D. Henrique (Henry the Navigator) was much closer to Zurara's notion of self-identity than to Lopes'. He saw himself as a Christian first, a knight second, and then, in descending order, as member of the Avis dynasty (*linhagem*) and of the Portuguese nation. His priorities were individualistic in the feudal sense: his soul came first, then his honour which in turn rubbed off on the honour of his family and the honour of his nation. He acted principally for himself (and for God, as he saw it): the benefits which accrued from his actions to his King and his nation were a by-product of his personal quest.[65] D. Afonso, his nephew and successor in the anti-Muslim struggle, thought along similar lines: the expansion in Morocco which was so dear to his heart was a campaign for personal glory and merit for himself and the other individual participants, rather than for the glory and merit of the Portuguese nation as a whole. Still, the special relation of the Portuguese nation and the overseas expansion started to take shape already in this period, as a by-product of the attempt to justify why the Portuguese Crown should control access to the newly contacted regions of Africa, to the exclusion of other Christian powers. The papal bull *Romanus Pontifex* of 1455 sets the stage by declaring that the Portuguese, more than other Christians, could be trusted to observe papal decrees regarding contact with non-Christian, specifically not to be blinded by profit into supplying them with prohibited commodities, such as arms, iron and shipbuilding materials.[66]

It was however only during the apex of the Portuguese overseas expansion under D. Manuel (1495-1521) that the connection between Portuguese identity and the overseas expansion fully matured. Recent research has revealed a key ideological dimension to what previously appeared as a pragmatic drive for wealth and secular glory by a ruler whom his contemporaries labelled the 'Merchant King'. As Luis Felipe Thomaz has persuasively demonstrated, D. Manuel believed that he personally and the Portuguese nation collectively has been chosen by God to undercut the Muslim power, wrestle Jerusalem from

---

Catolica, os Rex d'estes Reinos, do tempo del Rey Dom Joham da gloriosa memoria pera cá, lhe fezeram sempre aspera guerra ... (Pacheco Pereira, *Esmeraldo*, liv. 1, cap. 65)

65 Compare their parts of the chronicle of D. João I which they both partly authored. Whereas Lopes concentrated on internal history of the kingdom, Zurara devoted most of his effort to Moroccan affairs.

66 *Livro dos conselhos de el-rei D. Duarte (Livro da Cartuxa)*, ed. João J. Alves Dias (Lisbon, Estampa, 1992), 116-8.

Muslim hands and usher in the Fifth Empire, a stage in world history when all humans would be converted to Christianity, thus setting the stage for the Second Coming of Christ.[67] The messianism contained in this idea may appear far removed from a sound basis for external policy but an overwhelming body of evidence confirms the suggestion that the Portuguese of the Manueline period indeed perceived themselves as the champions of Christianity in the struggle against Islam, and that all the steps undertaken overseas, now matter how pragmatic in nature, were interpreted ideologically as tactical or strategic moves in this irreconcilable conflict. The commercial activity and material profit from the expansion did not detract from this picture: they constituted either means to finance the higher goal or a just reward for the labours invested.[68]

The ideology of religious militancy, characteristic of the warrior nobility for whom it served as a justification of their status and their action, was easily disseminated to commoners as well, building on the historical tradition of reconquest and the growing popular hatred against non-Christian Portuguese, especially Jews.[69] Social tensions and competition for positions and opportunities easily extended this animosity to recent converts to Christianity: the *conversos* (former Jews) and new Christians from overseas. In the course of the first half of the sixteenth-century, religious prejudice combined with cultural assumptions to create a social hierarchy with Old Christians from metropolitan Portugal on the top, Portuguese born overseas of Portuguese parents next, followed by persons of mixed parentage, then Christians from the local population, and finally non-Christians. Race coincided with the religion-cultural categories, which in the eyes of a modern historian made create the impression that race was the paramount identity criterion.

---

67 Silva Marques, *Os descobrimentos portugueses*, vol. 1, doc. 401 and 402 (p. 503-13), in particular p. 504-6. Pacheco Pereira' interpretation of the document is included in his "Prologue" to *Esmeraldo*: [D. Henrique] "foy o principio e causa que os Ethiopos, quasy bestas em semelhança humana, halienados do culto diuino, desentam muita parte d'elles ha santa fé catolica e Religiam cristã cada dia sam trazidos..." For this reason the Pope granted D. Infante and all the Kings of Portugal the right to seas and coasts from Guinea to India. A summary of *Romanus Pontifex* follows (Pacheco Pereira, *Esmeraldo*, 14-15)

68 Thomaz, "La idéa imperiale manueline"; Thomaz and Santos Alves, "Da cruzada ao Quinto Imperio."

69 For a broader context, see Bernard Lewis, *Cultures in Conflict: Christians, Muslims, and Jews in the Age of Discovery* (New York: Oxford University Press, 1995).

In the early Portuguese overseas expansion, the paramount identity category was religion which served as the broadest and most meaningful defining factor. The other umbrella criterion was culture, often very closely blended with religion, and to some decree race. Ethnicity, language and political allegiances constituted the more concrete criteria. Social identity formed a category of its own and had the capacity of transcending all the above. The identity of any group involved in the expansion was a composite of all or most of the above categories. The Portuguese national identity or the identity of "Others" were not constant. The constituting components and their proportion changed according to temporal, spatial and situational context. Even the apparently all-important religious identity could be easily pushed into background and ignored when a situation, such as a political or commercial alliance, demanded it. This fluidity and the opportunism are not only characteristic of medieval constructs of collective identity but also a very important factor in judging the actual relations between the Portuguese and the various cultures they encountered.

Parte 3

OFERENDAS

A CONFRARIA DE SANTA CRUZ, DE TOMAR (1470)

Manuel Sílvio Alves Conde[1]

É muito pouco o que se conhece das confrarias medievais de Tomar. As mais antigas instituições de benemerência desta vila do Centro de Portugal seriam, porventura, as de Santa Maria do Olival, de Santa Iria e de Santa Maria do Castelo, relacionadas com os templos do mesmo nome, já existentes no segundo quartel do século 14, as duas primeiras, e no primeiro quartel da mesma centúria, a última. De Trezentos seria também, provavelmente, a confraria dos almocreves, que estaria na origem do hospital de Santa Maria da Cadeia.[2]

A partir de meados de Quatrocentos, surgem referências a outras confrarias: a de Santa Cruz, que aqui nos interessa particularmente, e as de Santa Maria dos Anjos, de S. Pedro e de S. Sebastião, tal como a primeira, associadas a ermidas da mesma designação, esparsas pela área periurbana tomarense.[3]

A larga proliferação e espargimento pela Cristandade, desde o século 12, de unidades assistenciais, geralmente pequenas — albergarias, hospitais, gafarias e mercearias

---

[1] Universidade dos Açores / Centro de Estudos Históricos da Universidade Nova de Lisboa.

[2] Manuel Sílvio Alves Conde, *Tomar medieval. O espaço e os homens*, Cascais, 1996, p. 50, 55, 214.

[3] Manuel Sílvio Alves Conde, *Tomar medieval*, cit., p. 57, 214; idem, "O espaço periurbano da vila portuguesa de Tomar", *Horizontes do Portugal medieval. Estudos históricos*, Cascais, 1999, p.135-137; idem, *Uma paisagem humanizada. O Médio Tejo nos finais da Idade Média*, Cascais, 2000, v. II, p. 442-443.

— deveu-se sobretudo à iniciativa de fiéis que, cumprindo assim o que predicava a Igreja, visavam obter graças extraterrenas.[4]

Com idênticas preocupações, multiplicaram-se também as confrarias de piedade.[5] Constituídas por laicos, eram dotadas de órgãos próprios e regiam-se por um compromisso. Visavam à benemerência caritativa, mas também o culto do respectivo patrono e sobretudo a assistência mútua dos confrades em situações de precariedade, em particular na doença e na morte.[6] Para a prossecução dos seus fins, tinham de possuir alguns recursos económicos, provenientes tanto de contribuições dos confrades, como de receitas próprias, geradas pelos seus patrimónios.[7]

---

4   Michel Mollat, *Les pauvres au Moyen Age. Étude sociale*, Paris, 1979, p. 53-72; António Alberto Banha de Andrade, Maria José Pimenta Ferro, Maria Emília Aniceto e Fernando Jasmins Pereira, "Assistência social caritativa – Introdução", "A. na Idade Média – 1", "A. na Idade Média – 2", *Dicionário de história da Igreja em Portugal*, dir. por A. Banha de Andrade, vol. I, Lisboa, 1980, p. 631-633, 635-640 e 640-661, respectivamente; Iria Gonçalves, "Formas medievais de assistência num meio rural", *Imagens do mundo medieval*, Lisboa, 1988, p. 53; idem, As confrarias medievais da região de Alcanena (estudo, com leitura paleográfica de Maria de Fátima Botão), sep. do *Boletim do Centro de estudos históricos e etnológicos*, IV (1989), Ferreira do Zêzere, 1989, p. 13-16; José Marques, A assistência no norte de Portugal nos finais da Idade Média, sep. da *Revista da Faculdade de Letras do Porto – História*, II série, v. VI, Porto, 1989, p. 15-18; Fernando da Silva Correia, *Origens e formação das Misericórdias portuguesas*, 2.ª ed., Lisboa, 1999, p. 377-422.

5   Iria Gonçalves, "As confrarias medievais da região de Alcanena", cit., p. 13-40; José Marques, *Os pergaminhos da confraria de S. João do Souto da cidade de Braga (1186-1545)*, sep. de *Bracara Augusta*, vol. XXXVI, Braga, 1982; idem, *A confraria de S. Domingos de Guimarães (1498)*, sep. da *Revista da Faculdade de Letras – História*, 2.ª série, v. I, Porto, 1982; Maria José Pimenta Ferro Tavares, *Pobreza e morte em Portugal na Idade Média*, Lisboa, 1989, p. 101-124; Maria Angela Godinho Vieira da Rocha Beirante, *Confrarias medievais portuguesas*, 1990; Maria Helena da Cruz Coelho, "As confrarias medievais portuguesas: espaços de solidariedade na vida e na morte", *Cofradías, gremios, solidariedades en la Europa medieval* (Actas de la XIX Semana de Estudios Medievales de Estella, 20 a 24 de Julio de 1992), Pamplona, 1993, p. 149-183.

6   V. a bibliografia citada na nota anterior. Cf. também Guy Lobrichon, *La religion des laïcs en Occident, XIe-XVe siècle*, Paris, 1994, p. 104-112; Catherine Vincent, *Les confréries médiévales dans le royaume de France, XIIIe-XVe siècle*, Paris, 1994.

7   Manuel Sílvio Alves Conde e Manuela Santos Silva, "Recursos económicos de algumas instituições de assistência de Santarém nos finais da Idade Média", in *Horizontes do Portugal medieval*, cit., p. 221-253; Bernardo Vasconcelos e Sousa, *A propriedade das albergarias de Évora*

Nem sempre as administrações destes organismos de beneficência eram suficientemente zelosas na gestão patrimonial e na aplicação das receitas. As denúncias de abusos e desvios foram subindo de tom na primeira metade de Quatrocentos. No final da centúria, e no âmbito de um vasto programa reformador que tocaria praticamente todas as áreas da vida portuguesa,[8] o rei D. Manuel entendeu reestruturar o sector assistencial, através da fusão de instituições de análoga finalidade.[9]

Em Tomar, esse processo realizou-se em torno do hospital de Santa Maria da Cadeia, ou da Graça, que agregaria o património dos múltiplos e pequenos organismos assistenciais, constituindo-se em 1510 a Misericórdia tomarense.[10] A reforma implicaria um vasto trabalho de recolha de dados estatutários e patrimoniais, passando tanto pela compilação da documentação existente, como pela elaboração de novas e sistemáticas séries. No âmbito destas, o trabalho mais notável foi realizado nos anos que se seguiram à fundação da Misericórdia, com destaque para o valioso *Livro 77*. Em matéria de compilação do material existente, relevemos o *Livro 74*, constituído no essencial pelo *Tombo dos bens da gafaria*, ao qual foram anexados alguns fólios relativos à confraria de Santa Cruz. Ambos os códices chegaram até nós, juntamente com outros volumes de documentação quinhentista conservados graças ao desvelo das administrações da Santa Casa da Misericórdia de Tomar que se sucederam ao longo do meio milénio da instituição.

---

    nos finais da Idade Média, Lisboa, 1990; Luís António Santos Nunes Mata, *Ser, ter e poder. O hospital do Espírito Santo de Santarém nos finais da Idade Média*, Leiria, 2000, p. 53-136.

8 Maria José Lagos Trindade, "Notas sobre a intervenção régia na administração das instituições de assistência nos finais da Idade Média", in *Estudos de história medieval e outros*, Lisboa, 1981, p. 191-207; Maria José Pimenta Ferro Tavares, *Pobreza e morte em Portugal na Idade Média*, cit., p. 142-145.

9 Sobre as múltiplas vertentes desse programa reformador, aguarda-se a publicação das comunicações apresentadas ao *III Congresso Histórico de Guimarães*, comemorativo do centenário de D. Manuel I, realizado em Guimarães, em 2001.

10 De acordo com António Joaquim Dias Dinis, "O infante D. Henrique e a assistência em Tomar no século XV", in *A pobreza e a assistência aos pobres na Península Ibérica durante a Idade Média. Actas das I.ªs Jornadas Luso-Espanholas de História Medieval (Lisboa, 25-30 de Setembro de 1972)*, tomo I, Lisboa, 1973, p. 354, o infante D. Henrique, depois de várias iniciativas com vista à fundação de um novo hospital em Tomar, em 1430, procedeu a uma primeira reorganização do sector assistencial desta vila, fundindo catorze pequenos hospitais e albergarias.

O pouco que sabemos da confraria de Santa Cruz provém dos elementos aduzidos naquele códice, a que poderão acrescentar-se alguns escassos informes relativos a um ou outro dos seus confrades mais ilustres[11]. Não chegou até nós o compromisso da instituição, listagem completa do seu património, nem documentação contabilística[12] ou administrativa emanada dos seus órgãos próprios, que permitissem uma visão mais alargada do organismo, da sua dinâmica interna e protagonismo local. Temos, tão-somente, os cinco fólios do *Livro 74*, que publicamos a seguir: os quatro fólios de um tombo de bens incompleto, e um quinto fólio que alude primeiro às orações recitadas em favor de João Vicente, depois à arrematação das oliveiras da confraria.

Na sua pequenez, para mais amputada, o tombinho é rico. A elaboração do mesmo foi decidida a 19 e 20 de Outubro de 1470 pela administração (juiz, escrivão e mordomos) e cabido da confraria, dela se incumbindo o anadel Gonçalo Esteves, um indivíduo designado "o Vassalo", Afonso Anes, criado de João Lopes, e Rolão de Faresto, escudeiro do falecido infante D. Henrique. Pretendia-se listar "todollos holiuaeees e oliueiras E terras de pam" possuídos pela instituição em Tomar e no termo da vila. O inquérito foi meticuloso no respeitante ao olivedo, decerto a parcela mais significativa do seu património.

---

11   Como Diogo Nunes Sarrazinos e Beatriz Fernandes Calça Perra.
   Diogo Nunes Sarrazinos, que em 1470 exercia as funções de juiz da confraria de Santa Cruz, pertencia à elite urbana tomarense. Seu pai, Nuno Gonçalves Sarrazinos, era em 1430 procurador do concelho de Tomar (A. N. T. T., *Núcleo Antigo*, nº 882, fl. 3). Morador na rua de Maria Dona, Diogo Nunes era ainda vivo em 1492, sendo então apresentado como cavaleiro (A. N. T. T., *Ordem de Cristo*, cód. B-51-52, fls. 82v-83). Conhecemos uma parte do seu património imobiliário: além da casa, possuía moinhos na Sabacheira (legados por Beatriz Fernandes Calça Perra, de quem foi testamenteiro) e diversos prédios rústicos na periferia de Tomar: em Figueira de Martim Vale, Marmelais, Almuinhas e Esterqueiras (cf. documento publicado em apêndice, confrontações dos conjuntos nºs. 15, 23, 37, 46).
   Residente, como o anterior, na rua de Maria Dona, Beatriz Fernandes Calça Perra pertencia também a família da elite urbana tomarense. O seu património rústico e urbano, bem como as suas ligações familiares e confraternais, foram por nós estudados em "Um património laico tomarense nos finais da Idade Média. Os bens de Beatriz Fernandes Calça Perra", e "Uma estratégia de passagem para o Além. O testamento de Beatriz Fernandes Calça Perra (Tomar, 1462)", *Horizontes do Portugal medieval*, cit., p. 143-161 e 385-401.

12   Como a existente para a confraria de S. Pedro de Miragaia, estudada por Amândio Jorge Morais Barros, *A confraria de S. Pedro de Miragaia do Porto no século XV*, dissertação de mestrado em história medieval apresentada na Faculdade de Letras da Universidade do Porto, 1991, p. 111-147

Zelosamente, os mandatados viram e assinalaram com a marca da confraria —"ho sinall da cruz"— quatro centenas e meia de pés de oliveiras. Quanto ao rol das searas, ou se descaminhou, ou não chegou sequer a ser realizado.

As 454 oliveiras da confraria, provenientes em muitos casos assinalados de doações de confrades, dispersavam-se por 65 conjuntos, quase todas eles de dimensão mínima. O olival de maior dimensão, agregando 40 árvores, envolvia a ermida de Santa Cruz. Além deste, apenas três outros ultrapassavam o limiar dos 30 pés, valendo por si praticamente um terço do património olivícola da Confraria. É que os demais núcleos, na maior parte dos casos, quedavam-se por valores ínfimos de um a três pés. Muitos destes erguiam-se nas imediações do perímetro urbano, em Riba Fria, acima do Ribeiro da Eira, nas Almoinhas, Entoucadoiro, ou junto à Calçada de Torres, esparzindo-se os outros por diversas áreas periurbanas, mais próximos os das Poças, Vale da Gafaria/Santo André/Ribeiro dos Gafos, um pouco mais distantes os de Barrifalcão, Santa Cruz, Palhavã, Avessadas, Corredoura do Mestre, Marmelais, Martim Tinha, Figueiredo, Peixinhos e Vale das Pereiras. Sempre, porém, no interior de um anel com raio de três quilómetros, definido a partir do centro da vila, e em locais facilmente acessíveis.

Quanto à forma de exploração destes bens, o tombo dá-nos conta de uma situação regulada por um contrato enfitêutico, estipulando o pagamento da quarta parte da produção anual[13] e de um arrendamento, cuja contrapartida, aliás, não é mencionada[14]. As restantes oliveiras e olivais de Santa Cruz haviam acabado de ser arrematados por João André, pelo valor de 41 alqueires de azeite e mediante a apresentação de fiador.

Tal negócio seria, porventura, mais interessante para a confraria do que para o arrematante. O facto de conhecermos o número de pés de oliveira que integravam o património da confraria permite ter uma ideia aproximada do cômputo dos rendimentos que lhe estavam associados. É claro que o mesmo tem de ser encarado sob reserva, pois a produção de cada núcleo olivícola varia de acordo com as condições agrológicas, mas também segundo a qualidade e o grau de maturação das oliveiras, sendo ainda acentuada a diferença entre o ano chamado da "safra" e o ano seguinte. Por isso, recorremos no nosso cômputo a valores médios anuais, no caso os estabelecidos por Maria Helena Coelho para a região do Baixo Mondego, a partir de amostra significativa. Tendo como referência esses valores, concluímos que os 454 pés das oliveiras de Santa Cruz poderiam render

---

13 O contrato respeitava a 16 pés de oliveiras, sitos ao Piolhinho. A. M. T., L.º 74, fl. 165.

14 Relativo a 33 pés de oliveiras, que se erguiam em Arganil. A. M. T., L.º 74, fl. 167.

uma média de 18,2 moeduras, isto é uns 726 alqueires de azeitonas, ou 72,6 alqueires de azeite[15]. Porém, daqueles pés há que excluir os que estavam afectos a outros contratos, restando, desse modo, 405 oliveiras, que renderiam apenas 16,2 moeduras, ou seja, 648 alqueires de azeitona ou 64,8 alqueires de azeite. Considerando ainda as despesas de exploração e a maquia exigida no lagar, é de concluir que o proveito obtido pelo arrematante só poderia ser lisonjeiro no ano da "safra", que não no de produção inferior.

Para além das informações acerca do património e rendas da confraria, o pequeno tombo dá a localização e confrontações dos olivedos, facultando-nos assim rica informação da toponímia periurbana e úteis informações sobre a propriedade vilã, geralmente arredia das nossas fontes. Fornece até um raro informe sobre materiais de construção, localizando um barreiro onde se extraíam areias.

As listagens dos proprietários confinantes, em conjunto com as dos confrades, são de grande interesse onomástico, acentuado pelo registo de exuberantes apodos[16] e pela indicação, em muitos casos, do estatuto socioprofissional dessas individualidades.

O último fólio dá-nos conta da presença da maior parte dos confrades nas orações feitas por Fernão Pires, no Entoucadoiro, aproveitando-se o momento para que o cabido, presidido pelo juiz da confraria, Diogo Nunes Sarrazinos, deliberasse sobre matérias da gestão da confraria. Apresenta-nos também um rol dos confrades que faltaram às orações feitas a favor de João Vicente, feita na perspectiva da sua eventual penalização, nos termos previstos no compromisso[17]. Pois o incumprimento dos deveres de assistência aos irmãos, na doença ou na morte, era falta particularmente grave, por desrespeitar objectivos primordiais da instituição.

---

15 Maria Helena da Cruz Coelho, *O Baixo Mondego nos finais da Idade Média. Estudo de história rural*, vol. I, Coimbra, 1983, p. 177-178.

16 Sobre estes, vejam-se as considerações recentes de Iria Gonçalves, *Identificação medieval: o nome dos dirigentes concelhios em finais de Trezentos*, sep. de *Revista portuguesa de história*, t. XXXI, vol. 2 (1996), Coimbra, 1997, p. 123-127.

17 Como se disse, não chegou até nós o compromisso desta confraria. Contudo, em todos os compromissos do mesmo tipo, esta falta era firmemente penalizada. Veja-se, por exemplo, Iria Gonçalves, *As confrarias medievais da região de Alcane*na, cit., p. 37. A circunstância de vários dos nomes constantes do rol terem sido posteriormente traçados deve-se, talvez, ao facto de os mesmos terem justificado a sua ausência.

Documento[18]

1470, Outubro, Tomar – *Tombo da confraria de Santa Cruz.*
Arquivo da Misericórdia de Tomar, L.º 74, fls. 164-168.

fl. 164	Estes som todollos holiuaees E oliueiras E terras de pam que tem sancta / cruz em tomar E sseu termo os quaees todos fforam vistos E a/ssynados com ho sinall da cruz todollos pees das holiueiras E quantas / Eram E onde Jaziam E com quem partiam E esto todo foy visto E assynado / per gonçalo Esteuez anadell E per ho vassalo E per affomso annes criado de Joham lopes / E per Rollam de ffaresto Escudeiro do muyto virtuhosso Iffante / dom anrjque que deus tem Os quaees todos fezerom Esto per acordo E man/do do Juiz E scpriuam E mordomos E confrades da dicta conffrarja aos / xix E xx dias do mes de outubro Era do nacimento de nosso Senhor Jesu Christo de / mjll E quatroçentos E ssetenta anos
	Esstes som hos holiuaees que sse ao / diante seguem. /
[1]	Jtem Primeiramente tres holliueiras ao vall das pereiras E partem com / fernamd aluarez taborda E com Joham Rodriguez godinho E deu as Ruy lopez. /
[2]	Jtem mays duas holiueiras que Estam acima do Ribeiro da eira E parte / com holiueiras que foram de Joham Lourenço da ponte E fforam de pero gomez. /
[3]	Jtem mays treze pees d oliueiras Em Riba ffria E partem / com ho / bonssynheiro E com Erdeiroos de martynh annes barbeiro E deu as ho ca/regueiro per troco. /
[4]	Jtem mays duas holiueiras que deu ha molher de Jorge annes E estam / no vall da murteira. /
[5]	Jtem mays vinte E tres pees d oliueiras Em Riba ffria que partem com pero / da murteira E com fernam gonçalluez do quintall E deu as o caregueiro per troco //
fl. 164v [6]	Jtem mays duas holiueiras Em Riba ffria que deu Diogo taborda / E Jazem dentro no holliuall de pero d oliueira /
[7]	Jtem mays tres holiueiras Em pexezinhos que Emtestam na vinha / de / Joham pirez do quintall E deu as a cardenha /
[8]	Jtem mays seis pees d oliueiras acima da calcada de torres dentro / na carada do conchado que deu Joham affomso beato. /

---

18 Utilizam-se as normas de transcrição seguidas pelo Centro de Estudos Históricos da Universidade Nova de Lisboa na edição das chancelarias e cortes medievais portuguesas.

[9] Jtem mays duas holiueiras que Estam acima da calçada de torres e / partem com çarada do conchado E com Joham pirez ferador /

[10] Jtem mays çinquo holiueiras que partem com a çarada que foy de Jorge annes / hü chamam a do capareiro E com holiueiras de Sancta maria do castello / E deu as pero affomso ferador /

[11] Jtem mays dez holiueiras n augua das mayas que partem com çarada / de Joham Esteuez mercador E com mend afomso Escudeiro /

[12] Jtem mays seis pees d oliueiras na Roma dentro na carada d antam / viçente E deu as ho ffrade /

[13] Jtem mays tres oliueiras hu chamam as Reluas E partem com fernan/d afomso ferador E deu as ho guanguam /

[14] Jtem mays ssete holiueiras com hü mortorego [?] no ffigueiredo dentro na / vinha que ffoy Do babaão //

fl. 165

[15] Jtem mays dez holiueiras a ffigueira de martim do valle E partem com / Diego nunez carazinas E emtesta com holiueiras de gonçalo annes da / barba E E deu as Joham do paço. /

[16] Jtem mays trinta pees d oliueiras ao Ribeiro do figueiro E partem / com ha molher que ffoy de bernalld eannes E com a molher de cagua na Relua / E deu as moor gudinz. /

[17] Jtem mays dezasseis pees d oliueiras ao piulhinho E partem com / çarada de Ruy gonçalluez tabaliam E com camjnho d ereeos E tras as dictas holiueiras afforadas o dicto Ruy gonçalluez /

[18] Jtem mays ssete pees d oliueiras ij duas Jazem Junto com Sancta cruz / E as çinquo Jazem Em menJiulho E deu as Jorge diaz per hüa velha /

[19] Jtem mays quatro holiueiras a Sam pallos E partem com holiueiras / que fforom do halmoxariffe E deu as afomso annes de maria de villa. /

[20] Jtem mays hüa holiueira que Esta ao porto trauesso E deu as ho conchado / per outras E partem com o dicto conchado E com holiuall d ordem. /

[21] Jtem mays vinte E tres pees d oliueiras Em derreito do porto trauesso / E partem com gonçalo annes da barba E com afomso Rodriguez çapateiro E deu este holiual / o caregueiro /

[22] Jtem mays çinquo pees d oliueiras que jazem Em direito do porto trauesso / E partem com gonçalo Esteuez anadel E com Rodrigo annes crellego //

fl. 165v

[23] Jtem mays tres pees d oliueiras aos marmelaes E partem com diogo nunez / carazinas E com ffernand afomso ferador E deu as gonçalo do castello /

[24] Jtem mays duas holiueiras que Jazem a ffigueira dornha E partem com / Joham marecos E com goncalo pachequo E deu as vasco pirez laurador /

[25] Jtem mays dez holiueiras que Jazem a ffigueira dornha E partem com pay / Rodriguez de marecos E com pero afomso braguainho E deu as maria pirez molher / que foy de bertolameu martjnz /

[26] Jtem mays çinquo holiueiras a coredoira do mestre E partem com Rodrigo annes / crelego E com vasco gonçalluez correa E deu as maria annes a do ffrade /

[27] Jtem mays outras çinquo holiueiras Junto com Ellas E partem / com affomso Rodriguez oleiro E com Joham afomso yspinaffre /

[28] Jtem mays hüa holiueira a lameira de martimtinha E parte com / pero dias tossador E deu as caralho de lobo /

[29] Jtem mays honze holiueiras na coredoira do mestre E partem com aluaro / fferrnandez seleiro E com Sancta Eiria /

[30] Jtem mays tres holiueiras a palhavaa E partem com martim Lourenço[1] /[2] de toco E deu as gonçalo gill o crespo /

[31] Jtem mays sete holiueiras ao Ribeiro dos gaffos E partem / com martimnh anes ferador E deu as mestre Johane. //

fl. 166
[32] Jtem mays duas holiueiras as poças E estam Junto com ho camjnho / E partem com Rollam de faresto E deu as Ruy gonçaluez da porta da uarzea /

[33] Jtem mays cinquo holiueiras as poças E partem com as barbossas / E deu as Joham affomso ferador /

[34] Jtem mays seis holiueiras nas dictas poças E partem com gonçalo / martjnz oleiro E deu as Joham gonçaluez baracho /

[35] Jtem mays cinquo holiueiras as dictas poças E partem [3]/ E deu as maria de villa /

[36] Jtem mays noue holiueiras as almoinhas E partem com a molher / que foy de mestre pedro E fforam do verguasto /

[37] Jtem mays dezassete pees d oliueiras as dictas almoinhas E partem / com fernam pirez crellego E com diogo nunez carazinas /

[38] Jtem mays tres holiueiras as dictas almoinhas E partem com oliual / que foy de pero vasquez tabaliam E deu as gonçalo gonçaluez tabaliam /

[39] Jtem mays hüa holiueira a barjffalquam E parte com holiuall / de diogo vaasquez criado de Joham Rodrjguez marecos E esta Junto com ho camjnho / E deu as ho yspinaffre /

[40] Jtem mays honze holiueiras a ffoz do vall do porteiro E partem com ho / carasquo E com Erdeiros de Joham Lourenço o creleguo E entestam no Rio / E deu as pero bernaldez //

fl. 166v
[41] Jtem mays duas holiueiras E partem com as cinquo que estam as / poças a çarada de Joham esteuez E deu as fernamd affomso /

[42] Jtem mays hüa holiueira as poças E parte com gonçalo Esteuez anadell / E deu as caralho de lobo /

[43] Jtem mays hüa holiueira Em baryffalquam E partem com oliuall / De caterina a louçaa E esta Junto com ho camynho /

[44] Jtem mays hüa holiueira ao Emtouquadoiro E esta Junto com ho / camjnho E parte com a ffilha do prioll d açeiçeira /

[45] Jtem mays tres⁴ holiueiras Junto com a çarada de Joham Esteuez / mercador açima do holiuall de poças E partem com Elle Elle as / Deu a conffrarja /

[46] Jtem mays cinquo holiueiras as Estrequeiras E partem com Diogo / D almeida E com Diogo nunez çarazinas /

[47] Jtem mays sseis holiueiras a vinha de pero ssimonez com seu / chaam E Jazem acima das liiziras de Johan preto o velho E partem / com affomso annes Jenro de ffernam vaasquez Deu as ho ganguam em troco. /

[48] Jtem mays ssete holiueiras ao holiuall dos gaffos E partem / E partem com Ruy gonçaluez filho de gonçalo annes E com ho verguasto. //

fl. 167
[49] Jtem mays quatro holiueiras ao Escrato [?] E partem com gonçalo Lourenço filho de Lourenço martjnz / E fforam d anrique /

[50] Jtem mays cinquo holiueiras ao holiuall De gill paãez E partem com / martin gonçalluez barbeiro /

[51] Jtem mays quorenta pees d oliueiras Junto com Sancta ⊠ E Jazem d a/ Redor da dicta Egreja /

[52] Jtem mays çinquo holiueiras Junto com sancta ⊠ E partem com a carada / do gorizo /

[53] Jtem mays hüa holiueira que Jaz aquem do Ribeiro contra a villa E parte / com a çarada do gorizo /

[54] Jtem mays \b/ holiueiras que Jazem abaixo da çarada da boa E partem com / a dicta carada E deu as ho garido /

[55] Jtem mays tres holiueiras duas Jazem dentro na çarada que foy d affomso / annes mercador E a outra na vinha que foy de Ruy pirez Estas holiueiras / traz arrendadas aluaro diaz por meo alqueire d azeite cad anno /

[56] Jtem mays ssete holiueiras nas avessadas E partem com a moroa / E com pero gonçalluez cezillio E deu as gonçalo Lourenço filho de Lourenço martjnz /

[57] Jtem mays cinquo holiueiras no vall da gaffarja E partem com terra que foy / Do Jenete //

fl. 167v
[58] Jtem mays xxxiij peẽs D oliueiras Em arguanjll E partem com pero / affomso contador E com marcos diaz E com çarada que foy de pero affomso tabaliam E com / camjnho d ereẽos E tra las gonçalo annes filho de Jorge annes arendadas /

[59] Jtem mays dezassete peẽs d oliueiras a Eiria [?] do outeiro he / partem com gonçalo pacheco E com fernamd aluarez colaço E entesta na / terra que foy de Joham vicente /

[60] Jtem mays seis holiueiras a ssant andre E partem com o colaço / o bacelo do alqueide E com o bareiro onde tiram arrea /

[61]   Jtem mays duas holiueiras ao xeissall de sant andre / E partem com aluaro gonçalluez bate velhas /

[62]   Jtem hũa holiueira em baryfalquam E esta no holiuall da filha / Do prioll d aceiceira /

[63]   Jtem mays hũa holiueira em baryfalquam E parte com Joham / Esteuez mercador /

[64]   Jtem hũa Erdade com suas holiueiras que deu manamjnha /

[65]   Jtem tres holiueiras que deu \a molher de/ aluaro martjnz[5] ho gualego E Jazem na / pisqueyra E partem com hũa sua vinha E com terra da guafarja / E com ho conchado /

Soma iiij^c xxxiiij oliueiras[6] //

fl. 168   Jtem Joham pirez do quintall /
[A]

Jtem pero pinto /
Jtem Joham marecos /
Jtem Diogo gonçaluez trinquado /
Jtem Joham Rodrigues pescador[7] /
Jtem aluaro pirez moleiro /
Jtem fernamd aluarez taborda /
Jtem gonçalo annes da barba /
Jtem martym aluarez fialho[8] /
Jtem luys diaz /
Jtem pero gill /
[...] os que nom veerom as horações de Joham vicente /
Jtem gonçalo annes filho de Jorge annes[9] /
Jtem antam fferrnandez /
Jtem pero Rodriguez /
Jtem afomso esteuez dos casaes[10] /
Jtem gill martjnz procurador[11] /
Jtem lopo mendez /
Jtem fernamd afomso ferador[12] /
Jtem fernamd aluarez tabordinha /
Jtem Ruy [?] gonçaluez filho do meirjnho //

[B]   Jtem aos [...] j dias do mes d outubro d [...] / de iiijc Lxx anos forom rematados / hos holiuaees de sancta a Joham andre / Jrmaão de aluaro andre por Rj alqueires d azeite / bom E de receber Em paz E em ssaluo / pera a confrarja E deu por seu fiador / Rodrigo anes mordomo / samta cruz

Jtem aos xxbiijº dias do dicto mes E [...] / no entouquadoiro nas horaçooes / de fernam pirez Estando hy ha mor parte dos conffrades logo per Rodrigo annes / mordomo foy dicto a diogo nunez carazi/nas Jujz da conffrarja que Ruy gonçaluez / tabaliam conffrade trazia çertas holiueiras / da dicta conffrarja has quaees trouxe/ra seu pay \aforada/ E que avia certos [...] / que nom paguaua ho foro delas / eram hüa quarta d azeite cad anno que / lhe mandasse que paguasse logo lhe / tirassem logo as dictas holiueiras / E per o dicto Ruy gonçaluez foy dicto ao dicto Jujz / que elle estaua prestes pera paguar todo o que devia seu pay E elle que / lhe leixassem as dictas holiueiras E per / ho dicto Jujz E conffrades foy dicto que lhe apraz / de lhe leixar teer as dictas holiueiras / Em vida de sseu pay por a dicta quarta / d azeite cad anno comtanto que page todo ho / azeite do que deue pera Este março \[?]/ que vem da dicta [...] / [...] dicto Ruy gonçaluez desse que assy lhe apraz / [...] aver com a dicta [...]

OS "FORAIS NOVOS": UMA REFORMA FALHADA?

Luís Miguel Duarte[1]

A DOUTRINA TRADICIONAL SOBRE OS FORAIS MANUELINOS

Um dos temas que mais têm merecido os favores da historiografia portuguesa é a reforma manuelina dos forais. Não se sabe tudo sobre eles – nunca se sabe tudo sobre alguma coisa – mas, comparativamente com outros assuntos, escreveu-se e sabe-se bastante.

O que diz a doutrina tradicional? Que os povos se queixaram repetidamente, em cortes, dos malefícios que resultavam da vigência de forais antiquados, difíceis de ler e interpretar não só pelo latim como pelo estado de degradação do próprio suporte, obsoletos quanto ao conteúdo – pesos e medidas caídos em desuso, moedas que já não existiam, obrigações arcaicas e difíceis de suportar. Procurando resolver o problema, D. Manuel nomeou uma comissão de juristas dirigida por Fernão de Pina, a qual, após ter procedido às indispensáveis investigações, propôs então os documentos que o rei promulgou: os chamados *forais manuelinos* – uniformizados, 'modernos', plasmados nos lindíssimos volumes da *Leitura Nova*.[2]

---

[1] Faculdade de Letras do Porto.
[2] Como que a pedir, e a receber, luxuosas edições de várias câmaras municipais.

Vistos à distância, eles encaixam na perfeição na ideia, também ela bastante consensual, do quarto de século em que o "Venturoso" reinou, e da sua obra de modernização do Estado e do aparelho administrativo que incluiu, além da reforma dos forais, a dos pesos e medidas e a das leis, com a promulgação das *Ordenações Manuelinas*.[3]

Hoje encaramos esta apreciação com algumas reservas. Foram anos decisivos de evolução do aparelho de Estado, sem dúvida. As riquezas que afluíam a Lisboa ajudaram, e muito, esse processo, desde logo permitindo pagar a um número significativo de *juízes de fora*. Mas aquela modernização foi bem mais limitada e parcial do que se pensou. A reforma dos pesos e medidas não se concretizou;[4] as *Ordenações Manuelinas*, do ponto de vista formal, representam um progresso limitado em relação às *Afonsinas*,[5] e temos legítimas dúvidas em relação à sua efectiva aplicação;[6] e quanto aos forais, eles merecem, no mínimo, uma reflexão mais demorada. É essa reflexão que me proponho apenas iniciar, neste trabalho, baseando-me especificamente nos forais do Entre Douro e Minho.

A REFORMA DOS FORAIS DO PONTO DE VISTA PROCESSUAL

Deixo de lado os aspectos diplomático e paleográfico, bem estudados por Maria José Mexia,[7] para me deter em algumas questões processuais.

---

[3] Maria José Mexia fala em duas grandes reformas (dotação de todo o país de uma só ordem jurídica; reorganização fiscal), concretizadas através de várias medidas: publicação do regimento das sisas, do regimento dos contadores das comarcas, do regimento dos contadores da Fazenda, do regimento dos oficiais das vilas e lugares, das *Ordenações Manuelinas*, a reforma dos pesos e medidas, a reforma da Casa da Índia, a reforma da Casa da Mina, a reforma dos tribunais superiores e a reforma dos forais); v. citação na Nota 6, *infra*. Todas estas medidas existiram; mas não estou certo de que tenha havido, subjacente a elas, a coerência, o programa político que é costume atribuir ao "Venturoso".

[4] Como observarei adiante, os forais manuelinos são a mais eloquente prova desse falhanço.

[5] Embora muito potenciado pelas edições impressas.

[6] Exprimi essas dúvidas, por exemplo, a propósito das leis penais, tendo em conta a *ordenação sobre os perdões*, promulgada pelo mesmo rei e que, na prática, contorna aquelas leis.

[7] Maria José Mexia Bigotte Chorão – *Os Forais de D. Manuel (1496-1520)*, Lisboa, Arquivo Nacional da Torre do Tombo, 1990. Chamo especial atenção para este trabalho.

Damião de Góis deu conta "De quomo elRei assentou de dar foraes nouos a todolos lugares do regno, e ho modo que nisso teue".[8] Depois de recordar as razões da iniciativa,[9] explica que D. Manuel decidiu mandar fazer os forais *de novo* dando "a cada hum sua verdadeira declaraçam, *pera cada lugar do regno ter ho seu*", e fazer um "treslado autêntico" de todos eles, que seria guardado na Torre do Tombo.

Desde logo, sublinhe-se a extrema lentidão do processo: eram muitos diplomas a analisar, muitos tombos, muitas inquirições a levantar, muitos conflitos a dirimir em sede judicial. Nunca será demais insistir na morosidade das comunicações, dos modos de trabalhar, de escrever, de validar… Andou-se mais de um quarto de século na reforma dos forais, "posto que nam fosse tanto quanto requeria ha grandeza da obra, por ser mui trabalhosa, e ter neçessidade de muitos testemunhos, e informações de pósses, e usos antigos…".

O que teria acarretado graves custos pessoais para os responsáveis maiores. Ainda hoje nos sensibiliza o lamento de Fernão de Pina, sugerindo, como tantos outros dos seus homólogos, que o serviço do rei nem sempre conhecia a palavra gratidão:[10] "E nam deve de passar per esquecimento que vay em sete anos que nysto amdo morrendo em Aragam e correndo o Reyno muytas vezes a concertar com os das alçadas e concelhos as cousas destes forays com muyta mynha despesa e perygo de mynha pessoa e em todo o tempo trabalhando de dia e noute buscamdo e revolvemdo todollos tombos foraes e antiguidades pera se poder saber a verdade, no qual tempo por nehuua cousa destas nunqua levey nem me deram nenhum preço nem paga particular nem jeeral por nehuua cousa que escrepvese nem buscase semdo nysso todollos dias e oras acupado, tendo mandado del Rey nosso senhor que nam levasse por yso nehua cousa, amtes o papel e custos me nam quis mandar pagar da chancellaria por a paga booa que delles avya d'aveer semdo pagos inteiramente todalas outras pessoas e oficiaaes que nelles fezeram aa custa dos povoos e eu nam, esperando ou desesperando do que ora ordenardes. E por mynha verdade e comciencia que mereço muyto mais e que por este preço os nam fezese se nam ouvese outro respeito."[11]

---

8   *Crónica do Felicíssimo* Rei D. Manuel, Coimbra, *Acta Universitatis Conimbrigensis*, 1949, Parte I, Cap. XXV, p. 53.

9   "…Hauendo respeito ás muitas duuidas que cada dia recreçiam no regno, e demandas que se ordenauam per caso das vareas interpretações que letrados dauam ahos foraes velhos…".

10 Neste caso o oficial terá sido recompensado no final.

11 Torre do Tombo, *Gaveta* XX, Maço 10, nº 9. Transcrito por Maria José Mexia – O.c., p. 18.

A versão de Damião de Góis é diferente; pela sua importância, permito-me uma longa citação: "mas a estes enleos [*litígios provocados pelos novos forais*] lhe deu por ventura azo ho conçerto que elRei com elle [*Fernão de Pina*] fez, prometendolhe que se lhe desse todos estes foraes feitos, e acabados dentro de hum çerto tempo, que lhe fazia por isso merçe de quatro mil cruzados, quomo fez, alem do salario, e mantimento que lhe ordenou pera elle, e pera has pessoas que com elle seruiram todo ho tempo que nisso andou. Ha cobiça da qual merçe foi causa do que dixe, e de ho dicto Fernam de Pinna fazer çinquo liuros, que na torre do Tombo andam destes foraes, cada hum de sua comarqua, (…) e tam abreuiados que seria neçesario fazeremse destes, outros de nouo, em que se posesse por extenso ho que elle (por ganhar tempo) ordenou, de maneira que se nam pode delles dar despacho ás partes, se nam com muito trabalho." Na versão do cronista, que escreve entre 1558 e 1567, portanto poucas décadas após a conclusão da reforma, esta fora claramente um fracasso, devido à pressa e à cobiça de Fernão de Pina.[12] À luz deste texto, percebe-se melhor o desabafo de Pina que lemos atrás; é provável que o seu trabalho e a respectiva remuneração tivessem sido objecto de polémica já enquanto decorriam e imediatamente após a conclusão.[13]

Foi então muito tempo? Em absoluto, não; a reforma das *ordenações* correu muito mais célere, mas era comparativamente fácil (tratava-se no fundo de mudar o chamado estilo compilatório para o decretório, de retirar alguns temas e de acrescentar um ou outro título; não exigia deslocações, demorados inquéritos ou produção de jurisprudência); a reforma dos pesos e medidas, como disse, não se concretizou. De modo que estas duas décadas e meia só podem ser avaliadas em relação aos resultados conseguidos. E penso que esses resultados são bastante inferiores ao que normalmente se afirma.

---

12 Talvez se possa ver aqui uma censura velada a D. Manuel, pelo 'contrato-promessa' que fez com Pina, e que deu azo ao desleixo e à precipitação deste.

13 Provavelmente a verdade, como a virtude, estaria no meio: nem seria o trabalho escravo de que se queixava o cavaleiro, nem a negociata que verberava o cronista. Em Julho e Agosto de 1504, D. Manuel manda redigir um alvará no qual procura resolver o assunto. Admitindo que Fernão de Pina não estava a ser pago pelo seu trabalho, determina que ele receba à peça, conforme a qualidade do foral (uma sumária tipologia prevê oito casos), fora as despesas "no porgaminho, screpver e ylumynar e encadernar e em suas garnições das brochas" (Documento publicado por Maria José Mexia – O.c., p. 51-55).

O QUE FOI A REFORMA DOS FORAIS?

Foi essencialmente uma medida de administração económica, inserida no projecto mais vasto de reorganização do património da Coroa e, em especial, dos direitos reais a receber em cada localidade ou terra imune. Do ponto de vista político, administrativo ou judicial os forais manuelinos são frustrantes; os forais velhos, onde existiam, foram quase totalmente expurgados de disposições deste teor. Isso deveu-se, em grande medida, ao facto de a autonomia administrativa e judicial da maior parte dos conselhos estar em perda acentuada, em favor da centralização régia.[14] Assim interpretado, este esvaziamento político-judicial dos forais é um sinal de progressão para um Estado mais centralizado e, nessa medida, mais moderno.

Mas a ideia central, na minha opinião, é outra: a reforma dos forais insere-se na reorganização dos ingressos régios; a ser assim, está muito mais próxima das reformas fiscais e, sobretudo, do gigantesco esforço de recolha e conservação dos inúmeros tombos de propriedades régias e particulares e, sobretudo, de elaboração de tombos, nunca antes feitos, de propriedade de instituições assistenciais.[15]

A nível local, o processo não era fácil. Partia-se sempre dos forais antigos, quando eles existiam (num dos casos afirma-se que havia três – até isso originava confusão); analisava-se outra documentação que, com o tempo, fora sendo produzida, com destaque para sentenças dos tribunais centrais, mas também privilégios e títulos de posse. Seguia-se um momento essencial: as *inquirições*. São documentos de enorme importância; chegaram até nós alguns, e não se percebe porque não têm sido sistematicamente publicados.[16] Alguns dos documentos mais volumosos são inquirições ou processos judiciais para tentar esclarecer a quem pertencem as dízimas das sentenças. O que que-

---

14 Estudando o caso do Porto, por exemplo, Armindo de Sousa refere-se ao final do reinado de D. Manuel como "decadência e fim do poder autárquico popular (anos 1518 e ss.)", querendo com isso significar o fim da autonomia do governo concelhio (*História da Cidade do Porto*, 3. ed., dir. de Luís A. de Oliveira Ramos, Porto, Porto Editora, 2000, p. 238).

15 Maria José Mexia lembra que "no reinado de D. Manuel se fez outra *Leitura Nova*, composta de cópias autenticadas de tombos dos bens dos hospitais, capelas, albergarias, confrarias, próprios e rendas dos concelhos, cidades, vilas e lugares." (O.c., p. 29).

16 Desde logo acompanhando as edições dos forais a que se referem. Em anexo a este trabalho, publico, a título de exemplo, a inquirição que serviu de base aos forais de Alijó e Favaios. Do ponto de vista diplomático, parece-me ainda importante representar cartograficamente as três categorias de forais (os dos "lugares principaes", os de "outra sorte meãa de lugares" e os de

rem saber os homens da alçada que procedem a estas inquirições? Basicamente quais os documentos existentes e, sobretudo, quem deve pagar que direitos a quem. É quase só deste aspecto que se ocupam. Recorde-se que um ano depois de a comissão dos forais ter começado a trabalhar, antes de maio de 1495, D. Manuel enviou uma carta circular aos contadores das comarcas pedindo que remetessem com urgência a essa comissão os forais, as escrituras e os tombos relevantes *para a arrecadação dos direitos reais*. Parece-me este, insisto, o aspecto essencial.

É necessário pensarmos um pouco mais profundamente sobre estas inquirições – de grande importância porque, como disse e é sabido, servem geralmente de base aos forais novos. Segundo Maria José Mexia, algumas das inquirições a que, por exemplo, Fernão de Pina procedeu pessoalmente,[17] "são antes contra-inquirições, tão benquistas pelos conselhos que há muito as reclamavam. Na maioria dos casos eram feitas pelos conselhos, aos quais fora enviada uma relação dos direitos reais acompanhada do pedido de informação sobre os senhorios das terras."[18] Houve certamente, em muitas localidades, um largo contencioso; só excepcionalmente temos notícia dele, e a versão final da comissão de reforma pode ter consagrado uma das versões em detrimento de outras.[19]

Há outro aspecto importante: quando chega a uma terra, a alçada tem que juntar os melhores da terra e, desde logo, a respectiva vereação. Ora esta, se se trata de um senhorio, é totalmente controlada e composta por homens de mão do senhor,[20] pelo que com toda a certeza presta as informações sobre direitos e usos que lhe interessam. Não

---

"terceira ordem": Maria José Mexia – O.c., p. 33), bem como estudar com atenção os respectivos preços, quando existem dados para tal.

17   Em concreto Nespereira, Viseu e Palmela.

18   *O.c.*, p. 10. Veja-se a instrução dada a Brás Ferreira para proceder à inquirição em Colares e Arruda (nessa mesma obra, p. 10-11).

19   Ou ter recolhido elementos dos vários pontos de vista em confronto. Interessa-me chamar a atenção para uma dimensão conflitual difícil de reconstruir, em contraste com a ideia consensual (quase festiva) que é tradição associar aos forais manuelinos, facto a que não está alheia a respectiva qualidade gráfica e artística.

20   Maria José Mexia exemplifica com o caso de Vila Real: a reunião foi na casa do meirinho do Marquês (aí estava instalado o corregedor com alçada do rei), os juízes ordinários eram um cavaleiro fidalgo e um escudeiro fidalgo do marquês, os vereadores eram da casa do marquês, o procurador era escudeiro da casa do marquês.

é por acaso que o magistrado responsável por avaliar muitas das dúvidas e conflitos é o *juiz dos feitos do rei*.

Perante o material reunido, o monarca (por interposta comissão ou pelos tribunais superiores) intervém *justificando, corrigindo, determinando ou declarando* (isto é, esclarecendo).

Um resultado decepcionante?

A análise dos forais manuelinos[21] revela, em elevada percentagem, textos diplomática, jurídica e administrativamente imperfeitos (por vezes muitíssimo imperfeitos), mesmo à luz dos critérios do tempo. Vários juristas e historiadores chamaram já a atenção para este facto. Por todos, Romero de Magalhães fala de "pouca felicidade nos resultados, e vindo a provocar enormes conflitos pelos séculos seguintes, pois incorporaram-se direitos patrimoniais e obrigações contratuais nos próprios forais, gerando confusão entre direito público e privado. E, o que é pior, tornando públicas não poucas relações que até então tinham sido do foro do direito privado."[22]

Há vários aspectos a destacar:

1. Depois de vinte e cinco anos de trabalho, os "forais novos" deixam imensos problemas por resolver, consagram, por escrito e em pergaminho de luxo, impasses, dúvidas que ficarão à espera da decisão dos tribunais[23] ou, pior ainda, à espera de que sejam feitas inquirições;[24] formalizam situações abertamente contraditórias, eternizam outras que deviam ser passageiras. Essa realidade foi imediatamente perceptível após a conclusão

---

21 Para este Congresso procedi essencialmente a um estudo pormenorizado dos forais do Entre Douro e Minho, embora esteja familiarizado com todos eles. Utilizei a lição de Luís Fernando de Carvalho Dias – *Forais Manuelinos do Reino de Portugal e do Algarve, conforme o exemplar do Arquivo Nacional da Torre do Tombo de Lisboa*, Edição do Autor, 1969 (1.º vol.: *Entre Douro e Minho*).

22 *História de Portugal*, dir. de José Mattoso, 3.º Volume ("No alvorecer da Modernidade (1480-1620)", Lisboa, Círculo de Leitores, 1993, p. 525-526.

23 Um homem do conselho de Portocarreiro andava em litígio com a Igreja, por causa de um casal que trazia emprazado; o foral estabelece: "E porque a Justificaçam deste caso trouxera dillaçam aa comcllusam das outras cousas deste foral mamdamos que sem embargo das xbj varas que ora paga se provar que damtes nem pagava mais que as oyto que as nam pague. E mandamos aas Justiças a que perteemçer que lhe façam Justiça sendo ouvjdo o senhorio dos ditos direitos neste caso brevemente." (L.F.C. Dias – O.c., p. 72).

24 "E dos foros e direitos que na dita terra se ora pagam e ham de pagar Mandamos tirar Inquiriçam na mesma terra pollo moordomo dos ditos direitos e com todollos foreiros nella Judiçialmente

da reforma: "pelo que Fernão de pinna ha não pode acabar sem della recreçerem muitas duuidas, que atte ho presente se não poderão determinar, nem na Relação, nem na Fazenda do Regno, áquellas pessoas que com seus senhorios sobre hos taes foros trazem demanda, nem menos ahos senhorios que com seus vassalos andam sobello mesmo caso em pendenças."[25] A crer em Damião de Góis, os forais manuelinos, que pretendiam encerrar numerosos e arrastados litígios, foram afinal a causa de muitos outros.

2. Em vários forais, procede-se ao treslado textual e completo de sentenças, sem o cuidado de as adaptar minimamente ao novo diploma em que se integram. É interessante constatar que, se nas *Ordenações Manuelinas* se avançou, formalmente, em relação às *Afonsinas*, substituindo o chamado estilo compilatório[26] pelo estilo decretório, muitos forais manuelinos são em puro estilo compilatório.[27]

3. Não se vislumbra qualquer tentativa para uniformizar pesos e medidas (ao contrário do que se verifica em relação à moeda). O que é tanto mais relevante quanto, com D. Manuel, como já se recordou em nota, foi tentada uma reforma desses pesos e medidas; devemos interrogar-nos se, no seio do próprio desembargo régio, se caminhava a várias velocidades, se havia coordenação, ainda que mínima, se em lugar de um projecto avançado e inovador de modernização e de centralização (que não são forçosamente sinónimas) não estaremos por vezes face a medidas desgarradas, erráticas, voluntaristas.

4. Mas há pior, do ponto de vista do direito público: frequentemente, no foral manuelino transcreve-se listas intermináveis de foreiros e rendeiros, com o essencial dos respectivos pagamentos. Aliás, em quase todos os casos em que não havia um foral anterior e em que se afirma que, neste processo, é outorgado um, o que de facto temos é um extenso rol de titulares de contratos de exploração.[28] Os documentos relativos a Penafiel e à Maia aproximam-se muito mais de um *tombo* do que de uma carta de foral.

Polla qual mandamos que se faça outro tall trellado per tornarem ao senhorio e seu moordomo pera per ella arrecadar os Foros na dita terra…" (Foral de Montelongo, *O.c.*, p. 80).

25   Damião de Góis – *O.c.*, p. 53.

26   Em que, para cada assunto, se reproduzia parcial ou integralmente leis ou decisões de cortes anteriores (ou até cartas com instruções a altos magistrados), encerrando-se com uma decisão que confirmava ou revogava parcial ou totalmente a doutrina em vigor.

27   No que este tem de mais arcaico, pois por vezes reproduz-se documentação com escassa relevância para a matéria de facto.

28   Por todos, o caso de S. João da Foz (*O.c.*, p. 15).

5. Outras vezes, são pura e simplesmente respostas a capítulos especiais dos povos em cortes.[29]

6. De modo que o foral manuelino típico[30] resume-se a uma lista de direitos reais (sobretudo portagens, onde há lugar para elas), maninhos e montados, uma pena de armas muito cristalizada,[31] disposições tópicas sobre o gado do vento e a renda dos tabeliães. A alcaidaria-mor do Porto, por exemplo, fica praticamente reduzida a exigir, dos pescadores, uma canastra de ostras.

7. São, em síntese, documentos juridicamente toscos, inacabados, contraditórios, razoavelmente eficazes no levantamento dos principais direitos a pagar pelas populações, mas incompletos ou omissos em quase tudo o resto.

Conclusões provisórias

1. Vistos no seu conjunto, os forais manuelinos representam, em vários aspectos, um avanço do ponto de vista da centralização. Desde logo ao dar pela primeira vez carta de foral a terras imunes, mesmo se esses 'forais' são, como vimos, simples listagens de foreiros e rendeiros e de direitos a pagar, a Coroa está a marcar presença em regiões específicas do país onde normalmente não entrava; nestes casos (que, insisto, são numerosos no Entre Douro e Minho), devemos pelo menos colocar a questão se um 'mau' foral[32] não é melhor do que nenhum foral. É possível que não haja uma única resposta para esta dúvida, mas sim três, dependendo dos pontos de vista da Coroa, dos moradores da terra e do senhor.

2. Não nos esqueçamos de que a razão central pela qual o judicial e a administração concelhia desaparecem destes diplomas ou ficam reduzidos à expressão mínima é o facto de terem passado a existir outras disposições legais e novas instâncias para os regularem: a *ordenação dos pelouros*, de 1391, depois integrada nas ordenações do Reino, passou a reger o funcionamento das vereações; os direitos e processos cível e crime eram recolhidos nas mesmas ordenações.

---

29 Vila do Conde, por exemplo (*O.c.*, p. 22).

30 E repito que apenas estudei em pormenor os do Entre Douro e Minho; mas conheço bem os restantes, e julgo que a afirmação vale para todos.

31 Excepcionalmente, pena de "forças" ou de sangue com categorias francamente arcaicas (feridas sobre os olhos, acima ou abaixo da barba etc..).

32 Do ponto de vista jurídico e diplomático.

3. Há ainda muitos aspectos da entrada em vigor e da efectiva aplicação dos forais que não foram totalmente esclarecidos: em primeiro lugar, a existência de um *Regimento dos Forais*, elaborado na sequência do processo de reforma; em segundo lugar, a possibilidade de se resistir a um novo foral através de um expediente elementar – não o publicando. Foi o que aconteceu em Vila Real, onde, por instigação do marquês, alguns anos após a outorga do diploma, este continuava por publicar.

4. Os forais manuelinos tentam criar, num tempo de acumulação confusa de documentos (forais, cartas de privilégio, doações de senhorio, sentenças, contratos de exploração), de tradições e de práticas, um *antes* e um *depois*:[33] "Pois por proveito de bem comum mandamos que das dictas cousas de que se agora nam usava que se mais nam usem *nem façam dellas aqui memoria por meor assessego de todos*".[34] Aliás a Torre do Tombo tem, na reforma dos forais, uma verdadeira prova de fogo da sua utilidade enquanto repositório da memória administrativa e de governo do reino. Por outro lado, a confusão reinante,[35] geradora de constantes dúvidas e conflitos, não se devia apenas aos 'suspeitos do costume' (forais antigos em latim, pergaminhos manchados ou semidestruídos, letra desmaiada, pesos, medidas e coimas ultrapassados), mas também, por vezes, à existência de dois e três forais[36], de outra documentação posterior que alimentava contradições[37] e, sobretudo, de uma verdadeira estratigrafia de contratos sucessivos (individuais ou colectivos), parcialmente plasmados em tombos. Lemos inúmeras vezes nos forais manuelinos que, apesar de a lição dos documentos ser uma, as inquirições provavam que havia muito que os contratos em vigor consagravam outras práticas; são geralmente estas últimas as adoptadas.

5. Em favor dos forais manuelinos, deve dizer-se que vários direitos antigos, sobrevivências anacrónicas de realidades económicas, sociais e políticas mortas e enterradas,

---

33 A *Leitura Nova* dessa época tinha o mesmo objectivo.

34 Foral do Porto (*Forais Manuelinos*..., cit., p. 8, 2.ª col.).

35 Que era por demais evidente e inevitável, não devendo portanto ser entendida como argumento tópico.

36 Em Melgaço, por exemplo, D. Afonso III havia outorgado um primeiro foral ("de foro cerrado", por 300 libras); depois o mesmo rei "desfez" esse foral "por favor", e concedeu à terra um outro, decalcado do de Riba d'Ave. Mais tarde, D. João I "desfez ambos os foraes" e mandou arrecadar os direitos e tributos reais como se fazia antes deles (*Forais Manuelinos*..., cit., p. 62).

37 Sentenças e não só.

são definitivamente anulados; não todos – não se detecta uma política decidida de acabar com esses particularismos arcaicos – mas alguns.[38]

6. Mas os forais, ao consagrarem geralmente o *status quo* vigente ao tempo das inquirições, acabam por dar uma dignidade desproposidada a muitos contratos individuais de direito privado. Aliás em numerosas povoações onde havia documentos colectivos (cartas de povoamento, aforamentos colectivos), com o tempo estes foram substituídos por documentos individuais. Os forais manuelinos registram e consagram estes últimos: "Posto que pellas dictas inquiriçõoes os foros e tributos desta terra se mandassem antigamente pagar pollos titollos dos lugares e nam das pessoas que os lavrarem, despois porem foram os direitos da dita terra por prazer e consentimento dos senhorios delles e dos moradores da terra mudados e *encabeçados* em pessoas particullares segundo que adiante neste foral hyram decrarados."[39]

7. Tudo pesado, a dimensão artística dos forais foi possivelmente a que melhor serviu a glória do rei D. Manuel. Mas a conclusão principal deste trabalho deve, a meu ver, ser a seguinte: há ainda muitas perguntas a fazer aos forais manuelinos, exigindo um exame cuidado de cada um deles, e reflexões de conjunto a partir de diferentes perspectivas. Foi para isso que se procurou chamar a atenção.

Anexo documental

Inquirição em Favaios e em Alijó para a elaboração do novo fora. [sem data]
Torre do Tombo, *Gaveta* 20, Maço 11, nº 39.[40]
[Fól. 1]

---

38 "E por esta rezão – conclui o foral de Castro Laboreiro – se não levarão nella os carneiros que levava o alcaide agora nem em nenhum tempo porque não se achou foral nem escritura nem tal posse que desse título pera se poderem levar" (*O.c.*, p. 66). "Nem se levara ysso mesmo a fogaça que se levava na dita terra – Matosinhos – aos que casavam filhos ou filhas nella..." (p. 70). Mas mantém-se, por exemplo, em sede de foral, as multas aos donos dos cães que estragam as vinhas.

39 Foral de Refojos (*O.c.*, p. 60).

40 Na folha de capa, em letra setecentista, além da cota arquivística pode ler-se: *Processo para os foraes de Favaios e Alijó*. Agradeço ao Dr. Amândio Morais Barros o ter-me facultado cópia deste documento e ajudado na respectiva leitura paleográfica.

"Favayos e Lijoo⁴¹
Neste lugar a XXIX de Mayo a Bastiam Alvarez juiz Fernam Lourenço procurador Pero Farto Afomso Fernandez Johani Afomso Pedr'Alvarez Joham Vaasquez (...)? Pirez Diogo Vaasquez foy dado juramento e diseram:

Que elles tynham huum foral d'El Rey Dom Denys que logo hy apresentaram pello quall foram aforados por cinquoenta maravidis velhos polos quaees pagam em cada huum ano ao senhorio mill II^c XVIII reaes ho comprimento pera mill III^c L reaes que se monta nos dictos L^{ta} maravedis desconta o senhorio por certas leiras que traz desta terra que lhe foy aforada. Perguntados se levavam alguns direitos por estes dinheiros que pagavam diseram que nunca os levaram nem levam nem outrem tão pouco nem pagam mais que os dictos mill II^c XVIII reaes.

Perguntados se tinham algua razam pera nom pagarem estes dinheiros pellas lyvras diseram que sy e que tinham huua sentença em sua arca a qual arca logo em presença de todos foy buscada e nom se achou. E diseram que per ventura a teriam fora. Eu lhe dei pera yso espaço de huum mes a que a mostrasem. E contudo asynaram aquy.⁴²
[Assinaturas:]
PETRUS FARTO
[mais onze sinais, nove dos quais cruzes, que o escrivão identificou como Juiz, Procurador, Joham Vasquez, ...? Lopez, Pero Gonçalvez, Joham Afomso, João Allvarez Novo, Afomso Fernandez, Gonçalo Marinho, Joam Afomso, Joam Vasquez].
[fól. 1v]
Diz que foram do termo de Villa Reall e que nom soyam la de pagar portagem e agora lha levam nom he de foral. Podem requerer se a Justiça e bem se lhe podia aquy poer que o nom pagase e avisar deso Alvaro Pirez.
Faça se ho foral segundo ho contheudo em esta diligencia.
[Assinaturas:]
RODERICUS
[e outra que não consegui ler]
[fól. 2]

Favaios

Avemos d'aver pollo comcelho e moradores delle em cada huum anno dous mill e quatrocemtos e vynte cynquo reaes pollas lybras pollos cimquoemta maraviidis que pollo dicto forall lhe foram arremdados e aforados todollos dictos reaes a rezam de vinte sete

---

41 Na margem esquerda, na mesma letra: *sam dous.*

42 Na margem esquerda, na mesma letra: *Requereram que se faça repartiçam per todollos beens de sete em sete anos.*

solldos ho maravidii e a quoremta e oito reaes e meio desta moeda corremte por cada huum delles dos quaees se descomtaram ao senhoryo tamta parte quamto se montar verdadeiramente nas terras e leiras que traz ou ao diamte trouxer na dita terra de Favaios. Pera justificaçam da quall cousa se fara loguo <agora> e por comseguynte despois sempre de sete em sete anos repartiçam e avaliaçam per todollos beens de raiz que ouver na dicta terra de Favaios e seu termo da quall avaliaçam nom sera escusa nenhua pesoa por privilegio que tenha posto que seja creriguo e per este respeito pagara o senhorio das propyadades que tem ao diamte tiver soldo aa lyvra segumdo os outros da dicta terra e a dita paga faram aas terças <do ano> pollos primeiros dyas de Setembro e de Janeiro e de Maio so pena de por cada dia que pasar a dita paga [fól. 2v]⁴³ sendo requeridos pagarem vinte reaes.

E posto que pollos ditos II mill IIII^c XXV reaes lhe fosem dados todos nosos direitos reaaes o dito comcelho porem nom esta em pose de os levar e portamto os nom levara o dito Comcelho daquy em diamte nem outrem em seu nome nem no nosso de ninhuua soorte nem nome que posam ter os dictos direitos.⁴⁴

E da pena d'arma se nom levara nynhua pena salvo semdo tomadas nos propios maleficios pollos juizes da terra ou pollo meirinho da comarqua que primeiro ha tomar e doutra maneira nam.⁴⁵

E dos montados e maninhos usaram como ate'quy fizeram sem nenhua comtradiçam.

Visto.⁴⁶

[fól. 3]

Alyjoo⁴⁷

Avemos d'aver pollos moradores da dita terra tres mill quatrocentos reaes com <as> lybras pollos setemta maravidiis velhos que pollo dito forall se mandaram pagar a vimte sete soldos ho maravidii e a quoremta e oito reaes meio por cada huum delles desta moeda d'aguora de seis ceptiis o reall e posto que ao dicto Comcelho ficasem todos

---

43 No cabeçalho: *Favayos Alijoo*.

44 Acrescentado mais tarde, e pela margem direita: *salvo o gado do vento…?*

45 Acrescentado mais tarde, e pela margem direita: *E levaram por ella duzentos…?*

46 Riscada a frase: *O gado do vento se recadara pera o dicto Concelho segundo nosas ordenaçõees*. Depois, no fundo do fólio, anotações desgarradas: *pena do foral; e faça se …?*

47 Anotações soltas nos cantos superiores: *Nos de Tralos Montes* (e outras riscadas que não consegui ler).

nosos direitos reaes por compra dos ditos tres mill quatrocemtos reaes o dicto Concelho os nom levou nunqua nem levara daquy nem levara daquy em dyamte nem outrem em nosso nome nem no seu do dito Comcelho. Somente as armas se tomaram pollos juizes da terra ou pollo meirinho da comarqua quem primeiro as tomar nos arroydos e doutra maneira nam. E dos montados e manynhos usaram como ateéqui fezeram sem nenhuum embargo nem emnovaçam que se ao diante faça. E a dicta paga faram aas terças do ano convem a saber <por primeiro dia de> Setembro Janeiro Mayo. E pasando o tempo da paga sendo requeridos pagara o Concelho por cada dia que pasar vinte reaes. E a dicta paga se fara per repartiçam de todollos beens que ouver no dicto concelho e terra soldo aa livra sem nenhuum se scusar por previlegio <que tenha> posto que clerigo seja. E a dicta repartiçam se fara agora logo e di em diamte de sete em sete anos per todallas fazendas de raiz que ouver no dicto Concelho sem embargo da taixa atee ora fecta. E nam levaram portageens nem outros direitos porque nom usaram delles nem nem ha memoria que fose delles em pose salvo o gado perdido do vento o qual se recadara pera o dicto Comcelho segundo nosas ordenaçõoes.

[*fól. 4*]⁴⁸

Alijoo⁴⁹

A XXVI de Mayo em Favayos vieram Lop'Eanes juiz Alvaro Martinz vereador Fernand'Afomso Joham Lopez Gonçal'Eanes Pedr'Alvarez Bras Eanes homeens boons e por juramento diseram que ca tynha seu foral e que elles pagavam por elle cada huum anno myl VIIIᶜ LR reaes aas terças per setenta maravydis do foral os quaaes pagavam todos segundo a repartiçam que tinham antigamente fecta segundo os beens que cada huum tynha e poyam seu sacador que he o seu procurador que os tira e paga cad'ano.

Perguntados que direitos reaes levavam por este forro çarrado diseram que nom levavam nenhuuns direitos nem portagem nem montado nem pena d'arma nem de sangue porque som poucos e avem se todos huuns com os outros.

Perguntados se tinham alguua rezom pera nom pagarem estes direitos pellas livras (?) diseram que ja se desto agravaram aos desembargadores e que nom ouveram disso despacho e que o senhor Alvaro Pirez os leixou entam de requerer.

---

48 Fólio 3v em branco.
49 Na margem superior tem anotações e adições em algarismos árabes.

E perguntados se pagavam outros direitos ou se recebyam nyso alguum agravo diseram que nom lhe era fecta nenhuua emnovaçam senam esta das lyvras que nom queriam pagar se podesem ser livres deso per direito e com yso se reportaram (?) ao seu foral..
[três cruzes e quatro sinais]
[fól. 4v]

                        Alijoo e Favayos[50]
Faça se ho foral segundo ho contheudo em esta diligencia.
[Assinaturas:]
RODERICUS
RODERICUS[51]

---

50 Anotação no canto superior direito: *Tralos Montes / escriptos no tonbo.*

51 São assinaturas totalmente diferentes, embora as duas sejam elegantes, com guardas, e traçadas por mão segura. A primeira está abreviada (*Rcus*), mas é de leitura simples. A segunda está por extenso, apenas com a abreviatura final do *us*. Maria José Mexia mostra que a primeira pertencia ao Doutor Rui Boto, e a segunda ao Doutor Rui da Grã (O.c., p. 21; as duas assinaturas da presente inquirição coincidem em absoluto com as que a autora reproduz).

NOBREZA, RIVALIDADE E CLIENTELISMO NA PRIMEIRA METADE DO SÉCULO 16. ALGUMAS REFLEXÕES

Mafalda Soares da Cunha[1,2]

1. Temas e problemas

Este texto apresenta algumas reflexões decorrentes de uma investigação mais alargada, e ainda em curso, sobre o grupo nobiliárquico em Portugal entre os séculos 16 e 17. Pese embora o seu caráter provisório, avançam-se hipóteses explicativas relativamente à morfologia do grupo nobiliárquico no século 16, a partir da análise dos fenômenos de patrocinato e de clientelismo organizados em torno das casas senhoriais. Inquire-se, e discute-se, igualmente a existência de um sistema plural de cortes, procurando avaliar os seus efeitos políticos e sociais, nomeadamente no que respeita o aumento da competitividade intranobiliárquica e da luta política no centro.

De uma forma esquemática pode dizer-se que alguma da recente historiografia sobre a corte tem associado à dimensão das casas senhoriais (ou principescas) e as funções sociais por elas desempenhadas com as vicissitudes da evolução das formas políticas

---

[1] Universidade de Évora – CIDEHUS.
[2] Uma primeira versão deste texto foi apresentada ao *Seminário de História*. (Org.). CISEP/ISEG-UTL, ICS/UL E ISH/FCSH-UNL, no ICS, em 19 de fevereiro de 2002 e beneficia, portanto, das sugestões e da discussão entre os presentes.

proto-estatais nas diferentes regiões europeias.³ Genericamente, estabelecem uma relação inversa entre o crescimento da corte régia e o das cortes senhoriais afirmando que só a incipiente centralidade do poder monárquico, a indistinção entre público e privado e a confusão entre o económico e o político possibilitavam que um conjunto amplo de recursos políticos, económicos e militares permanecesse nas mãos de privados. A disseminação dos recursos permitia assim que alguns titulares de casas senhoriais se transformassem em potenciais distribuidores de benesses, encabeçando uma ampla rede de dependentes que demonstrava que os laços de dependência pessoal se constituíam como um mecanismo estruturante das relações sociais.

Mas a interpretação dos significados do processo de curialização ao nível do papel político da nobreza tem também dado azo a outro tipo de reflexões. Questionando a já clássica tese de Norbert Elias,⁴ alguns autores sublinharam a reciprocidade das relações no espaço curial, desvalorizando, portanto, a corte enquanto centro de domesticação da nobreza e de afirmação do poder monárquico. Outros têm mesmo sugerido que esse processo não implicava forçosamente perda de proeminência social e de poder político-económico do grupo nobiliárquico, ou sequer antagonismos abertos ou conflitos de interesses entre o monarca e os grandes senhores. As relações podiam até revestir-se de um clima de confiança e mútuo apoio com participação política a nível central por parte da aristocracia. E, pelo menos numa fase inicial do processo de curialização, esse fato não impedia que os senhores tivessem uma clara percepção dos seus próprios interesses e conseguissem consolidar e defender, quando não mesmo alargar, os direitos e privilégios adquiridos no centro ou nas periferias.⁵

---

3   Este tópico surge nos trabalhos de Sharon Kettering como uma das consequências da tese central sobre os mecanismos de organização social do poder e de afirmação da monarquia em França na época moderna. Ver, por todos, *Patrons, Brokers, and Clients in Seventeenth-Century France*. Oxford: Oxford University Press, 1986. Cf. ainda as observações feitas sobre o caso alemão em Volker Press "La Corte Principesca in Germania nel XVI e XVII Secolo". In MOZZARELLI, Cesare. (Ed.). *"Familia" del Principe e Famiglia Aristocratica*. vol. I. Roma: Bulzoni, 1988. p. 159-179.

4   Cf. ELIAS, Norbert. *A Sociedade de Corte*. Lisboa: Estampa, 1989.

5   A bibliografia sobre a corte é hoje extremamente extensa e, por isso, tem sido fértil na apresentação de revisões da tese de N. Elias. Sem qualquer pretensão de exaustividade e apenas com intuito de oferecer um guião de partida pertinente, ver as diferentes contribuições apresentadas em John Adamson (Ed.), *The pricely courts of Europe. Ritual, politics and culture under the Ancen Régime 1500-1750*. Londres: Seven Dials, 2000; José Martinez Millán (Dir.), *La corte*

É esta a linha interpretativa que aqui se seguirá, procurando demonstrar como os monarcas portugueses de quinhentos foram intervenientes ativos na configuração do grupo nobiliárquico, já que permitiram que as principais casas senhoriais estruturassem, e reproduzissem, formas relativamente autônomas de dominação política e econômica sobre as periferias territoriais. Admitindo em seguida a existência de cortes senhoriais, sugiro que a difusão do patrocinato, enquanto sistema político e social, constituiu um instrumento fundamental na preservação das formas tradicionais de exercício do poder senhorial e contribuiu de forma relevante para o crescimento do grupo nobiliárquico.

2. GÊNESE DE UM PROCESSO

A implantação da dinastia de Avis (1385) e os esforços de legitimação do seu próprio poder foram acompanhados por uma política de doações que teve importantes consequências na posterior configuração do grupo nobiliárquico. Se não se dispõe de dados rigorosos sobre a importância relativa das terras senhoriais no século 14, parece indiscutível que as doações de D. João I, beneficiaram um número menor de fidalgos, propiciando a criação de casas senhoriais com uma significativa base territorial. Tal ocorreu, não apenas com as doações ao Condestável Nuno Álvares Pereira (base da futura casa de Bragança), mas também com a constituição, nos inícios de quatrocentos (1415), de grandes casas tituladas aos infantes que, com a exceção da do infante D. Pedro (confiscada em 1449), se consolidaram e alargaram ao longo do século 15.

Posteriormente, mas ainda ao longo da centúria de quatrocentos, a Coroa criou e aplicou um conjunto amplo de instrumentos de ordenamento do espaço social da nobreza. Citem-se a difusão do mecanismo de titulação e a fixação das regras de precedências como instrumento de organização do topo do grupo nobiliárquico; o registro sistemático dos moradores da Casa Real e a especialização orgânica de funções doméstico-administrativas como formas de estruturação e ordenamento do espaço curial; finalmente,

---

de Filipe II. Madri: Alianza Universidad, 1994 a bibliografia sobretudo p. 503-506; Ronald G. Asch e Adolf M. Birke (Eds.), *Princes, Patronage and the Nobility. The Court at the Beginning of the Modern Age c.1450-1650*. Oxford: Oxford University Press, 1991, em especial a introdução de R. Asch "Court and Household from the Fifteenth to the Seventeenth Centuries", p. 1-38. Cf. ainda Alessandro Barbero, "Principe e Nobilità negli Stati Sabaudi: gli Challant in Valle d'Aostatra XIV e XVI Secolo" in *"Familia" del Principe e Familia Aristocratica...*, vol. I, p. 245-276. Interessante é também a revisão da tese de N. Elias de Jeroen Duindam, *Myths of Power. Norbert Elias and the early modern european court*, Amsterdam University Press, s/d.

a promulgação da Lei Mental (1434) como meio de intervenção e regulação régia na sucessão dos bens da Coroa.

Paralelamente à corte, as múltiplas oportunidades de serviço à monarquia resultantes do alargamento do espaço territorial nas costas marroquinas, nas ilhas atlânticas e na África Ocidental contribuíram para o alargamento da base do grupo nobiliárquico, maior mobilidade no seu interior e acumulação de bens jurisdicionais, sobretudo entre as principais casas e linhagens. Penso essencialmente nas casas dos infantes e dos Bragança,[6] mas também nas dos condes de Vila Real (Meneses/Noronha) e de Marialva (Coutinho).[7] Hábeis e estratégicas políticas de alianças matrimoniais reforçaram esta tendência para a espantosa concentração de bens num número muito limitado de grupos linhagísticos e até mesmo de casas senhoriais.[8]

Importa, todavia, recordar que quando D. Manuel I chegou ao trono (1495), por vicissitudes sobretudo de ordem biológica, as grandes casas senhoriais dos diferentes ramos do tronco régio tinham-se extinguido. O que permitiu literalmente a recriação do topo do grupo nobiliárquico. E, à semelhança do primeiro soberano de Avis, tal foi realizado a partir da família real. Para além da restituição do ducado de Bragança (1496) e do cumprimento lento e parcial das disposições testamentárias de D. João II relativamente ao seu filho natural D. Jorge, D. Manuel, numa política que D. João III completou, ainda constituiu grandes casas aos infantes. Os processos seguidos foram, porém, diversos. Numas situações desanexaram-se bens da Coroa, noutras negociou-se o acesso a altas dignidades eclesiásticas, noutras ainda incentivaram-se uniões matrimoniais com algumas das principais casas titulares do Reino como foi o caso dos casamentos do infante D. Fernando com a herdeira da casa de Marialva (tratado em 1521, mas só efetivado em 1530) e o do infante D. Duarte com a filha do 4.º duque de Bragança, (1531). Temos, finalmente

---

6   CUNHA, Mafalda Soares da. *Linhagem, Parentesco e Poder*. A Casa de Bragança (1384-1483). Lisboa: Fundação da Casa de Bragança, 1990.

7   OLIVEIRA, Luís Filipe. *A Casa dos Coutinhos*. Linhagem, Espaço e Poder (1360-1452). Cascais: Patrimônia Histórica, 1999.

8   Cf. FREIRE, Anselmo Braamcamp. *Brasões da Sala de Sintra*. 3 v. Lisboa: IN/CM, 1973 e OLIVEIRA, Luís Filipe; RODRIGUES, Miguel Jasmins."Um processo de reestruturação do domínio social da nobreza. A titulação na 2ª Dinastia", *Revista de História Económica e Social*, nº 22, p. 77-114, 1988.

a casa da infanta D. Maria que, para além de bastante posterior, resultou de circunstâncias particulares associadas à sua herança.[9]

Ora este conjunto de medidas, ao redefinir as hierarquias dentro do grupo nobiliárquico, teve consequências importantes ao nível da sua organização interna, sobretudo se atendermos ao fato de a própria geometria dos poderes se ter alterado em função dos recursos que a Coroa passou a usufruir com a administração e a exploração comercial das novas áreas coloniais, com as novidades administrativas manuelinas e com o crescimento e complexificação do aparato curial régio (quer orgânico, quer em número de efetivos).

3. CORTE RÉGIA E CORTES SENHORIAIS. A CURIALIZAÇÃO DA NOBREZA

A progressiva centralidade da corte régia na organização do espaço social da nobreza decorrente, quer dos já citados dispositivos de ordenamento difundidos pela monarquia, quer da sua crescente capacidade resdistributiva, abriu caminho para a intensificação da curialização da nobreza (curialização entendida na asserção de N. Elias como o processo que gradualmente substitui os signos de identidade do grupo da ação militar para a inserção na corte), instituindo novos modelos de relações e de interdependência entre os seus membros.[10]

Defendo a ideia de que a curialização da nobreza não se fez apenas a partir da casa real, mas também a partir das casas de grandes senhores numa linha de clara continuidade com o século de quatrocentos.[11] O que significa, claro está, admitir a inexistência de

9 PINTO, Carla Alferes. *A Infanta D. Maria de Portugal (1521-1577). O mecenato de uma princesa renascentista*. Lisboa: Fundação Oriente, 1998 e VASCONCELOS, Carolina Michaëlis de. *A infanta D. Maria de Portugal (1521-1577) e as suas damas*. Lisboa: Biblioteca Nacional, 1983 (ed. fac-similada de 1901).

10 Para além da já citada obra de N. Elias, A sociedade de corte, ver para Portugal, GOMES, Rita Costa. *A corte dos reis de Portugal no final da Idade Média*. Lisboa: Difel, 1995 e Idem, "A curialização da nobreza". In: CURTO, Diogo Ramada. (Dir.). *O Tempo de Vasco da Gama*. Lisboa: Difel / CNCDP, 1998. p. 179-187.

11 Embora ainda insuficientemente estudadas, parece que também nos demais reinos peninsulares existiam diversas cortes senhoriais Cf. HERNÁNDEZ, Ignacio Atienza. "Pater Familias, Señor y Patrón: Oeconómica, Clientelismo y Patronazgo en el Antiguo Régimen". In: PASTOR, Reyna. (Comp.) *Relaciones de Poder, de Producción y Parentesco en la Edad Media y Moderna*. Madrid: CSIC, 1990. p. 411- 458 e MARTÍNEZ, Adolfo Carrasco. "Guadalajara, corte de los Mendoza en la segunda mitad del siglo XVI". In: *Filipe II y las Artes*. Madrid: 2000. p. 57-69.

um monopólio régio sobre o sistema curial e, portanto, a necessidade de discutir o que diferencia o mero aparato doméstico e administrativo de uma casa senhorial do conceito de corte.

A questão coloca-se apenas porque na época o vocábulo corte era utilizado, quase sem exceção, para nomear o complexo espacial, doméstico e de governo do rei e do reino. Embora alguns senhores tivessem mimetizado essa mesma matriz organizativa e funcional, tais realidades eram então designadas por paço ou palácio, *família* ou moradores e casa. Menos frequentemente por "Estado". Na verdade "casa" era o designativo mais abrangente e remetia – tal como a corte régia – simultaneamente para as dimensões públicas e privadas do quotidiano senhorial.

E, no entanto, uma reflexão mais distanciada permite, sem dúvida, evidenciar que nem todas as casas senhoriais se equiparavam. Uma primeira e óbvia linha de diferenciação decorre da dimensão dos recursos detidos. Desde logo, os de base material, já que só aquelas que geriam recursos assentes em direitos, privilégios e patrimônios com importante base territorial, necessitavam de agentes administrativos próprios com um acentuado nível de diferenciação funcional e técnico (judiciais e da fazenda) para ocupar os ofícios das terras e da gestão central dessas estruturas senhoriais e para acompanhar os processos junto dos órgãos decisórios do centro. Claro está que a natureza desses mesmos recursos não era despicienda. O volume das rendas oriundo de bens patrimoniais, se criava exigências administrativas específicas, também condicionava o grau de independência da Coroa, a menos que as cláusulas de doação régia consagrassem regimes de exceção face às leis gerais. Como as da isenção do cumprimento da Lei Mental ou de não entrada de corregedores nos senhorios, por exemplo.

Por outro lado, as obrigações de representação social exigiam espaços domésticos e simbólicos cuja complexidade e dimensão também eram diretamente proporcionais ao estatuto social do titular da casa (linhagem, parentesco com a família real, títulos nobiliárquicos).

Este conjunto de necessidades traduzia-se, assim, em recursos próprios que tinham que ser distribuídos. Os ofícios locais, as apresentações eclesiásticas, os cargos militares e administrativos do senhorio e os ofícios palatinos são os exemplos mais comuns.[12]

---

12   Pesem embora diferenças pontuais, o modelo de organização e gestão das grandes estruturas senhoriais nos reinos ibéricos era bastante semelhante. Cf. a síntese de Adolfo Carrasco

Um outro vetor de distinção entre casas senhoriais media-se pelo sucesso de nomeações de criaturas suas para órgãos ou para funções exteriores aos respectivos senhorios e também pela obtenção de privilégios de natureza variada, que dependiam do monarca ou dos órgãos centrais. Estão neste caso as nomeações para cargos administrativos ou militares no reino e no ultramar, a concessão de tenças e o provimento de lugares eclesiásticos. Outras situações podiam ser listadas, mas bastará entender que a mediação podia cobrir qualquer necessidade específica das diversas entidades constitutivas da rede do titular (englobando quer particulares quer terras do senhorio).

Mediação junto do rei ou junto de qualquer outra entidade. Por razões óbvias, relacionadas com a documentação hoje disponível, é mais fácil encontrar exemplos dirigidos ao monarca. As chancelarias régias estão enxameadas de provimentos de cargos na administração local, de privilégios aos conselhos, aos seus moradores ou a indivíduos feitos a pedido de diferentes entidades. Nisto os grandes titulares não estão isolados. Era o volume de petições de mercês concretizadas o que os distinguia. Talvez também a natureza das mesmas. A título de exemplo adiante-se que, a partir da chancelaria de D. Manuel, se constata com relativa facilidade que os ofícios das terras do marquês de Vila Real que eram da dada régia, foram numerosas vezes providos em criados do marquesado. Ou seja, uma forma indireta (e dependente da graça régia, o que não era de somenos na economia destas relações entre a coroa e os titulares) de reforço da influência dessa casa nos seus senhorios.

Quer isto dizer que as casas senhoriais eram estruturas de poder que intermediavam periferias sociais e territoriais com o centro político, com a corte régia. Os seus titulares podem, por isso, ser entendidos como pólos autônomos de redes sociais, criadores de espaços sociais alternativos. Participavam, no entanto, de outras redes, nomeadamente na corte régia ou no aparelho administrativo, em outras posições relativas. E nestas últimas as suas posições eram instáveis, dependendo de fatores e variáveis exteriores sobre as quais não dispunham de completo controlo. De resto, o processo era dinâmico, provocando constantes reajustes nos alinhamentos e nas alianças.

Em síntese, o que as diferenciava internamente era o grau de autonomia face ao poder régio, a capacidade de corporizarem e imporem projetos políticos próprios que

---

Martínez, *Sangre, honor y privilegio. La nobleza española bajo los Austrias*. Barcelona: Ed. Ariel, 2000. p. 55-58, bem como os estudos monográficos de casas senhoriais aí citados.

estavam naturalmente associados a exigências de representação desse mesmo poder. Serão, então, essas aquelas a quem o designativo corte pode ser devidamente aplicado.

Neste quadro de análise só as principais casas do reino – as dos infantes, D. Jorge, Bragança e Vila Real – detiveram esse estatuto e, mesmo assim, de forma desigual. Interessante será então analisar um pouco mais demoradamente os efeitos que a criação destes apesar de tudo numerosos espaços sociais alternativos produziram tanto sobre as formas de governo da monarquia, quanto sobre o conjunto do grupo nobiliárquico.

A) As casas dos Infantes

As casas dos infantes, que foram sendo criadas a partir de finais da segunda década de quinhentos, para além de modificarem as relações de forças preexistentes no escalão cimeiro do grupo nobiliárquico, aumentaram os centros de patrocínio e o sistema de recrutamento de dependentes, com consequências, portanto, ao nível dos segmentos inferiores do grupo. Penso concretamente, não apenas nas cortes do príncipe D. João e dos infantes D. Luís, D. Afonso, D. Duarte, D. Fernando, D. Henrique e D. Maria, mas também nos séquitos que acompanharam as infantas D. Beatriz a Saboia e D. Isabel a Castela.

DIMENSÃO DE CASAS SENHORIAIS[13] – (SÉCULO 16)

Casas Senhoriais	Data	Moradores	Categorias de foro dos moradores
Infante D. Fernando	1534	216	20
D. Guiomar Coutinho (casada com o anterior)	1534	60	15
Infante D. Luís	1536	632	23
Infante D. Duarte	S/d	172	16
Senhor D. Duarte (filho do anterior)	S/d	118	14
D. Teodósio I, Duque de Bragança	S/d	339	25

---

13 Dados retirados de António Caetano de Sousa, *Provas da História Genealógica da Casa Real Portuguesa*, t. II e t. IV, P. 1ª, Coimbra, Atlântida – Livraria Editora, 1946-1954, respectivamente, p. 108-11, 183-184, 237-242 e p. 234-235

Se num primeiro momento, a composição dos espaços domésticos das casas dos infantes foi definida pelo monarca, e até extraída de entre os quadros superiores do seu próprio aparelho curial ou do da rainha. A prazo, porém, estas casas ganharam autonomia e lógicas próprias, sobretudo se e quando os infantes casavam, até porque esses momentos coincidiam com o alargamento das suas bases materiais (decorrente quer de doações régias, quer dos dotes das noivas). Tal ocorreu, como se disse, com os infantes D. Fernando e D. Duarte. No caso de D. Fernando pode mesmo sublinhar-se que o contrato de casamento assegurava o respeito escrupuloso pela autonomia da casa de Marialva, já que deixou definido que os filhos do casal herdariam não apenas os bens, mas também o nome do avô.[14] Mas mesmo o infante D. Luís, que nunca casou, tinha uma casa e uma corte extremamente numerosas. As maiores que existiam em Portugal em meados do século 16. Com efeito, para além dos bens doados pelo rei em 1527 e 1628, este infante acabou por herdar a legítima de seu irmão D. Fernando.

A dimensão curial das casas dos infantes carece ainda de um estudo sistemático, para o qual existem, de resto, fontes documentais disponíveis. Para o caso concreto da casa do infante D. Luís, diga-se que o fundo *Núcleo Antigo* do Arquivo da Torre do Tombo contém os livros de matrículas dos seus moradores (1536-1555).[15] Uma análise sumária do seu conteúdo permite descobrir de imediato numerosas pistas de trabalho que, devidamente trilhadas, talvez pudessem concorrer para sublinhar o argumento aqui defendido. Os livros estruturam-se por anos, agrupam os moradores por categorias de foro onde se listam as moradias e eventuais outras mercês que lhes eram concedidas. O que torna possível a reconstituição do universo social do seu espaço doméstico, assim como as suas funções e hierarquias internas. Apreendem-se ainda troços das trajetórias anteriores de alguns deles; laços de dependência, por exemplo (*antes fora da casa de ...*).

Mas se a historiografia tem sido parca em estudos específicos sobre o funcionamento das casas destes infantes, existem indicadores que apontam para algum nível de autonomização da casa real. O local de residência é um dado relevante (Abrantes, no caso do infante D. Fernando; Salvaterra de Magos, após 1540, no do infante D. Luís, o infante cardeal Afonso antes de ter cargos eclesiásticos morava em Enxobregas), mas talvez ainda mais significativo é a complexidade orgânica e funcional das mesmas e que aponta

---

14 Agradeço esta informação a Luís Filipe Oliveira.
15 Ver Maria do Carmo Jasmins Dias Farinha e Maria de Fátima Dentinho Ó Ramos, *Núcleo Antigo. Inventário*, Lisboa, 1996, p. 176-177.

claramente para a existência de cortes próprias. Note-se que todas elas estavam divididas setorialmente (câmara e guarda-roupa; mesa e aprovisionamento; cavalariças; capela e música; administração) com cadeias hierárquicas bem definidas. Adicionalmente, podem ainda complementar-se com a apresentação de posicionamentos políticos divergentes da monarquia em diferentes momentos.[16]

Este último tópico levanta, porém, a questão mais complexa da natureza das relações destes infantes como o monarca. Se o desejo e as práticas denunciam interesse claro na estruturação de percursos autônomos, não se podem iludir os esforços da Coroa, mais concretamente de D. João III em os controlar. Um bom exemplo diz respeito às numerosas tentativas de concerto matrimonial dos infantes D. Luís e D. Maria. A gestão desses processos foi extremamente cautelosa e, mesmo a contragosto, ambos acabaram por não casar, o que significou a reversão da quase totalidade dos seus bens para Coroa.

De qualquer modo, se é plausível admitir que os monarcas tenham tido alguma capacidade de intervenção sobre os destinos destas casas, diminuindo-lhes o seu espaço de estruturação autônomo, são indiscutíveis os efeitos no aumento das oportunidades de serviço e, consequentemente, no crescimento do grupo nobiliárquico.

B) As casas senhoriais de Bragança, Coimbra/Aveiro e Vila Real

Preexistentes, mas igualmente grandes casas senhoriais eram as dos Bragança, de D. Jorge, mestre das ordens militares de Santiago e de Avis e duque de Coimbra (que será depois a dos duques de Aveiro) ou dos marqueses de Vila Real. O que as distinguia entre si era o tipo de recursos que cada uma dispunha e controlava. E esses eram – nestes três casos – efetivamente distintos. Tipicamente senhoriais os da casa de Bragança, enquanto as outras duas combinavam esse tipo de bens com os recursos de duas ordens militares – a de D. Jorge[17] – e com as implicações da posse de cargos hereditários no governo militar

---

16 DESWARTE-ROSA, Sylvie. "Espoirs et Désespoir de l'Infant D. Luís", *Mare Liberum*, nº 3, p. 245-298, 1991 e VIAUD, Aude. "L'infant D. Luís de Portugal". In: THOMAZ Luís Filipe. (Ed.). *Aquém e Além da Taprobana. Estudos Luso-Orientais à memória de Jean Aubin e Denys Lombard*. Lisboa: CHAM, 2002.

17 PEREIRA, João Cordeiro. "A renda de uma grande casa senhorial de quinhentos". In: *Primeiras Jornadas de História Moderna. Actas.* vol. II. Lisboa: 1989. p. 789-819 e NEVES, Francisco Ferreira. *A Casa e Ducado de Aveiro. Sua origem, evolução e extinção*. Aveiro: 1972. Ver igualmente o

de praças marroquinas, o mesmo é dizer a oferta de oportunidades de serviço militar geradas por um estado endêmico de guerra – a dos Vila Real. Estas disparidades condicionaram em grande medida a estrutura de interesses de cada uma delas e, por esse motivo, também as características sociológicas das respectivas redes de dependentes. Importaria todavia conhecer melhor as respectivas práticas senhoriais para confirmar esta diversidade de recursos e avaliar se tal decorreria de uma política deliberada da monarquia – ou das casas – para evitar tensões políticas.

Como a já citada obra de Cristina Pimenta revela, grande parte do poderio das ordens de Santiago e de Avis sob controlo de D. Jorge também decorria de uma sólida implantação jurisdicional no território cujos modelos político-administrativos não difeririam muito das demais terras. A diferença talvez residisse no caráter mais sistemático da transferência de poderes para terceiros. Haveria então que indagar se esse fenômeno fortificou o poder do Mestre D. Jorge, nomeadamente pela atração de dependentes, ou se as condições concretas da transferência de direitos reduziram o seu âmbito de intervenção na gestão efetiva do território.

Em comum tinham o fato de os seus titulares residirem longos períodos fora da corte régia, nos seus senhorios – em Vila Viçosa os Bragança; em Setúbal e Azeitão D. Jorge e, pelo menos durante 27 anos (1520-1547),[18] o seu filho, marquês de Torres Novas; em Ceuta e Leiria os Vila Real – e terem aí edificado as suas residências senhoriais, fixado as suas cortes e construído os seus monumentos funerários.[19]

Este quadro de ausência da corte régia talvez deva ser um pouco mais problematizado. Sabe-se, por informações de vária ordem e proveniência, que nem

---

trabalho de PIMENTA, Maria Cristina Gomes. *As Ordens de Avis e de Santiago na Baixa Idade Média. O governo de D. Jorge*. Palmela: GEsOS / Câmara Municipal de Palmela, 2002.

18 Preso entre 1520 e 1529 e, depois, retirado em Setúbal até 1547, data em que voltou à corte e foi feito 1.º duque de Aveiro.

19 Diga-se que esta característica se aplicava a outras casas. Os marqueses de Ferreira / condes de Tentúgal passavam longuíssimas temporadas em Água de Peixes, no Alentejo. De resto, esta característica prolonga-se no tempo. Nuno G. Monteiro e Fernando Bouza apresentam lista de finais do século 16 e de inícios do 17, onde se comprova que a grande maioria da principal nobreza do reino vivia longe da corte, nas suas terras senhoriais. Ver, respectivamente, *O crepúsculo dos Grandes. A casa e o patrimônio da aristocracia em Portugal (1750-1832)*, Lisboa: IN/CM, 1998. p. 425-427 e *Portugal en la Monarquia Hispanica (1580-1640). Filipe II, las cortes de Tomar y la genesis del Portugal Catolico*. Madrid: 1987. p. 523-527. (is. dout. Mimeografado.).

sempre correspondia a afastamento voluntário dos próprios. Nalguns casos decorria diretamente de algum desinteresse na solicitação de serviços por parte da monarquia. Disso se queixaram alguns, e com alguma amargura, de resto. D. Jorge e o seu filho, marquês de Torres Novas e depois 1º duque de Aveiro, dão-nos disso exemplos. É, por outro lado, já conhecido que os mais próximos conselheiros quer de D. Manuel, quer de D. João III não pertenciam a esta elite cimeira da nobreza titular. Alguns deles, sabemo-lo também, foram só mesmo agraciados com títulos no final de longas carreiras de serviços no centro político.

Talvez se possa então depreender – e mais do que uma afirmação, esta é uma dúvida – alguma intencionalidade da própria monarquia neste afastamento dos principais senhores do reino da corte régia, neste empurrar para as periferias territoriais. É claro que existiam múltiplas formas de comunicação política e que se revelaram assaz eficazes. Embora o estado atual de conhecimentos não permita afirmações taxativas, tudo leva a crer que o seu conteúdo incidia essencialmente sobre questões particulares a cada um dos titulares. Resta por isso interrogar se, porventura, essas estruturas de poder organizadas sobre a periferia não corresponderiam também a exigências concretas de preservação do próprio poder social destes senhores e aos instrumentos privilegiados da sua afirmação política no centro político.

Um argumento central desta tese prende-se com o fato de estas grandes casas, serem bem mais autônomas da Coroa[20] do que os grupos familiares em ascensão ou ainda pouco consolidados. Para estes últimos, a presença na corte régia e a proximidade aos favores do monarca detinham certamente uma outra importância. Estavam muito dependentes do arbítrio régio, careciam da produção efetiva de serviços na corte, na administração e no aconselhamento para acrescentarem (ou constituírem) a sua base patrimonial e senhorial. Para estruturarem redes de influência, também. Os conhecidos exemplos de D. António de Ataíde, 1.º conde da Castanheira e de D. Luís da Silveira, 1.º conde da Sortelha comprovam-no sem discussão. Do Castanheira dizia-se mesmo ser "sôfrego de muita privança".[21]

---

20 Sobre esta matéria cf. as observações de Jean Aubin sobre a política régia de titulação em "La noblesse titré sous D. João III. Inflation ou fermeture?", *Arquivos do Centro Cultural Português*. v. XXVI. p. 417-432.

21 SARAIVA, José Hermano. (notas de). *Ditos Portugueses Dignos de Memória. História Íntima do Século XVI*. 2. ed. Lisboa: Pub. Europa-América, s/d. p. 287.

Com a exceção da casa de Bragança,²² não se conhecem com rigor a dimensão e composição dos aparatos domésticos destas grandes casas aristocráticas. No entanto, dados dispersos na documentação régia, nos ditos da época, nos relatos dos cronistas e em fontes avulsas tornam plausível admitir que também elas reproduziam uma estrutura de matriz régia e com fortes preocupações de representação social e simbólica.

Para o caso de D. Jorge, pese embora o laconismo das cronística régia coeva (que autores como S. Subrahmanyam têm relacionado com a oposição política a D. Manuel),²³ António Caetano de Sousa afirma ter tido uma «luzida casa» e comprova a nobreza e importância da sua *entourage* com o dizer do próprio, a propósito da preferência manifestada em dar uma grossa comenda a um criado, ao invés de a um filho seu, que "um príncipe pode viver sem filhos, e não sem criados" e, mais significativo ainda, com a expectativa dos seus dependentes, pelos vistos compreendida e utilizada pelo próprio titular, em obter comendas das ordens de Santiago e Avis.²⁴ Tal como se analisou em anteriores trabalhos para o caso dos Bragança, também D. Jorge reconhecia que era esta capacidade de distribuição de honras nobiliárquicas que assegurava a qualidade social do seu séquito, e o distinguia, portanto, de outros senhores do Reino.

Como se disse antes, é justamente esta dimensão de representação social que confere o caráter de cortes a estes espaços físicos multifuncionais. A chefia, a composição, as insígnias e o fausto dos séquitos destes titulares nas embaixadas régias, para além de revelarem os usos representativos das respectivas "famílias", constituem também exemplos "de utilização do ritual e da etiqueta como linguagens de afirmação política",²⁵ plenos de

---

22 CUNHA, Mafalda Soares da. *A Casa de Bragança (1560-1640). Práticas Senhoriais e Redes Clientelares.* Lisboa: Editorial Estampa, 2000.

23 SUBRAHMANYAM, Sanjay. *A Carreira e a Lenda de Vasco da Gama.* Lisboa: CNCDP, 1998.

24 SARAIVA, José Hermano. (notas de). *Ditos* .... p. 60; SOUSA, António Caetano de. *Provas* .... v. XI. p.12

25 PAIVA, José Pedro. *Etiqueta e cerimônias públicas na esfera da Igreja (séculos XVII-XVIII).* sep. *Festa: cultura & sociabilidade na América portuguesa.* jancsó, István; kantor, Iris. (orgs.). v. I. S. Paulo: Hucitec, 2001. p. 91. Este autor defende de resto a ideia, que aqui sigo, da disseminação social dos usos políticos da etiqueta, contrariando portanto aqueles que a confinam aos universos do rei e da sua corte.

rivalidade social. De tal forma que não cuidavam estes titulares a despesas, mesmo com risco de endividamentos prolongados.[26]

Em 1527, o marquês de Vila Real foi como embaixador na entrega da infante D. Isabel à raia, após o acerto de casamento com o imperador Carlos V. Diz o cronista Fr. Luís de Sousa nos seus *Anais* "foram célebres e grandiosos os gastos que o marquês fez nesta jornada (...): famoso acompanhamento de criados e gente de pé e de cavalo e ricas librés; quarenta azémolas de sua recâmara, com reposteiros quartejados de branco e preto e bordados, e no meio a sua divisa do áleo; e a da sua cama com reposteiro de veludo carmesim com bandas de tela de ouro; vinte e quatro alabardeiros vestidos de suas cores e vinte e quatro moços da câmara a cavalo". (SOUSA, Fr. Luís de. *Anais de D. João III*. 2. ed., pref. de M. Rodrigues Lapa. vol. I. Lisboa: Liv. Sá da Costa Ed., 1951-54, p. 268-269.).

Em 1552, o 1º duque de Aveiro (filho de D. Jorge) foi à raia receber a princesa D. Joana, noiva do príncipe D. João (filho de D. João III) fazendo-se acompanhar de cerca de 500 pessoas entre criados e vassalos onde também se contavam "oitenta alabardeiros da sua guarda, 2 arautos com suas cotas de armas, atabales, trombetas e charamelas (...) e toda aquela família vestia libré com as cores do duque (...) levava 150 azémolas, cobertas com reposteiros, guarnecidos das mesmas cores, custosamente bordados com as suas armas". (SOUSA, António Caetano de. *História Genealógica da Casa Real Portuguesa*. Coimbra: Atlântida – Livraria Editora, 1953. t. XI, p. 33, adiante citada como *HGCRP*).

O duque de Bragança D. Jaime foi à raia tomar entrega das rainhas D. Maria e D. Leonor, segunda e terceira mulheres de D. Manuel; acompanhou esta última, depois de viúva no seu regresso a Castela; acompanhou a imperatriz D. Isabel até à fronteira; recebeu também na raia a rainha D. Catarina, mulher de D. João III, e o duque D. Teodósio I fez o ato de entrega da princesa D. Maria desposada com Filipe, príncipe das Astúrias (futuro Filipe II) e também da princesa D. Joana, já viúva do príncipe D. João (BN, Ms. 4, n.1). As descrições da opulência dos séquitos destes duques podem ser lidas em António Caetano de Sousa, *HGCRP*, ts. VI, *passim*.

---

26 Sobre as dívidas do marquês falam numerosos ditos de corte, Cf. SARAIVA, José Hermano. (notas de). *Ditos* .... p. 149-150, 358.

Sem pretensão a esgotar a lista dos signos curiais e de distinção, invoque-se, apenas, a política de mecenato artístico e cultural que muitos destes senhores promoveram, visando claramente a projeção das suas casas. A criação de bibliotecas, apoio a escritores, músicos, pintores ou arquitetos, o rol de encomendas e de dedicatórias de obras, os palácios edificados e os cerimoniais religiosos encomendados são alguns exemplos do vocabulário simbólico do poder utilizado por estes titulares. Que quase só na escala divergem do vocabulário régio.

4. Rivalidade social e patrocinato

A existência destes espaços domésticos senhoriais – cortes – gerou uma concorrência acrescida entre as casas. É que para além dos focos de tensão gerados por situações em que os próprios titulares eram parte interessada – os concertos de casamentos, o lugar nas cerimônias públicas com as querelas de precedências, as doações ou renovações de títulos e de cargos por parte da monarquia[27] – emergiam outros pontos de fricção em torno das suas redes clientelares, já que também nesses casos era a honra do próprio titular que estava em causa. As matérias em questão podiam ser semelhantes àquelas já citadas ou quaisquer outras. E, já se viu, não se dirigiam apenas ao monarca, abrangendo todos os potenciais dispensadores de favores. Eram as circunstâncias concretas que ditavam as solicitações. O aspecto significativo é que nas inúmeras cartas de pedido subscritas pelos patronos o que se invoca é o favor pessoal que assim lhes será feito e a dívida que por isso contrairão.[28] Ou seja, o que colocam em jogo no ato da mediação é a sua própria pessoa, o seu próprio prestígio e reputação.

Alguns dos próprios posicionamentos políticos, criadores de clivagens na corte, assentavam também nestas mesma lógica de defesa das redes pessoais. É, de resto, essa a opinião do embaixador Lopo Hurtado, em 1532, a propósito da criação do Tribunal do Santo Ofício em Portugal, quando explica que os três cortesãos mais influentes (D.

---

27 Conferir exemplos destas situações de conflito em "Cortes señoriales, corte regia y clientelismo. El caso de la corte de los Duques de Braganza". In: LOZANO, Jesus Bravo. (Ed.). *Espacios de Poder: Cortes, Ciudades y villas (s. XVI-XVIII*. Actas do Congresso de 4-6 de outubro de 2001. v. I. Madrid: Universidad Autónoma de Madrid, 2002. p. 57.

28 Os exemplos possíveis são inúmeros e comungam da mesma lógica discursiva. Veja-se por todos uma carta do duque de Bragança Padre Prior do Mosteiro de St.ª Cruz, pedindo uma mercê para um seu ouvidor, de 1555, em que termina dizendo: "E por todo o favor e caridade que lhe nisto for feita o lamçarei a minha conta e averei por feita a mim" (BNL, ms.250, nº 42, 44).

António de Ataíde, o conde de Vimioso e António Carneiro) eram contra porque "eram amigos e tinham credores" de confissão judaica.[29] Ou o episódio da disputa da governação da Índia entre Lopo Vaz de Sampaio e D. Pedro de Mascarenhas que, antes de ser dirimido com argumentos do direito, opôs redes de parentelas cortesãs.[30]

De qualquer forma, se grande parte dos indicadores de rivalidade entre titulares, e muito em particular do grupo aqui definido, se expressavam no centro político, o patrocinato senhorial exercia-se sobre as periferias. Este esquema revela afinal as estratégias de conservação e de reprodução do que consideravam serem as bases do seu poder social. E o poder social destas grandes casas, até melhor prova em contrário, parece assentar essencialmente sobre o exercício de poder territorializado no Reino (jurisdição completa, de juro e herdade e às vezes até com isenção da Lei Mental; rendas e direitos extraídos dos sectores agrícola e piscatório). O que explica que a ausência da corte régia não lhes crie dificuldades particulares à reprodução desse mesmo poder, porque parcialmente suprida pela correspondência e por agentes mediadores, mas que a presença física no senhorio se revele fundamental para a gestão do espaço social e político de cada um destes titulares.

Assim as cortes, os séquitos, os títulos, o cerimonial e a capacidade de influência eram fatores de rivalidade interna pela evidente expressão pública das respectivas reputações. Insista-se, mais uma vez, que embora o reconhecimento público da proeminência social adviesse destes indicadores de prestígio, o poder social fundava-se de fato no exercício do poder senhorial sobre o território, que a monarquia não contrariava. Já referi o exemplo da casa de Vila Real e a nomeação da sua criadagem para a administração periférica da Coroa, mas podiam-se dar exemplos semelhantes para outras das casas aqui tratadas. No já citado trabalho de Cristina Pimenta afirma-se mesmo que "quase não há notícia de privilégios negados, de contenciosos de grande monta ou de tentativas de supressão da capacidade jurisdicional do Mestre".[31] O mesmo se demonstrou também para a casa de Bragança. O que porventura explicará o baixo nível de conflituosidade entre estes grandes senhores e a Coroa ao longo do século 16, contrastando flagrantemente com o que ocorria noutros reinos da Europa de então.

---

29 VIAUD, Aude. (Ed.). *Lettres des Souverains Portugais à Charles Quint et à l'Impératrice (1528-1532)*. Lisboa-Paris: Centre Culturel Calouste Gulbenkian / CNCDP, 1994. p. 76.

30 MACEDO, Jorge Borges de. *Um caso de luta pelo poder e a sua interpretação n' "Os Lusíadas"*. Lisboa: Academia Portuguesa de História, 1976.

31 PIMENTA, Maria Cristina Gomes. op. cit. p. 87.

Em todo o caso, este particular fenômeno de competição ao centro e patrocinato na periferia – até porque desaparece mais tarde como sistema articulado – deve, a nosso ver, ser integrado na análise do grupo nobiliárquico de quinhentos. O seu potencial explicativo é importante para compreender (pelo menos parcialmente) algumas das características da morfologia nobiliárquica de quinhentos:

– A difusão da curialização da nobreza e dos estilos de vida cortesãos, uma vez que estas cortes senhoriais integravam segmentos do grupo nobiliárquico marginais à corte régia; a montante este fenômeno tem também implicações no aumento da mobilidade social no interior do grupo nobre;[32]

– A difusão do patrocinato enquanto sistema sociopolítico;[33]

– A instabilidade das relações interpessoais (motivadas por esta concorrência acrescida) que provocava uma tensão entre os patronos pelo exigente equilíbrio entre: a) a imposição de mecanismos disciplinares e punitivos aos seus dependentes b) o alargamento do leque de recursos distribuíveis e das formas de proteção à criadagem.

– Finalmente, a importância crescente da capacidade de arbitragem da Coroa (visível, neste caso, pelo sucesso na imposição dos critérios de classificação social oficiais e pela razoável tranquilidade senhorial existente).

Embora este quadro aponte importantes linhas de força da organização do grupo nobiliárquico, convém não perder de horizonte que o espaço social da nobreza era bastante mais difuso e complexo do que estas imagens apresentam e carece, seguramente, de investigação mais aprofundada. Penso sobretudo na fluidez e na multiplicidade das relações de pertença possíveis entre os escalões secundários do grupo (alternando formas de identificação à casa real, a uma casa senhorial ou até a uma ordem militar consoante o espaço social em que se movimentavam); na distribuição de fidelidades por vários patronos verificada em muitos grupos familiares; nos conflitos de interesses entre os dependentes e os seus patronos; na circulação da criadagem entre cortes ou entre patronos. Ou seja, não é possível utilizar um único indicador, uma única lógica relacional – seja a inserção numa casa, seja o parentesco, por exemplo – para explicar atitudes e tomadas de posição.

---

32 Ver exemplos concretos de inserção na corte bragantina de grupos familiares de exclusiva implantação local ou regional que, por esse motivo, interiorizaram os modelos de comportamento cortesãos em CUNHA, Mafalda Soares da. *A Casa de Bragança (1560-1640)...*, passim.

33 Cf. a síntese de ZMORA, Hillay. *Monarchy, aristocracy and the state in Europe, 1300-1800*. Londres e Nova Iorque: Routledge, 2001. p. 76-94.

Exemplos expressivos de algumas destas situações são já perceptíveis em documentação conhecida. Repare-se que havia claras possibilidades de circulação entre cortes, nomeadamente entre estas cortes senhoriais e as cortes régias; que as disposições testamentárias de alguns destes membros da família real solicitavam o acolhimento da sua criadagem nas casas de parentes próximos; que alguns criados largaram os seus patronos, buscando outras relações de patrocínio mais promissoras,[34] que senhores havia que abertamente disputavam entre si criados e dependentes.[35]

Esta dimensão difusa das relações clientelares (para a qual numerosos autores têm chamado a atenção)[36] é também perceptível na própria corte régia e nas relações políticas entre os membros da principal nobreza e o próprio rei. A historiografia deste período tem de resto dificuldade em concertar-se quanto à composição das facções de corte. Apresentam alinhamentos diferentes para diferentes momentos, integrando embora os mesmos protagonistas.[37] O que não radica necessariamente em equívocos de interpretação, mas talvez tão só do fato da inexistência de facções estáveis no interior da corte. As alianças parecem construir-se e desfazer-se ao sabor de interesses conjunturais que se polarizavam numa ou noutra questão. Mesmo posicionamentos relativos a grandes

---

34 Recorde-se o conhecido caso de Martim Afonso de Sousa que largou as mercês do duque de Bragança na mira de mais altos vôos ao serviço do futuro D. João III.

35 Veja-se a denúncia feita no cap. 15 das cortes de 1472-1473 "Senhor, muitas vezes se segue escândalos entre fidalgos por filharem uns aos outros os criados e chegados". *apud* SOUSA, Armindo de. "A socialidade (estruturas, grupos e motivações)". In: MATTOSO, José. (Dir.). História de Portugal. v. II. *A Monarquia Feudal*. Lisboa: Círculo de Leitores, 1993. p. 458.

36 Sharon Kettering, *op. cit.* e «Patronage and Politics during the Fronde», Forum: Fidelity and Clientage», *French Historical Studies*, vol. XIV. n° 3, 1986, bem como já antes defendera Robert R. Harding, *Anatomy of a Power Elite: the Provincial Governors of Early Modern France*, New Haven e Londres, 1978. Ver igualmente NEUSCHEL, Kristen B. *Word of Honor. Interpreting Noble Culture in Sixteenth-Century France*. Ithaca e Londres: Cornell University Press, 1989.

37 Cf., por exemplo os alinhamentos políticos das cortes manuelina e joanina apontados por VIAUD, Aude *op. cit.* p. 76; Cf. SUBRAHMANYAM, Sanjay. *O Império Asiático Português, 1500-1700. Uma História Política e Econômica*. Lisboa: Difel, 1995 (ed. original de 1993). p. 125-136; MACEDO, Jorge Borges de *op. cit.* p. 40 e ss.; CRUZ, Maria do Rosário T. B. de Azevedo. *As Regências na Menoridade de D. Sebastião. Elementos para uma História Estrutural.* vol. I. Lisboa: IN/CM, 1992. p. 47.

opções políticas do reino parecem por vezes ser orientados em função das situações e das expectativas individuais.

Importaria igualmente inquirir eventuais sinais de ruptura com este modelo. Podem ser apontados alguns indicadores de mudança a partir do terceiro quartel do século 16, ou talvez até um pouco antes. Nomeamos uns quantos, a carecerem quase sempre de uma atenção acrescida.

A desqualificação social do serviço brigantino, como provei em trabalhos anteriores,[38] tornou-se cada vez mais evidente a partir de 1560; em outro registro a já citada ação régia conducente à incorporação das casas dos infantes D. Luís e D. Maria na Coroa. Ainda num outro plano, mas que corrobora este possível crescimento do poder centrípeto da Coroa pode igualmente apontar-se a progressiva valorização social da governança da Índia, mensurável pela clara elitização dos nomeados no reino como vice-reis.[39]

5. EM JEITO DE CONCLUSÃO

Para o maior esclarecimento de todas estas questões impunha-se uma análise mais sistemática do espaço social e político destas diferentes casas e cortes senhoriais, nomeadamente nas suas formas de articulação com o centro e de disputa de poder. O que aqui se trouxe foram indicadores que, pese embora a sua aparente pertinência, estão longe de apresentar a solidez devida.

De qualquer modo, parece relativamente indiscutível que o poder senhorial assentava prioritariamente sobre as periferias territoriais e que a Coroa apoiou e favoreceu esse modelo, se não ao longo de todo o século 16, pelo menos nesta primeira metade da centúria. Fica ainda a chamada de atenção para a importância do clientelismo como forma de organização das relações políticas e das suas virtualidades para a compreensão do aumento de mobilidade social e do crescimento da base do próprio grupo nobiliárquico, contribuindo para matizar o quase exclusivo conferido à Expansão nesse processo.

---

38 CUNHA, Mafalda Soares da. *A Casa de Bragança (1560-1640)*... e "Recursos e Poder. A caracterização social dos comendadores da Casa de Bragança (séculos XVI / XVII)", (entregue para publicação nas actas do IV Encontro sobre Ordens Militares *As Ordens Militares e de cavalaria na construção do mundo ocidental*. (Org.). Câmara Municipal de Palmela, Palmela, 30 de janeiro – 2 de fevereiro de 2002).

39 CUNHA Mafalda Soares da; MONTEIRO, Nuno G. "Vice-reis, governadores e conselheiros de governo do estado da Índia (1505-1834): recrutamento e caracterização social". In: *Penélope, Fazer e Desfazer a História*, nº 15, p. 91-120, 1995. (projeto apoiado pela Fundação Oriente).

PODER: REDES DE PODER NO PORTUGAL MODERNO SÉCULOS XV A XVIII[1]

Maria do Rosário Themudo Barata

Ponto Prévio

Considera-se, antes do mais, a necessidade metodológica de lembrar as posições filosóficas que enformaram a cultura do nosso tempo, com repercussão evidente nos conceitos de História – a posição idealista, a posição materialista e a corrente fenomenológico-existencialista – e a crítica de tais correntes perante a ruptura de escala, a perda da coerência, o esvaziar de sentido da recorrência a soluções tradicionais que mereceriam nova atenção, o esquecimento da peculiaridade das ciências humanas. Ao predomínio concedido, durante certo tempo, às explicações da História pelas razões económicas e sociais, com que se pretendeu substituir o que se considerava predomínio dos factores ideativos, valorativos, organizacionais, seguiu-se uma terceira atitude, insistindo, perante a dificuldade de apercepção do real, na análise do discurso que qualquer saber constituído representa, em detrimento do conhecimento da coisa em si, de que se continua a duvidar.

Tentando ultrapassar a dúvida no que concerne as capacidades de conhecimento universalmente válido (crise que na Idade Média final europeia foi representada pelo nominalismo), a análise do processo de constituição da cultura desviava, deste modo, a

---

[1] Este artigo tem como base a comunicação apresentada pela autora no Congresso Histórico da Bahia, em 2000.

atenção do real, para o qual será dificilmente possível uma explicação que a todos satisfaça, para a forma como é apresentado o conhecimento desse real, o discurso conotativo, a representação.

Mas a História faz um irredutível apelo ao real, ao conhecimento do real efectivamente acontecido, do real efectivamente presente, valores, forças materiais, representações. E nesta visão global se porá à prova a validade científica da História no objectivo que lhe pertence: se se criticam as demasias do positivismo e do historicismo, também se deve insistir em que a História não é só uma representação cultural.

O Poder

Estes considerandos têm a ver com o tema PODER. Pois então não bastará considerar o poder como forma simbólica, com as funções de representação de que falavam Ernest Cassirer e Erwin Panofsky. Ter-se-á de falar de exercício do poder em concreto, e sociologicamente, de todas as estruturas sociais, da vida dos grupos em relação uns com os outros, na mobilidade e na reprodução sociais, como as definiu Norberto Elias, e entre todas as formas sociais, do estado, instituição das instituições no entender do constitucionalista e institucionalista Maurice Hauriou, ou, na linguagem de um autor mais próximo do nosso tempo, Maurice Duverger, o regime político que garante o equilíbrio entre os factores de combate e de integração numa dada sociedade, pela limitação do combate, pelo estabelecimento de compromissos, pelo desenvolvimento das solidariedades e pelas técnicas de integração.[2] E então uma terceira perspectiva tomaria lugar: a de se procurar a origem do poder, a sua essência e finalidade.

Quer parecer, portanto, que ao falar de poder conviria distinguir como se define, como se plasma e como se representa.

Mas ainda não será suficiente: falta, para já, a indicação do tempo e do lugar.

Antes de prosseguir, gostaria de apontar um dado de observação: se um dos autores que delineou o tipo ideal de correspondência da definição, da forma e da representação do estado como poder na Itália do *quattrocento*, Jacob Burckhardt falou de poder

---

2   José António Maravall apresenta o estado como construção política própria do homem da modernidade, que caracteriza o seu modo de convivência, estabelecido sobre um fundo de relações conflituosas (o autor emprega o termo "conflitivas") nas grandes sociedades territoriais. E fala de estado moderno e de estado do barroco. Vd. *Estado moderno y mentalidad social, siglos XV-XVII*, 2 vols., Revista Occidente, Madrid, 1972.

soberano, tirania, despotismo, *virtú*, corte, *condottieri*, política externa, individualismo, glória moderna, cultura, sociabilidade e religião, raramente se referiu ao poder em abstracto. Do mesmo modo procedeu J. R. Hale, o reputado historiador inglês no que respeita ao tempo do Renascimento. E na historiografia portuguesa, o especialista de todos estes temas Jorge Borges de Macedo, teórico do absolutismo, da nobreza e da burguesia, o historiador da História Diplomática e do tempo do Marquês de Pombal, da industrialização, do equilíbrio do Atlântico etc.. etc., usou com parcimónia a palavra (na titulação de obras próprias, em 1972, in *História e Doutrina do Poder n'Os Lusíadas*, e em 1976, in *Um caso de luta pelo poder e a sua interpretação n'Os Lusíadas*).[3]

Poder-se-á inquirir de qual poder se trata, e certamente os sociólogos diriam que o poder é o apanágio dos agentes da mudança social, que o poder representa autoridade, e que ele pertence a todas as elites (tradicionais, tecnocráticas, possuidoras de propriedade, as elites carismáticas, ideológicas, simbólicas). Lembro que o poder se exerce tomando decisões, definindo situações, e dando exemplo. Com maiores consequências se exercerá o poder do estado (salvo em casos excepcionais como foi o do doge veneziano preso na imobilidade da *Sereníssima*, na Idade Média, ou o dos reis acometidos de loucura). E em comparação com o poder do senhor do estado, o poder do seu mandatado não existiria; lembro a propósito a posição tomada por D. João III em relação à Santa Sé, na defesa do procurador da corte e Casa da Suplicação, o Licenciado Bernaldim Esteves: que o Papa o não houvesse por poderoso por bem do cargo e ofícios que tivera, diante do Ordinário ou da Inquisição, e que primeiro fosse necessário apresentar o caso ao rei.[4] Assim se relacionavam os dois poderes, o poder real caminhando para o absolutismo e o poder papal, no tempo do Concílio de Trento.

---

3   Jorge Borges de Macedo, arts. "Absolutismo" e "Despotismo esclarecido", in Joel Serrão, *Dicionário de História de Portugal*, vols. I e II, reed. Iniciativas Editoriais, 1975, p.8-14 e 290-292; *História Diplomática de Portugal. Constantes e linhas de força. Estudo de Geopolítica*. Edição da Revista "Nação e Defesa", Instituto da Defesa Nacional, s/d.; Wim Blockmans, Jorge Borges de Macedo e Jean Philippe Genet, *The Heritage of the pre-industrial european state. The Origins of the Modern State in Europe, 13th to 18th century*, Second Plenary Conference, Lisbon, Arquivo da Torre do Tombo, 8-14 April, 1992, Lisboa, 1996.

4   Maria do Rosário de Sampaio Themudo Barata de Azevedo Cruz, *As regências na menoridade de D. Sebastião. Elementos para uma história estrutural*, vols. I-II, Col. Temas Portugueses, Imprensa Nacional – Casa da Moeda, Lisboa, 1992, vol.II, p. 19.

O TEMPO E O ESPAÇO CONSIDERADOS

Falaremos acerca da concepção do poder no Portugal Moderno, ou seja Portugal do século XV ao século XVIII (1750, o fim do absolutismo paternalista de D. João V e o advento de D. José I e do despotismo esclarecido). Reconhecem-se as quatro fases do absolutismo teorizado por Roland Mousnier e Fritz Hartung no que concerne a Europa, e que Jorge Borges de Macedo teorizou no caso português e em que a 1ª fase foi a do encontro do rei e dos corpos tradicionais.

É o "tempo das Ordenações", como lhe chama Nuno Espinosa Gomes da Silva.[5] Este tempo irá, no entender do Autor, até 1820, mas subdivide-se em duas épocas: a primeira, de recepção do direito comum (até 1750); a segunda, de influência iluminista (até 1820). Redige-se e põe-se por escrito o Direito. Na origem do poder, Deus, de cuja autoridade dimana o poder que o rei reconhece na Igreja. A função do rei será a de ser "o bom julgador", na sociedade ordenada que o poder não cria antes serve, a partir dos órgãos de sua corte e casa. Mas toda a tradição do direito romano vem, no século XIV e XV, a fortalecer o poder real, após a crise que constituiu o papado de Avignon e o Cisma do Ocidente. Os contemporâneos teriam a noção de que importava fortalecer o poder temporal, numa comunidade cristã. As nações fortalecem-se após e durante a Guerra dos Cem Anos. E em Portugal uma nova dinastia, a de Avis, com aliança dos Lancaster, fortalece a união com a Inglaterra, com a Flandres, com Aragão, afastando-se de Castela e da França.

Ao mesmo tempo que enviava seus delegados ao Concílio de Constança, o rei de Portugal tomava Ceuta em 1415: e em breve, com o descobrimento das Ilhas da Madeira e dos Açores e enquanto se prosseguia para Sul, formava-se o 1º espaço estratégico no Atlântico Médio.

Tempo do regime: o de todas as referências que se farão a seguir e que dizem respeito à História de Portugal de vários séculos. Mas uma permanência no tempo: se as *Ordenações* contêm normas de direito público e de direito privado, se o regime é modificado pela Revolução Liberal de 1820 e pela sequência das constituições a partir da Constituição de 1822, as normas civis ficarão até mais tarde, em Portugal até ao Código Civil de 1867, e no Brasil até ao Código Civil de 1917. Mas, marca da evolução de tempo

---

5   Nuno J. Espinosa Gomes da Silva, *História do Direito Português, I vol. Fontes de Direito*, Fundação Calouste Gulbenkian, Lisboa, 1985, p. 185 e ss.

longo, na sua forma original estas *Ordenações* seguiam o esquema de exposição das *Decretais* do Papa Gregório IX, de 1234.⁶

Espaço do regime: o espaço alargado pela "exportação de estado" de que falou Jorge Borges de Macedo, com a consequente organização de poderes a nível interno (governos e vice-realezas, estas na Índia a partir do século XVI, no Brasil a partir do século XVII). E no reconhecimento da separação do poder temporal e do poder espiritual em área de padroado, espaço de igreja diocesana e das ordens religiosas, com as autoridades arquiepiscopais do Oriente (Goa, 1558) e do Brasil (Baía, 1676).⁷

De facto, no Oriente e no Brasil, está-se perante a hierarquização máxima de poder, de que é cabeça o rei: em ambas as áreas se cunhará moeda, haverá Tribunal de Relação, de ambas as áreas virão representantes a cortes.⁸

Espaço que se valoriza estrategicamente: se Tordesilhas é o ponto de chegada da sabedoria das rotas e a verificação da importância de Lisboa, o século XVI é o do reconhecimento, pelas diversas potências europeias, da importância do Atlântico. Como área, será a criação do século XVII. A sua conjugação com as rotas mundiais, será tarefa do século XVIII. E neste destino evidenciam-se as cidades, o seu trabalho, os seus notáveis.

---

6   Lembro a intitulação dos cinco livros das *Decretais*: judex, judicium, clerus, connubia e crimen.

7   As dioceses sufragâneas de Goa serão Cochim e Malaca; no Brasil, as sufragâneas da Baía serão Olinda, Rio de Janeiro (1676) e S. Luís do Maranhão (1677). Quanto ao Padroado, Roma manteve o direito de nomeação e o rei agia *ad supplicatione*. Só em 1740 a coroa obtém o reconhecimento do direito de apresentação. Apesar disso havia regalismo, ou a auto-cefalia de que falava Maravall.

8   Ambos os espaços receberam governo e administração da justiça, regime civil e militar, organização da Igreja, circuitos económicos e financeiros, imprensa. No Estado da Índia, em que se fala de cidades e ilhas, há forte presença militar; a imprensa, vai com o 1º arcebispo; receberá, também, a Inquisição em 1560. No Brasil, em que se fala de província, a partir de 1530, com Martim Afonso de Sousa, instalam-se as donatarias, as famílias, o regime de propriedade, o sistema municipal, a justiça, o sistema de taxação e de segurança. Em 1548, o governo e a capitania militar é entregue a Tomé de Sousa. Não se instala a Inquisição, mas vêm os capitães, os ouvidores, os provedores da fazenda, os municípios, as misericórdias, aliás marcas de todo o território de presença portuguesa. A Baía tem relação em 1609, extinta em 1626 e renovada em 1652; o Rio de Janeiro tê-la-á em 1751, aliás a data em que o Marquês de Pombal aí instala a capital do Brasil de governo unificado depois das divisões dos séculos precedentes. Quanto à representação a cortes, as últimas cortes do absolutismo, no século XVII, reuniam com representantes de Goa e da Baía.

Evolução da doutrina e da acção do poder

Resolvida a favor de D. João I a relação entre o poder real e as cortes, reconhecido o Direito na perspectiva do humanismo cristão da geração de Avis, de que foi exemplo D. Duarte e que se exprimiu nas primeiras ordenações, D. Manuel I avança no desenvolvimento do absolutismo, nos aspectos doutrinais e jurisdicionais, nos aspectos económicos e financeiros – lembre-se a expressão de Manuel Nunes Dias, "o capitalismo monárquico". Numa sociedade de ordens, o poder do rei afirma-se sobre o poder das ordens, sobre o poder local, dando ênfase ao papel da corte, aos aspectos militares, e preocupando-se com o prestígio na política externa. Os regimentos ultramarinos, como grande parte das inovações, não se contêm nas *Ordenações*. D. João III falará na "consciência do rei", instituindo a Mesa da Consciência e Ordens e instalando a Inquisição pedida pelo antecessor. O rei é, efectivamente, a fonte de direito. A discussão do regime já indiciada no tempo da dinastia filipina, é clara na Restauração, quando da restituição do poder, pelas cortes, ao rei nacional, acusada a dinastia filipina de tirania: renovada a teoria do *pactum subjectionis* na aclamação de D. João IV, manterão as cortes o poder de deliberação (como no parlamento inglês) ou as suas competências serão suspensas com o advento do rei? Passagem do "absolutismo combatido" para o "absolutismo maduro", segundo Hartung? Crise de poder, guerra com Espanha, não reconhecimento pela cúria papal, todos os problemas terão apaziguamento com D. João V – até lá o regime adquirira os grandes conselhos, Conselho da Guerra, Conselho Ultramarino, Conselho da Fazenda, reforçara as secretarias de estado, a representação diplomática, a corte.

Em Portugal, se o paradigma *corte* é um dado útil, ele não esgota a análise das elites. Indicador de uma escala (Rei, Rainha, Infantes, Duques, Mestres das Ordens Militares, Marqueses, Condes, Prior do Crato, prelados, fidalgos e outras pessoas, lê-se nas *Ordenações*), o discurso da entrada na nobreza, na pena de Frei Miguel Soares, autor do século XVII, demonstra uma estrutura social moderna, ao falar da nobreza hereditária, da nobreza política, da nobreza de espada, da nobreza de toga, da nobreza "teologal", e da "nobreza que assenta na posse de riquezas, quando antigas".[9] Ao lado da nobreza de sangue, estão a toga e o poder de desembargo. Mas ter-se-á de falar, também, das cidades,

---

9 Frei Miguel Soares, *Serões do Príncipe*, I Parte, Instituto de Alta Cultura, Centro de Estudos Históricos anexo à Faculdade de Letras da Universidade de Lisboa, Lisboa, 1966.

da sua oligarquia e administração, e lembrar o grande mercador para o Norte da Europa, o mercador de grosso trato ultramarino e de casa em Lisboa, Porto, Setúbal, Viana, o mercador do comércio triangular no Atlântico Sul. A rede de poderes é ampla e pode ser percorrida no sentido do clientelismo e da promoção.

Representação do poder

Ela acompanha todas as fases, desde a emblemática da corte de D. João I, invocada nos escritos de D. Duarte, na feição literária e plástica, até à grandiosidade do Magnífico, no triunfo literário, plástico e musical que Mafra representa. D Manuel I usa a iconografia nas edições das *Ordenações* e em outras obras de produção da imprensa, no espectáculo dos passeios no Tejo, nas embaixadas. A arte efémera acompanha as deslocações dos Reis Filipes a Lisboa, como acompanhará a recepção das rainhas, nos séculos XVII e XVIII, numa síntese de iconologia régia e popular.[10] E deveríamos falar, também, da cartografia.

Como se plasmou esse poder

Responder cabalmente seria apresentar e comentar toda a História de Portugal, o que não é possível. Uma derradeira referência, apenas. As correntes críticas do regime monárquico da época moderna chamam a atenção para a falência de poder que representou, perante dificuldades demográficas, económicas, financeiras, ausência de meios técnicos para ultrapassar os limites que a dimensão territorial acarretava, vencer crises de abastecimento, convencer as resistências de poderes locais, económicos, senhoriais ou outros, defender os seus próprios direitos e da nação que representava, perante os interesses externos. Essas correntes opinam, ainda, que o século XX projecta para os séculos passados um paradigma *estado* que não é adequado, na índole, que esquece a importância da organização económica e social das "casas", que confunde regime político e civil, que tem um carácter globalizante que se não efectiva. Seria necessário falar mais das periferias. Num trabalho já clássico, António Manuel Hespanha falava no particularismo, no tradicionalismo, no carácter doutrinário, no carácter tópico, do regime jurídico dos

---

10 A este respeito lembro apenas o trabalho pioneiro de Ana Maria Alves, *Iconologia do poder real no período manuelino. À procura de uma linguagem perdida*. Temas Portugueses, Imprensa Nacional-Casa da Moeda, Lisboa, 1985.

séculos em questão.[11] Reconhecendo a pertinência de alguns aspectos da argumentação, pelo meu lado contra-argumentaria, chamando a atenção para a globalidade dos projectos e das acções, para o facto de, nos tempos modernos, serem os reis os inovadores, e também para a casuística patente nas soluções concretas, para além de toda a doutrina. E ao carácter tópico contraporia a importância actuante do projecto, ou melhor, mais concretamente, da "edificação".[12] Assim fala Camões de um poder ou de um destino que não seria o do triunfo, mas o da edificação de novos reinos, num conceito de História Aberta e Universal.

Terá sido esse o poder que caracterizou Portugal na época moderna.

E AS SUAS CIRCUNSTÂNCIAS

A renovação teórica prestada por Hauriou, Duverger, Maravall não invalidou a observação de Montesquieu segundo o qual não haveria monarquia sem clero e sem nobreza. Ou como disseram Mousnier e Borges de Macedo, não haveria monarquia sem ordens, ou melhor, sem os corpos tradicionais cujas capacidades o poder real absorveu para os recriar em seguida. Definiu-se assim um poder superior a todos os outros, pois é soberano, que ultrapassa os conflitos mas não pode passar sem a colaboração dos grupos sociais, que é falível. Conhecem-se os casos de falência das finanças, da falência de colaboradores, das dificuldades da distância e o que pode representar o "naufrágio" da exportação do estado.[13]

Desta forma, a definição teórica do poder tem de ser acompanhada da observação das viabilidades do seu exercício.

E a primeira questão a colocar seria a da relação do poder real com a Igreja. O diálogo entre os dois poderes foi, por vezes, difícil, numa monarquia regalista desde D. Duarte, regalismo abrandado pela fidelidade a Trento, por parte de D. Sebastião,

---

11 António Manuel Hespanha, *Poder e instituições na Europa do antigo regime*. Colectânea de textos, Fundação Calouste Gulbenkian, Lisboa, 1984, pp 82 e ss.

12 Jorge Couto, *A construção do Brasil, Ameríndios, Portugueses e Africanos, do início do povoamento a finais de Quinhentos*, Edições Cosmos, Lisboa, 1995.

13 Maria do Rosário S. Themudo Barata A.Cruz, "Um episódio da "história trágico-marítima": o naufrágio nas costas do Brasil, da Nau Nossa Senhora da Ajuda, em 1556", comunicação na Associação dos Arqueólogos Portugueses, Lisboa, 27 de Outubro de 2000, texto dado para publicação.

mas depressa retomado. Lembre-se a suspeição com que foi vista, por Roma, a Mesa da Consciência; lembre-se a suspensão da Inquisição decretada por várias vezes; lembrem-se os protestos das assembleias do clero, a suspensão das relações com Roma em 1640, a questão havida com o Inquisidor D. Nuno da Cunha em tempo da plenitude de poder de D. João V, até no padroado para o Ultramar.

O poder real apelou à nobreza, mas permitiu e interferiu na renovação do grupo nobre. Lembre-se a política de D. João I, a atitude de D. João II, a instância do rei de armas com D. Manuel I e o apelo à nobreza de corte. D. Sebastião decreta medidas de disciplina em 1572, o mesmo fará D. João IV[14]. A nobreza "perigosa" é destruída (se Alfarrobeira a não destruíu): Braganças, com D. João II, Castros e Aveiros com D. João IV, Távoras com D. José I. O poder real pode escolher, entre a nobreza, os seus apoios.

Quanto ao funcionalismo, ele constitui, como evidenciaram Chabod, Hartung, Maravall, um novo grupo: a toga, sempre deficiente em número, mas um grupo que se sobrepõe aos outros, pelo poder que representa. No entanto, D. João III apresentava-o como "não poderoso" junto da Santa Sé, como se viu.

Sabe-se bem como o rei tinha de atender à vontade das ordens, quando se tratava de preencher os cargos na metrópole e no ultramar, dependência do grupo social de apoio que também podia significar a possibilidade de jogar com as alternativas. É sabido como, para ouvir a vontade de Martim Afonso de Sousa, opositor à nomeação de António Cardoso de Barros para a tanadaria de Baçaím, este é compensado em duas viagens para o Oriente, vindo mais tarde a ser o Provedor Mor da Fazenda da Baía.[15] E os Sousa serão grande apoio de D. João III.

Poderosos no reino eram, sem dúvida, os grandes magistrados, nesta propensão para a "desembargocracia" que caracterizará ainda o século XIX português. Mais do que êmulos da nobreza tradicional, apresentavam-se como especialistas dos assuntos de estado, com as competências respectivas. Basta pensar no Regedor, escolhido na família Silva, nos Vedores da Fazenda, dentre os quais sobressai o Conde da Castanheira, nos vogais do Conselho de Guerra e do Conselho Ultramarino, os Cantanhede, Mascarenhas etc.., personalidades de grande influência na corte e nas relações com os reinos europeus,

---

14　D. Sebastião publica em 1572 o Regimento de Filhamentos, o Regimento das Moradias e o Regimento do Mordomo-Mor da Casa Real. Medidas semelhantes poderão ser seguidas na documentação após a Restauração.

15　Vd. Trabalho citado na nota 12.

como o Duque do Cadaval, mas este, primo de el-rei. Funcionalismo e nobreza davam-se as mãos. Revoltar-se-iam contra o rei? Haveria a hipótese de revolta nas regiões ultramarinas? Correra a notícia da revolta de D. Constantino de Bragança em Goa, no século XVI. Revoltam-se os grandes nobres contra D. João IV, no século XVII. São acusados de revolta e conspiração os Távoras, no século XVIII.

Quanto aos aspectos económicos e financeiros, dever-se-iam lembrar as constantes dificuldades da fazenda real, a venda dos bens da coroa, a importância dos financiadores da acção régia, o apelo ao "capitalismo monárquico", as dificuldades de formação de um grupo mercantil coeso, as dificuldades das companhias de comércio, pela desconfiança perante o estado, mas também entre particulares.

Nos aspectos militares, aduzir-se-ia a capacidade técnica que revelam os grupos militares, a importância dos arsenais régios existentes tanto no continente europeu, como em Goa e no Brasil, mas dever-se-á, também, sublinhar que o apetrechamento militar nunca foi preponderante sòzinho, nem em 1383/5, nem em 1640, e que a montagem política foi prioritária. Para o século XVII falaríamos, mais uma vez, no exemplo do Duque de Cadaval, no plano interno e no plano externo.

A política externa de Portugal foi eficaz no tempo do antigo regime? A esta pergunta responderia sem dúvida que sim, como noutras ocasiões tive a possibilidade de expor.[16]

Faltaria referir um outro aspecto: a importância da cultura e da universidade, que no século XVI estiveram presentes debatendo os problemas da nação portuguesa e da sua expansão. Será de sublinhar o apoio da geração humanista de Coímbra a D. João III e, no caso do Brasil, lembrar concretamente Mem de Sá. Assim como os universitários de Bolonha, Salamanca e Paris deram o seu contributo para a vida portuguesa em tempos anteriores, também no século XVIII Coimbra e a sua universidade, reformada por Pombal, voltará a fazer-se ouvir.

Seriam inúmeras as formas de caracterizar, no concreto, o poder na sociedade portuguesa no antigo regime, em aspectos que interessassem a nação brasileira. Estes dados e estes exemplos ficam, com a apresentação do desígnio geral e a ilustração das condições concretas do exercício do poder. Como Ortega y Gasset frisou, haverá que atentar sempre no homem e na sua circunstância. E isso aplica-se a todos os domínios da História.

---

16 "Portugal e a Europa na Época Moderna", *História de Portugal*, org. José Tengarrinha, Editora UNESP, Universidade do Sagrado Coração, São Paulo, Brasil, 2000, p. 105-126.

DOM QUIXOTE: CAVALEIRO DO IDEAL OU A ÉTICA DA CONVICÇÃO

João Medina[1]

"(...) Rey de los hidalgos, señor de los tristes,
coronado de áureo elmo de ilusión;
que nadie ha podido vencer todavía;
por la adarga en el brazo, toda fantasía,
y la lanza en ristre, toda corazón."
Ruben Darío, *Letanias de nuestro Señor Don Quijote*.

"É cómico, verdadeiro, familiar, corajoso e mestre de ironia (...); e, ao mesmo tempo, cobre todo o seu universo com um véu de deliciado pudor. Tenho-o por melhor companheiro do que Rabelais, Montaigne, e Shakespeare, mais fidalgo, sim, mais fidalgo, mais elegante, nobre, discreto. (...) E esta fidalguia permite-lhe, sem qualquer aspecto ridículo, mostrar-se um homem bom. As bondade de Cervantes é a característica mais vivamente mascarada. Uma bondade fraternal, evangélica, que ilumina todos os seus personagens. (...) Sancho é divinamente bom quando chora pelo seu jumento. Por detrás dos egoísmos, dos interesses, das paixões, há

---

[1] Professor catedrático da Faculdade de Letras da Universidade de Lisboa.

sempre a possibilidade de um gesto caridoso. (...) Dom Quixote retoma a sua inabalável carreira, oferecendo de novo a quem o quer ouvir, o ensino da sua doce e louca sabedoria."

Jean Cassou, *Cervantes*, s.d.

O Cavaleiro da Triste Figura, Dom Quixote, é um cavaleiro andante do Ideal num mundo desiludido e descrente onde o heroísmo já declinara, acompanhado do seu permanente "alter ego", o seu aio Sancho Pança, sólido homem do bom-senso, plebeu, capaz de governar uma ilha, como acaba por o fazer de modo positivo e eficaz, ainda que sem se aperceber de que essa autoridade e essa região virtual lhe foram ficticiamente emprestadas pelos duques, com o intuito de o ridicularizarem. Mesmo assim, e muito subversivamente, a utopia de um governo feito com bom senso, rectidão de alma e mero recurso ao *lumen rationis* plebeia permitia que se pensasse na capacidade de qualquer homem do povo, naturalmente analfabeto, em vir a ser soberano, o que, no início do século 17, e na Espanha dos Filipes, era uma parábola irreverente, corrosiva até.

Transcendendo o seu inventor Cervantes, D. Quixote continua ainda a trilhar sem desânimo todos os caminhos heterodoxos da razão, da política e da sensibilidade artística europeias, sendo a todo o momento recriado como metáfora de um anseio universal de transcendência do real quotidiano. No cinema do século 20, por exemplo, tanto um Pabst como um Orson Welles foram capazes de recriarem as aventuras do doce e louco cavaleiro da Triste Figura, e em versões tão díspares entre elas que nem parecem inspiradas na mesma obra. A especial relação entre Sancho Pança e o estereótipo nacional português chamado Zé Povinho – ainda que através dos desenhos de Gustave Doré, na sua edição francesa do romance de Cervantes -merecia ser referido, o que, porém, não acontecerá neste estudo, podendo o leitor reportar-se a um outro estudo, por nós já feito, sobre esse tema.[2]

Em começos de 1860, regressado da Sibéria a São Petersburgo, o escritor Turghenev (1818-1883), um dos espíritos mais liberais e cosmopolitas da Rússia de oitocentos, fazia uma conferência intitulada *Hamlet e Dom Quixote*. Eis algumas passagens desse texto de enorme interesse:

---

2   Veja-se, no nosso capítulo sobre o Zé Povinho, a secção intitulada «Zé Povinho e Sancho Pança: filiação e convergência de dois estereótipos?», in *História de Portugal dos Tempos pré-históricos aos nossos Dias* (dir. de J. Medina), Amadora, Ediclube, vol. XV, s.d. (1993), p. 60-73, ilustr.

Que significa D. Quixote? A fé, antes de tudo o mais, a fé em qualquer coisa de eterno, de inabalável, em resumo, na verdade, numa verdade que existe fora do indivíduo, que este não obtém facilmente, e que exige que se esteja ao seu serviço. D. Quixote vive fora de si, por assim dizer, para os outros, para os seus irmãos (...), para contrariar as potências hostis à humanidade – os gigantes, os feiticeiros –, ou seja, os dominadores. D. Quixote crê absolutamente e sem reserva. E é por isso que ele é sem medo, paciente e se contenta com os alimentos mínimos e das vestes mais sumárias. Homem de coração, ele é um espírito grande e ousado; a sua piedade comovedora não entrava a liberdade; estranho a toda a vaidade, ele não duvida de si mesmo, mesmo da sua força física; a sua vontade é inflexível (...), ele conhece poucas coisas e, aliás, não precisa de saber mais, uma vez que sabe fazer o que tem de fazer, porque vive neste mundo – e está aí o saber essencial.[3]

Seria difícil dizer do Cavaleiro da Triste Figura coisas tão exactas e agudas em tão poucas linhas! De facto, o que o autor de *Um Mês no Campo* traça aqui um excelente retrato íntimo e essencial da figura criada por Cervantes, deitada ao mundo em dois tomos, o primeiro de 1605, o último de 1615. Antes de mais, a fé absoluta do cavaleiro manchego no seu ideal, a Glória, de acordo com os cânones éticos e cavalheirescos da idade extinta da cavalaria andante, o que se traduz, *sub specie humanitatis*, na figura idealizada da divina encarnação da beleza feminina em *Dulcineia del Toboso*, na verdade a rústica mocetona chamada Aldonza Lorenzo, camponesa analfabeta, símbolo da mulher adorada e ideal, da qual o cavaleiro fala em linguagem dos profetas e dos místicos, a única adequada a abordar semelhante ser que personifica, assim, a ilusão romântica do amor inventado, a paixão subjectiva e quase que solipsista. Em tudo o mais, o credo de Quixote obedece à mesma substancial certeza graniticamente inquestionável, pelo menos antes da grande palinódia final, quando decide fazer o testamento e aceitar a morte, renegando então tudo o que a sua "loucura" imaginou, segundo confessa aos seus e ao padre o fidalgo Alonso, o Bom, seu verdadeiro nome.[4]

Mas esta fé não é religiosa e D. Quixote nunca deve ser visto como um santo mas como um herói, um homem bem humano, demasiado humano, e ainda menos como um monge de qualquer ordem religiosa concreta. A sua fé nada tem a ver com a religião,

---

3   Turguenev apud Dominique Auban, *Dostoievski par lui-même*, Paris, Seuil, 1961, p. 142-143.
4   Cf. esta cena, à qual tornaremos adiante, na edição espanhola referida na bibliografia, II parte, cap. LXXIV, p. 1311-1319, e vol. II da trad. port. citada, de A. Ribeiro, p. 340-346.

e por vezes colide com ela, ainda que a censura e o Santo Ofício tornassem necessário mascarar muitas das suas relações com o altar, quase sempre habilidosamente envoltas em cautelas compreensíveis naquela Espanha barroca e tridentina de tantas fogueiras ateadas pela Inquisição. Evite-se tomar o cavaleiro da Triste Figura como uma réplica ou êmulo desse outro antigo cavaleiro fidalgo, profissional das armas, Inácio de Loyola: o "quixotismo" de tipo religioso fanatizante e tão catolicamente militante do fundador dos Jesuítas transcreve para um código moral e religioso muito diferente – e, até, funciona como modelo cultural e humano –em tudo distinto do fidalgo da Mancha. Quixote crê no Ideal, a sua loucura é apenas a do Ideal, não a salvação das almas ou da Espanha em combate planetário com a heresia reformista. Mesmo quando, muito mais tarde, os loiolanos criarem a república cristã teocrática dos guaranis, no Paraguai, o "quixotismo" de tal acção utopizante dos discípulos do nobre basco continua a ser apenas formalmente parecido com as acções, andanças, arremetidas combativas e intervenções abrasivas no quotidiano, no mundo das leis e contra o *establishment* filipino que Quixote pratica.

D. Quixote tem como únicas escrituras e evangelhos ou textos sagrados os da sua biblioteca de livros de Cavalaria andante, que é toda a sua Religião, a sua única Ética e a sua missão na terra, acompanhado por um único crente, um rústico sem letras, o porqueiro chamado Sancho Pança. Tudo o mais pertence porventura aos altares, às ordens religiosas vigentes na Espanha tão crente da época, às demais potestades civis e religiosas da terra: sublinhe-se que uma das personagens que mais agressiva e descaridosamente trata Dom Quixote é precisamente um eclesiástico que o insulta na mansão dos duques, chamando-lhe até «Don Tonto» e «mentecapto»...[5] Ora, é, no fundo, contra todos estes poderes que combate, afinal, o *quase* solitário fidalgo manchego.

Vale a pena que dediquemos alguma atenção nesta longa estadia em casa dos Dquues, numa localidade aragonesa que Cervantes se abstém de mencionar. Antes de mais, lembremos que, na II parte da obra, este episódio ocupa os capítulos XXX a LVII, num total que supera as 200 páginas.[6] O cineasta soviético Gregori Kozintsev deu um certo destaque a este momento capital da *via crucis* quixotesca, no sei filme *D. Quixote*

---

5 Veja-se *Don Quijote*, II, cap. XXI, p. 962.

6 Veja-se a ed. esp. citada, p. 948-1181. Para uma análise do significado deste episódio, veja-se o estudo de Martín de Piquer *Para leer a Cervantes,*, Barcelona, Acantilado, 2003, 488 p; p. 195-205. Recorde-se que neste episódio se inserem as histórias da alegada paixão de Altisidora por D. Quixote, do cavalo de pau de Clavilenho, da ilha Baratária etc..

(1957), para sublinhar a maldade da aristocracia espanhola, capaz de ridicularizar sem piedade nem caridade um pobre fidalgote manchego e o seu rude escudeiro, sublinhando na narrativa deste carnaval a desilusão do cavaleiro da Triste Figura ao ser revelada a falsa paixoneta da jovem Altisidora por ele, o que dera pretexto aos anfitriões para lhe pregarem mais um partida, a da serenata nocturna do tresloucado cavaleiro andante, vítima de um bando de gatos que lhe despejaram em cima quando D.Quixote dedilhava a sua mandolina...[7]

Toda a estância em casa dos duques e as mil partidas carnavalescas que estes cruelmente pregam ao cavaleiro e ao seu aio destinam-se a ridicularizar os ideais cavalheirescos e idealistas de D. Quixote, tanto mais que esses mesmos personagens se dizem todos conhecedores das suas anteriores aventuras, dadas à estampa num livro que todos leram uns anos antes: a edição do primeiro tomo é de 1604 e as aventuras em na mansão dos duques é dada como acontecendo em 1614 (através da carta que Sancho envia a Teresa Pança), ou seja, um ano antes da segunda parte sair dos prelos: esta referência que os personagens fazem á leitura prévia das aventuras quixotescas e sanchescas constitui uma das mais engenhosas astúcias de Cervantes, que faz do seus personagens leitores do livro que os precede e nem cuja segunda parte irão participar, com o conhecimento prévio que a referida leitura lhes proporcionou. Por outras palavras, os personagens desta obra romanesca são, eles mesmos, leitores da primeira parte dessa mesma obra, o que torna o romance das aventuras de D.Quixote um círculo fechado sobre si próprio. No final da obra, já em Barcelona, Cervantes levará a sua artimanha a ponto de pôr D. Quixote a visitar uma tipografia catalã onde se estava a imprimir, naquele momento, nada menos nada mais do que a segunda parte do livro das suas próprias aventuras, o que o enfurece, sendo de supor que o seu furor fosse de facto motivado por estar diante da apócrifa segunda parte da sua obra...[8]

Aparente solitário, urna vez que, apesar de tudo, alguém acredita na sua fé e no seu ideal, alguém o segue com devota fidelidade por trancos e barrancos: aquele plebeu

---

7   Veja-se ed. esp.cit., cap. XLVI, p. 1079-1084.

8   Veja-se ed. esp. citada, p. 1234 e segs. (cap. LXII). D. Quixote mostra-se indignado com esse segundo volume das suas aventuras, donde se pode concluir que estava a referir-se à falsa continuação da sua obra editada por um tal Alonso Fernández de Avellaneda, cuja verdadeira identidade continua ainda hoje por desvendar. A contrafacção saiu em 1614, um ano antes de Cervantes dar ao primeiro volume a sua verdadeira continuação.

iletrado e simples de espírito que um Gabriel Celaya tão bem soube cantar e enaltecer como o melhor de todos os homens:

> "Sancho bueno, Sancho-arcilla, Sancho-pueblo
> (...)
> Sancho-vulgo, Sancho-nadie (...)
> Sancho de pan y cebolla
> Trabajado por los siglos de los siglos, cotidiano
> (...)
> Sancho-pueblo, Sancho-ibero,
> Sancho-entero e verdadero
> (...) Sancho-Charlot
> (...)
> Sancho que todo lo aguantas
> (...)
> Sancho-firme, Sancho-obrero
> (...)
> Sancho sin nombre."[9]

Ainda que Sancho acredite fielmente em D. Quixote e na promessa que este lhe fez de lhe dar um dia o governo de uma ilha, e que o seu amo lhe explique, ao longo de inúmeras andanças pelas estepes e montanhas do seu país, quem são os seus predecessores nas histórias de cavalaria, como se chamam e o que é que os leva a agirem daquela maneira dissonante na Espanha coeva, e quais os ideais desta confraria nobilíssima de que ele mesmo tem uma visão directa ao descer à cova de Montesinos,[10] a verdade é que só o fidalgo cavaleiro leva a sério o ideal a cujo serviço e se entregou completamente, pelo menos até pouco antes de morrer, altura em que reconhece, diante da sobrinha, que a sua mente andou perturbada pela "amarga e contínua lenda dos detestáveis livros das

---

9   Gabriel Celaya, *Poesia*, Madrid, Alianza Editorial, 1981, p. 105-108.
10 Sobre este episódio capital do romance, veja-se *Don Quijote...*, ed. esp., citada, II parte, cap. XXII, p. 873 e segs. Recorde-se que Montesinos é um herói do ciclo carolíngio, perseguido pelo conde de Tomillos.

cavalarias", demência de que se curou antes de morrer..."¹¹ Sublinhe-se, a propósito, que, ao abandonarem o palacete dos duques, onde ele e Sancho sofreram uma dolorosa série de burlas e troças, desde a acção de um falso Merlin apostado em desencantar Dulcineia até ao passeio no cavalo de pau e tantas outras aventuras pícaras maniganciadas pelo casal dos dois cruéis grandes de Espanha e a sua corte, D.Quixote faz a apologia da liberdade como um dos seus ideais supremos:

> "A liberdade é um dos mais preciosos dons que os céus deram aos mortais. Com ela não podem igualar-se os tesouros que encerram a terra em seu seio nem que esconde o mar nos abismos. Pela liberdade, assim como pela honra, se pode e deve arriscar a vida; o cativeiro é, pelo contrário, o maior mal que pode ferir um homem. Falo-te assim, Sancho, porque bem viste com que regalo e fartura fomos tratados no castelo que acabamos de deixar. E, não obstante, refarto de iguarias ultra-sápidas e bebidas nevadas, sofria mais que com as estreitezas da fome, porque as não saboreava com aquela liberdade que teria em minha casa. (...). Ditoso aquele que pode comer um pedaço de pão, sem que se veja forçado a agradecê-la a mais ninguém do que à própria terra."¹²

Esta confissão, aliás perfeitamente adequada ao ideal da cavalaria andante, era, além do mais, muito natural na pena de alguém que, como Cervantes, sofrera tantos anos de cativeiro em Argel, mas sem dúvida transcende a mera explicação biográfica e também a simples lógica do ideário dos romances de cavalaria, já que a luta pela liberdade, pela justiça e pela honra se articula num todo moral, em perfeita coerência no idealismo quixotesco, como valores supremos de uma demanda do Bem e da Verdade em termos tanto metafísicos como sociais e políticos, a ponto de transcender – ou colidir mesmo com – as leis positivas do Estado ao pôr em dúvida que o rei pudesse forçar alguém a ir para as galés. Ao adoptar um programa tão manifestamente destinado a chocar com a realidade envolvente da Espanha do seu tempo, com todos os seus poderes políticos e as opressões

---

11 *Don Quijote...*, ed. cit., p. 1312. E acrescenta que "ya conozco sus disparates y embelecos, y no me pesa sino que este desengaño ha llegado tan tarde.", reconhecendo que, embora tivesse merecido a fama de louco, não queria deixar aos vindouros a impressão de o ter sido sempre (loc. cit.)...

12 Trad. de Aquilino, v. III, p. 236. D.Quixote finge acreditar que foram mercês e honrarias as venenosas partidas que sofreu, como Sancho, na corte ducal. Verja-se H.-P.Endriss, op. cit., p. 99-103 (o ideal quixotesco de liberdade).

religiosas, em suma, contra o Estado e a Igreja, o cavaleiro da Triste Figura estava destinado, deste modo, a ser um rebelde, por força condenado ao fracasso – ou à prisão.

A crença granítica de D. Quixote no Ideal leva-o a atropelos da própria legalidade vigente, como no caso dos galeotes que decidiu libertar, prisioneiros da Santa Irmandade "levados para onde não queriam ir" – como se lê no enunciado do capítulo LXXII da I parte – ou castigados com penas cujo cumprimento não lhes dava "muito gosto e indo a elas com nenhum desejo e pouca vontade", como observa o próprio Cavaleiro manchego, quando este estranha que o Rei forçasse alguém, acabando por os soltar porque lhe parecia "duro fazer escravos aos que Deus e a natureza fez livres".[13] Em nome de velhos ideais da cavalaria e dos princípios do direito natural que faziam de todos os homens seres livres, D. Quixote, na verdade, libertava um bando de delinquentes empedernidos e atropelava todo o direito penal vigente, realizando um "disparate" que lhe havia de valer ser apedrejado e sovado pelos beneficiários daquela intempestiva amnistia. A soltura dos galeotes fizera-se em troca, como o solicitara D. Quixote, de irem contar a Dulcineia de Toboso o feito liberal que restituíra àqueles forçados do Rei a desejada liberdade perdida... Um dos ingratos galeotes libertos, Ginés de Passamonte, agora cognominado de Maese Pedro, cruzar-se-ia de novo, na segunda parte da obra, com o cavaleiro da Triste Figura, Além de sovados e roubados, ficara Sancho em pelota e o seu asno, cabisbaixo e pensativo, a agitar as orelhas como se a borrasca de pedradas não tivesse ainda cessado...

Este exemplo da loucura quixotesca pelo ideal comprova que D. Quixote nunca está do lado dos poderosos e dos dominadores, sejam eles cognominados Lei ou Realeza, Religião ou Santa Irmandade. Desafiar os guardas que levavam os condenado para as galés inscreve-se num dos muitos exemplos de desatino acrata ou transgressor da legalidade vigente que o cavaleiro pratica, inteiramente tomado como esta pela *ética da convicção* e nunca pela ética da responsabilidade, para retomar aqui a famosa dicotomia weberiana. De facto, o cavaleiro é um intelectual puro, alguém que se move no Real com a convicção inabalável da pura Razão idealista e fraternal, indiferente às resistências

---

[13] Cf. Don Quijote..., I parte, cap. XXII, p. 283 e 292, respectivas. No seu estudo *Los Ideales de Don Quijote en el Cambio de Valores desde la Idade Media hasta el Barroco. La utopia restaurativa de la Edad de Poro*, Heinz-Peter Endress soblinha que, naa aventura dos galeotes, D.Quixote "defende a liberdade individual de maneira tão absoluta que quase se aproxima de posições anarquistas" (op. cit., Pamplona, EUNBSA, 2000, 182 p.), p. 102-103.

rugosas e ásperas daquele, o que pode ser traduzido, em termos vulgares, por demência ou inadequação à realidade.

D. Quixote nada tem também a ver com a política ou com os políticos, já que, como vimos, se move no puro campo idealista da moral imaculada e das teorias excelsas, não cuidando minimamente da utilíssima arte de «engolir sapos» que parece ser a dieta forçada de quantos se movem no mundo sublunar do real e concreto da cidade, onde tudo se negocia, tudo é compromisso e tudo, finalmente, se degrada e empobrece na dialéctica sempre espúria dos meios impuros e dos fins nobres. O herói manchego será sempre, como o lembra Turguenev, um espírito ousado e grande, sem temor e quase que sem necessidades práticas, sejam de alimentação, sejam de vestuário, ainda que uma das mais pungentes cenas da sua epopeia tratasse da miséria dos nobres, o episódio das meias rotas, o que, transformado em metáfora do contraste essencial entre poderosos e possidentes deste mundo, o cineasta soviético, que foi Prémio Estaline, em 1941, e Prémio Lenine, em 1964, o acima citado Grigori Kozinstev, não se esqueceria de incluir no seu filme *Dom Quixote* (1957), natural sublinhado da miséria dos idealistas no mundo real, submetido à consabida exploração do homem pelo homem...[14]

Um outro aspecto da relação entre o Cavaleiro e o seu escudeiro merece ser sublinhada, como já o foi, há muitos anos, por Salvador de Madariaga no seu celebrizado e útil guia para estudiosos do romance quixotesco:[15] a progressiva osmose recíproca dos dois personagens desta epopeia picaresca espanhola, a ponto de Quixote aprender muito com o aio e este, apesar de uma arreigada indiferença a tudo que ultrapasse a ponta do seu nariz, exceptuada a promessa de lhe dar o governo de uma ilha, não deixa de se impregnar pouco a pouco pelo ideal difuso da cavalaria, a ponto de a cena final da morte do fidalgo registrar uma espécie de golpe de teatro, porquanto Alonso Quixano canta a sua palinódia e reconhece ter dado a razão a suporem-no doido varrido, enquanto que o escudeiro, indignado com esta retractação, assume, por sua vez, o facho do Ideal e pede ao amo que não seja «mandrião», levante-se da cama e se ponham ambos de novo a percorrer as terras de Espanha...[16] Se o cavaleiro garante que «ya fui loco, y ya soy cuerdo, fui

---

14 Cf. *Don Quijote*..., II, cap. XLIV, p. 1063 segs. Na trad. de Aquilino, III, p. 140-141.
15 Salvador de Madariaga, *Guia del Lector del Quijote*, Madrid, Espasa-Calpe, 1978, p. 137-149.
16 *Don Quijote*..., II parte, cap. L XXIV, p. 13125-1316. Trad. de A Ribeiro, v. III, p. 342-343.

don Quijote de la Mancha, y sou agora, como lo he dicho, Alonso Quijano, el Bueno»[17] (p.1315), já Sancho retorque entre lágrimas:

> «-Ai! (…) Vossa mercê não morra, senhor meu amo! Tome o meu conselho e viva-lhe muito anos. Olhe que a maior tolice que um homem pode fazer neste mundo é deixar-se morrer, sem mais nem menos, sem que ninguém o mate nem outras mãos se lhe ferrem à garganta que não sejam as da melancolia. Vá, não seja mandrião, levante-se dessa cama e vamos daí para o monte vestidos de pastores, como está combinado. Talvez que em alguma moita encontremos a senhora D. Dulcineia desencantada.»[18]

Digamos que o ciclo da osmose recíproca do Herói e do seu Doppelgaenger se fechou de vez, que Sancho partirá dali metamorfoseado em D. Quixote e que Quixote, ao retractar-se e confessar que fora doido e se chamava deveras Alonso Quixano, se sanchizou por completo. «Vemos assim, escreve Madariaga, como Sancho se modela externamente sobre D. Quixote. Mas a sua imitação interna não é menos profunda. Nada mais instrutivo do que o naufrágio gradual do bom sentido do nosso sisudo aldeão no mar de fantasia em que os eu amo o obriga a vogar.»[19] Um sanchizou-se, o outro quixotizou-se de todo. Trocaram os destinos, trocaram de lugares, trocaram de vida, a ponto do labrego se tornar fidalgo e este rústico. Dito de outro modo, fundiram-se ambos numa entidade nova, mais ampla de que a mera soma daquelas duas individualidades de algum modo antagónicas – a Humanidade. O que parece confirmar o acerto da famosa estória talmudista de Kafka, ao contar, em poucas linhas, o caso de Sancho e do seu amo, intitulada «A verdade sobre Sancho Pança»:

> «Sancho Pança, que disso aliás nunca se gabou, conseguiu, ao longo de anos, devorando histórias de bandidos e romances de cavalaria, durante noites e vigílias, tirar inteiramente de si o seu demónio. Fê-lo tão bem que este – que mais tarde se chamou Dom Quixote –, se lançou então sem freio nas mais loucas aventuras. (…)

---

17 *Don Quijote…*, p. 1315. Sobre o sentido da loucura de Quixote, vejam-se as interessantes reflexões de E.C.Riley no seu estudo *Intruducción al «Quijote»*, Barcelona, Crítica, col. Biblioteca de Bolsillo, 2000, p. 67 segs.

18 Trad. de A. Ribeiro, III, p. 343.

19 S. Madariaga, op. cit, p. 139. Quanto ao fidalgo, «o tartao cruel da vida acabaria por ir gradualmente rebaixando o cavaleiro andante, acercando-o ao nível do seu escudeiro» (p. 147).

Sancho Pança, talvez movido por um certo sentimento de responsabilidade, Sancho Pança que era um homem independente, seguiu calmamente D. Quixote nas suas aventuras e tirou delas, até ao fim da sua vida, uma grande e útil distracção.»[20]

Esta profunda imbricação ou osmose recíproca e dialéctica entre o escudeiro e o cavaleiro constitui, aliás, um dos cernes essenciais do romance, tendo Unamuno já observado, a propósito desta dualidade essencial do romance – e da própria vida –:

«Sem Sancho, D. Quixote não é D. Quixote, e necessita mais do escudeiro do que o escudeiro do amo. Como é triste a solidão do herói! Porque os vulgares, os rotineiros, os Sanchos, podem viver sem cavaleiros andantes, mas o cavaleiro andante como viverá sem o povo?»[21]

D. Quixote só pode começar a realizar a sua epopeia de andante cavalaria quando deixar de ser um homem solitário, um herói solipsista, isto é, sem «alter ego», um combatente isolado e singular perdido nos labirintos do real: por isso, precisa de Sancho e só, de facto, na sua companhia, poderá dar a dimensão plena das suas virtualidades, porquanto sem a sinergia daqueles dois seres complementares e em tudo opostos à humanidade fica empobrecida; de novo observa Unamuno: na segunda saída, D. Quixote já não vai só, pois leva consigo a humanidade.[22] Dostoievski, que tinha pelo romance de Cervantes especial devoção, tendo até procurado realizar uma transposição da figura do cavaleiro manchego para o seu ciclo romanesco, definiu-o uma vez como a mais triste dos livros alguma vez escritos porque era a "história de uma desilusão". Esta observação, aliás justíssima, merece ser sublinhada, sem que dela possamos concluir que eram deslocadas as observações de Turguenev acima transcritas: o que este romancista queria dizer sobre a fé inteiriça e inabalável de D. Quixote refere-se ao *alter ego* que se libertou de Alonso Quixano e, como seu demónio idealista e bom, percorreu a Espanha acompanhado de um rude escudeiro que nele cria, tropeçando a cada passo nos empecilhos e rugosidades do Real em nome do seu ideário puríssimo e excelso: quem se arrepende, no leito de morte, não é propriamente D. Quixote, mas aquele que outrora nele creu, que se fez cavaleiro andante e decidiu pôr a sua vida de acordo com os seus ideais e que, agora, recolhido a casa depois de derrotado pelo cavaleiro da Branca Lua, desiludido e descrente,

---

20 Franz Kafka, *La Muraille de Chine et autres Récits*, Paris, Gallimard, 1975, p. 132.
21 Unamuno, *Vida de Don Quijote y Sancho*. Madrid, Espasa-Calpe, col. Austral, 1961, p. 158.
22 Unamuno, op.cit, p. 42.

separou-se do seu duplo, amaldiçoou-o declarando-o doido varrido e se sanchizou, ao mesmo tempo em que o aio assumia, por seu turno, a nobre estatura do esguio, louco e indomável cavaleiro andante. D. Quixote, esse nunca se desiludiu, nunca se deu por vencido, nunca aceitou a alegada superioridade do granítico e estólido Real sobre a imaculada fé do Ideal.

Estoril, Dezembro de 2003

BIBLIOGRAFIA ESSENCIAL

CASTRO, Américo. *El Pensamiento de Cervantes*. reed. Barcelona: Noguer, 1980. 410 p.

CASSOU, Jean. *Cervantes*. Lisboa: Edições Claridade, 1948. 141 p.

ENDRESS, Heinz-Peter. *Los Ideales de Don Quijote en el Cambio de Valores desde la Edad Media hasta el Barroco. La utopia restaurativa de la Edad de Oro*. Pamplona: Ediciones Universidad de Navarra, S.A., 2000. 182 p.

GREENE, Graham. *Monsignor Quichotte*. Paris: Livre de Poche /Robert Lafffont, 1981. 252 p.

KAFKA, Franz. "La vérité sur Sancho Pança". *La Muraille de Chine et autres Récits*: Paris: Gallimard, 1975. 291 p.

LEYES, Simon. "L'imitation de notre seigneur don Quichotte: Cervantes et quelques-uns de ses critiques modernes". *Protée et autres Essais*. Paris: Gallimard, 2001. 155 p.

LLOSA, Mario Vargas. "La tentación de lo imposible", *Revista da Faculdade de Letras*, nº 19-20, 5. série, p. 99-111, 1996.

MADARIAGA, Salvador de. *Guia del Lector del «Quijot». Ensayo psicológico sobre el "Quijote"*, 2. ed. Madrid: Espasa-Calpe, 1978. 215 p.

MANN, Thomas. *Traversée avec Don Quichotte*. Pref. de Lionel Richard. Bruxelas: Editions Complexe, 1986. 120 p.

MARAVALL, José Antonio. *Utopia y Contrautopia en el Quijote*. Santiago de Compostela: Editorial Pico Sacro, 1976. 260 p.

ORTEGA Y GASSET, José. *Meditaciones del Quijote*. 7. ed. Madrid: Revista de Occidente, 1963. 192 p.

RILEY, E. C. *Introducción al "Quijote"*. Barcelona: Crítica, 2000. 262 p.

RIQUER, Martín de. *Para leer a Cervantes*. Barcelona: Acantilado, 2003. 488 p.

ROBERT, Marthe. *L'Ancien et le nouveau. Du don Quichotte a Franz Kajka*. Paris: Bemard Grasset, 1963.

UNAMUNO, Miguel de. *Vida de Don Quijote y Sancho*. 12. ed. Madrid: Espasa-Calpe, col. Austral, 1961. 230 p.

Trad. portug. aconselhada: *D. Quixote de Ia Mancha*, trad. de Aquilino Ribeiro, Lisboa, Livraria Bertrand, s.d.(1959?), 3 v., 349+322+ 350 p. (Há uma reed. recente, num só v.). Edição esp.: *Don Quijote de Ia Mancha*, org. de Florencio Sevilla Arroyo, Madrid, Editorial Castalia, 1998, 1395 p.

O DILEMA DE D. PEDRO

José Tengarrinha[1]

Julgo que uma das questões historiográficas mais fascinantes que se levantam em torno da obra política de D. Pedro I do Brasil (IV de Portugal) diz respeito à indagação das razões que o motivaram para referendar a legislação revolucionária promulgada em plena guerra civil (1832-1834) que destruiria os pilares fundamentais do Antigo Regime e lançaria as bases do Estado contemporâneo português.

A densa teia de conflitos e contradições subjacentes a essa decisão desde logo eliminam a possibilidade de uma abordagem linear e simples. Haverá que ter em conta um conjunto de variáveis com pesos específicos e naturezas muito diferentes, sem que se possa dizer que qualquer delas por si só seja suficientemente explicativa.

Sabe-se hoje, seguramente, que D. Pedro não abdicou da coroa brasileira por querer pôr-se à frente da luta pela libertação de Portugal. Quando ainda imperador do Brasil, mostrou-se a princípio indiferente ao pedido dos imigrados portugueses no Rio de Janeiro para lhes disponibilizar meios de virem à Europa. Acabou por aceder, não sem relutâncias e reservas.

Sabe-se também como a abdicação de D. Pedro da coroa brasileira e a sua vinda para a Europa causou surpresa em todas as Cortes europeias. Interpretado por alguns este gesto como uma altruísta demonstração do seu amor à Liberdade, a ponto de o levar

---

[1] Faculdade de Letras da Universidade de Lisboa.

à desinteressada renúncia de uma coroa, forjou-se uma mitificação que ainda hoje vemos ser reproduzida no todo ou em certos aspectos. Ora o imperador só decide a abdicação quando verifica ser insustentável a sua posição no Brasil, por se ter sobreposto aos órgãos constitucionais escolhendo arbitrariamente os ministros e coagindo-os mesmo na ação. Atitudes autocráticas não conciliáveis com a nova ordem constitucional que culminaram com a dissolução das Cortes Constituintes (12 de Outubro de 1823) e a prisão e deportação para a Europa de alguns dos mais incômodos deputados. Além de que terminava com um tratado desfavorável para o Brasil a prolongada guerra com Buenos Aires pela posse da Cisplatina, que se saldara em mortos e gastos enormes. Às duas horas da madrugada do dia 7 de abril de 1831, num gesto melodramático, D. Pedro entrega aos militares a sua abdicação.

Quando sai do Brasil, D. Pedro diz estar disposto a afastar-se definitivamente da vida política, dirigindo-se a Cherbourg. Assim parecia ser, aparentando estar mais preocupado com arranjar meios de subsistência que lhe garantissem uma existência digna sem necessidade de depender da pensão de algum monarca estrangeiro. Em Londres, sofre várias pressões – entre elas a da imperatriz Amélia – e acaba por declarar estar disposto a assumir a autoridade e o título de Regente. Para tal também muito contribuiu o apoio declarado da monarquia francesa após a revolução de Julho (1830) e, embora mais reservada e dúbia, a simpatia da Inglaterra. A conjuntura internacional era-lhe agora mais favorável.

A questão mais controversa que se levanta desde logo é se D. Pedro, então – ou eventualmente desde a saída do Brasil – aspirava a reassumir a coroa de Portugal. Os testemunhos coevos são contraditórios: desde o do marquês de Palmela que, naturalmente, como presidente da regência da Terceira, negava-o, até ao de Lord Gray, o perspicaz primeiro ministro britânico, que o admitia.

Bem pesada a documentação sobre o assunto, também somos levados a crer que fora esta, efetivamente, a inicial intenção de D. Pedro, pelo menos desde que começou a sofrer pressões, em Cherbourg e em Londres, para se colocar à frente da causa liberal. O que o teria demovido foi a resistência fortíssima que sabia ir encontrar entre os exilados portugueses pelos duros e até insultuosos ataques que, quando no Brasil, fizera a Portugal.

Em toda esta indagação deverá ter-se em muita conta os traços da personalidade de D. Pedro. Penso tratar-se de um daqueles momentos da história portuguesa em que o papel do príncipe no curso dos acontecimentos políticos aparece extremamente influente, quando não decisivo. Não tanto resultante, pois, dos seus conselhos, áulicos ou governos, como fora, por exemplo, também em momentos decisivos, o caso de seu pai, D. João VI. Mas, sobretudo, da sua vontade pessoal.

Socorramo-nos de testemunhos da época, tomando em consideração, sobretudo, aqueles traços sobre os quais há acordo generalizado entre os que com ele se relacionaram em diversas circunstâncias: enérgico, ativo, impetuoso, voluntarista, instável, bondoso, perdendo com muita frequência o sentido da dignidade do Estado, combinava de forma irregular e imprevisível as suas reconhecidas ideias liberais com um autoritarismo personalista e arbitrário que frequentemente se assumia como prepotência.

Entre os muitos testemunhos possíveis, tomemos apenas dois, que se nos afiguram significativos e fiáveis.

O rigoroso e austero Sá da Bandeira, quando o procurou no Rio de Janeiro, em fins de 1828 e princípios de 1829, para lhe relatar os últimos acontecimentos em Portugal, de que fora um dos principais protagonistas, e o interessar pela causa liberal, conta vários episódios ocorridos com o imperador, que severamente julga como pouco dignos da sua posição.[2]

Mas uma das suas mais expressivas caracterizações pertence ao arguto Abreu e Lima, em ofício para a Regência da Terceira, em 4 de Julho de 1831:[3]

> ... me parece ser um complexo de presunção, de leviandade, de orgulho a que se une grande fundo de bondade, docilidade até certo ponto e bastante perspicácia e bom senso, provindo os defeitos da falta de educação, de haver adquirido o que sabe por esforço próprio, de estar habituado a não ter quem contradiga as suas opiniões e de ter estado cercado de nulidades que lhe inspiravam um sentimento de superioridade, que se lhe afigura absoluta, quando é só relativa.[4]

---

2   Sá da Bandeira, *Diário da Guerra Civil*, recolha, notas, prefácio e posfácio de José Tengarrinha, várias passagens no T. I: Cap. II – "Estada no Brasil" e Cap. III – "Regresso a Inglaterra".

3   Luís António de Abreu e Lima era então representante da Regência em Londres e o encontro que nessa altura teve com D. Pedro na capital britânica era da maior importância para se avaliar não só das disposições do príncipe relativamente à luta liberal, mas igualmente das garantias que dava de firmeza, coragem e lucidez para ser colocado à frente do empreendimento.

4   Luz Soriano, *História da Guerra Civil...*, 3.ª Época, T.III, Parte II, Lisboa, Imprensa Nacional, 1883, p. 99.

D. Pedro assumia-se como uma daquelas figuras de exceção, destinadas pela Providência a decidir por sua vontade os destinos dos povos nos grandes momentos históricos. Tal como outros então, um "condottieri" romântico, cavaleiro dos tempos modernos lutando contra a tirania e pela sua dama, a Liberdade. Imaginário de que não poderia estar ausente esse outro cavaleiro romântico, Lafayette, sabendo-se como a independência da América inglesa e a sua Constituição de 1787 tiveram tão profundas repercussões na América Latina.

Em numerosas passagens das suas cartas, este sentido aparece com a maior evidência, como na dirigida para o Rio de Janeiro, em 26 de novembro de 1831, a partir de Paris: "Estou satisfeito, mas ainda não para aqui a minha ambição de glória; eu quero fazer conhecer a todo o mundo mais claramente até que ponto eu sou capaz de me comprometer pela minha honra. Eu parto por estes dias, o mais tardar um mês, para as ilhas dos Açores, a fim de marchar de lá à frente da expedição contra o tirano, usurpador do trono de minha filha"[...] "e, acabando a tirania, fazer este incomparável serviço à humanidade, oprimida pelo maior dos déspotas que o mundo civilizado tem visto".[5]

E na proclamação dirigida aos portugueses quando desembarcou com a expedição liberal em Portugal anunciava que a sua missão era "livrar a humanidade oprimida", "meu único interesse é a glória e o vosso bem".

É este traço saliente da sua personalidade que melhor permite compreender o seu impulso para os dois maiores atos a que a sua vida ficou ligada: a independência do Brasil e a libertação de Portugal do jugo miguelista.

O percurso, porém, é sinuoso e ainda obscuro em não poucas passagens importantes.

A GUERRA CIVIL

D. Pedro assume assim a regência em nome de sua filha, com o objetivo de colocá-la legitimamente no trono de Portugal, afastando o usurpador D. Miguel que não honrara o compromisso assumido.

A sucessão de episódios militares que se segue até à vitória final consagrada na Convenção de Évora-Monte mostra quanto foram fortemente influentes, em certos aspectos mesmo determinantes, algumas características da contraditória personalidade de D. Pedro: a persistência e a tenacidade com que perseguiu um objetivo que muitos julgavam impossível, a sua natureza impulsiva e algo irrefletida, a missão providencial que a si

---

5   Ibid., p. 149-150.

próprio se atribuía ajudavam a criar uma visão irrealista em face de uma situação que, à partida, lhe era inteiramente desfavorável.

A desproporção numérica dos dois exércitos era tão grande e as condições em que se iria combater tão favoráveis aos absolutistas que dificilmente se poderia acreditar ser possível vencer contando apenas com a força das armas. Por muito inflamados e heroicos que fossem os liberais.

Haveria que contar com forças de outra natureza.

Era muito importante o efeito pessoal, eletrizante, de D. Pedro. E muito se acreditava, também, no efeito das leis revolucionárias que levantariam a população, quando consciente das vantagens do novo regime por que os liberais lutavam.

Tal se insere em duas ideias-força fundamentais que são comuns ao ideário romântico: por um lado, o papel da população, que se considerava não dever reduzir-se à mera espectadora, aguardando o desfecho dos embates militares ou dos golpes palacianos, mas ser interveniente e fortemente influente na relação de forças (era uma dimensão nova da intervenção popular que se afirmara quando das Invasões Francesas e não mais se perderia); por outro lado, a convicção da superioridade moral que lhe vinha da força da Razão na luta contra a Tirania pela Liberdade e na luta contra a opressão social e os abusos do Antigo Regime (o que recebe inspiração iluminista).

Os testemunhos mostram-nos como os conselheiros e amigos de D. Pedro contavam como certa a vitória logo que desembarcassem em Portugal. Foram, sobretudo, influenciados por cartas enviadas da Pátria, recebidas nos Açores quando aí se faziam os últimos preparativos para a expedição. Nelas se dava como certo que à chegada do exército libertador toda a tropa miguelista se lhe uniria, que a simples presença de D. Pedro seria suficiente para provocar um levantamento geral. Essa convicção estará presente na proclamação que D. Pedro dirigiu às tropas liberais ao avistar terra portuguesa. Onde, no entanto, acrescenta: "Não me obrigueis a empregar a força para vos libertar".

Outros, mais racionais e frios, estavam certos de que as coisas não se passariam assim. Mas, como diz o duque de Palmela (em carta a Luz Soriano a propósito do livro deste *O Cerco do Porto*) se os que se lançaram na expedição, e o próprio D. Pedro, soubessem de antemão o que os esperava, perante uma tão grande desproporção de forças militares e condições tão adversas no País, porventura não se teriam empenhado com ânimo tão forte ou teriam mesmo renunciado.

Não era nova, no campo liberal, a importância atribuída à força das ideias como instrumento revolucionário. Era inerente à própria lógica da monarquia representativa. Assim fora em 1820-1823, quando se pretendeu mostrar ao País, sobretudo rural, as vantagens do novo regime. Assim fora também na guerra civil de 1826-1827 perante a ofensiva absolutista em Trás-os-Montes.

E, como nas situações anteriores, ao contrário dos absolutistas, os liberais não jogavam com abstrações. "Os povos não querem palavras, querem coisas concretas", disseram sempre, insistentemente, desde o primeiro triênio constitucional. Por isso, admitia-se, maior seria o efeito se fossem feitas propostas alternativas que visivelmente e sem ambiguidades nem reservas visassem libertar o povo português das maiores opressões que sobre ele pesavam. Os liberais proclamavam, pois, a importância das leis revolucionárias para alcançar a vitória, confiantes em que elas valiam tanto como as armas dos militares. Daí o pendor algo didático, largamente explicativo ou mesmo propagandístico dos relatórios que antecedem as leis.

Nesse sentido, a legislação revolucionária de 1832-1834 visava extinguir algumas das principais bases econômicas e sociais da sociedade de Antigo Regime, o que os vintistas não tinham tido condições nem vontade de fazer. Havendo também a consciência de que, sem isso, seria sempre frágil o edifício político liberal a construir.

A síntese lapidar deste objetivo está na afirmação de Mouzinho da Silveira no relatório que antecede a lei de 13 de Agosto de 1832 sobre a extinção dos forais:

"Sem a terra ser livre em vão se invoca a liberdade política; esta liberdade, sendo a faculdade de usar do seu direito e incapacidade de abusar do direito alheio, depende da legislação criminal e civil e não pode durar no meio de estabelecimentos cujo espírito é o de formar uma concatenação de escravos".[6]

Confirmava Alexandre Herculano, que viveu estes acontecimentos como soldado do exército liberal, ser assim que melhor se podia impossibilitar "o restabelecimento do despotismo ou pelo menos de um despotismo durável".[7]

Entre os liberais, mesmo entre os militares, havia, porém, quem duvidasse da eficácia dessas leis.

---

6   In *Colecção de Decretos e Regulamentos mandados publicar por Sua Majestade Imperial o Regente do Reino desde que assumiu a Regência até à sua entrada em Lisboa*. Segunda Série, Lisboa, Imprensa Nacional, 1834, p.191.

7   "Mouzinho da Silveira ou la Révolution Portugaise", *Opúsculos*, II, p. 170.

Conta Herculano, soldado do exército libertador, que, ainda nos Açores, eram lidos à tropa os decretos revolucionários saídos na *Crónica da Terceira* (jornal oficial da Regência nos Açores), porque considerados pelos responsáveis políticos dos mais potentes meios de triunfo:[8] "Escutando estas estultícias, levantávamos os ombros de piedade e olhávamos a ponta das espingardas, batendo com a mão nas cartucheiras. Estes decretos, estes relatórios e estes longos artigos inspiravam-nos um soberano desprezo. Uma carga de baioneta ou uma boa dúzia de descargas de artilharia eram, na nossa opinião, meios infinitamente mais eficazes do que todo este montão de leis ridículas feitas para um país de que nós dominávamos apenas três ou quatro léguas quadradas e que era preciso conquistar contra soldados tão fanáticos nas suas crenças como nós éramos nas nossas".[9]

Mais tarde, porém, é o mesmo Herculano a admitir que o triunfo definitivo dos liberais teve causas mais elevadas e gerais do que as simples deserções dos militares absolutistas ou a sorte das armas: "Entre essas causas, as leis de Mouzinho foram verdadeiramente as mais eficazes, pois tocavam nas mais graves questões sociais".[10] Aboliram-se dízima eclesiástica e direitos senhoriais e, desta maneira, "a propriedade rural e o trabalho agrícola, a pequena indústria e o pequeno comércio foram libertados de dois terços dos impostos de que estavam onerados e de que apenas um pequeno fragmento ia para o fisco".[11]

Além disso, entre outras medidas, separaram-se as funções judiciárias das funções administrativas, instaurou-se a liberdade de ensino, demoliu-se parcialmente a velha instituição dos morgados, as sisas reduzidas e limitadas aos bens de raiz, abolidas as ordens religiosas regulares (30 de maio de 1834). Entre a referida abolição dos direitos senhoriais teve particular relevo a extinção dos forais, pelo seu significado como instrumento de opressão do mundo rural.

Mas qual o efetivo contributo destas leis elaboradas em plena guerra civil para a vitória liberal?

Em primeiro lugar, deveremos ter em conta serem muito limitados os meios de propaganda de que os liberais dispunham. Além da *Crónica da Terceira* (1830-1831) e, depois, da *Crónica Constitucional do Porto* (1832), eram lançados volantes e panfletos, mas a sua

---

8   Id., p. 189.
9   Id., Ibid.
10 Id., p. 191-192.
11 Id., p. 192.

difusão era difícil num país cortado pela guerra civil e que, até à instalação da Corte em Lisboa, era maioritariamente dominado pelas autoridades miguelistas.

Sabe-se como foi diverso o acolhimento do País e até do Porto ao exército de D. Pedro. Testemunhos oculares de militares liberais dizem que o baixo povo do Porto saiu das casas para a rua, recebendo-os com grande entusiasmo, enquanto muitos das classes médias e altas mantinham prudente atitude e todas as pessoas notáveis abandonaram a cidade. O mais surpreendente para os liberais foi ver a indiferença muito generalizada da maior parte dos que ficaram na cidade, mesmo de afeiçoados à causa liberal, e dos presos políticos libertados que em geral não tomaram parte ativa nos festejos da recepção a D. Pedro ou ainda maldiziam a sua sorte por ter o exército escolhido entrar pelo Porto envolvendo-os assim numa guerra destruidora.[12]

As muitas vacilações, incertezas, desalentos e recuos por parte das populações resultavam, sobretudo, de se pensar ser inviável a vitória liberal perante uma tão grande desproporção das forças.

Nas províncias, em geral os camponeses ou se mantinham indiferentes, prosseguindo o labor da terra quando da passagem das tropas liberais, ou, à sua aproximação, com frequência abandonavam os lugares e as cidades (como em julho de 1832 em Penafiel), receando as pilhagens e os roubos pelos mercenários estrangeiros, sobretudo ingleses.

Mas também é certo que nos meios rurais crescia o descontentamento contra os soldados miguelistas que, não podendo ser devidamente sustentados pelos seus comandos (o exército absolutista de mais de 80 mil homens estava longe de poder receber o apoio logístico necessário), gozavam de liberdade para exigir alimentos ou mesmo saquear os camponeses. É este um elemento importante a ter em conta para explicar a sua atitude igualmente hostil, em várias regiões, contra o exército miguelista.

Quanto ao efeito das leis revolucionárias, o que se assinalou, desde logo, mais visivelmente, foi a exaltação ainda maior do campo miguelista, pois as classes preponderantes do País, como o clero, a nobreza, os grandes donatários e proprietários das províncias e os altos funcionários, viam-se ameaçadas diretamente nas suas posições, interesses e privilégios.

Foram estes que, como em anteriores situações, conseguiram fanatizar as classes mais baixas da população, marginais da sociedade que deles estavam dependentes. Pela sua baixa cultura, eram presa mais fácil da guerra religiosa que, tal como em 1808-1810,

---

12 Cf. Luz Soriano, *História da Guerra Civil...*, 3.ª Época, T. III, Parte II, p. 286-289.

quando das Invasões Francesas, o clero desencadeou contra os ímpios e jacobinos liberais. Conta Herculano:"Eu próprio vi, duas ou três vezes [os padres e frades] no meio do tiroteio, os hábitos arregaçados, o crucifixo na mão, arengando-lhes e mostrando-lhes a vitória ou o céu no fim dos seus esforços".[13]

A LEGISLAÇÃO REVOLUCIONÁRIA

Compreender que razões teriam levado D. Pedro a referendar legislação tão revolucionária quando se sabe da sua posição politicamente conservadora (expressa, por exemplo, na Carta Constitucional outorgada a Portugal em 1826) e de como era moderada a atitude maioritária dos seus conselheiros surge-nos como um apaixonante exercício. A oscilação foi evidente. Mas D. Pedro estava colocado no gume muito estreito de uma navalha que tinha na sua ponta a decisão inadiável e urgente.

A verdade é que foram homens politicamente moderados, defensores da Carta Constitucional, os que elaboraram as mais radicais reformas, em contraste com os mais radicais liberais, da Revolução de 1820, que haviam elaborado as mais moderadas reformas.

Mouzinho da Silveira, por exemplo, que lançou as mais destruidoras leis contra o Portugal Velho, apoiara a contra-revolução da Vilafrancada (1823), fora defensor acérrimo da Carta Constitucional e opusera-se com a mesma determinação à esquerda liberal (a ponto de ter sido preso após a Revolução de Setembro de 1836). Mas, ao mesmo tempo, o radicalismo das suas reformas acabaria por malquistá-lo com a ala liberal mais moderada.

É evidente que as circunstâncias excepcionais da guerra civil foram determinantes. Ao contrário do que acontecera com os liberais vintistas, os legisladores não sentiam sobre si, tão fortemente, a pressão do clero, da nobreza, dos grandes donatários, do alto funcionalismo. Estes estavam agora, maioritariamente, a combater do outro lado da barricada, numa luta sem quartel. Era clara a consciência de que, sem a destruição das bases em que fundavam o seu poder, o regime liberal não poderia ser instaurado em bases firmes.

Por outro lado, havia, como se disse, a esperança de que estas leis pudessem valer tanto como um exército. Escrevendo ao Marquês de Palmela, em Agosto de 1832, já com as forças liberais no Porto, Mouzinho da Silveira asseverava:"Basta-nos para vencer que

---

13 "Mouzinho da Silveira...", p. 191-192.

toda a gente saiba das leis, a dos forais está feita e assinada e assim nada resta senão executar e pôr em harmonia".[14]

Sabe-se que D.Pedro também assim pensava, com a mesma convicção empolgada que o levara a crer que, logo após a sua chegada a Portugal, os soldados do exército absolutista desertariam para se colocarem às suas ordens.

Em alguma coisa a sua vaidade seria também exaltada com frases como a que terminava a introdução à lei de extinção dos forais de Mouzinho as Silveira: "Com o Decreto que proponho, Vossa Majestade Imperial tem de obter na História um lugar distinto; e a geração presente e as vindouras bem-dirão o Príncipe que todos os dias aumenta o bem-estar dos povos"; ou, na lei da extinção dos dízimos, quando se refere a glória imensa que assim cobrirá o Regente.

Mas, além de todas estas razões, havia seguramente em D. Pedro e alguns dos seus conselheiros a consciência da importância desta legislação para promover uma nova ordem econômica e social e o desenvolvimento do País. Era um projeto global coerente, abarcando simultaneamente a organização econômica, financeira, política, administrativa e judicial. Por isso, para estes, ao contrário dos vintistas, eram incontornáveis os principais fundamentos da ordem antiga.

Veja-se a questão dos dízimos, questão delicadíssima, em que principalmente assentavam os rendimentos da Igreja.[15] A primeira vez em que é referida em textos legais a necessidade de serem atingidos é na Carta Régia de 1810, emanada do Rio, resultante da influência reformista sobre o Príncipe D. João de alguns dos seus conselheiros esclarecidos, nomeadamente D. Rodrigo de Sousa Coutinho. É muito pouco provável que D. Pedro tivesse permanecido à margem do aceso debate sobre as reformas que se desenvolveu entre a Corte no Rio e os Governadores de Lisboa desde aí até à vinda de D. João VI para Portugal. Nessa Carta Régia de 1810 é ainda muito tímida a forma como se toca na questão dos dízimos.[16] Atendendo à retração com que o assunto sempre fora tratado

---

14 Mouzinho da Silveira, *Obras*, I, p.78.

15 Em 1820, os cerca de 30 mil clérigos seculares e regulares auferiam um rendimento muito superior ao do Estado. O clero partilhava os dízimos com a aristocracia que os cobrava através das comendas por manter uma igreja e um padre.

16 "Para fazer que os vossos cabedais achem útil emprego na Agricultura e que assim se organize o sistema da vossa futura prosperidade, tenho dado ordens aos governadores do reino para que se ocupem dos meios com que se poderão fixar os dízimos, a fim que as terras não sofram um gravame intolerável".

entre nós (não tanto em Espanha), podia considerar-se, porém, uma audácia surpreendente. A Revolução de 1820, mostrando-se aí, como em outros aspectos, mais recuada do que as propostas reformistas dos fins do século 18 e primeiro vintênio do 19, passa à margem do problema.

Não apenas a força imensa da Igreja tradicional era um dos mais poderosos obstáculos políticos e ideológicos que os liberais defrontavam, mas a sua considerável autonomia em face da autoridade civil fazia dela uma força impeditiva da centralização do Estado e da uniformização da intervenção deste em todo o espaço nacional. A autonomia judicial e a possibilidade de nomeação de magistrados e os privilégios de que o clero gozava no domínio fiscal eram inconciliáveis com o princípio da igualdade dos cidadãos perante a lei. A nova estrutura financeira, sob controlo total do Estado, também não podia admitir a "fiscalidade senhorial" (laica e eclesiástica). De tudo isto resultava a necessidade de desamortizar e de suprimir os dízimos.

Era um daqueles momentos históricos exatos, inadiáveis, de que em viragens decisivas alguns protagonistas tiveram fulgurante consciência.[17] Mouzinho da Silveira diria, também, sobre a supressão dos dízimos: "não o fosse naquele dia, mesmo naquela hora, não eram suprimidos: uma hora mais tarde era impossível suprimi-los".[18]

A discussão no Conselho não teria sido pacífica, a avaliar pelo cuidado posto por Mouzinho na fundamentação, que no relatório do decreto sistematizou em oito densos argumentos. A interpretação das palavras com que Mouzinho termina esse relatório permite-nos concluir que também D. Pedro, que presidiu ao debate no Conselho, teria então usado dos seus argumentos favoráveis, demovendo resistências, pelo que, para referendar o diploma, "não precisa de maior convencimento".

Tudo leva a crer, pois, que não apenas neste caso, mas relativamente a outros decretos revolucionários, tenha tido D. Pedro peso favorável nos longos debates nas reuniões do Conselho, e que para tal tenham influído sobre ele quatro principais ordens de razões: a vaidade de fazer obra ímpar e gloriosa; o acompanhamento, na fase final da estada da Corte no Brasil, do duro embate sobre as reformas indispensáveis para Portugal entre alguns reformadores conselheiros do seu pai e a predominantemente conservadora governação de Lisboa; o conhecimento mais profundo dos males da realidade portuguesa e das medidas

---

17   Lembramo-nos da célebre frase de Lenine, quando lançou a ação para a Revolução de Outubro: "Ontem era cedo, amanhã seria tarde".
18   Intervenção na Câmara dos Deputados, abril de 1839 (in *Obras*, I, p. 80).

indispensáveis a partir dos relatórios e propostas dos seus conselheiros; e a observação que fez das realidades de França e Inglaterra nesta sua curta passagem pela Europa.

O comando político do processo transformador era também diferente do dos vintistas. A fragilidade do poder político e a falta de vontade de alguns dirigentes da Revolução de 1820 apenas permitira que as reformas de 1821-1822 tivessem sido conduzidas por um bloco senhorial-burguês. Agora, porém, era uma minoria esclarecida, detendo fortemente o poder em plena guerra civil, que enfrentava os visíveis inimigos a abater, não apenas militarmente mas também no seu poder económico, social, político. Para conseguir levar para frente reformas que iam ofender profundamente tão poderosos interesses, só um poder político forte, centrado na pessoa de um príncipe resoluto, não diminuído nem travado por hesitações, atribulações e contradições de uma representação nacional. O modelo político da Carta correspondia melhor a essa exigência.

As dificuldades de implementação e as áreas abrangidas ou omissas da legislação dão-nos, porém, um quadro expressivo das fragilidades do poder político.

Há o caso de leis que, no essencial, se mantêm, como as nacionalizações dos bens das ordens religiosas suprimidas e dos da Coroa, a abolição dos dízimos e das sisas (excetuando as das vendas e trocas de bens de raiz, 19-4-1932). Ao passo que algumas imposições antigas não foram tocadas, como o real d'água e o subsídio literário. Outras foram repostas, como foram os casos de certos impostos indiretos municipais. Havendo ainda outras instituições antigas apenas parcialmente atingidas: os morgados e capelas, sendo embora dos que mais contribuíam para a imobilidade da terra (só foram suprimidos os cujo rendimento líquido não excedesse 200 000 réis de renda anual, Dec. 4-4-1832, sendo a supressão total apenas em 1863). Outras ainda, atravessaram várias vicissitudes, como a abolição dos forais nos bens da Coroa.

Ainda a vitória liberal estava longe de consumar-se, sendo mais fortes os sinais desfavoráveis, em pleno cerco do Porto, e já se fazia sentir a oposição interna à legislação revolucionária. A essa oposição chamou Mouzinho "tenacidade aristocrática", era "a demagogia unida à aristocracia".[19] Foi fortíssima a hostilidade desencadeada pela "gente palaciana e das comendas", como ainda em 1847 Mouzinho reconhecia em carta ao filho.[20]

---

19   Mouzinho da Silveira, *Obras*, I, p. 79. A "demagogia" era então designada a esquerda liberal, entre a qual os irmãos Passos, os saldanhistas, os que contestavam Palmela, D. Pedro e os seus conselheiros.

20   Id., p. 80.

Transferida a luta para a Câmara dos Deputados, aí seria objeto de sucessivas contestações, alegando-se que por ser legislação elaborada em ditadura precisava de ratificação parlamentar.

Foram bem visíveis as fraturas: embora provinda do campo cartista, paradoxalmente a legislação revolucionária acabaria por ser hostilizada por este e receber mais apoios da ala esquerda do liberalismo. Uma das poucas exceções seria a Reforma Administrativa (Decr. 16-5-1832), cujos efeitos perversos se fizeram logo sentir nas eleições de 1834 com os abusos do poder central, devido aos poderes discricionários que o governo de Agostinho José Freire concedera aos prefeitos.[21]

Muitas razões estão na origem do acidentado percurso desta legislação.

Veja-se, antes de tudo, que as reformas foram principalmente destrutivas. Depois delas – diz Herculano – o Absolutismo já não era possível, porque haviam feito o vazio em torno dele.[22] O que Herculano elogiava não era tanto a organização positiva que se encontrava na obra legislativa da ditadura de D. Pedro, o que elogiava era a demolição, pois esta era a liberdade, era o progresso, era a segurança das novas instituições políticas e portanto era virtualmente a possibilidade de uma boa organização para o futuro.[23]

Mas esse vazio de que falava Herculano fragilizava também o Estado liberal desde 1834 e abria o caminho para variadas e contraditórias alternativas.

Teria sido necessário um poder político forte e coeso, que não houve. Mouzinho não conservou o poder durante tempo suficiente para adaptar o sentido das suas reformas à realidade portuguesa nas suas raízes mais profundas. Demitiu-se do governo ainda em pleno cerco do Porto, por discordâncias sobre os empréstimos e os sequestros.

Embora contando com a assinatura de D. Pedro, a legislação revolucionária não dispunha de bases políticas de apoio suficientemente fortes em face das que se lhe opunham. A correlação de forças era-lhe desfavorável.

No plano social, a classe beneficiada com as reformas não era suficientemente influente nem ativa para constituir uma considerável força de pressão.

Além de que as camadas mais baixas da população (a chamada "populaça"), não reconhecendo ser diretamente beneficiada materialmente com as reformas, era presa fácil

---

21 Por isso o citado decreto foi logo revogado pela Carta de Lei de 25-4-1835 e pelo Decreto de 31-12-1836.

22 Cf. "Mouzinho…", *Opúsculos*, II, p. 199.

23 Id., p. 216-217.

dos que foram lesados. Ao mesmo tempo em que, nas comunidades rurais, começavam a levantar-se obstruções pela preservação dos direitos coletivos e dos particularismos locais contra os avanços do individualismo agrário e as tentativas de uniformização administrativa e fiscal do País.

Apesar dos vários recuos e mutilações que sofreu, a legislação revolucionária da guerra civil referendada por D. Pedro constituiu um momento angular, sem dúvida dos mais decisivos na construção da sociedade e do Estado contemporâneos portugueses.

BIBLIOGRAFIA SELECIONADA

BANDEIRA, Sá da – *Diário da Guerra Civil* (recolha, pref. e notas de José Tengarrinha), 2 v., Lisboa, Seara Nova, 1975.

HERCULANO, Alexandre – "Mouzinho da Silveira ou la Révolution Portugaise", in *Opúsculos*, II, Lisboa, Livraria Bertrand, s.d., p. 167-218.

_____."Sobre a questão dos forais (1858)", id., p. 279-288.

MATTOS, Raymundo José da Cunha – *Memórias da campanha do senhor D. Pedro de Alcântara, ex-imperador do Brasil, no reino de Portugal, com algumas notícias anteriores ao dia do seu desembarque*, 2 ts., Rio de Janeiro, Tip. Imper. E Const. De Seignot-Plancher, 1833.

PASCOAL, A. D. de – *Rasgos memoráveis do senhor D. Pedro I, imperador do Brasil, excelso duque de Bragança*, Rio de Janeiro, Tip. Universal de Laemmert, 1862.

Relatório apresentado às Cortes em Setembro de 1834 pelo ministro da Guerra, Agostinho José Freire.

SILVA, João Manuel Pereira da – *Segundo período do reinado de D. Pedro I no Brasil. Narrativa histórica (servindo de continuação à História da fundação do império brasileiro)*, Rio de Janeiro, Tip. Franco-Americana, 1871.

SILVEIRA, Mouzinho da – *Obras. 1780-1849* (coord. Miriam Halpern Pereira), 2 v., Lisboa, Fundação Calouste Gulbenkian, 1989.

SORIANO, Simão José da Luz – *História da Guerra Civil e do Estabelecimento do Governo Parlamentar em Portugal*, 3.ª Época, T. III, Parte II, Lisboa, Imprensa Nacional,

1883; 3ª Época, T. IV, Lisboa, Imprensa Nacional, 1887; 3+ª Época, T. VII, Lisboa, Imprensa Nacional, 1890.

_____. *História do Cerco do Porto*, 2 v., Lisboa, Imprensa Nacional, 1846.

TENGARRINHA, José – *Movimentos Populares Agrários em Portugal 1851-1825*, 2 v., Mem Martins, Publicações Europa-América, 1994.

DO ANTIGO REGIME AO ESTADO LIBERAL (1807-1842)

Miriam Halpern Pereira – CEHCP/ISCTE[1,2]

Talvez em nenhum outro período da história contemporânea a evolução política de Portugal tenha estado tão intimamente interligada à história da Europa e em primeiro lugar à história de Espanha. O confronto entre absolutismo e liberalismo, entre os defensores do Antigo Regime e os partidários de uma nova sociedade e de uma nova forma de organização política, teve desde o início dimensão europeia, a breve trecho envolvendo igualmente o continente americano. Foi um confronto político que recobriu também o combate pela partilha do mercado europeu e atlântico.

Nesta brevíssima síntese apenas se esboçam os traços gerais da evolução em Portugal, procurando ter presente a inter-relação com os acontecimentos em Espanha, de uma forma necessariamente muito genérica. Uma época caracterizada indiscutivelmente por um forte paralelismo, como os poucos historiadores que se dedicaram a exercício semelhante têm sido unânimes em sublinhar, mas algumas dissonâncias que também é interessante focar.[3]

---

1 Atualmente diretora geral do IANTT.
2 Este artigo foi publicado inicialmente na revista espanhola AYER
3 Na primeira referência bibliográfica deste artigo destaco duas utilíssimas cronologias interpretativas, com bibliografia temática: Vargues, Isabel Nobre "Insurreições e revoltas em Portugal (1801-1851); Novales, Alberto Gil "Revueltas y revoluciones en España (1766-1874), ambos estudos publicados in *Revista de História das Ideias* (daqui em diante RHI), 7, 1985, o

Em Portugal, o questionar do regime político não se manifestou abertamente senão no decorrer da primeira invasão francesa. Aparentemente, até então não constituía uma urgência, a corrente reformista, ilustrada, tinha o apoio do Príncipe Regente, futuro João VI. O Antigo Regime, nomeadamente na sua fase final, nada tinha de monolítico, comportava diferentes atitudes acerca dos problemas econômicos, sociais e mesmo políticos, contudo todas elas respeitavam o quadro político absolutista.

A primeira manifestação da vontade de substituição da monarquia absoluta por uma monarquia limitada, liberal, ocorre em 1808, no contexto da deslocação do centro do poder político de Lisboa para o Rio de Janeiro e da primeira invasão francesa. A sua expressão naquele preciso momento prende-se com o mito de libertador que envolvia o exército napoleônico, encarado como mensageiro dos ideais liberais. Era uma aura que tinha algum fundamento noutras regiões da Europa, onde contribuíra para a evolução liberal. Mas não foi assim na Península Ibérica, o que não impediu que a reação absolutista atribuísse objetivos revolucionários aos invasores.

Ocupantes ou libertadores?

As alianças internacionais distintas dos dois países estão na origem de atitudes inicialmente divergentes face à expansão napoleônica na península.

A decisão tomada por Napoleão de invadir Portugal, aliado da Inglaterra, data do início de 1807, e representou uma viragem na política da França, que até então beneficiara das vantagens da relativa neutralidade de Portugal. As ambições de Godoy em relação a Portugal – materializadas em sucessivos planos negociados com os franceses, primeiro de união ibérica, depois de divisão de Portugal em três Estados – e a resistência e a demora de Lisboa em aplicar o bloqueio continental teriam sido fundamentais nessa inflexão da atitude de Napoleão. O exército de Junot atravessou os Pirineus dez dias antes da conclusão a 27 de Outubro do tratado de Fontainebleau em que se decidiu a partilha de Portugal entre a Espanha e a França. Atravessou a Espanha, aliada da França, sem qualquer obstáculo e entrou em Lisboa a 30 de Novembro de 1807. Simultaneamente, entraram em Portugal duas colunas espanholas, uma pelo Norte e outra pelo Alentejo. Só quando em Março de 1808 Murat entra em Madrid, é que se tornou claro para o governo espanhol a natureza imperial da estratégia napoleônica. A sequência dos acontecimentos

---

último reeditado em Siglo XIX, 3, 1987. Naturalmente que carecem hoje de atualização factual e bibliográfica nalguns pontos, mas não perderam utilidade.

fez com que daqui em diante o invasor francês se tornasse o inimigo comum de ambos os países peninsulares.⁴

Em ambos os países, as invasões francesas marcaram o início da crise do Estado de Antigo Regime, ainda que de forma diferenciada. Num primeiro tempo, uma minoria ilustrada depositou a esperança de novo sistema político no invasor. Em Portugal, essa brevíssima expectativa ficou desde logo gorada pelas ambições de Junot à realeza, o que o levou a orientar por isso as suas atenções para a nobreza. Desvaneceram-se assim as ilusões dos liberais, que haviam apresentado a Junot uma proposta de Constituição, possível gérmen de uma monarquia limitada, inspirada na constituição do Grão-Ducado de Varsóvia, sinal da existência de uma ampla comunidade europeia liberal. O desprezo pelo projeto liberal foi acompanhado por igual insensibilidade pelas formas de religiosidade da época, violentadas por medidas *ad hoc*, desinseridas de qualquer projeto de laicização válido.⁵

A insurreição nacional contra o invasor francês frustrou, por sua vez, as ambições de Junot-rei. Desde o início, pequenos incidentes perturbaram a instalação dos franceses, tendo os afrontamentos mais graves coincidido com festejos religiosos. Também, as revoltas populares desencadeadas em Junho e Julho de 1808 principiaram com frequência em dias de festa religiosa. Corresponderam à mudança de atitude do Príncipe Regente no manifesto de Maio, em contraste com a ordem inicial de subordinação aos invasores

---

4   O projeto de bloqueio é anterior a Tilsit, como também o apoio a uma expedição espanhola a Portugal acordado com Godoy, que data de Março de 1805 e foi reiterado desde Janeiro de 1807, Silbert, A." Portugal perante a política francesa 1799-1814", in *Do Portugal de antigo regime ao Portugal oitocentista*, 1972 p.63, e o conjunto para compreender a evolução da política francesa em relação a Portugal neste período. O pedido de bloqueio a Portugal data de Julho de 1807, um ultimato de Agosto estabelecia a data-limite de 1 de Setembro, a adesão ao bloqueio continental data de 25 de Setembro, a ordem de mandar sair os navios ingleses foi emitida a 20 de Outubro e aplicada apenas a 7 de Novembro: J. Braga de Macedo *O bloqueio continental – economia e guerra peninsular*, 1962 p. 29-30.

5   Sobre as invasões francesas e a primeira proposta de constituição, Silbert, A *Do Portugal de Antigo Regime ao Portugal oitocentista*, 1972, p.69-71,140-141, Silva Dias *Os primórdios da maçonaria*, v.I,t.II.p.488-493; Pereira, Miriam Halpern "A crise do Estado de Antigo Regime" in *Ler História* (aqui diante L.H.), 1983 nº 2. Sobre a atitude de Junot em relação à religião católica, vejam-se as imposições referentes aos toques de sinos, procissões e outros festejos ou a ocupação doe conventos para instalar as tropas, in Araújo, Ana Maria "Revoltas e ideologias em conflito durante as invasões francesas in RHI, 7, Coimbra 1985

dada à Regência, e mostraram que a deposição da realeza por Junot não afetara a sua autoridade. [6] Em geral, os motins populares foram encabeçados pela classe dirigente, senhores locais e elementos do clero, os quais nalguns casos assumiram a iniciativa insurrecional. O alastrar no meio rural deveu-se com frequência a guerrilhas lideradas por elementos do baixo clero.

De toda a evidência o movimento insurrecional desencadeado em Espanha em Maio foi um fator relevante e houve uma evolução mimética dos dois lados da fronteira. Mais, verificou-se uma colaboração direta em alguns casos, nomeadamente da Junta da Galiza com a revolta do Porto e da Junta de Sevilha e de Cádiz que tem contactos com os revoltosos do Algarve e do Alentejo, a quem prestaram auxílio militar. Nas duas únicas localidades, Vila Viçosa e Beja, em que os populares agiram sem a mediação de senhores locais, por estes não aceitarem a direção das revoltas, foi até solicitada a direção dos generais espanhóis das Juntas de Badajoz e Sevilha.

A ideologia dominante desta insurreição em Portugal foi de índole conservadora. As revoltas foram conduzidas em nome do Trono e do Altar. As Juntas locais visavam salvaguardar o exercício do poder administrativo e judicial pelas classes dominantes, e assentavam na representação das três ordens, clero, nobreza e povo. Mas nem sempre conseguiram impedir o extravasar da cólera popular. Nalguns casos a revolta tomou cariz social e político menos conformista, como em Viseu e em Arcos de Valdevez, mas foi logo reprimida, ou reconduzida, como no Porto. Considerado no seu conjunto, este movimento nacional assentou numa aliança tradicional entre aristocracia, clero e campesinato, envolvendo elementos da burguesia local e teve índole restauracionista.

A partida atempada da família real e da Corte para o Brasil evitara à Casa de Bragança a humilhação dos Bourbons. Feita em nome da realeza, a revolta contra os franceses teve natural conotação conservadora: os franceses eram os ímpios – representavam o mal, foram associados a jacobino, pedreiro, liberal, por vezes a judeu, em aflorações de intolerância religiosa e ideológica. Estavam demarcados, em termos genéricos, os campos que separariam os dois lados da batalha, absolutistas e liberais, contra-revolução e revolução, até aos anos 40, embora em cada lado existissem outras linhas divisórias secundárias.

---

6 Manifesto do Príncipe Regente João, de Maio de 1808. Sobre a insurreição nacional e as revoltas populares, Ana Cristina Araújo, ob cit.

Em contraste com a Espanha, onde perante o vazio de poder a Junta Central convocou Cortes, preparou eleições e um projeto de Constituição, em Portugal a expulsão do francês resultou na simples confirmação do *status quo ante*.[7] Pode contudo questionar-se o que representaram as Cortes de Cádiz reunidas em condições diferentes das inicialmente previstas e substituídas em 1814 por um regime absolutista. Como escreveu Pierre Vilar acerca da guerra da independência, "una minoria activa y políticamente muy consciente lucha a la vez contra Napoléon y contra el antiguo régimen; una massa apasionada lucha contra Napoléon en tanto que representante de un eventual régimen nuevo. El odio patriótico contra los franceses, sobrexcitado por sus mismas exacciones, alimenta por tanto dos esperanzas políticas de signo contrario."[8] Estavam assim definidos inicialmente os dois grandes blocos ideológicos, com mais clareza do que em Portugal.

A Constituição de 1812 teve um impacto duradouro em ambos os países peninsulares e também nos seus espaços imperiais americanos. Em Portugal, uma minoria interessou-se imediatamente pela movimentação liberal no país vizinho, como transparecia com clareza no título do primeiro jornal liberal publicado em Lisboa em 1809-1810, *O Correio da Península*, onde se destacava um artigo sobre a constituição espanhola em preparação.[9] Mas, nesses anos, o território liberal espraiou-se sobretudo no exílio e só seguidamente tomaria corpo face ao novo ocupante, agora inglês.

A libertação do invasor francês fizera-se em ambos os países com o auxílio militar inglês, mas no caso português tanto a permanência do exército britânico em território nacional, muito para além da expulsão definitiva dos franceses em 1811, como a ausência do Príncipe Regente, futuro João VI, no Brasil, criaram condições diferentes de evolução. Se em Portugal a luta contra as invasões francesas não ficou associada à "guerra da independência" como em Espanha, isso se deveu a esta substituição de um invasor por uma potência que de libertador se tornou ocupante.[10]

---

7   Artola, M. *Antigo Régimen y revolución liberal*,1979, p. 160-164, Novales, Alberto Gil "Revueltas y revoluciones en España (1766-1874)", in RHI,n.7, 1985, p.433-5. Témine, E A. Broder, et al. *História de España contemporanea*, p.22-32

8   Vilar, Pierre *Hidalgos, amotinados y guerrilleros*,1982, p.199

9   Georges Boisvert citado por Silbert, A, "A revolução francesa e tradição nacional" in *Portugal na Europa oitocentista*, 1998, p. 156

10 Silbert, A. "Portugal e o estrangeiro durante o período revolucionário e napoleônico" in *Portugal na Europa oitocentista*, 1998

A intervenção inglesa, solicitada desde finais de Junho de 1808 pela Junta do Porto, chegou em Agosto e permitiu libertar definitivamente o país do invasor francês em 1811. Veio também em auxílio dos poderes ameaçados e ajudou a reorganizar o exército português. O extravasar da movimentação popular durante a insurreição nacional inspirara receios que a presença inglesa permitiu esmorecer. Foi inicialmente benquista. Com o passar do tempo, as atitudes mudaram. No exército acumularam-se ambições frustradas e ressentimentos em relação à direção estrangeira. A conjuntura econômica, nomeadamente o sentido do comércio atlântico, corroía as fortunas. A abertura dos portos do Brasil em 1808 ao comércio britânico, condição imposta pelos ingleses para a instalação da Corte portuguesa no Rio de Janeiro e de algum modo inevitável na situação de bloqueio continental imposto por Napoleão, logo seguida pela assinatura do tratado de comércio e navegação em 1810, também desde logo acordada, acentuava as dificuldades econômicas e humilhava o sentimento nacional. [11]

A revolta contra o inglês, cuja imagem de libertador e sustentáculo da monarquia se transmutara em ocupante, veio a adquirir conotação liberal, embora não exclusiva. A permanência do rei no Rio de Janeiro, uma vez assinada a paz na Europa em 1815, propiciou-o. A situação no Brasil e nas colônias espanholas terá contribuído para este arrastar da sua estadia, mas teve como contraponto o sentimento de abandono no reino.

À conspiração fracassada de Gomes Freire em 1817 seguiu-se a revolução de 1820, que venceu mediante dois levantamentos, no Porto a 24 de Agosto, em Lisboa a 15 de Setembro. Seguindo a estratégia do pronunciamento, adotada na Península Ibérica e em Itália, como forma de evitar uma participação popular descontrolada, foi dirigida conjuntamente por uma maioria de civis – com forte presença de comerciantes – e três militares reunidos no Sinédrio.[12] A Junta Provisional do Reino, que substituiu a Regência, impediria William Beresford, com plenos poderes outorgados por João VI, de desembarcar

---

11 Alexandre, Valentim, "O nacionalismo vintista e a questão brasileira" in *O liberalismo na Península Ibérica*, 1982, v.I; sobre o tratado de 1810, Pereira, Miriam Halpern "Atitudes políticas e relações internacionais na 1.a metade do século XIX", capt. IV in *Das Revoluções liberais ao Estado Novo*, 1993.

12 Descrição dos pronunciamentos de 1820, organização, mapa da adesão e a composição sócio-profissional do Cinéreo e das Cortes Constituintes, in F. Piteira Santos, *Geografia e Economia da Revolução de 1820*, 1962, capit. I. Sobre a teoria e a estratégia de pronunciamento na Península Ibérica e em Itália, veja-se a interessante análise in Castells, Irene *La utopia insurrecional del liberalismo*, 1989, capit.I

ao regressar do Brasil, em Outubro. No início do ano, em Espanha a revolução liberal já pusera termo ao sexênio absolutista de Fernando VII.

O TRIÊNIO VINTISTA

Absolutistas e liberais, reunidos num primeiro tempo em idêntica vontade de libertação nacional, vieram a separar-se depois da Martinhada, quando, face à perspectiva de eleições próximas, os absolutistas tentam em vão um golpe de Estado. Venceu a ala militar radical que defendia o modelo da Constituição de Cádiz. A correlação entre as revoluções de ambos os países, nesse ano, é extremamente acentuada e insere-se em anterior colaboração entre os liberais dos dois lados da fronteira. Na propaganda política, no apoio táctico, na criação de lojas maçônicas, a cooperação espanhola foi muito marcante.[13] Do intenso intercâmbio peninsular desde Janeiro-Março, data da revolução em Espanha, até 24 de Agosto, é indício a existência em Lisboa de 200 exemplares da Constituição de Cádiz e a sua invocação logo no dia 15 de Setembro no Rossio. Não surpreende que este texto constitucional viesse a ser repetidamente invocado nos debates das Constituintes de 21-22, a tal ponto que Manuel Fernandes Tomás seria levado a recordar aos outros deputados que se encontravam reunidos para elaborar uma constituição portuguesa, não espanhola... A imprensa peninsular ia noticiando a evolução de ambos os países, citando-se mutuamente.

O triênio liberal, designado com mais frequência por triênio vintista em Portugal, teve evolução bastante semelhante em ambos os países. A Constituição de 1822 inspirada na de Cádiz, seria nalguns pontos mais radical: eleições diretas e não por assembleias eleitorais sucessivas, veto suspensivo simples do rei, na realidade uma "monarquia republicana", como se diria mais tarde, difícil de aceitar por uma figura real daquela época. Compreende-se que se tenha tornado a bandeira dos movimentos democráticos durante todo o século dezenove, evocada até pelos republicanos.

Em contraste, as modificações institucionais de incidência socioeconômica quiseram-se moderadas, obedecendo a uma preocupação de evitar hostilidades. Apesar disso,

---

13 Vargues, Isabel Nobre, "Notas para el estudio del liberalismo português y de su correlación peninsular", in *Siglo XIX*, revista de História, nº 3, 1987, México, para o conjunto que se segue a este respeito; para o exemplo concreto p.177. Para o período anterior a 1820, também J.Moral del Ruiz *La prensa en la revolución liberal, España, Portugal y América Latina*, Madrid,1983 cit. in Castells, Irene ob.cit., p. 488.

as reformas foram suficientes para desencadear a hostilidade dos corpos privilegiados, mas insuficientes para gerar ampla adesão de potenciais beneficiários. A desarticulação da ordem antiga foi empreendida e não satisfez os diferentes interesses em presença.[14] Apesar do papel dominante da burguesa comercial na revolução vintista,. a burguesia nem às limitadas expropriações pôde ter acesso, pois os bens expropriados foram na sua maior parte integrados na Fazenda Nacional e não foram colocados à venda. Mesmo na alteração dos antigos direitos sobre o comércio, as mudanças foram lentas e parciais. A nobreza e o clero foram atingidos por um conjunto de leis que restringiram o seu poder econômico, social e político – entre as quais as medidas genéricas como o principio da igualdade perante a lei e a supressão de foros pessoais privilegiados – e afetados pelas medidas acerca dos bens da Coroa e dos forais, embora estes apenas tenham sido reduzidos a metade. Porém, apenas foi limitado o número de conventos e suprimidas as ordens militares, integrando-se no Estado os bens das instituições encerradas. A legislação em matéria agrária tão pouco foi ao encontro do moderado movimento peticionário.[15]

A revolução liberal, por motivos conjunturais e estruturais, não comportou no seu seio uma revolução camponesa, ao contrário do que acontecera no decurso da Revolução Francesa. Contudo, hoje se conhecem algumas manifestações anti-senhoriais

---

14 Diferentes aspectos do vintismo na série *A crise do Antigo Regime e as Cortes Constituintes de 1821-22*, 5 vols: Vieira, Benecdita Maria Duque, *O problema político no tempo das primeiras cortes*; Pereira, Miriam Halpern, *Negociantes, fábricas, e artesãos, entre velhas e novas instituições*; Pinheiro, Magda *Os portugueses e as finanças no dealbar do liberalismo*, Oliveira, MªLuisa Tiago de *A saúde pública no vintismo*; Vieira, Benecdita Maria Duque, *A justiça civil na transição para o Estado liberal*, Edições JSC, 1992. Sobre a cultura política no triênio vintista, Vargues, Isabel Nobre *Aprendizagem da cidadania em Portugal (1820-1823)*, 1997.

15 Sobre a questão agrária: Silbert, A.:"A abolição do feudalismo", in *Do Portugal do Antigo Regime ao Portugal oitocentista*, 1971; *Le problème agraire portugais dans les premières Cortes libérales*, 1968," Revolução francesa e tradição nacional" in *Portugal na Europa oitocentista*,1998; Pereira, Miriam Halpern "Revolução agrária e política financeira", in *Das Revoluções liberais ao Estado Novo*, 1994, p.17-32. Monteiro, Nuno:"Revolução liberal e regime senhorial: a questão dos forais na conjuntura vintista" in RHP,,XXIII, 1987, "Geografia e tipologia dos direitos de foral nas vésperas da revolução liberal" in Monteiro et al. *Do Antiguo Régimen ao liberalismo 1750-1850*, 1989;). Sobre a Igreja, Faria, Ana Mouta, "A condição do clero português durante a primeira experiência de implantação do liberalismo: a influência do processo revolucionário e seus limites", RPH, XXIII, 1987;"A hierarquia episcopal e o vintismo", in A.S. 1992,116-117, *O clero na conjuntura vintista*, 1986, ISCTE, mimeo. Fernando de Sousa, "O clero da diocese do Porto ao tempo das Cortes Constituintes" *Revista de História* v.II, 1979

de conotação liberal, de que a mais importante até hoje identificada foi a revolta contra o mosteiro da Ordem de Císter em Alcobaça, vila situada no centro litoral, zona do país onde os direitos foraleiros eram mais pesados. Mas a correlação entre luta anti-senhorial e liberalismo não é linear, e em vários momentos ao longo deste longo período de transição, as lutas anti-senhoriais foram envolvidas pelo movimento miguelista.[16]

A legislação sobre a propriedade agrária foi mais ousada em Espanha, onde se decidiu a abolição de forma faseada do direito de morgadio, a vedação de baldios foi autorizada, a desamortização iniciada e a nova lei de abolição dos senhorios resolveu o impasse da lei de 1811, embora demasiado tarde para ser aplicada.[17]

A envolver toda esta situação, a independência política do Brasil em 1822, que culminou o processo de autonomia econômica iniciado em 1808, veio esbater as esperanças de recuperação do mercado colonial. Agricultura e indústria perdem definitivamente um mercado privilegiado e o Estado a sua principal fonte de rendimentos. Também a Espanha perdeu as colônias americanas, com exceção de Cuba, entre 1815 e 1824. Crise econômica e financeira tornavam patentes a necessidade de grandes reformas, a base do Antigo Regime encontrava-se irremediavelmente abalada com a ruptura do pacto colonial americano. A consciência e a aceitação do caráter irreversível da ruptura do pacto colonial foi porém lenta nos dois países peninsulares, Portugal só reconheceria o Brasil independente em 1825, sob forte pressão inglesa.[18] O regresso ao absolutismo viera entretanto interromper as reformas durante uma década em ambos os países.

---

16 Monteiro, Nuno," Lavradores, frades, forais, revolução liberal e regime senhorial na comarca de Alcobaça, 1820-1823)" in L. H., nº 4, 1985 (aqui se aponta o concelho da Redinha onde luta anti-senhorial e miguelismo coincidiram em 1829). Tengarrinha J. *Movimentos populares agrários em Portugal*, 1994, 2ªv;

17 Artola, M. *Antiguo Régimen y révolucion liberal*, p. 223-237.

18 Alexandre, Valentim *Os sentidos do Império*, 1992; sobre a resistência da elite política portuguesa em aceitar a independência: Tomaz, Fernando "Brasileiros nas cortes constituintes de 1821-22 in Mota, Carlos G. et al. *1822: Dimensões*, São Paulo, 1971 Neves, Lúcia M. Bastos das "Do outro lado do Atlântico: a questão brasileira vista por o "Campeão Português"(1820-1823)" in *Revista da* SBPH, S.Paulo, 5, 1989/90; excelente síntese do separatismo e movimento constitucional Silva, Mª Beatriz Nizza da, in *O Império luso-brasileiro 1750-1822*, Lisboa, 1986 Novais, F. As dimensões da independência in Dimensões cit. Para Espanha o livro fundamental para este tema e para a crise de Antigo regime e o início do Estado liberal, Fontana, J. *La quiebra de la monarquia absoluta (1814-1820)*, Ariel,1971 e os estudos de Ribas, José M. Delgado e de Escosura, Leandro Prados de la, in Fontana, J. org. *La economia española del Antiguo*

A ENTRECORTADA DÉCADA ABSOLUTISTA.

Os realistas moderados

A vaga revolucionária dos anos vinte no sul da Europa, em que se enquadraram as revoluções peninsulares, processara-se a contra-vapor da evolução no resto da Europa. Seria vencida pela Santa Aliança, de forma direta nos casos do Piemonte e Espanha. Neste país, os movimentos populares urbanos – as guerrilhas de Madrid – em apoio do liberalismo assustaram os liberais moderados que viram na intervenção francesa a possibilidade de estabelecer um regime constitucional semelhante ao de Carlos X. Não esperavam a violenta repressão anti-liberal que se seguiu e de que a execução de Riego se tornou um símbolo. Em Portugal, a iniciativa real teve apoio interno suficiente. O absolutismo regressou em 1823 e foi inicialmente mais moderado que em Espanha. Na recomposição de forças políticas logo a seguir à Vilafrancada, reuniram-se em torno do rei João VI alguns liberais moderados, como Palmela e Mouzinho da Silveira. A breve trecho vieram a afastar-se. A pressão dos absolutistas, que culminou na Abrilada (1824), enterrou os projetos de Carta Constitucional e de outras reformas institucionais, como a dos forais.[19] Mas não houve de início repressão comparável à dos primeiros tempos de Fernando VII, ela chegaria com o miguelismo. Entre os anos iniciais do regresso absolutista, 1823-1826, e o período miguelista medeiou um curto, mas importante período liberal.

Régimen,1982.Novales, A. G. "La independencia de América en la conciencia española 1820-1823" in *Del Antiguo al nuevo Régimen en España*, 1986

[19] Pereira, Miriam Halpern "O Estado e a sociedade no pensamento de Mouzinho da Silveira", in *Obras de Mouzinho da Silveira*, Fundação Gulbenkian, t. I pp 63-67. Hespanha, António "O projeto institucional do tradicionalismo reformista" in *O liberalismo no século XIX na Península Ibérica*, v. I

A Carta Constitucional

A concessão da Carta Constitucional em 1826 pelo imperador do Brasil, Pedro, filho de João VI, mudou os dados da estratégia política nacional e europeia. No campo dos liberais, contribuiu para a melhor definição do grupo liberal moderado, que dispunha agora de um programa constitucional.

Numa Europa dominantemente absolutista, a concessão da Carta não foi inicialmente benquista pelas potenciais europeias que apoiavam o Imperador do Brasil, considerado herdeiro legítimo, em detrimento de seu irmão. Entre o risco de contágio liberal e o receio de uma guerra peninsular, que envolveria a França e a Inglaterra, parece ter-se preferido o primeiro. A pressão da Inglaterra, sobretudo interessada em evitar reunião do Brasil e Portugal sob a mesma Coroa, teve ponderação determinante. Por isso se articulou a abdicação do Imperador Pedro I do Brasil em favor da sua filha Maria da Glória, futura Maria II, então com sete anos, ao casamento com o tio Miguel, designado regente até a maioridade de sua futura mulher, com a condição de jurar a Carta..[20]

A ausência de uma figura real interessada em aplicar a Carta constituiu a mais grave debilidade formal desta solução política. A situação era na prática de interregno e de impasse institucional. As duas Câmaras das Cortes viveram em confronto durante os dois anos iniciais de vigência da Carta. A atividade da Câmara dos Deputados foi bloqueada pela Câmara dos Pares, composta maioritariamente pela nobreza e pelo clero. Apesar disso, o trabalho legislativo realizado então constituiu uma herança importante, que foi retomada na década de trinta.

Ultra-realismo ibérico: miguelismo e carlismo

A fragilidade política da solução sucessória tornar-se-ia patente quando o regente Miguel regressou do exílio vienense, decorridos dois anos, em Fevereiro de 1828. As Cortes foram dissolvidas no mês seguinte e reunidas novas Cortes, em moldes tradicionais, segundo as três ordens, que proclamaram D. Miguel rei absoluto, em Julho. Na sequência destes acontecimentos o imperador do Brasil, Pedro I viria a declarar nulo o contrato de casamento de sua filha Maria da Glória com o tio.

---

20 Uma exposição dos meandros diplomáticos e seu faseamento in Manique, António P. *Portugal e as potências europeias (1807-1847)*,1988

O regresso de Miguel fora preparado a partir de Espanha pela Junta da Regência dirigida por sua irmã Maria Teresa, princesa da Beira. Mas não pôde realizar o projeto de entrar por Espanha, acompanhado das tropas miguelista ali refugiadas.[21] Veio de Inglaterra, depois de atravessar a França. O seu desembarque representou o culminar da persistente conspiração ultra-realista, que desde 1823-24 procurava conquistar o poder em ambos países ibéricos, colocando no trono Miguel e Carlos. O próprio Fernando VII procurara colocar na Regência a rainha Carlota Joaquina, sua irmã, absolutista convicta, que desde longa data conspirara contra seu marido João VI e era partidária da sucessão miguelista. Quando a proclamação da Carta Constitucional em Portugal aproximou o perigo liberal, governo espanhol acabou por se envolver no apoio a Miguel. Chegou a ter lugar entre Novembro de 1826 e Janeiro de 1827 uma fracassada incursão armada com um corpo luso-espanhol, integrando os 6.000 miguelista emigrados na sequência das revoltas do Norte de Portugal em Julho anterior.[22] Portugal tornara-se um possível ponto de concentração dos liberais espanhóis, podendo servir de plataforma para o lançamento de ações contra o regime espanhol.

Face às pressões franco-inglesas, o governo espanhol acabou por adotar formalmente uma posição de neutralidade, mas o acordo quanto ao desarmamento das tropas miguelista refugiadas em território espanhol nunca seria aplicado. Após o golpe de Estado do regente Miguel, foi autorizado o regresso destas tropas a Portugal. Fernando VII, numa política de matizes contrastados, também permitiria o refúgio de 5.000 exilados liberais portugueses, na ressaca da revolta de 1828 no Porto, é certo que apenas por um mês.[23] No ano seguinte, o governo espanhol reconhecia Miguel I, após os Estados Unidos e a Rússia, enquanto os Estados Papais apenas o fariam em 1831. A vitória dos *whigs*,

---

21 Acerca do apoio financeiro e político das infantas M.ªFrancisca, e M.ª Teresa, sucessivas mulheres de Carlos, correspondência da última no Arquivo do Palácio de Madrid cit. in Onrubia y Rivas, J. in *Congresso do Mundo Português*, 1940, 8

22 Moral Ruiz, Joaquin del, "Realistas, miguelistas y liberales. contribución al estudio de la intervención española en Portugal (1826-28)", in *El siglo XIX en España: doce estudios*, 1974.

23 Moral Ruiz, Joaquin del " Las sociedades secretas ultrarrealistas de España y Portugal 1821-1832", in *Revista de Ciencias Sociales*, Enero, de 1975, Ruiz Sánchez, José Leonardo "La década absolutista", in Paredes, Javier org. *História contemporânea de España (siglo XIX)*, Ariel, 1998. São dois dos raros estudos espanhóis em que se refere a repercussão em Espanha da proclamação da Carta e da crise sucessória portuguesa.

levando à substituição de Wellington por Palmerston, inviabilizou definitivamente o reconhecimento, que se encontrava em curso, por parte da Inglaterra.

Se a colaboração espanhola foi relevante, Miguel I venceu devido ao apoio da nobreza, do clero e do campesinato, cuja simpatia já se traduzira precedentemente no envolvimento repetido nas revoltas absolutistas de 1823-24 e 1826-1827. A historiografia recente, interessou-se por este período esquecido pela historiografia liberal, ligado a duas preocupações diferentes: necessidade de compreender os mecanismos de apoio a outro regime ditatorial e conservador, o Estado Novo e a de mostrar os limites sociológicos do liberalismo e as suas realizações. Contudo, convém não esquecer tão pouco, que se esteve longe da existência de uma unanimidade, senão a repressão e o terror não teriam sido instrumentos políticos essenciais e que as mudanças não beneficiaram só uma minoria burguesa.

A aliança conservadora datava do tempo da guerra contra os franceses, como se viu. Nobreza titulada e Igreja constituíram os dois alicerces do regime miguelista. Os titulados miguelista viviam na sua maioria na província, com frequência eram oficiais de ordenança ou de milícias, o que lhes outorgava poder local. Na sua opção política terão pesado ascensão social e alargamento do poder local frustrados, a que se viera acrescentar a não-inclusão na Câmara de Pares.[24]

O topo da hierarquia eclesiástica apoiou o novo regime até o final da guerra civil, com a exceção de dois bispos, de Elvas e do Funchal, a que se juntaria o Cardeal-Patriarca perto da vitória liberal, em Julho de 1833. Face a um novo inimigo, o liberalismo, o clero optou por um mal menor, o absolutismo, com o qual tivera graves conflitos anteriormente. Desta aliança resultaria a readmissão dos jesuítas, embora sem restituição de privilégios e bens. A reintrodução da Inquisição não seria autorizada, na realidade era uma instituição que quase se auto-extinguira em 20. Também em Espanha não se revogaria a decisão do triênio liberal, apesar das pressões nesse sentido junto de Fernando VII, e a abolição seria reconfirmada em 1834.[25]

---

24 Monteiro, Nuno e Lousada, Mª Alexandra "As revoltas absolutistas e movimentação camponesa no Norte, 1826-1827", in *O liberalismo na Península Ibérica na primeira metade do século XIX*, 1982, 2°v. Lousada, M.ª Alexandra "D. Pedro ou D. Miguel ? As opções da nobreza titulada portuguesa" in *Penélope*, 4, 1989. Da nobreza titulada 61% apoia D. Miguel, mas apenas dois duques são miguelista. A nobreza liberal representa só 23%, embora a maioria dos marqueses e condes sejam miguelista, 30% dos nobres liberais detêm um destes títulos.

25 Lousada, M.ª Alexandra, *O miguelismo (1828-1834). O discurso político e o apoio da nobreza*, mimeo, provas de aptidão científica e pedagógica, FCLL, CEG, 1987, p. 128, 133-4.. Silva,

A mobilização popular desempenhou um papel decisivo no miguelismo, tanto no período de revolta antiliberal, como na fase de consolidação do poder. Assumiu forma armada no meio rural, em guerrilhas e outras ações violentas empreendidas em 1826-27, principalmente no Norte do país, desencadeadas geralmente sob a direção da nobreza local e do clero paroquial. Tiveram a adesão da população aldeã, camponeses, assalariados, vadios, os desprotegidos da "sorte" ou "rotos", que invadiam vilas e cidades, e tinham como alvo elementos sociais identificados como constitucionais, negociantes, proprietários e lavradores ricos, componentes da burguesia local. A escala local dos conflitos recobria objetivos políticos de dimensão nacional e o nacionalismo foi componente ideológica fundamental nestas revoltas, como já sucedera nas revoltas de 1808-9. A imprensa tornara-se num instrumento de propaganda desde o início do confronto entre o liberalismo e o absolutismo: o miguelismo não hesitaria em utilizá-la em larga escala para mobilizar a população, o que tem sido apontado como um dos traços de semelhança com os regimes autoritários modernos. [26]

Em Espanha, o movimento carlista daria origem a três guerras civis, continuaria a existir como partido no século XX, mas nunca conseguiu tomar o poder. Tal como em Portugal, seria a questão sucessória e o receio de amplas medidas liberais – a anistia e o regresso de liberais exilados prenunciavam-nas – que em 1833 faria desencadear o confronto político entre os dois irmãos Carlos e Fernando VII, o qual tinha a seu lado a sua mulher, a regente Maria Cristina. Desterrado para Portugal por não ter reconhecido a infanta Isabel como herdeira do trono, foi em Abrantes que o pretendente Carlos se proclamou rei da Espanha, pouco depois da morte do irmão, iniciando-se a breve trecho a longa guerra carlista de sete anos. A guerra civil principiava em Espanha quando chegava quase ao fim o regime miguelista. Em Abril de 1834, assinou-se em Londres o tratado da Quádrupla Aliança em que se acordava a expulsão de Miguel e Carlos da Península

---

Armando B. Malheiro, "O clero e a usurpação, subsídios para uma história sócio-política do miguelismo", *RHI*, 9 1987, *O miguelismo, ideologia e mito*, 1993. Bettencourt, Francisco, *História das Inquisições em Portugal, Espanha e Itália*, 1998, nomeadamente capítulo sobre as abolições.

26 Lousada, M.ª Alexandra e Monteiro, ob.cit., 1982. Sobre o papel da mobilização popular na consolidação do regime miguelista ver Lousada, ob cit. 1987, assunto retomado em "Nacionalismo e contra-revolução" in *A construção social do passado*, Actas do encontro da APH, 1990; sobre a imprensa, também da mesma autora "Imprensa e política: alguns dados" in *Finisterra* XXIV, 47, 1989.

Ibérica, reafirmada no mês seguinte quanto a Miguel I na convenção de Évora Monte, pondo formalmente termo à guerra civil (1830-1834) em Portugal. Miguel iria para Roma em viagem sem regresso à terra natal. Muito diferente foi o destino de Carlos que de Londres viria a regressar a Espanha em 1835, só saindo derrotado após a convenção de Vergara em 1839, que pôs termo à guerra (últimos focos na Catalunha dominados só no ano seguinte).

A composição sociológica do carlismo não parece ter diferido muito do miguelismo, mas a divergência na orientação dos estudos a este respeito torna difícil a comparação rigorosa. Alguns traços parecem entretanto passíveis de delinear. Terá havido, no carlismo, uma adesão menos generalizada da nobreza e da hierarquia eclesiástica. Em relação à Galiza dispõe-se de dados que mostram a forte ponderação da nobreza(40,5%) e do clero (37%) entre os partidários carlistas no triénio liberal. A participação do clero local e a sua atuação à frente de guerrilhas, a adesão activa do campesinato pobre foram analisadas nas revoltas realistas do triénio liberal na Catalunha e outras zonas e num estudo recente refere-se a existência dum procarlismo popular, apontando-se o carlismo como um movimento interclassista. Tal como em Portugal está em debate na historiografia espanhola a "espontaneidade" da participação camponesa, cujo grau de adesão ao carlismo, nomeadamente na Galiza é questionado. Os componentes ideológicos e a aliança entre trono e altar reencontram-se no país vizinho.[27]

AS REVOLUÇÕES DE 30

Durante a década "ominosa" em Espanha e os dois períodos absolutistas moderado e miguelista em Portugal, a colaboração entre os liberais exilados dos dois países desenvolveu-se no contexto de um amplo movimento liberal europeu. Uma das mais importantes sociedades secretas deste tipo foi a "Assembleia de Constitucionais Europeus" com sede em Londres, à qual pertenciam espanhóis, portugueses, italianos, franceses, ingleses e americanos.[28] Os planos insurrecionais conjuntos são uma constante deste período

---

27 Torras, Jaime" Liberalismo y rebeldia campesina, 1820-1823", livro pioneiro que teve considerável influência na historiografia portuguesa recente; Bullón de Mendonza, Alfonso "Carlismo y Miguelismo", in Torre Gómez, Hipólito de la (org.). *España- Portugal*, 1998. Barreiro, Xosé R. *Liberales y absolutistas en Galicia*, 1982

28 Solidariedades de várias origens nacionais já na década de 20 exprimiam a dimensão internacional do liberalismo europeu, como o general inglês Wilson que apoiou os revolucionários,

segundo Irene Castells, uma das poucas estudiosas deste tema. Para os liberais espanhóis exilados, bem como para os liberais europeus, a figura do futuro Pedro IV vai aparecer como uma possibilidade de estabelecer uma monarquia liberal ibérica. O Imperador do Brasil começou a receber mensagens neste sentido desde 1826. É um projeto que continuou a ser acarinhado até ao desembarque de Pedro IV no Mindelo, próximo do Porto em 1832. Apenas com o nascimento em 1833 da infanta D. Isabel, fruto do quarto casamento de Fernando VII, surge finalmente uma alternativa ao seu irmão Carlos. Para a realização da expedição revolucionária portuguesa seria fundamental o empenhamento no plano financeiro de um futuro ministro espanhol, o banqueiro Mendizabal, exilado liberal residente em Londres, que serviu de intermediário nos empréstimos de grupos financeiros ingleses. [29]

As mudanças políticas em França, com a revolução de 30, e em Inglaterra, onde os whigs haviam ganhado, proporcionaram o apoio dos governos francês e inglês, decisivo para a vitória liberal na Península. Os meados da década de 30 marcaram a implantação duradoura do Estado liberal nos dois países peninsulares, acompanhada de medidas similares de destruição do aparelho de Estado de Antigo Regime. Quase ao mesmo tempo, seria promulgado o Estatuto Real em Espanha, em Abril de 1834 e restabelecida a Carta Constitucional em Portugal, em Maio desse ano. Se em Espanha resultou da concessão da regente, em Portugal fora necessário uma guerra civil. Em contraste com a situação de 1826, agora o autor da Carta Constitucional, Pedro IV, ex-imperador do Brasil, viera para a Europa bater-se pela sua implantação em defesa do direito à Coroa de sua filha menor, futura Maria II.

A estratégia político-militar sofreu uma mudança significativa em relação à táctica liberal da década de vinte. A organização característica do pronunciamento foi alterada pela necessidade de obter o apoio popular para ganhar a guerra civil. Por outro lado, o agravamento da crise econômica e financeira, alargou a consciência da necessidade de

---

particularmente de Portugal e Espanha, e foi condecorado com o título de comendador da ordem da Torre e Espada pelo governo português. Giuseppe Pepe, general napolitano viria a refugiar-se em Portugal, fracassada a tentativa revolucionária em Nápoles. (in Vargues, 1987, nota II)

29 Irene Castells Olivan, "Constitucionalismo, estrategia insurreccional y internacionalismo liberal en la lucha liberal contra el Antiguo régimen español (1823-1831)", e Brancato, Braz A. "A Carta constitucional portuguesa de 1826 na Europa", ambos in RHI,10, 1998; Janke, Peter *Mendizabal y la instaurácion constitucional en España (11790-1853)*,1974

reformas mais decididas. Desde o desembarque de Pedro IV nos Açores uma intensa atividade legislativa acompanhara a ação militar. Acompanhadas de longos relatórios, as leis são repetidamente publicadas no jornal "Crónica Constitucional", numa ação deliberada de pedagogia e propaganda política. Mouzinho da Silveira havia gizado, nos anos de exílio em Paris, um plano de ação política a que começou a dar forma de leis logo na Terceira (Açores), completando a sua obra durante o cerco do Porto. Leis negativas que visavam a destruição institucional do Antigo Regime e leis positivas que delineavam a construção do Estado liberal. A lei dos forais seria claramente anunciada como forma de ganhar o apoio do povo. A elas se viriam a juntar as medidas tomadas em relação aos bens das ordens religiosas regulares no pós-guerra civil.

Motivos financeiros imperiosos, dado o desaparecimento dos rendimentos coloniais, contribuem para explicar a sorte diferente das leis desamortizadoras, se comparadas às principais leis de Mouzinho. A desamortização eclesiástica e a venda dos bens nacionais entraram numa fase decisiva em 1835 com Silva Carvalho em Portugal, articulada ao pagamento da dívida externa, tal como em Espanha, onde Mendizabal lhe deu igualmente um grande impulso no mesmo ano. Um traço distintivo da expropriação eclesiástica em Portugal foi que apenas abrangeu as ordens regulares, enquanto em Espanha envolveu também o clero secular. Se a desamortização prosseguiu apenas contestado do lado liberal em alguns aspectos, pelo contrário, quase todas as principais leis de Mouzinho foram questionadas nos anos seguintes, sob o pretexto de que eram leis da ditadura e careciam de ser submetidas às câmaras legislativas. Os debates sucessivos sobre a lei dos forais de 1832 – reforma agrária adiada, embora com dificuldade de aplicação similar à da lei espanhola de abolição dos senhorios de 1811, dependente da origem dos direitos – geraram a indefinição do estatuto da terra até 1846.[30] A abolição gratuita dos direitos foraleiros

---

30 A desamortização, em Portugal: duas abordagens diferentes in: Silveira. Luis "Venda de bens nacionais, estrutura da propriedade e estrutura social na região de Évora na primeira metade do século XIX" in *Análise Social*, 112-113, 1991 Martins, António *Desamortização e venda de bens nacionais em Portugal na primeira metade do século XIX*, mimeo, F.L.L./ Univ. Coimbra, 1989; Pereira, Miriam Halpern Revolução, Finanças e dependência externa in *Das Revoluções liberais ao Estado Novo*, 1994, sobre o cruzamento entre as disposições sobre a desamortização e a lei que suprimiu os forais e os bens da Coroa. Espanha: síntese in Artola, M. *La burguesia revolucionária*, História de España Alfaguara, V, 1978, p.136-160, 191-2. Sobre a obra de Mouzinho da Silveira nas áreas referidas, ver Estudos de Magda Pinheiro e Miriam Halpern Pereira in Mouzinho da Silveira *Obras*, Fundação Gulbenkian. Sobre a lei dos forais, além desta obra, Silbert, 1971, ver nota 14. Costa, Fernando Dores, "Flutuações da fronteira de

de 32 foi então substituída por uma remissão onerosa, favorecendo os lavradores mais abastados. Em Espanha, a abolição dos senhorios pelas leis de 2 e 4 de Fevereiro de 1837 foi inviabilizada pela lei de 26 de Agosto desse ano, que favoreceu a transformação do senhorio em propriedade patrimonial. A posição patrimonial da nobreza titulada não aparentava grande desgaste em meados do século.[31]

A reorganização dos poderes locais e do espaço administrativo, sucessivamente nos anos 32 e 35 (e a seguir em 36, já no contexto setembrista) foram outro fator de protesto nos anos subsequentes. A lei das indenizações de 1835, em lugar de contribuir para a estabilização social e o ambiente de concórdia desejada, criou, pelo contrário, um espírito de retaliação.[32] Os limites censitários ao exercício da cidadania estabelecidos na Carta Constitucional seriam outro vetor de insatisfação, bem como a concentração no executivo do direito de decisão em matéria de tratados de comércio, quando estava ainda pendente a revisão do velho tratado livre-cambista assinado com a Inglaterra em 1810, gerava forte inquietação no seio da burguesia urbana.

Um dos mais importantes motivos de conflito sócio-politico prende-se com as relações entre o Estado e a Igreja, ou melhor entre Portugal e os Estados Papais. Se bem que a redução da base material da Igreja – supressão dos dízimos e desamortização dos bens das ordens regulares- tivesse por si criado descontentamento no seio do clero, o cerne do conflito entre Estados residiu no antigo direito da Coroa portuguesa de propor os bispos e resultou da vontade de substituir a hierarquia eclesiástica miguelista por elementos favoráveis ao liberalismo. A expulsão do núncio que apoiara Miguel I constituiu a gota de água. O corte de relações diplomáticas entre Roma e Lisboa e o não-reconhecimento dos bispos nomeados por Miguel I traduziram-se no plano interno por uma cisão, ou "cisma" como acabou por ser conhecido, entre o culto oficial, praticado pelo clero liberal e o culto clandestino dirigido pelo clero miguelista. A resistência à legislação que proibiu os enterros nas igrejas, e retirava às irmandades religiosas locais prerrogativas, inseriu-se

---

legitimidade da intervenção legislativa anti-senhorial nos debates parlamentares para a revisão do decreto dos forais de 1832 (1836/1846)", RPH, XXIII,1987

31 Artola, M. Ob. cit., p. 131-136

32 Sobre a organização do espaço administrativo, Silveira,Luis Espinha da, *Território e Poder*, Cascais 1997., Sá, MªFátima "A lei das indenizações e a violência política depois da guerra civil" in L.H., 15, 1989.

neste contexto de conflito entre o Estado e um sector da Igreja, embora o extravase.³³ Foi um conflito, tanto quanto se sabe, sem paralelo na Península ou noutros países europeus.

Neste contexto, afirmaram-se três principais linhas políticas, os cartistas que almejam a revisão da legislação promulgada durante a guerra civil, os constitucionais que defendiam a substituição da Carta Constitucional e os miguelista que pretendiam o regresso do absolutismo. A forma como cada uma destas correntes políticas defenderam a sua posição foi menos diferenciada do que se podia supor. Aos últimos apenas era viável a luta clandestina, uma vez que até aos anos 40 não aceitavam as normas do regime constitucional. A eles se deve em larga medida a situação de guerra civil larvar de 1835 a 1840, que se analisará adiante. Os constitucionais acabariam por escolher a via revolucionária, por considerarem indisponíveis outros instrumentos políticos de mudança. Os cartistas empenharam-se na luta parlamentar enquanto detiveram uma maioria na Câmara. Mas a ala cartista cabralista acabaria por optar também por uma intervenção militar. A principal base de apoio miguelista situou-se no meio rural, sem excluir inteiramente elementos urbanos, enquanto o constitucionalismo, que se viria a designar setembrismo após a revolução de 36, se caracterizou por uma dominante geografia urbana. ³⁴

O PROTESTO NO MEIO RURAL

Os anos de 1835 a 1839 caracterizaram-se por uma situação de guerra civil larvar, situação de que só agora, graças ao estudo de M.ªFátima Sá, se tem conhecimento. ³⁵ A situação de guerra civil na vizinha Espanha criou condições propícias aos miguelista: a

---

33 Ferreira, MªFátima Sá e Melo, "Formas de mobilização popular no liberalismo: *o cisma dos mônacos* e a questão dos enterros nas igrejas" in *O liberalismo na Península Ibérica na primeira metade do século XIX*, v. I, 1982; "A luta contra os cemitérios públicos no século XIX", L.H., 30, 1996. A resistência ao enterro nos cemitérios vai persistir durante a segunda metade do século XIX, Pina Cabral,J. e Feijó, Rui A questão dos cemitérios no Portugal contemporâneo" in *A morte no Portugal contemporâneo*,1985

34 Em Tras os Montes, na comarca de Vila Real este tipo de clivagem entre paróquias rurais e zonas urbanas não tem correspondência na oposição entre freguesias realistas, a maioria, e a minoria de freguesias liberais, Monteiro,N. 1985

35 Ferreira, MªFátima Sá e Melo, *Résistances populaires au libéralisme au Portugal,1834-1844*, 2 vols. Universidade Paris-I, Paris 1995, mimeo. As referências que se seguem aos vários tipos de conflitos baseiam-se neste trabalho. Ver para este efeito sobretudo o capítulo final, notável esforço de síntese geográfica, cronológica e temática, e os quadros síntese, 2ºvol, p. 938 e 960. Deveu-se a António Monteiro Cardoso e António do Canto Machado o primeiro estudo

pressão dos carlistas tornou-se mesmo inquietante, em 1838 um contingente do exército carlista chegou a atravessar a fronteira na Beira Baixa.

Os múltiplos focos de protesto, fundamentalmente situados no meio rural, traduziram-se em diversos tipos de perturbações da ordem pública, de curta duração, e formas com maior grau de organização, como as guerrilhas. Na sua origem encontra-se um feixe de fatores alguns já apontados, em combinação diferenciada, impossível de descrever aqui, apenas se referindo os grandes traços da sua evolução. A motivação política foi dominante em 1835 nas formas de protesto de curta duração, daí em diante a contestação política assumiu a forma mais organizada de guerrilhas. Não é possível aqui proceder à análise da composição social da intervenção armada, e seus matizes regionais. Apenas salientarei um traço comum essencial, a total ausência da nobreza titulada, tanto entre os participantes como entre os apoiantes, o que atesta o seu distanciamento em relação ao miguelismo após a guerra civil, em contraste com a nobreza provincial empenhada na ação armada. O ritmo de formação de guerrilhas esmoreceu em 1839, ano em que não se observaram tão pouco perturbações de natureza política. A repercussão da derrota dos carlistas e da convenção de Vergara parece-me nítida.

A incidência das perturbações "cismáticas", aliás mais numerosas que as políticas entre 1835 e 1840, acabam por desaparecer também depois de 1839-1840, assim como as perturbações de outras origens. A meu ver, isso resulta claramente da reintegração dos prelados miguelista e o consequente reatar de relações entre o Estado português e os Estados Papais em meados de 1841.[36] A concordata viria a ser concluída alguns anos mais tarde, em 1848, pouco antes da concordata entre Roma e Espanha, assinada em 1851. Também em Espanha as relações diplomáticas se haviam interrompido, mas na sequência direta das medidas de desamortização. Os Estados Papais foram um dos alicerces do carlismo e do miguelismo e apenas desvanecida a possibilidade do restabelecimento do absolutismo foi reconhecido o Estado liberal em ambos os países, mediante concessões recíprocas, porventura mais amplas em Espanha, no que se refere à devolução de bens, cuja expropriação fora provavelmente também mais extensa.[37]

---

    pioneiro sobre uma importante guerrilha no Algarve e Alentejo desta época, *A guerrilha do Remexido*,Edições Europa-América,s/d.

36   Cruz, Manuel Braga da "As relações entre a Igreja e o Estado liberal – do cisma à concordata", in *O liberalismo na Península Ibérica no século XIX*, v.I 1982; Neto, Vitor *O Estado, a igreja e a sociedade em Portugal (1832-1911)*, 1998

37   Relações Estado-Igreja: in Paredes, Javier org. *História contemporánea de España*, p.88 e 200

O PROTESTO NO MEIO URBANO

Se o miguelismo e o carlismo aglutinaram principalmente sectores descontentes no meio rural, o liberalismo teve uma base de apoio essencialmente urbana desde o início. Um dos raros estudos sobre uma revolta liberal contra o miguelismo, a revolta de 1828 em defesa da Carta Constitucional, veio mostrar a preponderância das classes médias, nomeadamente comerciantes, profissões liberais, funcionários e artesãos[38]. Após a derrota do miguelismo, o protesto urbano adquiriu conteúdo diferenciado. Em Portugal, o setembrismo traduziu as expectativas de camadas urbanas que se sentiam excluídas pelo sistema censitário da Carta e pelo amplo poder do executivo. A possibilidade de negociação de tratados internacionais sem participação do poder legislativo, quando estava pendente a renovação do tratado livre-cambista de comércio e navegação assinado em 1810 com a Inglaterra, constituiu fator de forte inquietação para amplos sectores da burguesia. Um forte nacionalismo econômico caracterizou a segunda metade da década de trinta. A revolução de Setembro, em nome da Constituição de 1822 segue-se à revolução de Agosto em Espanha, que culminou no motim de La Granja, em nome da Constituição de Cádiz.[39] De ambos os lados da fronteira, acabou por se aprovar em Cortes um texto de compromisso, a Constituição de 38 em Portugal, a Constituição de 37 em Espanha. Em ambas venceu o bicamaralismo, mas em Portugal ambas as câmaras eram de eleição direta, de censo diferenciado e inferior ao da Carta, sem senadores nomeados pelo rei, que também não tem veto absoluto, contrariamente ao caso espanhol.[40] Num ponto fundamental, o texto de 38 não recuara, mantinha-se o debate e a ratificação dos tratados de comércio pelas Câmaras. Uma das principais medidas de Setembro no plano econômico foi a promulgação de pautas modernas e protecionistas, preparadas pelo governo anterior, que, no entanto, não ousara enfrentar a Inglaterra.[41]

---

38   Cascão, Rui "A revolta de Maio de 28", in RHI,7, 1985

39   Sobre o movimento de 1835, que precede a revolução de 1836, Novales, A. |G. "El movimento juntero de 1835 en Andalucia", in 1986,ob. cit

40   Contudo previa-se a possibilidade de rever a forma de escolha do Senado, nas cortes seguintes, o que esteve na origem de um movimento e protesto em 1838. Ver Pereira, M. H.," O motim de 1838", in RHP, XXIII,1987

41   Sobre a revolução de Setembro e sua evolução: Miranda, Sacuntala de *A Revolução de Setembro*, 1982, Victor de Sá. *A revolução de Setembro de 1836*, 3.ªedição,1978. Vieira, Benedicta M. Duque *A revolução de Setembro e a discussão constitucional de 1837*, 1987. Pereira, Miriam

O golpe de Estado de Costa Cabral reporia a Carta em 1842 e, nesse mesmo ano, seria assinado o tratado de livre-câmbio com a Inglaterra.[42] É neste contexto que as alianças partidárias se recompuseram na "coalisão" entre setembristas, cartistas moderados e miguelista "eleitorais", sob o signo do nacionalismo, de eleições diretas e de aprovação de tratados pelas Câmaras legislativas. Em 1846-47 eclodiu nova guerra civil: de novo, a população rural teve um papel fundamental, tudo principiou com motins em vários pontos do norte, muito semelhantes na forma a anteriores perturbações do mesmo tipo, estendendo-se rapidamente a várias regiões do país num movimento ainda insuficientemente estudado, que teve também uma vertente urbana.[43] Esta vaga de descontentamento popular atesta a resistência persistente às novas estruturas. Porém, o seu enquadramento político foi diferente das anteriores revoltas absolutistas, deveu-se em parte à "coalisão" anticabralista. Não seria rápida a estabilização do regime político, apenas decorridos alguns anos, teria lugar mediante uma Carta modificada em 1852, com a integração de alguns princípios de 22. A contestação republicana e socialista surgira entretanto à esquerda das sobrevivências setembristas.

Conclusão

A substituição do Estado de Antigo Regime por um Estado Liberal foi objeto de projetos paralelos em 1820-23 e em 1834-37 nos dois países peninsulares. Entre estes dois tempos fundamentais da transição, o desmoronar dos impérios latino-americanos abalou os alicerces da sociedade e do Estado, tornando mais nítida a necessidade de grandes mudanças. Foi na sequência das revoluções de 34-36 que se efetuaram as reformas decisivas de destruição do aparelho de Estado e de alguns suportes jurídicos do poder da classe senhorial laica e eclesiástica.

Halpern" Da revolução de 1820 ao ato adicional de 1852" e " Atitudes políticas e relações internacionais na 1.a metade do século XIX", capts. I e IV in *Das Revoluções liberais ao Estado Novo*, 1993

42 Também nesse ano se prepara um tratado entre a Inglaterra e a Espanha que desencadeou forte protesto em Barcelona.

43 Capela J. Viriato *A revolução do Minho de 1846, os difíceis anos de implantação do liberalismo*, 1997, Governo Civil de Braga. Vários, *Congresso de Maria da Fonte- 150 anos*, Povoa de Lanhoso, 1996. Brissos, José *A insurreição miguelista nas resistências a Costa Cabral(1842-47)*, 1997. De notar que de novo em 1847 eclodem guerrilhas carlistas, ativas até 1849.

A implantação do Estado liberal e da sociedade burguesa foram objeto de violenta resistência das antigas classes privilegiadas, que se traduziu, no poder, pelo exercício de forte repressão e, na oposição, pelo recurso às guerrilhas. No caso português, foi necessária uma guerra civil (1832-1834) para destruir o regime miguelista. Está por fazer uma análise sociológica deste conflito político-militar. Conhecem-se hoje talvez melhor as bases sociais de apoio ao absolutismo, nomeadamente o seu suporte popular do que a composição social do apoio popular ao liberalismo. Mas à luz dos atuais conhecimentos e em termos genéricos, a clivagem entre miguelismo e liberalismo parece corresponder à clivagem entre meio rural e meio urbano – ainda que com algumas exceções individuais e matizes regionais importantes – uma clivagem sócio-geográfica que continuou a incidir na evolução política até tempos muito recentes. A situação alterou-se no decurso da guerra civil de 1846-47, em várias regiões o descontentamento rural foi enquadrado por dirigentes liberais. Só o melhor conhecimento da evolução dos grupos sociais ao longo deste período permitirá compreender melhor a clivagem entre os meios rural e urbano e a forma como recobriu a oposição de interesses entre nobreza, clero e burguesia, velhas e novas elites, cuja estratificação interna é fundamental ter presente, assim como a sua teia de relações com o mundo complexo dos camponeses e trabalhadores rurais, e também com o meio artesanal e industrial. Em abordagem recente deste teor sobre uma região absolutista, Trás os Montes, aponta-se justamente como a substituição da antiga elite, a pequena nobreza de província arruinada, por outra de origem social diferente, ligada à magistratura e ao serviço militar, foi acompanhada de uma mudança da atitude política da população, desde o final da guerra civil de 1832-34.[44]

A colaboração peninsular, assim como a complexa intervenção de outras potências, revelaram-se decisivas, em ambas as vertentes do confronto, absolutista e liberal, que constituiu um conflito de dimensão europeia desde o início.

---

44 Cardoso, António M. Monteiro "A revolução liberal no distrito de Bragança. comportamentos e atitudes populares face ao liberalismo" in Actas do Congresso Histórico da diocese de Bragança, 1997.

A PROPRIEDADE COMUNITÁRIA EM PORTUGAL: FRAGMENTOS DE UMA HISTÓRIA DE LONGA DURAÇÃO

Margarida Sobral Neto[1]

OLHARES SOBRE A PROPRIEDADE COMUNITÁRIA

"A propriedade comunitária pode ser não só perfeitamente compatível com o desenvolvimento econômico e social, mas também altamente desejável, em certos casos, para estimular um crescimento sustentado que não origine sérios conflitos sociais e ambientais"

(IRIARTE-GOÑI, 2002).

A propriedade comunitária constitui hoje objeto de análise e de reflexão por parte de diversas ciências sociais, sendo de registrar a alteração profunda do discurso que durante dois séculos se produziu sobre esta matéria. Este discurso tinha como matriz os textos de cariz jurídico, econômico e agronômico que se produziram na segunda metade do século XVIII, sobretudo em França e Inglaterra, e que associavam propriedade comunitária a propriedade imperfeita, coletivo a improdutivo e comunitário a atraso econômico e arcaísmo social.

Esta atitude teve repercussões em Portugal. A partir de finais do século XVIII, intelectuais da Academia das Ciências de Lisboa, influenciados pelo pensamento fisiocrático francês e pelo modelo de desenvolvimento da agricultura inglesa, denunciaram

---

[1] Professora Associada da Faculdade de Letras da Universidade de Coimbra. Membro do Centro de História da Sociedade e da Cultura da mesma Universidade.

a irracionalidade subjacente à utilização dos bens comunitários. Todos consideravam a existência de baldios como um obstáculo ao progresso da agricultura, defendendo a necessidade de cultivar esses terrenos, medida que permitiria aumentar a produção agrícola e a qualidade das pastagens.

Muitos fisiocratas portugueses associavam as noções de coletivo e improdutivo, defendendo o individualismo agrário como o meio mais eficaz para desenvolver a agricultura e promover o desenvolvimento econômico. "A cultura é conforme ao direito de propriedade (Villa Nova Portugal); a propriedade é o grande móbil para melhorar a terra" (José Veríssimo Álvares da Silva); "Nada é mais contrário à boa cultura do que a falta de propriedade" (Rodrigo de Sousa Coutinho) são expressões que sintetizam a preferência pela propriedade privada em detrimento da comunitária.

Os políticos e intelectuais liberais continuaram o combate ao comunitarismo agrário, apostados em pôr em prática as novas concepções de propriedade, como um direito absoluto, exclusivo e ilimitado, e em promover o aumento da produção agrícola através do arroteamento das vastas áreas incultas (mais de metade da superfície do país em meados do século XIX).

Alexandre Herculano considerava que "a existência dos baldios municipais, dos pastos comuns" era "um dos mais graves embaraços ao progresso da agricultura entre nós". Por sua vez, Oliveira Martins, apresentou um "Projeto de Lei de desenvolvimento rural" em que defendia a partilha dos baldios, no sentido da criação de unidades de exploração familiares.

O discurso atrás enunciado fundamentou a redução progressiva de espaços comunitários, fato para o qual concorreram dinâmicas de crescimento demográfico e de desenvolvimento econômico, mas também interesses de particulares e do Estado. Esta tendência foi invertida com a Revolução de Abril de 1974, que criou as condições para que a propriedade comunitária assumisse, em Portugal, funções que integram novos modelos de desenvolvimento sustentado.

A DEVOLUÇÃO ÀS COMUNIDADES DA FRUIÇÃO E GESTÃO DOS BALDIOS.

Na sequência de um amplo movimento popular e de um aceso debate na Assembleia Constituinte, o decreto-lei n° 39/76 de 19 de Janeiro devolveu às comunidades rurais os terrenos de utilização comunitária, os "baldios", de que tinham sido desapossadas pelo

Estado Salazarista. No preâmbulo do documento, integrava-se a iniciativa no projeto mais vasto de reforma agrária, que tinha como um dos objetivos, o "apoio aos pequenos agricultores e operários agrícolas". Pretendia-se, também, associar a restituição dos terrenos baldios à "institucionalização de formas de organização democrática local".

No artigo 1º do diploma definia-se baldios como "os terrenos comunitariamente usados e fruídos por moradores de determinada freguesia ou freguesias, ou parte delas". Por sua vez, os "proprietários" destes terrenos eram denominados compartes. Este decreto atribuiu às assembleias de compartes, conjunto de usufrutuários, a regulamentação do uso e fruição dos terrenos, a defesa dos "interesses comunitários", bem como a escolha da forma de administração que considerassem mais adequada. Quanto a esta matéria, determinava-se que a gestão podia ser feita "exclusivamente pelos compartes", através de um "conselho diretivo" constituído por 5 compartes, ou "em regime de associação" com o Estado.

O diploma, em análise, determina que os terrenos baldios se encontravam "fora do comércio jurídico", não podendo ser objeto de qualquer forma de "apropriação privada", "incluída a usucapião". Devolvia ainda ao uso, fruição e administração dos compartes os baldios submetidos ao regime florestal e os reservados para colonização, ao abrigo do nº 4 do artigo 173º do decreto-lei nº 27 207, de 16 de novembro de 1936.

Com esta regulamentação, o regime democrático entregava às populações os terrenos de que tinham sido esbulhados pelo Estado, na década de 40 do século XX. De notar, no entanto, que a concepção de terreno baldio, no que diz respeito ao uso e administração, que está subjacente ao texto legislativo, está em consonância com as aspirações das comunidades, manifestadas, em especial, nos momentos de protesto e de luta contra apropriações ou utilizações abusivas, que se têm sucedido desde os mais recuados tempos medievos até à atualidade.

Ressalte-se ainda que este decreto ao entregar a gestão ao povo, à assembleia dos compartes, contraria uma política do poder central, desenvolvida desde os inícios da Idade Moderna, que se orientou no sentido de colocar os terrenos de fruição comunitária sob a gestão dos órgãos administrativos do aparelho de Estado: até ao séc. XIX sob administração dos conselhos, após 1850 dos conselhos e freguesias e, em 1936, sob dependência dos organismos centrais do estado.

Esta política teve como resultado a progressiva confusão entre bens "comuns" dos moradores com os "patrimoniais" dos conselhos e freguesias, bem como com os bens "públicos".

Práticas e contextos comunitários.

Os terrenos baldios são a expressão mais significativa, e durável no tempo, de um conjunto de práticas comunitárias de utilização de recursos, que marcaram a economia e a sociedade portuguesas ao longo do tempo, e que se poderão englobar na expressão "comunitarismo agrário".

Faziam parte deste sistema as seguintes práticas:

1 – utilização comunitária de terras e outros recursos naturais (água), bem como de equipamentos (moinhos, fornos).

2 – usos comunitários praticados em terras de particulares, depois de retiradas as colheitas, ou nas terras em pouso, como a recolha de produtos agrícolas (castanhas, uvas, cereais) ou a pastagem de animais.

3 – rebanhos constituídos por cabeças de gado de toda a comunidade, guardados rotativamente por todos os possuidores ou por um pastor assalariado ("vezeira" no Norte ou "ádua" no Sul).

4 – trabalhos agrícolas em comum (sementeiras, colheitas).

5 – aldeias com organização comunitária: em particular as aldeias de montanha, como as de Rio de Onor e Vilarinho das Furnas, freguesias em que a grande maioria dos recursos e equipamentos eram ainda na década de 70 do século XX de utilização comunitária e geridos por um "conselho de vizinhos" (BRITO, 1995).

6 – formas mistas de propriedade particular e comum (existência de árvores de frutos – oliveiras, castanheiros, sobreiros, de particulares ou de instituições (confrarias) – em terras comunitárias).

Aproveitamentos e funções da propriedade comunitária

No relatório elaborado pela Junta de Colonização Interna, em 1939, pode ler-se o seguinte: "nalguns conselhos e mais fortemente em muitas freguesias, o baldio constitui a base da vida dos rurais e dele exclusivamente se mantêm muitas famílias, quer com a apascentação dos rebanhos, quer na apanha do mato, no fabrico do carvão, ou no cultivo das searas" (Reconhecimento: vol. I, 54).

Esta afirmação comprova o reconhecimento da permanência, nos finais da década de 30 do século XX, das funções dos terrenos comuns.

Como espaços incultos, os baldios eram utilizados sobretudo como terras de pastagem de gado bovino, porcino, ovino e caprino, local e transumante. Assumiam-se ainda como locais de recolha de lenhas, vegetação destinada à fertilização da terra, materiais de construção (madeira, pedra e barro) e frutos, silvestres e outros (cerejas, castanhas). O fabrico de carvão e a produção do mel eram, também, atividades tradicionalmente desenvolvidas em terras comuns.

Constituindo-se, embora, maioritariamente, como espaços incultos, em algumas se praticava o cultivo de cereais. Nas zonas de montanha do Norte e do Interior do país procedia-se, anualmente, à distribuição periódica de terras, denominadas sortes, que eram objeto de exploração individual pelos diversos agregados familiares. A exploração agrícola podia também envolver o conjunto da comunidade, fenômeno que se denominava "roçadas coletivas".

Como campos de pastagem e de fornecimento de estrumes vegetais, os baldios desempenharam a função de importante suporte das atividades agro-pecuárias, exercidas num contexto de economia de subsistência, mas também de economias de mercado.

Com efeito, como foi demonstrado por Albert Silbert (1987), a propriedade e os usos comunitários na Beira Baixa e Alentejo foram o sustentáculo da atividade de grandes criadores de gado, locais e transumantes. Esta tese pode, igualmente, ser aplicada a outras regiões do país que recebiam gados transumantes, caso dos campos do Baixo Mondego ou da serra do Montemuro.

Por sua vez, na sua qualidade de terras de pastagem e de fornecedoras de produtos para uso quotidiano (madeiras, lenhas, pedra e alguns frutos), os baldios constituíram um complemento de economias de subsistência, nomeadamente de agregados familiares que não dispunham de terras ou possuíam apenas exíguas parcelas.

As funções atrás enunciadas foram, ao longo do tempo, reconhecidas pelos poderes locais, mas também pelo central. Com efeito, a necessidade de preservação de áreas incultas de "logradouro comum" está presente em todos os textos legislativos desde os forais manuelinos ao decreto de 1936, reconhecimento que se confinou, no entanto, muitas vezes ao texto legislativo.

Fruição, gestão e propriedade.

Segundo a legislação geral, o direito de usufruir os bens comunitários pertencia à comunidade de vizinhos, dos habitantes de um determinado lugar, decorrendo o direito de usufruto da residência. Comunidades vizinhas podiam, no entanto, partilhar o uso de bens comunitários mediante acordos prévios.

Em alguns casos, pessoas estranhas ao conselho ou freguesia tinham acesso à utilização dos recursos de propriedades comunitárias, mediante o pagamento de taxas, que incidiam, por exemplo, sobre cada cabeça de gado. Até meados do século XIX, em algumas regiões, com particular incidência na Beira e Alentejo, as ervagens de baldios, ou de terrenos particulares sujeitos a usos comunitários, eram vendidas pelas câmaras municipais, em hasta pública, a criadores de gado locais e a transumantes.

A gestão da propriedade e usos comunitários terá sido assegurada, em alguns casos, por organizações que emanavam da própria comunidade, desenquadradas da estrutura administrativa do país. No norte do país, constituíram-se conselhos de vizinhos, formados por representantes da comunidade de utilizadores. Esta estrutura sobreviveu, até ao século XX, em Rio de Onor, comunidade que sempre conseguiu afastar o Estado (a Junta de Freguesia) da gestão dos bens comunitários.

Os estudos elaborados sobre esta matéria são, no entanto, parcos em informação relativa a formas de organização que emanavam das próprias comunidades, como a atrás referida, fato que pode decorrer da inexistência de necessidade de formalização, em texto escrito, de associações espontâneas.

Em sentido oposto, muitos estudos revelam o exercício da administração de bens comunais por parte dos municípios, até ao século XIX, e, depois deste século, pelos municípios e juntas de paróquia ou freguesia. Esta competência integrava-se no âmbito da regulamentação da vida econômica local, que era exercida pelas câmaras. No exercício desta competência, as vereações camarárias elaboravam os regulamentos, "posturas", de utilização dos bens comunitários e providenciavam no sentido do seu cumprimento.

A atribuição às câmaras do dever de preservar áreas de logradouro comum aparece, desde cedo, na legislação, nomeadamente nos forais. Estes documentos reconheceram, em alguns casos, o domínio sobre terras de logradouro comum aos senhorios, mas, ao mesmo tempo, determinaram que as alienações desses bens fossem sujeitas à apreciação das vereações concelhias "pera se nom darem em lugares que façam perjuizo aos vizinhos e comarquãos em suas saidas e logramentos de seus gaados e serviços".

O mesmo princípio ficou consagrado no texto das Ordenações Filipinas (Liv. IV, Tit. XLIII), nomeadamente quando se determina que não se dêm a cultivar terras incultas "que são dos termos das Villas e Lugares, para os heverem por seus e as coutarem e defenderem em proveito dos pastos, criações e logramentos, que aos moradores dos ditos lugares pertencem".

Nas áreas de implantação senhorial competia às câmaras defender a propriedade comunitária de apropriações abusivas dos senhores, matéria que esteve na base de uma conflitualidade intensa entre conselhos e casas senhoriais, sobretudo ao longo do século XVIII (NETO, 1984, 1997).

"A partir do reinado de D. José é frequente a confusão intencional na linguagem legislativa, entre propriedade comunal e a propriedade corporativa, atribuindo-se os baldios à pessoa moral do conselho ou freguesia", reconheceu o jurista Marcello Caetano (1969: 960).

A atribuição dos baldios às entidades administrativas locais, ocorre, de forma clara, em 1850, com a carta de lei de 26 de Julho, que, na sequência da reforma administrativa que extinguiu dois terços dos conselhos, integrou os baldios nas categorias de municipais e paroquiais.

A concepção de propriedade comunitária, como propriedade não individualizada de um conjunto de moradores, de uma paróquia ou conselho, não se tinha, no entanto, perdido. Como afirma Marcello Caetano, o Código Civil de 1867 separou "claramente o domínio privado ou patrimonial do domínio público e do "domínio comum", este formado por terrenos baldios e por certas águas (CAETANO, 1965).

De notar, no entanto, que, até ao século XIX, as câmaras, sobretudo as que governavam aldeias ou vilas, terão sido as estruturas mais capazes para gerir e salvaguardar os interesses comuns, nomeadamente os que diziam respeito à propriedade comunitária, matéria a que era atribuída uma atenção especial

Com efeito, as decisões sobre alienações de bens de logradouro comum eram, no século XVIII, objeto de reuniões especiais das câmaras, as chamadas "reuniões alargadas", para as quais era convocado todo o povo, fato que comprova a necessidade sentida pelas governanças locais de obter consensos amplos em matéria de gestão de bens comuns.

De notar ainda que, em alguns conselhos, existia o cargo de procurador do povo, pessoa que tinha, entre outras incumbências, a função de defender os interesses da comunidade, nomeadamente em matérias relativas à fruição e gestão de baldios.

Apesar dos fatos atrás referidos, a gestão simultânea de "bens comuns" e de "bens do conselho" (bens patrimoniais da entidade administrativa), provocou confusões, abusos e distorções dos interesses da comunidade, em favor dos da instituição municipal ou de interesses particulares.

A confusão entre bens da comunidade e bens das autarquias locais instalou-se, progressivamente, porque era favorável aos conselhos e ao Estado. As governanças locais estavam interessadas na gestão dos bens comunitários, fato que lhes permitia uma gestão e um controlo mais eficaz dos recursos existentes na sua área de administração. Ressalte-se ainda que a assimilação dos bens comunais aos do conselho permitia a transformação em fonte de receita dos aproveitamentos dessas terras, que assumiam a forma de arrendamento de pastagens, venda de lenhas ou madeiras, concessão em aforamento de terras para cultivo, ou imposição de coimas pelas transgressões aos regulamentos de utilização.

Para além disso, facilitava as alienações legais, e, sobretudo, as apropriações abusivas, situação recorrente ao longo da história.

O PROCESSO DE INDIVIDUALIZAÇÃO DA PROPRIEDADE COMUNITÁRIA.

O Estado, a partir do século XVIII, começou a ver os baldios, maioritariamente incultos, como terras susceptíveis de contribuírem para o aumento da produção agrícola. De acordo com esta concepção, tomou várias medidas no sentido de os tornar terrenos produtivos, incentivando a plantação de árvores ou a sua redução a campos de cultivo.

Esta medida visava, também, aumentar as receitas dos municípios – receitas a aplicar, sobretudo a partir do século XIX em infra-estruturas (construção de estradas, pontes, escolas) – e, por inerência, as do Estado, que partilhava as receitas concelhias.

Nos finais do século XVIII e inícios do século XX, foram tomadas algumas medidas no sentido de promover o arroteamento de terras comuns incultas e a sua individualização, caso da lei de 11 de abril de 1815 que concedeu isenções de direitos e dízimos a quem desbravasse "baldios incultos de todas as províncias do Reino" (NETO, 1997)

A Revolução de 1820 veio criar as condições, políticas e ideológicas, que permitiriam introduzir alterações significativas no regime de propriedade. As iniciativas legislativas dirigiram-se, sobretudo, no sentido da mudança do regime de tributação que recaía sobre a propriedade de casas senhoriais, fato que ocorreu sob pressão de um forte movimento social.

A propriedade comunitária foi, igualmente, objeto de uma intensa contestação social, que se manifestou pela denúncia de alienações e apropriações abusivas praticadas por câmaras, mas sobretudo pelas casas senhoriais, como se pode comprovar pelas petições dirigidas às cortes liberais (SILBERT, 1985).

O sentido do movimento popular, em defesa do "coletivismo agrário", era, no entanto, contrário às concepções liberais de propriedade e exploração da terra. Nestas circunstâncias, os políticos liberais não ousaram legislar no sentido do individualismo agrário, política susceptível de agravar o clima de instabilidade social que se seguiu à Revolução de 1820. Esta legislação só foi publicada num momento em que o processo liberal estava já suficientemente consolidado, no tempo da Regeneração.

Em 1867, o Código Civil autorizou a vedação dos campos e decretou a extinção do "compáscuo" e, em 1869, integraram-se os baldios, não necessários ao logradouro comum, no processo de desamortização.

Como modalidades de desamortização, a lei de 28 de agosto de 1869 estabeleceu a venda ou a enfiteuse em hasta pública e a repartição das terras por todos os vizinhos, que assim o requeressem. Para a execução deste diploma, determinava-se que as câmaras interessadas em excetuar da desamortização alguns baldios, considerados indispensáveis ao logradouro comum, deviam propor ao governo a designação e demarcação desses terrenos. Em seguida, cabia-lhes optar por uma modalidade de alienação para os considerados dispensáveis do logradouro comum, escolha que tinha de obter a aprovação de um organismo do Estado, o conselho de distrito.

Não temos estudos que nos permitam conhecer com rigor o impacto da legislação desamortizadora. Ela não atingiu, contudo, os objetivos pretendidos. A intervenção do poder central suscitou resistências das câmaras e das populações (NETO, 1982).

Alguns municípios começaram por requerer a inclusão de todos os baldios na categoria de terras indispensáveis ao logradouro comum, tentando assim excluir-se do processo, outros se recusaram a realizar inventários municipais de terras comuns, atitude que inviabilizou a aplicação generalizada da lei.

Apesar das resistências das instituições locais, em convergência com as populações, em aceitar um processo de individualização da propriedade comunitária, promovido pelo poder central, sucedem-se os diplomas que têm como objetivo transformar as terras comunitárias em espaços florestais ou agrícolas. Esta legislação foi particularmente intensa em períodos de crise econômica, como o que ocorreu na década de 20, em que o cultivo dos baldios era visto como solução para o problema da escassez da produção cerealífera. Entre 1921 e 1933 foram publicados vários decretos incentivando a repartição e cultivo de baldios e dados incentivos no sentido da criação de casais de família, isto é, unidades de exploração com "uma área suficiente para assegurar uma vida desafogada, embora modesta".

De notar que os diplomas que promoviam a individualização dos baldios, publicados ao longo do século XIX e inícios do XX, integraram as modalidades de venda ou aforamento, em hasta pública, modalidade favorável aos grupos sociais com poder econômico, mas também a repartição por parte de todos os utentes, forma que, à partida, era susceptível de ser melhor acolhida pelas populações. Esta última modalidade não teve, no entanto, grande aceitação, fato que comprova que as comunidades preferiam preservar a utilização comunitária de alguns recursos, como era o caso dos espaços de pastagens.

O processo de redução da propriedade comunitária culmina, de forma drástica, em 16 de Novembro de 1936, data em que é publicado um diploma, que cria a Junta de Colonização Interna, organismo encarregado de efetuar o inventário dos baldios e promover a sua arborização ou transformação em terras de cultivo.

No desempenho da sua missão, a Junta identificou 407.543 hectares de baldios, extensão que correspondia a 4,6% da superfície do território. De notar, no entanto, que nem todos as terras comuns foram identificadas. Algumas comunidades conseguiram afastar os homens do Estado, recorrendo a várias estratégias. Em Rio de Onor foram registradas em nome de particulares terras que continuaram em utilização coletiva.

As regiões com uma maior extensão de baldios eram, nesta data, Alto Minho, Trás-os-Montes e Beira. Aqui se situavam os distritos com as percentagens mais elevadas: Viana de Castelo (27%), Vila Real (25%), Viseu (15%) e Coimbra (9%).

As zonas onde permanecia uma vasta área comunitária eram, assim, as regiões de montanha, onde se praticava uma economia agro-pastoril e predominava a pequena propriedade. Por sua vez, as áreas com menor extensão de terrenos comuns eram as de planície, Beira Baixa e Alentejo, zonas de latifúndio, e os distritos de Lisboa, Coimbra (parte litoral), Aveiro, Porto e Braga, zonas de grande pressão demográfica, nos finais do século XVIII e no século XIX, bem como de forte presença de domínios senhoriais.

A intervenção do Estado Novo nos baldios suscitou oposições várias que o Estado autoritário reprimiu. Entre estas oposições destacam-se as de botânicos e agrônomos que discordaram do tipo de arborização escolhido, o pinheiro, defendendo o castanheiro e outras espécies, e as de intelectuais que se colocaram ao lado das populações serranas, caso de Aquilino Ribeiro, escritor que denunciou os efeitos negativos da arborização nas suas obras, entre elas no livro "Quando os lobos uivam".

A política do Estado Novo em relação à propriedade comunitária foi particularmente lesiva para as economias camponesas. Com efeito, a supressão das áreas de utilização comum provocou uma quebra drástica na criação de gado e desestruturou as economias de subsistência, de forma particular as de montanha. A arborização expulsou muitas famílias dos campos levando-as para as cidades e para o estrangeiro (em particular para países europeus), sendo responsável pela desertificação de algumas áreas do interior.

A PROPRIEDADE COMUNITÁRIA: ENTRE O PASSADO E O FUTURO

Uma das componentes do protesto e reivindicação em momentos revolucionários, em Portugal (revolução de 1820, 1ª República) foi a propriedade comunitária. O mesmo aconteceu com a revolução de Abril de 1974. A nova conjuntura política criou as condições para que o movimento de protesto contra a apropriação, pelo Estado, dos baldios se manifestasse com todo o seu vigor. As reivindicações eram fundamentalmente duas : a devolução às populações de zonas arborizadas, antigos baldios, e a entrega às comunidades da sua gestão. Na sequência de uma ampla movimentação popular e de acesos debates na Assembleia Constituinte, em 1976, foi publicado o decreto que atribuiu a gestão dos baldios às assembleias de compartes, criando-se, para o efeito, 600 conselhos diretivos de baldios constituídos por representantes dos utilizadores (RODRIGUES, 1987).

Esta estrutura tem desenvolvido a sua ação no sentido de preservar funções tradicionais da propriedade comunitária, em especial nas zonas de montanha, e de aplicar rendimentos provenientes da exploração de recursos, como os que decorrem da venda de madeira ou de pedra, em benefícios sociais.

Os espaços comunitários têm sido, também, dinamizados no sentido do exercício de novas funções como construção de espaços de turismo e lazer ou instalação de parques eólicos. Constitui ainda preocupação das assembleias de compartes exercer a fruição dos espaços comunitários com preocupações ecológicas. Contrariando as agressões ambientais decorrentes de utilizações privadas de zonas dunares, conselhos diretivos de baldios empenham-se em projetos de fruição desses espaços mais conformes à preservação da natureza. Atualmente, depositam-se muitas expectativas na ação destes conselhos em matéria de proteção da floresta e prevenção de fogos florestais.

Se atendermos à luta multissecular das comunidades em defesa de espaços de logradouro comum, luta que se explica pela necessidade vital que tinham desses espaços, bem como pelo profundo e enraizado sentido de propriedade que os ligava a essas terras, somos levados a concluir que os baldios funcionaram como elemento agregador das populações e forte fundamento de oposição contra atitudes lesivas dos seus interesses provenientes de múltiplas entidades, destacando-se, no entanto, o Estado, as casas senhoriais, as câmaras e as comunidades vizinhas.

A história da propriedade comunitária é assim uma história de solidariedades e conflitos bem como de exercício do poder pelo povo, de um poder democrático. O regime democrático, em Portugal, veio reativar esse exercício do poder, como se comprova pela atividade quotidiana das assembleias de compartes, bem visível na imprensa escrita ou na Internet, fato que evidencia a possibilidade de articulação de componentes pré e pós-modernas na organização das sociedades.

A história da propriedade comunitária constitui-se, hoje, como um interessante objeto de reflexão e diálogo por parte das diversas ciências sociais, diálogo em que a história se assume como ciência do passado e ciência do presente, lugar em que Joaquim Barradas de Carvalho a situava, apoiando-se na afirmação de outro grande historiador Lucien Febvre : "Histoire, science du passé, science du présent" (CARVALHO, 1972 : 66).

BIBLIOGRAFIA

BRANDÃO, Fátima; ROWLAND, Robert. "História da propriedade e da comunidade rural: questões de método". *Análise Social*. Lisboa, 1980. p. 173-210.

CAETANO, Marcello. "Baldios". In: *Enciclopédia Luso-brasileira de Cultura*, Lisboa, 1965.

_____. *Manual de Direito Administrativo*. 8. ed. Lisboa. tomo II. 1969.

BRITO, Joaquim Pais de. *Retrato de aldeia com espelho*. Lisboa. 1995.

CARVALHO, Joaquim Barradas de. *Da História-Crônica à História-Ciência*. Lisboa. 1972.

CASTRO, Armando. "Baldios". In: SERRÃO, Joel. (Dir.). *Dicionário de História de Portugal*. Lisboa Iniciativas Editoriais, 1972.

CAVACO, Cláudio Filipe Almeida. *O Bombarral e os seus baldios na segunda metade do século XIX*. Bombarral, 1999.

CRAVIDÃO, Fernanda Delgado. "Os baldios nas freguesias de Febres, Mira e Quiaios", *Cadernos de Geografia*. Coimbra, 1985.

DE MOOR, Martina; SHAW-TAYLOR, Leigh; WARDE, Paul. *The management of common land in north West Europe, c. 1500-1850.*, Brepols: Turnhout. 2002.

IRIARTE-GOÑI, Iñaki. "Comnon lands in Spain, 1800-1915: Persistence, Change and Adaptation", *Rural History*, vol. 13, nº 1, p. 19-38. 2002.

MARTINS, Luís. "O baldio da coutada da freguesia da Granja : o futuro questionado de uma organização tradicional", *III Colóquio Hispano Português de Estudos Rurais*, Lisboa, vol. II, p. 444-458. 1995.

NETO, Margarida Sobral. "A População de Mira e a Desamortização dos Baldios na segunda metade do Séc. XIX", *Revista Portuguesa de História*, vol. XIX, Coimbra, p. 15-58. 1981.

_____. "Uma Provisão sobre Foros e Baldios: problemas referentes a terras de *logradouro comum* na região de Coimbra, no Séc. XVIII", *Revista de História Econômica e Social*, nº 14, Lisboa, p.91-101, julho-dezembro, 1984.

_____. "As estruturas agrárias. A força da tradição", *Revista de História*, vol. X, Porto, p. 129-135. 1990.

_____. *Terra e Conflito*, Viseu. 1997.

PEREIRA, Miriam Halpern. *Livre Câmbio e Desenvolvimento Econômico. Portugal na segunda metade do século XIX*. Lisboa. 1971.

RECONHECIMENTO *dos Baldios do Continente*. Lisboa: Junta de Colonização Interna. 1939. 3 vols.

RODRIGUES, Manuel. *Os Baldios*. Lisboa. 1987.

SILBERT, Albert. *Le Portugal Méditerranéen à la fin de l'Ancien Régime*. Lisboa, 1978. 3 vols.

_____. *Le Problème Agraire Portugais au Temps des Premières Cortès Libérales*. 2. ed. Paris. 1985.

TENGARRINHA, José. *Movimentos Populares Agrários em Portugal.* Lisboa. 1994.

VIVIER, Nadine. *Propriété collective et identité communale. Les Biens Communaux en France. 1750-1914.* Paris. 1998.

OS MOVEMENTOS MIGRATORIOS NO LONGO PRAZO: CARBALLO, 1877-1981

Alberte Martínez López[1,2]

En xeral, os estudos migratorios feitos dende unha perspectiva histórica téñense centrado na emigración europea a América no período 1880-1930.[3] Dende un enfoque máis actual a demografía veuse ocupando dos movementos da poboación española a partir dos anos 50-60 cara as provincias máis industrializadas ou cara Europa occidental, na segunda grande fase de enxurrada migratoria. Porén, en ambos casos existen lagoas, relativas aos movementos intraprovinciais en ambos períodos e intraespañois na primeira fase. Por outra banda, non se teñen acometido, que saibamos, investigacións que analicen simultáneamente o fenómeno migratorio nos seus diversos tipos de destino espacial (intraprovincial, intrarrexional, intranacional e exterior) e no longo prazo enlazando as dúas etapas citadas.

---

1 Universidade da Coruña, Galiza (Espanha).

2 Os organizadores preferiram manter os artigos em língua estrangeira no original.

3 Sen ánimo de exhaustividade pódense citar, nas escalas europea, española, galega e local os traballos de Eiras y Rey (1992), Yáñez (1994), Rodríguez Galdo (1995), Sánchez (1995), Vázquez (1996), Villares e Fernández (1996) e Hatton & Williamson (1998). Sobre a evolución xeral da poboación galega no longo prazo, López Taboada (1996). Estudos demográficos a escala local en en Eiras (ed.) (1992) e Nogueira (1998). Un estado da cuestión sobre os diversos plantexamentos teóricos encol da emigración en Silvestre (2000). Sobre os movementos migratorios interiores en España, Silvestre (2001).

Naturalmente, emprender un estudo destas características esixe acotar o ámbito territorial da investigación, a nivel municipal, e os cortes temporais seleccionados. Neste senso, seleccionamos o concello de Carballo (situado a 30km de A Coruña, perto da costa) porque se trata dun dos principais concellos da Galicia non urbana durante a meirande parte do período analizado. As fontes manexadas foron os padróns municipais. De entre eles tivemos que optar entre aqueles que incluían datos relativos aos residentes ausentes. Escollimos o primeiro (1877) e o último (1981) no que figuran estes datos, que son tamén significativos do inicio da emigración americana e do peche do ciclo migratorio pola crise dos anos 70. Como padróns intermedios optamos por aqueles que permitían estructurar períodos de duración relativamente homóxenea (20-30 anos) e coincidentes con datas máis ou menos significativas, como foron os de 1904 (época de meirande emigración ultramarina), 1935 (estancamento da emigración pola Depresión) e 1955 (inicio da reorientación migratoria cara outras provincias e Europa).

A metodoloxía aplicada consistiu en efectuar un baleirado sistemático de toda a información contida nos devanditos padróns municipais respecto aos residentes ausentes. Como cabería esperar dun período tan prolongado, o tipo de información anotada non resulta sempre homoxénea. As principais diferencias estriban na ausencia case total no padrón de 1935 de indicación da localidade onde se atopan nese momento e as variacións na clasificación profisional dos emigrantes, xunto cunha meirande riqueza de matices neste eido e no de instrucción para o ano 1981.

Para obter maior información dos datos manexados tratamos, na medida en que os censos demográficos o permitiron, de comparar os datos dos residentes ausentes cos do conxunto do concello, para ver se seguían pautas similares ou diferentes, e cales eran as posíbeis peculiaridades. Xa que logo, mediante os cadros seguintes iremos analizando as distintas variábeis que puidemos recopilar respecto aos residentes ausentes, establecendo a comparación entre os diversos anos e respecto ao conxunto do concello.

O número de residentes ausentes (cadro 1) xa supón unha cifra significativa, tanto en valores absolutos como relativos, nunha data tan temprana como 1877 o que pon de manifesto a precocidade do proceso migratorio neste concello. A emigración acada as cifras máis elevadas, tanto en grao absoluto como relativo, nos primeiros anos do século 20, o que de novo marca un rasgo distintivo de precocidade ao comportamento deste concello. A situación a mediados dos trinta amosa un estancamento en cifras elevadas, cun lixeiro retroceso en termos relativos, o que ten que ver co refluxo dos movementos migratorios por mor da Depresión dos anos trinta. Porén, é probábel que a máxima intensidade migratoria se producise a fins dos anos vinte e que logo houbera un retroceso. A dureza da posguerra e o contexto nacional e internacional pouco favorábeis para os desprazamentos de poboación marcan os mínimos, absolutos e relativos, de todo o período, a salvo de posíbeis deficiencias estatísticas, non descartábeis. Finalmente, a segunda grande xeira de impulso migratorio dos anos 60 e 70 refléxase nas elevadas cifras de 1981, aínda que menores, sobre todo en termos relativos, que ás do primeiro tercio da centuria.

En canto á distribución por sexos, obsérvase como é habitual que existe unha compoñente masculina maioritaria ao longo de todo o período, bastante estábel a longo prazo entre o 68%-75%. Porén, apréciase unha tendencia a unha meirande participación feminina até a guerra civil, como resultado dun carácter máis masivo da emigración e do seu rasgo de longa duración ou mesmo definitiva, que leva a un proceso de reagrupamento familiar, co incremento das esposas (e fillos como se aprecia no cadro 2) que se desprazan a ultramar co cabeza de familia. Non obstante, tamén neste aspecto a guerra civil supón unha cesura, pois a tendencia se reinvirte nas décadas posteriores, quizá en parte inicialmente polo énfase na reclusión feminina na esfera doméstica e, sobre todo, polo novo carácter temporal da emigración cara Europa occidental.[4]

Cadro 1
Distribución dos residentes ausentes por sexo e porcentaxe sobre a poboación de feito do concello

Ano	Mulleres	Homes	Total absoluto	% sobre a poboación do concello
1877	24,8	75,2	443	3,7
1904	31,5	68,5	1.390	10,5
1935	37,2	62,8	1.426	8,6
1955	32,2	67,8	398	1,8
1981	26,4	73,6	1.222	5,1

Fonte: Padróns municipais de habitantes, elaboración propia.[5]

---

4   Na maioría dos cadros poremos na última columna o total absoluto para que se vexa o tamaño da mostra, dado que para as distintas variábeis non sempre se dispuxo de información en todos os casos.

Se nos fixamos agora nas idades dos residentes ausentes (cadro 2) vemos como se trata na súa inmensa maioría de poboación activa, especialmente nos primeiros tramos da mesma. Neste senso, existen claras diferencias respecto á distribución do conxunto da poboación do concello (cadro 3), pois naturalmente neste último caso a porcentaxe de poboación non activa (menores de 15 anos e maiores de 60) resulta moi superior. Estamos, xa que logo, claramente diante dunha emigración de tipo laboral e que responde a unha estratexia individual e familiar fortemente asentada, xa que o tramo de idade maioritario correspóndese cos vinteaneiros, que fornecen entre un tercio e a metade dos efectivos.

Entrando en aspectos de detalle vemos como en 1904 a porcentaxe de menores de 15 anos é a máis elevada dos diversos padróns, fenómeno que habería que poñer en relación co proceso xa comentado de reagrupamento familiar logo dunha dilatada traxectoria migratoria, nun momento de forte intensidade do fenómeno, que se nutre de elementos moi novos, como o manifesta que o 80% teñan menos de 30 anos. Por contra, o estancamento da emigración e as dificultades económicas nos países de destino explican que en 1935 se reduzan ao mínimo os emigrantes nenos e adolescentes. Cifras similares obsérvanse en 1981 en relación co carácter temporal desta nova corrente migratoria e o poso acumulado nese ano, que se manifesta no peso do grupo entre 40-60 anos.[6]

Cadro 2							
Distribución dos residentes ausentes por idades, en porcentaxe							
Ano	<15	15-19	20-29	30-39	40-49	50-59	>60	Total absoluto[1]
1877	6,3	17,6	39,6	20,8	9,3	4,2	2,3	432
1904	23,2	22,9	33,6	13,0	4,7	1,4	1,2	1.388
1935	4,9	2,7	36,5	38,3	12,9	2,8	2,0	1.422
1955	7,3	17,1	52,8	16,6	4,8	1,3	0,3	398
1981	3,2	5,8	39,8	29,6	15,5	5,6	0,5	1.094
Fonte: Padróns municipais de habitantes, elaboración propia.								

---

5   Os datos de patronos dos residentes de 1955 púxenos cos autónomos pois deben referirse maioritariamente aos labregos.

6   Os datos da fonte referíanse aos maiores de 14 anos, para homoxeneizar os datos engadímoslle a porcentaxe da poboación menor de 16 anos. Os de casados engloban a todos os non solteiros, pois non hai datos de viúvos.

Cadro 3 Distribución da poboación de feito do concello por idades, en porcentaxe								
Ano	<15	15-19	20-29	30-39	40-49	50-59	>60	Total absoluto
1877	34,8	15,5	5,8	12,9	13,0	9,3	8,7	11.445
1900	40,1	6,5	15,8	13,5	8,5	7,9	7,7	13.032
1930								
1950	31,3	20,1	15,9	9,4	9,8	6,2	7,2	20.965
1981	27,7						10,8	23.923
Fonte: Censos de poboación, elaboración propia.								

Outra variábel a ter en conta é o estado civil dos emigrantes (cadro 4). Como sería previsibel da temprana idade de emigración e do seu carácter laboral existe un esmagador predominio dos solteiros, cunha estreita correlación coas porcentaxes de fillos (cadro 6). Nun primeiro momento a participación de casados é meirande, pois se trata do inicio do proceso, cuxa iniciativa recae sobre algún cónxuxe, xeralmente o home. Conforme avanza o tempo, o proceso migratorio madura e se reagrupan as familias alén o mar se incrementa a participación de solteiros, en consoancia coa de fillos. O cambio máis radical nesta tendencia ten lugar en 1981, no que se se invirten as porcentaxes, dándose unha maioría de casados. A explicación radica no carácter temporal desta emigración, as maiores facilidades de comunicación, a reducción da natalidade e o avance na esperanza de vida, que permite que os fillos, poucos, dos emigrantes fiquen en Carballo cos seus avós.

Se comparamos os datos dos emigrantes cos do total da poboación (cadro 5) vemos como a pesar de que neste último caso as porcentaxes semellan incluir a toda a pobación, é dicir incluídos os menores de idade, a proporción de solteiros resulta inferior (dentro dunha curiosa estabilidade a longo prazo) no total da poboación respecto aos residentes ausentes, o que ven de novo motivado pola meirande xuventude dos emigrantes (que se reflicte sobre todo no forte contraste na porcentaxe de viúvos) e a emigración como unha estratexia normalizada de acceso ao mercado laboral.

Cadro 4 Distribución de residentes ausentes por estado civil, en porcentaxe				
Ano	Solteiro	Casado	Viúvo	TOTAL
1877	70,9	27,3	1,9	429
1904	81,6	17,7	0,7	1.388
1935	84,8	13,5	1,8	1.426
1955	82,2	17,6	0,3	398
1981	37,4	61,9	0,7	1.211
Fonte: Padróns municipais de habitantes, elaboración propia.				

Cadro 5
Distribución da poboación de feito por estado civil, en porcentaxe

Ano	Solteiro	Casado	Viúvo
1877	58,6	35,0	6,4
1900	58,7	34,9	6,4
1935	61,1	32,8	6,0
1950	60,4	33,5	6,1
1981[2]	57,6	42,4	

Fonte: Padróns municipais de habitantes, elaboración propia.

Outro elemento importante a considerar á hora de clarificar o perfil dos emigrantes é a súa posición, dende diferentes perspectivas, no seo na estructura familiar. Iso é o que analizaremos por medio dos cadros seguintes.

No cadro 6 represéntase a súa relación con respecto ao cabeza de familia, home na inmensa maioría dos casos.[7] Ao longo de todo o período os emigrantes son sobre todo e con grande diferencia os fillos, pois se trata dunha estratexia familiar de supervivencia que encamiña os seus excedentes demográficos cara ultramar. Inicialmente esa porcentaxe é algo menor debido ao maior peso relativo dos pais e, sobre todo, doutros integrantes da casa, principalmente criados[8] e outros vencellos familiares. Esta maior representación dos integrantes da vivenda que non pertencen á familia nuclear está en relación coa importancia na época da familia polinuclear e a maior incidencia do efecto expulsión nos non pertencentes ao núcleo familiar.

A partir da consolidación do fenómeno migratorio a principios do século XX a participación dos distintos compoñentes da unidade familiar estabilízase. No momento final da mostra, 1981, prodúcese outravolta unha alteración significativa, concordante coa distribución por estado civil. Agora os fillos, con seguir sendo o grupo maioritario, representan menos da metade dos residentes ausentes. Por contra, increméntase significativamente o peso do cabeza de familia, e sobre todo en relación cos anos anteriores o

---

7   Resulta moi raro atopar solteiras ou viúvas que figuren como cabezas de familia. En todo caso, as diferencias que se observan entre distintas áreas teñen que ver principalmente coas prácticas herditarias, no senso de que nas zonas de mellora ao primoxénito varón o protagonismo feminino é menor (Saavedra, 1996: 28-29).

8   Na Galicia rural tradicional en torno a unha cuarta parte das familias tiñan criados, pero éstes só supuñan en torno a un 5,5% da poboación. Existía un predominio das criadas, pero non tan marcado coma no mundo urbán. Con frecuencia eran orfos ou fillos de labregos pobres, coa emigración como principal horizonte laboral e vital (Saavedra, 1996: 27-28).

grupo dos fillos políticos. Estas variacións están en relación coa nova caracterización do fenómeno migratorio, que agora consiste nunha emigración temporal do cabeza de familia ou do xenro mentres que en boa medida os cativos fican ao coidado da nai ou dos avós.

Cadro 6 Distribución de residentes ausentes por parentesco co cabeza de familia, en porcentaxe								
Ano	Cabeza de familia	Fillo	Cónxuxe	Xenro/nora	Irmán	Outro	Total
1877	10,5	66,6	7,7	2,3	3,4	9,5	440
1904	12,5	77,6	4,1	1,3	2,2	2,3	1.351
1935	11,6	77,8	2,2	0,6	4,1	3,7	1.426
1955	14,3	78,6	3,3	0,0	0,5	3,3	398
1981	27,2	47,2	4,3	15,3	0,4	5,5	1.220
Fonte: Padróns municipais de habitantes, elaboración propia.								

Sigamos afondando na caracterización das familias de procedencia dos emigrantes. Se observamos o promedio de integrantes da unidade familiar vemos como existe un tamaño clara e continuadamente maior nas familias de residentes ausentes que no promedio municipal.[9] Isto parece apuntar a unha das posíbeis causas do fenómeno migratório:[10] a presión demográfica. Vemos tamén como existe unha notábel estabilidade no tamaño da unidade familiar, tanto entre emigrantes como no conxunto do concello, apreciándose únicamente ao final do período a incidencia da caída da natalidade no tamaño das familias. Á inversa, o tamaño familiar parece incrementarse nos momentos de parón do fenómeno migratorio, que actuaría de válvula demográfica.

Cadro 7 Promedio de persoas por fogar		
Ano	Emigrantes	Total concello
1877	5,9	4,3
1904	5,8	4,2
1935	6,4	4,8
1955	6,1	4,3
1981	5,7	
Fonte: Padróns municipais de habitantes, elaboración propia.		
Para o total do concello 1930 e 1950, en vez de 1935 e 1955.		

9 Segundo Saavedra (1996: 21, 27) as diverxencias no tamaño medio das familias entre os distintos concellos non son doadas de explicar seguindo criterios puramente xeográficos, nen tampouco pola desigual presencia de criados.

10 Para as máis recentes interpretacións encol das causas da emigración, Sánchez (1995) e Hatton & Williamson (1998).

Se entramos en maior detalle na distribución de frecuencias vemos como a maior parte das familias con emigrantes teñen entre catro e sete compoñentes, habendo tamén un peso importante das unidades familiares de maior tamaño aínda. Como cabería esperar, existe concordancia entre o promedio de persoas por familia e a distribución de frecuencias, de modo que nas épocas de meirande emigración a porcentaxe de familias de grande tamaño resulta menor que nos períodos de estancamento dos fluxos, ocorrendo exactamente á inversa coas familias pequenas.

Cadro 8 Distribución de familias de residentes ausentes segundo nº de persoas por familia, en porcentaxe										
Ano	1	2	3	4	5	6	7	8	9	>9
1877	0,0	5,1	8,9	14,9	14,3	18,2	14,6	9,5	6,3	8,3
1904	0,7	4,7	9,3	14,3	17,1	19,7	12,1	11,8	4,9	6,1
1935	0,6	3,0	8,8	13,3	13,2	15,2	10,4	11,9	8,5	15,7
1955	0,3	5,0	7,8	18,4	11,6	14,1	12,6	9,1	9,6	11,8
1981	0,2	3,9	14,5	19,2	17,3	11,4	9,8	6,2	3,8	14,0
Fonte: Padróns municipais de habitantes, elaboración propia.										

En relación co número de emigrantes por familia vemos como o promedio ronda o valor 1,5, cun claro predominio do emigrante solitario, porcentaxe que tende a incrementarse nas últimas décadas, en relación co predominio dunha emigración temporal e sen reagrupamento familiar. Por contra, o número máis elevado de familias con varios ausentes no seu seo se da durante o primeiro tercio do século XX, cunha emigración ultramarina xa consolidada e con forte incidencia do proceso de reagrupamento familiar, nun contexto de emigración definitiva.

Cadro 9 Distribución de familias de residentes ausentes segundo nº de residentes ausentes por familia, en porcentaxe					
Ano	1	2	3	>3	Promedio
1877	69,7	19,9	6,4	4,0	1,45
1904	61,4	23,1	9,8	5,6	1,60
1935	60,4	23,9	9,4	6,3	1,61
1955	76,2	17,0	3,7	3,1	1,34
1981	77,8	15,4	4,0	2,8	1,32
Fonte: Padróns municipais de habitantes, elaboración propia.					

Tendo en conta que a meirande parte dos emigrantes ocupan a posición filial na estructura familiar pode resultar de interese afondar nesta cuestión. A este respecto vemos como o máis frecuente é que estas familias teñan entre dous e cinco fillos, cun promedio en torno aos catro fillos, cunha tendencia a incrementarse nas conxunturas de estancamento da emigración e cunha pronunciada caída no último período, en relación co descenso da natalidade característico das últimas décadas. En concordancia co que diciamos ao falar do tamaño familiar, aquí tamén existe un maior predominio das familias con moitos fillos nas épocas de menor incidencia migratoria. Polo contrario, nos períodos de maior emigración o número de fillos por familia diminúe, sendo isto especialmente notorio ao final do proceso, en consonancia coa caída da natalidade, no que case o 60% das familias teñen menos de tres fillos.

Cadro 10 Distribución de familias de residentes ausentes segundo nº de fillos por familia, en porcentaxe									
Ano	0	1	2	3	4	5	6	7	>7	Promedio
1877	2,6	10,1	16,1	19,7	15,6	14,7	10,6	7,7	2,9	3,8
1904	2,4	9,0	17,3	18,2	19,2	14,0	10,5	4,9	4,5	3,8
1935	2,7	7,6	14,1	15,5	16,7	15,6	8,4	6,3	13,0	4,3
1955	2,3	8,9	17,2	13,0	13,5	15,4	9,4	7,6	12,8	4,2
1981	3,6	28,0	25,2	19,2	11,4	6,7	3,2	0,7	2,0	2,6
Fonte: Padróns municipais de habitantes, elaboración propia.									

Outro elemento interesante a considerar é a posición dentro dos fillos dos residentes ausentes. En primeiro lugar ímolo ver en relación ao conxunto dos fillos, logo só no caso dos varóns. Vemos como a pesar de que o número promedio de fillos por familia con emigrantes é bastante elevado, en torno a catro como acabamos de comentar, ao redor da metade dos fillos ausentes son os primoxénitos, e os dous primeiros supoñen entre o 70-86% dos casos. Esta porcentaxe resulta maior en 1981, en relación co forte predominio nesa data das familias con menos de tres fillos.

Cadro 11 Distribución de residentes ausentes segundo o nº de orde entre os fillos, en porcentaxe							
Ano	1	2	3	4	5	6	>6
1877	47,8	31,1	10,7	5,7	2,3	1,3	1,0
1904	42,1	28,4	16,0	8,9	3,3	1,1	0,3
1935	42,8	27,5	15,8	7,9	3,6	1,2	1,3
1955	48,1	24,7	14,7	8,3	2,6	1,0	0,6
1981	59,3	26,5	10,4	3,0	0,4	0,2	0,2
Fonte: Padróns municipais de habitantes, elaboración propia.							

Se matizamos algo máis e nos circunscribimos ao caso dos fillos varóns apreciamos o seguinte. Neste caso a primacía do primoxénito resulta máis evidente,[11] pois entre o 60%-70% dos fillos emigrantes varóns son primoxénitos, o que está en relación co predominio da emigración masculina. Isto axuda a establecer o perfil deste tipo de emigrante, caracterizado por ser o primeiro fillo varón, ao que se encomenda, dentro da estratexia familiar de supervivencia, a dobre función de reducir unha boca a alimentar e de contribuir ao sustento familiar.

Porén, compre suliñar que en case a metade dos casos o que emigra non é o primoxénito senón outros fillos, fundamentalmente o segundo. Isto estaría quizáis en relación co previsíbel traspaso da explotación familiar ao primoxénito dentro de sistemas de herdanza baseados na mellora e a percura de novos horizontes por parte dos segundóns.[12]

Cadro 12					
Distribución de residentes ausentes segundo o nº de orde entre os fillos varóns, en porcentaxe					
Ano	1	2	3	4	5
1877	58,5	32,8	6,0	2,2	0,5
1904	59,6	28,5	10,1	1,8	0,1
1935	60,0	26,8	9,5	2,4	1,3
1955	69,8	22,1	6,5	1,5	0,0
1981	69,5	24,1	5,4	1,0	0,0
Fonte: Padróns municipais de habitantes, elaboración propia.					

Pasemos agora a analizar outra cuestión xa clásica nos estudos migratorios como é o nivel de instrucción dos emigrantes. Trataremos de afondar na cuestión desglosando por sexos e grupos de idade e establecendo como elemento referencial a situación no conxunto do concello. Para que a variábel fose significativa e homoxénea tomamos como universo a poboación maior de nove anos, pois as persoas menores desa idade non teñen naturalmente un mínimo nivel educativo e por outra banda a distinta proporción dese tipo de poboación entre residentes e residentes ausentes distorsionaría as comparacións.

---

[11] Feito que habería que poñer probálmente en relación, seguindo a Chayanov (1925), cun momento crítico no ciclo biolóxico da familia labrega, aquel no que aumentan o número de bocas a alimentar pero non a forza laboral na mesma medida.

[12] Na provincia de Ourense predominaba a partilla, mentres que no resto de Galicia, sobre todo na montaña lucense, a mellora, feito que incidía na posibilidade de acceso ao matrimonio e condicionaba o tamaño e a estructura dos grupos domésticos (Saavedra, 1996: 39-43; Lisón, 1971: 175, 182).

Porén, isto obrigou a prolixos cálculos pois nos primeiros censos os datos engloban á totalidade da poboación.

Vemos como as taxas de analfabetismo resultan moi elevadas até principios do século, en relación coa escasa difusión, sobre todo nun medio eminentemente rural como o concello de Carballo, dos mecanismos de escolarización masiva da poboación.[13] Estes comezan a facer notar a súa incidencia durante o primeiro tercio, continuando os seus efectos a pesar das duras condicións da posguerra, pois estamos a falar de niveis mínimos de instrucción como os consistentes en saber ler e escribir. Un feito aparentemente anómalo prodúcese nos datos dos residentes ausentes en 1955 e 1981, pois mentres en 1955 se detecta unha moi pronunciada caída do analfabetismo, en troques a taxa resulta moi superior en 1981, en contraste cunha evolución máis coherente no conxunto do concello. A explicación non parece clara. Podería deberse a diferentes criterios manexados na fonte, pero deberían entón tamén reproducirse nos datos agregados para todo o concello. Outra posibilidade podería ser o distinto tamaño das mostras, pero mesmo a máis pequena coidamos que é suficientemente representativa. Finalmente, cabería tamén que a distinta extracción social dos emigrantes neses dous padróns puidese influir no seu nivel de instrucción. Tampouco neste caso semella iso significativo, pois como veremos un pouco máis adiante os emigrantes en 1955 son básicamente xornaleiros e amas de casa e en 1981 asalariados sen cualificar.

Se comparamos globamente a taxa de analfabetismo dos emigrantes e do conxunto da poboación vemos como tampouco as cousas están totalmente claras. En xeral parece observarse unha relativa mellor formación básica nos emigrantes, salvo en 1981 no que as diferencias poderían vir en parte motivadas pola distinta proporción dos grupos de idade máis escolarizados, os menores de 25 anos, nun caso ou noutro. As diferencias a prol dos emigrantes tenden a ser máis notorias nas fases iniciais das grandes enxurradas migratorias, cando o movemento aínda é minoritario, como 1877 e 1955. Semella que neses momentos os individuos que saen da localidade son os máis decididos e capaces, mentres que cando o fenómeno se masifica as taxas tenden en maior medida a equipararse coas do conxunto da poboación. Porén, a comparación para que sexa máis acaída ten que efectuarse entre os sexos, debido ao diferente índice de masculinidade da poboación emigrante e total. Nese senso vemos como a relativa primacía dos emigrantes é debida fundamentalmente ás menores taxas de analfabetismo entre as residentes ausentes,

---

13   Sobre o ensino básico na Galicia desta época ver Costa (1989) e De Gabriel (1990).

mentres que as cifras masculinas manteñense moi próximas ás do conxunto da poboación varonil.

Abondando na análise de xénero vemos, como resulta habitual nas sociedades tradicionais, que a instrucción é menor entre as mulleres. Porén, as diferencias tenden a reducirse, especialmente entre a poboación emigrante en que mesmo se invirten ao final do período, conforme se facilita o acceso feminino á educación. Tendo en conta que boa parte da poboación, sobre todo emigrante, ten entre 20-40 anos e que a escolarización básica ten lugar en torno aos 10-15 anos, e á vista das cifras do cadro 13 pode colexirse que o período de maior reducción do analfabetismo foi á primeira metade do século XX.

Cadro 13
Taxa de analfabetismo, persoas maiores de nove anos

Ano	Residentes ausentes			Total de datos	Residentes		
	Mulleres	Homes	Total		Mulleres	Homes	Total
1877	82,2	56,5	63,1	420	96,1	61,5	81,3
1904	85,5	59,1	67,3	1.332	88,9	54,6	73,8
1935	48,1	23,2	32,3	1.383	57,8	21,0	41,2
1955	10,3	8,0	8,8	388	27,3	8,1	18,1
1981	24,0	28,9	27,7	1.056			10,0

Fonte: Padróns municipais de habitantes, elaboración propia.

O padrón de 1981 fornece de maior riqueza informativa, tamén no eido educativo. Imos, xa que logo explotar máis intensivamente os seus recursos. En primeiro lugar podemos desglosar as taxas de analfabetismo por tramos de idade. Vemos como resulta tamén habitual que éstas tenden a incrementarse coa idade das persoas, en relación coas piores condicións educativas do pasado, cando esas persoas estaban en idade escolar. Apréciase para o conxunto da poboación a importante mellora acadada nos anteriores 25 anos e o deterioro da situación durante a guerra civil e inmediata posguerra. Non obstante, de novo o comportamento do universo de emigrantes resulta peculiar, pois neles o efecto beneficioso da escolarización non parece ter incidido moito, sobre todo nos primeiros momentos da mesma, é dicir nos anos 50 e principios dos 60. Vemos como as súas taxas se manteñen, nunhas cifras bastante elevadas, a partir dos 25 anos de idade, sendo precisamente no grupo maioritario de 20-40 anos no que as diferencias co conxunto da poboación resultan superiores, sobre todo en termos relativos.

Cadro 14												
Nivel de analfabetismo en 1981 por idades, persoas maiores de nove anos, en %												
	10-14	15-19	20-24	25-29	30-34	35-39	40-44	45-49	50-54	55-59	60-64	65 e +
Residentes ausentes mulleres	0,0	13,3	23,3	17,7	40,0	22,6	25,0	28,6	22,2	0,0		
Residentes ausentes homes	0,0	15,9	19,8	29,8	29,4	35,0	28,8	34,8	36,0	34,8	40,0	0,0
Residentes ausentes total	0,0	15,3	20,9	26,7	31,9	32,1	28,0	32,4	32,4	29,6	40,0	0,0
Residentes	1,2	2,1	0,9	3,0	3,4	2,2	6,1	6,3	11,5	20,7	21,3	38,2
Fonte: Padróns municipais de habitantes, elaboración propia.												

A información disponíbel amplíase tamén ao nivel de estudos posuído pola poboación. Vemos como o grao de instrucción entre os emigrantes resulta claramente inferior ao do conxunto da poboación municipal, pois cáseque o 80% dos residentes ausentes carecen de estudos, fronte a menos da metade no concello. Os contrastes son especialmente notorios na educación secundaria, mentres que se amingoan no nivel universitario, sobre todo entre as mulleres, debido a que esta reducida minoría busca tamén mellores horizontes profisionais fóra da localidade. Corróbase de novo a lixeira primacía feminina entre os emigrantes, especialmente marcada no nivel superior, aínda que a mostra neste tramo é pouco representativa.

Cadro 15					
Nivel de instrucción en 1981, persoas maiores de nove anos, en porcentaxe					
	Analfabetos	Sen estudos	Estudos primarios	Estudos medios	Estudos universitarios
Residentes ausentes mulleres	24,0	52,7	15,5	3,1	4,7
Residentes ausentes homes	28,9	50,4	17,5	2,3	0,9
Residentes ausentes total	27,7	50,9	17,0	2,5	1,8
Residentes	10,0	38,0	28,8	20,0	3,2
Fonte: Padróns municipais de habitantes, elaboración propia.					

No cuestionario deste padrón tamén se inclúe por primeira vez un item relativo ao uso e coñecemento da lingua galega. Esta é a lingua habitual da inmensa maioría dos emigrantes. Non obstante, a práctica totalidade é ágrafa na súa propia lingua, nunha porcentaxe moi superior ao castelán, como consecuencia de que nesa data aínda se estaban dando os primeiros pasos na introducción da aprendizaxe do galego na escola.

Cadro 16 Distribución de residentes ausentes en 1981 segundo o nivel de coñecemento do galego, en%						
	Entende	Fala	Escribe	Fala habitualmente	Fala habitualmente e escribe	Total
Homes	4,1	17,1	0,0	78,2	0,6	316
Mulleres	1,6	15,5	0,0	82,6	0,3	893
Total	2,2	15,9	0,0	81,5	0,4	1.209
Fonte: Padróns municipais de habitantes, elaboración propia.						

Un elemento básico a considerar para coñecer mellor o perfil dos residentes ausentes é o da súa actividade profisional. Esta vaise modificando ao longo do tempo conforme se transforma a base económica. Así, até mediados do século XX é o campo o que proporciona a meirande parte da forza laboral mentres que en 1981 o groso dos emigrantes son asalariados da construcción e hostelería. Na fase inicial do proceso migratorio, a fins do século XIX, incide en maior medida o efecto expulsión, que afecta aos grupos máis desfavorecidos da sociedade local, como son os xornaleiros, criados e pobres. Criados e pobres desprázanse xeralmente a localidades cercanas, pois os seus limitados recursos materiais e culturais, a posibilidade de acollimento nunha vivenda e/ou a falla de horizontes lles veta en boa medida o camiño da emigración ultramariña, para o que se precisa certa bagaxe económica, instructiva e decisoria.

Nesta fase a emigración incide en moita menor medida nos labregos, pois a súa relativa mellor situación económica lles permite afrontar as dificultades con maiores garantías. Existe tamén un grupo de artesáns afectado polo deterioro do seu status provocado polo inicio do desenvolvemento do capitalismo industrial.[14] Tamén é reducida a participación das amas de casa, pois ao estar na primeira fase do proceso non se producen aínda en cantidades apreciábeis procesos de reagrupamento familiar. As baixas taxas de

---

14 Nas décadas centrais do XIX ten lugar a crise de varias actividades artesanais básicas como o liño e o coiro (Carmona, 1990).

escolarización explican tamén que o número de estudantes residindo fóra de Carballo sexa moi reducido, e limitado exclusivamente aos compoñentes masculinos.

As cousas comezan a cambiar a principios do século XX. Estamos nun momento de emigración en masa e de combinación dos tradicionais factores de expulsión con outros de atracción, no que as familias e os propios individuos, organizados mediante as cadeas migratorias,[15] contemplan a emigración como unha alternativa laboral máis, dentro das estratexias de reproducción simple da estructura familiar. Neste senso se aprecia como a extracción profisional dos emigrantes non se acha tan polarizada nos grupos marxinais como anteriormente, aínda que agora os criados tamén figuran maioritariamente como residentes en América, cando antes residían en concellos cercanos. Agora, aínda que os xornaleiros seguen sendo o grupo maioritario, aumenta significativamente o peso dos labregos. Isto obedece a un doble motivo. Por unha banda a proporción dos labregos no espectro social increméntase debido aos primeiros logros no acceso á explotación agraria e a reducción do número de xornaleiros pola emigración e os cambios agrarios. Por outra banda, incide a crise agraria finisecular, manifestada en Galicia e Carballo sobre todo na perda do mercado inglés de exportación bovina (Carmona, 1982). Este proceso está, sen embargo, nunha fase embrionaría, consolidándose ao longo do primeiro tercio do XX. O servicio doméstico segue sendo unha importante canteira laboral, circunscrita tradicionalmente ao elemento feminino. A principal novidade radica no importante peso do estudantado, en conexión coa difusión da escolarización entre a poboación, que agora comeza a favorecer tamén ás mulleres. Cómpre sinalar que estes estudantes non están en localidades cercanas, senón maioritariamente en América, en relación co inicio do proceso de reagrupamento familiar.

Estas tendencias apuntadas acentúanse a longo do primeiro tercio do século XX, de modo que en 1935 se altera a relación entre xornaleiros e labregos, a prol destes últimos, en conexión co acceso á propiedade que propicia o decreto de redención foral de 1926. Estamos nunha conxuntura de estancamento da emigración e na que se consolida o reagrupamento familiar, manifestado pola elevadísima proporción de amas de casa. O maior protagonismo das relacións de producción capitalistas manifestase na presencia de asalariados non agrarios.

---

15 Sobre a importancia destes mecanismos informais na canalización das correntes migratorias, Vázquez (1992).

As duras condicións da posguerra fan tamén recuar a extracción socioprofisional dos emigrantes cara estadios máis primitivos, reflexado no predominio dos xornaleiros. Estamos outravolta nunha emigración de expulsión, no inicio dunha nova etapa de reorientación do fenómeno migratorio. As dificultades económicas do momento, que se arrastran xa dende os anos trinta contribúen a explicar o predominio nas mulleres da súa condición de amas de casa, desprovistas de cualificación profisional específica. As que traballan de criadas fanno xeralmente nas cidades da provincia.

Para estes anos da posguerra incidirá neste fenómeno non tanto procesos de reagrupamento familiar, nun intre de retroceso da emigración, como da incidencia da ideoloxía dominante que reclúe á muller na esfera doméstica. Para ese ano 1955 temos datos relativos á estrutura profisional do conxunto do concello o que nos permite establecer comparacións, que serán máis acaídas se as efectuamos por sexos. A situación profisional dos residentes ausentes é pior, como o manifesta a maior proporción de xornaleiros, servicio doméstico e obreiros, en detrimento de labregos, estudantes e outras profisións de maior status.

Finalmente, en 1981 prodúcese un cambio radical na estrutura profisional.[16] As actividades relacionadas co agro cáseque que desaparecen. Os emigrantes agora traballan maioritariamente como asalariados sen cualificar na construcción e na hostelería. A muller entra masivamente no mercado laboral, básicamente no sector servicios, principalmente en funcións continuadoras da súa actividade compaxinada de ama de casa, como a limpeza e o servicio doméstico. Este último desempéñase agora maioritariamente en Suíza e, en menor medida, en Madrid.

---

16   Hai que ter en conta, para matizar os cambios observados, que neste último padrón as profisións anotadas semellan ser as exercidas nos lugares de destino, mentres que nos censos anteriores as anotacións parecen adscribirse á profisión de partida, que sendo maioritariamente conectadas co campo, non terían xeralmente paralelo coas logo exercidas nos lugares ultramarinos de asento.

Cadro 17
Distribución de residentes ausentes segundo a actividade, en porcentaxe

Ano		Labrego	Xornaleiro	Servicio doméstico	Artesán/ autónomo/ técnico	Empregado/ obreiro	Ama de casa	Estudante	Outros
1877	Muller	6,1	53,0	30,3	1,5	0,0	4,5	0,0	0,0
	Home	4,9	75,1	3,2	4,3	0,0	1,6	2,2	4,3
	Total	5,2	69,3	10,4	3,6	0,0	2,4	1,6	3,2
1904	Muller	23,6	35,2	16,9	3,2	0,0	2,1	17,8	1,1
	Home	25,8	44,4	0,9	3,6	0,0	0,0	14,0	11,3
	Total	25,1	41,5	6,0	3,5	0,0	0,7	15,2	8,1
1935	Muller	3,7	2,9	0,6	0,4	1,0	87,3	4,2	0,0
	Home	47,4	40,0	0,0	2,8	3,8	1,0	3,4	0,6
	Total	31,3	26,3	0,2	1,9	2,8	32,9	3,7	0,4
1955	Muller	1,6	5,5	7,0	0,0	0,0	75,0	4,7	1,6
	Home	7,4	66,3	0,0	4,4	8,9	0,7	6,3	1,1
	Total	5,5	46,7	2,3	3,0	6,0	24,6	5,8	1,3
1955 Resid	Muller	4,6	1,8	2,0	0,3	0,0	68,8	21,9	0,6
	Home	48,2	15,8	0,6	2,3	3,3	0,0	20,6	9,1
	Total	25,5	8,5	1,3	1,3	1,6	35,9	21,3	4,6
1981	Muller	0,4	0,0	13,7	2,5	69,4	7,2	5,8	1,1
	Home	0,2	0,0	0,0	1,6	94,7	0,0	3,5	0,0
	Total	0,3	0,0	3,4	1,8	88,4	1,8	4,0	0,3

Fonte: Padróns municipais de habitantes, elaboración propia.

Para os dous últimos padróns manexados dispomos de algunha maior información encol das actividades económicas nas que desempeñan o seu labor os emigrantes, así como a título comparativo do conxunto do concello de Carballo.

Vemos de novo como a extracción social maioritaria entre os emigrantes, con tendencia ademáis a incrementarse é a de asalariados, nunha proporción moi superior aos do conxunto da poboación, aínda que tamén nesta o proceso de asalarización aumenta significativamente. En todo caso, a inserción laboral destes emigrantes difire da dos de principios de século, cun maior protagonismo do autoemprego daquela.

Cadro 18 Poboación ocupada segundo a situación profisional					
		Empresarios[3]	autónomos	asalariados	outros[4]
Residentes ausentes 1955	Muller	0,0	11,1	88,9	0,0
	Home	0,0	14,8	85,2	0,0
	Total	0,0	14,6	85,4	0,0
Residentes 1955	Muller		48,1	44,6	7,3
	Home		46,7	23,7	29,6
	Total		46,9	26,1	27,0
Residentes ausentes 1981		0,0	1,9	98,1	0,0
Residentes 1981		4,6	30,7	55,0	9,7
Fonte: Padróns municipais de habitantes, elaboración propia.					

Verbo da distribución por sectores económicos tamén hai matices significativos. Mentres que en 1955 os emigrantes proceden esmagadoramente da agricultura, en 1981 traballan na construcción e servicios, sempre en maior medida que o promedio da poboación activa local. As mulleres emigrantes en 1955 traballan nos servicios en moita maior medida que os homes, aínda que menos que o promedio local, estando ausentes na industria e na construcción.

Cadro 19 Poboación ocupada por sectores económicos en %						
		agricultura	enerxía e auga	industria	construcción	Servicios
Residentes ausentes 1955	Muller	50,0	0,0	0,0	0,0	50,0
	Home	85,0	0,0	6,0	3,8	5,1
	Total	82,5	0,0	5,6	3,6	8,3
Residentes 1955	Muller	21,3	0,0	0,9	0,0	77,9
	Home	31,6	0,0	4,2	1,2	63,1
	Total	29,7	0,0	3,5	1,0	65,8
Residentes ausentes 1981		0,4	0,4	15,9	49,9	33,3
Residentes 1981		29,1	1,6	14,1	20,4	34,8
Fonte: Padróns municipais de habitantes, elaboración propia.						

Outra variábel fundamental a considerar é o lugar de destino dos residentes ausentes. En todas as épocas estamos diante duns movementos migratorios básicamente de longa distancia, Sudamérica primeiro Europa occidental despois. Os movementos de radio curto teñen maior protagonismo nos momentos iniciais da corrente migratoria ou cando ésta se atopa estancada.¹⁷ Isto suxire que as cadeas migratorias funcionan básicamente cara países distantes e que únicamente en condicións embrionarias ou de imposibilidade de desprazamentos exteriores, éstes se ven parcialmente compensados por desprazamentos de menor alcance territorial, principalmente dentro da propia provincia, en especial cara a súa capital. Hai ter en conta que bastantes destas situacións se corresponden con estudantes nos distintos niveis educativos.

Na primeira fase migratoria, até a guerra civil, o destino maioritario é América, centrado sobre todo no Uruguai, cunha tendencia alcista polo demais, seguida a bastante distancia por Cuba. Despois da guerra civil iníciase unha reorientación da emigración. O destino americano (uruguaio básicamente, seguido de Venezuela) segue sendo predominante, pero o despegue industrial de algunhas áreas españolas como Madrid, Bilbao e Barcelona dirixe cara elas unha parte do fluxo migratorio. Porén, o cambio máis significativo terá lugar nas décadas dos 60 e 70 cando se produce unha nova emigración masiva, que ten agora como destino os países europeos con maiores taxas de medro, figurando Suíza como principal receptor, seguido doutros países como Alemaña, Holanda, Franza ou Inglaterra. Cómpre salientar a enorme polarización xeográfica da emigración carballesa, pois xeralmente entre un 60-85% da mesma aséntase nun só país. Isto ten moito que ver coa forza e persistencia das cadeas migratorias, que canalizan e facilitan a integración dos familiares e veciños.

| | | | | | Cadro 20 | | | | |
| | | | | Localidade onde se atopa o emigrante, en % | | | | | |
Ano	Resto da provincia de A Coruña	Resto de Galicia	Resto de España	Uruguai	Resto de América	Suíza	Resto de Europa	Resto do mundo	Total
1877	19,8	1,6	5,2	58,2	15,0	0,0	0,2	0,0	440
1904	4,3	0,9	0,4	86,7	7,6	0,0	0,1	0,0	1.068
1935	36,0	2,0	0,0	32,0	30,0	0,0	0,0	0,0	100
1955	10,9	2,3	18,2	58,8	9,1	0,0	0,0	0,8	396
1981	1,8	1,4	5,6	0,2	1,7	74,9	14,3	0,2	1.221
Fonte: Padróns municipais de habitantes, elaboración propia.									

Este fenómeno das cadeas migratorias podemos tratar de rastrealo a escala parroquial, célula básica de convivencia na Galicia rural. Seleccionamos os anos 1904 e 1981

---

17 Os datos de 1935 non son moi significativos pois o tamaño da mostra é moi reducida.

por seren os que posúen maior número de destinos coñecidos e representar os dous tipos de destino, cara Uruguai e cara Suíza. Observamos como as cadeas migratorias que albiscábamos a escala municipal aprécianse máis nidiamente no microcosmos parroquial. En efecto, entre un 75%-82% dos emigrantes de cada parroquia diríxense a un mesmo país.[18] As cifras máis altas acádanse nas parroquias que fornecen a meirande parte dos emigrantes, xa que logo as máis representantivas. Mesmo na maioría dos casos nos que a porcentaxe resulta inferior ao 75% iso é debido á existencia dunha segunda cadea migratoria que absorbe a práctica totalidade do resto de destinos exteriores. As porcentaxes son maiores en 1904 que en 1981, o que probabelmente estea en relación coas maiores dificultades de emigrar a principios de século e a conseguinte necesidade de maior respaldo viciñal, xunto co maior acceso á información e posibilidades de diversificar a elección nos tempos máis recentes.

Cadro 21 % de residentes ausentes no principal destino de emigración						
	Principal destino	2º destino importante	Principal destino	2º destino importante	total de destinos coñecidos	
Parroquia/ Ano	1904	1904	1981	1981	1904	1981
Aldemunde	50,0		100,0		2	24
Ardaña	70,1	22,4	64,5		67	62
Artes	97,6		82,0		41	50
Berdillo	95,7		86,5		23	74
Bértoa	85,7		48,9	21,3	56	47
Cances	74,6	16,4	82,7		67	52
Carballo	83,3		61,5	7,9	36	317
Entrecruces	51,3	23,1	79,1		39	129
Goiáns	84,8		82,6		46	23
Lema	79,7		66,7		64	6
Noicela	94,1				135	0
Oza	86,0				100	0
Razo	91,5				47	0
Rebordelos	87,5		50,0		24	6
Rus	53,0	37,6	84,3		117	217
Sísamo	89,4		70,0		66	40
Sofán	87,8		84,7		180	163
Vilela	72,7		100,0		22	7
Total	81,3	7,0	75,1	2,9	1132	1217
Fonte: Padróns municipais de habitantes, elaboración propia.						

---

18 A cifra acadaría case o 100% se descontásemos as migracións interiores.

No senso inverso, resulta tamén de interese analizar a procedencia parroquial dos emigrantes, tanto en relación co total de emigrantes como en relación coa poboación parroquial. Nun primeiro momento os emigrantes proceden principalmente das parroquias costeiras e de algunhas ubicadas na chaira central, próximas á capitalidade do concello. Parece que o acceso á información e ao transporte xoga un papel relevante. Por contra, as parroquias máis pobres e pior comunicadas da zona montañosa figuran como as de menor presencia.

Na fase seguinte, de maior sangría migratoria, correspondente ao primeiro tercio do século XX as parroquias montañosas superpoboadas son as que toman o relevo. Esta primacía das parroquias do interior mantense como unha tónica dominante ata 1981. A capital do concello proporciona tamén cantidades crecentes de emigrantes, pero non excesivas en relación á súa poboación, tamén en forte ascenso polo proceso de atracción de poboación doutras parroquias. En definitiva, a mobilidade tende a incrementarse nas últimas décadas tanto cara o exterior do concello como cara á capital do mesmo, en procura de melloras condicións laborais e de servicios. Por contra, a zona agora con menores niveis migratorios é a da costa.

Cadro 22 Parroquia de domicilio, en %					
Parroquia/Ano	1877	1904	1935	1955	1981
Aldemunde	3,5	0,2	0,7	0,0	2,0
Ardaña	9,9	5,3	6,9	10,5	5,1
Artes	9,9	3,6	3,1	11,3	4,1
Berdillo	9,7	2,2	3,8	2,9	6,1
Bertoa	5,0	5,0	11,3	5,4	3,8
Cances	1,9	6,3	8,1	2,4	4,3
Carballo	5,0	5,8	12,1	18,5	25,9
Entrecruces	4,3	3,2	2,2	8,0	10,6
Goians	1,9	4,2	2,9	2,7	2,0
Lema	6,4	5,1	4,6	0,8	0,5
Noicela	0,5	10,3	5,5	2,1	0,0
Oza	11,6	8,2	4,5	1,9	0,0
Razo	11,6	3,5	3,4	5,1	0,0
Rebordelos	0,2	3,2	4,5	2,9	0,5
Rus	4,5	11,0	8,3	2,4	17,8
Sisamo	4,7	5,8	4,3	9,7	3,3
Sofan	3,3	15,1	11,8	12,9	13,6
Vilela	6,1	1,9	2,2	0,5	0,6
Total	423	1.387	1.426	373	1.222
Fonte: Padróns municipais de habitantes, elaboración propia.					

Cadro 23					
Residentes ausentes en % da poboación de feito parroquial					
Parroquia/Ano	1877	1904	1935	1955	1981
Aldemunde	14,4	2,3	6,2	0,0	22,9
Ardaña	5,5	10,1	10,3	3,5	7,9
Artes	9,4	10,6	7,7	5,2	7,8
Berdillo	7,3	4,5	5,9	1,0	6,8
Bértoa	3,4	8,5	14,2	1,4	3,2
Cances	1,4	13,1	16,5	1,0	6,9
Carballo	1,6	4,7	6,2	1,5	3,2
Entrecruces	1,9	6,0	3,6	2,6	13,1
Goiáns	1,8	11,5	7,5	1,6	5,0
Lema	4,4	10,8	8,5	0,4	0,9
Noicela	0,3	22,2	11,6	1,1	0,0
Oza	7,5	17,8	8,2	0,7	0,0
Razo	9,6	7,9	6,4	1,9	0,0
Rebordelos	0,3	14,4	19,3	3,1	2,5
Rus	1,7	11,3	7,9	0,5	14,8
Sísamo	3,5	13,4	8,6	4,3	4,4
Sofán	0,9	11,9	7,8	1,9	8,5
Vilela	10,2	9,2	9,2	0,4	2,6
Total	3,6	10,5	8,6	1,7	5,1
Fonte: Padróns municipais de habitantes, elaboración propia.					

A fortísima sangría migratoria que se produce durante as décadas dos 60 e 70, sobre todo na zona interior montañosa, provoca a caída da poboación en prácticamente todas as parroquias, especialmente nas montañosas, coa senlleira excepción da capital, que se convirte en polo de atracción interno.

Cadro 24
Taxa de medro da poboación de feito, en %

	1877-1905	1905-1935	1935-1955	1955-1981
Aldemunde	26,4	23,6	1,8	-36,6
Ardaña	-4,8	29,6	19,0	-30,4
Artes	5,0	21,9	40,6	-20,1
Berdillo	17,2	39,1	22,4	-3,6
Bértoa	34,5	37,3	29,7	0,0
Cances	17,8	3,5	25,0	-12,8
Carballo	31,6	63,8	65,5	117,3
Entrecruces	-22,0	21,5	31,1	-16,2
Goiáns	16,4	7,9	13,7	-20,2
Lema	6,2	17,8	8,6	-23,7
Noicela	4,3	4,1	4,7	-21,7
Oza	-2,2	21,6	23,0	-16,2
Razo	18,8	24,4	34,2	-16,2
Rebordelos	1,5	9,0	7,4	-33,8
Rus	17,9	11,2	26,8	-22,4
Sísamo	4,4	19,3	17,6	6,3
Sofán	11,8	22,0	19,0	-23,8
Vilela	15,3	14,8	31,7	-38,6
Total	11,8	25,4	29,4	11,1

Fonte: Padróns municipais de habitantes, elaboración propia.

Conclusións

A modo de conclusións finais acerca dos movementos migratorios en Carballo podemos establecer as seguintes. En primeiro lugar salientar a precocidade e importancia deste fenómeno, manifestado nunhas taxas de residentes ausentes bastante elevadas no longo prazo. En canto ao perfil tipo do emigrante sería o dun varón solteiro entre 20 e 29 anos, fillo primoxénito dunha familia numerosa, cun nivel de instrucción baixo pero similar ao promedio municipal, sen cualificación laboral, xornaleiro até mediados do XX e peón da construcción posteriormente.

Inicialmente os emigrantes proceden principalmente das parroquias costeiras e próximas á capital municipal, con maior acceso á información. Pero cando o fenómeno comeza a espallarse serán as parroquias pobres e afectadas pola presión demográfica do interior montañoso as que tomen o relevo, sendo as máis afectadas polo fenómeno do despoboamento das últimas décadas.

Os movementos migratorios son básicamente de longo alcance e moi polarizados en canto ao seu destino: Uruguai até os anos 50 e Suíza posteriormente. Nestes movementos xoga un papel esencial a solidariedade intraparroquial manifestada na existencia dunhas cadeas migratorias claramente perceptíbeis ao longo do tempo.

BIBLIOGRAFÍA

CARMONA, X. (1982). "Sobre as orixes da orientación exportadora na producción bovina galega. As exportacións a Inglaterra na segunda mitade do século XIX", *Grial Historia*, p. 169-206.

_____. (1990). *El atraso industria de Galicia. Auge y liquidación de las manufacturas textiles (1750-1900)*. Ariel.

CHAYANOV, A.V. (1925), *La organización de la unidad económica campesina*. 1ª edición en castelán en Nueva Visión, Buenos Aires, empregada a edición de 1985.

COSTA, A.(1989), *Escolas e mestres. A educación en Galicia: da Restauración á segunda República*. Xunta de Galicia, Santiago.

DE GABRIEL, N. (1990), *Leer, escribir y contar. Escolarización popular y sociedad en Galicia (1875-1900)*. O Castro, Sada.

EIRAS ROEL, A. (ed.), *Aportaciones al estudio de la emigración gallega. Un enfoque comarcal*. Xunta de Galicia, Santiago.

EIRAS ROEL, A. y REY CASTELAO, O. (1992), *Los gallegos y América*. Mapfre, Madrid.

HATTON, T.J.; WILLIAMSON, J.G. (1998), *The Age of Mass Migration. Causes and Economic Impact*. Oxford U.P., New York.

LISON TOLOSANA, C. (1971), *Antropología cultural de Galicia*. Siglo XXI, Bilbao.

LOPEZ TABOADA, X.A. (1996), *La población de Galicia 1860-1991*. Fundación Caixa Galicia, Santiago.

NOGUEIRA, G. (1998), *A comarca de Bergantiños. Estudio demográfico (1887-1996). O caso particular da parroquia de S. Xoán de Carballo*. Deputación de A Coruña, A Coruña.

RAMA, M.L. (1992), "El seguimiento del fenómeno migratorio en el municipio de Carballo a través de los padrones de habitantes (1860-1920)", en A. Eiras Roel (ed.), p. 123-131.

RODRIGUEZ GALDO, M. X (1995), *O fluxo migratorio dos séculos XVIII ó XX*. Xunta de Galicia. Santiago de Compostela.

SAAVEDRA, P. (1996), *Das casas de morada ó monte comunal*. Xunta de Galicia.

SANCHEZ ALONSO, B. (1995), Las causas de la emigración española, 1880-1930. Alianza, Madrid.

SILVESTRE, J. (2000), "Aproximaciones teóricas a los movimientos migratorios contemporáneos: un estado de la cuestión", *Historia Agraria*, 21, p. 157-192.

_____. (2001), "Viajes de corta distancia: una visiòn espacial de las migraciones interiores en Espana, 1877-1930", *Revista de Historia Económica* 19, 2, p. 247–286.

VAZQUEZ GONZALEZ, A. (1992), "Las dimensiones microsociales de la emigración gallega a América: la función de las redes sociales informales", *Estudios migratorios latinoamericanos*, año 7, n° 22, diciembre, p. 497-533.

VILLARES, R.; FERNÁNDEZ, M. (1996), *Historia da emigracion galega a América*. Xunta de Galicia.

YAÑEZ GALLARDO, C. (1994), *La emigración española a América (siglos XIX y XX)*. Fundación Archivo de Indianos, Gijón.

CONJUNTURA ECONÔMICA E RECURSOS DO ESTADO EM PORTUGAL: UMA ANÁLISE SECULAR

Nuno Valério[1]

INTRODUÇÃO

São vários os estudos que tentaram relacionar conjuntura econômica e conjuntura política na história do Portugal da segunda metade do século 19 e do século 20 – é o caso, por exemplo, de Mata (1990) e Mata (1991). Este texto procura prolongar esse tipo de análise para épocas mais recuadas.

A principal dificuldade desta pesquisa é, sem dúvida a escolha de indicadores. Por isso, as secções 2 e 3 dedicam-se à exposição das soluções encontradas para esse problema. A secção 4 procede a um confronto das sucessivas conjunturas encontradas nas secções anteriores e a secção 5 resume as principais conclusões do trabalho.

A CONJUNTURA POLÍTICA

A avaliação da conjuntura política na época posterior à existência da Monarquia Constitucional é habitualmente feita com base num de dois indicadores:

a) O grau de estabilidade governativa.

b) O grau de perturbação da legalidade pré-existente por movimentos revolucionários.

---

[1] ISEG – UTL.

O grau de estabilidade governativa não pode ser utilizado na época anterior à existência da Monarquia Constitucional, porque não existia um Governo no sentido contemporâneo do termo. Na verdade, as primeiras Secretarias de Estado, origem dos posteriores Ministérios, só foram criadas em 1736 e o Governo, órgão coletivo formado pelos seus titulares e claramente independente do Rei, só surgiu exatamente com a Monarquia Constitucional.

O grau de perturbação da legalidade pré-existente por movimentos revolucionários pode continuar a ser utilizado na época anterior à existência da Monarquia Constitucional, embora se possa argumentar que se torna menos sensível, devido à menor incidência de fenômenos de clara ruptura política. Na verdade, entre meados do século 12 e princípios do século 19, apenas se podem assinalar as seguintes doze perturbações principais na vida política interna de Portugal [2]:

a) Os conflitos endêmicos entre o rei e membros das ordens privilegiadas, que atravessaram a generalidade dos reinados de Afonso II (1211-1123) e de Sancho II (1223-1245). Estes conflitos culminaram na deposição em 1245 do rei Sancho II pelo papa Inocêncio IV e na assunção da regência por seu irmão Afonso, futuro rei Afonso III, até à morte do rei em 1248, o que não se verificou sem uma guerra civil que se prolongou por esses três anos. Os conflitos continuaram, ainda que atenuados, durante o governo de Afonso III (1245-1279) e durante o princípio do reinado de Dinis I, até à concordata sancionada pelas Cortes de Lisboa de 1289.

b) O conflito entre o rei Dinis I e seu filho Afonso, futuro rei Afonso IV (1322-1323), prolongado, após a subida ao trono deste pelo conflito entre o rei Afonso IV e seu irmão Afonso Sanches (1325).

c) O conflito entre o rei Afonso IV e seu filho Pedro, futuro rei Pedro I (1355-1356).

d) A crise dinástica iniciada, em Dezembro de 1383, com a deposição da rainha Beatriz I (ou mais precisamente de sua mãe Leonor, regente por ausência da rainha em Castela, com cujo rei estava desposada) por seu tio João, que assumiu a regência. A resolução formal da crise efetivou-se pela eleição do regente João como rei João I pelas Cortes de Coimbra de 1385. Entre 1383 e 1387, travou-se uma guerra entre os partidários de Beatriz I, de João I e de um terceiro candidato, inicialmente João, depois Dinis, meio-irmãos de João, guerra que terminou com o triunfo de João I.

---

2 Na preparação desta lista seguiram-se basicamente Marques Serrão (1987-1986) e Matoso (1992-1994).

e) A luta pela regência na menoridade do rei Afonso V entre sua mãe, Leonor, e seu tio, Pedro. As Cortes de Torres Novas de 1438 impuseram uma regência conjunta e as Cortes de Lisboa de 1439-1440 a regência singular de Pedro, que se manteve até à maioridade de Afonso V em 1448.

f) O conflito entre o rei Afonso V e seu tio e ex-regente Pedro, duque de Coimbra, que culminou em 1449 com a revolta deste e a sua morte na batalha de Alfarrobeira entre as suas forças e as do rei.

g) O conflito entre o rei João II e os seus primos Fernando, duque de Bragança, e Diogo, duque de Viseu, que culminou com a execução do primeiro em 1483 e com o assassínio do segundo pelo rei em 1484.

h) A fricção em torno da regência durante a menoridade do rei Sebastião I, inicialmente assumida por sua avó Catarina (1557-1562), depois por seu tio-avô Henrique, futuro rei Henrique I (1562-1568), com aprovação das Cortes de Lisboa de 1562.

i) A disputa em torno da sucessão do rei Henrique I, reivindicada por vários sobrinhos do rei – Catarina, António e Filipe. Não tendo as Cortes de Lisboa de 1579 e as Cortes de Almeirim-Santarém de 1579-1580, convocadas para deliberar sobre o assunto, conseguido chegar a qualquer decisão, Henrique I confiou o governo do reino e a decisão sobre a sucessão a uma Junta de cinco Governadores após a sua morte em 1580. António fez-se aclamar rei, mas foi afastado por Filipe, que pôde obter uma sentença favorável da maioria dos governadores e ver ratificado o seu triunfo militar pelas Cortes de Tomar de 1581, embora António tenha resistido até 1583 na Terceira. Esta crise dinástica conduziu à união real entre Portugal e os restantes estados que faziam parte do Império dos Habsburgos Ocidentais.

j) A deposição em 1 de Dezembro de 1640 do rei Filipe III por seu primo João, duque de Bragança, que subiu ao trono com o nome de João IV, invocando a sucessão da pretendente Catarina, preterida em 1580. Esta deposição foi ratificada pelas Cortes de Lisboa de 1641. Seguiu-se uma guerra entre Portugal e o Império dos Habsburgos Ocidentais, até que o sucessor de Filipe, Carlos, reconheceu a separação de Portugal em 1668.

l) A deposição em 1667 do rei Afonso VI por seu irmão Pedro, futuro rei Pedro II, que assumiu a regência até à morte do irmão em 1683. Esta deposição foi ratificada pelas Cortes de Lisboa de 1668.

m) A disputa em torno da sucessão do rei João VI, inicialmente assumida sem contestação pelo seu filho Pedro IV, também imperador Pedro I do Brasil, em 1826, mas posteriormente reivindicada também por outro filho Miguel I em 1828, após abdicação de Pedro IV em sua filha Maria II e nomeação de Miguel como lugar-tenente de Pedro e regente durante a menoridade da sobrinha. Seguiu-se uma guerra civil entre 1828 e 1834, a qual terminou com a vitória dos partidários de Maria II.

Esta última perturbação da vida política portuguesa esteve já articulada com as lutas que opuseram entre a segunda e a quinta décadas do século 19:

– primeiro (da segunda à quarta décadas do século 19) as correntes absolutistas (isto é, partidárias de um regime de Monarquia Absoluta) e as correntes liberais (isto é, partidárias de um regime de Monarquia Constitucional), terminando essas lutas com o triunfo das correntes liberais;

– depois (na quarta e quinta décadas do século 19) as correntes liberais conservadoras (isto é, partidárias de um regime de Monarquia Constitucional com predomínio político do Rei), por vezes ainda divididas em correntes liberais conservadoras radicais e correntes liberais conservadoras moderadas, também chamadas correntes liberais conservadoras ordeiras, e as correntes liberais progressistas (isto é, partidárias de um regime de Monarquia Constitucional com predomínio político das Cortes), terminando essas lutas com o triunfo das correntes progressistas.

Os recursos do Estado

A avaliação da conjuntura económica na época posterior à existência da Monarquia Constitucional é habitualmente feita com base num de dois indicadores:

a) O nível da atividade económica, medido através do produto interno bruto.

b) A estabilidade financeira do Estado, medida através do saldo efetivo das contas públicas.

Nenhum destes indicadores pode ser utilizado na época anterior à existência da Monarquia Constitucional, devido à falta dos dados estatísticos necessários. Por isso, recorreu-se a um terceiro indicador, as receitas públicas, que podem ser consideradas uma variável de aproximação dos recursos à disposição do Estado.

Com base nos dados relativos ao montante das receitas públicas contidos em Godinho (1978); Tomaz (1988); Silveira (1987) e nas contas públicas publicadas após o final da guerra civil de 1828-1834 (vejam-se os quadros 1, 2 e 3 anexos), deflacionados com o índice de preços apresentado em Valério (1997), é possível esboçar a periodização da evolução dos recursos ao dispor do Estado português desde finais do século 14 que a seguir se apresenta.

Redução das receitas públicas nas últimas décadas do século 14

A mais antiga avaliação das receitas do Estado português apresentada em Godinho (1978) diz respeito a uma época ao redor de 1367. Segundo essa avaliação, as receitas públicas eram então da ordem de um milhão de libras portuguesas.[3]

Uma segunda avaliação, relativa a uma época ao redor de 1402, sugere que as últimas décadas do século 14 foram extremamente negativas para a capacidade financeira do Estado português. Na verdade, segundo essa avaliação, as receitas públicas tinham subido em termos nominais para cerca de 7,5 milhões de libras,[4] o que corresponde a uma multiplicação por um fator da ordem de 7,5. Porém, ao mesmo tempo os preços tinham sido multiplicados por um fator da ordem de 15. Logo, houvera uma redução real para cerca de metade. A taxa de variação anual acumulada terá sido entre 1367 e 1402 da ordem de − 2,0%.

---

3   Os valores indicados por Godinho (1978) são 235 000 a 240 000 dobras, 4 700 a 4 800 marcos de ouro e 41 318,5 a 42 200 marcos de prata. A dobra era uma moeda de ouro, cunhada entre cerca de 1360 e cerca de 1367, com lei de 23 3/4 quilates, talhe de 50 unidades por marco e valor nominal de 4 libras e 2 soldos. O valor nominal de 235 000 dobras era, portanto, de 963 500 libras e o de 240 000 dobras era de 984 000 libras. 4 700 marcos de ouro correspondiam efetivamente a 235 000 dobras e 4 800 marcos de ouro correspondiam efetivamente a 240 000 dobras, levando apenas em conta o talhe. Pela mesma altura, a moeda de prata mais importante era o tornês, com lei de 11 dinheiros, talhe de 70 unidades por marco e valor nominal de 7 soldos. 41 318,5 marcos de prata corresponderiam por isso, levando também apenas em conta o talhe, a 1 012 303 libras e 5 soldos e 42 200 marcos de prata corresponderiam a 1 033 900 libras.

4   Os valores indicados por Godinho (1978) são 185 300 dobras, 3 706 marcos de ouro e 23 566 marcos de prata. O valor nominal original de 185 300 dobras era de 759 730 libras e 3 706 marcos de ouro correspondiam efetivamente a 185 300 dobras, levando apenas em conta o talhe. Porém, a cunhagem de moeda de ouro cessara a partir do início dos anos 70 do século 14, pelo que é mais seguro tomar como base da avaliação os dados relativos à prata. Em princípios do século 15, a moeda de prata mais importante era o real, com lei de 1 1/2 dinheiros, talhe de 90 unidades por marco e valor nominal de 3 libras e 10 soldos. Assim, 23 566 marcos de prata corresponderiam, levando também apenas em conta o talhe, a 7 423 290 libras. Nestas circunstâncias, o valor nominal efetivo da dobra deveria rondar em 1402 as 40 libras.

Por outro lado, importa notar o fato de se ter tratado de um período de busca de novas fontes de receita fiscal – para além da criação e confirmação das sisas [5] como primeiro imposto geral permanente nas Cortes de Coimbra de 1385, de Coimbra de 1387 e de Braga de 1387, foram aprovados em Cortes mais três impostos extraordinários [6] até ao final do século 14.

Crescimento das receitas públicas durante a época de expansão ultramarina

No último quartel do século 15 e no primeiro quartel do século 16, foram elaborados os três primeiros orçamentos retrospectivos das finanças públicas portuguesas. O primeiro, datado de 1477, registra receitas públicas da ordem de 43 076 000 reais (ou cerca de 43 contos). Como na reforma monetária de 1435 se considerara 1 real equivalente a 35 libras, esta quantia correspondia a cerca de 1 507 660 000 libras. Em termos nominais, houvera uma multiplicação por um fator da ordem de 1 500 em relação a 1367 e por um fator da ordem de 200 em relação a 1402. Como, entretanto, porém, os preços tinham sido multiplicados por um fator pelo menos da ordem de 1 000 em relação a 1367 e por um fator da ordem de 70 em relação a 1402, o crescimento real tinha sido da ordem de 50% em relação a 1367 e correspondia a uma multiplicação por um fator da ordem de 3 em relação a 1402. A taxa de variação anual acumulada terá sido entre 1402 e 1477 da ordem de + 1,5%.

Note-se que, de qualquer modo, continuou a busca de novas fontes de receita fiscal. Assim, ao longo do século 15 foram aprovados em Cortes dezenove impostos extraordinários.

O crescimento das receitas públicas tornou-se, entretanto, verdadeiramente excepcional nas últimas décadas do século 15 e nas primeiras décadas do século 16. O orçamento retrospectivo de 1506 registra receitas públicas da ordem dos 195 contos[7] e o de

---

5   As sisas eram um imposto indireto sobre as transações, que se vinham juntar aos direitos aduaneiros, aos impostos de natureza feudal e aos rendimentos da propriedade como receitas públicas.

6   Os chamados "pedidos", que podem ser considerados impostos diretos de repartição.

7   O valor indicado por Godinho (1978) é 500 500 cruzados. O cruzado era uma moeda de ouro, cunhada a partir de 1457, com lei de 23 3/4 quilates, talhe de 64 unidades por marco e valor, a partir de 1504, de 390 réis.

1518-1519 registra receitas públicas da ordem dos 309 contos.[8] Admitindo que a variação dos preços foi, no período intermédio, relativamente desprezível, isto significou um crescimento real correspondente a uma multiplicação por um fator da ordem de 4,5 até 1506 e a mais uma multiplicação por um fator da ordem de 1,6 até 1518-1519. A taxa de variação anual acumulada terá sido entre 1477 e 1506 da ordem de + 5,3% e entre 1506 e 1518-1519 da ordem de + 3,6%.

Ao mesmo tempo, reduziu-se a busca de novas fontes de receita fiscal. Na verdade, durante o primeiro quartel do século 16 apenas por uma vez foi aprovado em Cortes um imposto extraordinário.

Estagnação das receitas públicas após o final da época de expansão ultramarina

O final da época de expansão ultramarina parece ter posto igualmente fim ao crescimento real das receitas do Estado português. Na verdade, o orçamento retrospectivo de 1588 registra receitas públicas da ordem dos 1 111 contos, o que corresponde a uma multiplicação por um fator da ordem de 3,6 em relação a 1518-1519. Porém, os preços tinham, entretanto, sido multiplicados por um fator da ordem de 4,3, pelo que se verificara uma redução real das receitas da ordem de 20%. A taxa de variação anual acumulada terá sido entre 1518-1519 e 1588 da ordem de − 0,3%.

Apesar disso, não foi intensa a busca de novas fontes de receita fiscal. Durante este período apenas foram votados em Cortes quatro impostos extraordinários. De significado potencialmente ambíguo foi a operação de encabeçamento das sisas, isto é, de substituição da sua cobrança pelo pagamento de uma avença pelos conselhos, levada a cabo em meados do século. Na verdade, uma operação deste tipo é vantajosa para o poder central em época de recessão das cobranças, mas é desvantajosa em época de crescimento das cobranças.

---

8   O valor indicado por Godinho (1978) é 772 500 cruzados. A partir de 1517, o cruzado, embora mantendo as características numismáticas indicadas na nota anterior, passara a valer 400 réis.

Crescimento das receitas públicas durante a primeira época de prosperidade do Brasil

Não se tinham, todavia, esgotado as potenciais fontes ultramarinas de rendimento para o Estado português. Com efeito, a primeira época de prosperidade do Brasil parece ter provocado novo crescimento real das receitas públicas portuguesas. Na verdade, os orçamentos retrospectivos de 1607 e de 1619 registram, respectivamente, receitas da ordem dos 1 440 contos e 1 556 contos, o que corresponde a aumentos da ordem dos 30% entre 1588 e 1607 e dos 8% entre 1607 e 1619. Como, entretanto, a subida dos preços que se verificara durante a maior parte do século 16 tinha cessado, estes crescimentos podem considerar-se igualmente reais. A taxa de variação anual acumulada terá sido entre 1588 e 1619 da ordem de + 1,2%.

Confirmando este relativo desafogo, apenas por uma vez durante estes anos se recorreu à aprovação em Cortes de um imposto extraordinário.

Estagnação das receitas públicas após o final da primeira época de prosperidade do Brasil

O final da primeira época de prosperidade do Brasil arrastou nova travagem no crescimento das receitas do Estado português. O orçamento retrospectivo de 1681 registra receitas da ordem dos 1 665 contos. O crescimento de cerca de 7% em relação ao valor de 1619 foi praticamente igual ao crescimento dos preços. Por isso, a taxa de variação acumulada terá sido entre 1619 e 1688 aproximadamente nula.

Face a esta situação verificou-se uma outra fase de busca de novas receitas fiscais. Em 1634 foi criado um segundo imposto geral permanente, o real de água,[9] e as Cortes de Lisboa de 1641, além de ratificarem esse imposto, criaram um terceiro imposto geral permanente, a décima.[10]

---

9   O real de água era um imposto indireto sobre o consumo de vários bens, de que se destacavam o vinho e a carne. Note-se que a criação deste imposto não foi aprovada em Cortes, uma ruptura com as regras consuetudinárias geralmente aceites que não terá deixado de contribuir para a agitação política vivida no país nos anos seguintes e que culminou com a revolução de 1 de Dezembro de 1640.

10 A décima era um imposto direto sobre o rendimento, pago em função de uma avaliação administrativa dos rendimentos, exceto no que respeita aos membros da ordem eclesiástica, que

Crescimento das receitas públicas durante a segunda época de prosperidade do Brasil

Nova viragem se verificou com a segunda época de prosperidade do Brasil. O orçamento retrospectivo de 1716 registra receitas da ordem dos 3 792 contos e as contas do Erário Régio para os anos de 1762 a 1776 publicadas em Tomaz (1988) registram receitas entre os 4 500 e os 6 500 contos. É certo que, entretanto, os preços tinham recomeçado a subir e atingiam em 1716 um nível cerca de 40% acima do de 1681 e em 1776 um nível cerca de 12% acima de 1716. De qualquer modo, o crescimento real das receitas pôde ser da ordem de 60% entre 1681 e 1716 e da ordem de 40% entre 1716 e 1776. A taxa de variação anual acumulada terá sido entre 1681 e 1716 da ordem de + 1,5% e entre 1716 e 1776 da ordem de + 0,5%.

Este relativo desafogo financeiro permitiu até uma redução da taxa da décima de 10% para 4,5% em 1716. A taxa inicial veio, porém, a ser restabelecida em 1761.[11]

Evolução das receitas públicas em finais do século 18 e na primeira metade do século 19

Os finais do século 18 e os primeiros anos do século 19 conheceram uma redução significativa das receitas públicas. As contas do Erário Régio publicadas por Silveira (1987) mostram um claro aumento nominal até ao final do século, que levou as receitas a ultrapassar em 1800 o nível de 10 000 contos, e uma tendência para redução nominal nos primeiros anos do século 19, que levou as receitas a chegar em 1812 a pouco mais de 8 000 contos. Estas variações – subida de cerca de 60%, seguida de descida de cerca de 20%, foram, entretanto, menos pronunciadas do que as dos preços, os quais triplicaram aproximadamente neste período. Por isso, em 1812, as receitas públicas tinham regressado a valores reais semelhantes aos de finais do século 17. A taxa de variação anual acumulada terá sido entre 1776 e 1812 da ordem de – 2,3%.

---

    pagavam uma avença em sua substituição.

11 Note-se que a redução da décima se seguiu ao final da Guerra da Sucessão de Espanha e o restabelecimento da tributação original coincidiu com a entrada de Portugal na Guerra dos Sete Anos.

É claro que esta situação provocou a busca de novas receitas fiscais. A principal medida neste contexto foi a criação do imposto do selo em 1801.[12]

Seguiu-se uma recuperação, marcada por grandes flutuações das receitas nominais, sem qualquer tendência nítida de longo prazo, e por uma clara descida dos preços, para níveis não muito superiores aos que tinham precedido a subida de finais do século 18. Como resultado desta evolução, em meados da década de 1830 as receitas públicas tinham regressado a valores reais semelhantes aos que tinham precedido a baixa de finais do século 18 e em meados do século 19 eram já claramente superiores. A taxa de variação anual acumulada terá sido entre 1812 e 1836 da ordem de + 3,6% e entre 1836 e 1851 da ordem de + 2,8%.

Confronto das conjunturas

Confrontando os dados relativos à situação política e à situação financeira apresentados nas duas secções anteriores, parece possível desenhar a seguinte periodização entre finais do século 14 e meados do século 19 (não existem dados financeiros para a época anterior aos finais do século 14 e a época posterior à estabilização da Monarquia Constitucional já foi estudada nos trabalhos citados na introdução):

1) Os finais do século 14 foram uma época de dificuldades financeiras do Estado (redução das receitas públicas) e de perturbações políticas (crise dinástica de 1383). Esta situação prolongou-se, ainda que atenuada (ligeiro crescimento das receitas públicas, crises políticas diversas), durante a maior parte do século 15.

2) A última década do século 15 e a primeira metade do século 16 foram uma época de desafogo financeiro do Estado (nítido crescimento das receitas públicas) e de estabilidade política.

3) Os anos 50 a 80 do século 16 foram uma época de algumas dificuldades financeiras do Estado (estagnação ou mesmo decréscimo das receitas públicas) e de perturbações políticas (particularmente com a crise dinástica de 1580).

4) A última década do século 16 e as duas primeiras décadas do século 17 foram uma época de desafogo financeiro do Estado (crescimento das receitas públicas) e de estabilidade política.

---

12   O imposto do selo era um imposto sobre documentos oficiais ou obrigatoriamente sujeitos a registro.

5) A maior parte do século 17 foi uma época de dificuldades financeiras do Estado (estagnação das receitas públicas) e de perturbações políticas (particularmente com a Restauração).

6) A última década do século 17 e praticamente todo o século 18 foram uma época de desafogo financeiro do Estado (crescimento das receitas públicas) e de estabilidade política.

7) A última década do século 18 e primeira metade do século 19 foram uma época de dificuldades financeiras do Estado (decréscimo das receitas públicas, seguido de uma recuperação que só se consolidou em meados do século) e de perturbações políticas (particularmente com a crise dinástica de 1828-1834 e com as lutas entre absolutistas e liberais e entre conservadores e progressistas).

Conclusão

Embora a avaliação possível seja menos segura do que a relativa à segunda metade do século 19 e ao século 20, parece confirmar-se a coincidência entre períodos de situação econômica favorável e situação política estável e períodos de situação econômica desfavorável e situação política instável até meados do século 19.

Referências

GODINHO, Vitorino Magalhães. "Finanças públicas e estrutura do Estado". In: *Ensaios 2*. 2. ed. Lisboa: Sá da Costa, 1978.

MATA, Eugénia. "Conjuntura econômica e conjuntura política em Portugal (1851-1910)". *Economia*, vol. XIV, nº 1, 1990.

_____. "Atividades revolucionária no Portugal contemporâneo — uma perspectiva de longa duração". *Análise Social*, vol. XXVI, nº 112-113, 1991.

_____. *As finanças públicas portuguesas da Regeneração à Primeira Guerra Mundial*. Lisboa: Banco de Portugal, 1993. (coleção História Econômica, nº 4).

MATTOSO, José. (Dir.). *História de Portugal*. Lisboa: Círculo de Leitores, 1992-1994. (7 volumes).

SERRÃO, Joel; MARQUES, A. H. de Oliveira. (Dir.). *Nova história de Portugal*. Lisboa: Presença, 1987-1996. (6 volumes publicados).

SILVEIRA, Luís Espinha da. "Aspectos da evolução das finanças públicas portuguesas (1800-1827)". *Análise Social*, n° 97, 1987.

TOMAZ, Fernando. "As finanças do estado pombalino 1762-1776". *Estudos e ensaios em homenagem a Vitorino Magalhães Godinho*. Lisboa: Sá da Costa, 1988.

VALÉRIO, Nuno. "Os preços em Portugal (séculos 13 a 20)". In: REIS, Jaime; DIAS, Fátima Sequeira; FONSECA, Helder. *História do crescimento econômico em Portugal*. Ponta Delgada: Associação Portuguesa de História Econômica e Social, 1997.

Quadro 1 – Avaliações e orçamentos retrospectivos das receitas públicas anteriores à existência do Erário Régio

ano	valor nominal (contos)	índice de preços (base 1914 = 10000)	valor real (contos de 1914)
1367	0,0285	0,6	475
1402	0,212	9	235
1477	43	590	729
1506	195	600	3250
1518-1519	309	600	5150
1588	1111	2600	4273
1607	1440	3000	4800
1619	1556	2500	6224
1681	1665	2700	6167
1716	3792	3900	10249

Por memória – ver quadros seguintes:

Quadro 2 – Contas do Erário Régio 1762-1833

ano	valor nominal (contos)	índice de preços (base 1914 = 10000)	valor real (contos de 1914)
1776	6177	4400	14039
1801	9859	9700	10164
1812	8121	13400	6060
1827	6660	5900	11218
1836	8841	6300	14033
1851	10585	5000	21170

Fonte: Tomaz (1988) – (1762-1776) e Silveira (1987) – (1800-1827).

Unidade: contos.

ano	receitas	despesas	saldo
1762	3689	3378	+ 311
1763	5463	4516	+ 1 127
1764	4617	4961	− 344
1765	4704	5258	− 554
1766	6218	5890	+ 328
1767	4986	5127	− 141
1768	5714	5711	+ 3
1769	5293	5284	+ 9
1770	5134	5369	− 235
1771	4876	4952	− 76
1772	4998	4944	+ 54
1773	4869	4878	− 9
1774	5480	5138	+ 342
1775	5207	5367	− 160
1776	6177	6014	+ 163
...			
1800	10627	11967	− 1 340
1801	9859	13011	− 3 152
1802	9511	10082	− 571
...			
1812	8121	8018	+ 103
...			
1817	10436	11533	− 1 097
...			
1821	6820	7038	− 218
...			
1827	6660	8996	− 2 336

Unidade: contos.

Quadro 3 – Contas do Tesouro Público 1836-1852

ano	receitas	despesas	saldo
1836-1837	8841	10106	– 1 265
1837-1838	6547	7960	– 1 413
1838-1839	6961	6843	+ 118
1839-1840	7105	7744	– 639
1840-1841	6763	8363	– 1 600
1841-1842	8604	14065	– 5 461
1842-1842	7811	13984	– 6 173
1843-1844	9899	12046	– 2 147
1844-1845	8873	11046	– 2 173
...			
1851-1852	10585	10277	+ 308

Fonte: Contas da Receita e Despesa do Tesouro Público (1836-1845) e Mata (1993) – (1851-1852).

A INDÚSTRIA ALIMENTAR PORTUGUESA NOS PRINCÍPIOS DO SÉCULO XX

Maria Eugénia Mata[1]

De entre as figuras da elite cultural Portuguesa, Barradas de Carvalho era uma referência para a juventude Portuguesa. Conheci-o bem nos anos setenta, no seu porte atlético, descontraído e de grande afabilidade pessoal. Estimuladas pelo Maio de 68, as gerações mais jovens da época eram ávidas de leitura e de discussão. Os livros de Barradas de Carvalho constituíam o caldo cultural da elite universitária daquela época e foram a base bibliográfica dos programas académicos desse tempo. As suas obras não podiam faltar nas nossas estantes de estudantes e a referência aos seus trabalhos era incontornável. Guardo com muito carinho o seu livro "Da história crónica à história ciência", que teve a gentileza de me oferecer com uma dedicatória.

À sua memória dedico este meu breve estudo.

Resumo

A indústria conserveira Portuguesa de princípios do século XX representou uma possibilidade de expansão da fronteira de possibilidades de consumo interno, por oferecer no mercado nacional produtos alimentares perecíveis e de produção irregular ou sasonal. Contribuiu por isso para uma maior diversidade alimentar e portanto para o

---

[1] Faculdade de Economia, Universidade Nova de Lisboa.

aumento de bem-estar colectivo, para além de constituir uma importante rubrica das exportações nacionais.

O artigo analisa a vulnerabilidade do sector à nascença, resultante da dependência da disponibilidade de matérias-primas e apresenta os aspectos tecnológicos de que se revestia.

São também abordadas as estratégias empresariais de diversificação produtiva neste sector, que se viria a tornar muito sólido no século XX, assente no uso de uma mão de obra feminina, dócil e quase iletrada.

Introdução

A evolução do sector da indústria de conservas de peixe no século XX é muito conhecida[2] e foi sobretudo estudada em virtude do contributo que este sector deu à balança comercial portuguesa através da exportação dos seus produtos para o mercado internacional.[3] Porém, o estudo da implantação do sector da indústria alimentar em Portugal, nas últimas décadas do século XIX, está ainda por fazer, sendo o propósito deste artigo mostrar como era vulnerável à nascença, como eram grandes as dificuldades que o caracterizavam e como, apesar de tudo, se implantou no mercado nacional e internacional com a tecnologia do enlatado.[4]

No início do século XX o sector das indústrias alimentares era constituído em Portugal por uma gama de conservas que incluía a conserva das frutas, do tomate e de hortaliças, de carne e de peixe. Constituía a classe nº 62 da classificação então usada das actividades económicas praticadas. Tratava-se por isso de um sector não especializado em conservas de peixe, caracterizado por uma grande dependência em relação à produção dos produtos alimentares que usava como matérias-primas. Nesta dependência convém sublinhar a sazonalidade das colheitas agrícolas bem como as flutuações da produção das matérias-primas em si mesmas. Por outro lado, tratava-se de produtos muito perecíveis, dado não existir, à época, nenhum sistema de conservação comparável ao que a rede do frio viria a introduzir no futuro. Daqui resultava que as operações industriais eram por vezes sazonais[5] e ao mesmo tempo tinham de ser desenvolvidas muito rapida-

---

2   Barbosa, 1941; Salazar, 1953.

3   Cavaco, 1976; Faria, 2001.

4   Para a indústria da seca do bacalhau cite-se Garrido, 2003.

5   Inquérito Industrial de 1891.

mente e de forma muito concentrada, por forma a evitar que os produtos se alterassem, para ser possível assegurar no mercado uma boa qualidade das conservas.

De acordo com o Inquérito Industrial de 1881,[6] uma única fábrica (a Parodi & Roldam, fundada em 1879) procedia ao enlatamento de atum de escabeche em Vila Real de Santo António, usando 90 operários e 60 operárias e alcançando uma produção cujo valor anual montava a 54 contos de réis.[7] O nascimento do sector industrial das conservas alimentares deve contudo situar-se na década de 1880, uma vez que o Inquérito Industrial de 1891 cita já 54 fábricas, incluindo-se neste número estabelecimentos de importância, dimensões e características tecnológicas muito variadas, que se dedicam a todo o tipo de conservas alimentares, desde a carne às azeitonas, do peixe ao tomate, dos legumes às frutas. O sector do enlatado nasceu portanto não especializado em peixe e só no século XX viria a apresentar uma composição fortemente assimétrica em virtude de ser maioritariamente dominado pelas conservas de atum e sardinha. Dada a sua preponderância futura, será a conserva de peixe a primeira a ser apresentada, seguindo-se-lhe as demais conservas.

AS CONSERVAS DE PEIXE.

As conservas de peixe, pela sua natureza, eram uma actividade de estabelecimentos dispersos pelas principais localidades do litoral português (Olhão, Albufeira, Portimão, Setúbal, Sesimbra, Lisboa, Figueira da Foz, Espinho, e Matosinhos).

---

6   P. 28.

7   Faria, 2001, p.9 refere uma primeira fábrica de conservas alimentares que se instalou em Portugal em 1865, 40 anos depois de estar disponível a técnica da esterilização e do enlatado.

Mapa 1 – Principais localidades do litoral português com fábricas de conservas de peixe

Fonte: National Geographic Society

A localização em fábricas na proximidade do mar decorria da necessidade de usar como matéria-prima um produto tão fresco quanto possível, dispensando o uso de transportes, uma vez que trajectos da ordem de três a quatro horas de duração se tornavam já incomportáveis para uma faina de transformação que exigia por si só ainda mais algumas horas de laboração até se obter o enlatado final. Naturalmente, o aroma e a qualidade final dependiam principalmente da frescura do pescado.

As preocupações com o aprovisionamento das fábricas eram, por isso, o elemento essencial para um funcionamento com qualidade. A dependência de pescado fresco chegava a obrigar a paragens da actividade, com os respectivos custos que isso acarretava, ou então ao trabalho fora de horas senão mesmo ao trabalho nocturno, em caso de grande abundância de fornecimento, para se evitar que o peixe disponível ficasse à espera até à manhã seguinte, pois isso ser-lhe-ia fatal. Com efeito, o aparecimento de um aspecto avermelhado tornava-o impróprio para conserva.

A duração da jornada de trabalho era muito variável no sector, indo de 10 a 12 horas no Verão e de 7 a 9 horas no Inverno.[8] Era muito frequente o trabalho extraordinário em serões, com uma média de 2 a 3 horas. O trabalho nocturno estava contudo muito limitado pela precaridade da iluminação em muitas das fábricas portuguesas da época, particularmente nas que os Inquéritos Industriais designam de "pequena indústria". Embora as maiores fábricas fossem iluminadas a gás ou até a electricidade, as mais tradicionais não dispunham de sistemas modernos de iluminação.

Tentava-se, por isso, fazer a aquisição do pescado pela madrugada, nas lotas em funcionamento junto dos portos de pesca (de Lisboa, Sesimbra, Setúbal etc.), mas era necessário que a companha chegasse a horas para esse efeito, e, não raro, os barcos voltavam apenas quando obtivessem um carregamento compensador, ou quando não fosse possível carregarem mais peixe, no caso de terem tido uma pescaria abundante. Atrasos desta natureza constituíam forte perturbação da actividade conserveira na fábrica.

As lotas eram assim o mercado de aprovisionamento das fábricas, pois o sector não apresentava ao tempo nenhuma integração de tipo vertical. Só há notícia da extensão dos negócios de Júdice Fialho do sector das pescas para o sector conserveiro,[9] por forma a assegurar uma auto-suficiência e um contrôle sobre a produção da matéria-prima e ainda disponibilizasse peixe excedentário para venda. O investimento avultado que era necessário fazer numa frota para esse efeito mostra até certo ponto a pequena ou média capacidade financeira das empresas do sector em geral, bem como uma ausência de coligações de pequenas empresas para investimento conjunto por forma a tornar viável uma fusão da actividade conserveira com a actividade piscatória.[10]

A compra das espécies, em que dominava a sardinha, fazia-se no mercado especializado das lotas, pondo em confronto os mestres das embarcações que ofereciam os carregamentos globais dos seus barcos com os industriais que compravam por junto todo o pescado do barco.

Tratava-se de um mercado com fixação do preço através do mecanismo de leilão, mas cujo funcionamento não se fazia por ofertas crescentes por parte dos compradores, mas antes por pedidos descendentes de preço por parte dos mestres dos barcos, interrompidos pela compra dos industriais interessados. Naturalmente, a premência da

---

8 Inquérito Industrial, 1891, mapa 1.
9 A partir de 1892, segundo Faria, 2001, p. 44-45.
10 Idem.

necessidade da matéria-prima para manter ocupada a mão-de-obra contratada na fábrica e a maior ou menor abundância da pescaria explicavam a fixação dos preços em valores mais ou menos elevados consoante estas condições.

Convém sublinhar que a qualidade do peixe em termos de frescura e também de não esmagamento eram decisivas. A sua arrumação por canastras ou por caixas de madeira era sempre preferível à sua oferta a monte, como resultava quando havia sido utilizada a pesca por arrasto, pois as redes, ao serem pousadas no porto provocavam uma significativa perda do pescado aproveitável como matéria-prima para as conservas. Teria de ser retirado na fábrica, à chegada, todo o peixe amolecido durante as operações de descarga e de transporte, o que representava um custo adicional de mão de obra e de tempo.

A tecnologia e o papel do Estado

À chegada à fábrica, seguia-se por isso a escolha do peixe à medida que se procedia à tarefa da *escorchagem*. A escolha tinha de preocupar-se também com a sua selecção por virtude do tamanho. O enlatamento podia apenas abranger espécies com comprimento superior a 9 e inferior a 16 centímentros.[11] Afastava portanto a possibilidade de uso de petinga ou de chicharro, garantindo ao consumidor o exacto respeito pela apresentação do produto que era anunciado no rótulo e salvaguardando aspectos ambientais para a continuação da reprodução da espécie.[12] O Estado exerce portanto junto deste sector um papel regulador, que se intensificou muito no século XX em virtude do sucesso que o sector viria a alcançar, e que passou a incluir a introdução de períodos de defeso de pesca da sardinha, assim como a inclusão do sector das conservas no Condicionamento Industrial, protegendo as fábricas existentes e exigindo o pedido de autorização para o lançamento de novas fábricas ou ampliação das instaladas.[13]

Apesar da celeridade requerida para as tarefas, a tecnologia utilizada em todo o sector era muito trabalho-intensiva, apesar de muito simples, como se depreende pela descrição da sucessão das operações executadas. A tarefa da *escorchagem* era realizada sobre mesas de madeira e consistia na decapitação e estripamento das espécies. Era acompanhada de abundante lavagem do peixe, em celhas nas unidades menos equipadas, e à agulheta nas fábricas mais avançadas.

---

11   Boletim do Trabalho Industrial – Dez 1905.
12   Idem.
13   Brito, 1989.

Fácil é compreender, portanto, que a indústria de conservas de peixe requeria abundante utilização de água e que a existência de canalização de água para as fábricas era indispensável, sob pena de as condições higiénicas e de salubridade tornarem impossível o regular exercício da actividade. A normal localização das fábricas no litoral e, em particular junto ao mar, tornava esta exigência menos difícil de cumprir, pois a abertura de poços interceptava toalhas de água ou até mesmo infiltrações subterrâneas da água do mar, assegurando um aprovisionamento adequado.

Não era praticada a escamagem, pois a tarefa amoleceria o pescado e a sucessão das operações acabava por assegurar o desaparecimento da maior parte da escama.[14] À medida que o peixe ficava *escorchado* era posto a escorrer já com um pouco de sal sobre grelhas, mas era para o efeito colocado na posição em que se encontraria quando enlatado. O facto devia-se à tentativa de o manipular menos vezes para se manter rijo e se evitar que as grelhas produzissem sucessivas marcas na superfície do pescado.

Para facilidade de manuseamento e de deslocação dentro da fábrica, as grelhas eram encaixáveis como prateleiras de uma armação que estava munida de rodas ou que rolava sobre carris. Seguia-se a cozedura ou fritura do pescado, que entrava para os respectivos recipientes arrumado nas grelhas onde havia sido disposto.

A cozedura ou a fritura requeriam cerca de três minutos, (a duração dependia da qualidade do peixe) e tinha de ser cuidadosa para assegurar que se mantivesse com bom aspecto. A fritura assegurava melhor qualidade ao produto final do que a cozedura e sobretudo permitia acelerar o processo de fabrico. Com efeito tornava dispensável a necessidade de os tabuleiros ficarem longamente a escorrer a água do pescado, etapa que requeria seguramente cerca de três horas no caso de haver sido usada a cozedura em vez da fritura, antes que fosse possível colocá-lo nas latas. A alternativa era praticar uma secagem em câmara, mas só cerca de 30% das unidades fabris possuíam esta tecnologia.[15] É que não seria possível fazer ferver as latas depois de fechadas para se obter a esterilização, pois a água no seu interior faria abaular as suas superfícies.[16]

O pescado era então colocado nas latas, amontoadas para esse efeito junto às operárias. Eram feitas de folha de flandres, maioritariamente importada de Inglaterra,[17] e colo-

---

14 Idem.
15 Inquérito Industrial de 1891, mapa das máquinas utilizadas.
16 Sobre a presença de germes e bacilos, veja-se May, 1938, P. 97-106.
17 Inquérito Industrial de 1891, mapa da produção.

ridas com a ou as respectivas marcas registadas usadas pela fábrica. Estas eram cheias de azeite ou de outro óleo vegetal (se a conserva fosse em óleo e não em azeite). O azeite era, e ainda hoje é, o óleo que assegurava a melhor qualidade do produto acabado.

O enchimento das latas fazia-se com uma amotolia, lata a lata, nas fábricas mais pequenas e mais mal equipadas, ou por derrama sobre um conjunto de latas previamente colocadas sobre um tabuleiro que permitia o aproveitamento do excedente. Nas maiores fábricas há ainda notícia de se usar o método de imersão dos tabuleiros com as latas, num tanque de azeite. Esta última técnica era a mais eficiente, mas apenas estava disponível em algumas unidades fabris, por requerer a construção do tanque bem como do sistema que assegurava a imersão e a subida dos tabuleiros com as latas.

Algum repouso era requerido para que o azeite (ou óleo) penetrasse nos interstícios do pescado e desprendesse as bolhas de ar próprias da fase do enchimento. Seguia-se o fecho das latas, que era assegurado por aposição de um fundo a cada lata, por soldadura, à mão ou mecânica, deixando uma lapela pendente onde iria manobrar uma chave feita com uma ranhura para assegurar o levantamento do fundo e portanto a abertura. A chave podia estar ou não soldada à lata, acompanhando-a sempre, contudo.

Condimentação, qualidade e preferências dos consumidores

Como se disse, a esterilização era assegurada pela fervura das latas a altas temperaturas, permitindo detectar as unidades deficientes por ruptura.

A fase da expedição consistia na arrumação das latas em caixas de madeira, devidamente cintadas, com raspas de madeira de permeio como embalagem. Todas as fábricas dispunham por isso de um ou mais caixoteiros, servindo para esta actividade operários menos especializados do que carpinteiros propriamente ditos. Os caixotes cheios de latas seguiam depois para o mercado para julgamento pelos seus consumidores.

Usavam-se por vezes alguns condimentos para além do sal, como a folha de louro ou especiarias, ou até mesmo calda de tomate. A *Sardinha Brandão Gomes*, por exemplo, da empresa Brandão Gomes & Cª, cuja fábrica principal se localizava em Espinho e tinha uma filial em Matosinhos era oferecida como sardinha 'em azeite', 'em azeite superior', 'com pimenta', 'em moura', 'em escabeche', e ainda 'com limão', 'em manteiga', e 'em pickles'.[18]

---

18 Almanaque Comercial de Lisboa, 1914.

As autoridades portuguesas permitiam todas estas variedades, mas o Ministério das Obras Públicas, Comércio e Indústria acentuava que a calda de tomate era o condimento que melhor disfarçava qualquer alteração de cor, de cheiro ou de sabor que pudesse estar associada à deterioração ou menor qualidade do pescado, e alertava portanto os consumidores para o perigo que eventualmente existia no desaparecimento destes possíveis sinais.[19]

Convém sublinhar que a qualidade e o rigor posto nas conservas podiam atingir elevados padrões. Na verdade, era grande a preocupação de expôr bem o pescado dentro das latas. Geralmente eram colocados os dorsos da sardinha lado a lado – e dizia-se que a lata estava "armada em azul", por ser esta a cor do dorso da sardinha. Mas chegava-se ao ponto de colocar para cima as barrigas da sardinha lado a lado – e dizia-se que a lata estava "armada em prata", por ser esta a cor do ventre da sardinha, mais vulnerável, mas que era exposto para o consumidor poder notar o elevado padrão de qualidade do produto.[20] Os padrões de qualidade eram reconhecidos no mercado, não só no nacional como no internacional, uma vez que a exportação era o destino de uma parcela muito significativa da produção portuguesa, como se dirá adiante.

Mão-de-obra e acidentes de trabalho.

A fábrica dava emprego a um número de braços maior ou menor consoante as necessidades da produção. Em 1889 as 16 fábricas existentes em Setúbal empregavam de 2 a 88 operários, mas das 4 que existiam em Lisboa, a Emille Roullet empregava 160. Em 1905 já havia 34 fábricas de conservas de peixe só nos distritos de Leiria e Lisboa (que incluía o actual distrito de Setúbal); e as 30 que se encontravam em laboração todo o ano empregavam 3072 pessoas, sendo 1760 mulheres e 1312 homens. Isto significava uma dimensão média de 102 postos de trabalho.[21]

Era sempre elevada a proporção de mão-de-obra feminina, havendo contudo uma etapa da produção que era desempenhada só por homens: o fecho das latas por soldadura. A preferência pela mão-se-obra feminina resultava de ela ser mais barata e mais dócil. Há notícia de conflitos de trabalho, exigências salariais e greves, maioritariamente com o sector dos soldadores e não com os demais. Por isso muitas fábricas, sobretudo no Norte

---

19 Boletim do Trabalho Industrial, n°2.
20 Idem.
21 Boletim do Trabalho Industrial (n°2).

do país, usavam já a soldadura mecânica feita por mulheres. Contudo, era muito difícil a introdução do método noutras zonas, por oposição dos operários. Impediam que qualquer formação profissional começasse a ser dada a mulheres, por estarem alertados para a ameaça que isso constituia para os seus empregos.[22] Deve notar-se que a proporção de soldadores necessários era elevada. Era da ordem de quase 1:2 em relação às operárias (havia 756 soldadores para 1760 operárias).

Relativamente a acidentes de trabalho, registavam-se alguns golpes nas *modistas*, operárias assim chamadas em Setúbal, por usarem facas e tesouras (como as modistas), na fase do *escorchamento*. Os acidentes mais graves, contudo, podiam ocorrer com a limpeza das grelhas. Com efeito, a sua limpeza ao menos uma vez por ano requeria que fossem mergulhadas numa solução de ácido sulfúrico (SO_4H_2) para serem depois estanhadas e era recomendado aos operários todo o cuidado com o sistema de imersão e levantamento para se evitar o contacto das mãos com a solução.

Relativamente às taxas de alfabetização, dos 1312 operários masculinos citados, 461 sabiam ler, isto é, 35%. (A taxa de analfabetismo da mão de obra operária em Lisboa em 1890 era de 54%, muito abaixo da taxa de analfabetismo média no país, que seria de 79%).[23]

Não são citados números para as operárias, mas são em geral mais iletradas e analfabetas do que os homens, nesta época.[24] Outros sectores industriais com elevadas taxas de analfabetismo eram também a indústria têxtil, a dos barros, a vidreira e a da manipulação do tabaco, exctamente os que usavam as maiores proporções de mão de obra feminina.

AS INSTALAÇÕES FABRIS E A ORGANIZAÇÃO EMPRESARIAL.

As instalações fabris eram relativamente ligeiras. Tratava-se em geral de grandes barracões, cobertos de telha, junto ao mar. O chão tinha de ser constantemente varrido para recolha das cabeças e desperdícios de peixe, e abundantemente lavado por causa dos cheiros que uma matéria-prima como o peixe provoca. Estas águas das lavagens eram

---

22 Queixas do engenheiro-chefe da 3ª circunscrição dos Serviços Técnicos da Indústria, (que abrangia os distritos de Leiria e Lisboa), Luís Feliciano Marrecas Ferreira, do Ministério das Obras Públicas, Comércio e Indústria, Boletim do Trabalho Industrial (nº2).

23 Mata, 2002.

24 Reis, 1988.

encaminhadas para esgoto próprio da fábrica. O sector do enchimento das latas tinha o chão permanentemente coberto por serradura, de acordo com as descrições disponíveis, para ser absorvido o azeite ou óleo que se entornava, apesar da tentativa permanente de aproveitamento destes líquidos. A cobertura apenas em telha nem sempre assegurava as condições ideais para a conservação do peixe durante as fases de laboração, sobretudo no Verão.[25]

Esta deficiência era também relevante para a conservação do azeite (mais do azeite do que de outros óleos vegetais), pois a frescura muito ajuda. Havia sobretudo que acautelar a rançagem, que danifica completamente o produto e o torna impróprio para qualquer tipo de consumo. Grande número de fábricas usava como depósitos para o azeite tulhas feitas de ferro ou de folha de flandres. A sua substituição antes do aparecimento de ferrugem era indispensável para a boa conservação do líquido e não eram passíveis de enterramento exactamente para não enferrujarem. Outras usavam ainda vasilhame de barro vidrado (grandes potes) por ser barato e assegurar uma boa conservação apesar da sua fragilidade. Em qualquer caso a lavagem prévia do vasilhame do azeite era condição indispensável para que ele mantivesse o aroma do fruto fresco e pudesse assegurar a qualidade das conservas. Possuiam também as fábricas espaço para o armazenamento da folha de flandres (devidamente decorada com as marcas registadas que usavam), para a confecção das latas, e para o seu amontoamento.[26] As latas eram talhadas por mulheres, usando tesouras próprias para a folha de flandres e soldadas pelos homens, como se disse atrás. Grandes alpendres completavam as instalações fabris para o armazenamento das madeiras, para a confecção dos caixotes e para o seu armazenamento, tanto em vazios como depois de cheios.

Muitas das marcas registadas de conservas portuguesas de peixe, desta época, eram marcas francesas ou inglesas. Este facto prende-se, por um lado, com o destino de boa parte da produção nacional que, por buscar mercados estrangeiros, se apresentava a esses consumidores, na sua língua natal, para maior transparência na apresentação do produto. Nas respostas ao Inquérito Industrial de 1891 os destinos referidos eram as colónias Africanas e o Brasil, mas também a Argentina, a França, a Alemanha, a Inglaterra, a Holanda e a América do Norte. As fábricas de Lisboa citaram ainda Hong

---

25 Boletim do Trabalho Industrial, vários números.
26 Cordeiro, 1989.

Kong, Espanha, Itália, Áustria e Goa.[27] O uso de marcas em língua estrangeira prende-se também com a presença em Portugal de industriais estrangeiros neste sector. O sector era dominado no início do século XX por uma maioria de produtores nacionais, mas contava a presença de alemães (como as Conservas *Canaud Sardines* e *Sanglier*, de Martin Stock), de dinamarqueses (como Carl Wandel que comercializava as sardinhas *La Sirène*), e sobretudo de industriais franceses (como a firma *Veuve Firmin Jullien*, de Setúbal, como a *Wenceslau Chancerelle* e a *Pierre Chancerelle* também de Setúbal, ou como a sociedade *Établissements F. Deleroy* com sede em Lorient e com fábricas em Setúbal, Lagos e Olhão).[28]

Deve notar-se que a tecnologia que aqui utilizavam era a descrita acima. Émile Louis Roullet, fundador da *Société G'énerale Française*, uma sociedade anónima que obteve autorização para laboração em Portugal em 1890 e cujo capital havia sido elevado para 1.200:000 francos distribuido por 2400 acções, propunha-se trazer para Portugal a seguinte tecnologia, em tudo idêntica à citada no Inquérito Industrial de 1891:[29]

– celhas de salga;
– cestos de lavagem;
– mesas de decapitação de peixes, cepos, e cunhas;
– mesas de cozinha cobertas de zinco;
– uma caldeira de ferro para ebulição;
– um secador de madeira;
– diáfanos e roldanas;
– quatro tachos de cobre para cozer sardinha;
– grelhas de frigir, ancoretas e baldes de zinco;
– ferramentas de funileiro, marceneiro, e ferros de soldar;
– mesas de funileiro, tinas, amotolias, depósitos de azeite;
– ratoeiras.

---

27 Leal Santos & Cª, Emílio Roullet &Cª, Cª Nacional de Conservas e Cª de Conservas Lisbonenses.
28 Boletins de Registo de Propriedade Industrial, vários números.
29 Diário do Governo de 24-10-1890.

Já em 1889 a maior parte das fábricas usava uma caldeira a vapor,[30] poucas tinham estufa e todas tinham balancetes e autoclaves. Por aqui se vê que Portugal usava neste sector uma tecnologia simples e pouco sofisticada, mas em tudo idêntica à de uma empresa francesa que para Portugal se *deslocalizou*. Da mesma maneira o material recenseado nas fábricas de Setúbal, em 1907, era constituido por: geradores a vapor (21); Mesas de soldar (53); Estufas (35); Tesouras (51); Caldeiras para banho (56); Ventoinhas (34); Enformadeiras (96); Caldeiras para massa de tomate (7); Corta-bicos (21); Fieiras (68); Cortantes (90); Engenhos de furar (12); Cunhos (120); Balancés (81); Dobradeiras (162); e Guindastes (31).[31]

A EXPORTAÇÃO

Poucos foram os industriais que declararam ao Inquérito Industrial de 1891 os valores da sua produção em 1889. Sempre existiu da parte dos industriais um enorme receio de as declarações prestadas poderem ser utilizadas para fins fiscais e as respostas dadas poderão pecar por defeito. O grau de sinceridade das respostas é desconhecido e pode explicar as grandes diferenças de produtividade naquele ano, que parecem resultar dos números.[32] Atente-se por isso no valor oficial das exportações. Nos princípios do século XX a exportação de conservas de sardinha andava por mil e quatrocentos contos de réis, de acordo com as *Estatísticas do Comércio Externo*, que atestam claramente a vulnerabilidade do sector. A existência de significativas flutuações conjunturais, típicas do sector, explica-se pela dependência que ele apresenta nesta fase da sua afirmação em relação à disponibilidade de matéria-prima e de mercados consumidores: O Gráfico 1 mostra uma tendência crescente durante o período, mas as flutuações registadas (entre as 5 e as 15 toneladas) confirmam a irregularidade da produção).

A exportação de conservas era uma componente relevante da balança comercial portuguesa e quase triplicou entre 1889 e 1904, aumentando de 565 contos para cerca de

---

30 É o caso de todas as fábricas de Setúbal em 1889: A Parceria Mercantil Aurora até tinha 2 caldeiras a vapor (Inquérito Industrial de 1891, mapa da tecnologia).

31 Boletim do Trabalho Industrial.

32 Veja-se o exemplo das fábricas de Lisboa: a Leal Santos &C^a com 30 operários e 6 aprendizes declarou 39 contos de produção, Emilio Roullet com 160 operários declarou 45 contos e a C^a Nacional de Conservas, com 40 operários e 10 aprendizes declarou 114 contos. A C^a Conservas Lisbonenses não respondeu ao quesito.

1,400 *contos*. As flutuações das exportações em valor foram contudo menores do que as flutuações das quantidades exportadas, o que significa que as flutuações dos preço nos mercados internacionais as compensaram parcialmente.

Gráfico 1 – Exportações de conservas de peixe (Toneladas).

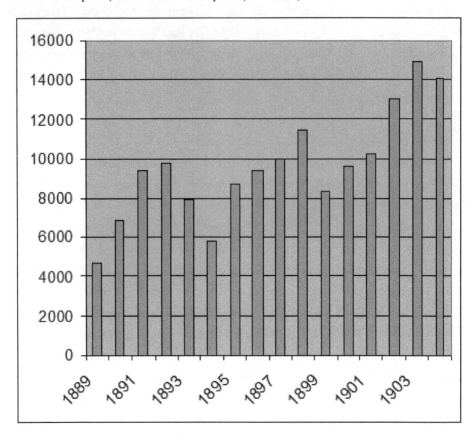

Fonte: *Estatísticas do Comércio Externo* 1889 a 1904.

O maior centro exportador era Setúbal, exportando no princípio do século cerca de metade do valor total, seguido de Lisboa, como se vê no quadro seguinte:

Ano	Setúbal (%)	Lisboa (%)	Resto do país (%)
1889	39	27	34
1890	35	22	43
1891	51	13	36
1892	48	20	32
1893	48	28	24
1894	46	23	31
1895	35	25	40
1896	45	23	32
1897	48	18	34
1898	46	23	31
1899	54	22	24
1900	52	25	23
1901	51	25	24
1902	40	25	35
1903	45	17	38
1904	49	16	35

Fonte: *Estatísticas do Comércio Externo* 1889 a 1904.

OUTRAS CONSERVAS EM LATAS.

Nesta fase de nascimento do sector da indústria alimentar, as fábricas faziam ao mesmo tempo conservas de carnes, de fruta e legumes (de que se destacava a massa de tomate, as azeitonas, a sopa juliana e as ervilhas) em paralelo com a conserva de peixe. Este facto pode parecer uma irracionalidade ou, sobretudo, uma não especialização que prejudicasse a eficiência e a produtividade. Note-se contudo que não só a sardinha era mais apropriada de Maio a Novembro, como a pescaria tinha flutuações. O enlatamento de outros alimentos para conserva tinha exactamente o mesmo tipo de vocação tecnológica e de alargamento da fronteira de possibilidades de consumo e permitia ao mesmo tempo o alisamento do nível da actividade industrial da fábrica ao longo do ano, substituindo uma vocação por outra(s) de acordo com a disponibilidade de matérias-primas, dia dia e caso a caso, sendo que a conserva de tomate também se podia ligar à conserva de peixe (em tomate).

Ainda assim, alguns estabelecimentos, nem sempre da pequena indústria, responderam em 1891 que trabalhavam 175 dias no ano, 180, 240, ou 290.[33] Também o número de operários utilizados não era fixo e as respostas ao Inquérito Industrial apenas dizem respeito ao número médio de operários. A flexibilidade de horários de trabalho era naturalmente favorável, ajustando-se os serões ao volume de trabalho a realizar.

A massa de tomate era obtida pela ralação do fruto para retirar peles e sementes, sendo depois escorrida e temperada de sal. A sua embalagem fazia-se da mesma maneira em caixas de folha de flandres, para consumo interno e para exportação e só dispensava esterilização se se destinava a um consumo rápido. Caso contrário, as caixas de folha de flandres eram esterilizadas mediante banho de fervura. A sopa juliana consistia à época na cozedura e posterior secagem de vários legumes (batata, cenoura, feijão verde, cabeça e rama de nabo), após terem sido devidamente arranjados. A conserva de ervilhas era muito semelhante, mas a sua embalagem fazia-se como no caso da massa de tomate. Além da fábrica Frederico Ferreira Mariz de Setúbal, refira-se a A. Leão & Cª, em Almada e a Cª Nacional de Conservas em Alcântara. (Esta Cª declarou ter produzido em 1889 80 ton de conserva de peixe, 80 ton de conserva de carne, 300 ton de conserva de fruta e 880 ton de conserva de legumes).[34] Estas conservas incluíam lombo de vitela ou vaca, lombo de porco, coelhos e aves. Depois de preparados os animais (e as aves eram depenadas em frio para serem mais saborosas) e de cortada a carne, eram assados e recebiam dentro das latas de folha de flandres o molho de refogado. No caso da carne de porco era preferido o uso da banha no enlatamento. Seguia-se a soldadura das latas, tal como nas conservas de peixe. Procedia-se depois à esterilização pelo método habitual. Também praticavam a conserva de peixe graúdo, frito em postas, em escabeche.

---

33 Fábrica de Lino José Campos, do Porto e fábrica António Soares Barreto de Vila Real de Santo António, fábrica de Paulo Soares de Sines, e fábrica Lusitana do Porto, respectivamente.

34 (Inquérito Imdustrial de 1891, mapa das produções).

Os efeitos de arrasto sobre outros sectores de actividade.

O sector das conservas de peixe exigia para a sua laboração essencialmente pescado e azeite, para além da folha de Flandres para a embalagem e madeira para o embalamento global. Os efeitos de arrasto que ele portanto desenvolvia estimulavam estes sectores, e em particular a pesca e o olival. A capacidade de resposta da actividade piscatória, contudo, dependeu não só dos estímulos do mercado e da tecnologia disponível, mas também da existência de espécies.

Ora, no caso particular em apreço, sabe-se quão vulnerável é a passagem dos cardumes junto das costas, facto que pode inviabilizar a possibilidade de aproveitamento de boas condições do mercado. No caso em apreço, a sardinha e o atum (para além da cavala) foram as espécies mais interessantes para o sector conserveiro. Por se tratar de espécies que estão na mesma cadeia alimentar, a perseguição dos cardumes de sardinha pelos cardumes de atum seus devoradores mostra como os equilíbrios naturais condicionam a abundância ou escassez destas espécies como matéria-prima. Já na época os pescadores algarvios observavam que bom ano de atum era mau ano de sardinha e vice-versa.

Na época a abundância da sardinha nas costas portuguesas era indiscutível. Mais saborosa na costa Atlântica Norte e na costa Algarvia do que na costa Alentejana, a sua reprodução em massa nas águas à custa de milhões de ovos deixados à superfície permitia a passagem de vastos cardumes. A sua pesca fazia-se por vários métodos, inclusivamente através de armações, uma vez que o seu percurso estava empiricamente estudado. Isso permitia saber-se que frequentava águas escuras para fugir a possíveis predadores, que se deslocava de Sul para Norte no Verão e em sentido inverso no Inverno, que os cardumes atingiam maiores velocidades de Sul para Norte que de Norte para Sul e que jamais se deslocava paralelamente à costa. Os cardumes ora se aproximavam da costa, ora inflectiam para o largo, para de novo picarem a caminho da costa, num movimento contínuo em zigue-zague. As armações eram montadas nas regiões que apanhavam o movimento de fuga da costa para o largo e, embora houvesse flutuações anuais, o ajustamento das armações permitia manter as pescarias.

Por outro lado, foram frequentes as alterações de percurso seguidas pelos cardumes, e o desaparecimento do atum das águas algarvias, que por ali passava para ir desovar ao Mediterrâneo, é bem a prova da impossibilidade de planeamento da actividade piscatória e consequentemente da das conservas de peixe.[35] A indústria das conservas nasceu por isso sempre na iminência de poder ter de vir a contar com uma fase de profundo refluxo da actividade, bastando para tal o desvio dos cardumes. Por fenómenos sísmicos, que alteram as profundidades marinhas, as correntes marítimas, quentes ou frias, podem desviar o seu curso e a variação das temperaturas da água do mar que daí resulta pode explicar o desvio dos cardumes. Os estudos oceanográficos não estavam na época – nem estão ainda hoje – suficientemente desenvolvidos para permitirem a previsão destas flutuações nos percursos das espécies piscícolas.

A tecnologia disponível na frota pesqueira portuguesa da época permitia já o afastamento significativo em relação às costas, mas, para além de terem de ser cumpridas as limitações internacionais relativas às águas territoriais, a pesca em águas mais distantes poria à indústria conserveira sérios problemas resultantes do trajecto a cumprir pelos barcos. A condição primeira era a frescura do pescado, numa época que não conhecia a frigorificação e *escorchar* o peixe a bordo, significaria transformar as unidades pesqueiras em quase-fábricas, o que era incompatível com as características que possuíam e com a mão-de-obra disponível a bordo. Tratava-se, na verdade, de um enquadramento pouco estimulante para a iniciativa empresarial pela incerteza e pelo risco que comportava. Além do mais estavam disponíveis experiências negativas. Desde 1880 que os cardumes haviam abandonado as costas francesas. Acreditou-se a princípio que se tratava de o ano anterior ter sido muito frio e de os cardumes terem acusado um comportamento de defesa em relação a águas menos aquecidas, mas sucessivamente viria a confirmar-se tratar--se de um abandono definitivo, sobretudo de1902 em diante. Assim, muitos industriais franceses haviam deslocado a sua actividade conserveira.

Como se vê, as conservas de carnes e legumes desencadeavam igualmente efeitos de arrasto, neste caso mais sobre a criação pecuária e a produção hortícola. É também aplicável o que foi dito atrás àcerca dos efeitos de arrasto sobre a produção de folha de flandres e sua estampagem com as respectivas marcas registadas, que, no caso das carnes, prefeririam apôr nas suas latas a imagem dos animais, e em particular das aves voando.[36] A conserva de frutas requeria açúcar, que era parcialmente importado da Alemanha.

A qualidade dos azeites nacionais e estrangeiros disponíveis no mercado era muito variável na época, e dependia sobretudo de serem virgens ou adulterados (pela mistura

---

35   Faria, 2001, p. 10.
36   *Almanaque Comercial de Lisboa*, 1903, 1909.

com outros óleos vegetais mais baratos, em loteamentos que davam bons lucros a quem os praticava). Grande parte da produção de azeite que era utilizado pelo sector das conservas (de peixe, de carne ou de legumes) não era produzido em Portugal, mas importado.[37] Além do azeite português, declararam usar azeite espanhol, francês e italiano, disponível no mercado.

Um bom azeite é virgem, pouco gordo, fino, dourado, transparente, só congela a temperaturas inferiores a 2 graus centígrados, e tem uma acidez inferior a 1 grau. Estas características asseguravam (e asseguram) uma alta qualidade às conservas, mas nem sempre são reunidas pelos azeites disponíveis no mercado. Um grande problema que o azeite nacional apresentava para efeito da sua utilização nas conservas de peixe e de que se queixavam os industriais do sector era o seu alto teor de margarinização, tanto mais elevado quanto mais calcários fossem os solos onde se encontrasse o olival seu produtor. (Note-se a este respeito que mesmo o azeite Herculano, meticulosamente produzido, presente em exposições internacionais, tinha um alto teor de margarina). Isto era muito negativo, pois na hora da abertura da lata pelo consumidor a conserva apresentaria gordura sólida, de muito má impressão para a vista. O mais apreciado e por isso o maior concorrente do azeite nacional era o azeite italiano, sobretudo por o azeite espanhol ser o que mais frequentemente se apresentava adulterado.[38] Pode contudo concluir-se que existiam estímulos sobre a produção nacional para que melhorasse a produção oleícola por forma a poder abastecer o sector conserveiro nacional, sobretudo com azeite obtido a partir das primeiras prensagens e não a partir do aproveitamento da pasta viscosa final.

A produção de azeite nacional apresentava muitos problemas na época. Grande parte dos olivais haviam sido plantados à estaca, tendo por isso árvores menos robustas e de raízes menos profundas do que se tivessem sido postos a partir de alfobres feitos pela germinação do fruto e usando enxertia. Depois, muitos dos olivais estavam plantados em Portugal em zonas húmidas, o que é contrário às características da própria planta, mediterrânica por sua natureza. Tinham por isso muitas doenças na rama e no fruto, que impediam a obtenção de um bom azeite. Na maior parte das regiões o método do varejamento para a colheita era também pernicioso por dizimar as árvores e torná-las mártires de golpes impiedosos, que dificultavam um desenvolvimento bem planeado

---

37 Inquérito Industrial de 1891, mapa das matérias-primas.
38 Boletim do Trabalho Industrial (nº2) do Ministério das Obras Públicas, Comércio e Indústria.

com uso de uma poda científica que produzisse árvores baixas, redondas e bem expostas ao sol. Finalmente, as técnicas de produção do azeite pecavam em Portugal por muitos defeitos. De acordo com opiniões técnicas da época citadas pelo Ministério das Obras Públicas Comércio e Indústria,[39] a colheita deve aguardar sempre a maturação do fruto para diminuir a acidez, mas é preferível colher um pouco cedo do que um pouco tarde demais porque isso facilita a rançagem (além da perda de algum fruto que cai). A escassez de lagares, obrigando a longas filas de espera de azeitona para a produção do azeite e à sua má conservação em tulhas seria também responsável por produções de baixa qualidade, agravada pela mistura de todo o tipo de azeitona, enlameada uma, com folhas e troncos, outra. A introdução da tecnologia do vapor nos lagares constituia uma enorme inovação, pois permitia um contrôle sobre a prensagem, aconselhava uma pressão de 15 kg/cm2 para a obtenção do azeite mais fino, e a continuação da prensagem sobre o resíduo, após passagem de água a ferver, até 45 kg/cm2 para a obtenção de azeite de segunda qualidade.[40]

A produção de folha de Flandres não pode ser apontada como um bom exemplo de um sector nacional estimulado pelo das conservas. Com efeito, toda a folha de Flandres era importada de Inglaterra, não contando Portugal com produção significativa.[41] Tratava-se de conseguir obter a laminação de ferro ou aço com pouca espessura e de proceder à sua estanhagem. Neste domínio os estímulos do sector encaminhavam-se sobretudo para a produção estrangeira, sem resposta por parte da produção nacional nesta fase. Deve contudo notar-se que já havia capacidade para preparar a folha de Flandres importada, de modo a ela suportar as altas temperaturas necessárias à esterilização. Em Setúbal a actividade era assegurada pela Société Métallurgique de Setúbal.

Já no que respeita à estampagem da folha de Flandres não pode dizer-se o mesmo. Tratava-se de uma actividade de litografia como a que se usava sobre papel, e Portugal dispunha já de capacidade para apôr as marcas registadas das conservas sobre a folha de Flandres de que haveriam de ser feitas as latas. Navios, peixeiras de canastra à

---

39   Boletim do Trabalho Industrial.

40   Relatório de 30 de Dezembro de 1905 do Luís Feliciano Marrecas Ferreira, engenheiro-chefe do Ministério das Obras Públicas, Boletim do Trabalho Industrial.

41   Era recusada toda a folha com pontos negros ou falhas de estanhagem. Inquérito Industrial de 1891, mapa das matérias-primas.

cabeça, damas elegantes, e peixes, eram os motivos mais frequentes, mas em certos casos prosperou a técnica dos postais ilustrados, pois algumas marcas consistiam em vistas panorâmicas.

É curioso notar que o caso de grande sucesso que ocorreu no sector, representado pela iniciativa empresarial de João António Júdice Fialho, se basearia entre 1892 e 1934 exactamente na estratégia da diversificação e da integração vertical, que no seu caso abrangia os sectores da agricultura, da pesca, da pecuária e da indústria.[42] Tão ou mais importante que o estudo do tipo de contabilidade que usou é compreender a lógica da sua maximização dos lucros. O seu enorme êxito resultou de as suas fábricas enlatarem o peixe pescado nas suas armações e pescarias, que eram servidas por barcos e rebocadores construídos nos seus estaleiros, mas enlatarem também as carnes, os legumes e as frutas das suas dezasseis quintas espalhadas pelo país. E todo o enlatamento usava latas feitas na sua serralharia mecânica, pintadas na sua litografia, cheias com azeite dos seus lagares, que eram depois encaixotadas em caixotes feitos na sua carpintaria. Fialho perspectivou muito correctamente a necessidade da diversificação que minimiza os riscos e da integração vertical intersectorial, além de manter um exacto rigor contabilístico para a gestão das suas actividades.

São talvez menos significativos os efeitos de propulsão que os efeitos de arrasto desenvolvidos pelo sector das conservas. Convém ainda assim referir a produção de adubos, a produção de óleo de sardinhas, e a fabricação de brinquedos. Todo o desperdício de peixe do sector conserveiro era aproveitado para a produção de guano. Utilizava-se uma técnica muito directa. Tratava-se de recolher todos os desperdícios e de os acumular ao ar livre, longe do centro urbano onde se localizava a fábrica, de lhes adicionar cal extinta e de os remexer periodicamente para assegurar a sua decomposição. Havia várias destas 'fábricas' de adubo em Setúbal e pelo menos uma em Lisboa (a Pereira Lima). Era usado para a produção agrícola, sendo vendido a 14$000 a tonelada.

Também há sub-produtos a considerar. A produção de óleo de sardinhas era um derivado também dos desperdícios de sardinha e resultava do aproveitamento das águas de lavagem. As suas aplicações eram muito limitadas pelo cheiro fétido que o caracterizava (e que impossibilitava a sua aplicação no fabrico de sabões, por exemplo), mas era de grande utilidade na lubrificação dos mastros dos navios e dos arreios dos animais

---

42 (Faria, 2001, cap. III).

Os desperdícios da folha de Flandres espalhavam-se por toda a parte em redor das fábricas. Eram coligidos com muita facilidade, apesar do carácter cortante das suas arestas, graças à sua recolha com uma forquilha, para dentro de uma caixa paralelipipédica de madeira, cujo enchimento era feito comprimindo os retaços com uma maça, tendo o cuidado de deixar arames para fazer no fim um atado. Como as faces da caixa não eram fixas, podiam abrir-se por fim, deixando sobre o terreno e à porta de cada fábrica, o respectivo atado. Tratava-se de uma actividade exercida com salário à peça, isto é, cada industrial pagava segundo o número de atados deixados diante da sua fábrica. Em Setúbal, por exemplo, dois homens, apenas, bastavam para assegurar esta recolha, começando num extremo da cidade e percorrendo-a até ao outro, para de novo recomeçarem. A fundição deste desperdício podia ser utilizada na fabricação de brinquedos, mas era sobretudo exportada (a 12$000 a tonelada) e a confecção de brinquedos podia ainda contar com a utilização das latas vazias após o consumo da conserva.

Conclusões.

Em conclusão, pode dizer-se que a indústria alimentar Portuguesa da modernidade nasceu com as conservas, sobretudo de enlatados. Além de ser um sector que pela sua natureza se ligou à diversificação da dieta alimentar e à des-sazonalização dos consumos, contribuiu também para o afastamento da fronteira de possibilidades do consumo alimentar, uma vez que tornou possível o desaparecimento de desperdícios ao oferecer a capacidade de conservação para um consumo diferido no tempo. Foi por isso um sector que muito contribuiu para o aumento de bem-estar e para o reforço do aprovisionamento dos mercados. Ao longo do século XX e sobretudo em fases de disrupção económica, nomeadamente nas duas Guerras Mundiais (além das guerras coloniais de 1961 a 1974, no caso português) a manutenção militar nos campos de batalha viria a contar com este produto no mercado. O aumento populacional e a crescente urbanização que se viveu ao longo de todo o período explicam também uma produção crescente para um consumo crescente, a nível doméstico e internacional, que viria a permitir a especialização das fábricas em cada um dos produtos. À nascença, contudo, a diversidade foi uma defesa para a sobrevivência e implantação do sector.

Por outro lado, foi sempre um sector com grandes laços a outras actividades económicas, a montante e a jusante na cadeia produtiva, dinamizando por isso o emprego de mão de obra através dos fornecimentos que exigiu e das oportunidades que criou para outros sectores produtivos.

BIBLIOGRAFIA

Almanaque Comercial de Lisboa, 1903, 1914.

BARBOSA, António Manuel Pinto. *Sobre a indústria de conservas em Portugal*. Lisboa, 1941.

Boletim do Trabalho Industrial, n°2.

Boletins de Registo de Propriedade Industrial, Ministério das Obras Públicas Comércio e Indústria, vários números.

BRITO, José Maria Brandão. *A industrialização portuguesa no pós-guerra (1948-1965) – O Condicionamento Industrial*. Lisboa: Dom Quixote, 1989.

CAVACO, Carminda. *O Algarve Oriental, As vilas, o Campo e o Mar*. Faro: Gabinete de Planeamento da Região do Algarve, 1976;

CORDEIRO, José M. Lopes. *A indústria Conserveira em Matosinhos*. Exposição de Arqueologia Industrial, Câmara Municipal de Matosinhos, 1989.

Diário do Governo de 24-10-1890.

FARIA, Ana Rita Silva de Serra. *A organização contabilística numa empresa da indústria de conservas de peixe entre o final do século XIX e a primeira metade do século XX. O caso Júdice Fialho*, tese de Mestrado, Universidade Técnica de Lisboa, 2001.

GARRIDO, Álvaro. *Abastecimentos e poder no Salazarismo, o Bacalhau corporativo*. Dissertação de Doutoramento, Universidade de Coimbra, 2003.

Inquérito Industrial de 1881, Lisboa, Imprensa Nacional, 1883.

Inquérito Industrial de 1891, Lisboa, Imprensa Nacional, 1893.

MAY, Earl Chapin – *The Canning Clan – A Pageant of Pioneering Americans* – New York: The Nacmillan Company, 1938.

MATA, Maria Eugénia. "Do Political Conditions Matter? Nineteenth-century Lisbon, A Case study". In: *Portuguese Studies Review*, 10 (1), 2002: 12-25.

REIS, J. 'O analfabetismo em Portugal no século XIX: uma interpretação', Nova Economia em Portugal, Estudos em homenagem a António Manuel Pinto Barbosa, Lisboa, Universidade Nova de Lisboa, (1988).

SALAZAR, António de Oliveira. *Nota sobre a indústria e a conserva de peixe*, Lisboa, 1953.

O MODERNISMO PORTUGUÊS NA FORMAÇÃO DO ESTADO NOVO DE SALAZAR: ANTÓNIO FERRO E A SEMANA DE ARTE MODERNA DE SÃO PAULO

Luís Reis Torgal

O MODERNISMO BRASILEIRO E PORTUGUÊS: ORIGENS E CONTRADIÇÕES

A Semana de Arte Moderna de São Paulo, realizada no Teatro Municipal nos dias 13, 15 e 17 de Fevereiro de 1922, supõe um movimento que lhe é anterior, que se reporta pelo menos a 1912, altura em que Oswald de Andrade regressa da Europa sob a influência do "manifesto futurista" de Marinetti (1909) e a coroação do poeta simbolista francês Paul Fort como "príncipe dos poetas".[1] Por sua vez, também o primeiro modernismo português, e o futurismo, que têm como símbolos o *Orpheu*, publicado em Março e Junho de 1915,[2] e *Portugal Futurista*, publicado em Lisboa, num número único, em 1917, têm atrás de si todo um conjunto de fatores de natureza cultural que em parte o explicam.

---

1 Sobre o Modernismo brasileiro, vide Mário da Silva Pinto, História do Modernismo Brasileiro. 1/ *Antecedentes da semana de Arte Moderna*. Rio de Janeiro: Civilização Brasileira, 1978.

2 O primeiro número teve a direção de Luís de Montalvor, que haveria de rumar ao Brasil como secretário de Bernardino Machado, na qualidade de embaixador, e de Ronald de Carvalho, diplomata brasileiro que iria participar ativamente na Semana paulista de 22, e o segundo teve a direção de Fernando Pessoa e Mário Sá-Carneiro, tendo em ambos os casos como editor António Ferro.

A "crise de fim de século" em boa parte é preparatória desse movimento, dado um certo tipo de nacionalismo que lhe anda estruturalmente ligado, assim como o cansaço pelo racionalismo positivista e a atração, embora com repúdio do Romantismo, pelo sentimento, pela paixão, pela intuição. Daí que o intelectual desta época — descrente das grandes filosofias idealistas e prático por natureza — sofra por vezes mutações constantes do ponto de vista político, quando à política se quer ligar.

Depois, no Brasil, os modernistas fracionam-se em movimentos de tendências diferentes que vão desde o futurismo à própria ruptura com o futurismo. Menotti del Picchia, criticando o movimento a que pertencera, afirma: "Já se tem quase uma receita para ser artista moderno: basta falar em *jazz-band*, aeroplano, velocípede, frigorífico etc..". E em 1924 Ronald de Carvalho gritava: "Morra o futurismo! o futurismo é passadismo". Assim, surge o movimento do "Manifesto Pau-Brasil", de Ronald de Carvalho e Oswald de Andrade, de sentido brasileirista mas espontâneo, sem erudição nem métrica, contra a "decadência civilizacional" e mergulhando as raízes na natureza. Mas, este grupo vai transformar-se no movimento da "Antropofagia", em que se valoriza o homem natural, atacando o liberalismo e o cristianismo, optando pela "realidade sem complexos, sem loucura, sem prostituição e sem penitenciárias do matriarcado do Pindorama".[3] Noutro sentido, forma-se o grupo "Verde-Amarelo", de Plínio Salgado, o Chefe do Integralismo, e Euclides da Cunha, que leva o nacionalismo às últimas consequências, numa discussão mais de natureza política do que literária, e que também se transmuta no "Grupo da Anta", espécie de totem inventado por Plínio. Também, entretanto, se desenvolve o regionalismo nordestino de Gilberto Freyre e José Lins do Rego. E, finalmente, no Rio surgia o movimento da revista *Festa*, de escritores como Cecília Meireles, contra o nativismo e defendendo uma poesia universal desligada do pitoresco. Fechava-se assim o ciclo do modernismo, que cumpria o seu trajeto histórico, em grandes contradições, cerca de 1930.

Em Portugal, tudo começa com uma forte afirmação nacionalista. Na verdade, é por volta de 1910, no início da República, que se cria a ideia da formação de uma "Sociedade Nacional de História", com todo um programa para desenvolver a historiografia portuguesa, liderada por Fidelino Figueiredo. De um ponto de vista cultural mais amplo, surge uma ideia de afirmação ou de recuperação de novas formas literárias, contra o modismo francês. A revista *Águia*, do movimento da Renascença Portuguesa, é reveladora

---

[3] Nome por que era conhecido na linguagem índia o "espaço" em que se tornou o Brasil.

dessa tendência para a formação de uma cultura nacional e por ela passam nomes como Leonardo Coimbra, filósofo saudosista que se ligou à República, com a qual se viria a incompatibilizar no seu final, Jaime Cortesão, republicano que se tornará um intelectual da oposição ao regime que em 1932-1933 será fundado por Salazar e que se intitulará "Estado Novo", como nomes de tradicionalistas monárquicos, dos quais Afonso Lopes Vieira é um caso exemplar. Mas, entretanto, já se formara antes uma plêiade de intelectuais de sentido regionalista e nacionalista, como, para além do citado Afonso Lopes Vieira, Augusto Gil, António Correia de Oliveira, Raúl Lino, com o mito da "casa portuguesa", e serão eles, e outros, a serem elogiados por um jovem intelectual republicano, Alberto Veiga Simões, numa obra sintomática de novas tendências literárias, dedicada, em certo sentido numa aparente contradição, ao patrono do Positivismo português e primeiro Presidente da República, Teófilo Braga. Trata-se da obra *A Nova Geração. Estudo sobre as tendências atuais da literatura portuguesa*, publicada em 1911, mas que foi escrita anteriormente.[4]

O nacionalismo era, pois, igualmente sentido no seio das ideologias republicanas e das ideologias monárquicas, residuais ou que se formavam com outro vigor, numa lógica de "nova direita" maurrasiana, como sucederá com o Integralismo Lusitano. Não esqueçamos que o jornal de António José de Almeida — talvez a figura mais carismática e respeitada da República — se chamava *Alma Nacional*.[5] Idêntico título, *Alma Portuguesa*, terá a publicação dos precursores do Integralismo Lusitano no exílio.[6] Veiga Simões exprime, pois, esse tipo de ideologia e essa concepção cultural quando — anos antes de Pacheco de Amorim, um intelectual católico, que escreveu também sobre a "Nova Geração"[7] e anos depois de Sampaio Bruno ter falado dos escritores da época de Eça e

---

4 *A Nova Geração. Estudo sobre as tendencias actuaes da litteratura portuguesa*, Coimbra, França Amado, 1911. A obra foi publicada no próprio ano da sua formatura em Direito (Novembro de 1911), sendo a dedicatória a Teófilo Braga datada de 1 de Maio de 1911. Segundo o autor diz nessa dedicatória, foi escrito entre os 20 e os 22 anos (p. X). O livro começou a ser impresso antes da implantação da República e estaria pronto para publicação em 1909 (*Post-scriptum*, p. 48).

5 *Alma Nacional. Revista Republicana*. Lisboa, 10 de fevereiro a 29 de setembro de 1910.

6 A revista *Alma Portugueza*, que tem na capa Nuno Álvares Pereira, foi publicada na Bélgica em 1913.

7 *A Nova Geração*, Coimbra, França & Armenio Livreiros-Editores, 1918. A obra foi escrita por Pacheco de Amorim quando tinha 29 anos (p. VI).

de Antero como fazendo parte de uma "geração nova"[8]— refletiu sobre o sentido ou os sentidos das novas correntes literárias.

De algum modo, estas tendências difusas preparam e acompanham o início do movimento modernista, que entretanto encontrava também como antecedente a tendência simbolista do poeta Eugénio de Castro, que irá manifestar, na qualidade de professor da Faculdade de Letras de Coimbra, uma perfeita ligação ao Estado Novo.

Veiga Simões e a análise das tendências literárias da "nova geração"

Mas convirá debruçar-nos um pouco sobre Veiga Simões, para entendermos melhor as tendências da literatura portuguesa dessa "nova geração".[9]

Para ele, a crise da nossa literatura tem a ver com a crise da política nacional, que Rafael Bordalo Pinheiro havia chamado, na sua caricatura sarcástica, "a grande porca".[10] O realismo de Eça permanecia como a grande referência literária, como as odes de Antero ou o "satanismo" de Guerra Junqueiro e Gomes Leal. Mas, apesar da sua força expressiva, teriam permanecido vivos os delírios ultra-românticos e parnasianos, que seguiam exemplos franceses pouco significativos como o "parnasiano" Anatole France ou o nacionalista Barrès, ou — como dizia — "essas antologias horizontais e lisas, que todos os anos aparecem, quando a semana de Longchamps começa a animar Paris, restituindo à cidade a gente das praias e dos campos na ânsia de surpreenderem a nota elegante e nova dos vestidos novos e da moda em literatura".[11] Devido à falta de caráter nacional da nossa literatura (segundo o autor), a "nova geração", que desponta por altura do centenário de Camões (1880), começa a afirmar-se. Depois da falhada experiência do simbolismo de Eugénio de Castro dos anos 90, que, embora combatendo o parnasianismo, se envolveu nas influências do decadentismo francês e que — segundo as suas palavras — "da nossa literatura não aproveitou mais que a riqueza linguística, a alargar o vocabulário reduzido

---

8   *A Geração Nova*, edição do Porto, Lello & Irmão, 1984. O texto original é datado de 1885.

9   O nosso artigo "Caminhos da cultura portuguesa do 'fim de século'. Rumos contraditórios das 'novas gerações'", in *Los 98 ibéricos y el mar. Actas. Tomo II: La cultura en la Península Ibérica*, Madrid, Sociedad Estatal Lisboa'98, 1998, p. 121-135.

10 A obra citada *A Nova Geração*, Coimbra, França Amado, 1911, p. 3 ss.

11 *Ob. cit.*, p. XIX.

sucessivamente pelos ultra-românticos e pelas camadas seguintes",[12] surgiu um escol de escritores que assumiram uma consciência nacional, uma espécie de "neo-lusitanismo", de que era exemplo Manuel da Silva Gaio,[13] mas também António Correia de Oliveira, Augusto Gil, Afonso Lopes Vieira, António Patrício.[14] Esta nova fase da literatura, do teatro — um teatro simples, não envolvido em grandes teses e com um papel social, que não afastasse os espectadores[15] — e também da arquitetura da "casa portuguesa" de Raúl Lino,[16] supunha, para além de uma consciência nacional, uma consciência "universal".

Conforme explicava, referindo-se a António Correia de Oliveira, por oposição a Eugénio de Castro, enquanto a tendência que este representava se isolava no "sonho artístico, na contemplação da beleza", a outra procurava "a base do seu modo artístico no fundo da própria raça, nos monumentos literários que melhor o exprimem, em emoções que são feixes de focos novos dando sempre origem a obras novas, a novas obras de arte". E concluía, quanto a este caso: "Daqui a contemplação universal, como alargamento da nacional, num mais vasto e completo campo de ação, seduzido o artista pelo idealismo que o ergue e o faz ver de alto, em vez de levar a sua vista a vãos detalhes".[17]

Referindo-se a Manuel da Silva Gaio, na sua primeira fase, afirmava que ele nos dava "a impressão do meio, [...], amando a sua região, e espontaneamente amando o fundo da sua raça".[18] Falando ainda deste escritor,[19] disserta sobre a sua teoria do "energismo integral": "Por ela se conciliam aspirações de ação, que sempre predominaram nos períodos vivos da nossa história; mas uma ação mais consciente, tendo a iluminá-la um novo ideal que seja o neo-paganismo da nossa compreensão da vida, congraçando no mesmo elo todos os elementos tradicionais. É o neo-*goethismo* da afirmação humana de todas as

---

12 *Idem*, p. 25.
13 *Idem*, p. 123.
14 *Idem*, p. 143 ss., e 167 ss.
15 *Idem*, p. 181 ss.
16 *Idem*, p. 131.
17 *Idem*, p. 144.
18 Cf. *idem*, p. 143-145. Recorde-se que Manuel da Silva Gaio (1860-1934), para além da sua obra literária, foi secretário da *Revista de Portugal*, para o que foi convidado por Eça de Queirós, e fundador, com Eugénio de Castro, da revista *Arte*.
19 Cf. *idem*, p. 145 ss.

grandes aspirações do homem, com todos os quadros da vida portuguesa".[20] Daí que entenda a existência de "homens-núcleos" no campo da literatura como da vida, "fontes de energismo que recolhem e espalham as energias da raça". É afinal uma espécie de teoria do "super-homem" de Nietzsche (ou de Carlyle), que capta a dinâmica da história para a ultrapassar e liderar novos movimentos. Veiga Simões assim o diz, sempre referindo-se às teorias de Silva Gaio:

> Assim a vida vive totalmente na arte. Será tanto maior o homem-núcleo quanto maior for o número de elementos da raça que reúna. Cérebro coletivo, coletor e propulsor, — será maior a sua irradiação atuando sobre todos os que têm com eles afinidades e com ele se confundem. O grande-homem será o que toma os elementos da vida comum e que cria novos elementos.[21]

Neste contexto de crítica literária, o jovem Veiga Simões — que particularmente apreciou também o nacionalismo de Teófilo Braga, a quem (como já dissemos) dedicou o livro — envolve-se num mundo intelectual compósito, mas onde sobressaem concepções nacionalistas e "rácicas", erguidas em ideias universalistas, onde se afirma o intelecto, mas igualmente os sentidos, um idealismo mas também um sentido prático da arte e da maneira de conceber a vida, um cientismo evolucionista, um "subjetivismo" criativo e universalizante. Neste quadro, aparecem Hegel, Goethe, Wagner, Darwin, William James, Bergson, Nietzsche, D'Annunzio e ... tantos outros.[22]

Neste contexto, surge a esperança na República com a sua figura emblemática de Teófilo:

> Cinquenta anos de paz podre à sombra dum monarquismo paralítico produziram a República Portuguesa, e para que o mundo saiba que nesse acordar heroico o povo se ergueu num salto brusco, cheio de si, — à frente do primeiro governo ficou a figura mais profundamente nacional do momento presente, — obreiro de gênio que é a consciência de um país, abrindo-se e amostrando-se: Teófilo Braga.[23]

Em todas estas apreciações críticas, há algo de profundamente diferente em relação ao espírito da "nova geração" que será descrito, como dissemos, pelo católico e nacionalista

---

20 *Idem*, p. 147-148.
21 *Idem*, p. 149.
22 Cf. *idem*, p. 126 ss., 213 ss., 225 ss.
23 *Idem*, p. 50-51.

Pacheco de Amorim, mas há também algo de sensivelmente comum. Há um apelo nacionalista a uma "nova era". Se, todavia, na obra de 1918 este apelo é feito essencialmente de Tradição e de Catolicismo, entendidos como elementos de purificação da "Cidade", na obra de 1911 há um apelo a um "novo mundo" realizado por esforço laico, entendido numa perspectiva simultaneamente racional e apaixonada. Se há uma esperança na República, ela insere-se numa esperança feita de ideais "rácicos" e universais, numa ideia de "Renascimento" de ideais feitos da afirmação de "homens-núcleo". No último capítulo do livro, "Renascimento. Profecia do Futuro", Veiga Simões escrevia este hino triunfante:

> Renascimento!
>
> Há alvoradas em toda a parte. Tocam os clarins dos velhos dominadores do homem; mas as sentinelas fogem para se encontrarem no largo planalto dominador com os homens seus irmãos.
>
> Renascimento!
>
> Há tintas novas nas paletas da natureza; e o homem vê-as, escolhe-as, — e começa a encher a vida de beleza, tornando-a bela em si mesma.
>
> Renascimento!
>
> Como há quinhentos anos, acordando dum sono, de novo o homem acorda, — mas agora para sentir-se liberto de todas as forças humanas, liberto das próprias forças da natureza. Em quinhentos anos o homem construiu um longo arco ogival: pôs dum lado essa força muscular da Renascença; no fecho da ogiva lançou a labareda da Revolução francesa; e da outra banda começou a esculpir o capital do Renascimento dos nossos dias, que será inteiro no dia em que o homem escultor termine o seu trabalho.[24]

"Reconquista" ou "Renascimento católico", ou "Renascimento" laico? O certo é que ecoavam na "nova geração", do fim do século ou do princípio do milênio, tal como era vista por homens diferentes da segunda década do século 20, ideais de mudança em direção a soluções de um "mundo novo". "Mundo Novo"? Ou — mesmo não o desejando — prenúncio de um "Estado Novo"? Não se trataria de uma espécie de "traição dos intelectuais"?[25] Parafraseando Ingmar Bergman, não será que se detectam no fim de século e nos inícios do século seguinte "o ovo" ou "os ovos da serpente"?

---

24 *Idem*, p. 261-262.
25 A expressão, inspirada na célebre obra de Julien Benda *La trahison des clercs*, foi utilizada por Rui Ramos na sua interpretação da linha de rumo da cultura na época republicana, no volume

O Modernismo e o Futurismo como formas de uma "Literatura Nova" num "Estado Novo" e numa "Europa Nova"

Não vamos fazer, obviamente, uma análise literária do Modernismo, mas captar de alguns dos seus documentos fundamentais a ideia uma "literatura nova", no contexto de uma luta contra a "burguesia" e a favor de um "Estado Novo" (entendido em sentido lato), numa "Europa Nova".

Vejamos a caso do *Ultimatum* de Álvaro Campos,[26] um dos heterônimos de Fernando Pessoa, publicado pela primeira vez em 1917. Começa, escandalosamente, com um "Mandado de despejo aos mandarins da Europa". "Fora tu, Anatole France, Epicuro da farmacopeia homeopática, tênia — Jaurès do Ancien Régime, salada de Renan-Flaubert em louça do século dezessete, falsificada!" Assim inicia o "despejo", que continua com as outras grandes figuras emblemáticas da cultura europeia, utilizando idênticos impropérios: Maurice Barrès, Bourget, George Bernard Shaw, H. W. Wells, G. K. Chesterton, Yeats, Maeterlinck, Rostand. A daí passa para os chefes de Estado — "[...] todos os chefes de estado, incompetentes ao léu, barris de lixo virados pra baixo à porta da Insuficiência da Época!" Vêm a seguir os Estados e as suas culturas — "Desfile das nações para o meu Desprezo!": a "ambição italiana", o "'esforço francês'", a "organização britânica", a "cultura alemã, Sparta podre com azeite de Cristianismo e vinagre da nietschização" e... por aí fora, até chegar à Espanha, a Portugal e ao Brasil e aos Estados Unidos:

> Tu, "imperialismo" espanhol, salero em política, com toureiros de sambenito nas almas ao voltar da esquina e qualidades guerreiras enterradas em Marrocos!
>
> Tu, Estados Unidos da América, síntese-bastardia da baixa-Europa, alho de açorda transatlântica, pronúncia nasal do modernismo inestético!
>
> E tu, Portugal-centavos, resto da Monarquia a apodrecer República, extrema-unção-enxovalho da Desgraça, colaboração artificial na guerra com vergonhas naturais em África!

---

6 da *História de Portugal* (direção de José Mattoso), intitulado sintomaticamente "A segunda Fundação", Lisboa, Círculo de Leitores-Espampa, 1994.

26 *Ultimatum de Alvaro de Campos (sensacionalista)*, separata de Portugal Futurista, Lisboa, 1917. Pode consultar-se em Petrus, *Os modernistas portugueses*, I. Do Orpheu à Presença, Porto, Textos Universais, CEP, s.d., p. 9-31.

E tu, Brasil, "república irmã", blague de Pedro Álvares Cabral, que nem te queria descobrir!

A Europa precisaria de se renovar, ou inovar. Mas, antes de indicar o "caminho", lança sobre ela um conjunto de frases soltas que apostavam no seu desejo de Futuro e que terminam em afirmações egotistas:

A Europa tem sede de Futuro!

A Europa quer grandes Poetas, quer grandes Estadistas, quer grandes Generais!

Quer o Político que construa conscientemente os destinos do seu Povo!

Quer o Poeta que busque a Imortalidade ardentemente, e não se importe com a fama, que é para as atrizes e para os produtos farmacêuticos!

Quer o General que combata pelo Triunfo Construtivo, não pela vitória em que apenas se derrotam os outros!

A Europa quer muitos destes Políticos, muitos destes Poetas, muitos destes Generais!

A Europa quer a Grande Ideia que esteja por dentro destes Homens Fortes — a ideia que seja o Nome da sua riqueza anônima!

A Europa quer a Inteligência Nova que seja a Forma da sua Matéria caótica!

Quer a Vontade Nova que faça um Edifício com as pedras-ao-acaso do que é hoje a Vida!

Quer a Sensibilidade Nova que reúna de dentro os egoísmos dos lacaios da Hora!

A Europa quer Donos! O Mundo quer a Europa!

A Europa está farta de não existir ainda! Está farta de ser apenas o arrabalde de si-própria!

A Era das Máquinas procura, tateando, a vinda da Grande Humanidade!

A Europa anseia, ao menos, por Teóricos de O-que-será, por Cantores-Videntes do seu Futuro!

Dai Homeros à Era das Máquinas, ó Destinos científicos! Dai Miltons à Época das Cousas Elétricas, ó Deuses interiores à Matéria!

Dai-nos Possuidores de si-próprios, Fortes, Completos, Harmônicos, Subtis!

A Europa quer passar de designação geográfica a pessoa civilizada!

O que aí está a apodrecer a Vida, quando muito é estrume para o Futuro!

O que aí está não pode durar, porque não é nada!

Eu, da Raça dos Navegadores, afirmo que não pode durar!

> **Eu**, da Raça dos Descobridores, desprezo o que seja menos que descobrir um Novo Mundo!
>
> Quem há na Europa que ao menos suspeite de que lado fica o Novo Mundo agora a descobrir? Quem sabe estar em um Sagres qualquer?
>
> **Eu**, ao menos, sou uma grande ânsia, do tamanho exato do Possível!
>
> **Eu**, ao menos, sou da estatura da Ambição Imperfeita, mas da Ambição para Senhores, não para escravos!
>
> Ergo-me ante o sol que desce, e a sombra do meu Desprezo anoitece em vós!
>
> **Eu**, ao menos, sou bastante para indicar o Caminho!

Desta forma, Álvaro Campos, "engenheiro naval", emotivo, "franzino e civilizado", proclamava que o "Caminho" passava, em primeiro lugar, pela "lei de Malthus da sensibilidade", ou seja, "a adaptação da sensibilidade ao meio"; em segundo lugar, pela "necessidade de adaptação artificial", isto é, "a transformação violenta da sensibilidade de modo a tornar-se apta a acompanhar, pelo menos por algum tempo, a progressão dos seus estímulos"; e, em terceiro lugar, pela "intervenção cirúrgica anticristã", abolindo "o dogma da Personalidade", "o preconceito da Individualidade" e "o dogma da objetividade".

No primeiro caso desta última premissa, ao abolir a Personalidade e ao surgir uma "consciência da sua interpenetração com as almas alheias", haveria uma aproximação ao surgimento do "Homem-Completo, Homem-Síntese da Humanidade". E daí em política proclamar-se-ia a "abolição total do conceito de democracia, conforme a Revolução Francesa, pelo qual dois homens correm mais do que um homem só, o que é falso, porque um homem que vale por dois é que corre mais que um homem só!" — substituía-se assim a Democracia pela "Ditadura do Completo", surgindo um outro sentido para a Democracia, o "Grande Sentido da Democracia, contrário em absoluto da atual, que, aliás, nunca existiu". Em arte, dava-se a "abolição total do conceito de que cada indivíduo tem o direito ou o dever de exprimir o que sente" — o que é necessário é o "artista", "o artista cuja arte seja uma Síntese-Soma, e não uma Síntese-Subtração dos outros de si, como a arte dos Atuais". Em filosofia, verificava-se a "abolição do conceito de verdade absoluta" — "como tudo é subjetivo, cada opinião é verdadeira para cada homem: a maior verdade será a soma-síntese-interior do maior número destas opiniões verdadeiras que se contradizem umas às outras".

Por sua vez, ao abolir o "preconceito da Individualidade", anular-se-ia-se-ia, em política, "a convicção que dure mais que um estado de espírito", em arte a "abolição do dogma da individualidade artística", substituindo-a pelo artista que o será tanto mais quanto "menos se definir" e "o que escrever em mais gêneros com mais contradições e mais dessemelhanças", e, em filosofia, a sua redução "à arte de ter teorias interessantes sobre o 'Universo'".

Da abolição do "dogma da objetividade" surgiria, em política, "o domínio apenas do indivíduo ou dos indivíduos que sejam os mais hábeis Realizadores de Médias"; em arte, ao abolir-se "o conceito de Expressão", substituir-se-ia pelo de "Entre-Expressão", ou seja, a expressão de "opiniões de pessoa nenhuma"; e, em filosofia, substituir-se-ia o conceito de Filosofia pelo de Ciência, "visto a Ciência ser a Média concreta entre opiniões filosóficas"," a Média das subjetividades".

De tudo isto, tirava Álvaro Campos/Fernano Pessoa a ilação dos "resultados finais sintéticos": em política, a afirmação de uma "Monarquia Científica, anti-tradicionalista e anti-hereditária, absolutamente espontânea pelo aparecimento sempre imprevisível do Rei-Média", relegando-se o papel do Povo "ao seu papel cientificamente natural de mero fixador dos impulsos do momento"; em arte, a "substituição da expressão de uma época, por trinta ou quarenta poetas, por a sua expressão por (por ex.), dois poetas cada um com quinze ou vinte personalidades, cada uma das quais seja uma Média entre correntes sociais do momento"; em filosofia, "integração da filosofia na arte e na ciência", desaparecimento da metafísica e de todas as formas de sentido religioso, "por não representarem uma Média".

Qual o "Método" para alcançar este "Caminho"? Esse — diz Álvaro de Campos — "sabe-o só a geração por quem grito, por quem o cio da Europa se roça contra as paredes!" Ele só conhecia o "Caminho", era esse que proclamava:

> Proclamo, para um futuro próximo, a criação científica dos Super-homens!
> Proclamo a vinda de uma Humanidade matemática e perfeita!
> Proclamo a sua Vinda em altos gritos!
> Proclamo a sua Obra em altos gritos!
> Proclamo-a, sem mais nada, em altos gritos!
> E proclamo também: Primeiro:
>
> O Super-homem Será, Não o Mais Forte, Mas o Mais Completo!
>
> E proclamo também: Segundo:
>
> O Super-homem será, Não o Mais Duro, Mas o Mais Complexo!

E proclamo também: Terceiro:

O Super-homem Será, Não o Mais Livre, Mas o Mais

Harmônico!

Proclamo isto bem alto e bem no auge, na barra do Tejo, de costas pra a Europa, braços erguidos, fitando o Atlântico e saudando abstratamente o Infinito!

Na sequência desta "revolução cultural", feita de influências nietzcheanas, compreende-se o "Manifesto Anti-Dantas", de José de Almada Negreiros, "Poeta d'Orpheu Futurista e Tudo"[27] — "Morra o Dantas! Morra! Pim!". Júlio Dantas representava, e continuaria afinal a representar, uma literatura "oficial", "burguesa", integrada na "ordem", em qualquer "ordem". E Almada representava a transgressão de uma "nova geração". Daí o seu *Ultimatum Futurista às Gerações Portuguesas do Século XX*,[28] proclamado em 14 de abril de 1917 no Teatro República e publicado no número 1 e único do *Portugal Futurista* em Novembro, no contexto da guerra, e de elogio da guerra, no que considerava "um país de fracos", "um país decadente":

É a guerra que desloca o cérebro do limite doméstico pra concepção do Mundo, portanto da Humanidade.

A guerra cobre de ridículo a palavra sacrifício transformando o dever em instinto.

É guerra que proclama a pátria como a maior ambição do homem. É a guerra que faz ouvir ao mundo inteiro pelo aço dos canhões o nosso orgulho de Europeus.

Enfim: a guerra é a *grande experiência*. Contra o que toda a gente pensa a guerra é a melhor das seleções porque os mortos são suprimidos pelo destino, aqueles a quem a sorte não elegeu, enquanto que os que voltam têm a grandeza dos vencedores e a contemplação da sorte que é a maior das forças e o mais belo dos otimismos. Voltar da guerra, ainda que a própria pátria seja vencida, é a Grande Vitória que há--de salvar a Humanidade.

A guerra por razões de número e de tempo, acaba com todo o sentimento de saudade para com os mortos fazendo em troca o elogio dos vivos e condecorando--lhes a Sorte.

---

27 *Manifesto Anti-Dantas e por extenso por José de Almada-negreiros Poeta d'orpheu Futurista e Tudo*, Edição do autor, s.d.

28 Publicado por Petrus, ob. e vol. cit., p. 57.

> A guerra serve para mostrar os fortes e salvar os fracos.
> Na guerra os fortes progridem e os fracos alcançam os fortes.
> Portugal é um país de fracos. Portugal é um país decadente [...]

Num discurso futurista e assumidamente provocatório, Almada termina, dizendo por três vezes que "é preciso criar a pátria portuguesa do século XX", completando esse juízo desta forma:

> O povo completo será aquele que tiver reunido no seu máximo todas as qualidades e todos os defeitos. Coragem, portugueses, só vos faltam as qualidades.

Publicado já em 1921, outro modernista, António Ferro, o editor da revista *Orpheu*, publicava *Nós*,[29] que poderia significar "Eu", tendo em conta o caráter egotista da escrita modernista e dado tratar-se exatamente de um texto de diálogo entre "Eu", António Ferro talvez ou também, e "A Multidão", a "multidão" que os modernistas odiavam ao mesmo tempo que apelavam para uma elite, de que faziam parte, "A Multidão" que, no texto em prosa de Ferro, apenas diz coisas como isto: "Não se ouve nada, não se ouve nada...", "Não percebemos, não percebemos... Endoideceram? Falem mais alto...", "Doidos varridos, doidos varridos...", "Insolente! Insolente! Vamos bater-lhe..."

Ferro começa por citar Jean Cocteau: "L'avenir n'appartient à personne. Il n'y a pas de precursores, il n'existe que des retardataires". A seguir vem um conjunto de afirmações desconcertantes, interrompidas, como dissemos, pelos gritos de "A Multidão". Começa por afirmar:

> Somos os religiosos da Hora. Cada verso — uma cruz, cada palavra — uma gota de sangue. Sud-express para o futuro — a nossa alma rápida. Um comboio que passa é um século que avança. Os comboios andam mais depressa do que os homens. Sejamos comboios, portanto!
>
> Ser de hoje, **Ser hoje!!!**... Não trazer relógio, nem perguntar que horas são... Somos a Hora! Não há que trazer relógios no pulso, nós próprios, somos relógios que pulsam...

A ideia de crise do país é, como sempre, um *leit motiv*: "Cheira a defuntos, cheira a defuntos em Portugal..." E a "Grande Guerra na Arte" é apresentada como uma revolução que separa "nós" e o "outro lado". "Nós" é "Gabriel d'Annunzio — o Souteneur da Glória — abraçado a Fiume — cidade virgem num espasmo...", é o *ballet* russo com

---

29 António Ferro, Nós, s.l., s.e., s.d. [1921]. Publicado em Petrus, ob. e vol. cit, p. 91 ss.

Nijinsky e Karsavina, é "Marinetti — esse *boxeur* de ideias", Picasso, o cubista Francis Picabia, Cocteau, "Blaise Cendrards — Torre Eiffel de asas e de versos", "Stravinsky — máquina de escrever música", Bernard Schaw, "Colette — o carmim da França", "Ramón Gómez de la Cerna, palhaço, saltimbanco, cujos dedos são acrobatas na barra da sua pena" e... alguns outros, entre eles, apesar de tudo, Anatole France, "Homem de todas as idades", e António Ferro, "**Eu** — afixador de cartazes nas paredes da Hora". "Do outro lado" está, por exemplo, "Paulo Bourget — médico de aldeia com consultório de psicologia em Paris", "Liñares Rivas — amanuense do teatro espanhol", "está o Dantas — coiffeur das almas medíocres", "o Lopes de Mendonça — barrete Frígio às três pancadas, matrona que já foi patrono de cadáveres da Ressurreição", "Júlio de Matos — maníaco de doidos", "o senhor Antero de Figueiredo, feminilmente a trabalhar, em coiro, a História Pátria" e "mesmo tu, leitor, orgulhoso da tua mediocridade, rindo às escâncaras, sobre esta folha de papel que irás ler à família, à sobremesa..." E termina com a apóstrofe, dirigindo-se à "Multidão" furiosa:

> Morram, morram vocês, ó etcéteras da Vida!... Viva eu, viva Eu, viva a Hora que passa... Nós somos a Hora oficial do Universo: meio dia em ponto com sol a prumo!

O Modernismo e o Futurismo não se fixavam em nenhuma posição política. Vaga e desconexamente falavam de "uma outra política", mas acima de tudo referiam-se, de forma assumidamente arrogante e espetacular, a uma "nova Europa" e "um novo Portugal", no qual surgiria uma "nova cultura" e uma "nova literatura".

Claro que, com isto, não queremos significar que Pessoa ou Almada Negreiros fossem adeptos do Estado Novo que surgiu com Salazar.

Pessoa, é certo, criticou a República jacobina — ressalvando o republicanismo evolucionista e "idealista" de António José de Almeida —, em nome do nacionalismo, em afirmações que não deixam dúvidas acerca do significado que lhe atribuía. Assim, vejamos as suas palavras:

> A República veio muito cedo. Não é que o partido republicano estivesse mal organizado; se o estivesse não teria vencido. Não que estivesse organizado numa orientação má — não era a melhor, mas era, com referência aos outros, a melhor, por certo.
>
> O que o partido republicano não estava é suficientemente nacionalizado. Era insuficientemente português, posto que insuficientemente republicano.
>
> Aquele espírito português que surge, evidente e nítido, na obra dos poetas, desde António Nobre a Afonso Lopes Vieira — esse entrava mediocremente na composição

do psiquismo geral do partido da República. É justamente aquela parte do partido que mais se integrou no sentimento nacional português — a que representa António José d'Almeida — essa era, essencialmente, a mais sã, a mais patriótica [...] do partido. A outra — a que tinha por chefes B[ernardino] M[achado] e Afonso Costa — essa era mais meramente política, mais especialmente ocupada em fazer política contra a monarquia do que patriotismo pela República. Representam o ódio à monarquia, substituto positivo, porque todos os substitutos são positivos; mas envolvendo uma ideia negativa. Os outros—os da chefia de António José de Almeida—tinham o ódio à monarquia por causa do amor à República. [...] A frase «povo português» dita pelo Dr. António José d'Almeida traz consigo hoje um momento de poesia [...][30]

O nacionalismo era uma das primeiras e principais linhas de força de Pessoa e por isso não poderia deixar de criticar o que considerava a falta de nacionalismo dos republicanos, assim como a falta de espírito de "revolução" do golpe republicano de 1910. Isto, todavia, não o identifica com o espírito precursor do "Estado Novo". O seu nacionalismo não era nem o "nacionalismo tradicionalista", nem o "nacionalismo integral", que, à maneira de Teixeira de Pascoaes, se apoia na ideia de um "psiquismo coletivo", mas o "nacionalismo sintético", considerado como "um modo especial de sintetizar as influências do jogo civilizacional". Conforme considerava, aceitava "um e outro, buscando imprimir o cunho nacional não na matéria, mas na forma".[31] É certo que Pessoa, como o fará o Salazarismo, manifestará uma simpatia especial por Sidónio Pais, o "Presidente Rei", e pela "República Nova", mas isso tem que ver com a sua forma de conceber a República não como uma "política", mas como uma forma nacionalista e cultural. Também é verdade que se manifestou, mesmo em textos políticos, céptico em relação ao sufrágio universal, defendendo uma posição vaga de um governo sustentado pela "opinião", mas recusou-se a discutir qualquer via política concreta, dado o seu sentido de intelectual mais do que qualquer preocupação política em si mesma. Ainda é verdade que Pessoa afirmava um credo sebastianista que o Salazarismo procuraria assumir e que terá valido à *Mensagem* o prêmio "Antero de Quental", de poesia, no primeiro concurso promovido em 1934 pelo

---

30 "Para a obra 'Considerações pós-revolucionárias'. 1910/1911-1912". In: Fernando Pessoa, *Páginas de pensamento político* – 1. Org., introduções e notas de António Quadros, Lisboa, Publicações Europa-América, 1986, p. 50-51

31 "Para um ensaio intitulado 'O Integralismo' ou 'O Neo-Romantismo Monárquico'. 1915/1916", *idem*, p. 98.

Secretariado de Propaganda Nacional do Estado Novo. No entanto, Pessoa está acima de qualquer ideologia política e de qualquer regime e as criticas a Salazar e ao Estado Novo não se fizeram esperar, mesmo logo após a instauração do novo sistema político, assim como criticara Mussolini e o Fascismo italiano.

Há que considerar, portanto, que Pessoa, na sua qualidade de escritor acima de qualquer lógica política, *stricto sensu*, está acima de qualquer regime. Talvez o mesmo se possa dizer de Almada Negreiros, ainda que se deva ter em conta que as sua pintura foi posta ao serviço do Estado Novo. E que dizer do segundo modernismo que teve como referência a revista *Presença*, cujo início de publicação data de 1927? Mário Saa, talvez o mais anti-semita dos nossos intelectuais,[32] também nela colaborou. No entanto, também Mário Saa não se identificou com o Salazarismo. E o certo é que a maioria dos escritores que colaboraram na revista teve uma tendência de "esquerda". Seja como for, deu-se uma primeira cisão em 1931, em plena Ditadura Militar (1926-1932/33), por parte dos escritores Branquinho da Fonseca, Adolfo Rocha (Miguel Torga) e Edmundo Bettencourt. A continuação da sua publicação até 1940 é marcada, por sua vez, pelas críticas das publicações neo-realistas que se identificavam com uma "literatura social" e, assim, na prática, com a oposição ao regime, embora nem sempre com boas relações com o Partido Comunista.

Enfim, o modernismo, embora estabeleça ligações fugazes com o regime e até com o grupo integralista e com escassos intelectuais que defenderam o Fascismo (Homem Cristo Filho ou João de Castro Osório), por exemplo através da revista *Ideia Nacional*,[33] não se pode identificar com o Estado Novo, entendido como regime, assim como talvez não se possa exatamente identificar com o Fascismo italiano D'Annunzio, apesar de Fiume, ou Marinetti, pese embora o fato de ter subido, em 1929, ao pódio da Academia Real de Itália, pelas mãos do *Duce*.

António Ferro: de intelectual modernista a intelectual orgânico do Estado Novo

Ao contrário, apesar da posição especial de Ferro no Estado Novo, como mentor de intelectuais e artistas que estavam fora do regime e até contra o regime, não se pode, de

---

32   Ver sobretudo *A invasão dos judeus*, Lisboa, 1925.
33   Vide Cecília Barreira, *Nacionalismo e Modernismo. De Homem Cristo Filho a Almada Negreiros*, Lisboa, Assírio e Alvim, 1981.

modo algum, esquecer a sua posição relevante no sistema de Salazar, de que foi um dos principais "intelectuais orgânicos", como diretor do Secretariado de Propaganda Nacional (SPN) e, depois, como dirigente máximo do Secretariado Nacional de Informação, Cultura Popular e Turismo (SNI), após 1944.

Na verdade, a sua tendência manifesta para uma "nova cultura" antiburguesa levou--o também a manifestar simpatias pelo Fascismo e a penetrar na ideia do "Estado Novo", utilizando nesse sentido a sensibilidade que o fez creditar como escritor modernista e apaixonado pioneiro das "artes modernas".

Por exemplo, o cinema foi uma das suas paixões precoces[34] Em 1917 publicava o primeiro grande ensaio sobre a "sétima arte", *As Grandes Trágicas do Silêncio*, texto de uma "Conferência de arte realizada no Salão Olímpia, na tarde de 1 de Junho de 1917". Terá segunda edição, de Lisboa e do Rio de Janeiro, em 1922,[35] altura em que ocorria, na então capital do Brasil, a exposição comemorativa da sua independência, mas também o ano em que se verificava em São Paulo a famosa Semana de Arte Moderna. E o jovem Ferro afirmava então ter uma "grande ternura" por esta conferência e pelos seus dezenove anos em "que rezava junto do *écran* como junto dum altar".[36]

A conferência que se propunha fazer era — como dizia — "uma conferência de frases" e a "Frase" constituía o mundo onírico da arte, que encontrava, por exemplo, no "palácio da magia" de D'Annunzio.[37] Contrariamente aos "paladinos da Verdade" e aos "moralistas", a arte era para ele a "mentira", afastada o mais possível da Vida. Por isso, conforme acentuava: "a mentira é a única verdade dos artistas".[38]

O "animatógrafo" constituía, assim, um domínio da arte por excelência: para ele nunca há dificuldades, dado que é o campo absoluto do "artificial". Daí as vantagens que

---

34 Sobre os textos acerca do cinema da autoria de Ferro, vide no texto de António Pedro Pita, "Temas e figuras do ensaísmo cinematográfico", o título "'Uma pequenina luz que sonha com as estrelas': António Ferro e o cinema", in *O Cinema sob o Olhar de Salazar...*, Lisboa, Círculo de Leitores, 2000, p. 43-47. E vide também, da nossa autoria, "Cinema, estética e ideologia no Estado Novo", in *Estudos do Século XX*, nº 1, Coimbra, Quarteto/CEIS20, 2001, p. 157 ss.

35 *As Grandes Trágicas do Silêncio*. Lisboa – Rio de Janeiro: H. Antunes, 1922. Ferro afirmava, ele próprio, que a sua conferência era "a primeira conferência que, sobre o assunto, se realiza entre nós" (ob. e ed. cits., p. 32).

36 *Ob. cit.*, 2. ed., Prólogo, p. 18.

37 *Ob. cit.*, p. 19 ss.

38 *Idem*, p. 22-24.

nele encontra, onde outros vêem por vezes inconvenientes.[39] Com o seu "artificialismo", o cinema estimula a "sagrada ambição de triunfar", "apura, notavelmente o sentido estético", "mitiga um pouco a sede àqueles que apenas podem viajar no mundo do seu espírito", cria mesmo a sensação de imortalidade, pois "a própria morte passa a ser desmentida pelo animatógrafo"... Artista do moderno e do futuro, Ferro valoriza, portanto, mais o cinema do que o teatro:

> O cinema é o teatro do futuro. Atravessamos uma época febril, em que Vida só se compreende no movimento: num automóvel, num aeroplano — nunca a pé... O minuto de hoje é mais fecundo do que a hora de ontem. Não caminhamos para o futuro, precipitamo-nos no futuro.[40]

Daí que a sua conferência tivesse como tema as artistas do *écran*: "A Arte das artistas do *écran* é a verdadeira Arte, porque difere absolutamente da Vida".[41] E as artistas de que falava eram atrizes italianas: Francesca Bertini, Pina Menichelli e Lyda Borelli. Não é que entendesse que o cinema italiano fosse a forma de "Arte" mais perfeita. Havia nas "grandes trágicas italianas" — conforme dizia — um certo "espreguiçamento voluptuoso dos corpos" que contrastava com "a vertigem do cinema". "A América — considerava Ferro na versão de 1922 — foi quem acertou o animatógrafo, quem lhe deu a velocidade precisa, que substituiu as mulheres pelos fatos".[42] No entanto, continuava a apreciar as "grandes trágicas" italianas, "as grandes trágicas do silêncio", até porque admirava particularmente a Itália. Ela era, segundo as suas expressivas palavras, "um grande animatógrafo", porque, ao contrário do que se poderia pensar, a Itália não era um país do Passado:

> Bem ao contrário de Portugal, que tem a volúpia de ser ontem, a Itália numa justa ambição, quer ser de hoje, ser mesmo de amanhã, se possível for. Foi assim que, em vez duma Itália contemplativa, parada, uma Itália de etiquetas, eu encontrei uma Itália febril, dinâmica, futurista. Futurista, sim, acreditem-me. Em Roma há *clubs* futuristas, homens públicos, ministros, que comungam no credo de Marinetti. É-se futurista em Itália, por reação ao Passado, para fazer justiça ao Presente. As ruínas, os

---

39 Cf. *idem*, p. 27-32.

40 *Idem*, p. 32-33.

41 *Idem*, p. 34.

42 *Idem*, Prólogo (à ed. de 1922), p. 18.

monumentos, as velhas praças, utilizam-se apenas, como cenários. O cinematógrafo é uma grande pintura a fresco sobre a parede do Passado.[43]

Não é importante recordar o que sentia — ou o que dizia António Ferro, nas suas "frases" — acerca das artistas italianas. O que importa é focarmos essa sua "profissão de fé na mentira, na Mentira da Arte", essa paixão pelo cinema que manifestava nos anos de juventude e que o acompanhou (embora com outros cuidados retóricos) como homem público, essa concepção estética feita ao mesmo tempo de admiração pela velocidade do cinema americano e por essa linha romântica do cinema italiano, que o fazia terminar o seu discurso com "frases" sobre o beijo, os beijos das três artistas, que lhe originara imagens contraditórias, diferentes, mas todas admiráveis:

> Na soma final, o beijo de Francesca Berlini é o beijo humano, é o beijo-Mulher... O beijo de Pina Menichelli é o beijo diabólico, o beijo Satanás... E, finalmente, o beijo de Lyda Borelli, é o beijo divino, o beijo Arte, o beijo-Deus.[44]

Em todo este contexto, compreende-se melhor a sua visão entusiasmada de D'Annunzio em Fiume ou a simpatia pelo Fascismo e por Mussolini, expressa em 1927 na série de entrevistas, que apelidou com o título sugestivo de *Viagem à volta das Ditaduras*.[45] Para ele, tais realidades e personalidades constituíam afinal "grandes filmes", dotados de uma estética própria e original. De resto, alguns intelectuais, mesmo que se não identifiquem exactamente com o Fascismo, falarão expressamente da sua estética.[46] E compreende-se também, por contraditório que possa parecer, as imagens de entusiasmo estético que Ferro nutre pelos Estados Unidos nos seus dois livros do início dos anos trinta, *Novo Mundo, Mundo Novo* e *Hollywood Capital das Imagens*.[47] Para ele,

---

43 *Idem*, p. 14.

44 *Ob. cit.*, p. 51.

45 *Viagem à Volta das Ditaduras*, Lisboa, Emprêsa "Diário de Notícias", 1927, Primeira Parte "À volta da Ditadura Italiana", p. 53 ss.

46 Assim sucede com o pensador católico conservador Gonzague de Reynold, em livro de grande influência em Portugal: "L'État fasciste est un magnifique oeuvre architecturale. Sa contemplation, son étude, provoquent un plaisir esthétique. C'est la seule construction politique, parmi toutes celles qu'on a élevées ou ébauchées depuis la guerre, qui soit harmonieuse dans sa nouveauté" (*L'Europe Tragique*, Paris, Éd. Spes, 1935, p. 292-293).

47 *Novo Mundo, Mundo Novo*, Lisboa, Portugal – Brasil, Sociedade Editora Arthur Brandão, s.d. [1930], e *Hollywood Capital das Imagens*, Lisboa, Portugal – Brasil, Sociedade Editora

Hollywood é a fantasia. Aceita o juízo crítico da visão à lupa de Georges Duhamel sobre a América, mas, sem a contradizer, coloca-se noutro ângulo, como se, ao viajar, estivesse a ver um filme ou uma peça de teatro:

> Tudo quanto Duhamel diz no seu livro é verdadeiro (duma verdade vista à lupa...), mas com esse processo de análise, com a sonda empregada pelo autor de *Civilisation*, o desencanto é fatal, inevitável, quer se trate dos Estados Unidos, quer se trate de Inglaterra, quer se trate da própria França...
>
> Quem vê um filme ou uma peça de teatro preocupado com os bastidores, com o buraco do ponto, com os subterrâneos da criação, com a miséria que se esconde atrás do pano de fundo, há-de ter, forçosamente, impressões tristes e negras... Mas quem olha os países, as civilizações com a alma propositadamente simplista do espectador, como se olham as *feeries* do Casino ou das Folies, defende-se, com frivolidade e alegria, dessas fobias atormentadas e injustas...
>
> [...]
>
> Para que aprofundar? Para que ir aos bastidores? Para que arrancar ao mundo a ilusão maravilhosa de Hollywood que é o seu jogo e o seu brinquedo? Não roubemos a música a esta palavra feliz, a esta palavra-hino, à palavra Hollywood...[48]

Entretanto, António Ferro, em 1918, em plena era do presidencialismo de Sidónio Pais, por quem nutria grande admiração, vai para Angola como oficial miliciano e ajudante do governador-geral, o Comandante Filomeno da Câmara, no qual revê também a imagem do "Chefe". Dali também ouvirá a notícia do assassínio de Sidónio, em Dezembro desse ano, o que o leva a regressar ao Continente.

É então que se reafirma como modernista, na escrita e na prática jornalística. Depois de ser chefe de redação do periódico republicano de direita *O Jornal*, no fim de 1919, aparece em 1920 como redator de *O Século*, que o envia a Fiume para entrevistar D'Annunzio, por cuja aventura nacionalista manifesta, como dissemos, uma grande simpatia. Será em 1922 que publicará essas reportagens em livro, a que chama narcisisticamente, à maneira modernista, *Gabriel d'Annunzio e Eu*.[49]

Arthur Brandão, s.d. [1931].
48   *Hollywood Capital das Imagens*, p. 11-13.
49   *Gabriel d' Annunzio e Eu*. Lisboa: Portugalia Editora, 1922.

A *Teoria da Indiferença*, publicada em 1920,⁵⁰ marca o seu regresso à escrita modernista. Trata-se de um conjunto de frases soltas subordinadas a temas, como "Da Arte e da Vida", onde escreve, tal como dissera na sua conferência sobre o cinema: "A Arte é a mentira da vida. A Vida é a mentira da Arte. A mentira é a Arte da Vida". Sobre o tema "Dos Humanos", falou do homem e da mulher, do artista, do político, do suicida, do assassino,... Em relação a todos os tipos "humanos" tem frases sintéticas, algumas vezes escandalosas ou paradoxais, tais como: "É impossível fixar a alma de uma mulher. A mulher, em cada gesto, cria uma nova alma", "O homem compromete a obra de Deus: é o bobo da Vida", "O artista consegue, às vezes, embelezar a vida. Um belo verso sobre um corpo de mulher corrige o que há de humano nesse corpo", "Os suicidas são os turistas da morte", "Os assassinos são ceifeiros das searas de Deus", "Há políticos para quem as luvas brancas têm funções de gazua..." Em "Dos Deuses e de Mim" fala dos "deuses" da música, da literatura, da arte e... dele próprio: "Só os ignorantes, como eu, podem fazer revelações. Jesus não sabia matemática...", "A Vida é-me indiferente. Só a Arte me interessa por ser diferente da Vida", "Aquele que disser que este livro é falso, pretensioso e artificial, terá dito a verdade. Se eu desse a impressão que era sincero, teria falhado...". E em "Post-Scriptum": "Gostaria que a minha *Teoria da Indiferença* fosse recebida com indiferença. O público ter-me-ia compreendido." De resto, o Prefácio é escrito por António Ferro que escreve sobre... António Ferro: "António Ferro, *chemineau* de si próprio, oleiro de frases, exigiu-me que lhe prefaciasse a segunda edição da sua preocupada *Teoria da Indiferença*" — começa assim. E vai-se caracterizando em frases, tão significativas das sua contradições, tais como: "António Ferro é um fumador de paradoxos". E, depois de assinar o Prefácio, diz: "Não sou um discípulo de Oscar Wilde. Quando o li pela primeira vez, tive a impressão que tinha sido plagiado". No início da *Teoria da Indiferença* pode ler-se:

OBRAS DO AUTOR

Alguns papéis ao vento e muitos na gaveta...

E no fim:

ERRATA

É possível que este livro tenha qualquer errata. Para o verificar, porém, teria que me dar ao trabalho de o ler. Ora, eu sou autor deste livro, não sou leitor... Se o escrevesse para mim, não entregava aos outros...

---

50 *Teoria da Indiferença*. Lisboa: Portugalia, 1920.

Ainda em 1921 escreve o livro de homenagem a Collete, cuja famosa série *Claudine* (1900-1903) passou por ter sido escrita pelo marido, o escritor Willy (pseudónimo de Henri Gauthier-Villars), de quem se divorciou em 1906. Daí que o livro dedicado à escritora francesa — de quem disse, na *Teoria da Indiferença*, "Colette é o sexo da sua pátria. Quem quiser possuir a França leia os seus livros" — e que também trabalhou no *music-hall*, se chamasse *Colette, Collete / Willy, Colette*.[51] É também nesse ano que publica a sua "novela em fragmentos", *Leviana*,[52] e é então que escreve o manifesto *Nós*, a que já nos referimos e que viria a ser publicado no número 3 da revista *Klaxon*,[53] órgão da Semana de Arte Moderna de São Paulo.

O Brasil representava já muito para António Ferro. Não esqueçamos que o *Orpheu*, de que fora editor, tinha, no seu primeiro número, uma direção dupla, em Portugal (Luís de Montalvor) e no Brasil (Ronald de Carvalho), *Collete* fora editado por um editor de Lisboa e do Rio de Janeiro e o mesmo sucede com *Leviana* e sucederá com a segunda edição de *As grandes trágicas do silêncio*, já de 1922. Esse é o ano simbólico da manifestação do modernismo brasileiro. Ferro não participará em pessoa na Semana paulista, realizada, com vimos, em Fevereiro. Colaborará sim, conforme acabamos de dizer, com o manifesto *Nós* na revista que a Semana publicou. Mas também se deslocará ao Brasil nesse ano, muito rico para o escritor, assim como o ano precedente.

Em outubro de 1921 torna-se diretor da *Ilustração Portuguesa*, cargo que mantém até julho de 1922. Tratava-se de mais uma função jornalística, mas a que quis dar um sentido "moderno", "revolucionário". Terá então escrito: "Integrar Portugal na obra que passa é uma obra nacional. Lisboa é uma grande cidade que só existe quando há revoluções. Eu vou tornar Lisboa semanal".[54] E, para fazer jus a esse sentido "moderno", convidou para colaborar na revista, entre outros, Jorge Barradas, Almada Negreiros, Cottinelli Telmo, Milly Possoz, Diogo Macedo, Stuart Carvalhais, António Soares, Francisco Franco. Mas, em breve, sairia da direcção quando resolveu partir para o Brasil, entregando-a a João Ameal. Nesse ano de 1922 escrevera a peça *Mar Alto*,[55] que viria a ser proibida no dia seguinte à primeira representação em Lisboa, no Teatro São Carlos, em 10 de ju-

---

51 *Colette, Collete / Willy, Colette*. Lisboa – Rio de Janeiro: H. Antunes, 1921.
52 *Leviana*. Lisboa – Rio de Janeiro: H. Antunes, 1921.
53 In *Klaxon*, São Paulo, nº 3, 15 jul. 1922
54 Apud FERRO, Mafalda; FERRO, Rita. *Retrato de uma família*. Lisboa: Círculo de Leitores, 1999. p. 89.
55 *Mar Alto*. Lisboa: Portugalia, 1924.

lho de 1923, com o protesto de intelectuais de todos os quadrantes. Antes a Companhia de Lucília Simões e Erico Braga iria apresentá-la no Brasil, onde se estreia no Teatro Sant'Ana, no dia 18 de Novembro de 1922 (a peça será repetida no Teatro Lírico do Rio de Janeiro em 16 de dezembro). Ferro será convidado para seguir com a Companhia — participou como ator e proferiu conferências.

Com efeito, nesse ano comemorativo da Independência do Brasil, da travessia do Atlântico em aeroplano por Sacadura Cabral e Gago Coutinho (que, curiosamente, será, com Lucília Simões, uma das testemunhas do casamento por procuração de Ferro com Fernanda de Castro, realizado em 1 de agosto), da expressão formal do modernismo em São Paulo, vai proferir uma conferência adequada ao seu estilo, *A idade do jazz-band*, primeiro no Teatro Lírico do Rio de Janeiro (30 de julho), depois no Teatro Municipal de São Paulo (12 de setembro) e no Automóvel Club da mesma cidade (10 de novembro), no Teatro Guarany de Santos (10 de outubro) e, por fim, no Teatro Municipal de Belo Horizonte (agora já em 1923, 8 de fevereiro). Vários foram os discursos de apresentação de Ferro: Carlos Malheiro Dias, um intelectual monárquico português exilado no Brasil, e os escritores modernistas Guilherme de Almeida e Ronald de Carvalho. Todos falaram da geração jovem a que pertencia Ferro, do seu narcisismo e da sua obra. Malheiro Dias dirá, para justificar a "presunção" de que o acusavam, que "a modéstia é a tristonha virtude da experiência".[56] Guilherme de Almeida, no Teatro Municipal de São Paulo, apresentará a sua conferência desta forma: "Isto quer dizer que ele vai falar de si próprio — de si e da sua Arte. Porque ele é a sua Arte mesma — e a sua Arte é um *jazz-band*. Um *jazz-band* completo, um *jazz-band* autêntico, um *jazz-band* do Hawai; mas um *jazz-band* civilizado, modernizado, estilizado, filtrado pela Broadway, um *jazz-band* bem Tio Sam, bem *grill--room*, com saiotes de palha, espeloteamentos e sapateados de Jig."[57] Ronald de Carvalho, depois de notar que Ferro "ama a tradição, mas abomina o tradicionalismo", "é um homem que não acredita no passado",[58] explica assim a sua arte: "À semelhança de Fausto, cada um de nós explica o mundo pelo seu demônio. Esse demônio é a mentira da vida. António Ferro sabe praticar essa mentira e escutar esse demônio maravilhosamente".[59]

---

56 *A idade do jazz-band*. Rio de Janeiro: H. Antunes, 1923. Na 2.ª edição, Lisboa, Portugalia, 1923, p. 11 (os textos de apresentação — neste, como nos casos seguintes — encontram-se em itálico, pelo que, só por isso, mantivemos essa forma).

57 Ob. cit., p. 19.

58 Idem, p. 33-34

59 Idem, p. 36.

Na sua conferência cênica, entrecortada por acordes de *jazz-band*, Ferro defende, mais uma vez, a arte moderna: "A Arte moderna revolucionou a Vida, proclamou a Humanidade em tudo quanto existe e em tudo quanto não existe".[60] A arte é o domínio da mentira: "Torna-se urgente, portanto, fazer um *pied-de-nez* à morte, anteciparmos a nossa desaparição, suicidar-nos em crença, proclamarmos a mentira como única verdade...".[61] Daí a importância da dança para esta "nova humanidade": "A Dança triunfa como nunca triunfou, porque a dança desarticula os corpos, embonecao-os, liberta-os do peso da alma, desmascara-os... [...] A humanidade já não marcha: dança!..."[62] Daí a importância do *jazz-band*: "Para essa artificialização, minhas Senhoras e meus Senhores, está contribuindo, notavelmente, o Jazz-Band... O *Jazz-Band* frenético, diabólico, destrambelhado e ardente, é a grande fornalha da nova humanidade. Por cada rufo sinistro de tambor, por cada furiosa arcada, há um corpo que se liberta, um corpo que fica reduzido a linhas, a linhas emaranhadas... O *Jazz-Band* é o triunfo da dissonância, é a loucura instituída em juízo universal, essa caluniada loucura que é a única renovação possível do mundo..."[63] A Europa estva em crise e, por isso, o *jazz-band* foi quem salvou a Europa:

> O *jazz-band*, natural da América, emigrou para a Europa, como já tinha emigrado o Tango. O que a Europa tem, atualmente, de mais europeu, é, portanto americano. E, entretanto, é curioso: a América, que vibra toda no ritmo do *jazz-band*, quase não dá pelo *jazz-band*. A Europa envelheceu, teve um abaixamento de voz com as emoções da guerra. A Europa lembrava um soprano lírico em decadência.
>
> Foi a América que lhe valeu, que lhe injetou, nas veias murchas, a vida artificial do *jazz-band*. Por sua vez a Europa ensinou à América as virtudes desse remédio, deu-lhe relevo, aperfeiçoou-o. A América, minhas Senhoras e meus Senhores, é o momento da Europa. Simplesmente o que na América é vulgar, natural, quotidiano, na Europa é artificial, escandaloso, apoteótico... Na América, o *jazz-band* tem um ritmo de marcha. Na Europa é um hino.[64]

Mas o *jazz-band* tinha, no fundo, a sua origem em África, pelo que a Europa, a arte moderna e a "nova humanidade" também lhe deviam muito:

---

60 Idem, p. 44.
61 Idem, p. 45.
62 Idem, p. 48.
63 Idem, p. 60.
64 Idem, p. 68

O *jazz-band* é o arco voltaico do Universo. As ruas tumultuosas, estrídulas, dissonantes, são os *jazz-bands* das cidades. As cidades são os *jazz-bands* das nações. As nações são os *jazz-bands* do mundo. O mundo é o *jazz-band* do Criador. O *jazz-band* é o dogma da nossa Hora. Nós vivemos em *jazz-band*. Sofremos em *jazz-band*. Amamos em *jazz-band*.

Nas almas, nos corpos, nos livros, nas estátuas, nas casas, nas telas — há negros em batuque, suados e furiosos, negros em vermelho, negros em labareda. O momento é um negro. O *jazz-band* é o xadrez da Hora. *Jazz*-branco; *band*-negro. Corpos alvos — bailando; corpos de ébano — tocando. O *jazz-band* é o *ex-líbris* do Século. Que as vossas almas bailem ao ritmo deste *jazz-band* de brancos mascarados pelo carvão das minhas palavras...

[Nova interrupção do *jazz-band*]

A influência da arte negra sobre a arte moderna torna-se indiscutível. A arte moderna é a síntese. Os negros, tiveram sempre o instinto da síntese. Os negros ficaram na infância — para ficarem na verdade. A criança é a abreviatura da Natureza. As crianças, os doidos e os negros são os rascunhos da Humanidade, as teses que Deus desenvolveu e complicou. Não há escultura de Rodin que tenha a verdade dum manipanso.

Uma escultura de Rodin é a expressão máxima. Um manipanso é a expressão mínima. A verdade está no esboço da obra — não está na obra. Obra acabada é obra morta.[65]

Para além da América e da arte negra, havia que considerar a influência dos bailados russos:

Toda a nossa Época baila russo!

Não triunfou o bolchevismo das ideias, mas triunfou o bolchevismo das formas... Diaghilew, Nijinski, Massine são os Lenines do Ritmo. O que é a Rússia senão um grande bailado, um bailado sinistro, um bailado vermelho? Benditos sejam os Bailados Russos que nos libertaram de nós próprios, que puseram o mundo em cada um de nós, que unificaram a Arte, que deram, à minha pena, movimentos de Karsavina. A maior vitória dos Bailados Russos foi a de transformar os estados desunidos da Arte num grande Império, um império maior do que a terra porque é do tamanho do Sonho... Nos Bailados Russos, a Cor é gêmea da Dança, da Música, da Atitude... É impossível separar essas irmãs gêmeas, como é impossível separar

---

65 Idem, p. 69-72.

as cores de uma bandeira, os versos de um soneto, os compassos de uma melodia, as imagens dos olhos... Para que a arte fizesse frente à vida era necessário que ela estivesse unificada como a vida está. Os Bailados Russos são a constituição política da Arte, constituição em que o primeiro artigo proíbe a estabilidade e ordena a evolução contínua... O *jazz-band*, essa Dança de S. Vito, é, portanto, uma das muitas consequências dos Bailados Russos.

O *jazz-band* é o Bailado Russo da Música.[66]

No contexto dos paradoxos de Ferro, a humanidade caminhava, pois, para um renascimento que seria tanto maior quanto se verificasse um processo de artificialização. Por isso, o homem e a mulher, através do *jazz-band*, caminhavam para uma "nova humanidade":

Quando Deus concebeu o Homem, quando concebeu a Mulher, não foi para que eles se resignassem à forma que lhes dera, não foi para que eles ficassem humanos. Os pais colocam os filhos, na Vida, e deixam-nos seguir o seu caminho certos de que os filhos tornando-se pais, por sua vez, lhes seguem o exemplo... Da mesma forma, Deus teria desejado que os seus filhos, o Homem e a Mulher, seguissem o seu caminho, desumanizando-se, tornando-se deuses como o Pai... O Homem e a Mulher, porém, não compreenderam assim. Ficaram-se no preconceito da Humanidade, atrasados, inferiores, indignos de Deus... Começam, finalmente, a libertar-se, a artificializar-se, a ser deuses... A Idade *Jazz-Band* é a Idade precursora desse renascimento, a Idade em que o corpo humano é um baralho de cartas que se parte, ao fim do jogo, para dar outra vez. Bendita seja a nossa Época, Época em que todos nós trazemos o Sol a tilintar nos corações, como uma libra numa bolsa de prata. Época em que esta conferência, minhas Senhoras e meus Senhores, só pode terminar com a pancada de um bombo!

[Dito e feito. A pancada dum bombo foi o ponto final da conferência].[67]

Foi, pois, esta a mensagem modernista e futurista que António Ferro transmitiu ao Brasil no ano da sua Semana de Arte Moderna de São Paulo. E, em 5 de Dezembro, despediu-se dos paulistas numa conferência proferida outra vez no Teatro Municipal, que foi apresentada pelo escritor modernista Menotti del Picchia. O tema era "A Arte de Bem Morrer", texto que foi publicado no Rio em 1923, com capa de Almada Negreiros.[68]

---

66 Idem, p. 75-77.

67 Idem, p. 85-87.

68 *A Arte de Bem Morrer*. Rio de Janeiro: H. Antunes & C.ª Editores, 1923.

Como sempre, é um texto paradoxal, que foi representado de forma espectacular. Ferro começa por dizer que "a Vida é o curso superior da Morte" e, por isso, durante a vida deveria "aprender-se a morrer". Desta forma, apresentou exemplos múltiplos da "arte de bem morrer", para terminar desta forma teatral:

> Chego ao fim. Antes, porém, eu quero falar-vos da morte mais bela, da morte que seria a mais bela se alguém tivesse a coragem de afrontá-la… Suponham um poeta moderno, um poeta decadente, um alcoólico dos sentidos, *blasé*, cansado da vida como duma mulher perversa. Suponham mesmo que esse poeta era eu. Para morrer, para morrer como um soldado no seu posto, esse poeta suicidar-se-ia com uma conferência que se chamaria "A Arte de Bem Morrer" e cujo ponto final seria um tiro de pistola. Morrer, morrer de negro, morrer perante o público, frente a frente com a vida moderna, saber que a sua morte, pela teatralidade, arrancaria, ao menos, um grito de pavor e de sentimento!
>
> Morrer, com a morte mais bela, ao fim de um *compte-rendu* de mortes gloriosas, de mortes vivas!… Como eu gostava de ser esse homem, minhas Senhoras e meus Senhores… como eu gostava de vos ter dito esta conferência, de vos sorrir e de me retirar—para sempre!…
>
> Lentamente, num *smorzando*, eu olhar-vos-ia, com os meus olhos amolecidos, quase líquidos, todos de branco, como um lenço, a acenar-vos o último adeus… Os meus dedos, pajens da minha realeza, arrancariam da minha algibeira, como um cetro, a pistola redentora. E, antes que houvesse em vós a percepção do meu gesto, eu levaria a arma à boca, como um veneno, tiraria o gatilho e tombaria ensanguentado, como uma frase, como a minha última frase — escrita a vermelho… Seria muito belo. Simplesmente, minhas Senhoras e meus Senhores, o Brasil é um poema, e eu quero decorá-lo, antes de morrer, para o recitar a Deus. Fica, portanto, adiada minha morte.

Termina aqui a viagem de Ferro e o encontro com poetas modernistas e outros poetas de várias tendências. Para além dos que fomos referindo, Graça Aranha, Carlos Drummond de Andrade, José Lins do Rego… Ainda no Brasil será publicado um livro de crônicas intitulado *Batalha de Flores*.[69]

Depois, vai abrandando o seu fogo modernista e, a par de obras de ficção, publica as suas entrevistas e as suas impressões de viagens. Entre aquelas sobressai *Viagem à volta*

---

69 *Batalha de Flores*. Rio de Janeiro: H. Antunes & C.ª Editores, 1923.

das Ditaduras[70] e, naturalmente, *Salazar — O Homem e a sua Obra*,[71] traduzida, numa operação de propaganda, para diversas línguas (francês, inglês, espanhol, italiano, polaco, confina), e prefaciada por grandes vultos da política e da intelectualidade europeia, tais como Eugenio D'Ors, Paul Valéry, Austen Chamberlain. Será um passo para a sua nomeação para o cargo mais alto da política cultural — a "política do espírito", no seu dizer — e da propaganda. Continuará a ser um intelectual de gosto e de uma notável ação. No entanto, perdeu-se o intelectual livre que escandalizava outros intelectuais, embora as suas posições continuassem a suscitar alguma polêmica, que resultava em parte das suas palavras igualmente combativas. Mas, António Ferro deixou de falar em modernismo. Ao invés, procurou riscar essa palavra do seu vocabulário, o que não significa que dentro dum regime, que se rotulava e continua a rotular, mesmo por alguns historiadores, de "autoritarismo conservador", não tivesse a ousadia de tomar posições que se quadravam com o seu passado modernista. Paradoxalmente? Talvez sim e talvez não. Seja como for, o certo é que não se pode dizer que o processo que o levou ao Salazarismo fosse incoerente. Desde sempre pensava num "Estado Novo", liderado por um "Chefe". Salazar não seria o "Chefe" que estava exatamente de acordo com a sua ideia de modernidade, mas não deixaria de o admirar como ditador. Pelo menos até um certo ponto do seu percurso.

E algo de idêntico se terá passado com outros modernistas e nacional-sindicalistas, que se renderam ao pragmatismo da vida ou ao pragmatismo da política.

---

[70] *Viagem à volta das Ditaduras*. Lisboa: Empresa "Diário de Notícias". 1927 (Com um Prefácio de Filomeno da Câmara).

[71] *Salazar — O Homem e a sua Obra*. Lisboa: Empresa Nacional de Publicidade, 1933.

Direitos de Terceira Geração: A informação veraz como um direito fundamental

Celso Almuiña Fernández[1]

"Todo indivíduo tem direito à liberdade de opinião e de expressão; este direito inclui o de não ser molestado por causa de suas opiniões, o de investigar e receber informações e opiniões e ou de difundi-las, sem limitação de fronteiras, por qualquer meio de expressão".

(Art. 19)

'Toda pessoa tem direito a que se estabeleça uma ordem social e internacional na qual os direitos e liberdades proclamados nesta Declaração se façam plenamente efetivos". (Art. 28)

Declaração Universal de Direitos Humanos (1948)

História e utopia

A *Declaração Universal dos Direitos Humanos* (adotada e proclamada pela Assembleia Nacional da ONU, em 10 de dezembro de 1948), de caráter universal, ser a hipótese de partida ainda é certamente um irrenunciável horizonte a ser conquistado, havendo ainda um longo caminho a ser percorrido; além disso, não devemos esquecer que a sua filosofia de fundo é filha de seu tempo e, portanto, a meio século vista (1998). No que se refere ao campo concreto da informação e a consequente formação de opiniões públicas, seu delineamento (Artigo 19) está tornando-se bastante

---

[1] Universidade de Valladolid.

obsoleto, apesar de ser ainda para muitos países e/ou grupos sociais uma meta a ser conquistada. Vem tornando-se obsoleto ou pelo menos incompleto se enfocado pela faceta que deveria ser concedida aos direitos fundamentais do cidadão, olhando-os pelo prisma do ano 2000 (terceiro milênio) ou terceira geração de direitos fundamentais.

Na práxis, a Declaração Universal, no que tange a esse direito, é bastante modesta, para ser um direito que consideramos básico (fundamental) diante da nova sociedade do conhecimento (informação):

> Todo indivíduo tem direito à liberdade de opinião e de expressão; este direito inclui o de não ser molestado por causa de suas opiniões, ou o de investigar e receber informações e opiniões e ou de difundi-las, sem limitação de fronteiras, por qualquer meio de expressão (Artigo 19).

Em linhas gerais, evidentemente o prescrito é não só aceitável, senão também desejável e inclusive imprescindível, com caráter universal, mas a tese que vou defender não é suficiente, apontando a nossa atual Constituição timidamente nesta direção (1978).

O que todo indivíduo (melhor dito: pessoa ou cidadão) tem é: "direito à liberdade de opinião e expressão", o velho esboço delineado no século 19, não sendo obsoleto por ser do século passado, mas, sim, porque tem um alcance reducionista em quanto ao que realmente se está defendendo, certamente é imprescindível, mas desde logo resulta insuficiente, em virtude de se tratar basicamente do direito do emissor a poder emitir (editar) livremente; isto é, direito do sujeito empresarial (proprietário e/ou administrador) e, como muito (com grandes reservas), também do redator (jornalistas) para poder expressar-se sem obstáculos não necessários e/ou injustificados.

Certamente não conhecemos outra fórmula para que haja liberdade informativa sem que os sujeitos emissores disponham dessa liberdade primigênia. É lógico estar acompanhada essa liberdade básica de outra série de requisitos, como o de poder investigar sem ser importunado (prejudicado) etc..

Considerando-se que para poder usufruir plenamente de um direito não basta simplesmente a boa intenção (voluntarismo) de sua formulação, muito pelo contrário, são imprescindíveis instrumentos apropriados para sua efetivação; neste caso, os denominados meios de comunicação social ou *mass media*, sem estes toda formulação seria pura retórica voluntarista, todavia, se em teoria todos temos esse direito fundamental reconhecido, na prática tão-só e unicamente os que dispõe (propriedade e/ou controle) de um meio concreto de comunicação são os que realmente podem predicar com propriedade que usufruem da 'liberdade de opinião e expressão'. Entendidos, evidentemente, ambos direitos complementários desde uma dimensão social, embora desde um plano individual 'toda pessoa tem direito de pensamento, consciência etc..' (Artigo 18).

Sustento que o Artigo 19 da *Declaração Universal* está redigido, em grande parte, por parâmetros já superados (no Ocidente) ou pelo menos raquíticos, desde que encarado pelos pontos de vista vigentes no século 21. Claro que atendo-nos a verdade e desde uma perspectiva histórica mencionada redação é excessivamente filha de seu tempo e de forma fixa; isto é, pensa-se mais em evitar o passado e rechaçar parte do presente, mais que em desenhar um horizonte (um futuro) a ser conquistado. Dado a data (1948) de sua aprovação, imediatamente após a derrota dos totalitarismos de direita (1945) – com a sobrevivência como a do franquismo e outros – e com um pujante totalitarismo de esquerda (stalinismo) possivelmente não poderia ser de outra maneira. Frente aos totalitarismos, o que se pretendeu conquistar foi o direito à liberdade de opinião e expressão. E, desde logo, foi um *desiderátum* muito necessário, que certamente estava mais longe do que muitos podiam então imaginar (haveria de se esperar entre quatro ou cinco décadas). Desde esta perspectiva e com este horizonte histórico, referida redação, sem sobra de dúvidas, supôs um importante passo adiante. Possivelmente, a *Declaração Universal* foi o começo do fim de uma longa etapa de luta pela liberdade de emissão de pensamento, para abrir novos horizontes, sendo que naqueles momentos as múltiplas tormentas não permitiam nem sequer entrever um futuro mais imediato.

Ao terminar a II Guerra Mundial, esse direito ainda é, para a maior parte dos países, mais uma aspiração que um efetivo direito. Todos os consectários e tiques dos fascismos militarmente derrotados, entretanto, sobrevivem culturalmente, permanecendo presentes sob diferentes disfarces, para não mencionarmos que, sob o triunfante stalinismo, a liberdade do indivíduo fica submetida diante do onipotente Estado. Em todo o amplo leque do denominado Terceiro Mundo (em pleno processo de descolonização) a liberdade de expressão também é um distante objeto de desejo. Desde um ponto de vista histórico, haveria que se fazer referência a outra série de fatos de tipo cultural etc.. Assim se entenderiam perfeitamente os termos em que ficou redigido aludido Artigo (19) o qual então certamente representava um avanço realmente notável e inclusive pragmaticamente utópico, posto que transcorrido meio século, em boa parte do mundo nem sequer foi alcançado, ainda que na versão restritiva, na qual foi projetada.

Em sendo correto todo o anterior e sendo coerente com um rigor analítico, não devemos ocultar um pequeno e tímido resquício aberto na direção do novo delineamento, o qual tratou de formular, também aparecendo refletido nesse mesmo Artigo (19): "todo indivíduo tem direito a (...) receber informações e opiniões (...) sem limitação de fronteiras". Sem dúvida, esta formulação tem ficado raquítica, quando seus limites parecem tocar uma zona fronteiriça (subliminarmente está sendo apontado o fechado mundo comunista). Vêem-se em perigo as restrições na atuação provenientes do exterior, mais que se fixar na autêntica limitação de caráter interno; isto é, está mais relacionada com o modelo social que com os inimigos exteriores (internacionalismo).

Ao afirmar que todo indivíduo tem direito a receber informação e opiniões – justamente no plural –, o que está sendo defendido, uma vez mais, é o pluralismo informativo do universo informativo social-comunista unívoco, mas não suficiente. O sujeito receptor (o indivíduo) continua sendo considerado um simples elemento passivo, que possa (e deva) 'receber' mensagens diversas – supõe-se que também plurais – mas a *efetividade deste direito* está nas mãos de quem tem a capacidade para difundi-las (o emissor). Assim considerado, o 'indivíduo' ainda não tem a consideração de cidadão pleno; sujeito do qual, coletivamente, emana a soberania e o poder. Portanto, como sujeito ativo – não simplesmente passivo – tem direito, e um direito fundamental, de receber informações verazes (contrastadas), diferenciadas, até onde seja possível, das simples opiniões; opiniões que, sendo livres e plurais, não pretendam menosprezar outros direitos e tendo sempre um horizonte de similitude com os contextos opináveis.

Trata-se exatamente de mudar este delineamento passivo por outro ativo e assim deveríamos dizer: o cidadão tem direito a poder receber – e, em seu caso, a participar – de uma informação veraz, objetiva, contrastada ou como se queira ou seja possível nomear uma informação não simplesmente 'contada' (em que parece que a fórmula do conto, da historieta e do interesse despertado prima sobre a veracidade do contado), algo semelhante poder-se-ia afirmar sobre o termo 'narrada' (em que a narração ou descrição, não sendo desprezível, termina por dominar e escurecer o fato noticiável) e muito menos 'fabricada' *ad panem lucrando* (interesses particulares muito concretos).

Tratar-se-ia em definitiva de não se conformar unicamente com um direito passivo, onde a única defesa da pessoa ou cidadão é o recurso do pluralismo dos pontos de venda, primeiro passo a ser conseguido, o que em muitos casos ainda não deixa de ser uma meta a ser conquistada; porém, devemos avançar um passo, e sendo coerente ao fato de estarmos diante de um direito fundamental, bem como o fato de estar no povo a fonte última da soberania, deve-se buscar novos delineamentos para que não seja oferecida ao cidadão uma simples propaganda e/ou publicidade travestida de informação e justificada em função do libérrimo *direito de liberdade de expressão*. Direito que na prática fica recortado e submetido a quem realmente tenha os efetivos instrumentos para poder exercer esse, desde logo, imprescindível direito de liberdade e expressão.

Sendo necessário, consequentemente, afrontar-se o tema mais sobre o enfoque da realidade social que desde a mera declaração teorética. Nesse sentido, seria bom recorrer à mesma Declaração Universal e recordar também outro Artigo (28) que consideramos, certamente, muito importante:

> Toda pessoa tem direito a que seja estabelecida uma ordem social e internacional em que os direitos e liberdades proclamados nesta Declaração façam-se (sejam) plenamente efetivos.

A referência ao marco internacional, por parte de cada um dos lados da guerra fria, poderia ser entendido como aplicável exclusivamente ao 'outro'. Em quanto ao modelo social não é questão de entrar aqui na pura especulação voluntarista, na que os novos modelos organizativos podiam ou não satisfaziam melhor este direito fundamental.

Deixar especificado que aludido direito, fundamental, está redigido de acordo com a filosofia e as circunstâncias do momento histórico que considerou o 'indivíduo' como um elemento passivo; sem embargo, a nova sociedade de comunicação e do conhecimento demanda, tanto individual como socialmente, considerá-lo como sujeito ativo (cidadão), sendo a razão última do complexo processo comunicativo; enquanto a tudo o mais (*mass media*) torna-se um simples instrumento, por mais importante e imprescindível que se queira.

O caminho percorrido tem sido longo e penoso. Nesse difícil processo histórico, a primeira grande conquista foi dada precisamente no terreno do pensamento (da filosofia) ao ser conquistada uma transformação qualitativa que supôs fosse passado da sacrossanta ortodoxia do estabelecido a ser considerada a heterodoxia (a divergência) como uma realidade e inclusive como um valor, sendo abandonada a cômoda segurança da verdade preestabelecida a ser aceito o risco do ensaio, do novo, com a viabilidade inclusive do equívoco. E no terreno prático (o sóciopolítico), o de passar da tutela paternalista à plena autonomia individual; ou seja, de súdito a cidadão.

O passo simbólico da noite do 'dever' (da obrigação), da aceitação acrítica do discurso consagrado (a direção de consciências), a poder fazer (direito), efetivado a finais do século 18 com a *Declaração dos Direitos do Homem e do Cidadão* (1789), teve uma dimensão essencialmente política. Direitos que podemos chamar de 1.ª geração. Teria de se esperar mais de um atormentado século e meio, para que aos indigitados direitos lhes fosse incorporada uma dimensão fundamentalmente social (2.ª geração) da *Declaração Universal de Direitos Humanos* (1948). E será, esperamos, durante o terceiro milênio, o novo século, quando a esse direito (3.ª geração) lhe seja adicionada aquela frustrada dimensão cultural do 68 (1968), ainda que em nossos dias seja traduzido para uma sociedade da informação e do conhecimento, para a qual os meios de comunicação social são simplesmente imprescindíveis, mas com novas perspectivas. De momento, vamos ater-nos à história e em concreto no laboratório (no caso) espanhol; é dizer, na história contemporânea da Espanha, para tratar de desvelar as dificuldades e vaivens que experimenta este dever (obrigação), até converter-se em direito e, em último caso, em direito fundamental, pilar básico de todo regime democrático.

Adoutrinamento e propaganda

A fase das obrigações (não-direitos) se submerge na noite do pensamento e se prolonga de forma implacável através de todas as ditaduras pardas, azuis, roxas ou do estrabismo do turno que seja adotado. Por isso, seu seguimento histórico tem que ser diacrônico. É uma luta que foi travada no terreno do pensamento, mas também nos correspondentes modelos sociopolíticos: absolutismo, autoritarismo ou ditadura.

O controle do pensamento está ligado a todo tipo de absolutismo. Podem variar as respectivas justificações (religiosas, ideológicas, culturais, éticas e políticas etc..), mas o objetivo sempre foi o mesmo: estabelecer o pensamento único; uma dogmática em que as heterodoxias costumam acarretar sérias consequências.

Para este tipo de delineamento, os meios de comunicação social são em realidade única e exclusivamente meios de adoutrinamento e de manutenção da ortodoxia. Dentro deste esboço filosófico-político não cabe a liberdade. Não se pode falar em direitos, senão em deveres. O súdito/paroquiano tem o 'dever' de acatar e seguir o oficialmente correto (ortodoxia). Os vedores (os censores) da ortodoxia (do pensamento único) têm também o sagrado 'dever' (o direito onímodo) de velar (de cuidar) do estrito cumprimento do estabelecido (da reiteração), com a finalidade de que nada de novo (de perigoso) pudesse chegar a ser difundido. Foi o sistema que podemos denominar de direção de consciências. Direção espiritual que, para conseguir seus fins, recorreu a todo tipo de instrumentos, desde o convencimento, mediante a prédica, até os diferentes métodos inquisitoriais.

Este delineamento, com todas suas mazelas, não é exclusivo do Antigo Regime (absolutismo), mas, sim, foi ramificando-se através de todo o sistema liberal, com a tentativa de perpetuação (carlismo), com formas e justificações novas: diferentes autoritarismos, desde o jacobinismo a ditaduras de nossos tempos (comunismo, fascismo).

Os meios de comunicação social, são simples e imprescindíveis instrumentos de captação e alimento doutrinal. Para este fim, são levantados colossais aparelhos propagandistas: Igreja Católica, fascismo, nazismo, stalinismo e um longo etc.

É bastante significativo que seja precisamente quando esses delineamentos dogmáticos entrem em crise (antigo regime, nazismo) quando são traçadas as necessidades (justamente para tratar de evitar os *revivals*) de explicitar um catálogo de direitos: 1789, 1948, teria chegado o momento – depois de 1989 – de poder abordar os direitos da 3.ª geração?

O adoutrinamento e a propaganda (incluída a publicidade que mata a capacidade de discernimento) são as antíteses do que deve ser um autêntico modelo informativo-comunicacional.

Tanto na história universal como na particular da Espanha, esse modelo absolutista-autoritário-ditatorial, sob diversas roupagens e graus de univocidade, parte da expulsão mais absoluta do direito de liberdade de comunicação.

Cingindo-nos somente ao que podemos denominar de mundo ocidental, o período de vigência desses direitos é cronológico e espacialmente muito curto. Pouco mais de um século e com efeitos práticos em muito poucos países. No nosso contraditório século 20, a verdade é que, nesse sentido, há muito mais sombras que luzes, a despeito do que se possa crer.

A LUTA PELO DIREITO À LIVRE EMISSÃO

Na conquista desse direito, como em muitos outros terrenos, é justo reconhecer que os ilustrados, apesar de todas as suas contradições, jogaram um papel decisivo na sua conquista, pelo menos no terreno teórico, na transformação das estruturas filosófico-mentais. Sem eles, é difícil imaginar as mudanças experimentadas a finais do século 18 nos Estados Unidos e, sobretudo, na França. Às revoluções burguesas lhes corresponderam levar à práxis tais princípios, certamente qualitativamente novos. A luta será longa, dura e em muitos países ainda continua. A essência desse delineamento, como é sabido, em se tratando das revoluções burguesas, é bastante reducionista: livre iniciativa empresarial. Iniciativa universal, mas que na prática esse universo fica reduzido ao núcleo dos que têm meios suficientes para poder usufruir mencionada liberdade (direito).

Todo modelo liberal – em suas diferentes variações – considera como sinônimo de plena liberdade, o libérrimo direito legal do empresário (livre iniciativa) para emitir sem impedimentos. Assim este direito cidadão (universal) de *liberdade de expressão* fica reduzido, na prática, ao direito *à livre emissão*, o que não é exatamente o mesmo. Realmente, boa parte da luta contra os diversos poderes (legais e/ou fáticos) para tratar de conseguir a liberdade de expressão ficará reduzido, de fato, a tratar de conseguir a liberdade de emissão por parte do empresário. De tal forma que, depois de tanto tempo e esforço, terminam por considerar como sinônimo ambos delineamentos (pensamentos). Melhor dito, a liberdade de emissão (empresarial) desenvolvida dentro do sistema capitalista termina por escurecer totalmente a fórmula primigênia de liberdade universal; é dizer, retórica à parte, em vez de estabelecer o direito desde o ponto de vista do sujeito receptor (cidadão) se fará na prática somente desde o emissor.

Este foi o projeto básico, pelo menos durante todo o século 19. Somente quando os movimentos obreiros e assimilados mostraram-se não conformes com o reducionismo do delineamento e graças à aparição de novos meios de comunicação, com uma postura ideológica discrepante frente ao discurso dominante, começou-se a questionar o modelo liberal de identificação entre liberdade de expressão e livre emissão. Novos sujeitos exigem ser levados em conta e reclamam um discurso próprio frente ao subministrado pelas forças dominantes.

Este delineamento burguês – liberdade, mas controlada e usufruída – requer que seja posto em marcha alguns mecanismos de controle certamente sofisticados, ainda que em muitos casos sejam tão toscos (repressão aberta) como o vigente no anterior sistema absoluto.

Entre a prevenção e a repressão

A primeira fase foi de dúvida, alternadamente, entre o tradicional, o seguro sistema preventivo (controle prévio) e o repressivo (supervisão *a posteriori*). Apesar de aparentemente soar mais duro, o repressivo sempre permite maior liberdade de ação, que a publicação possa sair à luz, ainda que logo as consequências possam ser igualmente duras. No fundo, pulsam duas filosofias diferentes: não deve haver liberdade para o erro ou, o reverso da medalha, quem se equivoca paga.

A partir do triunfo das revoluções burguesas já foi muito difícil estabelecer constitucionalmente a censura prévia (sem embargo, o primeiro franquismo a restaurou e inclusive algo muito pior), senão que a norma consubstancia-se em apoderar dos diversos mecanismos que em cada momento põe à disposição o correspondente sistema repressivo. Estes mecanismos e suas aplicações, na prática, dão lugar ainda a uma grande variedade de contextos históricos bem diferentes.

A LIVRE EMISSÃO, DIREITO CONSTITUCIONAL

O direito fundamental[2] à liberdade de emissão de pensamento, abolição legal da censura prévia, aparece já recorrido no Estatuto de Bayona (1808),[3] se bem que seu

---

2 "(...) hemos decretado y decretamos la presente *Constitución*, para que se guarde como *ley fundamental* de nuestros Estados y como base del pacto que une a nuestros pueblos con Nos, y a Nos con nuestros pueblos" (preámbulo). *Estatuto de Bayona* (6 de julio de 1808).

3 A esse respeito se estabelece:
"Art. 145. Dos años después de haberse ejecutado enteramente esta Constitución se establecerá la libertad de imprenta.
Para organizá-la se publicará uma lei feita nas Cortes."
"Art. 39. Toca al Senado velar sobre la conservación de la libertad individual y de la libertad de la imprenta, luego que esta última se establezca por Ley, como se previene después [Título XIII, artículo 145].
O Senado exercerá estas faculdades na maneira que prescreva os seguintes artigos seguintes."
Ademais os artículos 40-44 tratam do papel de controle do Senado sobre o Ministério de Polícia e prisão preventiva. O Senado pode formular a declaração pública, em desfavor do executivo, e levá-la ao Rei, em manteria de prisões arbitrárias.
"Art. 45. Una junta de cinco senadores, tendrá el encargo de velar sobre la libertad de la imprenta.
Os papeis periódicos não se compreenderão nas disposições deste artigo.
Esta junta se chamará Junta senatorial de liberdade da imprensa."
"Art. 46. Los autores, impresores y libreros que crean tener motivo para quejarse de que se les haya impedido la impresión o la venta de una obra, podrá recurrir directamente y por medio de petición a la Junta senatorial de libertad de imprenta."
"Art. 47. Cuando la Junta entienda que la publicación de la obra no perjudica al Estado, requerirá del Ministerio que ha dado la orden para que la revoque."

alcance é meramente testemunhal enquanto não chega a entrar em vigor e a que os jornais, em princípio, fiquem excluídos expressamente da liberdade de imprensa.

O princípio da plena 'liberdade política de imprensa' (observe-se que deixam-se à margem os temas religiosos),[4] com categoria de máxima categoria legal, aparece pela primeira vez recorrido na Constituição gaditana (1812);[5] entendida a liberdade de 'imprensa' como 'liberdade de imprimir e publicar'. A chave está, portanto, em poder ter/dispor do bem tão apreciado e geralmente pouco rentável, que é imprensa. O que se estabelece com claridade na primeira constituição espanhola e se converte em uma conquista (constitucional) irreversível é a proscrição (teórica) da censura prévia:

"Artigo 371. Todos os espanhóis têm liberdade de escrever, imprimir e publicar suas ideias políticas sem necessidade de licença, revisão ou aprovação alguma anterior à publicação, sob as restrições e responsabilidade que estabeleçam as leis."

"Art. 48. Si después de tres requisiciones consecutivas, hechas en el espacio de un mes, no la revocase, la Junta pedirá que se convoque el Senado, el cual, si hay méritos para ello, hará la declaración siguiente:
'Hay vehementes presunciones de que la libertad de imprenta ha sido quebrantada.'"
O presidente porá nas mãos do rei a deliberação motivada do Senado.
"Art. 49. Esta deliberación será examinada de orden del Rey, por una Junta compuesta según el artículo 44: compuesta por los presidentes de sección del Consejo de Estado y de cinco individuos del Consejo Real."
Não cabe nenhuma duvida que, apesar de todas suas limitações, O Estatuto de Bayona supôs um grande salto qualitativo no terreno dos direitos fundamentais em comparação com o Antigo Regime, pelo menos na impressão de obras (livros).
Não aparecem especificados os direitos fundamentais (reunidos em um título ad hoc), porém repartidos ao longo do texto: inviolabilidade do domicílio (art 126), privação da liberdade (art. 127), liberdade de comunicação (imprensa, excluem-se os papeis dos periódicos) etc..
Na práxis seus efeitos foram mínimos, posto que não chegou a entrar em vigor. Não houve tempo material para desenvolver-se o mandado 'constitucional' (artículo 145), o qual delimitava um de dois anos para que fosse aprovada uma lei especial sobre imprensa.

4   Para maior informação a este aspecto pode ser visto, Celso Almuiña: *La prensa vallisoletana durante el siglo XX*, Valladolid, 1977, tomo I, p. 174 segs.

5   "Art. 131. Las facultades de las Cortes son: (...)
Vigésimo cuarta: Proteger la libertad política de la imprenta".
"Art. 371. Todos los españoles tienen libertad de escribir, imprimir y publicar sus ideas políticas sin necesidad de licencia, revisión o aprobación alguna anterior a la publicación, bajo las restricciones y responsabilidad que establezcan las leyes." *Constitución* de 1812.

Efetivamente, abole-se definitivamente (regimes constitucionais) a censura prévia, que supõe o reconhecimento ao mais alto nível do direito fundamental à livre transmissão, mas unicamente limitado ao campo das ideias 'políticas', que, por ser importante, ao deixar vedados outros campos, como por exemplo o religioso (sob o *nihil obstat* eclesiástico), fica reduzido seu alcance. Observe-se, ademais, que nada se diz acerca da liberdade de transmissão de notícias e opiniões em geral, não obstante, o termo *político* na época tem um amplo alcance. Ademais, parece evidente que se se aceita a crítica do sistema político, também as informações e/ou opiniões o sejam; apesar de que certamente esta interpretação lassa nunca chegaria a estender-se ao campo eclesiástico, à Coroa, nem ao militar.

Este é o marco teórico ao mais alto grau, mais abaixo está a realidade cotidiana sob uma situação certamente não propícia para um desenvolvimento sossegado [pacífico, sem percalços] do marco constitucional, como é a denominada Guerra de Independência, onde o fundamental, desde nosso ponto de vista, é que de fundo existe uma infectada guerra ideológica, para a qual a propaganda resulta simplesmente imprescindível.

Imprescindível, tanto para o modelo autoritário napoleônico quanto era o patriótico espanhol.[6] Enquanto ao primeiro, a margem do delineamento teórico, a prioridade era ganhar a guerra e desde o jacobinismo napoleônico para acabar com os obstáculos tradicionais (antigo regime), tanto no aspecto militar, como no propagandista as últimas ordens e consignas partem do próprio Imperador. No campo propagandista, Napoleão também se revela como um grande estrategista. A ação propagandista (batalha psicológica) é prévia e posterior à ação militar. Daí que se cuidem mui especialmente todos os instrumentos tendentes a este fim. As diretrizes a seguir em cada caso se farão através de consignas específicas e, em geral, seguindo as diretrizes propagandistas traçadas pelo órgão imperial central: *Le Moniteur* (Paris).

Na prática, em aras da liberdade, sacrifica-se precisamente a liberdade de emissão. Possivelmente não podia ser de outra forma. Máxima desde um delineamento jacobino autoritário, como é o modelo napoleônico.

A outra vertente do modelo liberal, nestes momentos auroriais, que de alguma forma perfilam e preludiam o futuro, é o patriótico, que parte de posições estratégicas antagônicas: parte de baixo para cima na construção da pirâmide comunicacional.

---

6 Celso Almuiña: "Libertad de prensa y derecho a la información en la Europa actual. El caso español". *Europa, hoy*, Buenos Aires, Ediciones Ciudad Argentina, 1994, p. 335 segs.

Este modelo, que se vai conformando dialeticamente com os avatares da batalha (ideológica) e a guerra (militar), encontra seu primeiro marco legal – anterior à Constituição (1812) – na importante lei de imprensa de 1810,[7] cuja significação é o de ser um compromisso entre o liberalismo primigênio e a tentativa, por parte da Regência, de controlar o modelo de comunicação, transbordado pelos acontecimentos e pelos vazios legais e operacionais diante da falta de autoridades legitimadas.

Legislação-chave, portanto, neste campo, posto que pode ser considerada como a ponte entre o sistema preventivo e repressivo; por conseguinte, primeira porta entreaberta à liberdade de imprensa na Espanha. Seus limites, os temas religiosos; à parte do mencionado traça um marco otimista, liberal e confiado. Para garantir/conter essa liberdade, cria-se uma nova instituição nada menos que com o nível de Junta Suprema Central.

Se o marco legal está claro a partir desse momento, no que a Constituição (19 de março de 1812) consagrará e elevará ao máximo nível, na prática surge [em qualquer lugar] – incluída a própria Cádiz das Cortes – um tipo de imprensa espontânea, popular, patriótica e um tanto guerrilheira, que se mostrará indisciplinada e inclusive montanhesa no mesmo instante em que alguma autoridade pretenda impor-lhe algum tipo de obstáculo.[8]

A confluência de uma luta militar flutuante, a confrontação ideológica de fundo e a falta de poderes efetivos, leva a que, na prática, a liberdade de ação dos meios de

---

7   Aparentemente foi cumprido o que ficou estabelecido estatutariamente em Bayona, posto que – segundo o artigo 145: "Dos años después de haberse ejecutado enteramente esta Constitución se establecerá la libertad de imprenta".
Parece poder ser pura coincidência ou mais bem querer o bando patriótico arrebatar mencionada bandeira dos afrancesados.
Já a Junta Suprema Central teria arrancado da Regência, antes de entregar-lhe o poder – da qual, com razão, parece não se fiar de todo – como uma inevitável obrigação de enviar, o antes possível, um projeto de lei às Cortes, o qual assegurasse a liberdade de imprensa.
Em todo caso, reunidas – a partir de 24 de setembro de 1810 – as Cortes em Cádiz, Arguelles apresenta um projeto de lei sobre liberdade de imprensa, que será discutido em regime de urgência [com preferência a qualquer outro]. Desta forma, foi possível que no dia 10 de novembro do mesmo ano, por um decreto das Cortes, pode-se publicar o *Reglamento sobre libertad política de imprenta*.

8   Celso Almuiña: *La prensa* (...) ob. cit. tomo I, p. 180-81.

comunicação social sejam muito amplos e fragmentados a teor do momento, do espaço geográfico e do poder imperante.[9]

A PERDA DA INOCÊNCIA

Depois do salto no túnel do tempo que se pretende impor durante o período absolutista de seis anos (entre 1815 e 1820), a geração dos anos vinte – salvo a facção exaltada – é mais pragmática; ou seja, mais reticente à hora de legislar sobre a imprensa. Já não se proclama sem mais a liberdade total.[10] Introduzem-se cautelas para tratar de evitar os extremismos. Certamente, usufrui-se grande liberdade, mas também aos contraventores se lhes ameaçam com fortes castigos: pecuniários (multas) e pessoais (prisão); especialmente no que toca a folhetos/jornais subversivos e/ou sediciosos. Trata-se de pôr freio às múltiplas publicações franco-atiradoras de conteúdos excessivos.

Como um elemento novo e importante para entender neste tipo de temas, cria-se o jurado ou juízes de fato.[11] Ao mesmo tempo, cria-se a Junta de Proteção de Liberdade de Imprensa. Duas instituições chamadas a velar pela liberdade dos meios de comunicação, o que demonstra a sincera atitude dos liberais dos anos vinte com respeito a este direito cidadão, concomitantemente com os duros castigos introduzidos, também tratam de cortar qualquer abuso dos muitos que se vão produzindo durante este agitado período; durante o qual boa parte dos meios de comunicação social vai estar em mãos de gente pertencente ao clero, tanto os que estavam fora dos claustros como reacionários, os que tanto por razões sociais como pessoais mostraram-se, em geral, tremendamente agressivos.

Na práxis da década de vinte, o marco legal aplica-se relaxadamente, tanto pela falta de autoridade que se faz respeitar como porque as instituições encarregadas de entender esses temas, especialmente os jurados, fortemente doutrinados ideologicamente e pressionados, atuam em geral de forma pouco equilibrada: ou passam-se por benévolos ou tudo ao contrário. Certamente, resulta bastante difícil manter um liberal equilíbrio entre o pluralismo ideológico e a viabilidade do sistema político.[12] As fortes tensões so-

---

9 *Mutatis mutandis,* algo semelhante ao que sucederá no bando republicano durante a guerra civil de 1936-39.

10 Lei de 12 de novembro de 1820.

11 Celso Almuiña: *La prensa* (...), ob. cit. tomo I, p. 187-191.

12 Uma boa mostra do mencionado temos na atuação das mesmas Cortes, convertida em Convenção (assume também um papel judicial), ao entender o difícil dilema que delineava

ciais saltam, como não poderia ser de outra forma, às primeiras páginas. O resultado é uma grande profusão de meios com uma grande carga crítica e com muita tendência a personalizar. É o reino do periodismo satírico, fortemente doutrinado ideologicamente, quando não sectarizado. Junto ao periodismo de grupo (pequenas empresas). O guerrilheiro continua sendo grande predicador.

Liberdade, dentro de uma ordem

Após a severa purgação que de novo supôs a denominada Década ominosa (1823-33) e depois de um período de importantes vaivens,[13] podemos afirmar que o modelo liberal começa a se estabilizar com o reconhecimento do princípio do direito à livre emissão,[14] mas sendo submetido, na prática, a fortes controles e limitações.[15] Uma coisa é o marco teórico ou legal e outra sua aplicação prática. Daí que seja pouco esclarecedor historicamente a simples análise do marco legal se imediatamente não comprovamos sua plasmação histórica. De todas as formas, a dialética fundamental centra-se unicamente e exclusivamente no direito do editor (empresário) de poder emitir sem grandes obstáculos, em absoluto não se estabelece esse direito desde a perspectiva do cidadão. Seria simplesmente um anacronismo tanto teórico (desde a ótica do liberalismo burguês) como real, quando ainda se está lutando pelo pluralismo do emissor.

---

o semanário *Defensa Cristiana Católica de la Constitución Novísima de España*. (1820-23). No princípio essa publicação trata-se de mover na tempestuosa linha de um non nato catolicismo liberal (catolicismo compatível com o liberalismo), porém diante do desbordamento político (vinteanismo exaltado) o semanário da um giro radical, defendendo de novo o restabelecimento nada menos que da Inquisição. El castigo imposto pelas Cortes ao octogenário redator, frei José Ventura Martínez (dominico), es realmente duro, posto que termina encarcerado. Ibidem, tomo I, p. 189 e 276 segs.

13 Por exemplo, em 1837, diante do crescente assalto do Carlismo, para controlar aos periódicos afines à Causa se introduziram fortes restrições (decretos de 17 de outubro de 1837 e do 5 de junho de 1839). Conserva-se o jurado (constitucional), mas se restringe a pessoas muito concretas: exigem-se maiores requisitos inclusive para poder ser editor responsável. Eleva-se o depósito prévio, para poder gozar da qualificação de imprensa política. Celso Almuiña: *La prensa* (...), ob. cit. tomo I, p. 209-210.

14 "Art. 2- Todos los españoles pueden imprimir y publicar libremente sus ideas sin previa censura, con sujeción a las leyes, correspondiendo exclusivamente a los jurados la calificación de los delitos de imprenta". *Constitución de 1837...*

15 Lei de 4 de janeiro de 1834.

Proclamado o princípio liberal do direito à livre emissão e acurralada constitucionalmente a possibilidade de estabelecer censura prévia, os liberais, especialmente na versão moderado-conservadora, mas que tampouco causam aversão aos progressistas, ainda que com um maior grau de manobrabilidade, inventam-se uns sofisticados e efetivos meios de controle, cujos resultados terminarão (indiretamente) por criar uma forte concentração tanto empresarial (empresários ligados ao *establishment*) como geograficamente (Madri) na capital da nação.

Os mecanismos de controle, que terão longa prolongação em nossa legislação, são: licença prévia para poder criar um novo jornal, o que deixa ao livre alvedrio (discricionariedade) da autoridade do turno a denegação por diversos motivos, especialmente a falta de afinidade ideológico-política com o governo no poder; editor responsável, pessoa que tem que reunir as mesmas condições que para poder ser candidato as Cortes, o que veda ao simples cidadão o poder ser responsável (editor) de um jornal; depósito prévio (elevada quantidade imobilizada na Fazenda) para se assegurar a cobrança de antemão (legalização do princípio de presunção de desconfiança), para poder tocar temas políticos; o que, por outra parte, têm maior audiência e incidência. Na práxis, a aplicação destes mecanismos de controle pelos governadores civis é simplesmente decisiva e na maior parte dos casos arbitrária e inversamente proporcional ao peso das respectivas forças políticas provinciais.

Dentro deste marco e inclusive por parte das forças mais progressistas faltam exemplos de atuações abertamente arbitrárias para acabar com os jornais incômodos; como simples mostra, podemos trazer a colação a brilhante ideia de Espartero de proibir a circulação de determinados jornais (oposição) através dos Correios (interessada confusão entre Estado e governo); o impor contribuições exageradas (distribuição hábil de subsídios), quando não reclamar por segunda vez as cargas (contribuições ou multas) já satisfeitas, inclusive em momentos tão democráticos como os seis anos Revolucionários.

Na versão do liberalismo do partido político dos moderados (conservador) uma vez que não se pode recorrer à censura prévia e com os importantes instrumentos de controle assinalados/ indicados e ainda reforçados,[16] o último baluarte que se trata de controlar

---

16 O decreto de 10 de abril de 1844 é o pilar fundamental de toda a legislação cuja ideologia correspondia a do partido político dos moderados. Centra a vigilância sobre o impressor (empresário), também nos canais de distribuição (livreiros etc.). Em último termo, a mesma imprensa e sua maquinaria se convertem em 'fiança especial', no caso de insolvência. O

é o judicial, para o qual se elimina o juízo por jurados.[17] Instituição que será uma das pedras de toque diferenciadoras entre o delineamento progressista e os conservadores.

Como etapas mais representativas dos respectivos delineamentos, podemos referir: por parte do conservadorismo, a dureza dos governos presididos por Narváez,[18] sem nos esquecermos de González Bravo às vésperas de 68; em contra, a filosofia progressista deu a conhecer durante o Biênio Progressista (1854-56), que se inaugura com medidas de perdão geral[19] e tendência favorável à abertura informativa e especialmente a partir da Gloriosa (1868).

---

impressor, aparte de saber seu ofício, tem que se converter em forçado censor, sob pena de não trabalhar ou correr o risco de chegar a perder sua própria empresa. Espada de Dâmocles com fortes consequências autocensoras. Além da elevadas penas pecuniárias, sem descartar as pessoais (prisão). O resultado é que ocorrem com frequência as suspensões e inclusive as supressões. Celso Almuiña: *La prensa* (...), ob. cit., tomo I p. 215-16.

17 Ao contrário da Constituição progressista de 1837 ainda subsiste o jurado, já não se prescreve como obrigatório na moderada (conservadora) de 1845. Aparece em ambos textos:
"Art. 2. Todos los españoles pueden imprimir y publicar libremente sus ideas sin previa censura, con sujeción a las leyes."
A qualificação dos delitos de imprensa corresponde exclusivamente aos jurados, diz a Constituição de 1837.
Enquanto a Constituição de 1845 copia literalmente o primeiro parágrafo e suprime integramente o segundo. Inclusive ao repetir a mesma numeração do articulado (artículo 2.º) põe ainda maior ênfases e o que trata de suprimir seria precisamente a obrigação 'exclusiva' do julgamento por jure para os delitos de imprensa.

18 Depois da política de abertura realizada pelo Biênio Progressista (1854-56), a volta dos moderados ao poder, com Cándido Nocedal como ministro (gobernación) do governo Narváez, vai sendo caracterizado por ter uma política muito restritiva (lei Nocedal de 13 de julho de 1857), misturada de censura prévia e de depósito muito elevado. As responsabilidades, à parte do impressor, estendem-se ao autor e ao diretor da publicação. As multas são muito elevadas. Os governadores atuam de forma muito direta e dura. Para o reacionário Nocedal, a liberdade de imprensa é um mal que tem que ser suportado. Especialmente dura foi a perseguição dos folhetos. Estes proliferaram precisamente como saída de emergência diante das restrições legais. A imprensa das províncias, precisamente por sua pouca resistência empresarial, era mais facilmente vulnerável diante das iras governamentais. Ainda que não se busque de forma premeditada, indiretamente se estava contribuindo ainda mais para a potencializarão da grande imprensa nacional (Madrid). Celso Almuiña: *La prensa* (...), ob. cit. tomo I, p. 233 segs.

19 Em 18 de agosto de 1854, dá-se uma anistia general para este tipo de delitos e inclusive se restituem penas pecuniárias a empresas multadas, que logicamente eram progressistas, por estar em oposição. Medida muito mal vista pelo partido dos moderados, que de alguma forma toma a revanche ao voltar ao poder com a lei Nocedal (1857).

Ensaio de plena liberdade de emissão

A liberdade de imprensa a esta altura da centúria já se havia convertido em um autêntico barômetro para medir o grau progressista dos diferentes governos. Com o triunfo da Gloriosa (1868), ao calor do triunfo revolucionário, gera-se um novo clima social e político que repercute imediatamente nos meios de comunicação social.[20] Nova filosofia que se vê plasmada na nova Constituição (1869):

> Art. 17 – tampouco poderá se privado nenhum espanhol:
> Do direito de emitir livremente suas ideias e opiniões, verbal ou por escrito, valendo-se da imprensa ou de outro procedimento semelhante.
>
> Art. 22 – Não se estabelecerá nem pelas autoridades disposição alguma preventiva que se refira ao exercício dos direitos definidos neste título [título I que engloba também ao artigo 17]. Tampouco poderá estabelecer-se a censura, o depósito nem editor responsável para os periódicos.
>
> Art. 31 – As garantias consignadas nos artigos (...) 17, não poderão suspender-se em toda a Monarquia nem em parte dela senão temporariamente e por meio de uma lei, quando assim o exija a segurança do Estado em circunstâncias extraordinárias.
>
> Promulgada aquela, o território a que se aplicará se regerá, durante a suspensão, por uma lei de ordem pública estabelecida de antemão.

À parte da lógica supressão da censura prévia, chama a atenção que se proíba expressamente poder-se voltar a recorrer ao depósito prévio e à figura do editor responsável, precisamente pelo jogo de influência que se havia colocado nas mão dos governadores

---

20 O Governo Provisório não deixa nem transcorrer um mês desde o triunfo revolucionário (setembro) para emitir um decreto (23 de outubro de 1868) com medidas amplamente liberalizadoras:
"Art.1- Todos los ciudadanos tienen derecho a emitir libremente sus pensamientos por medio de la imprenta, sin sujeción a la censura ni a ningún otro requisito previo."
"Art. 2- Los delitos comunes que por medio de la imprenta cometan quedan sujetos a las disposiciones del Código Penal, derogándose en esta el artículo 7º del mismo."
"Art. 3- Son responsables para efectos del artículo anterior: en los periódicos el autor del escrito y, a falta de éste, el director; en los libros, folletos y hojas sueltas, el autor, y no siendo conocido, el editor y el impresor, por su orden. Los periódicos que carezcan de director, se considerarán como hojas sueltas para los efectos de este Decreto."
"Art. 4- Queda suprimido el Juzgado especial de Imprenta con todas sus dependencias."
La parte del Código derogado (7º) dice: "No están sujetos a las disposiciones de este Código los delitos militares, los de imprenta (...), ni los que estuviesen penados por leyes especiales."

sectários. Portanto, qualquer jornal tem o caminho aberto para poder tocar em temas políticos, o que causa autêntico pavor nos grupos de pressão conservadores.

Pela primeira vez, estamos diante de uma séria tentativa de aceitar o pluralismo informativo desde uma perspectiva de não pôr nenhum tipo de obstáculo à livre emissão de pensamento. Em definitiva, independentemente da correspondente ideologia, liberdade empresarial, que nas províncias costumam ser pequenas empresas familiares e, em Madri, grupos empresariais e/ou políticos.

O resultado foi uma proliferação de publicações, o que foi positivo desde o ponto de vista do pluralismo informativo, mas ao mesmo tempo esse transbordamento comporta o curioso fenômeno da fragmentação empresarial, que acarreta indiretamente a empresas menos competitivas e, sobretudo, menos resistentes diante de possíveis pressões.

Assim produz-se o significativo paradoxo entre um beneficiado pluralismo informativo (democratização das mensagens) que vem acompanhado de um fracionamento empresarial, cuja parte negativa é a limitação da capacidade de investimento (inovação tecnológica) e até mesmo de capacidade de resistência (independência) diante dos diversos grupos de pressão.

Durante o período de seis anos denominados "Revolucionários", podemos afirmar que a longa luta para conseguir a livre emissão (empresarial) foi conseguida, ainda que fosse temporariamente.

À BUSCA DE 'VEDORES' NEUTRAIS

Muito rápido a ditabranda canovista impõe, durante um quinquênio (1875-1979),[21] uma regressão aos melhores momentos do delineamento do partido político dos moderados, que o mesmo Cánovas vinha contribuindo de forma muito significativa fazia anos. Sem embargo, na Constituição conservadora de 1876 (que Cánovas não ratifica, ainda que a acatará), definitivamente renuncia-se, como incompatível, até em sua versão conservadora, à censura prévia.[22]

Na década dos anos oitentas, o panorama social em geral e o dos meios de comunicação em concreto experimentam notáveis transformações, que demandam o

---

21 Cánovas governa neste delicado campo a base de circulares e decretos até que se vê obrigado a promulgar uma lei (9 de janeiro de 1879) que ponha fim ao período de transição.

22 "Art. 13. Todo español tiene derecho: De emitir libremente sus ideas y opiniones, ya de palabra, ya por escrito, valiéndose de la imprenta o de otro procedimiento semejante, sin sujeción a la censura previa." *Constitución de 1876*.

estabelecimento de uma nova dialética neste campo. Estamos diante do que podemos denominar, com todo tipo de reservas que se queiram, o nascimento da imprensa de massas. Consolidam-se as grandes empresas periodistas, e o que é mais importante, não ligadas diretamente a nenhum partido político. Nem *El Liberal* nem seu irmão maior, *El Imparcial*, somente para citar dois jornais de maior circulação do momento, não estão ligados a nenhum partido, ainda que cada um tenha evidentemente sus afinidades e tendências. Trata-se de duas empresas perfeitamente viáveis, independentes e poderosas. É verdade que, a seu lado, seguem subsistindo grande número de jornais de partido.

Por outro lado, a potente imprensa de oposição, especialmente a republicana, tem um eco social suficiente como para que suas denúncias diante dos caciquismos governamentais levantem tal polvorada na opinião como para não resultar já tão rentável os sectarismos descarados.

O problema que se esboça é que o Partido Liberal (partidário da fusão de empresa, partidos ou tendências sagastinas)[23] traz em seu programa alternante a busca de um meio para tratar de independentizar o controle dos meios de comunicação do respectivo partido governante. Esse é o espírito da importante e longeva[24] Lei de Polícia de Imprensa (1883).[25] O resultado é uma lei sinceramente liberal (a liberdade de imprensa concedida como um bem), com o estabelecimento de uma série de garantias para os editores, se bem reservando-se ao governo (via administrativa) importantes instrumentos de intervenção.[26]

---

23 Chegam ao poder em 8 de fevereiro de 1881, o que supõe a abertura de uma nova etapa política (turno pacífico).

24 Oficialmente estará vigente hasta 1938, embora durante a ditadura de Primo de Rivera – igual ao texto constitucional – na práxis sofre importantes mutilações, como são, entre outras, o estabelecimento de fato da censura previa.

25 Celso Almuiña; *La prensa* (…), ob. cit. tomo I, p. 260 segs.

26 Segue-se sendo exigido a licencia prévia, mas com a grande novidade de ser a teor do disposto no código penal; pé de imprensa (evitar publicações clandestinas); entrega prévia de exemplares às autoridades (sem efeito censorial), para poder retirar o antes possível de circulação (e inclusive suspender) publicações claramente subversivas; contar com um responsável legal, que a princípio seria o diretor, com a condição de que 'esteja no uso de seus direitos civis e políticos', em outro caso, em um prazo de quatro dias, seria necessário buscar um novo responsável legal. Trata-se em todo momento de conhecer quem é o proprietário (gerente nas sociedades anônimas) e o impressor, além de ter um responsável direto (sem requisitos especiais) do publicado (diretor e/ou autores). Extremos que certamente não são rigorosos nem

A grande novidade, neste caminho de liberar os meios de comunicação da angustiante intervenção do governo de vez, é atribuir à jurisdição ordinária o papel decisivo. Será o correspondente Código Penal a norma a ser aplicada para a tipificação do delito. Esta é a grande e real mudança desta legislação, independentemente do grau de pressão correspondente: bem através da via administrativa (que segue permitindo um elevado grau de intervenção governamental)[27] bem pressionando sobre o aparelho judicial, o qual tampouco resultava tão difícil durante a Restauração.

O princípio está fixado: devem ser os tribunais os que tenham a primeira e última palavra no caso de uma suposta transgressão e o código penal a primeira e principal norma a ser aplicada. O que na verdade parece ser o normal, para a época supõe um salto qualitativo. Certamente, o governo da vez assegura-se, em princípio, o conhecimento dos dados mínimos e primeiros responsáveis de toda publicação não clandestina; ademais, não fica totalmente inerte diante de extraordinárias e urgentes intervenções. Inclusive dispõe de faculdades discricionárias no que se refere à introdução de impressos estrangeiros. Mas são os tribunais ordinários os que têm a primeira e última palavras nos casos de possíveis transgressões e de sua conformidade com a lei ordinária.

De acordo com a nova legalidade e levando em consideração a já implantação de algumas importantes empresas editoriais, pese a certas despropositadas intervenções de alguns governos, o certo é que temos as bases como para que sujeito emissor (proprietário e/ou gerentes empresariais) em diante não tropece com demasiados obstáculos para a livre emissão de 'seu' pensamento.

O grau de manobrabilidade das respectivas redações não é questão a ser analisada neste momento. Em linhas gerais, estão submetidas a diretrizes da empresa, inclusive as que não disponham de um ideário especificado. Porém, ainda assim, estaríamos falando também ao menos de uma parte do sujeito emissor, sem que nos interesse aqui diferenciar que parte (do leão) leva o empresário (proprietário/responsável) e qual fica (a do rato) para a redação.

---

intervencionistas, salvo tal vez, a obrigação de ter que entregar previamente e com caráter obrigatório cada dia exemplares do que se vai a publicar para as autoridades.

27 En el caso de que alguna de las infracciones no esté claramente tipificada en el código penal, el gobierno (vía administrativa) podrá imponer castigos especiales (multas o incluso suspensiones), aunque queda abierta la posibilidad de apelación (previo depósito del importe) a os tribunales ordinarios.

A prova de fogo para esta nova normativa terá lugar muito em breve (1885) motivado pela morte do rei (Alfonso XII), que aproveitam tanto republicamos como carlistas para tratar de impor suas perspectivas teses políticas. A verdade é que a habilidade e a prudência de Sagasta conseguem superar esta importante e precoce escolha sem demasiadas dificuldade. A lei de Polícia de Imprensa acaba de alcançar prematuramente sua maioridade.

A segunda grande prova tem lugar motivada pela crise do final de século e mais em concreto com o desencadeamento da última guerra colonial (1895-98). Conquanto, tenha que ser mencionado: a censura (militar), salvo nas respectivas capitanias em guerra (Cuba e Filipinas), não se impõe até 15 de julho de 1898, quando a guerra (desastre) concluiu, além, disso o que se trata de evitar é precisamente a ressaca dos grupos marginais ao sistema: carlista, apenas receio republicano e o nascente régio-nacionalismo. Inclusive nas capitanias em guerra (excepcionalidade prevista por cima da legislação de imprensa) em grau de manobrabilidade de correspondentes (incluídos os do bando inimigo) é altamente liberal (até mesmo de modo excessivo) dadas as circunstâncias.

Em grande medida, com essas pequenas exceções (impostas pelos militares), os meios de comunicação social espanhóis nos críticos momentos do final do século usufruíam uma grande liberdade de emissão. O sujeito emissor, base de toda autêntica liberdade de pensamento e difusão, parece haver alcançado, depois de um longo caminho, o direito, tanto legal como efetivamente, a poder emitir sem obstáculos. Somente há que contar com as limitações impostas pelo mercado e pelos grandes grupos de pressão.

Entre esses grandes grupos de pressão (de cara ao século 20) os principais, junto aos *lobbies* econômicos, sindicais, régios-nacionais etc.., são: Exército e Igreja. Os militares conseguem impor (1906) sua jurisdição especial aos meios de comunicação social em todas aquelas matérias que lhes afetem diretamente ou nas que possam atacar a unidade e os símbolos da pátria. Legislação que estará vigente até a II República e que supõe uma importante redução no direito de livre emissão, ao que se fez referência. Aspecto que não devemos esquecer e que há que carregar já no débito do século 20, que supõe um importante passo atrás, inclusive no terreno jurídico, o do submetimento a jurisdições especiais, com códigos especiais mais rigorosos, juízes diferentes etc..

A Igreja, sem querer renunciar ao obsoleto *nihil obstat*, desde o momento em que foi proibida definitivamente e constitucionalmente a censura prévia, tem que recorrer a outras vias para tratar de seguir impondo sua doutrina. O velho recurso de recorrer à imprensa carlista mostra-se, em longo prazo, totalmente contraproducente. É necessário iniciar (1885) uma nova via, o que o eixo da articulação do século desembocaria na criação de uma imprensa própria: 'boa imprensa' (controlada e com o *nihil obstat* do respectivo ordinário). A desautorização pública de determinados meios de comunicação por parte da hierarquia eclesiástica será frequente e desde logo a polêmica entre a 'boa imprensa' e o resto dos jornais, especialmente com aqueles mais distantes do espectro conservador, será mais que habitual.

Da atuação destas duas importantes instituições espanholas com relação aos meios de comunicação social, durante o primeiro terço do século 20, sem dúvida o papel limitador (censor) do Exército foi muito mais concreto e direto. Ao contrário, a efetividade da Igreja há que enxergá-la, por um lado, no plano da competência (empresaria), porque se irá armando de uma não desprezível frota de meios de comunicação próprios até desembocar no franquismo (conquistará como mínimo um terço do mercado). Claro que em último termo, dentro da pluralidade social, de uma voz mais, apesar de ser muito especial e poderosa. Seu poder limitador, projetado sobre o resto dos meios, é muito difícil de avaliar: em muitos casos, por ser indireto e invisível e, em outros, porque sua possível influência não pode ser quantificada. Haveria que diferenciar meios e meios. Inclusive para alguns (esquerda social e política), a confrontação e a polêmica convertem-se em autêntico estímulo, quando não em uma de suas senhas de identidade mais claras.

Há que citar como conclusão deste apartado que o sujeito emissor está composto, como ficou dito, por duas partes assimétricas: propriedade/ redação. Em quanto à primeira, dada a sua evolução e complexidade, mais bem haveria que introduzir junto ao/s proprietário/s ao/s gestor/es, que em muitos casos (meios públicos) convertem-se nos autênticos *factotum*.

Em quanto às redações, sempre subordinadas, sob as mais diversas formulas, ao capital e/ou poder gerencial, pese a ser teoricamente a parte responsável da elaboração da informação; sem embargo, tem estado sempre submetida aos primeiros; portanto, é incorreto falar do sujeito emissor como um todo, porquanto se compõe de duas partes assimétricas e ademais inversamente influentes aos que a teoria comunicacional ensina.

As tentativas das redações de se livrar deste papel subordinado e em casos servil arranca desde o mesmo momento em que se pretende criar associações de jornalistas, ainda que seja, em primeira instância, sob o limitado alcance assistencial (velha linha gremialista). Associações, até nossos dias, caracterizadas pelo guadianismo[28] e a ineficácia. Nunca, até o presente, as redações, inclusive as mais potentes e progressistas, têm conseguido livrar-se da imposição das empresas editoriais. Os casos isolados são justamente a exceção que confirma a regra. Se bem que certamente os mecanismos utilizados pelas empresas frente aos distúrbios sejam cada vez mais furtivos a de não dar motivos não necessários ao pregoeiro, mas igualmente efetivos.

Mais que as mesmas redações, nas quais os sindicatos clássicos não têm conseguido penetrar de forma significativa, é no pessoal das oficinas de trabalhos manuais onde a ideologia tem conseguido ganhar pequenas batalhas, a margem das estritamente laborais (nada desprezíveis, por outra parte), inclusive no campo ideológico.

Neste sentido, temos que fazer referência à denominada 'censura vermelha,' quando a começos da década dos vinte, como consequência da greve desencadeada em Barcelona (Canadense) trata-se de estender a toda a Espanha. A maior parte dos jornais, salvo os trabalhadores do obrerismo,[29] para fazer abortar a tentativa, ou bem subtraem informações e/ou as transmitem claramente deformadas. As redações estão ao lado dos empresários. Durante uma semana, o pessoal das oficinas (que à última hora e de forma parcial somam-se alguns jornalistas) consegue durante alguns dias impedir que saiam os jornais à rua ou, em caso contrário, incluído um emendado, de acordo com seus interesses os textos redacionais.

Em qualquer caso, não passa de ser uma simples anedota, dentro deste longo tempo de mais de dois séculos que estamos considerando, ainda que anedótico seja revelador em quanto ao grau de sindicalização e conscientização do pessoal das oficinas (onde primeiro arraiga-se o socialismo) frente às redações (jornalistas), que encontra-se mais que nas 'outras margens' (empresarial) isolado no meio de uma pequena ilha junto a fortes correntes entrecruzadas.

---

28   Escola, teoria ou princípio que se baseia na ação do rio Guadiana de aparecer e desaparecer.
29   Movimento obreirista imitava a Freguera-March porque ele ia contra uma ordem estabelecida, uma ordem sobre a qual se assentava sua própria segurança.

A DEPRECIAÇÃO DA LIBERDADE 'LIBERALÓIDE'

Quando parecia que se havia conquistado definitivamente pelo menos a liberdade do empresário para poder editar livremente, dentro de determinadas regras preestabelecidas, uma das primeiras medidas do ditador Primo de Rivera (1923-30), é desempoeirar a anacrônica censura prévia. A pretendida justificação era a pretexto da regeneração do país e com uma duração limitada, que se prolonga ao longo da duração de seu mandato; não esconde a autêntica realidade: o regime ditatorial, pese a contar no início com um considerável apoio por parte do *establishment*, é incapaz de resistir o grau de liberdade anterior, não já aos franco-atiradores internacionais senão inclusive às grandes 'empresas responsáveis': Sociedade Editorial de Espanha (*Liberal, Imparcial, Heraldo de Madrid*), *El Sol* etc.. Junto à censura prévia, certamente levada de forma muito desigual, dependendo do 'censor' da vez (funcionários obrigados e improvisados), põe-se em marcha outra série de mecanismos repressores, especialmente com a imprensa anarquista, à que converte-se de início em clandestina.

Não interessa tanto se deter na irregular e desigual aplicação das medidas preventivas e repressoras como deixa constância que se produz um salto atrás no que parecia a natural evolução da conquista empresarial à livre edição.

A II República, por certo suprime toda censura prévia,[30] assim como a volta à unidade jurisdicional (supressão da Lei de Jurisdições). A filosofia básica com a que comunga é a que a liberdade dos meios de comunicação é consubstancial com o novo regime democrático. Sem embargo, os poderosos e diversificados ataques ao sistema levam aos responsáveis de novo regime desde ditar uma lei especial (Defesa da República) até atuar com bastante contundência com a imprensa anti-sistema: multas, recolhidas e até suspensões. Primeiro de um signo, logo de outro. O que se percebe durante este período de forma clara é o grande trecho que medeia entre a teoria (voluntarismo) e a obstinada realidade quando os grupos sociais estão hostilmente enfrentados. Uma ilha em meio de um mar turbulento.

---

30 "Art. 34. Toda persona tiene derecho emitir libremente sus ideas y opiniones, valiéndose de cualquier medio de difusión sin sujetarse a previa censura.
En ningún caso podrá recogerse la edición de libros y periódicos sino en virtud de mandamiento de juez competente.
No podrá decretarse la suspensión de ningún periódico sino por sentencia firme." *Constitución de la República Española*, de 1931.

Revelador, pela contundência e duração cronológica, no regresso no túnel do tempo que representa o franquismo. Nunca, nem nos momentos mais absolutos do antigo regime, se havia ido tão longe, com tal grau de contumácia e até mesmo cinismo.

Por certo que se restabelece a censura prévia, como nos piores tempos; à parte da exigência de uma restritíssima licença prévia para poder criar novos meios de comunicação. Ademais, recorre-se a uma uniforme, rígida e implacável censura repressiva.

Mas há muito mais, até onde em nenhuma etapa anterior se havia chegado. Em primeiro lugar, a pura e dura expropriação de meios de comunicação (internacionalistas), cujas infra-estruturas aplicam-se à posta em marcha de novos meios de comunicação a serviço do regime (falangista). A via da expropriação é o caminho inicial para levantar o que será a poderosa – e nunca rentável – Cadeia de Imprensa do Movimento (Cadeia azul), que chegará a contar com mais de meia centena de publicações jornalísticas e emissoras de radiodifusão. Pelo que se refere à propriedade dos meios, à Igreja lhe permitem um potencial emissor similar através de um conglomerado de publicações, emissoras (Cope) e editoriais. Aproximadamente, o terceiro terço da propriedade dos meios de comunicação restante estará em mão privadas, mas em condições muito especiais. É simplesmente uma propriedade que poderíamos chamar de gestão, sem capacidade para a livre emissão.

O sistema se fecha, com a imposição, como se se tratasse de um funcionário mais, do diretor, que não se livra assim como tampouco a mesma empresa, pese a não ter nada que ver em dita nomeação, ou ser responsável de qualquer improvável transgressão. Ademais, o imprescindível carnê de jornalista para poder escrever nos jornais é outro dos mecanismos para selecionar os propensos ou eliminar os simplesmente fracos.

A conclusão do sistema, a que nunca se havia chegado, é o denominado regime de consignas e muito especialmente à obrigação putativa de ter que adotar escritos emanados da medula do regime por parte dos jornalistas/direção como próprio e ademais inquebrantável entusiasmo.

As consignas da primeira década eram especialmente minuciosas: temas a tratar, como enfocá-los e a valoração (confecção) dos mesmos jornais. Consignas das mais variadas e inclusive pitorescas.

O penúltimo elemento do sistema propagandista é a inserção obrigada de texto remitidos desde a Secretária correspondente, os quais, quando trata-se de texto sem assinatura (não colaborações), a redação tem que assumi-los como próprios. Não só impõe respeito às limitadíssimas regras do jogo, senão que além disso exige-se adotar como próprios (atitude putativa) escritos que nem o eram nem em muitos casos estava-se de acordo com seu conteúdo. Este extremo da propaganda fascista é possivelmente, junto ao terror, o que automaticamente desencadeia uma castrante autocensura, o elemento mais execrável deste sistema ditatorial. É mais que nunca, o reino dos não-direitos. Só há um dever de obediência cega, toda vez que se considera os meios de comunicação social como instrumentos ao serviço do novo regime (fascista) e como tais instrumentos têm consignado um papel claramente definido: a propaganda do regime.

O que se perde já não é só o direito empresarial à livre edição, porque os meios de comunicação que permanecem teoricamente (geralmente) em mãos privadas estão submetidos às mesmas ou até mais reticentes práticas que todos os demais.

Certamente, o regime franquista vai evoluindo lentamente. Em meados da década dos sessentas (1966) se da um tímido passo no caminho de recuperar certo grau de independência. Sem embargo, sobre os responsáveis dos jornais pendem uma terrível espada de Dâmocles (artigo 2.º) que pode chegar até ao fechamento e até a voadura do outrora fervorosos adeptos: *Diario Madrid*. Se é certa essa lenta e tímida abertura, em um regime que dura quatro décadas, também o é que o férreo controle dos meios se mantém tanto com o velho decreto-lei (1938) como com a nova legislação (1966). De uma descarada propaganda a favor do regime passa-se, ao final, em não tolerar ataques abertos ao caduco regime.

Era, portanto, urgente recuperar o direito de edição (emissão), imprescindível para assegurar como mínimo o pluralismo de vozes. É dizer, para voltar a recuperar o já conseguido a partir de finais do 19 e garantido no primeiro terço do 20. Tampouco era pedir tanto, ainda que à altura de meados da década dos setentas (1975) parecesse a aquisição de uma grande conquista.

Liberdade de expressão/direito a informação

É sabido que, com a promulgação da atual Constituição (1978), consagra-se e amplifica o velho direito a expressar e difundir livremente pensamentos etc..:

1. Reconhecem-se e protegem os direitos: a) A expressar e difundir livremente os pensamentos, as ideias e opiniões verbalmente, por escrito ou qualquer outro meio de reprodução; b) À produção e criação literária, artística, científica e técnica;

c) À liberdade de cátedra; d) A comunicar ou receber livremente informação veraz por qualquer meio de difusão. A lei regulará o direito à cláusula de consciência e ao segredo profissional.

2. O exercício destes direitos não pode restringir-se mediante nenhum tipo de censura prévia.

3. A lei regulará a organização e o controle parlamentário dos meios de comunicação social dependentes do Estado ou de qualquer ente público e garantirá o acesso a estes meios dos grupos sociais e políticos significativos, respeitando o pluralismo da sociedade e das diversas línguas de Espanha.

4. Estas liberdades têm seu limite no respeito aos direitos reconhecidos no [presente Título [I]], nos preceitos das leis que o regulem e, especialmente, no direito à honra, à intimidade, à própria imagem e à proteção da juventude e da infância.

5. Só poder-se-á convencionar-se o sequestro de publicações, gravações e outros meios de informação em virtude de resolução judicial. (Art. 20).

A vigente Constituição, desde logo, como não poderia ser menos, repele de plano a censura prévia. Submete-se ao Poder Judicial qualquer tipo de sequestro, com o qual supera-se também à clássica Lei de Polícia de Imprensa (1883). Recupera-se o perdido direito à livre emissão (edição). Pretende-se manter em certo tom de discrição aos meios públicos (herança do regime anterior à que não se quer renunciar) mediante o controle parlamentário, para tratar de evitar excessivos abusos do governo correspondente.

Sem dúvida, dá-se um passo mais adiante da clássica concepção da liberdade de emissão com o que foi nomeado: *"liberdade de expressão"*, categoria que sintetiza – segundo Alvaro Rodríguez Bereijo – os direitos referidos e que constitui seu ponto de partida. A *liberdade de expressão* pertence ao grupo de direitos fundamentais denominados *direitos de liberdade* (frente aos de prestação); isto é, direitos de imediato gozo dos que não requerem dos poderes públicos outra postura que a puramente passiva ou de simples abstenção. Este direito "nasce diretamente da Constituição (pelo que) não exige mais que uma mera atitude de não ingerência por parte dos poderes públicos".[31]

Mas há ademais um elemento muito mais inovador, que, por outro à parte, não apareceu em nenhuma outra constituição. Refiro-me ao apartado que, como vimos, diz textualmente: "[direito] a comunicar ou receber livremente informação veraz por qualquer

---

31 Alvaro Rodríguez Bereijo: "La libertad de información en la jurisprudencia constitucional". *Claves de la Razón Práctica.*, Madrid, 1997 (abril), p. 2

meio de difusão (…)".³² Não se trata de qualquer informação, senão de *informação veraz*. E não só obrigação que afeta ao comunicador (emissor), mas também direito do receptor (cidadão).

Estamos, portanto, diante de uma nova dimensão da questão, que supera muito amplamente (qualitativamente) à formulação clássica quando prescreve como direito fundamental (constitucional) de todo espanhol, ademais de poder comunicar, o de 'receber informação veraz'. O qual, tomado assim, *ad pedem literae*, obriga certamente a muito. E não me parece – pese à autorizada afirmação do presidente do Tribunal Constitucional – que para seu 'imediato gozo que não requer dos poderes públicos outra postura que a puramente passiva ou de simples abstenção. O certo é que, em linhas gerais, mencionada atitude observa-se por parte das autoridades e também, o que não é menos certo (axioma de fácil comprovação), que os cidadãos, sem dúvida dentro da grande liberdade informativa de que usufruímos (como em nenhuma outra época do passado e comparável com os países mais comparáveis), não estamos gozando plenamente do direito constitucional a receber livremente 'informação veraz'.

A opinião pública continua sendo vista na práxis desde a especial ataláia do emissor e só subsidiariamente desde o sujeito receptor.³³ Por seu caráter preferente, a denominada 'opinião pública livre', que equivale dizer, a conformada pela pluralidade de vozes, prevalece ao direito pessoal/ cidadão a receber informação veraz. Só que não a conhecemos e/ou não dispomos de outros instrumentos mais completos que a pluralidade de emissores para forma uma opinião pública livre não nos deve levar a linear conclusão que desde o momento em que existe 'pluralismo político' e inclusive pluralidade de emissores já está garantida a 'veracidade informativa'. Certamente, se só há um emissor ou inclusive vários controlados, infalivelmente há propaganda; mas o fato *per se* de que existam vários meios não é garantia certa para o cidadão de que se lhe satisfaz o direito constitucional a uma 'informação veraz'. Na práxis, a casuística pode ser muito diferente: monopólios

---

32 Apartado 'd' del punto 1.

33 "Cuando la libertad de información entre en conflicto con otros derechos fundamentales e incluso con otros intereses de significativa importancia social y política respaldados (…) por la legislación penal, las restricciones que de dicho conflicto puedan derivarse deben ser interpretadas de tal modo que el contenido fundamental del derecho en cuestión no resulte, dada su jerarquía institucional, desnaturalizado ni incorrectamente relativizado". *Sentencia del Tribunal Constitucional* 159/1986.

reais ou encobertos: macrocefalia de um grupo; distribuição de campos; interesses concorrentes e um longo etc.

Não devemos esquecer que uma 'informação veraz' não é um direito do emissor (em todo caso, uma obrigação) mas, sim, do receptor. A *liberdade de informação* para o emissor 'supõe o subministrar informe sobre fatos que se pretendem ser certos e noticiáveis".[34] Ao contrário, a *liberdade de expressão* permite uma laxante {abertura} muito maior em quanto "consiste na formulação de opiniões e crenças pessoais, sem pretensões de sentir fatos ou afirmar dados objetivos".[35]

Bem é verdade que, como perspicazmente adverte A. R. Bereijo,[36] o Tribunal Constitucional tem mudado parcialmente de filosofia: de estar totalmente ao lado da *liberdade de expressão* (do emissor) passou a ponderar também (a partir de 1988) outro direito, desde logo igualmente constitucional, o equivalente a começar a delinear o problema não só desde o lado do emissor (que, sem dúvida, deve ser protegido), mas também do receptor (cidadão), ao qual igualmente lhe defende o texto constitucional e nada menos com o direito a uma 'informação veraz'; não se diz, por exemplo, com que receba informações plurais; afirma-se com rotundidade o já repetido: 'veraz'. Rotundidade, sem dúvida plausível, porém que desde logo não é de 'imediato gozo', ainda que devesse sê-lo: um utópico horizonte a ser conquistado.

Diante de um direito de *livre expressão* absoluto, o receptor (cidadão) ficaria absolutamente submetido ao emissor.[37] Não poderiam existir, portanto, limites a tal direito funcional, como são a não-intromissão na intimidade,[38] nem a ter que oferecer uma informação veraz, direitos ambos igualmente constitucionais.

---

34 SSTC. 105/1983, 105/1990. Cfr. A. R. Bereijo ob. cit. p. 3.

35 Ibidem.

36 Ibidem. p. 6.

37 Aquí se parte lógicamente de una interpretación de la libertad de prensa desde un punto de vista de los derechos humanos; al margen de justificaciones del tipo utilitaristas o la pragmática (lo que es, no lo que debiera ser kantiano) de Bernard Mandeville. Tres son sus argumentos principales: "la teoría de que los vicios privados llevan beneficios públicos; el naturalismo, en el sentido de que lo que puede llamarse su dependencia de la voluntad de la gente; y su teoría de que la sociedad moderna es un paquete, una totalidad o conjunto de cosas, y que hay que aceptar lo malo junto con lo bueno". Cf. Jhon Christian Lauren: "La libertad de prensa. Una defensa mandevilliana". *Claves de la Razón Práctica*. 1997 (abril), p. 49-52.

38 "Art. 10. La dignidad de la persona, los derechos inviolables que le son inherentes, el libre desarrollo de la personalidad, el respeto a la ley y a los derechos de los demás son fundamento

A INFORMAÇÃO VERAZ COMO DIREITO FUNDAMENTAL

Vimos até aqui que o caminho percorrido para conquistar o direito à livre emissão (sujeito/os emissor/es) tem sido muito longo, penoso e com inumeráveis vaivens – o último recente e de longa duração (quatro décadas). Sem dúvida, esta é uma conquista irrenunciável. Não conhecemos um sistema melhor. É *conditio sine qua non*. Outros experimentos de monopólios estatais têm conduzido a fechados sistemas de bombardeio propagandista. Neles, a informação fica totalmente subordinada e tergiversada em função da manipulação propagandista. Desde logo, esse não é o caminho a seguir.[39]

Todo monopólio, seja público ou privado, deve ser refutado como atentatório à liberdade de expressão, toda vez que não deixa sair à luz o pluralismo existente em toda sociedade complexa. Pluralismo que, de todas formas, os meios simplificam e terminam por refletir de forma seletiva, que, à sua vez, converte-se em um potente elemento ativo de conformação social.[40]

---

del orden político y de la paz social."
"Art. 18. Se garantiza el derecho al honor, a la intimidad personal y familiar y a la propia imagen.' *Constitución de 1978*.

39 "Los medios de los paises de Europa Central y Oriental atraviesan por una doble revolución. En primer lugar está la revolución política, la revolución de la liberación cultural. En esa zona de nuestro continente durante medio siglo (y en la antigua Unión Soviética aún más tiempo) no hubo libertad de expresión. En los Estados que basaban el régimen en el monopartido, las élites políticas disponían del monopolio de los medios de comunicación, de un monopolio que ejercían a través de personas entregadas, de una censura de estructura muy desarrolladas y omnipresentes, así como de la política de incentivos y castigos que practicaban con los trabajadores de los medios." Ryszard Kapuscinski: "El periodismo en Europa Central y Oriental". *Claves de la Razón Práctica*, 1997 (abril), p. 8

40 "La función de los medios tanto al obtener por sí mismos como al seleccionar información consiste en producir, en primer lugar, un reflejo de la realidad social; pero se trata de un reflejo selectivo, operado de acuerdo con criterios latentes o explícitos que tienen como función descartar, excluir mensajes posibles, datos reales u opiniones vivas, de forma que el resultado sea una maqueta sinóptica de la realidad. De acuerdo con esa función inicial, los medios cumplirían solamente una función de reflejo simplificador. Pero hoy nadie duda ya que esa función inmediata de los agentes informativos es sólo un aspecto de un proceso mucho más complejo. (…) Los medios no sólo reflejan pasivamente, los medios construyen la realidad social. Los medios deciden cómo se percibe la sociedad a sí misma." Francisco J. Laporta: "El derecho a informar y sus enemigos". *Claves de la Razón Práctica*, 1997 (abril), p. 17-18.

De todas as formas, ainda dentro deste delineamento clássico, ou seja, a imprescindível liberdade do sujeito emissor, está pendente a conquista por parte das redações de sua independência.[41] Redações que são as que elaboram os conteúdos e as que em definitiva são as responsáveis do difundido. Sem dúvida, este é um velho objetivo pendente a ser conquistado.[42]

Dito o anterior, é necessário dar um passo adiante e não se delinear já o tema única e exclusivamente desde a perspectiva do sujeito emissor, é dizer, da liberdade de expressão, senão desde a perspectiva do sujeito receptor, do cidadão; em outro caso, estaremos sacralizando o instrumento (meios de comunicação social) esquecendo-nos do fim (serviço ao cidadão), que é sua primeira e última razão de ser. Todo meio de comunicação social que não serve à sociedade será outra coisa (e até que possa ser legítimo e útil), mas não deve gozar da qualificação (e tudo que ele supõe) de meio de comunicação social. Dito de outra forma, a autêntica *liberdade de expressão*, sendo um *direito de liberdade*, de *imediato gozo*, não será tal enquanto não facilite à pessoa (tanto individual como coletivamente) uma 'informação veraz'.[43]

---

41 "Sería ciertamente ingenuo pensar que este poder en aumento de los medios está en la exclusivas manos de los periodistas. Los medios son hoy empresas y, como tales, obedecen a los criterios de grupos de interés y de presión que los controlan. Pero no cabe tampoco ninguna duda de que uno de los grupos de interés y de presión que actúa dentro de la comunicación está constituido por los propios periodistas, que tienen una determinada mentalidad profesional y unos concretos intereses que defender. Mentalidad que, entre otros rasgos, incluye la convicción profesional de poder definir el marco de referencia para los políticos y para la opinión pública. Intereses que no son otros que los de seguir acrecentando, como trata de hacer cualquier otro grupo profesional en su ámbito específico, el peso que tienen en los escenarios públicos, base incuestionable de la posición social que ha alcanzado y del nivel de las recompensas materiales que obtienen o pueden llegar a obtener. Pero no sólo se trata de privilegios económicos; también se busca el poder. De ahí que los periodistas españoles estén persuadidos de que una de sus principales tareas consiste en 'influir', de manera especial en quienes detentan la autoridad." Félix Ortega: "Del auge del periodismo". *Claves de Razón Práctica*, 1997 (abril), p. 58.

42 Celso Almuiña: "De la responsabilidad social del periodista". *Manifiesto de Avila*, Avila, 1994. p. 107-121.

43 Tal vez se pueda y hasta convenga delimitar exactamente que se quiere decir y hasta donde alcanza el adjetivo 'veraz', pero en cualquier caso, está claro que lo que se exige no es la noticia por la noticia, sensacionalismo por el mercado y/o por intereses de parte. La libertad de información, según el alto Tribunal Constitucional, supone suministrar información sobre

Uma incorreta e abusiva interpretação do *direito de expressão* parece dar cobertura onímoda a qualquer informação independentemente de qual seja certa e ademais – de sê-lo – noticiável; é dizer, que tenha interesse real para a coletividade (em vez de interessada intromissão na intimidade das pessoas), depois de deixar a salvo outros direitos igualmente fundamentais.

Nossa Constituição (1978), como em alguns outros campos, mostra-se verdadeiramente inovadora; é dizer, dá um significativo passo adiante ao deixar desde logo garantido o direito que podemos chamar clássico (1.ª geração) *liberdade de emissão* (empresarial), o de *liberdade de expressão* (2.ª geração), em sua dupla dimensão: *funcional e estrutural*,[44] mais por sua vez, não só conforma-se com o anterior, posto que junto à liberdade de 'comunicar' para a formação de uma correta e madura (responsável) opinião pública, abre uma nova porta de futuro (constitucionalmente, já presente), mais adiante de qualquer outra constituição – como vimos – ao colocar-se, de forma clara e decidida da parte do cidadão (este converte-se em sujeito principal do fato comunicacional), ao reconhecer e proteger o direito a "receber livremente informação veraz".[45] Este novo horizonte é o que podemos convencionar em denominar como direitos de 3.ªgeração.

Podemos agora voltar ao princípio e recordar aqui o proclamado pela *Declaração Universal de Direitos Humanos*:

"Todo indivíduo tem direito à liberdade de opinião e expressão, este direito inclui (...) de receber informações e opiniões (...)".[46]

---

hechos que pretenden ser ciertos y noticiables (105/1983 y 105/1990). Por tanto, se exigen dos requisitos concurrentes: hechos ciertos y, además, noticiables. Mientras, no todo lo 'cierto' es publicable; lo 'noticiable' sí debe ser cierto.

44 'La libertad de los medios de comunicación tiene una doble dimensión: a) *libertad funcional*, en tanto libertad de actuación, que comprende so sólo la libre expresión de hechos, ideas u opiniones sino también el derecho a crear los medios materiales (el soporte empresarial y técnico) a través de los cuales se hace posible su comunicación y difusión (libertad de empresa, libre ejercicio profesional etc..); b) la *estructural* o *institucional*, que se conecta directamente con el pluralismo político, valor superior de nuestro ordenamiento jurídico (artículo 1.1 de la Constitución) y con la importancia, vital de una democracia, de una opinión pública correctamente formada". A. R. Bereijo, ob. cit. p. 2.

45 Artículo 20. d.
La Jurisprudencia al respecto ya es amplia, entre otra, STC 336/93; ATC 184/94; STC 12/95; STC 132/95; STC 139/95; STC 176/95; STC 183/95; STC 3/97 etc..

46 Véase completo el artículo 19, que sirve de frontispicio a esta reflexión.

Como se pode perceber, encontramo-nos ainda no segundo estágio ou na geração dos direitos humanos.

O que, por outra parte, é um horizonte de distante consecução em muitos países, o que talvez obrigue a ser prudentes e não excessivamente ambiciosos em determinadas formulações de alcance universal, para que não se fiquem em meros frontispícios (utopias) sem possibilidades reais de uma plasmação real a meio prazo.

Dito o anterior, temos que convencionar que deixa entrever a Constituição espanhola no campo da opinião pública e seus instrumentos conformadores, os meios de comunicação social, é o caminho correto a seguir. Supõe voltar ao delineamento histórico justamente por passiva e o que até o presente vem sendo sujeito ativo (emissor) siga desempenhado um importante e imprescindível papel, mas como sujeito subordinado e ao serviço do principal: o cidadão (sujeito receptor).

Como se poderá plasmar isto na práxis, essa já é outra questão e no fundo a velha dialética que envolve os meios de comunicação social desde suas mesmas origens: ser instrumentos empresariais e/ou redacionais ou estar a real serviço do ser humano, em um campo tão importante e delicado onde os haja, como é a conformação da opinião pública em toda sociedade democrática.

Só me restaria, a modo de *desideratum* recordar, em último extremo, o que a mesma *Declaração Universal* reclama:

> Toda pessoa tem direito a que se estabeleça uma ordem social e internacional na que os direitos e liberdades proclamados nesta Declaração se façam plenamente efetivos.[47]

E, podíamos acrescentar por nossa conta, caminho já entreaberto por nossa vanguardista Constituição e que supõe todo um reto e um horizonte a ser conquistado para o que poderíamos denominar como 'terceira geração' de cidadão (ativo) da nova sociedade da informação e do conhecimento.

Celso Almuiña.

Traduzido por Laís de Oliveira Penido. Analista Processual na Procuradoria Regional do Trabalho da 18.ª Região e Doutoranda em Direito do Trabalho pela Universidade de Salamanca, Espanha.

---

47 Artículo 28.

UNIDADE E DIVERSIDADE – OLHARES DIVERGENTES: A HISTÓRIA DA HISTÓRIA DO BRASIL E A HISTÓRIA DE SÃO PAULO[1]

Raquel Glezer[2]

> *"Tantas voltas dá a vida*
> *Tantas voltas dá o Mundo*
> *E depois volta não volta*
> *Muda tudo num segundo"*
> ***O sobrescrito***[3]

Em nossos dias, temas como nação, nacionalidade, identidade nacional, identidade local, e seus correlatos têm sido apresentados como resquícios de séculos passados, elementos dissonantes em uma comunidade globalizada e

---

[1] Como outros tantos alunos da mesma geração, iniciei as atividades de pesquisa em história, no Curso de História da Faculdade de Filosofia, Ciências e Letras da Universidade de São Paulo, nos anos 1963-1966, sob a orientação do Prof. Dr. Joaquim Barradas de Carvalho, a quem dedico este texto. Considero indiscutível a contribuição do professor para a formação de seus alunos e é desnecessário reiterar o que todos os outros alunos seus já disseram, em muitos textos. Retomo aqui a uma das linhas de reflexão a que ele nos introduziu – a análise do pensamento historiográfico para a compreensão da História como produto social, através de L. Febvre, F. Braudel, Lucien Goldmann, citando G. Lukács, e, especialmente, Antonio Sérgio.

[2] Diretora do Museu Paulista/USP; Professora Titular em Teoria da História e Metodologia da História no Departamento de História/FFLCH/USP.

[3] O sobrescrito. *Conjunto Rio Grande*. CD-rom. Lisba: EMI, 1996.

internacionalizada, na qual todos os grandes, médios e pequenos conjuntos populacionais devem obrigatoriamente passar a conviver pacificamente e de forma integrada. Os conflitos étnicos, religiosos, nacionais ou regionais são apresentados como sobrevivências arcaicas de um mundo em desaparecimento – um Velho Mundo litigioso e compartimentado em oposição ao Novo Mundo, ainda em formação e que será, aparentemente, integrado e harmônico.

Para os historiadores que trabalham no campo da História da História, ou História da Historiografia, este é mais um momento privilegiado para reflexão. Como a História da Nação, que foi estruturada a partir dos séculos XVIII e XIX – em oposição à clássica História da Humanidade da civilização ocidental cristã, proposta por Filosofias de História e Teorias de História –, tendo entre outras finalidades a de proporcionar a formação da identidade nacional e do cidadão, enfrentará os novos desafios? Tempos desafiantes e fascinantes nos aguardam.

Ao contrário do que alguns historiadores ainda pensam, enfrentar a história da história de um país não é desqualificar o presente, elogiando os 'gigantes' do passado e desmerecendo os atuais pesquisadores, mas é um exercício a frio e racional de compreensão da sociedade em que vivemos, buscando as explicações historiográficas dos variados momentos do passado, desvendando os mitos historiográficos que regem as explicações consensuais, com o objetivo de obter lucidez nas propostas analíticas do presente.

Mesmo sendo a História da Nação a forma dominante da narrativa historiográfica desde o século XIX, devemos lembrar que simultaneamente e a seu lado, aparentemente isolada, mas intrinsecamente ligada, existiu e existe uma História regional, estruturada em termos mais restritos, com interesses às vezes opostos e/ou divergentes.

Neste texto, a partir de uma síntese da História da História do Brasil, apoiada na bibliografia existente, pretendo compará-la com uma História regional, a de São Paulo, que em diversos momentos se aproximou e/ou se afastou da narrativa dominante.

A HISTÓRIA DA HISTÓRIA

Historiadores da História e Teoria da Historiografia partem da premissa que a História na civilização ocidental é um campo de conhecimento, que como o percebemos atualmente, teve sua configuração a partir da 'Modernidade" e que no século XIX se definiu como um campo de saber laico, separado da Filosofia e das Letras.[4]

---

4   Ver François Furet. *Oficinas da História*. Lisboa: Gradiva, s.d.; Georg G. Iggers. *New directions of European historiography*. Midletown: Wesleyan U. Press, 1988; E. Breisach. *Historiography:*

No processo de estruturação da História como área especializada de conhecimento, os historiadores de língua alemã e os franceses a concebiam como uma disciplina 'científica', com rigor metodológico e objetividade, afastada das questões ideológicas, políticas e filosóficas, que caracterizavam os estudos anteriormente realizados.[5] As limitações da objetividade e da "cientificidade" são hoje, após longos debates e polêmicas, reconhecidas quase que por todos os historiadores.

O termo *Historiografia* surgiu na segunda década do século XX como alternativo e diferenciado, no questionamento da cientificidade e objetividade da História, em oposição a esta, entendida e percebida como um estágio preliminar de conhecimento.[6]

Nos debates teóricos nas décadas sequentes, a palavra *Historiografia* adquiriu, para uma parcela ponderável de historiadores, a significação de obra de história, produto da ação de historiador sobre a documentação, criação cultural de autor, grupo social ou época. Em textos historiográficos correntes, História e Historiografia, muitas vezes são utilizados como sinônimos.

Nos embates teóricos entre historiadores de diversas concepções de História, dos idealistas, em suas diversas correntes e formas de trabalho, aos historiadores ligados ao materialismo dialético, em suas diversas possibilidades de exercitar os estudos históricos, um campo de estudo foi sendo estruturado, como uma "bricolage" de resultados concretos.

É tradicional na História a preocupação com a sua 'origem', desde a apresentação da **Revue Historique**,[7] a concretização do campo deve muito aos fundadores da revista **Annales** – Bloch[8] e Febvre,[9] que nas polêmicas com outros historiadores e outras formas de fazer história, principalmente com seus antecessores e rivais, fizeram o balanço das diferenças.

---

ancient, medieval & modern. Chicago and London: U. of Chicago Press, 1994; M. Bentley. *Modern historiography: an introduction*. London and New York: Routledge, 1999.

5   Ver Guy Bourdé e Hervé Martin. *As escolas históricas*. Mem Martins: Europa-América, 1990, e os autores acima citados.

6   Benedetto Croce. *Teoria y historia de la historiografia*. Buenos Aires: EUDEBA, s.d.

7   Gabriel Monod. Du progrès des études historiques en France, *Revue Historique*, Paris, 1: 1876.

8   Marc Bloch. *Introdução à história*. Lisboa: Europa-América, s.d.

9   Lucien Febvre. *Combates pela História*. Lisboa: Presença, 1989.

Os estudos de análise historiográfica podem ser realizados por temas, autores ou escolas. Diversos autores contribuíram para a formulação do campo: Ferguson,[10] Butterfield,[11] Gooch,[12] Ehrard et Palmade[13], Lefebvre,[14] Goldmann,[15] Carbonell[16] e Bourdé e Martin,[17] entre tantos outros.

Após os choques provocados nos confrontos com os Estruturalismos, na segunda metade do século XX, a Historiografia, como *análise historiográfica*, também passou a ter novos objetos, novos problemas, novos questionamentos e novas perspectivas analíticas, como vemos em Certeau,[18] Chesneaux,[19] Le Goff,[20] Hobsbawm e Ranger,[21]

---

10   Wallace K. Ferguson. *O Renascimento no pensamento histórico*. São Paulo: Renascença, 1949.

11   Herbert. Butterfield. *Man on his past: the study of the history of historical scholarship*. Cambridge: At the University Press, 1956.

12   George P. Gooch. *History and historians in the nineteenth century*. Boston: Beacon, 1959.

13   Jean Ehrard et Guy Palmade. *L'Histoire*. Paris: Armand Colin, 1965.

14   Georges Lefebvre. *La naissance de l'historiographie moderne*. Paris: Flammarion, 1971.

15   Apesar de Lucien Goldmann ter sido sociólogo da cultura, diversas de suas ideias passaram para os debates historiográficos, especialmente as sobre produção cultural como criação social, ver *Le Dieu cachée, Sociologie et Philosophie, A criação cultural no mundo moderno* etc.

16   Ch.-O. Carbonell. *Histoire et historiens, une mutation idéologique des historiens français, 1865-1885*. Toulose/Fr: Privat, 1976. E também – *Historiografia*. Lisboa: Teorema,1987.

17   Guy Bourdé et Hervé Martin. Op. Cit.

18   Michel de Certeau. *A escrita da História*. Rio de Janeiro: Forense – Universitária, 1982.

19   Jean Chesneaux. *Du passé faisons table rase?* Paris: Maspero, 1976.

20   Jacques Le Goff. *Memória – História. Enciclopédia Einaudi*, 1. Lisboa: Imprensa Nacional/Casa da Moeda, 1984.

21   Eric Hobsbawm e Terence Ranger. *A invenção das tradições*. Rio de Janeiro: Paz e Terra, 1984.

Coutau-Bégarie,[22] Nora,[23] Dosse,[24] White,[25] Charle,[26] Soffer,[27] Novick,[28] Bann.[29] Há uma apresentação concisa das problemáticas da análise historiográfica na vertente ocidental no final do século XX em Silva.[30]

O campo da *Historiografia* possui como prática generalizada e ponto inicial do trabalho a criação e identificação de "*corpus documental*" explicitamente definido pelo historiador, e a forma de análise é denominada de *análise historiográfica*, que diversamente da *análise histórica* não possui uma historicidade em si com etapas sequenciais, alterando-se de acordo com os objetivos e propostas do historiador que a propõe, recolhendo muitas vezes técnicas e formulações de outros campos, tais como Sociologia do Conhecimento, Teorias Literárias, Teorias de Recepção.

Os estudos sobre a Historiografia no Brasil

Os estudos sobre a *Historiografia brasileira* datam de meados do século XX, relativamente recentes, e foram apresentados tanto como relações de obras sobre um período,

---

22 H. Coutau-Bégarie. *Le Phénomène "Nouvelle Histoire"*. Paris: Economica, 1983.

23 Pierre Nora (org.). *Les lieux de mémoire*. Paris: Gallimard, 1986-1992.

24 François Dosse. *A história em migalhas*. São Paulo: Ensaio, 1992.

25 Hayden White. *Meta-História: a imaginação histórica do século XIX*. São Paulo: EDUSP, 1992; – *Trópicos do discurso: ensaios de crítica cultural*. São Paulo: EDUSP, 1994, – *The Content of the Form. Narrative Discourse and Historical Representation*. Baltimore/London: Johns Hopkins U. Press, 1987.

26 Cristophe Charle. *La république des universitaires, 1870 – 1940*. Paris: Seuil/CNL, 1994.

27 Reba N. Soffer, *Discipline and power: The University, History and the making of an English elite, 1870-1930*. Stanford: Stanford University Press, 1996.

28 Peter Novick. *That Noble Dream. The "objectivity question" and the American Historical Profession*. EUA: Cambridge University Press, 1998.

29 Stephen Bann. *As invenções da história: ensaios sobre a representação do passado*. São Paulo: EDUNESP, 1994.

30 Rogério Forastieri da Silva. *História da historiografia: capítulos para uma história das histórias da historiografia*. Bauru/SP: EDUSC, 2001.

como em Rodrigues;[31] estudo geral das obras de história, Campos[32] e em **Encontro Internacional de Estudos Brasileiros**;[33] análise das transformações internas ao campo, em Lapa,[34] Fico e Polito;[35] análises por fases, Figueira,[36] conjunturas, Mota[37] e momentos, Costa;[38] por autores Dias,[39] Janotti,[40] Costa,[41] Glezer,[42] Odalia,[43] etc.

---

31 José Honório Rodrigues. *Brasil; período colonial*. México: Instituto Panamericano de Geografia e História, 1953; – *Historiografia del Brasil, siglo XVI*. Mexico: Instituto Panamericano de Geografia e Historia, 1957; *Historiografia del Brasil, siglo XVII*. Mexico: Instituto Panamericano de Geografia e História, 1963.

32 Pedro Moacyr Campos. Esboço da historiografia brasileira nos séculos XIX e XX. *Revista de História*, São Paulo, 22 (45): 107-159, jan./mar. 1961; – In: GLÉNISSON, Jean. *Iniciação aos estudos históricos*. São Paulo: Difusão Europeia do Livro, 1963, p. 250-293. (Vol. complementar da Col. História Geral das Civilizações)

33 *Anais do ENCONTRO INTERNACIONAL DE ESTUDOS BRASILEIROS*, São Paulo, set. 1971. São Paulo: Instituto de Estudos Brasileiros/USP, 1972. v. 2, p. 4 – 62.

34 José Roberto do Amaral Lapa. *A história em questão*. (Historiografia brasileira contemporânea). Petrópolis: Vozes, 1976; –. *História e historiografia: Brasil pós-64*. Rio de Janeiro: Paz e Terra,1985.

35 Carlos Fico e Ronald Polito. *A História no Brasil (1980-1989)*. Elementos para uma avaliação historiográfica. Ouro Preto: UFOP, 1992. v. 1. Séries de Dados. Ouro Preto: UFOP, 1994. v. 2.

36 Pedro de Alcantara Figueira. *Historiografia brasileira – 1900 – 1930: análise crítica*. Assis, 1973. Tese de Doutorado em História. Faculdade de Filosofia de Assis.

37 Carlos Guilherme S.S. da Mota. *Ideologia da cultura brasileira, 1933-1974: pontos de partida para uma revisão histórica*. São Paulo: Ática, 1977.

38 Emília Viotti da Costa. Sobre as origens da República. In:– *Da monarquia à república: momentos decisivos*. São Paulo: Grijalbo, 1977. p. 243-290.

39 Maria Odila Leite da Silva Dias. *O fardo do homem branco: Southey, historiador do Brasil*. São Paulo: Nacional, 1974.

40 Maria de Lourdes Monaco Janotti. *João Francisco Lisboa, jornalista e historiador*. São Paulo: Ática, 1977.

41 Emília Viotti da Costa. José Bonifácio: o homem e o mito. In: MOTA, Carlos G. (org.). *1822: dimensões*. São Paulo: Grijalbo, 1972, p. 102-159.

42 Raquel Glezer. *O saber e o fazer na obra de José Honório Rodrigues: um modelo de análise historiográfica*. São Paulo, 1976. Doutorado em História Social. FFLCH/USP.

43 Nilo Odália. *As formas do mesmo: um estudo de historiografia*. São Paulo: EdUnesp, 1996.

Há outros modos de perceber e compreender os objetos da *análise historiográfica*, apresentados nos trabalhos de Abud,[44] Burmester,[45] Schapochnick,[46] Albuquerque Junior[47] e Gomes.[48]

A História Nacional

O conceito de História Nacional é uma criação teórica do século XIX, que alguns autores europeus associam ao período pós-Revolução Francesa, vinculado a questões de formação do Estado-Nação.[49]

O conceito se formulou claramente a partir do último quartel do século XIX, mas estava em elaboração desde a Revolução Francesa, com a divisão ideológica entre os partidários do Antigo Regime monárquico absolutista e os da República jacobina.

No interior dos movimentos culturais dos anos oitocentos – Romantismo e Iluminismo alemão, podemos encontrar todas as vertentes de pensamento político – da extrema direita à extrema esquerda; tradicionalistas, conservadores e revolucionários. O ponto comum a todos é o aparecimento da sociedade burguesa – prós e contras.

A História como disciplina escolar e como conhecimento científico surge estruturalmente ligada ao processo de formação do Estado-Nação dos séculos XVIII e XIX – um território definido, uma forma de governo com legislação pactuada entre segmentos sociais, um sistema monetário uniforme, um sistema tributário unificado e abrangente, um exército por conscrição, um sistema educacional nacional.[50] Integra o processo de homogeneização da sociedade: uma língua, um país, um povo, uma cultura – uma história que unifica todos os habitantes do Estado e cria entre eles elementos de identificação que

---

44 Katia M. Abud. *O sangue intimorato e as nobilíssimas tradições* (A construção de um símbolo paulista: o Bandeirante). São Paulo, 1985. Doutorado em História Social. FFLCH/USP.

45 Ana Maria de Oliveira Burmester *A (des)construção do discurso histórico: a historiografia brasileira dos anos 70*. Curitiba, 1992. Tese de Professor Titular/História/UFPR.

46 Nelson Schapochnik. *Letras de fundação: Varnhagen e Alencar – projetos de narrativa instituinte*. São Paulo, 1992. Mestrado em História Social. FFLCH/USP.

47 Durval Muniz de Albuquerque Júnior. *O engenho anti-moderno: a invenção do Nordeste e outras artes*. Campinas, 1994. Doutorado em História/IFCH/UNICAMP.

48 Angela de Castro Gomes. *História e historiadores: a política cultural do Estado Novo*. Rio de Janeiro: Ed. Fundação Getúlio Vargas, 1996.

49 François Furet. Op. cit.

50 Idem.

são mais amplos e genéricos que os elementos de identificação local – uma identidade nacional.

E é em função desse papel social e cultural que o campo dos estudos históricos se formou, simultaneamente em dois níveis – ensino fundamental e ensino universitário, e cresceu em ligação com o Estado e seus interesses. E se tornou uma arma política – *nós e os outros; nós contra os outros*.[51]

A criação da História do Brasil

A História da História do Brasil tem como marco a Independência, deixando o longo passado colonial para trás. Os autores que escreveram no período pré-independência são ainda hoje classificados como cronistas, viajantes etc. Diversos países que se tornaram independentes no século XIX reescreveram suas histórias, integrando o passado colonial e mesmo o pré-colonial em um novo conjunto articulado. Além dessa característica, que aparentemente desqualifica 300 anos de história, uma outra marcante é a ciclotimia – entre otimismo, na leitura do presente e portanto na análise do passado, e, pessimismo, no enfrentar os desafios do presente e portanto desqualificar o passado. Os generosos mitos românticos de meados do século XIX foram substituídos pelo pessimismo cientificista no último quartel do século XIX e primeiras décadas do XX; as propostas desenvolvimentistas dos anos 50 e 60 do século XX foram substituídas por propostas de modernização e integração internacional – que no limite questionam a Nação, sua existência e continuidade.

O que conhecemos como História no Brasil tem a característica de ter sido elaborada no século XIX, no processo de formação do Estado-Nação. A leitura do passado que então foi estabelecida perdura até nossos dias, dominando a literatura didática, a para-didática e os romances históricos. É o conhecimento comum e consensual da história no Brasil.

Sabemos que o padrão de conhecimento criado pelos autores do século XIX, ligados ao Instituto Histórico e Geográfico Brasileiro, marcou e marca de modo profundo o conhecimento histórico no país – tal como a periodização centrada na história política

---

[51] Paul Valéry disse no início do século XX sobre o nacionalismo que a "História é a química mais perigosa que existe" – mote que ainda em nossos dias pode ser aplicado no caso dos nacionalismos em confronto.

– colônia, império, república. A superação dos marcos oitocentistas e o desmonte do passado criado só serão possíveis com a análise historiográfica e a crítica sistemática.

Os detalhes são conhecidos: a Sociedade Auxiliadora da Indústria Nacional, instrumento de intervenção social de políticos ligados ao poder imperial, ajudou a criar o Instituto Histórico, Arqueológico e Geográfico Brasileiro, em 1838, e este se atribuiu a tarefa de coletar documentos, guardar a memória e criar a História e a Geografia do país, para que a Nação pudesse existir. A presença do imperador Pedro II em suas sessões e o sistema de mecenato, titulação e prebendas, transformaram o espaço interno da instituição em área política marcada pela preocupação em servir fielmente o regime monárquico, o que manteve o Instituto como baluarte da tradição monárquica conservadora.

A profunda ligação dos historiadores do Instituto com a Monarquia, sendo a família reinante brasileira a mesma que a portuguesa, os levou a destacar a continuidade entre Colônia e Império, a importância da ação colonizadora portuguesa, a ação religiosa pela continuidade do Padroado e existência de religião de Estado, a manter os nomes e adjetivação dos eventos que os cronistas coloniais e as autoridades metropolitanas haviam dado (como as inconfidências), a preservar a unidade territorial e a política centralizadora, a desqualificar a população nativa, os rivais na disputa territorial, os estrangeiros e os escravos, tudo e todos que pudessem ameaçar a história hegemônica necessária para o Estado criar a Nação.[52]

---

52 Indico algumas das obras mais conhecidas sobre o IHGB:
ADONIAS, Isa. *Instituto Histórico e Geográfico Brasileiro – 150 anos*. Rio de Janeiro: Studio HMF, 1990; CAMPOS, Pedro Moacyr. Esboço da historiografia brasileira nos séculos XIX e XX. In: GLÉNISSON, Jean. *Iniciação aos estudos históricos*. São Paulo: Difusão Europeia do Livro, 1963, p. 250-293; CORREIA FILHO, Virgílio. Como se fundou o Instituto Histórico. *Revista do IHGB*, Rio de Janeiro, 255, 1962; FLEIÜSS, Max. *O Instituto Histórico através de sua Revista*. Rio de Janeiro: IHGB, 1938; GUIMARÃES, Lúcia Maria Paschoal. "*Debaixo da imediata proteção de Sua Majestade Imperial*": o Instituto Histórico e Geográfico Brasileiro (1838-1889). São Paulo, 1994. Tese de Doutorado em História Social. FFLCH/USP; GUIMARÃES, Manoel Luís Salgado. Nação e civilização nos trópicos: o Instituto Histórico e Geográfico Brasileiro e o projeto de uma história nacional. *Estudos Históricos*, Rio de Janeiro, CPDOC/Vértice, 1: 5-27, 1988; – De Paris ao Rio de Janeiro: a institucionalização da escrita da História. Acervo – *Revista do Arquivo Nacional*, Rio de Janeiro, 4 (1): 135-144, 1989;*Resenha histórica, 1838-1988*. Rio de Janeiro: IHGB, 1988; SCHWARCZ, Lilia Moritz. "*Os guardiões da nossa história oficial*". Os institutos históricos e geográficos brasileiros. São Paulo: IDESP, 1989; SILVA, José L.W da.. *Isto é o que me parece. A Sociedade Auxiliadora da Indústria Nacional*. Niterói, 1979. Dissertação de Mestrado em História/UFF; WEHLING, Arno. *As origens do Instituto Histórico*

Foi da visão monarquista tradicional católica conservadora, visceralmente ligada ao Estado, que surgiu a História Nacional – a qual criou a unidade política e cultural, a identidade nacional homogeneizando as diferenças, eliminando o povo da participação política e da história, ambas reservadas à aristocracia local e aos servidores do Estado, elementos que muitas vezes se misturavam e confundiam.

Mas se o Estado central possui a sua versão dominante de História Nacional, em outros locais, outros grupos sociais elaboraram seu passado de forma diferente, que podem ser acompanhados pelos estudos de análise historiográfica regionais.

O exemplo que apresento é o da historiografia paulista, tanto pela quantidade de análise que dela foram realizadas como pelas possibilidades que apresenta.

A História construída em São Paulo

A História de São Paulo, tal como tem sido desenvolvida, possui diferenças com a História da Nação, como outras tantas histórias regionais.

Mas nenhuma das outras histórias regionais existentes no país, transmutou a sua história em História da Nação – processo que teve início no final do século XIX e tem continuidade até nossos dias, principalmente quando interesses econômicos e políticos se fazem presentes. A União não apenas é fruto da atuação histórica dos paulistas – ela é um ato de vontade política paulista, que quando necessário, negocia colocando os interesses da Nação acima dos seus próprios.

De tal forma que é o único estado brasileiro que não possui em seu sistema escolar e no currículo escolar a história do estado. A história ensinada é a história do Brasil, destacando os aspectos relacionados com a história de São Paulo. Embora tenha o maior parque editorial do país, e um forte sistema escolar estadual – com mais de 6.000 escolas, rede de escolas técnicas e 3 grandes universidades, não há uma única obra de história estadual recente.

Há ainda confusão entre a história do estado e a história da cidade de São Paulo, sua capital, para não falarmos do complexo industrial ou econômico, que abarca outras áreas (sul de Minas Gerais, Triângulo Mineiro, sul de Goiás, Mato Grosso do Sul, norte do Paraná).

---

e Geográfico Brasileiro. *Revista do* IHGB, Rio de Janeiro, 338: 7-16, 1983; –(org). Origens do Instituto Histórico e Geográfico Brasileiro: ideias filosóficas, sociais e estruturas de poder no Segundo Reinado. Rio de Janeiro: IHGB, 1989.

Contudo, a quantidade da produção científica realizada em São Paulo, incluindo ai os estudos históricos, o lançamento constante de novos temas de pesquisa, devido ao peso econômico e cultural da região Sudeste como um todo, tendem a transformar os estudos que são predominantemente centrados em sua realidade em *'modelos paradigmáticos'* para o restante do país.

Também é uma história que integra seus historiadores do século XVIII e seu passado, heroico e prenunciando as glórias atuais, como parte do presente – o período colonial foi tão importante para a estruturação da Nação que só pode ser ensinado na ótica da unidade nacional, como resultante da atuação dos intrépidos exploradores paulistas. Afinal, vastas regiões pertencem à Nação pela atividade de exploração realizada pelos moradores do planalto de Piratininga, isolados em sua região.

Outra é o fato de ser permanentemente otimista, voltada para a exaltação de um passado heroico, presente radioso e futuro brilhante, assegurado pelos fados e pela operosidade da gente paulista. Os problemas porventura existentes serão resolvidos no transcurso do tempo, pois a elite dirigente e a população paulista são e serão sempre capazes de solucioná-los.

E podemos fazer diversas *análises historiográficas* em torno da história da história de São Paulo.

Os estudos sobre São Paulo possuem geralmente uma característica significativa: podem englobar as perspectivas da cidade, do estado e também do país no mesmo olhar – o que denomino de *visão imperial*. A história do país e do estado é vista sob um olhar dominante e dominador, definidor das fases, etapas, processos, generalização a qual tudo e todos devem se ajustar, homogeneizando espaços diferenciados econômica e culturalmente.

A VISÃO IMPERIAL

O momento inicial, preliminar, o passo primeiro, é o de desembaraçar o campo, para definir o espaço geográfico do qual se fala, sobre o qual se fala, de onde se fala e quem fala. São Paulo tanto pode ser o Estado – espaço físico, com certa autonomia política, como a região econômica – muito mais abrangente. Pode ser a cidade, capital do Estado – e a homonímia é sempre fonte de confusão. E também pode ser o rico *Sudeste*, e/ou o *Sul Maravilha*.

Trabalho com as obras que tem como objeto uma cidade – a de São Paulo, especialmente porque a historiografia paulista sofre de um processo peculiar – o de não existir uma história do estado escrita recentemente e mesmo as histórias da cidade de São Paulo são relativamente recentes, datando de meados do século xx.

A ANÁLISE TEMÁTICA

Uma forma tradicional de análise historiográfica é a que abarca as temáticas que dominaram em certos momentos, sendo posteriormente abandonadas. A *análise temática* permite a aglomeração da produção em dois grandes conjuntos. Um deles, o que concentra maior quantidade de obras e abrange a maior parte da história da cidade, é o da dispersão, e outro, mais recente, que abrange a maioria dos estudos acadêmicos, é o da concentração.[53]

No primeiro bloco, aglutino as obras que estudaram a região desde a chegada de Martim Afonso de Sousa, o processo de ocupação inicial do planalto no século xvi, a penetração do sertão no século XVII em busca de mão-de-obra indígena para ser escravizada, e no século XVIII em busca de minérios e pedras preciosas, o tropeirismo, a introdução da lavoura canavieira e algodoeira até a expansão da lavoura cafeeira, no século XIX e início deste, ocupando regiões até então inexploradas.

No segundo bloco, alinho os estudos sobre a cidade como centro de atração de recursos financeiros, humanos, culturais e tecnológicos, incluindo os estudo sobre organização sindical, atividades econômicas, movimentos políticos e sociais de diversas qualificações, estudos sobre cultura etc.

A ANÁLISE GENEALÓGICA

Outra maneira de fazer análise historiográfica, de forma a detalhar melhor algumas questões, é pela estruturação em *sequência cronológica*.

Privilegiando os autores paulistas, percebemos que ela começou no século XVIII com Frei Gaspar da Madre de Deus e Pedro Taques, e foi retomada em meados do século XIX, vindo sem interrupção desde então, com momentos de maior ou menor produção.

Do período anterior, dos séculos xvi ao xviii existem documentos de origem administrativa, crônicas das ordens religiosas, relatos de passagens por viajantes, ou ainda

---

53 Esta formulação é uma apropriação das formulações de Sérgio Buarque de Holanda sobre a história de São Paulo e a região Planaltina.

visitas pastorais pela região. As histórias do período colonial que incluem informações sobre a região são baseadas nas narrativas dos religiosos e por conhecimento consensual, visto que os documentos de arquivos (estadual e municipal) de São Paulo só foram editados a partir do final do século XIX e início do XX.

Percorrendo este trajeto, podemos recuperar os temas e os aspectos mais explorados, isto é, os elementos que foram mais significativos para os autores. Denomino esta forma de *análise genealógica* e nela encontro basicamente o *mito de origem*.

Historiadores, acadêmicos ou não, diletantes e curiosos, amadores e profissionais foram todos influenciados por ele. Nele, de modo esquemático, podemos dizer que o *presente é explicado pelo passado*. Exemplificando: o fato do núcleo urbano ter sido construído em certo espaço geográfico, em certo momento histórico, com determinadas condições de sobrevivência, com certo modo de vida e valores, serviu e serve de explicação para atuações políticas na conjuntura nacional e explica a metrópole contemporânea.

Tal formulação aparece nos debates sobre quais foram os 'verdadeiros' fundadores do colégio dos jesuítas, como se cada um dos padres e/ou noviços, presumíveis responsáveis, tivesse deixado seus traços de atuação, caráter e personalidade na própria cidade. A figura do *pai fundador*, ou dos *pais fundadores*, por um processo de transferência, passou a se concretizar na trajetória do núcleo, nos seus projetos, nos seus problemas.

Uma variante dessa formulação, com maior repercussão pública, pode ser localizada na bibliografia específica sobre os bandeirantes e o bandeirismo, na qual eles aparecem como desbravadores de um espaço, articuladores de uma visão nacional, promotores da expansão geográfica que criou a Nação e integradores de elementos indígenas na formação nacional.

O dinamismo da metrópole contemporânea, o seu processo de crescimento econômico a partir da lavoura cafeeira, a industrialização etc. são explicado pelo culto de "valores" desenvolvidos no isolamento do planalto, com saída para o sertão, atividade descrita pelos habitantes da vila como "remédio para sua pobreza", que é a forma mais completa e acabada dessa formulação.

Do mesmo modo, as polêmicas sobre a origem da população colonial (portuguesa ou espanhola), sobre as relações e influências dos colonos das duas Coroas ibéricas, por ocasião dos conflitos e disputas fronteiriças, mascaram a questão da especificidade da colonização ibérica nas Américas e são utilizadas de modo ambivalente, tanto para reforçar o tema do específico português e do isolamento, como para apoiar o tem da integração da similaridade e unidade latino-americana.

Compreender o significado da produção sobre a cidade, centrada no *mito de origem*, permite abarcar o viés ideológico nos estudos sobre a cidade, de modo específico.

O presente é explicado pelo passado: de algum modo, os homens que subiram a serra e se instalaram no planalto, voltados para o sertão, para o interior, promoveram o processo de conhecimento do território, o alargamento das fronteiras, a exploração da colônia – e que com a mesma atitude dizimaram populações indígenas e recursos naturais, foram clarividentes e tiveram a premonição da significação estratégica da localização do colégio; previram a futura vila e cidade, a expansão cafeeira, a industrialização, a metrópole contemporânea.

Aceitar ou trabalhar sem discriminação o *mito de origem*, é, na verdade, crer em atos de magia que, se podem ser conotativos e denotativos em contexto sócio – antropológico, nada tem em comum com a explicação histórica.

O passado descrito e narrado como brilhante e glorioso foi e tem sido utilizado como ponto de apoio para atitudes, relacionamentos e atividades políticas com outros Estados e com o Governo Federal.

Na atuação política contemporânea, como já o fora anteriormente, passado e presente se entrelaçam, e cidade e Estado, tratados como homogêneos, formam um todo – uma unidade, que apoia, critica, complementa ou corrige, quando necessário, a União, isto é, o governo federal.

Os estudos historiográficos realizados indicam que o *mito de origem* data de meados do século XVIII, quando o bandeirante foi transformado em símbolo de São Paulo.[54] Frei Gaspar da Madre de Deus e Pedro Taques de Almeida Paes Leme, por motivos e justificativas diversas, escreveram as primeiras obras históricas sobre São Paulo, as quais, somando-se as fontes coloniais e a historiografia jesuítica espanhola, deram origem ao tema e argumentos da "lenda negra" e da "lenda dourada" dos bandeirantes.

A "lenda negra", que apresenta os habitantes da vila de São Paulo como cruéis assassinos, inimigos dos índios e dos padres jesuítas, insubmissos vassalos dos reis de Portugal, foi elaborada nos séculos XVI e XVII – amparada nas narrativas dos padres jesuítas espanhóis, atacados nas campanhas contra as Missões. Os conflitos existiram também no espaço da vila, da qual os jesuítas foram expulsos, apesar de fundadores do

---

54 Katia M. Abud. Op. Cit.

colégio, e defensores da transferência da vila, na disputa pela mão-de-obra dos índios em aldeamentos, e por muito tempo foram eles impedidos de retornar.

A "lenda dourada", por sua vez, considera os habitantes da Capitania de São Vicente criadores da nacionalidade, concretizadores da obra de colonização, integradores da população indígena no povo brasileiro, defensores do Estado português – proféticos seres, dotados de premonição de um futuro grandioso e brilhante.

Os primeiros historiadores paulistas nasceram e viveram em uma região considerada pobre, sem tradição de vida cultural. Escreveram para narrar os fatos que, em suas concepções e percepções, garantiriam aos descendentes dos sertanistas e bandeirantes o lugar preeminente e merecido na sociedade colonial. Os herdeiros dos desbravadores de um mundo desconhecido consideravam-se herdeiros de tradição nobiliárquica, quer fosse ela originária de Portugal, branca, de "sangue limpo" e da pequena nobreza, quer fosse ela fundamentada na posse da terra, mameluca, proprietária, conquistadora e nobre por méritos próprios.

Os autores da História Nacional, os historiadores do século XIX ligados ao Instituto Histórico e Geográfico Brasileiro, preocupados com a formação do Estado nacional, a integridade territorial e a homogeneidade do passado, desqualificaram os historiadores paulistas do setecentos, considerando-os iludidos e enganados pelas memórias locais – especialmente Cândido Mendes. Isso foi devido à necessidade do Império ser visto como legítimo herdeiro do Estado português, não apenas pela continuidade da família reinante, mas como continuidade institucional, sem rupturas e sem fragmentação territorial.

O tema do passado paulista glorioso e heroico permaneceu nos livros e começou a ser recuperado a partir de meados dos anos oitocentos.

A INVENÇÃO DA TRADIÇÃO[55]

Na região do planalto paulista, em oposição a outras áreas de colonização colonial, no Nordeste açucareiro, como Olinda, Recife, no Recôncavo baiano, em Salvador e outras vilas, nas capitais coloniais como o Rio de Janeiro e nas cidades e vilas da mineração,

---

55 Uma forma de abordagem da "invenção da tradição" pode ser encontrada em Antonio Celso Ferreira. *A epopeia bandeirante: letrados, instituições, invenção histórica (1870-1940)*. São Paulo: Ed. UNESP, 2002; ver tb Ilana Blaj. *A trama das tensões: o processo de mercantilização de São Paulo colonial (1681-1721)*. São Paulo: HUMANITAS/ FAPESP, 2002.

como Ouro Preto, Mariana, Sabará etc. não havia monumentos arquitetônicos, civis, religiosos ou militares, nem obras literárias. Não havia traços arquitetônicos do passado, significativos e marcantes do passado, a não ser de um relativamente próximo.

A preocupação em exaltar o passado, seus grandes homens e atos heroicos pode ser acompanhada na série dos *Almanaques literários*, publicados por José Maria Lisboa, entre 1876 e 1888. Neles encontramos publicados, de modo sistemático, artigos, pequenas notas, reproduções de documentos extraídos dos arquivos ou livros, referentes aos homens corajosos e ao passado glorioso.[56]

O mesmo material deve ter servido aos viajantes que passaram pela Capitania e Província, os quais deixaram uma narração sumária do que haviam visto, e muitas vezes uma longa descrição enaltecedora dos bandeirantes, suas atitudes entre si e com as autoridades metropolitanas.

Uma leitura apressada dessas obras pode levar ao engano de pensar que para os moradores da cidade no século XIX, no início ou no final, o passado estava vivo e dominante, e que as disputas de poder entre clãs (sic), entre vilas (sic) e com os padres jesuítas tivessem ficado entrelaçadas na vida da cidade e seus habitantes, bem como as disputas com os funcionários régios e o poder metropolitano.

Na Primeira República, no início do século XX, em conjuntura política peculiar, quando os Estados possuíam autonomia e os projetos das classes dominantes paulistas estavam sendo implantados, novamente o passado se tornou o alimentador de elementos justificativos da ação política.

Conforme Abud estudou, os historiadores que se dedicaram ao tema das bandeiras e do bandeirismo, de forma cuidadosa e com preocupação documental, eram elementos de origem social elevada e politicamente ligados às classes dominantes.[57]

Tais autores, apoiados nos historiadores que os haviam antecedido, e nas fontes documentais editadas, que analisaram, compuseram o quadro histórico sobre o passado da capitania e província.Na construção de seus textos, promoveram a transposição do

---

56 Ver *Almanach litterario de São Paulo para o anno de 1876, 1877, 1878, 1879, 1880, 1881, 1884, 1885*. Ed. fac-similar. São Paulo:Governo do Estado/Casa Civil/Imprensa Oficial do Estado/Secretaria do Estado da Cultura/Arquivo do Estado/Instituto Histórico e Geográfico de São Paulo, 1982.

57 Katia M. Abud, *Op. Cit.*

bandeirante do século XVI e XVII para o paulista do século XX, dando sentido de continuidade e qualidade aos habitantes do Estado.

O Estado de São Paulo passou a ser considerado o herdeiro dos elementos qualificados do bandeirismo: espírito de iniciativa, valentia e arrojo. Da mesma maneira que o bandeirante desbravara os sertões brasileiros, conquistando-os para Portugal e criando o Brasil geograficamente, o paulista, isto é, o Estado de São Paulo, melhor dizendo, a oligarquia paulista, construía o progresso do Brasil. A imagem da locomotiva e seus vagões, que Love utilizou, estava sendo formulada.[58]

Devemos destacar que na formulação da identidade do paulista havia o que os coevos consideraram uma necessidade concreta e urgente: a integração das raças, no território, na economia e na sociedade.

Tal necessidade deve ser associada ao fato da maior parte da população paulista e paulistana, na passagem do século XIX para o XX e nas décadas iniciais deste, ser de origem estrangeira, imigrantes e seus filhos,[59] que deveriam ser inseridos no todo histórico em construção, quer via processo educacional como Bittencourt indicou,[60] quer via ideológica, de paulista como qualidade e homogeneidade de atitudes e intenções.[61] O mesmo processo foi aplicado posteriormente abarcando os migrantes de diversas áreas do país, e os imigrantes, que na segunda metade do século XX transformaram São Paulo em potência demográfica e econômica.

O passado foi criado, destacando a diversidade com as outras regiões, como hábitos e valores, transfigurando pobreza em austeridade; procura de índios e ouro em mobilidade expansionista visando a construção do território nacional; bastardia e miscigenação em formação da raça brasileira; atividades agressivas de sobrevivência em honrosos serviços ao Estado Nacional.

Tendo criado para si um passado, explorando a coragem de seus habitantes no período colonial e o desbravamento territorial resultante, São Paulo pode se autonomear no

---

58 Ver Joseph Love. *A locomotiva: São Paulo na federação, 1889-1930*. Rio de Janeiro: Paz e Terra, 1982.

59 Ver Alfredo Ellis Junior. *Resumo da história de São Paulo – quinhentismo e seiscentismo*. São Paulo: Tip. Brasil, 1942, esp. Prefácio, p.3-6.

60 Ver Circe Maria Fernandes Bittencourt. *Civilização, pátria, trabalho. (O Ensino de História nas escolas paulistas, 1917-1930)*. São Paulo: Loyola, 1990.

61 Ver Tania Regina de Luca. *A Revista do Brasil: um diagnóstico para a (N) ação*. São Paulo: Ed. UNESP, 1998.

século XX o bastião da modernidade e da nacionalidade, provocando em outras regiões do país reação adversa.[62]

Diversamente de outras histórias, que se estruturaram em torno de "nós contra eles", a história paulista e paulistana, elaborada e pensada como uma história da Nação, trabalha com a imagem do bandeirante como elemento de integração interna – "bandeirantes somos todos nós".

Bandeirantes – é nome de vias, estradas, produtos, cognome de indivíduos em variadas atividades – enfim, tudo e todos os seres humanos que nasceram ou escolheram morar e exercer suas atividades nesse espaço indefinido que é o do *Sul Maravilha*, o *Sudeste*, o de São Paulo.

---

62 Ver Durval Muniz de Albuquerque Júnior. Op. Cit., que data dos anos 20 a reação nordestina ao domínio dos paulistas.

Alameda nas redes sociais:
Site: www.alamedaeditorial.com.br
Facebook.com/alamedaeditorial/
Twitter.com/editoraalameda
Instagram.com/editora_alameda/

Esta obra foi impressa em São Paulo na primavera de 2017. No texto foi utilizada a fonte Adobe Jenson Pro, em corpo 10,5 e entrelinha de 16 pontos.